SUPER INSUPERABILI

16

Questo romanzo è un'opera di finzione. I nomi, i personaggi e gli accadimenti descritti sono frutto dell'immaginazione dell'autrice. Ogni somiglianza con eventi, luoghi o persone reali, vive o defunte, è puramente casuale

Prima edizione in questa collana: maggio 2014


Titoli originali:
*A Cold Day for Murder* (Traduzione dall'inglese di Silvia Montis)
*A Fatal Thaw* (Traduzione dall'inglese di Silvia Montis)
*Dead in the Water* (Traduzione dall'inglese di Silvia D'Ovidio)



ISBN 978-88-541-6739-1

www.newtoncompton.com

Stampato nel maggio 2014 da Puntoweb s.r.l., Ariccia (Roma)
su carta prodotta con cellulose senza cloro gas provenienti da foreste controllate e certificate, nel rispetto delle normative ecologiche vigenti

Dana Stabenow

# CSI Alaska

Il silenzio della neve
Primavera di ghiaccio
Dispersi

Newton Compton Editori

# IL SILENZIO DELLA NEVE

*A Don Stabenow,*
*il mio air taxi personale e consulente pirotecnico*

# 1

Emersero da sud a mattino ormai inoltrato, in sella a una motoslitta Ski-doo LT nera e grigia. L'uomo alla guida aveva folte sopracciglia e una barba ancora più folta, e attorno al cappuccio un lussureggiante collo di pelliccia dentellato di brina, formata dalla condensa del suo respiro. Era un uomo massiccio, la figura resa ancora più imponente dal parka, dalla salopette imbottita, dai *mukluk* e dai pesanti guanti di pelliccia. I denti erano scoperti in un sorriso che ricordava quasi un ringhio. Sembrava John Wayne, pronto a cacciare via a pedate i truffatori dalla sua miniera d'oro sulla vecchia White Mountain, appena a sud-est di Nome, se John Wayne fosse stato vestito da Eddie Bauer.

L'uomo alle sue spalle, che tentava disperatamente di tenersi aggrappato al sedile, era grosso la metà, e non aveva collo di pelliccia attorno al cappuccio. Il viso, bianco come un lenzuolo, era coperto da un sottile strato di ghiaccio. Indossava una tuta da sci troppo grande di almeno tre taglie, con l'orlo dei pantaloni che ricadeva sulle scarpe di pelle derby con la tomaia traforata. Non sorrideva affatto. Sembrava Sam McGee del Tennessee poco prima che venisse ficcato nella fornace della *Alice May*.

Il rumore stridulo e assordante della motoslitta riecheggiava nella vallata, oltraggiando la serenità boreale di quel mattino di dicembre. Atterrì un alce intento a strappare pezzi di corteccia in un boschetto di gracili betulle. Spedì un castoro di corsa nella sua tana, tra le acque impetuose di un ruscello. Risvegliò un'aquila di mare dalla testa bianca appollaiata in cima a un abete, che rivolse uno sguardo malevolo ai due intrusi. Il cielo era terso, di quel chiarore cristallino che appartiene soltanto alle terre dell'estremo Nord in inverno; luminoso, traslucido, desideroso di nuvole e colori. Le cime frastagliate delle montagne a est si delinearono soltanto ai primi bagliori rossastri dell'alba, sebbene le nove fossero già passate da un pezzo. La neve si adagiava in candide curve armoniose ai piedi di abeti, ontani e pioppi neri, tutti brulli, esili e spogli, fatta eccezione per gli abeti, che quel mattino, tuttavia, avevano perso il loro colore brillante, gli aghi sbiaditi fino ad apparire neri.

L'uomo seduto dietro gridò qualcosa alle orecchie del guidatore: «Devo pisciare!».

«Mi auguro che tu non voglia scendere a fare due passi qui attorno», ruggì il conducente sopra il rombo della motoslitta.

«Perché no?», gridò l'altro di rimando. Un sottile frammento di ghiaccio si ruppe e gli scivolò lungo la guancia.

«La neve è molto più profonda di quanto sembri. Potrebbe arrivarti oltre la testa. Rischi di sprofondare senza più riuscire a risalire in superficie. Resisti. Non manca molto».

La motoslitta sbandò attorno a un gruppo di alberi e il passeggero si tenne stretto borbottando qualcosa tra i denti. Il viso dell'omone si aprì ancora di più in un sorriso.

Di colpo irruppero in una radura. Il guidatore ridusse la velocità in maniera talmente brusca che il passeggero fu catapultato in avanti. Quando riuscì a rimettersi diritto ed ebbe modo di osservare il paesaggio invernale che lo circondava, la prima cosa che pensò fu che era troppo immacolato, troppo ordinato e perfetto per un mondo di uomini corrotti, caotici e imperfetti.

La capanna di tronchi sorgeva a ridosso di un dirupo di una trentina di metri che cadeva a picco sul fiume Kanuyaq, per metà ghiacciato. Oltre l'altra sponda del fiume, la terra risaliva ripida fino alle cime frastagliate delle Quilak Mountains. La capanna, che sembrava quasi essere cresciuta lì in mezzo in maniera naturale anziché essere stata costruita da mani umane, si trovava al centro di un gruppo di costruzioni disposte a semicerchio. Sulla sinistra, appena più indietro, c'era il gabinetto, alto, semplice e funzionale. Lì attorno, svariati avvallamenti sulla neve indicavano che il fabbricato era stato spostato più di una volta, particolare che diede al tizio della motoslitta una vaga idea dell'età della fattoria. A fianco c'era un garage che fungeva anche da autofficina: attraverso la porta spalancata si scorgevano una motoslitta, un piccolo autocarro e varie attrezzature connesse. La vista di quegli oggetti, indubbiamente creazioni del ventesimo secolo, lo rincuorò dal profondo. Accanto alla capanna c'era una pedana rialzata che ospitava una decina di fusti di carburante diesel Chevron da cinquantacinque galloni, impilati di lato. Subito a destra della capanna sorgeva una serra, con i pannelli di Visqueen opachi per il gelo. Infine, accanto alla serra, a completare il semicerchio, un magazzino si innalzava su pali di legno scrostato a circa tre metri da terra, con una stretta scaletta che conduceva alla porta.

I sentieri tra i cumuli di neve erano stati scavati con precisione quasi geometrica, collegando ogni edificio a quello vicino. Il semicerchio era racchiuso entro mucchi ben pressati, diritti come siepi appena potate. Un sentiero conduceva direttamente alla catasta della legna che, a colpo d'occhio, doveva contenere una decina di metri cubi, tagliati con la stessa cura con cui erano stati impilati. Accanto al ceppo c'era un'altra catasta di ciocchi ancora integri.

Al di fuori dei sentieri non si scorgevano impronte. A quanto pareva, la persona che abitava nella fattoria amava starsene per conto suo.

Il luccichio delle capanne rivelava un'applicazione annuale e meticolosa di olio per legno. Dai tetti non mancava una sola scandola. Nemmeno l'ombra, invece, dei soliti mucchi di ciarpame che completavano abitualmente le case del Bush: la catasta di vecchi pneumatici, troppo logori per essere usati ma troppo nuovi per sbarazzarsene; la massa disordinata di tavole in legno di lunghezze diverse ma ancora utilizzabili; il cumulo di casse di carburante Blazo da cinque galloni, riciclate per costruire pensili e scaffali; la colonna luccicante di bidoni Blazo, sempre utili per trasportare l'acqua, un domani; e infine la caotica montagnola di fusti di petrolio arrugginiti, da segare e riutilizzare come stufa quando quella vecchia sarebbe stata da buttare via. Tutti questi elementi, solitamente immancabili, erano assenti. La fattoria era quanto di più lontano si potesse immaginare dagli standard del Bush, e antialaskana nel senso più positivo del termine. Una volta sciolta la neve, sospettava il tizio della motoslitta, l'erba non si sarebbe azzardata a crescere più di due centimetri, e i pomodori della serra non avrebbero osato dare meno di dodici frutti a pianta. Fu assalito da un inaspettato e inconsueto senso di inadeguatezza, e di colpo si rammaricò di non essersi preso la briga di procurarsi parka e stivali, l'uniforme invernale del Bush, prima di affrontare quel pellegrinaggio. Per lo meno sarebbe stato equipaggiato a dovere per incontrare Jack London, senza dubbio rintanato nella capanna di fronte a scrivere *Farsi un fuoco* e condannando così alla depressione innumerevoli generazioni di studenti delle scuole medie dell'Alaska. Né sarebbe stato sorpreso di scorgere Samuel Benton Steele sulla sua slitta trainata dai cani, infagottato nella divisa da Mountie, giubba rossa e cappello piatto a tese larghe. E gli sarebbe bastato girarsi appena per intravedere Soapy Smith sgattaiolare nella direzione opposta. All'improvviso si accorse di essere rimasto a bocca aperta, e la richiuse di scatto, chiedendosi in che razza di buco spazio-temporale fossero precipitati, e se sarebbero stati in grado di ritrovare la strada per fare ritorno al secolo giusto.

L'uomo massiccio spense il motore. Il silenzio piombò come un colpo a tradimento, e per un istante il passeggero ne fu come stordito. Ma si riprese in fretta. «In una scena come questa manca soltanto l'aurora boreale», disse. «Potremmo farla dipingere su una bateia e rivenderla per venti verdoni giù a Duluth».

L'altro accennò un sorriso.

Il passeggero fece un respiro profondo e sentì bruciare i polmoni per l'aria gelida. Non era abituato, e tossì. «Insomma, abita qui».

«Già», replicò l'uomo massiccio, con il vocione profondo che rimbombava per la radura. Quasi a conferma della sua risposta, sentirono chiudersi la porta d'ingresso. L'altro tizio inarcò le sopracciglia, incrinando ancora di più la lastra di ghiaccio che gli copriva il viso.

«Be', almeno adesso sappiamo che è in casa», commentò con aria pacata l'omone, e smontò di sella.

«Porca puttana, e quello cos'è?», esclamò il passeggero, diventando, se possibile, ancora più pallido.

L'omone sollevò lo sguardo su un enorme animale grigio con la coda piumata e un collare rigido che trotterellava nella loro direzione, a passi felpati ma decisi. «Un cane», rispose laconico.

«Ah sì, un cane?», disse l'altro, tentando senza successo di distogliere lo sguardo dagli occhi dell'animale, gialli e impassibili. Cercò a tastoni nella tasca fino a che le dita guantate non afferrarono con un senso di sollievo il calcio della sua .38 Special. Sollevò lo sguardo per incontrare i due occhi gialli, fissi su di lui con un'espressione pensosa, quasi fosse sotto esame, e sentì un brivido scorrergli per la schiena. «A me sembra più un maledetto lupo», disse alla fine, sforzandosi di assumere la stessa aria noncurante dell'omone.

«Naa», rispose quello tendendo una mano verso il cane, con le dita piegate e il palmo all'ingiù. «Solo per metà. Ehi, Mutt, come va, bellezza?». L'animale protese il naso con cautela, annusò la mano due volte e starnutì. Dimenò la coda in uno scodinzolio di circostanza, dopodiché spostò lo sguardo dal primo al secondo visitatore, e sembrò quasi inarcare un sopracciglio. «Tendi la mano», disse l'omone.

«Cosa?»

«Fai un pugno con il palmo verso il basso e tendi la mano».

Il tizio smilzo deglutì, disse mentalmente addio alla mano e obbedì. Mutt l'annusò, sollevò una terza volta lo sguardo su di lui, in un modo che gli fece sperare di non respirare in maniera troppo aggressiva, e infine si scostò da una parte, aspettando chiaramente di scortarli fino alla porta della capanna.

«Lì c'è il gabinetto», disse l'omone, indicando una delle costruzioni.

«Cosa?»

«Hai detto che dovevi pisciare».

Il passeggero spostò lo sguardo dal cane al gabinetto, poi tornò a fissare il cane. «Non è così urgente».

Una volta al sicuro dentro la capanna, la porta serrata con il chiavistello, esclamò: «Certo che qua fuori avete proprio un portiere coi fiocchi».

«Posso offrirvi qualcosa da bere?». La donna aveva una voce singolare, troppo alta per essere un sussurro, troppo bassa per un brontolio, e incredibilmente roca, come una sega spuntata che raspa contro il cemento.

«Per me va bene la prima cosa che trova. Whisky, vodka, è uguale». Il passeggero si era levato la tuta da sci troppo grande, scoprendo un gessato tre pezzi con tanto di cravatta annodata a puntino e un orologio d'oro con la catena tesa sopra una pancetta rotonda, contro la quale combatteva invano da quand'era ragazzo.

La donna si fermò un istante a soppesare lo splendore sartoriale dell'ospite con un lungo sguardo meditabondo, che gli ricordò in maniera spiacevole quello del cane là fuori. «Caffè?», disse. «Oppure posso prepararvi una limonata».

«Il caffè andrà benissimo, Kate», disse l'omone. Il gessato aveva voglia di piangere.

«È sul fornello». Indicò un punto della stanza con il mento. «Tazze, cucchiaini e zucchero sulla mensola a sinistra».

L'omone abbassò lo sguardo su di lei e sorrise. «So dove sono le tazze».

Lei non ricambiò il sorriso.

Le tazze erano di porcellana bianca, pratiche e funzionali, e il caffè nettare e ambrosia. Dopo la seconda tazza, l'uomo in gessato si era scongelato a sufficienza per riprendere a classificare, esaminare e inventariare la scena.

L'interno della capanna era ordinato quanto il cortile, forse addirittura di più. Abbastanza, in ogni caso, da farlo sentire a disagio. Gli ricordava la cabina di una barca a vela con uno di quei vecchi capitani puntigliosi e scapoli: ogni cosa al suo posto e un posto per ogni cosa. Le lampade a cherosene ardevano sibilando piano ai quattro angoli della stanza, rendendo la capanna ben illuminata, a differenza di tante altre abitazioni del Bush di epoca moderna, buie e fumose. Anche le assi che coprivano le pareti erano state levigate e rifinite. Il piano terra, all'incirca una quindicina di metri quadri, fungeva allo stesso tempo da cucina e soggiorno; una scala a pioli portava a un solaio, con tutta probabilità adibito a camera da letto, collocato sotto lo spiovente posteriore del tetto. A occhio e croce, tra le varie strutture, calcolò un centinaio di metri quadri di spazio abitabile, ed era abbastanza propenso ad approvare il modo in cui era stato organizzato.

Un fornello a nafta occupava la parte centrale della parete sinistra, esattamente di fronte a un forno a legna sulla parete opposta, entrambi accesi. Un'alta caffettiera in smalto blu era posata sul fornello a nafta, mentre l'ampia superficie del forno a legna ospitava un bollitore per il tè ancora fumante, da circa mezzo litro; appesa al muro alle sue spalle, una larga tinozza di latta. Lo spazio tra la porta d'ingresso e il forno a nafta era occupato da un bancone da cucina, interrotto da un ampio lavello poco profondo con un rubinetto a leva; le mensole e gli stipi sottostanti erano colmi di pile ordinate di piatti, padelle e provviste. Un piccolo tavolo quadrato coperto da una sbiadita incerata a quadretti bianchi e rossi era stato sistemato in fondo alla stanza, nell'angolo sinistro, accanto al fornello a nafta. C'erano due sedie di legno con la spalliera diritta, vecchie ma dall'aria robusta. Su un ripiano soprastante si intravedevano cinque o sei mazzi di carte, fiches da poker e una scatola di Scarabeo. Nell'angolo destro c'era una spaziosa panca a muro, con cuscini di gommapiuma rivestiti di una fodera di tela blu scuro. Sopra la panca, posati su alcune mensole, un registratore a batterie e svariate musicassette impilate con cura. L'uomo in gessato lesse alcuni dei nomi a voce alta. «Peter, Paul e Mary. John Fogerty. Jimmy Buffet», disse, e si girò a guardare la donna con un sorriso cordiale. «I più grandi filosofi d'America. Credo che andremo d'accordo, signora Shugak».

Lei sembrava perfettamente calma, le labbra chiuse che non accennavano a un sorriso, ma quando smise di impastare il pane per lanciare un'occhiata al visitatore, esaminandolo ancora una volta da testa a piedi – dalle scarpe lucide alla camicia di un bianco candido, fino alla cravatta annodata con cura – si percepì con chiarezza un guizzo trattenuto a stento negli occhi color nocciola. L'uomo in gessato frenò l'impulso di lanciare un'occhiata alla patta per assicurarsi che fosse chiusa. «Non sapevo che dovessimo», disse infine la donna con voce incolore, e si girò di nuovo verso il bancone.

Il tizio in gessato si voltò verso l'uomo massiccio, la cui espressione era, se possibile, perfino più impenetrabile di quella della donna. Si strinse nelle spalle e proseguì con la sua ispezione. Il tratto di parete ad angolo tra il forno a legna e la porta d'ingresso era occupato dal pavimento al soffitto da mensole colme di libri. Incuriosito, fece scorrere le dita lungo i dorsi delle copertine, e trovò *Hotel New Hampshire* infilato in mezzo a *Pale Gray for Guilt* e *Cittadino della galassia*. Lanciò un'occhiata alle spalle indifferenti della donna e aprì il volumetto. Molte delle pagine erano segnate con le orecchie, con appunti scritti a margine in una grafia minuta e ordinata, del tutto illeggibile. Chiuse il libro, lo riaprì a caso, curioso di vedere che passo gli sarebbe capitato davanti, e lesse una poesia su un uomo che dava fuoco alla propria casa per comprarsi un telescopio con i soldi dell'assicurazione. Su quella pagina non c'erano appunti, ma soltanto una morbida sensazione sulla punta delle dita, come di parole su carta resa sottile dalle tante letture. Rimise il libro al suo posto e fece scorrere le dita sulle corde di una chitarra polverosa appesa accanto allo scaffale. Era scordata. E non veniva accordata da un mucchio di tempo.

«Ehi!». La donna si era girata nella sua direzione con uno sguardo duro. «Le dispiace?».

Lasciò cadere la mano. Il silenzio di quella piccola capanna lo infastidiva. Nel Bush era sempre stato accolto in maniera estremamente festosa durante l'inverno, soprattutto in fattorie isolate come quella. E a dire il vero anche durante l'estate, sempre che si riuscisse a trovare qualcuno in casa.

Si voltò di scatto per osservare con più attenzione la donna, talmente poco incuriosita dalla sua presenza da non avergli neppure chiesto come si chiamava. La donna che, fino a quattordici mesi prima, era stata la punta di diamante dello staff investigativo dell'ufficio del procuratore di Anchorage. Che aveva ottenuto la percentuale più alta di verdetti di colpevolezza in tutta la storia dello Stato, per lo meno in relazione alla carica che ricopriva. La cui sola presenza nella lista dei testimoni chiamati a deporre dalla pubblica accusa era sufficiente a spingere gli avvocati della difesa a presentare dettagliati memorandum e offerte di patteggiamento. Che aveva resistito con successo a tre risoluti tentativi da parte dell'FBI di reclutarla nelle proprie fila.

Doveva avere ventinove o trent'anni, valutò; il che, se dopo l'università aveva fatto un anno di tirocinio prima di cominciare a lavorare per Morgan, più o meno tornava. Un metro e cinquanta, non di più, forse una cinquantina di chili. Aveva la pelle color bronzo e gli zigomi alti e piatti tipici della sua razza, con gli occhi di un insolito color nocciola e leggermente a mandorla, il tutto incorniciato da una cascata luccicante di capelli corvini perfettamente lisci. Il tessuto della camicia scozzese si tendeva sulle spalle squadrate e all'altezza dei seni, e i Levi's erano lisi e consunti sul sedere e alle ginocchia. Si muoveva come un gatto, tutta grazia naturale e potenza controllata, guardinga ma sicura. Il tizio in gessato si domandò oziosamente se era una gatta anche a letto, dopodiché si ricordò di sua moglie e della causa di divorzio scampata per un pelo e tenne a freno l'immaginazione. In ogni caso, a giudicare dalle vibrazioni che avvertiva tra la donna e l'omone, non avrebbe mai avuto modo di appurarlo di persona.

Poi lei si chinò a prendere un'altra cucchiaiata di farina dal sacco posato sul pavimento, e il tizio in gessato si sentì mozzare il fiato. Per un istante il colletto della camicia si era scostato dalla pelle, scoprendo la cicatrice, orribile, increspata, di un colore ancora acceso. Le attraversava la gola da un orecchio all'altro. Perché non era andata da un chirurgo plastico a farsela sistemare, o almeno a far pulire e ridurre il tessuto cicatriziale? Il tizio alzò gli occhi per incontrare lo sguardo azzurro ghiaccio dell'omone, che gli intimava un tacito ma chiaro avvertimento. Il suo sguardo vacillò per un istante, poi tornò ad abbassarsi.

Ma la donna aveva notato la sua reazione. Socchiuse gli occhi. Portò la mano al colletto come a volerlo abbottonare, ebbe un attimo di esitazione, poi la lasciò ricadere. «Cosa vuoi, Jack?», disse inaspettatamente.

L'omone abbassò la sua imponente figura, di oltre un metro e novanta e un centinaio di chili, fino ad abbandonarsi sul rustico divano, che emise un gemito di protesta; poi prese un sorso di caffè e si ripulì i folti baffi neri. Aveva appeso il parka senza neanche aver bisogno di cercare l'attaccapanni, trovato lo zucchero sul ripiano al primo tentativo e individuato il punto più soffice del divano senza batter ciglio. Sembrava rilassato, addirittura a suo agio, quasi a casa, pensò il tizio in gessato. Evidentemente la donna doveva pensarla allo stesso modo, perché serrò le labbra carnose fino a formare una linea sottile.

«È scomparso un ranger del Dipartimento del Parco», disse l'omone.

La donna cosparse il bancone di farina e tirò fuori l'impasto da un recipiente.

La voce dell'uomo, imperturbabile, proseguì. «Da circa sei settimane».

Mischiò la farina all'impasto e lo piegò e ripiegò su se stesso, una, due volte. «Non potrebbe essersi perso in una tempesta di neve ed essere morto assiderato come succede alla maggior parte dei ranger?»

«Potrebbe. Ma noi non pensiamo che sia andata così».

«Noi chi?»

«Ti presento Fred Gamble, FBI».

Kate Shugak lanciò un'occhiata all'uomo in gessato e sollevò un angolo della bocca, accennando un sorriso che in nessun caso si sarebbe potuto definire amichevole. «L'FBI? Senti, senti».

«È venuto da noi perché il caso rientra nella nostra giurisdizione. Più o meno. Così, per pura cortesia professionale, ho mandato uno dei nostri investigatori a dare un'occhiata».

Le mani coperte di farina si fermarono per un istante, mentre la donna sollevava lo sguardo per lanciare una breve occhiata fuori dalla finestra sopra il lavello. Gamble pensò che volesse dire qualcosa, ma lei riprese a impastare senza alcun commento.

L'omone contemplò il fondo della tazza di caffè come se contenesse la risposta ai misteri dell'universo. «Non ho sue notizie da due settimane. Da quando mi ha chiamato da Niniltna, il giorno dopo il suo arrivo».

La donna versò un'altra cucchiaiata di farina nell'impasto e disse: «Che c'entra l'FBI con le ricerche di un ranger scomparso?». Fece una pausa, poi soggiunse lentamente: «Cos'ha di tanto speciale questo ranger?».

L'omone rivolse un lieve sorriso di approvazione alla schiena della donna. «Il padre».

«Chi è?»

«Un membro del Congresso dell'Ohio».

Lei scoppiò in una breve risata, tutt'altro che divertita, e scosse la testa, lanciando all'uomo in gessato uno sguardo beffardo. «Oh-oh».

«Già».

Gamble si allentò la cravatta troppo stretta.

«E così avete mandato un investigatore», disse lei.

«Sì».

«Quando? Di preciso».

«Due settimane e due giorni fa, di preciso».

«E ora è scomparso anche lui».

«Sì».

«E non credete possibile che entrambi siano caduti in qualche burrone o siano finiti in una tempesta di neve».

«No. Non dopo che l'investigatore è andato lì apposta per cercare il ranger».

«Magari era la stessa tempesta».

«No».

«No». Lavorò l'impasto, le spalle rigide per la rabbia. «E adesso volete che ci vada io».

«I federali vogliono il meglio. Ho raccomandato te. Ho detto che conosci il Parco meglio di chiunque altro. Che sei nata e cresciuta qui. Diamine, sei imparentata con metà della gente che ci vive».

Lei gli lanciò un'occhiata torva e ostile, che l'omone accolse senza batter ciglio. «Perché dovrei aiutarti?», chiese infine la donna.

Lui scrollò le spalle e scolò il caffè fino all'ultima goccia, per poi alzarsi a riempire di nuovo la tazza. «Te ne stai qui a tenere il broncio da più di un anno. Da quanto ho visto là fuori, non lasci la fattoria dalla prima nevicata». Incrociò lo sguardo di lei con un'espressione mite e distaccata. «E ora? Cos'hai in programma? Fare un po' di manicure agli abeti?».

La donna corrugò le folte sopracciglia ben definite fino a congiungerle in un'unica linea scura. «Forse mi piace semplicemente starmene da sola», ribatté seccata. «E forse dovreste uscire subito di qui in modo che possa continuare a farlo».

«E forse potresti anche fare qualcosa di un po' più emozionante. Se non altro cercando due persone scomparse avresti l'opportunità di parlare con qualcuno. O hai fatto un voto di silenzio, Kate?». A dispetto dell'aria calma e pacata, la voce dell'uomo era tagliente.

La donna smise di impastare e trapassò il suo interlocutore con uno sguardo glaciale. «Come no, Jack. Ho i miei libri e la mia musica, quindi non mi annoio. Piazzo un po' di trappole, vado giù al fiume a setacciare un po' d'oro e durante l'alta stagione accompagno qualche turista a fare rafting lungo il Kanuyaq, quindi non sono al verde. Quest'autunno ho fatto da guida a un paio di squadre di caccia e mi sono fatta pagare con la mia parte di cacciagione, quindi ho la dispensa piena. Non morirò di fame». Arricciò le labbra in una smorfia di sdegno, e aggiunse, con una nota di aperta provocazione: «E ogni due o tre settimane Ken fa un salto qui dalla città. Quindi non sono neppure arrapata».

Il viso dell'uomo si irrigidì, ma sostenne lo sguardo di lei senza batter ciglio. Gamble si spostò sulla sedia, pentendosi di aver insistito tanto per accompagnare Morgan in quel posto dimenticato da Dio, leggenda vivente o meno. Si schiarì piano la gola. «Sentite, gente», disse, esaminandosi con attenzione le unghie. «Ho come l'impressione che se non ci fossi qua io, vi sareste già presi a cazzotti o sareste finiti a letto, o tutt'e due le cose insieme. E magari non sarebbe neppure una cattiva idea, ma ora come ora me ne fotto altamente di voi e dei vostri problemi. L'unica cosa che desidero è che l'onorevole Marcus A. Miller, rappresentante del grande Stato dell'Ohio, la pianti di starmi con il fiato sul collo. Quindi, che mi dite?».

Il rossore che comparve sulle guance della donna poteva essere causato dal calore del forno. Tenne gli occhi fissi in quelli dell'omone per un altro lungo istante, poi si girò di scatto e ricominciò a impastare con vigore. «Non hai niente di cui ho bisogno o che desidero, Jack. Per cui non chiedermi un favore. Potresti non essere in grado di ricambiarlo».

Nel forno a legna si sentivano crepitare le fiamme. Kate suddivise l'impasto in pagnotte e aprì lo sportello del forno a nafta per controllare la temperatura. Gamble si alzò e si riempì la tazza di caffè per la terza volta. L'omone si mosse e disse, nel silenzio più totale: «Hai arrestato quel contrabbandiere di alcolici per il Consiglio tribale di Niniltna, però».

Ci fu una breve pausa. «Era diverso».

«Kate...».

«Non parlarne, Jack. Chiudi il becco e basta. Ok?».

Nel silenzio che seguì, Gamble disse con gentilezza: «La pagheremo».

Lei scrollò le spalle.

«Quattrocento dollari al giorno più le spese».

Stavolta non si prese nemmeno la briga di scrollare le spalle.

L'omone finì di bere il caffè e fece cenno al collega di fare altrettanto. Mise entrambe le tazze nel lavello e rimase in piedi accanto alla donna senza neanche guardarla. Aprì il rubinetto, sciacquò le tazze e le sistemò a testa in giù sullo scolapiatti lì accanto. Si asciugò le mani e prese il parka dall'attaccapanni. Prima di infilarselo, tuttavia, ficcò la mano in una tasca profonda del giaccone, ne tirò fuori una cartella di cartone e la gettò sul tavolo. Mentre usciva si fermò davanti alla porta, lanciò un'occhiata al di sopra della spalla in direzione della donna, immersa fino al gomito nell'impasto del pane, e sorrise tra sé.

La voce le uscì bassa e roca. «Jack».
L'uomo rimase in attesa.
«Chi hai mandato a cercare il ranger?». Era una domanda a tutti gli effetti, ma la donna non pareva curiosa. Sembrava conoscere già la risposta.
Jack Morgan sollevò il chiavistello e aprì la porta. «È andato Dahl». Fece una pausa, poi aggiunse con gentilezza: «Era quello con maggior esperienza, lo sai. L'hai addestrato tu. Con tutte le lezioni private che gli hai dato…». Oltrepassò la soglia, poi disse al di sopra della spalla: «Ti ho lasciato il fascicolo del ranger sul tavolo. Fammi chiamare da Bobby quando hai qualcosa».

* * *

Una volta fuori, Gamble guardò l'omone e chiese: «Come si è fatta quella cicatrice?». Jack era indaffarato con il motorino d'avviamento della motoslitta, e Gamble ripeté: «Morgan, come si è fatta quella cicatrice?».
L'altro sospirò, e disse con voce piatta: «Un coltello. In un corpo a corpo con un pedofilo».
Gamble lo fissò. «Cristo. Quindi quella parte della storia è vera?»
«Sì». L'uomo aveva uno sguardo cupo.
«Cristo», ripeté Gamble. «Com'è successo?».
Jack svitò il tappo del serbatoio e agitò la motoslitta avanti e indietro, guardando all'interno. «Qualcuno ha fatto una telefonata anonima ai Servizi Sociali per segnalare un padre di famiglia che abusava abitualmente dei cinque figli. Così, quelli dei Servizi Sociali hanno chiamato noi. Kate si è presentata per sondare la situazione e l'ha sorpreso sul fatto con la figlia di quattro anni».
Gamble chiuse gli occhi e scosse la testa. «L'avete inchiodato?».
Morgan sganciò la tanica di riserva dalla parte posteriore della motoslitta e la svuotò nel serbatoio. «È morto».
Gamble emise un lungo, interminabile sospiro. «Mmmh». Guardò la capanna. Il sole era ormai alto nel cielo, ma si sentiva gelare. «Quand'è successo?»
«Un anno, due mesi e tredici giorni fa». L'omone sembrò riflettere per qualche istante, poi aggiunse: «E sette ore».
Gamble lo fissò. «Sei sicuro del lasso di tempo?».
Le guance arrossate dell'uomo si scurirono appena. Forse per via del freddo. Non rispose.

Gamble ci pensò su un attimo. «Corrisponde più o meno al periodo in cui ha lasciato l'ufficio del procuratore».

«Più o meno».

«Invalidità?»

«No. Dimissioni». Morgan rimise il tappo del serbatoio al suo posto e gli diede un'ultima avvitata. Sollevò lo sguardo verso la porta della capanna, davanti alla quale era seduta Mutt, che li fissava con i suoi impassibili occhi gialli, immobile con le orecchie dritte. «Il giorno dopo l'incidente è uscita dall'ospedale e mi ha attaccato la lettera di dimissioni sulla porta dell'ufficio. Con il coltello che aveva sottratto al pedofilo».

«Cristo», ripeté Gamble per la terza volta.

«Già», disse Jack. «Un casino del diavolo. Sulla lama c'era ancora il sangue di quell'uomo». Scosse la testa con disapprovazione. «Un inventario della scena del crimine fatto con i piedi. Il Dipartimento di polizia di Anchorage non avrebbe mai dovuto permetterle di portarselo via». L'omone continuava a tenere gli occhi fissi sulla capanna, come se, con la pura forza di volontà, potesse riuscire a oltrepassarne i muri con lo sguardo e vedere la donna all'interno. «Sai, un tempo cantava».

Gamble rimase in silenzio, speranzoso. Era la prima cosa che Morgan diceva senza che gliel'avesse dovuta cavare di bocca.

«Conosceva le parole di tutti i canti di marinai che siano mai stati scritti», continuò con voce carezzevole.

Gamble rimase in attesa, ma l'uomo non aggiunse altro. Accese il motore e montò in sella alla motoslitta. Urlando per farsi sentire sopra il rumore, Gamble gli chiese: «Allora?».

Morgan si girò a guardare la capanna. «Lo farà».

Il federale sbuffò.

«Lo farà», ripeté l'omone. «E adesso abbassati quella tuta da neve sulle scarpe o ti ritroverai con due pezzi di ghiaccio al posto dei piedi. E la prossima volta mettiti dei cazzo di stivali, Cristo santo». Si diede una spinta con il piede e la motoslitta iniziò a scivolare in avanti.

«La decisione spetta a te, Jack, ma sei sicuro che non sarebbe meglio affidare questo lavoro a qualcun altro?», insisté Gamble. «Sei sicuro che li cercherà per davvero?»

«Sono sicuro», rispose l'omone. Ma quella certezza non sembrava rallegrarlo in alcun modo.

* * *

Alle tre del mattino, balzando a sedere sul letto per sfuggire a sogni inquieti in cui una processione senza fine di bambini atterriti e sanguinanti la implorava di non fare del male ai genitori, Kate, sudata e tremante, imprecando a gran voce per coprire il rumore del sangue che le pulsava nelle orecchie, giunse alla stessa conclusione. Sapeva già che, qualsiasi cosa avesse fatto, i fantasmi non se ne sarebbero andati. Ma per qualche tempo, forse, avrebbero assunto una forma diversa, mormorato parole differenti, guardandola con occhi accusatori, ma per altre ragioni. E questo, per ora, era abbastanza.

# 2

Il Parco occupava una superficie di otto milioni di ettari, quasi quattro volte quella del Parco Nazionale di Denali, ma con meno dell'un per cento di turisti. Era delimitato a nord e a est dalle Quilak Mountains, una catena montuosa costiera che correva lungo quasi tutta la frontiera con il Canada, e le cui cime più alte raggiungevano un'altezza media di 4900 metri – non erano i 6000 metri e rotti del monte McKinley di Denali, ma bastavano a incutere timore agli scalatori e rappresentare una sfida estrema. I ghiacciai, lunghi una cinquantina di chilometri e profondi 90 metri, facevano capolino da ogni passo con le loro algide lingue, arretrando e riducendosi poco a poco, ma lenti e riluttanti. A sud si apriva il Golfo dell'Alaska; verso ovest correvano le linee più o meno parallele della TransAlaska Pipeline, l'oleodotto, e dell'unica strada ferrata della Alaska Railroad, che attraversava il Paese da nord a sud. Il territorio, aperto e collinoso a ovest, diventava ripido e montagnoso a est, e le sue acque confluivano interamente nel Kanuyaq. Lungo quattrocento chilometri dalla sorgente alla foce, compresi gomiti e anse, durante l'inverno il fiume era una lastra di ghiaccio, ma si riempiva d'acqua e di salmoni con lo scioglimento dei ghiacciai durante l'estate, ed era ampio, basso ma comunque navigabile per circa sei mesi l'anno. Il lato costiero del Parco era pressoché impenetrabile via mare, strozzato da una foresta pluviale di abeti rossi di Sitka, cicuta, ontani e ginseng dell'Alaska. Il paesaggio si faceva via via più brullo man mano che si saliva, fino a quando, sopra la linea degli alberi, non si vedevano altro che *kinnikinnick* – uva ursina – rocce e ghiaccio.

Oltre ai pochi turisti, i cacciatori arrivavano apposta dai South 481[1], da Europa, Asia e Africa per cacciare nel Parco. Bighorn bianchi girovagavano attorno ai ghiacciai, mentre i caribù migravano dall'Alaska al Canada per poi tornare indietro. Man mano che il paesaggio si faceva aperto e pianeggiante, ci si imbatteva sempre più di frequente negli alci, immersi fino alla pancia nelle acque di laghi poco profondi, intenti a ruminare fogliame. C'erano perfino dei bisonti, trapiantati nel Parco nel 1950, che nel 1980 avevano raggiunto il numero di centotrenta esemplari. C'era un grizzly ogni quindici chilometri quadrati, e a detta di tutti era più che sufficiente. Lupi grigi e ghiottoni, coyote e volpi, scoiattoli di terra, linci, castori, lontre di fiume e di mare, topi muschiati, visoni, marmotte, lepri scarpa da neve e castori bianchi trasformavano il Parco in un vero e proprio paradiso per i cacciatori con le trappole. Infine, in ogni ruscello e affluente del Kanuyaq cresceva e si moltiplicava il re della cucina dell'Alaska, il salmone, in tutte le sue specie, e poi moriva, lasciando che la sua progenie migrasse fino alle profonde acque del Pacifico e tornasse indietro, dando nuovamente inizio al ciclo.

La differenza più significativa tra il Parco di Denali, vera e propria mecca per i turisti, e questo, era la strada.

Denali ne aveva una.

L'unica via che conduceva al cuore di questo Parco, invece, era il resto pericolante di una massicciata ferroviaria che da più di quarant'anni si inerpicava su per le colline e che un tempo aveva supportato la Kanuyaq River & Northern Railroad, durante lo sfruttamento quasi trentennale del più ricco deposito di rame del continente nordamericano. Era una strada ben progettata e ben costruita, liscia, compatta e percorribile durante l'estate, sempre che il manto venisse raschiato e livellato ogni mese. Quando cadevano le prime nevi, tuttavia, gli addetti alla manutenzione si fermavano ai confini del Parco.

Ma era un posto meraviglioso, ricco di splendide montagne, dal momento che comprendeva alcuni tratti delle catene di Mentasta, Nuzotin e Chugach, oltre ad abbracciare l'intera catena delle Quilak Mountains. Vantava diverse centinaia di chilometri di zona costiera sullo Stretto di Prince William, dove sorgeva uno dei più grandi sta-

[1] Letteralmente "i quarantotto giù a Sud". Termine con cui, in Alaska, vengono indicati gli altri quarantotto Stati degli USA contigui sul continente nordamericano. Altro termine estremamente comune è *Outside*, letteralmente "Fuori". Un americano che non è né nato né cresciuto in Alaska è pertanto un *Outsider*, "uno di Fuori" (*n.d.t.*).

bilimenti al mondo per la lavorazione del salmone, e chi aveva voglia di pescare poteva sempre volare fin laggiù, ovviamente se era in grado di guidare un aeroplano o di pagare qualcuno che lo facesse. Un vero peccato che così pochi potessero permetterselo, si dicevano l'un l'altro gli abitanti del Parco, alcuni perfino con espressioni seriose.

All'interno del Parco c'erano decine di piste aeree, alcune addirittura indicate sulle mappe della Federal Aviation Administration, ma nel tempo che intercorreva tra il momento in cui la mappa veniva stampata e quello in cui il pilota si ritrovava effettivamente a vagare per i cieli dell'Alaska, magari con la canna dell'olio rotta, tentando di individuarle dall'alto, le piste erano già state coperte di famelica vegetazione o cancellate dalla faccia della terra da un improvviso mutamento nel percorso del fiume Kanuyaq. A Niniltna c'era una pista di ghiaia ben tenuta, di circa un chilometro e mezzo, ma i rappresentanti della polizia tribale andavano incontro ai visitatori per perquisire l'aeroplano in cerca di droghe o alcolici, cosa che, a seconda di ciò che si trasportava nel bagagliaio, poteva trasformare un atterraggio nel piccolo villaggio di Niniltna in un inconveniente più o meno serio, che andava dalla semplice seccatura all'arresto.

Così, sebbene sulla carta fosse un parco aperto a tutti, di fatto solo coloro che avevano accesso a un aeroplano e possedevano le influenze politiche necessarie per ottenere un permesso potevano godere di quella riserva naturale incontaminata e selvaggia. Se poi si teneva conto che il noleggio di un piccolo aeroplano costava la bellezza di 185 dollari l'ora, benzina inclusa, e che il cliente era costretto a pagare l'intero tour di quattro ore se l'air taxi era a corto di passeggeri per il viaggio di ritorno, gli unici a poterselo permettere erano gli amministratori del Parco, i senatori degli Stati Uniti e l'occasionale governatore di Stato in visita ufficiale, con ospiti al seguito.

Sì, era davvero un parco magnifico, spettacolare, un tesoro nazionale, lo dicevano tutti, non ultimi quelli che ci abitavano. Solo che non nessuno poteva arrivarci.

***

C'erano undici pagnotte appena fatte, cinque delle quali erano avvolte nella stagnola e conservate fuori, nel magazzino. Kate mise le restanti sei nello zaino per portarle ad Abel, l'unica persona al mondo che conosceva in grado di disintegrare carboidrati con la sola forza dello sguardo. Aveva rovinato la dodicesima pagnotta quando la presina le era scivolata di mano e si era bruciata le dita, dopodiché, in un attacco di nervi, aveva scaraventato lo stampo per il pane dall'altra parte della stanza, ben contenta che nessuno al di fuori di Mutt avesse assistito a quello spettacolo.

Il cattivo umore perdurò fino al mattino successivo. Kate sbatté l'alluce contro un gradino della scala della mansarda. Mentre si pettinava, il manico della spazzola si ruppe a metà, impigliandosi in un groviglio di capelli. La valvola di tiraggio del forno a legna si rifiutò di collaborare quando cercò di regolarla perché il forno rimanesse acceso in sua assenza, e ci volle un'ignobile mezz'ora e una bruciatura all'altra mano per rimetterla a posto. Entrò a strattoni nella tuta da neve, infilò i piedi negli stivali di pelle e quando aprì di scatto la porta della capanna, Mutt le lanciò un'occhiata e si dileguò all'istante.

«Grazie», disse Kate, con detestabile cortesia. «Ne avevo bisogno». Sbatté la porta e un enorme ghiacciolo si staccò dalla grondaia, mancandola di poco. Camminò a passi pesanti in direzione del garage e controllò il livello dell'olio e della benzina della sua Super Jag. Era la migliore motoslitta della Arctic Cat, il mezzo di trasporto più all'avanguardia del Bush, nuova di zecca dell'inverno passato, con un cingolo di 3962 millimetri per 406, una forcella springer che facilitava la guida anche nella neve alta, un motore 440 cc con raffreddamento ad aria e overdrive Comet 108. Poteva percorrere fino a 190 chilometri con un pieno, ed era provvista di manopole scaldamani e bauletto. Tuttavia, in barba a tutti gli optional che il venditore, letteralmente in brodo di giuggiole, aveva elencato a Kate allo showroom, dopo sei settimane di inattività quel gingillino non voleva proprio saperne di accendersi, e sembrava più propensa ad accasciarsi nella neve e morire. Kate imprecò, a voce alta e con veemenza. Mutt sporse prudentemente il muso oltre la porta del garage e la guardò con aria di rimprovero. Kate si trattenne a stento dal lanciarle addosso la chiave inglese che teneva in mano.

«Che c'è, non posso svegliarmi di cattivo umore come il resto del mondo?», le domandò.

Non lo fai mai, le disse Mutt.

Kate fece un sospiro pesante e si sedette sulla motoslitta. «Hai ragione, Mutt», disse infine tendendole la mano. Mutt le trotterellò incontro per infilarle la testa sotto le dita. «Ma il fatto che abbia preso una decisione e stabilito di mettermi all'opera non vuol dire che mi debba piacere per forza».

Naturalmente, disse Mutt.

«Ho solo bisogno di prendermela con qualcuno», disse Kate.

Chiunque tranne me, rispose Mutt amichevolmente.

«Che ne dici di Jack?».

Mutt aveva un'aria dubbiosa, ma più Kate ci pensava, più Jack Morgan le sembrava un candidato plausibile e invitante. L'aveva messa con le spalle al muro, costringendola a lasciare il suo rifugio caldo e accogliente, nel momento più freddo dell'inverno, per risolvere un pasticcio che aveva creato lui stesso e andare in un luogo che lei detestava, pieno, anzi, brulicante di persone che non aveva nessuna voglia di vedere. Il fatto che avesse ricominciato a lavorare per Jack non faceva che spargere altro sale sulla ferita. Quando se l'era trovato di fronte, il giorno prima, aveva dovuto fare ricorso a ogni briciolo di autocontrollo per non infangare il buon nome dell'ospitalità del Bush e sbatterlo fuori senza offrirgli neppure una tazza di caffè.

«E anche io ho qualcuno con cui parlare», disse all'improvviso rivolta a Mutt. «Ho te. Voto di silenzio un cazzo».

Mutt le leccò il viso con la grossa lingua, umidiccia e comprensiva. Dopodiché Kate si rimise al lavoro sulla Jag.

Di lì a poco, quando riavviò lo starter, il motore partì, scoppiettò una o due volte e poi si mise in moto con un sonoro ronzio. Kate staccò la slitta e spinse la moto fuori dall'officina. Controllò il kit di sopravvivenza nel bauletto, tirò fuori la zanzariera che aveva dimenticato di togliere dopo la prima gelata e aggiunse uno spazzolino da denti e un cambio di biancheria. Tornò a controllare se aveva lasciato la porta aperta. Ovvio.

Non riusciva a farsi venire in mente nient'altro per ritardare la partenza. Fece un respiro profondo e drizzò le spalle. «Pronta, Mutt?».

Mutt era sempre pronta ad andare ovunque. Saltò in sella alle spalle di Kate, e dopo un rombo e un balzo in avanti erano partite. Era un altro mattino boreale, cristallino, traslucido, il cielo che si illuminava in maniera quasi impercettibile a sud-est, ma non ancora pronto a esplodere nel bagliore pieno, inondato di grigio e di rosa, dell'alba.

La fattoria di Abel Int-Hout era tre volte più grande di quella che Kate aveva ereditato da suo padre. Sorgeva in un luogo idilliaco, accanto a un lago dalla forma allungata, piuttosto profondo, che si trovava alle spalle di una collina, ai piedi delle Quilak Mountains. Di lì a sei mesi sarebbe stata visibile un'ampia pista erbosa e ben curata che partiva dalla riva, sufficientemente lunga da accogliere un Beechcraft a doppio motore. Il Cessna di Abel sarebbe stato ancorato vicino alla casa, sempre che non venisse sostituito da un Beaver con i galleggianti, ormeggiato in mezzo al lago. Quell'inverno il velivolo d'ordinanza era un Super Cub versione *skyplane*, e la neve sulla pista d'atterraggio era ben pressata per via degli innumerevoli atterraggi e decolli, dato che gli amici di Abel volavano avanti e indietro da tutto lo Stato per fargli visita.

La casa di Abel non era una capanna. Aveva una porta a zanzariera, le fiancate rivestite di assi per esterni dipinte di rosso, un'ampia veranda perimetrale che correva lungo tre lati dell'edificio, acqua calda e fredda e, meraviglia delle meraviglie, una toilette a sciacquone al chiuso. Il giardino era ugualmente modesto, appena quattromila metri quadri, e durante l'estate veniva ricoperto di teli di plastica nera, adeguatamente forati, attraverso cui Abel minacciava broccoli e cavolfiori intimandogli di spuntare al più presto. In termini di metratura, la serra era addirittura più spaziosa della casa; Abel vi coltivava zucche e pomodori, e durante un'estate di gloriosa memoria era riuscito perfino a farvi crescere delle minuscole pannocchie di granturco dolce. Infine, valeva la pena di menzionare i filari di piselli e lamponi dietro la serra, e l'appezzamento di fragole che minacciava di invadere la pista d'atterraggio. Poco distante, in cima alla collina, sorgeva un piccolo cimitero, in cui due generazioni di Int-Hout riposavano in pace dopo una lunga e produttiva vita di cercatori d'oro, cacciatori di martore e castori, pescatori di salmoni e granchi imperatore. La lapide più recente era quella della moglie di Abel, morta tre anni prima.

Se la fattoria di Kate, con la sua manciata di fabbricati annessi, aveva un'aria ordinata e ben curata, quella di Abel sembrava la pubblicità di «Better Homes and Gardens», e Kate non riusciva mai a guardarla senza un pizzico d'invidia, subito duramente repressa.

Abel era contrario alle motoslitte, così Kate parcheggiò la Super Jag accanto allo sterrato del tracciato ferroviario, coperto di neve pressata alla bell'e meglio, e s'incamminò lungo il sentiero che portava alla fattoria. Mutt le saltellava accanto tentando di colpire i rami ricoperti da una delicata corazza di cristalli, e provocando cascate di tintinnanti frammenti sopra le loro teste. Sollevò lo sguardo su di Kate con un'espressione supplichevole, un implorante invito al gioco. Kate la rincorse per il sentiero, e quando giunsero alla fattoria erano entrambe senza fiato. Subito vennero circondate da una grande muta di cani, per la maggior parte husky o incroci di husky, che cercarono tutti insieme di saltare addosso all'una o all'altra, abbaiando un sonoro e assordante benvenuto.

Mutt tollerò il tutto per non più di sessanta secondi, dopo i quali tagliò corto con un unico, aspro latrato. Si fece silenzio all'istante. Metà dei cani abbassò le orecchie e scodinzolò in maniera remissiva, l'altra metà si mise a cuccia, poi si voltò sulla schiena e agitò le zampe per aria. Mutt alzò lo sguardo verso Kate con espressione compiaciuta.

«Sì, sei davvero fantastica», le disse Kate.

Abel le aveva sentite arrivare e le stava aspettando sulla soglia. «Che diavolo ci fai qui?». Si schiarì rumorosamente la gola e indicò il pacchetto che Kate teneva tra le mani. «Cosa mi hai portato?»

«Sei pagnotte», rispose lei consegnandogliele. «A dire il vero non dovrei darti nulla, dal momento che non ho ancora visto la mia porzione di bistecche d'alce».

«Di che diavolo stai parlando, bambina?».

Lei indicò il lungo fagotto avvolto in un pezzo di tela che penzolava dalla base del magazzino di Abel, grande quanto la coscia di un toro ben pasciuto. «Pensavo che la prima porzione di arrosto fosse sempre per me». Lui spostò lo sguardo dal fagotto a Kate, e la pelle coriacea delle guance si tinse di un improvviso rossore. Ridacchiando, Kate aggiunse: «Sarà meglio che non ti trovino con quella roba appesa lì, Abel. Se ti sorprendono a cacciare alci fuori stagione, ti sequestrano il Cub e il Winchester, e ti sbattono dentro per il resto dei tuoi giorni».

«Diavolo, bambina», ribatté lui con un sorriso teso, «è caccia di sussistenza, lo sai. Da quando hanno fatto passare quella legge, nel 1980, posso sparare a quello che mi pare quando mi pare all'interno del Parco, se ne ho bisogno per mangiare».

Lei scoppiò di nuovo a ridere allargando le braccia, Abel sbuffò, poi fece un passo in avanti e la strinse in un abbraccio che per poco non le ammaccò le costole. «Be', se hai finito di farmi passare per un lestofante, accomodati dentro».

Con i capelli bianchi e sottili ravviati all'indietro e il naso adunco, che spuntava simile a un becco in mezzo agli occhi di un azzurro slavato ma dallo sguardo ancora penetrante, Abel Int-Hout ricordava una vecchia aquila feroce. Kate pensò, e non per la prima volta, che se ne stava appollaiato sulla soglia della fattoria nello stesso modo in cui l'aquila di Tennyson si affacciava sul dirupo, con gli artigli stretti alla roccia, pronto a difendersi con le unghie e con i denti, e a proteggere tutto ciò che era suo.

Abel le fece strada fino alla cucina. «Che combini?», disse, versando il caffè in due robuste tazze. Posò sul tavolo un barattolo di latte evaporato, una zuccheriera, un cucchiaino e una confezione di biscotti Ding Dong.

Kate avvicinò una sedia al tavolo e poggiò i gomiti sulla tovaglia di tela cerata. «Sono di passaggio. Sto andando a trovare *emaqaa*».

Abel drizzò la testa e la fissò con i suoi penetranti occhi azzurri. «Stai andando a Niniltna?»

«Sì».

«Era da un pezzo che non tornavi a casa».

Kate dimenticò per un istante chi aveva davanti e rispose con cautela: «Niniltna non è casa mia, Abel. È soltanto il luogo in cui sono nata».

Lui sbuffò. «Se la detesti così tanto, perché hai scelto proprio il momento peggiore dell'inverno per prendere cani e slitta e precipitarti fin lì?»

«Non ci sto andando con cani e slitta».

Abel sbuffò di nuovo. «Sì, ho sentito. Te lo giuro, bambina, non capisco perché ti ostini a usare quegli aggeggi. Sono sporchi, fanno un chiasso infernale, non si possono riprodurre e, poco ma sicuro, non ti tengono neanche compagnia».

«No, Abel», ammise lei con voce mite, trattenendosi dal puntualizzare che un Super Cub faceva più chiasso di dieci motoslitte lanciate a tutta velocità e, proprio come queste, non poteva riprodursi. Ma del resto la coerenza non era uno dei motivi per cui voleva bene al vecchio.

Fatta eccezione per un branco di oche domestiche, sette gatti e innumerevoli cani, Abel viveva completamente solo. Ormai in pensione, si era guadagnato da vivere lavorando come pescatore con la senna; i figli, che disdegnavano la vita nei boschi in zone isolate e poco popolate come quella, si erano trasferiti a Cordova e ad Anchorage e Fuori. Abel era rimasto dov'era. Quella era la sua casa. Quella era la sua vita.

Aveva sposato una donna della famiglia Shugak, diventando così cugino o nipote di secondo grado di Kate – non si erano mai decisi tra le due alternative. Quando Kate aveva otto anni, il padre era annegato nello Stretto di Prince William. La madre era morta due anni prima, così la nonna aveva decretato che la bambina sarebbe tornata a Niniltna per vivere assieme a lei. Ma la piccola Kate aveva dichiarato con serafica calma che la cosa era fuori discussione. In quel testa a testa tra autorità incontestabile da un lato e tenace ribellione dall'altro era intervenuto Abel. Aveva portato Kate a casa con sé, permettendole di fare ritorno alla fattoria del padre durante i fine settimana, e l'aveva cresciuta senza fare distinzioni tra lei e i propri figli, se non fosse che probabilmente la preferiva a questi ultimi. Di certo aveva più cose in comune con lei.

Abel aveva insegnato a Kate tutto ciò che le avrebbe insegnato anche suo padre se ne avesse avuto il tempo. A cacciare i cervi Sitka, standosene seduta ai piedi di un albero, anche per ore se necessario, e a placare l'animale con la voce, così che fosse lui a fare la prima mossa. A rammendare le reti a tramaglio di modo che il salmone rosso, una volta imprigionato, restasse immobile anziché dimenarsi e ridurle a brandelli, costringendo il pescatore a indebitarsi ancora di più con il conservificio per procurarsi nuove attrezzature. A sventrare un alce evitando di perforare gli organi e trasformare l'operazione in un caos verdastro e maleodorante. A scuoiarlo e a macellarlo in modo da ottenere tagli per arrosto e bistecche anziché, come era successo a Kate le prime due volte, una scorta di polpette sufficiente per tutto l'inverno.

Kate lo guardò versare il caffè, con una sensazione di tenerezza e allo stesso tempo divertita. Lui alzò la testa, con gli occhi che scintillavano. «Nessun commento? Non hai intenzione di litigare con me oggi, è così?». Lei sorrise, ma non rispose. «Allora, per quale motivo stai andando da Ekaterina?».

Kate bevve un sorso di caffè. «Sto cercando una persona».

«Chi?»

«Due persone, a dire il vero: un ranger del parco di nome Mark Miller e un investigatore dell'ufficio del procuratore di Anchorage. Lo conosci, l'hai incontrato l'ultima volta che hai fatto un salto da me. Kenneth Dahl».

Abel ci mise un po' a rispondere. La guardò con attenzione, tenendo gli occhi fissi su di lei. «Sì, credo di ricordarmi di lui», disse, scegliendo con cura le parole. «Il clone di Kennedy di Boston. Più denti che cervello». Guardò Kate arrossire senza nascondere la propria soddisfazione. «Perché lo stai cercando? Ti deve dei soldi?».

Kate trasse un respiro profondo e riuscì a contenersi. Era già abbastanza spiacevole che fosse stata lei a fare da chaperon a Dahl nel Parco, per non parlare del motivo per cui l'aveva fatto; ricordò le ultime parole che Jack le aveva rivolto il giorno prima, e si sentì sprofondare. Era già abbastanza spiacevole che il suo incoraggiamento avesse indotto Ken a credere di conoscere quel luogo e le persone che lo abitavano. Ma la cosa peggiore era sapere che si era messo sulle tracce del ranger per dimostrarle qualcosa. Era scomparso da più di due settimane, due settimane di temperature record sotto lo zero, e neppure una nevicata. Permettere ad Abel di ingaggiare la solita scaramuccia sulla sua vita sentimentale non avrebbe fatto altro che ritardare le ricerche. Espirò piano, e disse con voce pacata: «Hai mai incontrato il ranger?»

«Possibile», rispose Abel deluso. «Mi sembrano tutti uguali. Cosa vuoi da lui?»

«È scomparso. Jack ha mandato Ken a cercarlo, e adesso è come svanito nel nulla. Sto andando a Niniltna per conto dell'ufficio del procuratore di Anchorage, anche se a dire il vero sono stata reclutata dall'FBI».

«L'FBI?».

Lei sorrise. «Non essere così nervoso, Abel. A quanto ne so, l'FBI lascia ancora che sia il Dipartimento di Caccia e Pesca a occuparsi dei cacciatori di frodo. Il padre del ranger è un rappresentante del Congresso, e ha chiamato l'FBI. Jack Morgan è venuto da me ieri mattina assieme a uno dei ragazzi di Hoover».

Abel la scrutò a lungo con attenzione. «Ah sì, Morgan? E come sono arrivati fin qui? Ieri non è atterrato nessuno».

Kate scosse la testa e declinò l'offerta di un Ding Dong con un brivido quasi impercettibile. Abel non mangiava nulla che non fosse abbondantemente fritto o ricoperto di zucchero. «Sono arrivati ad Ahtna in macchina, e una volta lì hanno preso una motoslitta e seguito i binari fino a Tana. Dopodiché hanno risalito la vecchia massicciata fino alla mia fattoria».

Abel inarcò un sopracciglio. «Morgan farebbe bene a guardarsi da quella cazzo di ferrovia. Il mese scorso Essy Beerbohm è stato travolto dal treno per Fairbanks».

Kate trasalì. «Non lo sapevo. Era andato a fare provviste?»

«Già».

«E Cindy come l'ha presa?».

Abel piegò la bocca all'ingiù. «È andata a vivere con Sandy Mike la settimana scorsa».

Kate lo fissò per qualche istante e disse: «Non fare il moralista, Abel. Non è facile infilarsi notte dopo notte in un letto gelido e vuoto».

Il vecchio si irrigidì e le lanciò uno sguardo truce. «Lo so meglio di lei, e a pensarci bene anche meglio di te, bambina».

Kate, pentendosi di aver difeso una donna per la quale tra l'altro non aveva mai provato grande simpatia, soggiunse alla svelta: «E che mi dici di questo tempo? Una vera maledizione, no?».

Abel, come ogni vero alaskano quando si parlava del tempo, si lasciò subito coinvolgere dal nuovo argomento. «Bella merda, eh? Se non nevica alla svelta, il disgelo di questa primavera sarà un disastro. I fiumi saranno talmente a secco che non vedremo neanche l'ombra di una squama, figuriamoci un pesce intero». Fece una pausa. «Quel ranger, come hai detto che si chiamava?»

«Mark Miller. Te lo ricordi?».

Abel rifletté. «Mi sa che era quel tipo che ho trovato su a Lost Wife l'estate scorsa».

Kate lo guardò sorpresa. «A Lost Wife? Che ci faceva in quella vecchia trappola?»

«È quello che gli ho chiesto anch'io», rispose Abel, «prima di spedirlo a calci nel culo giù da Shamrock Mountain con il mio calibro .12». Inclinò la testa di lato. «Continuava a strillare qualcosa a proposito del filone di Lame Dog».

Kate gemette piano. «Immagino che chi l'ha abbindolato con quella vecchia balla gli abbia venduto anche un pezzetto del Ponte di Brooklyn».

«Non ha importanza. Qualcuno doveva provare a fregarlo, si fa con tutti i *cheechako*». Abel sorrise beffardo. «Tra l'altro, ho idea che ora come ora non gli importi più se quella frottola era vera o meno. Da quant'è che è scomparso?»

«Da sei settimane. E Ken si è messo sulle sue tracce da più di due».

Abel emise un grugnito. «Si sarà ubriacato e sarà caduto in un cumulo di neve mentre tornava a casa dal Roadhouse».

Chiuse di scatto la bocca, e dopo qualche istante aggiunse in tono burbero: «Scusa, bambina».

Kate scosse la testa. «Non ti preoccupare, Abel. È stata la prima cosa che ho pensato anch'io. Ma adesso è sparito anche Ken». Fece un sorriso teso, poi citò uno dei detti preferiti del vecchio. «C'è qualcosa che puzza, e non è salmone».

Lui la guardò socchiudendo gli occhi. «È per via di Dahl che ti sei lasciata coinvolgere in questa storia?».

Kate rimase in silenzio per qualche istante. Poi sospirò e svuotò la tazza. «La scorsa primavera l'ho portato con me a Niniltna, ho lasciato che si guardasse un po' intorno, che prendesse confidenza con il posto», disse. La voce raspava contro la gola sfregiata. «Abbiamo fatto qualche escursione nei dintorni di Copper City, pescato con il guadino nel Kanuyaq. Stava imparando a conoscere il Parco, e probabilmente è quello che ha detto al lavoro. Jack avrà pensato che era la persona più adatta per questa missione. Mi sento... responsabile».

Abel armeggiò con la caffettiera. «Responsabile?». Riempì la tazza di Kate e poi la propria. «È quasi un anno che convivete, anche se a spizzichi e morsi, e tutto quello che sai dire è che ti senti "responsabile"?».

«Pensavo di cominciare da mia nonna», rispose Kate a denti stretti, mordendosi la lingua. «Di sicuro avrà conosciuto il ranger, e le avevo presentato Ken, per cui pensavo di fare tappa per prima cosa da lei».

Abel annuì con aria pensierosa. «Buona idea. Sa tutto quello che succede nel Parco. Diavolo, quella donna è come il greco di cui mi leggevi, quello con mille occhi che non ti perde mai di vista».

«Cento occhi. Argo, "che tutto vede". Soltanto la notte ha mille occhi, Abel».

«Argo», ripeté Abel con noncuranza. «Sì, quel tipo lì. Be', parlare con Ekaterina è la cosa migliore che tu possa fare». Spostò lo sguardo da Kate a Mutt, che gli sedeva accanto, intenta a osservare i Ding Dong che passavano dal piatto alla bocca, gli occhi gialli impassibili. Il vecchio sorrise e le lanciò un biscotto. Mutt lo afferrò al volo senza fare una piega e lo inghiottì in un solo boccone, poi scodinzolò, speranzosa di riceverne un altro. «Se vai avanti così ti marciranno i denti, bellezza», le disse Abel, dopodiché si rivolse nuovamente a Kate. «Scommetto che pensavi di lasciare questo mostro qui con me».

«Ci avrei anche pensato», rispose Kate sorridendo, «se non sapessi che la faresti mettere incinta da Balto dopo neanche cinque minuti che me ne sono andata».

Lui emise un sospiro addolorato, tradito dal gelido scintillio dello sguardo. «Bambina, ti giuro che non ho idea di chi abbia raccontato tutte queste frottole sul mio conto».

Lei scoppiò a ridere e rispose: «Tu, Abel, tesoro mio».

«Esci subito da questa casa», replicò il vecchio, offeso.

«Devo», rispose Kate, buttando giù il resto del caffè e alzandosi in piedi. «Voglio fermarmi a salutare Chick e Mandy lungo la strada, e farò meglio a darmi una mossa se voglio arrivare a Niniltna nel pomeriggio».

«Chick è al fresco».

Kate si bloccò con la zip della tuta da neve a metà. «Per cosa, stavolta?»

«Io non ti ho detto nulla». Abel si schiarì la gola e scrollò le spalle.

«Ma ho sentito dire che è più grave del solito. Disturbo della quiete pubblica. Ubriachezza molesta. Resistenza...».

«...all'arresto. Aggressione a pubblico ufficiale», completò Kate e sospirò. «Dove?»

«Anchorage».

«Pensavo che Mandy avesse recluso Chick nella fattoria per tutto l'inverno».

Abel aprì la porta d'ingresso e lasciò vagare pigramente lo sguardo per il cielo, gli occhi socchiusi, crogiolandosi nel debole tepore del sole. «Demetri Totemoff ha trovato la motoslitta nuova fiammante di Mandy in un fossato vicino a Tana».

«Oh, cavolo».

«Già. E lei si rifiuta persino di pagargli la cauzione».

La fattoria di Mandy Baker era una grande proprietà che si estendeva in maniera caotica, con un'aria sciatta e trasandata che neppure il manto immacolato della neve, con la sua grazia, riusciva a mascherare. Era circondata da betulle, e a quasi tutti i tronchi esili e biancastri era stato legato un cane. Quando Kate risalì il sentiero, l'intera muta diede mostra di aver notato la sua presenza. Gli animali guairono, uggiolarono, latrarono, abbaiarono, mugolarono e ringhiarono, ululando e digrignando i denti, lanciandosi in avanti per poi essere strattonati dalle pettorine, le zanne scoperte in un ringhio. Come la muta di Abel, anche questi erano tutti husky o incroci di husky, le code che si arricciavano sul didietro, dimenandosi come rigogliose piume di struzzo.

Kate rallentò e fermò la Super Jag a un metro e mezzo da un enorme esemplare bianco, che subito si scagliò in avanti abbaiando un frenetico e bavoso segnale d'allarme. Mutt, alle spalle di Kate, saltò giù dalla motoslitta, annusò l'aria in direzione del cane, sbadigliò e si guardò intorno tre volte, dopodiché si mise a terra e si appallottolò con il naso all'altezza della coda, per poi addormentarsi, almeno in apparenza, a pochi centimetri dalle zanne del bestione. Offeso da questa ostentazione di sangue freddo, l'enorme husky si lanciò in avanti finché glielo permetteva la catena, latrando isteriche minacce di massacro e carneficina. Kate passò accanto a Mutt, si avvicinò al cane e gli diede qualche buffetto sulla mascella, al che questi crollò a terra come se fosse stato abbattuto dal manico di un'ascia e prese a strisciare sulla pancia tentando di accattivarsi il nuovo ospite. «Datti una calmata, Testadura. A sentirti, chiunque penserebbe che non vedi una faccia amica venire su per questo sentiero da secoli».

«È così, infatti», disse una voce pacata alle sue spalle, e Kate si girò sorridendo.

«Che gli succede? Sembrava che non mi avesse mai visto».

«Perché credi che si chiami Testadura? Non è abbastanza sveglio per riconoscere un amico», rispose Mandy in tono sarcastico. «Lo è a malapena per tirare una slitta».

«Be', di certo non ha la stoffa di un cane guida», suggerì Kate.

«Poco ma sicuro».

«Hai deciso se correre la Beargrease, il mese prossimo?».

Mandy scosse la testa. «Li sto risparmiando per l'Iditarod a marzo».

Kate sorrise. «Butcher ne sarà entusiasta».

Mandy ricambiò il sorriso. «Ah, non è così ingorda. Ha già vinto quattro volte. Avrà capito che ora tocca a me. Credo invece che Swensen sarà un po' seccato. Sai cosa pensa delle donne *musher*».

Era una donna alta e snella dalla figura slanciata, vestita di una camicia di flanella, jeans e stivali allacciati fino alle ginocchia. I capelli castani erano folti e lisci, con un taglio squadrato a incorniciare un viso dalla struttura massiccia e i lineamenti marcati. A Kate faceva venire in mente una solida capanna: robusta e resistente alle intemperie, capace di fronteggiare anche le più terribili bufere invernali. Gli occhi grigi infossati avevano un'espressione scaltra e sveglia, ed erano circondati da un reticolo di minuscole rughe. Un particolare ingannevole: in realtà Mandy aveva due anni in meno di Kate e le rughe erano conseguenza di anni e anni passati a fissare il sole artico, basso all'orizzonte, dietro una slitta trainata dai cani, su interminabili sentieri ghiacciati che portavano ovunque tranne che a casa.

«Vieni dentro, Kate», disse. «Sto pulendo i tubi delle lampade. Mi puoi dare una mano».

«Wow, fantastico», disse Kate, seguendola all'interno.

«Ho quasi finito», la rassicurò Mandy. «È uno di quei lavoretti con cui non riesco mai a portarmi avanti. D'inverno è sempre buio, e tengo le lampade accese da quando mi alzo la mattina fino a quando non vado a dormire. D'estate il sole splende ventiquattr'ore su ventiquattro, e c'è talmente tanta luce che devo chiudere le tende e accendere comunque le lampade. È una battaglia persa in partenza». Senza cambiare tono, Mandy aggiunse: «Quando abbiamo finito mi puoi aiutare a portare le cose di Chick al capanno».

«Oh, Mandy».

La ragazza scosse la testa con fermezza. «Conosce le regole. Se è sobrio, dorme con me. Se è ubriaco, se ne sta fuori al freddo».

«Be', non ha molta importanza dov'è la sua roba se lui se ne sta in prigione ad Anchorage», osservò Kate con tono mite. «Da quant'è che sta dentro?»

«Quindici giorni».

«Quando pensi di pagargli la cauzione, povero diavolo?»

«Prima devo spostare la sua roba».

«Oh», disse Kate, «in questo caso ti do una mano anch'io».

Lavorarono in un silenzio complice per i venti minuti necessari a trasportare al capanno gli averi di Chick, vale a dire una serie di casse di birra colme di vestiti che odoravano di cane, una malandata radio a transistor, una confezione semivuota di batterie, un sudicio mazzo di carte, un set di attrezzi per intaglio, una zanna di tricheco con un segnapunti per il *cribbage* inciso su uno dei lati e tutti i libri di Louis L'Amour. Una volta terminato, si rilassarono davanti a sandwich e caffè nella cucina rustica, un'ampia sala con le pareti macchiate di fumo in cui conveniva essere bassi, dato che dal soffitto pendevano pentole e padelle come stalattiti dalla volta di una caverna. «Mi ha distrutto la motoslitta, hai saputo?»

«Mmh-mmh».

«Distrutta sul serio, Kate. Sembra che sia andato a sbattere contro ogni albero da qui a Tana. Quel trabiccolo mi era costato quasi tutto il premio della Yukon Quest dell'anno scorso». Masticò l'ultimo boccone di sandwich e inghiottì. «Ma quello che mi fa davvero incazzare è che insiste col dire che lui non c'entra niente».

«Cioè? Che non è stato lui a ubriacarsi e andare ad Anchorage?»

«No, quello almeno lo ammette».

«Meglio così».

«Mmmh. No, dice che non è stato lui a prendere la Polaris».

«Qual è la sua versione?»

«Che ha fatto l'autostop, due cacciatori con un gatto delle nevi gli hanno dato un passaggio fino ad Ahtna e una volta lì ha preso il treno».

«Mmmh».

«Già, è quello che penso anch'io». Gli occhi grigi indugiarono su Kate con un'espressione scaltra. «Come mai da queste parti?».

Kate abbassò lo sguardo sulla tazza di caffè. «Jack Morgan si è presentato da me ieri mattina. Vuole che indaghi su un ranger del Parco scomparso sei settimane fa». Mandy emise un brontolio. «Sì, lo so», disse Kate, «ma il padre è un tizio del Congresso, Fuori, e ha fatto qualche pressione sull'FBI. Il loro rappresentante locale conosceva Jack, che ha spedito Ken Dahl sulle tracce del ranger. E ora è scomparso anche lui».

«Ken Dahl», ripeté Mandy. «Quello schianto di biondone di Beacon Hill? Ti riferisci a *quel* Ken Dahl?»

«Sì. Il ranger si chiama Mark Miller. L'hai mai visto?»

«Piccoletto, bruno, troppo giovane, una specie di Jerry Falwell in versione ambientalista?».

Kate sorrise. «Su quest'ultima parte non saprei, ma il resto della descrizione corrisponde. In che senso, troppo giovane? Troppo giovane per cosa?»

«Troppo giovane per dire a tutti come va gestito il Parco». Mandy scoppiò in una breve risata tutt'altro che allegra. «A ottobre ha testimoniato a favore dello sviluppo del Parco davanti al Sottocomitato della camera, a Niniltna».

«Ha detto qualcosa per cui poteva essere ucciso?».

Mandy le lanciò un'occhiata di rimprovero. «Andiamo, Kate. È un ranger. È stato addestrato a dire cose che difficilmente rientrano in un'altra categoria».

«Fantastico. Cos'ha detto esattamente?».

Mandy si appoggiò allo schienale della sedia e intrecciò le dita dietro la nuca. «Immaginati la scena. Palestra della scuola nuova di zecca, che Billy Mike ha fatto tirare a lucido con festoni di carta crespa rossa, bianca e blu. Un lungo tavolo sistemato sul palco e, lì davanti, un pulpito per i testimoni e tutte le sedie pieghevoli che esistono nel Parco aperte e sistemate per benino».

«Scommetto che Bernie avrà avuto qualcosa da ridire in proposito».

«Ci puoi scommettere le chiappe, tesoro. Insomma, questi esaltati del Parco si alzano in piedi e, dopo aver giurato sulle teste dei loro antenati, iniziano a dire che il Parco è la loro casa, che trasformare la vecchia ferrovia in una strada maestra non farà altro che rovinare la qualità della vita di tutti noi, e che ogni inverno un mucchio di alci rimangono uccisi sull'Alaska Railroad, elemento che porta il Comitato a pensare che una nuova strada costituirebbe un grosso pericolo per la migrazione dei caribù. Eccetera eccetera. Ti sei fatta l'idea. Ed ecco che si alza Miller, questo grandioso, piccolo cazzone di Fuori, e replica punto per punto a tutto ciò che è stato detto fino ad allora, e ha addirittura la faccia tosta di presentare dati e numeri, statistiche del cazzo, immàginati, a supporto delle sue teorie. Sì, ci ha proprio dato una lezione su come si manda avanti questo Parco, come se non avessimo mai sentito le parole "gestione programmata" e "caccia" nella stessa frase, prima d'allora».

Kate scoppiò in una breve risata simile a un latrato. «Mandy, l'unica gestione della caccia che conosci tu è fare in modo di non essere scoperta quando finisci le provviste dei cani e vai a caccia di caribù in aprile. Tra te e Abel, mi stupisco che all'interno del Parco sia rimasto ancora qualche quadrupede».

Mandy sorrise, e per un attimo sembrò una bambina sorpresa con le mani nel barattolo della marmellata. «Che rimanga tra noi, Kate, ma stupisce anche me», ammise. «Tra me, Abel e i bracconieri».

«Quali bracconieri?», domandò Kate.

«Abel non te l'ha detto?», disse Mandy. «Un paio di settimane fa ho sentito sparare su alla vecchia miniera di Lost Wife. Un casino del diavolo. Quel giorno il tempo era buono e i rumori arrivavano chiari e nitidi, sai com'è durante l'inverno: ho sentito tutto. Non ero io, e Abel mi ha detto che non era nemmeno lui, quindi…».

Kate rispose con aria divertita: «Ha una coscia di selvaggina appesa al magazzino. L'ho vista poco fa».

«Quel vecchio avvoltoio!», disse Mandy disgustata. «Dovevi vedere come mi ha guardato quando gliel'ho detto, sgranando quegli occhioni blu. "Chi, io? A caccia fuori stagione?". E se n'è andato strepitando tutto offeso. Mi sono addirittura sentita in colpa per averlo accusato».

«Be'», ammise Kate onestamente, «dalle dimensioni sembra più una coscia d'alce che di caribù, questo glielo concedo». Sospirò e aggiunse: «Quanto a Miller, spero tu sappia che hai appena allargato la mia lista dei sospetti a tutti gli abitanti del Parco».

«Di sicuro non tutti».

«Fammi un esempio».

«Abel», replicò Mandy con una faccia seria, e tutte e due scoppiarono a ridere. Quando si furono calmate abbastanza da riuscire a parlare, Mandy disse: «Ti ho raccontato che conoscevo Ken Dahl, Fuori?»

«No», disse Kate sorpresa. «In Massachusetts?»

«Mmm-mmh», rispose Mandy sorridendo. «La sua famiglia e la mia erano molto intime. A dire il vero, mia madre sotto sotto sperava in una specie di alleanza».

«Voleva che tu lo sposassi?»

«Sì, quand'era ancora convinta che mi sarei diplomata al Vassar College e avrei fatto il mio debutto in società in satin rosa con una sopragonna di chiffon. A dirla tutta, credo sperasse davvero che Ken e io ci saremmo sposati», disse Mandy con aria pensierosa. «Probabilmente pensava che mi avrebbe salvato dai saldi da L.L. Bean, là dove lei e mio padre avevano fallito».

«Non me l'avevi mai raccontato. Non sei mai stata tentata?»

«Naaa. All'epoca ero fidanzatissima con Robert Service. "Il bardo dello Yukon"».

Kate scoppiò a ridere. «Mi piacerebbe conoscere tua madre, Mandy. Quando credi che ti arrenderai una buona volta e inviterai quassù i tuoi?»

«Stai scherzando? Mia madre è convinta che ci siano ancora bufali a Buffalo».

«Dovrebbero essere orgogliosi di te e delle tue corse».

Mandy scrollò le spalle. «Se non è l'ippodromo di Saratoga o una regata al largo di Newport, non è abbastanza importante».

«Ah».

Più tardi, in piedi sulla soglia, le disse: «Kate?».

Kate montò in sella alla motoslitta e rispose: «Cosa?»

«Che mi dici di Jack?».

Il vago sorriso che le si era dipinto sul viso svanì all'istante. «Cosa vuoi che ti dica?»

«Sbaglio, o negli ultimi cinque secondi la temperatura qua fuori è precipitata?», si domandò Mandy a voce alta. «Ah sì, forse avrei dovuto chiederti: "Che mi dici di te e Jack?"»

«Non esiste nessun "me e Jack"».

«D'accordo, scusami. Commetto sempre lo stesso errore: credo a quello che vedo con i miei occhi».

«È una storia impossibile, Mandy», rispose Kate. «Non condividiamo niente che sia davvero importante».

«Kate», disse Mandy, «è importante sapere se mette la carta igienica nel portarotolo con lo strappo verso l'alto o verso il basso. Qualche regola di base, e il resto è tutto in discesa».

«Facile a dirsi, per te», borbottò Kate mettendo in moto la Super Jag.

«Solo perché è vero!», le gridò dietro Mandy.

# 3

Niniltna era un villaggio di ottocento abitanti, che raddoppiavano in estate quando i salmoni risalivano le correnti, il che lo rendeva una vera e propria metropoli per gli standard del Bush. Le abitazioni si affastellavano sul *muskeg* pianeggiante e paludoso sulla riva del Kanuyaq, il fiume che fungeva da canale di scolo per il Parco, nel quale confluivano tutti gli altri ruscelli e torrenti, nonché le acque dei ghiacciai al momento del disgelo. Era lo stesso fiume lungo il quale migravano il salmone reale, il salmone rosso e quello argentato, il salmone rosa e il salmone keta per deporvi le uova e morire, o finire intrappolati nelle reti dei pescatori ed essere trasportati per via aerea fino ad Anchorage, e una volta lì essere puliti, congelati e spediti in ristoranti e cucine dall'altra parte del pianeta. Di solito i pescatori erano indiani Aleuti e Athabaska e Tlingit, che pescavano in virtù di diritti di usucapione centenari. Di tanto in tanto qualche pescatore di diporto faceva un salto nel Parco, riempiva il carniere quel tanto che gli era consentito, e affidava la retata a una delle cinque o sei donne del posto che sfilettavano e affumicavano il salmone, rendendone le carni stoppose e squisite. A quanto si diceva, non era vero salmone affumicato se dopo averlo mangiato non ti faceva male la mascella e la casa non puzzava per almeno tre giorni.

Viaggiare in Alaska è una questione di limitazioni continue e requisiti periodici. Così, il fiume Kanuyaq era navigabile solo per un centinaio di chilometri a monte della foce sullo Stretto di Prince William, vale a dire fino a Niniltna, e anche in quel caso solo da barche dal fondo piatto o skiff, e comunque soltanto da giugno a settembre. Dall'inizio di novembre diventava una lastra di ghiaccio; da dicembre in poi, una caotica distesa di frammenti di iceberg. La gente del villaggio l'attraversava senza difficoltà da sponda a sponda, e il fiume rimaneva così fino al momento del disgelo, a marzo o ad aprile o, negli anni in cui l'inverno ricordava un ospite troppo invadente, addirittura fino a maggio.

Fino a vent'anni prima, o addirittura dieci, il villaggio di Niniltna era poco più di una manciata di capanne, in cui soltanto un edificio, la scuola, era provvisto di impianto elettrico. Ma nel 1971 il Congresso aveva approvato l'Alaska Native Claims Settlement Act, alias ANCSA. La nuova legge aveva assegnato più di sedici milioni di ettari e due miliardi di dollari ai sei differenti gruppi etnici dell'Alaska, in apparenza come indennizzo per la sottrazione delle terre storicamente occupate dai loro antenati. I più cinici l'avevano vista come una vera e propria "bustarella" per far sì che le tribù ponessero fine alle contestazioni e dessero il proprio placet alla costruzione della TransAlaska Pipeline, l'oleodotto che avrebbe attraversato l'intero Stato e – coincidenza tutt'altro che casuale – i territori di caccia delle popolazioni autoctone.

Da quell'istante, il volto di Niniltna era cambiato in maniera radicale. Il villaggio manteneva la sua percentuale di capanne di legno con rivestimento in cartone catramato, scaldate con stufe ricavate da vecchi fusti di petrolio; ma la maggior parte delle abitazioni di Niniltna ora discendeva da una stirpe di prefabbricati, i cui embrioni erano stati fecondati da qualche parte Fuori, di solito a Seattle, per poi essere spediti con la Sea-Land Service a Seward e infine, passando per l'Alaska Railroad, ad Anchorage. A quel punto erano ormai modelli a grandezza naturale, e venivano trasportati su camion lungo la vecchia massicciata ferroviaria non appena la neve cominciava a sciogliersi, o sospinti lungo il Kanuyaq quando il fiume era di nuovo navigabile. Una volta a Niniltna, venivano mostrati in tutto il loro splendore da sogno americano, uno sfavillio monolivello con tetti e fiancate metalliche. Qualsiasi optional aggiuntivo veniva trasportato per via aerea, il che spiegava perché una monofamiliare a Niniltna costasse il triplo rispetto a un'identica versione a San José, California.

Fatta eccezione per la zona di Panhandle, l'Alaska non è ricca di foreste di legname da costruzione: gli alberi hanno tronchi esili e sottili, adatti a malapena per essere utilizzati come combustibile, figuriamoci per costruirci delle case. I prefabbricati si riconoscevano a colpo d'occhio per via del colore del rivestimento metallico, un monotono azzurro pallido; in più, erano collegati da un impianto elettrico sopraelevato – più che altro un ammasso confuso di cavi – al generatore del villaggio, un edificio che produceva un'immensa nuvola di fumo nero che non si disperdeva mai del tutto nell'aria invernale, immobile e tersa.

C'era un negozio di frutta a verdura, dove si potevano comprare banane per un dollaro al chilo e avocado a due dollari al pezzo. Entrambi gli articoli erano reduci da due trasporti aerei: il primo da Fuori e il secondo da Anchorage. La scuola era l'unico edificio a due piani del paese, e la palestra fungeva da municipio, da centro sociale e, se necessario, da prigione. Poco prima dell'ansa del Kanuyaq si apriva un ampio tratto sabbioso su cui i pescatori tiravano a riva le barche per ripararne gli scafi, allargavano le reti per rammendarle e, quando i salmoni risalivano la corrente, scaricavano la pesca. Proprio poco oltre questo spiazzo, Kate spense il motore della motoslitta e smontò di sella. Si fermò su una piccola altura di fronte alla spiaggia a contemplare il disordinato ammasso di edifici ai suoi piedi. Sarebbe stata capace di trovare la strada per Niniltna a occhi chiusi, e al buio. Ma quel giorno poteva voltare le spalle al villaggio, e lo fece.

La casa della nonna di Kate, una costruzione fatiscente che si allargava in maniera disordinata, e che senza dubbio non esibiva fiancate metalliche azzurre, sorgeva a pochi metri da quel tratto di spiaggia. In principio era soltanto una minuscola capanna di un'unica stanza, costruita con esili, esangui tronchi di betulla e rami e sterpaglie raccolti qua e là, mischiati a muschio e argilla, per poi espandersi ogni dieci anni o giù di lì per far fronte alle generazioni sempre più numerose di Moonin e Shugak, e portando i segni di quella crescita caotica e incontrollata. Dall'altura ai piedi del fiume, la casa si affacciava su una serie di tetti con spioventi diversi, coperti di scandole realizzate nei modi più disparati: bitume, cedro o tronchetti. Era circondata da una discarica di fusti di petrolio, casse di carburante Blazo, vecchi pneumatici e tavole di legno di lunghezze diverse, più preziose dell'oro: non si buttavano via mai, e il furto di un materiale così pregiato poteva essere un movente più che giustificato per un'aggressione, se non addirittura per un omicidio.

Mutt, ferma al fianco di Kate, alzò gli occhi su di lei lanciandole uno sguardo interrogativo, la coda arricciata come un punto di domanda. «Solo perché in vita tua non hai mai avuto paura di nulla, non significa che valga lo stesso per me», l'ammonì Kate. Mutt piegò la testa di lato. «A cuccia», disse Kate. Mutt si accovacciò ubbidiente e la guardò pulirsi con cura le scarpe sullo zerbino, drizzare le spalle, sollevare il mento ed entrare in casa a testa alta. La porta si aprì su un portico coperto di neve, che conduceva direttamente nella stanza più importante della casa, destinata agli usi più disparati: la cucina.

Ekaterina Moonin Shugak sedeva dove si era sempre seduta, su una sedia appoggiata al muro, tra il forno a nafta e il tavolo della cucina. I capelli scuri erano raccolti in uno chignon. Gli occhi erano identici a quelli di Kate, color nocciola e capaci di diventare, all'occorrenza, impenetrabili. Aveva tre menti e altrettanti stomaci, e sedeva con le ginocchia scostate, i piedi ben piantati sul pavimento di linoleum sbiadito e rappezzato in più punti.

«Allora», salutò la sua omonima. «Katja».

«*Emaa*». Kate si chinò a baciare le guance dell'anziana signora, dalla pelle sorprendentemente fresca e giovane. «Hai un bell'aspetto».

«Lo sapresti già, se avessi scelto di vivere a casa tua, tra la tua gente».

Kate aprì la zip della tuta da sci e si accomodò sulla sedia di fronte a quella della nonna, senza rispondere. Era inutile; quella discussione era vecchia quanto lei, e Kate non era arrivata fin lì per litigare. Lanciò un'occhiata dall'altra parte del tavolo, con il viso impassibile e lo sguardo calmo.

L'anziana donna doveva avere ormai ottant'anni, come più o meno immaginavano tutti, dato che neppure il responsabile della previdenza sociale, di passaggio a Niniltna, era riuscito a farle dichiarare la sua data di nascita. E sebbene nessuno provvisto anche solo di un briciolo di istinto di conservazione si sarebbe mai azzardato a dire che Ekaterina Moonin Shugak iniziava a dare segni di senilità, era pur vero che dopo ottant'anni le persone tendono ad avere idee immutabili ed eterne, e ad aggrapparvisi con le unghie e con i denti. Kate cercò di tenerlo a mente anche in quell'occasione, forse per la millesima volta, e fece quella che considerava un'offerta di pace. «C'è un po' di cioccolata?».

La severa espressione della nonna si illuminò. La vecchia si alzò in piedi e si avvicinò con cautela al fornello; il pavimento scricchiolava sotto il suo peso. La schiena, notò Kate, era diritta com'era sempre stata, la testa alta, il portamento fiero. Prese il bollitore per il tè, posato in fondo al fornello, lo spostò in avanti, poi lo riempì d'acqua e lo mise a bollire. Da una mensola sopra il forno prese una padella in ghisa e una grande ciotola coperta da uno strofinaccio. Levò il panno, rivelando una montagnola di impasto per il pane lasciato a levitare, e ne strappò via un pezzo. Versò dell'olio nella padella e, mentre aspettava che si riscaldasse, formò delle pagnotte con l'impasto rimanente e le infilò in forno. Quando l'olio iniziò a scoppiettare, staccò dei piccoli pezzetti dall'impasto che aveva tenuto da parte e li fece rosolare fino a quando non furono dorati su entrambi i lati. Dopodiché li dispose su un piatto scheggiato, che portò in tavola assieme a un panetto di burro e uno spargizucchero con zucchero a velo. Nel frattempo l'acqua aveva cominciato a bollire. Da una credenza tirò fuori due tazze, una confezione di latte evaporato e una latta di Nesquik da più di un chilo. Versò tre cucchiaini colmi di cioccolato in polvere in ogni tazza, fece dei buchi nella confezione di latte e ne riempì le tazze fino a metà, completando il tutto con acqua bollente. Il vapore si alzò, assieme al profumo del cioccolato misto all'aroma del pane fritto, e a Kate venne l'acquolina in bocca. Ekaterina allungò una mano verso il cucchiaino.

«Per me no, *emaa*», disse Kate afferrando la tazza, il primo gesto e le prime parole del tutto spontanei da quando era entrata in quella stanza. «Lo sai che mi piace grumoso». Levò il cucchiaino dalla tazza, prese un pezzetto di pane, lo immerse nel latte e Nesquik e gli diede un morso, concentrandosi sul giusto equilibrio tra pane e cioccolata come quando aveva tre anni. Quel ricordo la fece sorridere, e disse a bocca piena: «È tranquillo, oggi, *emaa*. Dove sono finiti tutti quanti? Di solito hai la casa piena di ragazzini e supplicanti».

La nonna soffiò sulla cioccolata e ne bevve un sorso. «È presto, i ragazzi sono ancora a scuola. Cos'è un supplicante?».

Kate sorrise. «Uno che striscia ai tuoi piedi in cambio di un favore».

«Oh». L'anziana signora ci pensò un po' su, e infine permise che un sorriso compiaciuto le affiorasse in viso.

Con la mano libera, Kate passò in rassegna il mucchio di carte sul tavolo della cucina, e ne tirò fuori un documento di due pagine battuto a macchina su fogli in formato legale.

Lesse il primo paragrafo, lo lesse di nuovo, dopodiché alzò nuovamente gli occhi sulla donna. «Pensavo che fosse un argomento morto e sepolto».

Ekaterina strappò di mano il documento alla nipote e lo mise al sicuro. «Non proprio. Non ancora».

«Credevo che Billy e il resto del Consiglio avessero bocciato la mozione».

«Infatti», ribatté Ekaterina, e prese un sorso di cioccolata con aria da intenditrice.

Kate sospirò. «Oh, *emaa*».

La nonna sollevò lo sguardo su di lei. «Sei ancora convinta che sia uno scherzo?»

«Oh no, *emaa*», rispose Kate senza l'ombra di un sorriso. «Non sono affatto convinta che sia uno scherzo».

«E cosa, allora?».

Kate rimase a sua volta in silenzio. Alla fine disse: «Ci inventiamo tanti di quei pregiudizi per conto nostro. C'è davvero bisogno di imporne di nuovi dall'alto?». Dato che Ekaterina non rispondeva nulla, Kate continuò, procedendo a tentoni, e disse con lentezza: «*Emaa*, prima o poi dovrai lasciarti trascinare nel secolo in cui viviamo, a calci e urla se necessario. Vuoi che la tua famiglia rimanga nel luogo in cui è nata, vuoi tenere unita la tribù e vuoi conservare i vecchi valori, così com'erano una volta». Si chinò in avanti, i pugni sul tavolo, e disse con serietà, guardando quegli occhi così simili ai suoi: «Non succederà. Abbiamo troppe cose, ormai. Troppe motoslitte, troppi prefabbricati, troppe antenne paraboliche che trasmettono troppi canali televisivi, mostrando ai ragazzi tante cose che ancora non hanno. Non si può tornare indietro. Dobbiamo andare avanti, portando con noi tutto ciò che possiamo del nostro passato, certo, ma dobbiamo andare avanti. Solo così potremo sopravvivere».

Ekaterina annuì, e Kate esclamò esasperata: «Detesto quando fai così. Parlo fino a sgolarmi, e tu non fai altro che sorridermi e farmi di sì con la testa, e poi vai avanti continuando a fare quello che avevi in mente fin dall'inizio. Mi fa uscire di testa».

Ekaterina sorrise e fece di sì con la testa, e Kate sorrise a malincuore. «Sei davvero impossibile, *emaa*».

«Forse vuoi dire che sono testarda almeno quanto te, Katja».

Il sorriso di Kate svanì. «Forse». Bevve un sorso di cioccolata. «*Emaa*», disse, sapendo che stava perdendo tempo ma incapace di lasciare l'argomento a metà, «se continui su questa strada dividerai la gente del Parco. Solo che stavolta non saranno gli ambientalisti contro i minatori e i taglialegna, o i pescatori sportivi contro quelli professionisti, o gli abitanti del Parco contro quelli di Fuori. Questo», indicò il documento, «metterà le razze una contro l'altra, spaccandole a metà. È stato già abbastanza difficile per gli Anglo rassegnarsi ai provvedimenti dell'ANCSA. Alcuni nemmeno ci sono riusciti, e non vedo come si possa biasimarli. Non ricevono dividendi trimestrali dalle Associazioni dei Nativi e non possono portare i figli all'ANS per l'assistenza medica gratuita. E adesso vuoi rivendicare l'autonomia delle tribù? Una legge per noi e una per gli altri? Vuoi scatenare una guerra?».

La nonna sorrise, un sorriso indolente e prolungato, e si trattenne dall'annuire. «Forse. Soltanto una piccola guerra», disse con voce pacata. «Sufficiente a risvegliare gli Aleuti per far sì che prendano coscienza del modo in cui vengono sfruttati».

Kate inarcò le sopracciglia. «*Sfruttati*? È la parola del mese? E non rifilarmi le solite stronzate, "il mondo è contro di noi", "preserviamo la purezza della razza", *emaa*. Con me non attacca. Il padre del padre di tuo nonno era un cosacco russo al cento per cento, tuo zio un ciabattino ebreo venuto qui al Nord durante la Corsa all'Oro, e tua sorella ha sposato un pescatore norvegese. Quanto ad antenati, noi Aleuti siamo puri quanto uno dei cani di Abel». Prima che Ekaterina potesse rispondere, Kate alzò le mani. «Ok. Mi dispiace. Lasciamo perdere. Tanto la cosa non mi riguarda. Non permetterò che mi trascini di nuovo in questa discussione». Si fece forza con un sorso di cioccolata e per poco non rimase soffocata con un grumo. «Sono qui perché ho bisogno di un favore, *emaa*».

«Sei una supplicante», precisò Ekaterina, con un sorriso appena accennato.

Kate non poté fare a meno di sorridere. «Immagino di sì. Sto cercando una persona. Due persone, a dire il vero. Uno era un nuovo ranger del Parco. Era qui da circa sei mesi quando è scomparso. Si chiamava Mark Miller. Anglo, basso, magro, capelli scuri, occhi castani, ventitré anni. Lo conoscevi?».

La nonna prese un altro sorso di cioccolata e rimase immobile per qualche istante, senza parlare. «Mark Miller», disse alla fine, pronunciando quel nome come se le avesse guastato il sapore della bevanda. Gli occhi erano nascosti dietro le palpebre abbassate. Sembrava quasi addormentata, e solo trent'anni di esperienza personale trattennero Kate dal pensare che fosse così.

La stanza era calda, e Kate slacciò i primi bottoni della camicia. Un sottile pennacchio di vapore si alzava dal bollitore sul fornello, l'odore del pane nel forno le carezzava le narici, mentre il sole del primo pomeriggio penetrava dalle finestre con raggi esili e sottili; e sua nonna ci stava mettendo troppo a rispondere.

«Lo conoscevi?», tentò di nuovo Kate, senza cambiare posizione ma attenta a ogni parola, a ogni movimento della donna. Man mano che passavano i minuti, quel giochetto le piaceva sempre meno, ma Ken era scomparso, ed era tutta colpa sua. No. Si riscosse mentalmente. Era un uomo adulto, e lei non aveva mai sminuito i pericoli del Parco e dei suoi abitanti – bipedi o quadrupedi che fossero – e la donna che aveva davanti non figurava di certo tra i rappresentanti meno pericolosi della prima categoria. Quando finalmente Ekaterina si decise a parlare, Kate sobbalzò.

Parlò lentamente, con cautela, come se gli eventi le stessero tornando alla memoria man mano che li raccontava. «Uno o due mesi fa Xenia si vedeva con un ragazzo di Fuori».

«Come si chiamava?».

La vecchia scrollò le spalle, gli occhi fissi sulle mani forti e rugose strette attorno alla tazza.

Kate aggiunse pazientemente: «Per caso si chiamava Miller, *emaa*?».

Ci fu un lungo silenzio, poi la donna rispose: «Può darsi».

L'immaginazione di Kate era indaffarata a ipotizzare e scartare le varie possibilità. «Un mese o due, i conti tornano. Non si hanno sue notizie da sei settimane». Kate guardò intensamente la vecchia. «Hai detto che si vedeva con Xenia, giusto?»

«Sì». La nonna non entrò nei dettagli, e Kate la conosceva abbastanza per sapere che quella era la sua ultima parola sull'argomento.

«Be'», commentò quindi, «immagino che la prima cosa da fare sia trovare Xenia e parlarne con lei».

«Hai detto che stavi cercando due persone».

«Sì», rispose Kate. «La famiglia del ranger gode di una certa influenza a Washington. Ha messo l'FBI sulle tracce del figlio».

«L'FBI?».

Kate scoppiò a ridere. «Abel ha fatto la stessa faccia quando gliel'ho detto, *emaa*».

L'anziana signora divenne, se possibile, ancora più cauta nel parlare. «Abel?»

«Sì, Abel. Ma non è che di recente avete rapinato qualche banca, voi due? A ogni modo, l'agente locale ha chiesto a Jack Morgan se poteva dargli una mano, dal momento che conosceva il Parco, e lui ha mandato qui Ken Dahl». Si fermò con la tazza a mezz'aria, e il sorriso svanì. «È scomparso da due settimane».

«L'uomo biondo», disse la nonna. «Me lo ricordo. L'hai portato al *potlatch* quest'estate».

Kate s'irrigidì. «Sì, *emaa*, l'ho portato al *potlatch*, e non fai altro che ricordarmelo». La nonna assunse uno sguardo distaccato e Kate sbatté la tazza sul tavolo prima di esplodere. «Era solo una festa, Cristo santo, non chissà quale sacra cerimonia tribale. Ho portato Jack e...». Chiuse la bocca di colpo, chiedendosi con amarezza per quale motivo sua nonna riuscisse a metterla immediatamente sulla difensiva.

«Per i quattro anni prima di questo, già. Mi ricordo anche di lui. Jack Morgan. Un brav'uomo».

«Già, per essere un Anglo e uno di Fuori», ammise Kate in tono sarcastico. «Ovviamente».

Le due donne rimasero in silenzio, ascoltando il sibilo del bollitore sul fornello. «Katja», disse infine la vecchia, «adesso ho io un favore da chiederti».

Con Ekaterina era sempre un do ut des. Non si dava mai niente per niente, nemmeno alle nipoti destinate a seguire le sue orme. Forse tanto meno a loro, pensò Kate. «Cosa?», rispose. «Un'altra riunione del Consiglio a cui ritieni che dovrei partecipare? Un altro emendamento allo statuto dell'Associazione dei Nativi per cui credi sia necessario che voti di persona?». La vecchia la fissò, e Kate distolse lo sguardo. «Scusa, *emaa*», disse poi in tono burbero. «Non volevo essere sgarbata».

«Voglio che tu parli con Xenia, Katja», disse la nonna.

«Lo devo fare comunque, ma cosa vuoi che le dica?»

«Vuole trasferirsi in città».

Kate accasciò appena le spalle. Ogni volta che tornava a casa era sempre la stessa storia. Era uno dei motivi per cui lo faceva così di rado. Secondo sua nonna, Kate era la sorella maggiore della famiglia, nonché il sergente di guardia al servizio di Ekaterina. E uno dei suoi compiti, sempre secondo la nonna, era sorvegliare il perimetro della prigione, nel caso in cui a uno dei figli dei cugini saltasse in testa di evadere dalla propria famiglia, dal proprio villaggio e dal Parco. Le evasioni erano all'ordine del giorno, alcune coronate da successo, altre ferocemente contrastate e contenute. «Immagino che dovrò tentare di dissuaderla».

«Vuole che le trovi un lavoro. E tu non lo farai».

Kate inspirò profondamente, ed espirò. «Potrei, invece. Se è davvero quello che vuole, e ha voglia di lavorare, potrei cercarle qualcosa. Forse perfino all'ufficio del procuratore».

«Tu non farai niente del genere».

Kate incrociò lo sguardo severo della nonna. «Perché no?», disse. «Cos'ha Anchorage che non va?»

«Perché te ne sei andata da lì, allora?», ribatté la nonna, e Kate avvampò.

«Che prospettive ha se rimane qui?», rispose di scatto. «Rimanere incinta, così può chiedere il sussidio della previdenza sociale? E quando ha bisogno di più soldi rimanere incinta di nuovo, e quando gliene occorrono ancora fare un altro bambino? Oppure, certo, potrebbe sposare qualche tizio di Tana che non ha manco finito il liceo, e passa le estati a pescare e gli inverni a bere e che magari nel frattempo le mette le mani addosso. Dopodiché inizia a bere un po' troppo anche per pescare, e Xenia deve andare comunque alla previdenza sociale, lasciando che sia Bernie a incassare gli assegni al posto suo, e magari, forse perché è un po' triste, o forse perché vuole staccare dai bambini e dalla casa, inizia a bere pure lei, passa i fine settimana al Roadhouse, lascia che i figli crescano da soli, fino a quando, una notte, barcolla fuori dal locale per fare pipì, sviene e muore assiderata. È questo che vuoi, *emaa*?». Le ultime parole furono quasi urlate, e Kate si alzò in piedi lanciando uno sguardo truce alla nonna, il respiro affannoso.

«Xenia non è tua madre», disse Ekaterina con voce sommessa, spezzando il silenzio pieno di rabbia della cucina.

Si fissarono. Kate fu la prima a distogliere lo sguardo. «Ah, al diavolo».

Ekaterina lasciò che il silenzio aleggiasse nell'aria, mentre Kate sbolliva la collera. Poi disse piano, con parole che cadevano come gocce in quel silenzio: «Per te è stato facile, Katja. Per Xenia non lo sarebbe altrettanto».

Facile? Kate guardò Ekaterina e scoppiò a ridere; non riuscì a trattenersi. Per una volta la vecchia parve colta alla sprovvista. La risata suonava amara e per niente divertita, e Kate lasciò che si smorzasse poco a poco. Fece qualche passo per la stanza, le mani ficcate nelle tasche. «L'anno scorso sono andata Fuori, te l'ho detto? Jack possiede una quota di un frutteto di mele, giù in Arizona. Abbiamo noleggiato un camper e girato un po' dappertutto. Una terra meravigliosa. Non come l'Alaska, ma a suo modo ugualmente bellissima».

«Sembra divertente», commentò Ekaterina in tono neutro, ma seguendo con attenzione quell'improvviso, e apparente, cambiamento di discorso, gli occhi guardinghi fissi sulla nipote.

«Mmh. Un giorno siamo incappati in un negozio di souvenir indiani lungo la strada, e ci siamo fermati. Il tizio che lo gestiva – un Navajo, così ci ha detto quando gliel'abbiamo chiesto – voleva sapere di dov'eravamo. Quando gliel'abbiamo detto, ci ha domandato dove vivevano gli indiani, in Alaska. E Jack gli ha risposto: "Il più delle volte, alla porta accanto". Non ci credeva. Allora gli ho spiegato che ero un'Aleuta, e lui ha guardato Jack, poi ha guardato me, il camper, i miei vestiti, e non ha detto nulla, ma era evidente che non credeva nemmeno a questo».

Ekaterina ridacchiò, e Kate sorrise. «Già. Così gli abbiamo fatto vedere le foto di dove abitavamo, e lui si è messo a ridere. Voleva sapere che genere di riserve avevamo, e noi gli abbiamo detto: "nessuna, o meglio nessuna simile a quelle che avete Fuori". Si vedeva che continuava a non crederci, ma era troppo educato per darci dei bugiardi. Così mi ha venduto questo stupendo braccialetto d'argento e ci ha invitato a cena a casa sua».

Kate si fermò accanto al forno, tendendoci le mani sopra. «Era una roulotte Airstream di ventidue anni poggiata su mattoni e isolata con fogli di giornale, accanto al letto secco di un torrente. Niente elettricità, niente acqua corrente, ma il fiume scorreva per buona parte dell'anno, ci ha detto. La figlia più grande aveva tredici anni. Era incinta. Erano incuriositi dall'Alaska e hanno iniziato a farci domande, così abbiamo tirato fuori una mappa che avevamo con noi e gliel'abbiamo mostrata. Non sapevano leggere abbastanza bene da riuscire a capirla. La moglie del Navajo era già sbronza quando abbiamo messo piede nella roulotte, e prima che ce ne andassimo sono arrivati la sorella di lei e il marito con un'altra bottiglia. Era giorno di scuola, ma nessuno dei ragazzi si era preoccupato di andarci. Che senso aveva?, ci ha chiesto lui. Lì nella riserva non c'era lavoro».

L'anziana donna la guardò con un'espressione impassibile, un braccio posato sul tavolo, l'altro piantato sul ginocchio, e Kate disse con dolcezza: «Sono rimasti a casa, *emaa*. Non se ne sono mai andati. E sai qual è la loro polizia tribale? L'FBI. Questa è la tua autodeterminazione. Questo è il tuo diritto di sovranità. Non capisci che obbligando Xenia a rimanere qui al villaggio la stai costringendo anche a rinunciare a qualsiasi possibilità di costruirsi un futuro?».

Ekaterina rimase immobile, di nuovo con gli occhi socchiusi. Alla fine disse: «L'anno scorso Billy Mike si trovava a Prudhoe quando i balenieri di Barrow hanno tirato a riva una balena della Groenlandia. Non erano usciti con i kayak, ma su Zodiac con motore fuoribordo. Avevano degli arpioni con la punta esplosiva. Una delle compagnie petrolifere aveva messo a disposizione un trattore con un argano a cricco, così, dopo che i cacciatori avevano trafitto la balena per tre volte fino a ucciderla, l'hanno sollevata e portata fino a riva. Un terzo della carne era già rovinato quando la carcassa è stata deposta sulla spiaggia. Un altro terzo è andato a male prima che potessero raccoglierla, prima ancora che gli orsi polari vi si radunassero attorno per finirla, com'è loro compito da quando sono stati messi su questa Terra. Questo è il tuo ventesimo secolo, Katja. Questa è la tua *civiltà*. Non capisci che se Xenia se ne va, non fa altro che abbandonare la cultura che le ha dato la vita?».

Kate sorrise alla vecchia e premette l'interruttore accanto alla porta, facendo piombare la stanza nella penombra del pomeriggio artico. «Eppure a casa tua hai l'elettricità, *emaa*. Hai l'acqua corrente in bagno e in cucina».

«Fornita dall'Associazione ai suoi membri», rispose con compostezza Ekaterina.

Kate premette di nuovo l'interruttore, riportando la luce nella stanza. «Già. E pagata con le tasse sul petrolio di Prudhoe Bay, *emaa*».

# 4

Purtroppo Kate sapeva esattamente dove trovare sua cugina Xenia. Il locale di Bernie, il Roadhouse, si trovava a quarantatré chilometri da Niniltna, il che lo collocava precisamente dieci metri e venti centimetri al di fuori della giurisdizione tribale dell'Associazione dei Nativi di Niniltna.

Una strada, o qualcosa che le somigliava, correva lungo la sponda occidentale del Kanuyaq collegando le due località. Era poco più di un sentiero creato e conservato dall'usura degli pneumatici dei camion e dei cingoli delle motoslitte. Qualsiasi altra strada con le stesse caratteristiche avrebbe avuto tutti i requisiti per usufruire dei fondi federali.

Il pub era un basso edificio che si estendeva in maniera disordinata, costruito con l'immancabile compensato e con pannelli di cinque centimetri per dieci, trasportati per via aerea, dopo essere stati assicurati ai montanti di un Super Cub, per una tariffa a cottimo a dir poco proibitiva, tanto che il giovane pilota doveva aver estinto il prestito per l'acquisto dell'aeroplano unicamente con il ricavo di quel lavoro. Un'antenna satellitare pendeva pericolosamente dalla grondaia. C'era un capanno per il generatore, un altro per la cisterna, che Bernie riempiva ogni primavera pompando acqua dal Kanuyaq, e la casa in cui vivevano Bernie, la moglie Enid, una Shugak, e i sette figli, e dalla quale Bernie sgattaiolava ogni notte per dirigersi al Roadhouse. Cinque o sei minuscole capanne, in cui Bernie metteva i figli a lavorare non appena erano abbastanza alti per arrivare a cambiare le lenzuola di un letto, venivano affittate tutto l'anno a turisti occasionali e a Demetri Totemoff per le sue battute di caccia.

Una manciata di gradini in legno non finiti conduceva alla porta d'ingresso. All'interno, il locale consisteva di un enorme stanzone quadrato, cupo e cavernoso, di quindici metri per lato, con travi a vista a cui, di tanto in tanto, i clienti si aggrappavano per lasciarsi dondolare dal soffitto, a seconda di quant'era tardi e fino a che Bernie non diceva loro di darci un taglio. Un bancone con sgabelli e poggiapiedi in ottone correva lungo tutta la parete sinistra; alle sue spalle, uno specchio e rastrelliere con polverose bottiglie di liquori. Un'enorme TV era appesa in un angolo in alto e lo schermo proiettava le immagini di spilungoni che correvano dietro a un pallone da basket. Il resto della stanza era riempito da tavoli e sedie, videogiochi e un jukebox con una selezione di brani che risalivano a non più di cinque anni prima, come garantito dalla casa. C'erano inoltre due toilette funzionanti, e i proprietari delle fattorie dei dintorni venivano apposta da miglia e miglia di distanza per ricordarsi cosa si provava a non dover ciondolare fuori al freddo con le zanzare che ti si attaccavano al culo in estate e i cani che facevano altrettanto in inverno. In occasione del veglione di Capodanno e del Quattro Luglio, il bar rimaneva aperto fino alle cinque del mattino, tre ore in più rispetto al solito orario di chiusura, e Bernie era noto per offrire ai clienti un intrattenimento live, portando gruppi e cantanti addirittura da Tok.

Lo stanzone non era mai stato lavato a fondo a memoria d'uomo, e puzzava di vomito e di fumo di sigarette stantio. Dietro al bancone c'era Bernie, alto, magro, scuro, un viso dall'espressione pacata e l'attaccatura dei capelli che marciava inesorabilmente verso il centro del cranio; ciò che restava della sua folta chioma era legato in una coda di cavallo, un provocatorio ricordo di giorni felici in cui era stato molto più hippie, molto meno yuppie, e molto, molto più giovane.

Quella sera il locale era chiassoso come al solito. Mutt vide Bernie e attraversò la stanza a grandi balzi, per poi saltare in avanti con uno scatto finale e posare le due zampe anteriori sul bancone.

«Ehi, niente cani qui... oh, ma sei tu, Mutt!», esclamò Bernie. «Aspetta un attimo». Si girò, pescò un pacchetto di carne di manzo essiccata da un espositore e lo aprì. Ne lanciò un bel pezzo a Mutt, che lo afferrò al volo con precisione. Bernie diede un'occhiata al di là delle orecchie del cane e disse: «Ehi, Kate». E allungandole la mano esile ma robusta, aggiunse: «È un pezzo che non ti si vede».

«Non abbastanza», replicò lei, afferrando la mano di Bernie in una stretta calorosa.

Lui trasalì in maniera esagerata e si esaminò la mano con aria intenerita. «Mi sa che stai spaccando un po' troppa legna, Kate».

«E mi sa che tu non ti stai più esercitando con le schiacciate a canestro, Bernie».

«Che ti do?»

«Una Coca».

«Cavolo», esclamò lui, allungando un braccio per prendere un bicchiere alto, «non sei granché come cliente, Kate. Non farò grandi affari con te».

«Mi sa di sì, invece, se mi fai pagare un dollaro e quaranta per una Coca», disse Kate, rovistandosi in tasca.

Lui le fece cenno di mettere via i soldi e si chinò sul bancone incrociando le braccia. Kate bevve un sorso di Coca-Cola e si guardò intorno. Il fumo le impediva di vedere bene, e i bassi pompavano dal jukebox a volume talmente alto da farla sobbalzare sullo sgabello. La gente gridava anziché parlare, danzava esuberante e vivace, e beveva pressoché ininterrottamente. «Sembra che le cose non ti vadano poi tanto male», disse infine Kate, con un mezzo sorriso.

«Mmh. Per andare vanno, sempre che riesca a levarmi Billy Mike e quel branco di esaltati dal groppone».

«Hai ancora problemi con il Consiglio tribale?»

«Naa». Il viso di Bernie si aprì in un gran sorriso. «Mi hanno concesso qualche mese di tregua dopo che i ragazzi hanno vinto il campionato di Stato, lo scorso marzo».

«Per la seconda volta in quattro anni».

Bernie sorrise e non disse nulla.

«Come sta andando la squadra quest'anno?».

Lui scrollò le spalle. «È ancora troppo presto per dirlo». Bernie non dava mai handicap alle squadre che allenava.

Suzy Moonin si presentò al bancone, salutò Kate e ordinò un rum e Coca. Bernie la guardò, poi scosse la testa con gentilezza ma perentorio. «No, Suzy».

Suzy, una ragazza grassottella con scintillanti occhi castani e i capelli sfrangiati ravviati dietro le orecchie, replicò con aria assente: «Cosa?».

Bernie la guardò dritta negli occhi. «Sei incinta. Non servo alcolici alle mamme in attesa».

Lei arrossì di colpo. «Chi te l'ha detto?»

«Tua madre. Era qui ieri sera».

«Quella troia!», schiumò.

«Vero», ammise Bernie. «Ma questo non cambia le cose. Per me sei in panchina fino a quando non nasce il bambino. Ti va una Coca? O uno Shirley Temple? Posso metterci un po' più di sherry».

Lei lo guardò impotente, impietrita per la rabbia. Poi allungò il braccio e con uno schiaffo gli levò di mano il bicchiere che stava pulendo. Il bicchiere cadde a terra spaccandosi in mille pezzi. Suzy girò sui tacchi e attraversò la sala a passi pesanti.

«Tanto qualcuno le offrirà da bere comunque», disse Kate.

Bernie sospirò e iniziò a raccogliere i frammenti di vetro. «Probabile. Se me ne accorgo, però, li sbatto fuori tutti e due».

«Perché non sbatti fuori Suzy adesso, allora?»

«Se muore dalla voglia di bere, troverà comunque quello che cerca».

«Perché non chiudi semplicemente il bar, allora?».

Bernie sospirò di nuovo. «Non fare la moralista con me, Kate. Sarò pure l'unico bar della zona, ma quando mi mettono tre verdoni sul bancone, io servo tre verdoni di torcibudella, non un centesimo di meno. Quel contrabbandiere che hai arrestato l'anno scorso chiedeva quaranta dollari per una bottiglia di Windsor Canadian che giù ad Anchorage ne costerebbe sette. A proposito, grazie per quella faccenda. Non ho mai avuto modo di dirtelo».

Kate non poté controbattere perché sapeva che Bernie aveva ragione. «Hai ricevuto qualche altro pacchetto di aiuti umanitari dai tuoi?».

Si illuminò. «Curioso che tu me lo chieda. Ne ho ricevuto uno con l'aereo postale di stamattina». Si chinò per tirare fuori un grande scatolone di cartone della U-Haul da sotto il bancone. Kate si mise in ginocchio sullo sgabello per vedere meglio. «Un filtro per l'acqua? Una bussola impermeabile? Ehi, un coltellino svizzero! Ha anche il cacciavite?».

Bernie recuperò abilmente il coltellino. «A punta piatta e a stella».

«Wow».

«Scordatelo. Compratene uno».

«E quello cos'è? Mutt, levati dalla luce». Il testone di Mutt era apparso sopra lo scatolone, anche lei curiosa di dare una sbirciata. Il cane lanciò a Kate un'occhiata ferita e saltò di nuovo giù sul pavimento. «Vitamine? Tua madre è convinta che non mangi come si deve?»

«Non crede che il grasso di balena sia granché nutriente come alimento principale».

Kate guardò il viso impassibile di Bernie, al che lui aggiunse: «E vuole sapere se tutti i miei amici eschimesi vivono negli iglù». Tirò fuori dallo scatolone un sacco a pelo di piume e glielo mostrò.

Affascinata, Kate rispose: «E cos'ha detto quando le hai raccontato che non conosci nessun eschimese e non hai mai visto un iglù? E che il *muktuk* scarseggia da quando le balene sono state inserite nella lista delle specie in via di estinzione, e in ogni caso gli Aleuti mangiano *muktuk* di foca?».

Il viso di Bernie si aprì in un gran sorriso. «Non gliel'ho detto».

Kate diede un'occhiata allo scatolone e aggrottò la fronte. «Tua madre e le tue sorelle continuano a mandarti tutta questa roba. Ma tuo padre che dice?».

Il sorriso di Bernie svanì. «Niente. Almeno non a me».

Kate decise di rischiare. «Perché no?».

Bernie rimase in silenzio per qualche istante. Poi si rilassò, emise un sospiro, e alla fine ridacchiò addirittura un pochino. «Oh, cavolo. Io ero un vero e proprio figlio dei fiori, Kate, e lui un militare in carriera. Sono stato pestato a sangue a Chicago nel '68, ho ballato in mezzo al fango a Woodstock nel '69, e nel '70 ho dato fuoco alla cartolina del servizio militare sui gradini del Capitol, poco prima di fuggire in Canada. Lui si è offerto volontario per prestare servizio effettivo ad Anzio, Arnhem e Bastogne». Bernie assunse un'espressione sarcastica. «Nessuno dei due ha mai permesso all'altro di dimenticarselo».

«Mi sembrava di aver capito che non ti parla».

«Né io parlo con lui. Ecco perché siamo ancora fermi a questo punto». Fissò qualcosa alle spalle di Kate. «Cazzo».

Lei si girò a guardare e vide Suzy che beveva da un bicchiere. La ragazza posò alla svelta il cocktail non appena si accorse che la stavano fissando. Gettò indietro la testa e trascinò Mickey Kompkoff sulla pista da ballo. «Sai chi è il padre? Del bambino di Suzy, intendo».

«Non sei al corrente? Ha sposato Mickey il mese scorso».

«Oh, Cristo santo, no», esclamò Kate, lanciando involontariamente un'occhiata al di sopra della spalla. «Dimmi che è uno scherzo».

«Macché». Bernie scosse la testa. «Abbiamo cercato tutti di fermarla. Non ha voluto sentire ragioni. Credo che alla fine abbia deciso che qualsiasi cosa era meglio che restare a casa con la madre e quella parata di zii».

A Kate venne voglia di piangere. La sorella maggiore di Suzy era una sua vecchia compagna di scuola, e ricordava ancora quando la piccola Suzy non faceva altro che gironzolare loro attorno, implorandole di farla giocare assieme a loro. Cambiò argomento. «Senti, Bernie, sto cercando una persona. Un ranger del Parco di nome Mark Miller. È mai venuto qui?».

Il barista sorrise. «Tutti vengono da Bernie».

Kate rabbrividì in maniera vistosa. «Ti *prego*. Ti è mai capitato di incontrarlo?»

«Sì».

«E te lo ricordi?»

«Sì, certo che me lo ricordo. Come dimenticarlo?»

«Perché? Cos'aveva di tanto speciale?»

«Oh, diavolo, Kate, conosci il tipo». Lei assunse un'espressione interrogativa e il barista entrò nei dettagli. «Commando Sierra Club. Fresco di università. Conosceva il nome scientifico di ogni animale, pianta o minerale del Parco e citava a memoria da tutti e due i John».

«Tutti e due i John?».

Bernie sogghignò. «Muir e McPhee. E a volte anche da Izaak Walton, ma credo che citasse Walton solo quando voleva far incazzare davvero Sam Dementieff, o qualsiasi altro pescatore professionista in cui incappava».

Kate scoppiò a ridere. «Addirittura?».

Bernie fece spallucce e passò uno straccio sul bancone. «Era un tipo a posto. È vero, puzzava ancora di latte, ma sul fatto che amasse davvero il Parco potevi metterci la mano sul fuoco. Voleva aprirlo al mondo intero, condividerlo con tutti, purché non avessero in mano un piccone, un fucile o una canna da pesca». Bernie si mise ad asciugare un bicchiere in silenzio, poi disse, con un tono di voce completamente diverso: «A dirla tutta, non era male».

«Cosa, non era male?»

«Tutto quell'entusiasmo, hai presente?». Alzò lo sguardo su di lei. «Gli stava davvero a cuore, Kate. Ricordo una volta che è venuto qui e si è preso una bella sbornia. A un certo punto ha tirato fuori la copia dell'atto del Congresso in base al quale il Parco di Yellowstone è stato dichiarato parco nazionale». Ghignò. «E ho sentito dire che nel suo ufficio, al quartier generale del Parco, aveva un poster di Teddy Roosevelt appeso al muro».

«Ti piaceva», esclamò Kate, un po' sorpresa che Bernie, favorevole per inclinazione e professione allo sviluppo industriale del Parco, potesse parlar bene di un attivista, un ecologista militante e devoto alla causa.

Bernie scrollò le spalle e appese il bicchiere per lo stelo alla rastrelliera sopra la sua testa. «Se non altro era diverso dalle solite sanguisughe dedite solo al saccheggio».

«Qualcuno mi ha chiamato?». Un uomo massiccio e corpulento, dal viso rubicondo e i capelli rossi corti e stopposi sparati sulla testa si fece strada accanto a Kate. Mutt emise un borbottio di avvertimento, un ringhio di gola, e si tranquillizzò, seppure a malincuore, solo quando Kate gli posò una mano rassicurante sulla testa.

«Ciao, Mac», disse Bernie. «Che ti do?»

«Il solito. Ciao, Kate, qual buon vento ti porta qui al Parco? Erano mesi che non ti vedevo».

«Sono solo in visita, Mac. E tu che ci fai qui in pieno inverno? Hai trovato un modo per dragare perfino un fiume ghiacciato?».

Mac scoppiò a ridere di cuore. Non era capace di ridere in nessun altro modo. Aveva due occhi castani acuti e dallo sguardo tagliente, che gli conferivano un'aria gioviale quando più gli faceva comodo, e un mento testardo che preferiva nascondere dietro a quel vigoroso e cordiale "hi-ho" da compagnone, capace di disarmare chi non lo conosceva bene e di mettere immediatamente in guardia chi invece lo conosceva da un pezzo.

«Va bene, Kate», disse alla fine, «ti racconto che sto combinando, così magari puoi mettere una buona parola per me con Ekaterina. Voglio prendere in concessione la vecchia miniera di Nabesna dall'Associazione e farla lavorare a pieno regime dodici mesi l'anno».

Kate inarcò le sopracciglia. «Sei convinto di poter fare soldi dodici mesi l'anno?».

Bernie piazzò davanti a Mac una bottiglia di Bud e un bicchiere e si ritirò dall'altra parte del bancone. Mac ignorò il bicchiere e si portò la bottiglia alle labbra per ingollare gorgogliando metà del suo contenuto. Un po' di birra gli colò dalla bocca, e Mac sbatté la bottiglia sul bancone pulendosi la faccia con la manica della camicia. «Maledizione, ecco quello che ci vuole per un uomo assetato dopo una dura giornata di lavoro in miniera! Bernie!», sbraitò.

Bernie si avvicinò con tutta calma al punto dov'erano seduti, controllando che il cassetto del registratore di cassa fosse chiuso e, già che c'era, dando una strofinata con lo straccio a qualsiasi superficie disponibile. Kate osservò la scena ridendo sotto i baffi. L'omone iniziò a diventare irrequieto.

«Sì, Mac?»

«Perché non porti un po' di birra alla spina da queste parti, figliolo? Magari della Bud alla spina. È lo sponsor dell'America's Cup, adesso, o sbaglio?»

«Non saprei. Non gioco a tennis», rispose Bernie con aria mite. «E te l'ho già detto cento volte, Mac: far arrivare la birra alla spina in aereo costa troppo».

Mac scoppiò in una fragorosa risata. «Diavolo, non costerà molto più di quello che ci fai pagare per questa cazzo di merda in bottiglia! A proposito», disse, scolando rumorosamente il resto della birra, «dammene subito un'altra».

Bernie lo servì e scivolò di nuovo dall'altra parte del bancone, per riprendere la sua conversazione con Marvin Dementieff, fino a quando Marvin abbandonò con eleganza la posizione verticale per quella orizzontale, e passò il resto della serata rannicchiato ai piedi del bancone, russando in maniera sommessa con un sorriso beato in volto.

Bernie gli frugò le tasche in cerca delle chiavi e le appese a un pannello dietro al bancone.

«Insomma, Mac, vuoi tenere aperta la miniera tutto l'anno, ho capito bene?», lo punzecchiò Kate. «Credi che possa fruttare qualcosa?».

Mac ingollò un bel sorso di birra. «L'oro è a quasi a sedici dollari al grammo adesso», disse, ruttando. «E sulle mie concessioni posso fare soldi perfino con una bateia bucata e un piccone rotto».

«Ma non puoi dragare con l'acqua ghiacciata», obiettò Kate. «Anzi, a dirla tutta mi è giunta voce che non puoi lavorare affatto, dopo quella batosta dell'ingiunzione... Non ti hanno vietato qualsiasi attività di scavo nelle miniere per aver messo sottosopra il Carmack Creek?».

L'omone si rabbuiò. «Ah, quel cazzone del ranger. Sì, in effetti mi ha un po' rallentato».

«Ranger?», disse Kate. Si ritrovò con il bicchiere in mano, fermo a mezz'aria, e se lo portò alle labbra per un altro sorso. «Quale ranger?». Passò velocemente in rassegna i vari dettagli della storia di Mac, e osservò l'uomo che le sedeva accanto con occhi diversi.

Tutti quanti nel Parco sapevano da dove veniva Mac Devlin e dove voleva arrivare. Lo stesso Mac, del resto, si assicurava che fosse così. Era un ingegnere minerario e, come amava raccontare ogni volta che ne aveva l'occasione, sognava di diventarlo da quando era bambino, mentre cresceva a Butt, in Montana, accanto a un padre, a sua volta ingegnere minerario, che lo aveva mandato a studiare e poi cacciato via di casa a calci quand'era giunto il momento. «Trova la tua gallina dalle uova d'oro e guadagnati il pane», gli aveva detto il padre, «perché i miei soldi ho intenzione di spenderli tutti fino all'ultimo centesimo prima di tirare le cuoia». E questo, assicurava Mac, a lui era andato più che bene. Non capiva perché i genitori aspettassero tanto prima di sbattere i figli fuori di casa. Lui, se mai ne avesse avuti, lo avrebbe fatto molto presto. In più di un'occasione Kate si era trattenuta dal fargli notare che non ne avrebbe avuto bisogno: con tutta probabilità, con un padre come Mac, una volta giunto il momento i figli sarebbero già scappati di casa da un pezzo.

Alla fine Mac era riuscito ad agganciare la British Petroleum, che l'aveva spedito a farsi le ossa sui campi petroliferi di tutto il mondo e infine in Alaska, dove aveva contribuito a definire il gigantesco campo petrolifero di Prudhoe Bay dopo il primo pozzo di scoperta nel novembre del 1968. L'anno successivo stava disegnando il tracciato dell'oleodotto quando il capo gli si era avvicinato e gli aveva picchiettato sulla spalla.

«Dobbiamo levare le tende, Mac».

«Cosa?»

«Il Governo federale ha interrotto la costruzione dell'oleodotto fino a quando non avrà soddisfatto i requisiti ambientali e le rivendicazioni dei nativi». Aveva preso la mira e aveva sputato disgustato su un pezzo di tubo per perforamento.

Quando Nixon aveva firmato il TransAlaska Pipeline Act, nel 1973, rimettendo in cantiere il progetto dell'oleodotto, erano cominciati i sit-in degli ambientalisti locali, appostati con aria protettiva su ogni centimetro di tracciato di possibile posa in opera dei tubi. Era più di quanto Mac Devlin potesse sopportare, ma i guadagni erano talmente appetitosi che aveva tenuto duro fino a quando l'oleodotto era stato terminato, vale a dire nel 1977; dopodiché aveva detto alla Alyeska Pipeline Service Corporation, suo datore di lavoro all'epoca, di andare elegantemente a farsi fottere, aveva preso tutti i suoi risparmi e rilevato le quote delle concessioni di alcune miniere aurifere del Parco, di importanza marginale.

Aveva lottato fino all'ultimo contro le disposizioni dall'Alaska National Interest Lands Conservation Act del 1980 per le cosiddette "zone d-2", tentando di tenere in vita un'azienda ben avviata, e si era ritirato Fuori in attesa che il prezzo dell'oro ricominciasse a salire.

Cosa che alla fine era successa, e ora Mac Devlin era tornato in azione nel Parco, pronto a darsi da fare per ottenere le autorizzazioni necessarie a espandere le sue attività. Si rifiutava di ingaggiare manodopera locale, comprava i materiali a Seattle, spediva addirittura i suoi dipendenti Fuori per ferie, weekend e attività ricreative varie, tutti particolari che lo rendevano assai poco popolare tra la gente di Niniltna. I minatori di Mac erano la ragione principale per cui Bernie teneva una mazza da baseball dietro al bancone, e più della metà delle scazzottate che avevano luogo al Roadhouse vedevano coinvolti uno degli scagnozzi di Mac e qualcuno del posto, che fosse (a) disoccupato e (b) presente.

Dopo aver rapidamente passato in rassegna tutto questo, Kate commentò con noncuranza: «Pensavo fosse stata l'EPA a bloccare gli scavi».

«Sì, infatti, ma è stato quel piccolo cazzone di Miller a denunciarmi. Se riesco a mettergli le mani addosso, lo trascino qua fuori e lo faccio rimbalzare come una pallina da tennis».

«La vedo dura, Mac».

Mac scoppiò a ridere. «Ti è capitato di incontrare quel piccolo cazzone, Kate?»

«No», rispose lei. «Non l'ha visto nessuno, almeno da sei settimane a questa parte. È scomparso. Non è che per caso sai dov'è finito?».

«Scomparso? Che cazzo dici?». Poi l'intento delle ultime parole di Kate colse nel segno. Socchiudendo gli occhi, Mac disse con lentezza: «Perché dovrei sapere dov'è andato a finire quel pivellino?».

Kate scrollò le spalle. «Era solo una domanda». Lo guardò negli occhi e disse piano: «Hai una risposta da darmi?».

Mac la fissò, gli occhi castani privi della solita nota di ilarità. «Che ci fai qui, Kate?», replicò, la voce ridotta quasi a un sussurro.

«Sto cercando quel cazzone del ranger, naturalmente», rispose lei con voce pacata. «E l'investigatore dell'ufficio del procuratore di Anchorage, che è venuto qui a cercarlo due settimane fa. Scomparso anche lui».

Mac non disse nulla. Il viso di Kate rimase impassibile.

Fu in quel momento che si accorse del rombo in lontananza. Nel locale il brusio si smorzò poco a poco, man mano che anche gli altri prestavano attenzione al rumore. Il suolo iniziò a tremare con un boato, a intervalli quasi regolari. «Un terremoto?», disse Kate rivolgendosi a Bernie.

«Credo di no», iniziò a dire lui, ma qualcun altro gridò: «Un terremoto!», e il resto fu follia allo stato puro. Cinque o sei persone si lanciarono verso l'uscita per incastrarsi sulla porta, nel tentativo di fiondarsi fuori tutti insieme e bloccando il passaggio a una trentina di clienti, che strepitavano e spingevano invano alle loro spalle. Bernie si precipitò all'altro capo del bancone e lanciò un'occhiata fuori dalla finestra. «Come pensavo», disse, e dovette gridare per farsi sentire da Kate sovrastando le urla di terrore. «Non è un terremoto. Guarda!».

Non riuscendo a scorgere nulla oltre la muraglia di persone assiepate davanti all'ingresso, Kate si avvicinò a Bernie per dare un'occhiata oltre la sua spalla.

Un trattore Caterpillar D9 giallo acceso stava parcheggiando fuori dal Roadhouse. Aveva cingoli larghi più di mezzo metro e doveva pesare almeno una trentina di tonnellate; con una potenza di 250 cavalli, poteva raggiungere una velocità massima che andava dai nove ai dieci chilometri orari. Nove o dieci chilometri orari spingendo davanti a sé nientemeno che il monte St Elias. Era un equipaggiamento standard per i lavori di scavo della TransAlaska Pipeline. Mac Devlin aveva cercato di ottenere l'autorizzazione per utilizzarne uno nel Parco. La richiesta era stata respinta con una risposta talmente sferzante che l'omone le aveva dato fuoco su due piedi, e Dan O'Brian aveva impiegato quasi tre giorni prima di riuscire a reperirne una copia direttamente da Juneau, da appendere alla bacheca dell'emporio con sommo divertimento di tutta Niniltna.

Il D9, che portava con orgoglio le insegne della Alyeska Pipeline Service Corporation, percorse la strada con un immenso boato, abbatté una macchia di abeti rossi, spappolò l'orticello di mirtilli di Bernie e procedette sbandando oltre il cumulo di neve ai margini del parcheggio, raggiunto il quale, circondato da uno spazio aperto per la prima volta da settanta chilometri a quella parte, ebbe un attimo di smarrimento e cominciò a girare in tondo. Con il lato destro della gigantesca pala colpì di striscio un camion posteggiato, sfondando la portiera del passeggero e strappando via il paraurti anteriore, prima di perforare lo pneumatico sinistro. Urla disperate proruppero da sotto il tettuccio del camion. Dopodiché la portiera si aprì, e una scarmigliata Betty Jorgensen si lasciò cadere dal retro del camion, seguita da un altrettanto scarmigliato Dandy Mike, che tentava di tenersi su i calzoni. Dal gruppo degli spettatori si levò un grido furibondo. Bernie ebbe un sussulto e gemette.

«Bill Jorgensen?», disse Kate con aria comprensiva, e Bernie annuì con un'espressione quasi disperata.

Quando finalmente il Caterpillar si fermò con uno stridore meccanico, entrambe le portiere della cabina si spalancarono di colpo come sotto l'urto di un'esplosione. Due uomini si lasciarono cadere sul suolo del parcheggio. Uno dei due si rimise subito in piedi, l'altro rimase gattoni. Entrambi, tuttavia, puntarono dritti verso l'ingresso del locale. Kate e Bernie si voltarono contemporaneamente verso la porta. Il fuggi fuggi generale cambiò direzione e i clienti del bar fecero ampio spazio ai nuovi arrivati, dato che uno dei due brandiva una pistola.

«Di sicuro è scarica», osservò Bernie.

«Voglio un Tequila Sunrise e lo voglio adesso!», gridò il tizio con la pistola, e per sottolineare il concetto sparò un colpo contro il soffitto.

«Di sicuro», commentò Kate.

Bernie la guardò accigliato, prima di girarsi e rivolgere la parola al pistolero. «Sembrerebbe che ne abbia già bevuto più di uno, amico mio».

L'uomo tentò di metterlo a fuoco attraverso una nebbia alcolica. «Sei Bernie?»

«In persona».

Il tizio contemplò la folla ammutolita e terrorizzata e disse con voce lamentosa: «Che cazzo stai facendo qui, Bernie, una riunione degli Alcolisti Anonimi? Dammi da beeere!».

Con la solita voce calma e pacata, Bernie rispose: «Credo che tu abbia già bevuto abbastanza, amico mio».

Il pistolero si voltò di scatto a guardare il compagno, che adesso si era sollevato in piedi e osservava la scena con espressione solenne da sopra la testa di una bambola gonfiabile. La bambola aveva i capelli biondi e misure mozzafiato, e l'uomo le stringeva il seno con fermezza. «Hai sentito, Otis?», gli domandò il tizio con la pistola. «Dice che non possiamo bere».

Otis sbatté le palpebre una sola volta, e scoppiò a piangere.

Il pistolero si girò di nuovo, agitando la pistola sotto il naso di Bernie con fare accusatorio. «Visto?», gli chiese. «Hai fatto piangere Oootis! Ora devo sparaaare!». Barcollò un po' più vicino e domandò in tono confidenziale: «Non possiamo averne giusto uno da bere per strada? Sennò Otis piange fino a quando arriviamo a casa, e non ce la faccio proprio a reggerlo».

Kate ebbe un tremito, e sentì la mano di Bernie serrarle il polso. «Neanche uno. Mi dispiace».

Il tizio si grattò la testa con la canna della pistola. «Merda». Rimase in silenzio per un istante, facendo vagare lo sguardo per il locale e squadrando la folla addossata al muro in piccoli gruppetti, come un branco di conigli spaventati davanti ai fari di una macchina, gli occhi spalancati per il terrore, il naso arricciato, timorosi di muoversi in qualsiasi direzione per paura di essere investiti o, in quel caso, freddati da un colpo di pistola. Il pistolero li esaminò con crescente disapprovazione. Si chinò su Bernie e disse, bisbigliando a voce talmente alta da rischiare di essere sentito fino a Niniltna: «Senti un po', Bern, vecchio mio. Senza offesa, ma questa non mi sembra una festicciola divertente. Noi... Otis, piantala con questa lagna o sparo alla tua ragazza!».

Otis singhiozzò ancora di più. Oltre ai singhiozzi, tuttavia, Kate sentiva in sottofondo un rumore simile a un *wap wap wap* proveniente da fuori, che diventava sempre più forte. Guardò Bernie con la coda dell'occhio, e lo vide fare un impercettibile segno di assenso.

Il rumore crebbe di intensità fino a quando l'intero edificio prese a vibrare, scosso fin dalle fondamenta, e perfino Otis riuscì a sentirlo. Ci fu un altro fuggi fuggi collettivo verso l'uscita. Kate si girò verso la finestra appena in tempo per vedere un Bell Jet Ranger atterrare accanto al Caterpillar D9.

«È lo sbirro di Tok!», strillò qualcuno, seguito da un coro misto di "Evviva!" e "Buuu". Il rombo del motore dell'elicottero si smorzò poco a poco fino a trasformarsi in un gemito stridulo, e il vorticare delle pale iniziò a rallentare. La portiera della cabina si aprì lentamente.

«Guarda!», gridò Kate, la voce bassa e gracchiante pervasa da una nota di gioia, «il nostro deus ex machina!». Bernie le diede un violento pizzicotto, e lei tentò di dominarsi.

Jim Chopin si era arruolato negli Alaska State Troopers prima che il requisito dell'altezza venisse eliminato. Così, quando si affacciò per uscire dall'elicottero, continuò a uscire, a uscire e a uscire fino a che non posò entrambi i piedi per terra e si stagliò in tutti i suoi due metri e sette centimetri. Se ci fosse stato un limite minimo di peso, avrebbe rispettato pure quello. Come poteva confermare qualsiasi abitante del Parco, i suoi centodiciotto chili erano tutti muscoli senza un filo di grasso. E come aveva detto una volta Billy Mike: «Quando Jim Chopin ha finito di arrampicarsi fuori da quell'elicottero, capisci che in città è arrivata "La Legge"».

Il poliziotto indossava una giubba blu scuro sopra la camicia azzurra dell'uniforme e un paio di pantaloni ugualmente blu con una striscia dorata che correva lungo la cucitura esterna. Teneva il cappello piatto a tese larghe calato sulla fronte, e il laccio dorato attorno alla cupola terminava in due fiocchi che gli ricadevano esattamente all'altezza del naso. Sul fianco sinistro portava la pistola d'ordinanza, conservata in una fondina di pelle nera. Camminò piano in direzione del locale, con un incedere maestoso tanto sicuro da farlo apparire quasi arrogante, ma non del tutto.

Oltrepassò a grandi falcate la porta del Roadhouse come se fosse il padrone del mondo. L'operaio dell'oleodotto tese la pistola tracciando un arco perfetto, così che la bocca dell'arma si bloccò esattamente sulla fronte del piedipiatti, in mezzo agli occhi, centrando la porzione di pelle tra i due fiocchi dorati.

Gli sguardi di tutti i presenti, affascinati, inorriditi o compiaciuti che fossero, furono calamitati dalla scena con eguale intensità. Per un istante nessuno si mosse o disse nulla. Poi tutti quanti sentirono con chiarezza la voce calma e profonda del poliziotto. Guardando con espressione imperturbabile oltre la pistola e il pistolero, Jim si rivolse con tono pacato a Bernie, davanti a lui. «Qual è il problema qui?».

Ci fu un momento di silenzio carico di tensione, poi il pistolero sospirò. «Oh, cazzo. È Jim Elicottero».

«Chi?», disse Otis.

«Il maledetto sbirro, stupido ubriacone che non sei altro. E adesso che cazzo facciamo?».

Il poliziotto rimase immobile. Il pistolero aggrottò le sopracciglia fino a disegnare un'unica linea meditabonda sopra gli occhi sfocati; stava tentando di trovare una soluzione a un problema non da poco. Alla fine si chinò sul poliziotto, tenendogli la bocca dell'arma puntata alla fronte, e gli disse: «Di' un po', sbirro, quanti anni mi becco per averti puntato contro una pistola? Perché se devo stare dentro tutta la vita, tanto vale che spari, non credi?».

La voce del poliziotto era calma e rassicurante. «Non so, Davey, credo che potremmo farcela con una decina d'anni. Con qualche altro sconticino per buona condotta».

Il pistolero si fermò a valutare l'offerta. «E mi mettono in cella con Otis?».

Il poliziotto scrollò le spalle quel tanto che gli parve ragionevole con una pistola puntata alla testa. «Perché no?»

«Hai sentito, Otis? Sbobba tre volte al giorno e una branda al calduccio, senza starcene tutto il giorno fuori a saldare a dieci gradi sotto zero».

Otis tirò Davey per la manica e gli bisbigliò qualcosa. «Oh. Sbirro, Otis vuole sapere se può portare anche Cherry».

«Non vedo perché no».

«Affare fatto». Davey abbassò il braccio e lanciò la pistola al poliziotto con un sorriso raggiante. «'Fanculo a loro, se non capiscono neanche uno scherzo», aggiunse, dopodiché si girò e vomitò la cena – un litro di vodka Absolut, un'enorme scodella di popcorn e due birre chiare – sui pantaloni immacolati del piedipiatti.

Nel frattempo, cinque o sei guardie giurate della Alyeska Pipeline erano arrivate rombando sulle motoslitte e avevano circondato il Roadhouse come uno sciame di api arrabbiate. Nonostante la lunga scampagnata sulla neve, sprizzavano energia da tutti i pori, ed era evidente che l'unica barriera che ancora separava i prigionieri da un concentrato di quell'energia era lo sguardo calmo e sereno di Jim Elicottero. I due operai, sbronzi ma non del tutto storditi, diedero prova di un rispetto reverenziale per il Dipartimento di Pubblica Sicurezza dell'Alaska in generale e di un affetto commovente per il suo rappresentante in particolare. Fu necessario portarli via con la forza; infatti, mostrarono un'angosciante tendenza ad aggrapparsi alla massiccia figura di Jim Elicottero con unghie, denti, braccia e gambe, mentre venivano trascinati dalle guardie giurate dell'Alyeska.

Al terzo tentativo di oltrepassare la soglia, il pistolero urlò: «Non mi prenderete mai vivo, sbirri!», che di fatto mandò in frantumi ciò che ancora restava della compostezza di Kate, e lo stesso Bernie si girò di lato con le labbra contratte. Il barista lanciò al poliziotto uno strofinaccio umido e offrì un giro a tutti a spese della casa. I clienti si precipitarono al bancone, a darsi l'un l'altro grandi pacche sulle spalle e ognuno vantandosi di come avesse disarmato con una mano sola i quattro, no, sette – aspetta, non erano dodici? – *desperados* che durante quella serata indimenticabile avevano preso in ostaggio un centinaio di persone al locale di Bernie. Jim Elicottero si pulì alla bell'e meglio l'uniforme e accettò una ginger ale.

«Probabilmente quei bellimbusti in giubbotto antiproiettile non si divertivano tanto da quando è saltata in aria la Pompa 8», disse Kate avvicinandosi a Jim Chopin.

«Ciao, Kate», rispose Jim, ancora calmo, agganciandosi il cinturone una tacca più su sul fianco, e magnificamente incurante delle chiazze umide sui pantaloni della divisa. «Era da un pezzo che non ti incontravo così all'interno del Parco».

«Sto cercando una persona».

«Lo so».

Lei sbottò senza pensarci: «Come diavolo fai a saperlo?»

«Be', sai, di tanto in tanto mi capita di avere a che fare con qualche esponente delle forze dell'ordine di questo Stato». Sorrise. Jim Elicottero aveva il sorriso di uno squalo, immenso, bianco e predatore, e occhi perspicaci che vedevano fin troppo lontano. Entrambi facevano un certo effetto sui trasgressori della legge e un altro effetto, del tutto opposto, sul gentil sesso.

Kate fissò incantata quel sorriso, e si ricordò improvvisamente di far parte anche lei della seconda categoria. «Ehm, certo, ovvio», rispose, dandosi mentalmente una scrollata di rimprovero. "Non sei mica una sbarbatella", si disse con severità.

Jim Elicottero grattò delicatamente la testa di Mutt. Lei appiattì le orecchie e scodinzolò con aria servile. Evidentemente il poliziotto faceva lo stesso effetto sul gentil sesso di qualsiasi specie. «Trovato qualcosa?», domandò Jim con noncuranza.

Kate ebbe un attimo di esitazione. «Niente per cui tu debba entrare in azione», rispose con cautela. «Soltanto alcune interessanti coincidenze».

«Se hai bisogno di una mano...».

«Katja!». Kate si girò e fu travolta da quella che a prima vista sembrava una versione più bassa, grassottella e giovane di se stessa. «Katja, ma perché non mi hai detto che eri qui? Perché non sei venuta a cercarmi?»

«Credevo di averlo fatto, Xenia», disse Kate, ridacchiando per il travolgente entusiasmo della cugina e allo stesso tempo un po' sul chi vive. «Vieni, sediamoci a un tavolo, così possiamo parlare. Piacere di averti rivisto, Jim».

Xenia sollevò lo sguardo verso il gigantesco poliziotto da sotto le lunghissime ciglia e arrossì. «Ciao, Jim».

Il poliziotto si portò due dita alla tesa del cappello. «Xenia».

Xenia si gettò i capelli dietro le spalle e gli disse, continuando a guardarlo da sotto le ciglia: «Mi dici sempre che la prossima volta che passi a Niniltna vieni a trovarmi, Jim, ma non lo fai mai. Com'è?».

Il poliziotto la percorse con lo sguardo da testa a piedi, senza fretta, con cura e attenzione, con l'occhio esperto dell'investigatore abituato a non trascurare nemmeno il più piccolo dettaglio. "Gatto Silvestro guardava Titty in quel modo", pensò Kate. "Attila il re degli Unni guardava Roma in quel modo". Il rossore di Xenia assunse una sfumatura ancora più intensa. «Quanti anni hai, Xenia?», domandò infine il poliziotto.

«Non abbastanza», si intromise Kate, frapponendosi tra i due. «Arrivederci, Jim». Afferrò la cugina per il gomito e la dirottò verso un tavolo libero dall'altra parte della stanza.

Xenia strascicava i piedi, guardando al di sopra della spalla, e quando Kate si girò di nuovo vide i denti da squalo di Jim Elicottero baluginare ancora una volta nella loro direzione, mentre l'uomo portava nuovamente le due dita al cappello a mo' di saluto. «Svegliati dall'incantesimo», borbottò Kate alla cugina muovendo appena un angolo delle labbra. «C'è un buon motivo se chiamano Jim Chopin il "Padre del Parco"».

Si erano appena sedute quando Xenia, cambiando improvvisamente umore, le bisbigliò in tono pressante: «Katja, puoi trovarmi un lavoro in città?»

«Non lo so», rispose la cugina, gli occhi fissi sul viso della ragazza. «Cosa sai fare?»

«Tutto!», esclamò Xenia con fervore. «So scrivere a macchina e archiviare. Ho preso il diploma quest'anno».

«Come mai quest'urgenza improvvisa di sgomberare il campo?»

«Voglio andarmene», disse con veemenza la ragazza. «Voglio andarmene da questo posto. Voglio andare dove ci sono macchine e cinema e ristoranti e persone diverse...».

«Come uomini in divisa, per esempio», continuò Kate, sorridendo appena. Xenia arrossì e disse con aria di sfida: «Sì, chiunque, basta che non sia uno stupido nativo».

«Un momento...».

«Non me ne frega niente! Se non sono stupidi, sono ubriachi, e se non sono ubriachi fanno male alla gente, arrivano perfino...». Incontrò gli occhi di Kate e tacque all'improvviso. «Voglio andarmene», continuò con voce lamentosa.

Xenia era giovane, con un viso fresco, e sarebbe stata perfino graziosa se non fosse stato per lo sguardo corrucciato e le labbra protese in avanti in un broncio stizzoso. «Non so se volersene andare di qui sia una buona ragione per trasferirsi in città», disse Kate parlando lentamente.

«Hai visto *emaa*, vero?», sbottò subito Xenia, insospettita. Kate annuì, e la ragazza esclamò, con un rancore che allarmò la cugina: «Lo sapevo! Lo sapevo che sarebbe riuscita ad arrivare a te per prima e ti avrebbe messo contro di me! Vuole rovinarmi la vita. Vuole che rimanga qui e impari a intrecciare cestini e a incidere l'avorio e a filare il *qiviut*. Vuole che rimanga a morire di noia! Quanto la odio! E odio anche te!». Kate tentò di dire qualcosa, ma Xenia proseguì come un fiume in piena. «È facile per te, tu ce l'hai fatta: sei andata all'università, hai lavorato in città, hai potuto scegliere! Sai come ti chiamiamo al villaggio? "La vecchia Biancaneve"! E invece io sono intrappolata in questo...».

«Xenia!». La voce di Kate fu come la sferzata di una frusta, e Xenia sobbalzò sulla sedia, cacciando indietro le lacrime. «Per prima cosa, *emaa* non mi ha messo contro di te. Mi ha parlato di te, questo sì. Vuole che ti convinca a non andare in città». Sollevò una mano, il palmo rivolto all'esterno. «Non ho detto che l'avrei fatto».

Il viso sconsolato di Xenia si illuminò. «Allora mi aiuterai! Oh,

Katja, sapevo di poter contare su di te, sapevo che avresti sistemato tutto. Quando posso partire?»

«Stammi a sentire un attimo! Non ho neanche detto che non avrei tentato di dissuaderti, però». Xenia aprì bocca per protestare ma Kate disse severamente: «Lasciami finire, per favore». Fissò la ragazza, di colpo incupita e silenziosa. «Voglio che pensi a quello che stai per fare, Xenia, a quello che ti lascerai alle spalle. Credi che non sia nulla. Ma io ti dico che può essere tutto. Qui sei circondata da amici e familiari, brave persone che conosci da una vita e che conoscono te; persone a cui ti puoi rivolgere quando sei nei guai, e che festeggiano con te il tuo compleanno, Natale e Capodanno». Kate si appoggiò allo schienale della sedia e aggrottò le sopracciglia mentre si guardava le mani intrecciate. «Ad Anchorage è diverso, Xenia. Molto diverso. Starai per conto tuo, e ci si può sentire molto soli a vivere in una grande città quando si è cresciuti nel Bush».

«Non m'interessa, io...».

«Il tipo di lavoro per cui sei qualificata non è ben pagato. Non avrai molti soldi, e trovarsi in una grande città senza soldi in tasca è come morire di fame ed essere in mezzo a un branco di caribù senza un fucile».

«Non importa, io...».

«Non potrai comprarti una macchina fino a quando non avrai un po' di soldi da parte», proseguì Kate, inesorabile. «E probabilmente dovrai dividere l'appartamento con altre persone, il che significa che ti ritroverai gomito a gomito con gente che non hai mai visto prima, magari con qualcuno di Fuori, convinto, proprio come te, che i nativi dell'Alaska non siano altro che un branco di stupidi».

La voce aspra aveva un tono tagliente, e Xenia ebbe la decenza di sembrare pentita. «Ti prenderanno in giro perché vorrai festeggiare Natale e Capodanno a gennaio, secondo il calendario russo ortodosso. Altri ti detesteranno perché sei un'indiana alaskana e hai diritto a cose che secondo loro ti vengono regalate per motivi futili: i soldi dell'ANCSA e le cure dell'ANS, solo perché i tuoi antenati sono nati qui. Certa gente arriverà addirittura a chiederti davanti a tutti per quale motivo non sei assieme al resto della tua famiglia a vendere cestini al mercatino indiano sulla Quarta Avenue».

«Non m'interessa, Katja», replicò Xenia a bassa voce, rivolta al piano del tavolo. «Voglio andarmene e basta».

Kate la scrutò per un lungo istante. «Va bene», concluse. «Facciamo così: rifletti sulle cose che ti ho detto. Per una settimana o giù di lì. Se alla fine sei ancora convinta di volertene andare, vedrò cosa posso fare».

«Oh, Katja, grazie! Sapevo che avresti sistemato tutto!».

«Veramente non ho ancora fatto nulla», replicò Kate asciutta. «Nel frattempo forse c'è qualcosa che puoi fare tu per me».

«Cosa?»

«*Emaa* mi ha detto che ti vedevi con uno dei ranger del Parco».

Sebbene fosse preparata a una reazione forte, Kate rimase letteralmente scioccata dall'effetto delle sue parole. Xenia diventò bianca come un cencio e si accasciò di colpo, barcollando come se stesse per scivolare sul pavimento cosparso di segatura. Kate allungò in fretta il braccio per sorreggerla, ma la ragazza la respinse con mano tremante. «Sto bene», mormorò senza guardare negli occhi la cugina.

«Insomma, ti vedevi con lui», disse Kate. «Con Mark Miller».

«Sì». Il brusio del bar quasi coprì la risposta della ragazza, a malapena udibile.

Xenia rimase immobile come uno scoiattolo che fiuta una volpe.

Kate osservò la testa china, accigliandosi. «Era... una cosa seria?».

Ci fu un breve silenzio. «Pensavo di sì», rispose alla fine la ragazza, che sembrava scegliere con cura ogni parola. «Diceva che mi amava, che mi avrebbe sposata e portata via di qui».

«Quand'è stata l'ultima volta che l'hai visto?»

«Sei settimane fa, il 26 ottobre», disse con prontezza.

Kate inarcò un sopracciglio. «Sei piuttosto sicura della data».

«Sì». Di nuovo quel tono di voce a malapena udibile.

«Ti ha detto per quale motivo se ne stava andando, o dov'era diretto?»

«Se n'è andato e basta», disse Xenia, sempre rivolta al piano del tavolo. «Non mi ha lasciato nemmeno le chiavi della jeep».

«Ha lasciato qui la sua macchina?»

«Certo», rispose Xenia in maniera un po' troppo spensierata. «Fuori dal Roadhouse a ingripparsi per il freddo. Solo uno stupido idiota di Fuori poteva fare una cosa del genere».

«"Stupido"», commentò Kate freddamente. «È una parola che usi parecchio. "Stupido" è chiunque non faccia quello che vuoi tu, non è così?»

«No, non è così». Le tremavano le labbra. «In ogni caso, se n'è andato senza dire una parola. Mi ha riempito di bugie e poi mi ha scaricata, va bene? E se non ti dispiace, non ho più voglia di parlarne.

Troverò un passaggio per tornare a casa». La ragazza spinse indietro la sedia e si precipitò con aria indignata fuori dal locale.

Kate rimase seduta per qualche minuto a guardare con aria pensierosa nella direzione in cui era scomparsa la cugina, poi si alzò e andò al bancone. «Bernie?»

«Sì?»

«Tu sapevi che Xenia usciva con Mark Miller?».

Lui allungò il braccio per prendere lo straccio, e si mise ad asciugare un bicchiere con grande attenzione. «E se anche fosse?».

Kate sospirò. Bernie era una mosca bianca, un barista che non spettegolava sulla vita privata dei suoi clienti. «Bernie, se si trattasse soltanto di Miller lo avrei già dato per morto e avrei comunicato al National Park Service di iniziare le ricerche del corpo una volta sciolta la neve. Ma la prima persona che si è avventurata quassù per venire a cercarlo è ugualmente scomparsa. Un tipo di nome Ken Dahl. L'ho portato qui un paio di volte».

«Me lo ricordo. Il tipo biondo che non faceva altro che stringere la mano a tutti».

«Proprio lui», replicò Kate seccamente. «In ogni caso, è venuto a Niniltna due settimane fa...».

«Lo so. È venuto anche qui». Bernie sorrise. «Come ti ho già detto, tutti vengono da Bernie».

Senza darlo a vedere, Kate trattenne il respiro per qualche istante, poi continuò: «Ti va di parlarmene?»

«Di chi? Di Miller o di Dahl?»

«Iniziamo con Miller. Usciva con Xenia».

«Sì».

«Spesso?», proseguì Kate con tono paziente. Irritarsi con Bernie non sarebbe servito a nulla; si sarebbe semplicemente chiuso a riccio e l'avrebbe gentilmente invitata a uscire dal suo locale. Alle spalle del bancone teneva appeso un cartello che recitava "RIFIUTARCI DI SERVIRVI È UN NOSTRO DIRITTO", che considerava il suo credo, il suo principio guida, la sua ragion d'essere, posizionato in bella vista accanto a "I CLIENTI NON SONO AMMESSI DIETRO AL BANCONE" e "CON I TIRI LIBERI SI VINCONO LE PARTITE". «Bernie?», lo chiamò Kate quando non giunse alcuna risposta.

Bernie esaminò il bicchiere pulito con aria critica. «Be', direi che tutte le sere possa definirsi "spesso"».

Kate inarcò le sopracciglia. «Sono d'accordo. Credi che fosse una cosa seria?».

Bernie lasciò perdere il bicchiere e iniziò a passare lo straccio avanti e indietro sulla superficie del bancone, con movimenti ampi e meditabondi. «Posso dirti che lui faceva maledettamente sul serio. Naturalmente, non so se lei gli piacesse tanto quanto il fatto che fosse una creatura del Parco». Sorrise appena. «Lei era nata qui, come il rame e il caribù. Una sera mi ha detto che voleva sposarla e vivere qui per sempre assieme a lei, felici e contenti».

«Xenia mi ha raccontato che Miller le aveva promesso di portarla via di qui», disse Kate.

Bernie fece spallucce. «Xenia ha sempre pensato di poter mettere a segno un tiro da tre punti anche se lo schema prevedeva a malapena un assist per un tiro da sottocanestro». Lo strofinaccio si fermò e Bernie sollevò gli occhi castani, calmi e pacati, per osservare l'effetto che le parole successive avrebbero prodotto. «A Martin non andava giù».

Kate lo fissò. «Martin? Il fratello di Xenia?», disse. «Non gli andava giù che lei uscisse con Miller?»

«No», si corresse Bernie in modo giudizioso, «non è del tutto vero. La parola giusta è "odiava". Odiava il fatto che la sorella uscisse con un Anglo e uno di Fuori, tanto per cominciare, e poi ha scoperto che Miller era un ranger. "Oltre il danno la beffa", ha detto. Alzando parecchio la voce, direi».

Kate ebbe una sorta di presentimento. «Dov'è successo? Dov'è che ha alzato la voce?».

Con un cenno del capo, Bernie indicò l'intera sala. «Proprio qui. L'ultima sera in cui Miller è stato visto da queste parti, Martin si è presentato verso mezzanotte e ha sorpreso lui e Xenia che ballavano e si sbaciucchiavano. Hanno litigato. I danni al locale sono costati a Martin un centinaio di verdoni, il che per lui è più o meno nella norma».

«Vuoi dire che si sono picchiati?»

«Non m'importa nulla di quello che dicono di te, Kate», disse Bernie con ammirazione. «Sei più intelligente di un orso medio. È stato il giorno dell'udienza per la costruzione della strada all'interno del Parco. Dopo che il Comitato ha dichiarato aggiornata la seduta, sono venuti tutti al Roadhouse a bere qualcosa e si sono trattenuti per un po'. Ci saranno stati una cinquantina di testimoni. La maggior parte ha anche fatto scommesse sulla rissa, e dopo mi ha aiutato a raccogliere tavoli e sedie».

«E poi Miller è scomparso dalla faccia della terra», borbottò Kate. «Fantastico».

«Be', direi che questo più o meno riassume la situazione», concordò Bernie.

Kate ci pensò su per qualche istante. «Xenia dice che Miller ha lasciato la sua jeep qui la notte che è scomparso».

«Certo. È ancora parcheggiata qua dietro». Sogghignò. «O almeno quel che ne rimane. Te la faccio vedere».

Lei scrollò le spalle, ancora infagottata nella tuta da sci, e lo seguì fuori con Mutt che le trotterellava dietro. Rispetto a quando era entrata nel locale faceva decisamente più freddo, e il fiato si condensava in nuvole di vapore che aleggiavano nell'aria alle sue spalle. Si tirò il cappuccio sulla testa.

La jeep era una Toyota Land Cruiser, uno dei veicoli più popolari del Parco, in virtù di una serie di caratteristiche tecniche come l'altezza libera dal suolo sotto gli assi, il ridottissimo raggio di sterzo e la trazione a quattro ruote motrici, il che spiegava per quale motivo all'auto del ranger mancassero tutte e quattro le ruote e gli pneumatici, come pure la ruota di scorta, la batteria, gli spinotti, il filtro, la calotta dello spinterogeno, uno dei sedili anatomici, il parabrezza e la portiera dal lato del guidatore. Nello spazio tra i sedili anteriori e quelli posteriori c'era una montagna di escrementi di cane congelati, e un Arbre Magique penzolava dallo specchietto retrovisore. Nient'altro.

«Non è che abbiano lasciato granché, eh?», osservò Kate.

«Non mi sembra molto sensato lasciarla qui per ridursi a un rottame congelato», commentò Bernie allegramente.

«No», ammise Kate.

Non riuscì a trovare nulla che somigliasse a un'impronta o a un indizio di qualsiasi genere, né tra i sedili rimasti, né nel portaoggetti, né tantomeno nel vano delle ruote o negli altri cinque o sei posti in cui pensò di guardare.

«Allora, Sherlock», disse Bernie. Kate rabbrividiva soltanto a guardarlo, lì in piedi in mezzo alla neve in jeans, T-shirt e infradito. «Qual è la prossima mossa?»

«Quella sera Miller ha detto qualcosa a proposito di ciò che avrebbe fatto dopo? Una volta uscito dal Roadhouse, intendo».

Bernie scosse la testa. «Era solo un ragazzino, Kate, e Martin lo conosci anche tu. Sembrava che Miller si reggesse in piedi a stento. Ho pensato che se ne stesse andando a letto».

«Dov'era Xenia?»

«Era uscita dal bar durante la rissa». La voce di Bernie non cambiò di una virgola. «Non è mai stata granché in difesa».

Kate rimase in silenzio, e Bernie aggiunse: «Aspetta. In effetti prima Miller ha detto qualcosa... a proposito di una chiamata che doveva fare e di quella dannata NorthCom, o una roba del genere. Ma non ha detto chi dovesse chiamare, o quando, e messa così non significava nulla».

Kate si rannicchiò ancora di più nella tuta da neve. «Hai raccontato tutto questo a Ken Dahl?»

«Qualcosina», rispose Bernie. «Non tutto».

«Perché no?».

Bernie scrollò le spalle e si avviò verso l'interno del locale. «Ha detto di essere un investigatore. E io ho pensato: lasciamolo investigare». Si fermò e si girò a guardare Kate. «Buffa, 'sta cosa della jeep».

«Buffa nel senso di divertente o buffa nel senso di strana?»

«Buffa nel senso di strana. Ho chiuso il locale verso le due o le tre del mattino per tornare a casa e mettere qualcosa sotto i denti. A quell'ora la jeep non c'era».

Kate lo guardò fisso. «Sei sicuro?».

Bernie annuì.

«Quand'è che l'hai vista di nuovo?»

«Di solito di mattina dormo. A mezzogiorno, quando sono venuto a riaprire il locale, era di nuovo qua». Fece un gran sorriso. «Me lo ricordo perché Abel mi stava aspettando per il suo bourbon settimanale».

Senza volere, Kate sorrise a sua volta. «Continua a venire a trovarti ogni settimana?»

«Puntuale come un orologio».

«Solo un bicchiere?»

«Solo un bicchiere».

Kate ridacchiò, ma il divertimento ben presto svanì, e chiese, senza troppe speranze: «Non è che per caso Enid ha visto qualcosa?».

Lui scosse la testa. «E neanche i ragazzi».

Kate rimase immobile per qualche istante a riflettere. «Quindi è andato da qualche altra parte, e poi è tornato qui».

«Sembrerebbe di sì».

«Ma quando? E dopo aver parcheggiato la jeep, dov'è andato?».

Bernie scrollò le spalle. «Questo non so proprio dirtelo. La notte in questa zona c'è talmente tanto traffico che non ho la più pallida idea di chi arriva e di chi riparte, che siano camion, slitte di cani o motoslitte». Sorrise. «Certo, un Caterpillar D-9 è un po' difficile che passi inosservato».

«O un elicottero», ribatté Kate, ed entrambi scoppiarono a ridere. Le risate si smorzarono poco a poco, e Kate, aggrottando le sopracciglia, disse: «Perché è tornato, poi? Forse per prendere Xenia?».

Bernie scosse la testa. «Xenia se n'è andata presto, quando la rissa era ancora alle prime battute. Quella sera non l'ho più rivista».

Kate sospirò. «Allora sarà meglio che segua la pista della NorthCom. Forse Miller ha ricevuto una chiamata e se n'è dovuto andare per un'emergenza familiare o qualcosa del genere».

Bernie la guardò.

«Oh, non dire niente», disse Kate, e montò in sella alla Super Jag per tornare al villaggio.

# 5

Il capanno della NorthCom si trovava all'interno dei confini del villaggio, a una ventina di metri dalla scuola di Niniltna. Era un capanno nel senso letterale del termine: un unico stanzone costruito con compensato e montanti di cinque centimetri per dieci, sormontato da scandole di bitume sopra l'onnipresente coibentazione rosa Owens Corning, immancabile sotto qualsiasi muro di cartongesso dello Stato. La parabola satellitare, una Andrews di cinque metri, si stagliava in cima alla torretta sul retro ed era montata su un rotore polare con un'inclinazione di 61 gradi sull'asse orizzontale, puntata verso il nord geografico per intercettare la Northern Light, la rete satellitare dell'Alaska.

Fuori dalla porta non c'era fila, una vista che riempì Kate di intima soddisfazione. Prima che l'Assemblea legislativa approvasse una legge, nel 1986, che autorizzava le comunità locali a vietare la circolazione di bevande alcoliche, la stazione terrestre NorthCom di Niniltna trasmetteva ordinativi per un totale di ottocentomila dollari l'anno, di cui il novantacinque per cento inoltrato a liquorerie di Anchorage. Da quando il Consiglio tribale aveva approvato quello che gli abitanti del Parco chiamavano DampAct, le entrate si erano ridotte a meno di un quarto rispetto al passato. Gli air taxi locali avevano registrato un boom di richieste per voli charter fino al negozio di liquori più vicino, a circa duecento chilometri di distanza. Girava voce che la NorthCom stesse valutando di chiudere del tutto la stazione di Niniltna, evento che avrebbe reso il villaggio e ogni abitante del Parco interamente dipendente, per qualsiasi tipo di comunicazione, dai due radioamatori che operavano all'interno del Parco stesso, su onde corte monitorate dalla Chugach Air Taxi tra Anchorage e il Parco, e da una consegna della posta settimanale, recapitata a Niniltna ogni lunedì – tempo permettendo – sempre per gentile concessione della Chugach Air.

Dentro non c'era nessuno. Di solito l'operatore, che lavorava un mese sì e uno no alternandosi con un sostituto, dormiva in una branda sul retro, alle spalle di una sbiadita tendina di cotone con un motivo floreale azzurro, che celava anche un minuscolo frigorifero e una piastra elettrica riposti su una mensola. L'ambiente era riscaldato da una stufa a legna, e il venditore di legname della zona immaginava che l'operatore fosse originario di Fuori, da qualche parte a Sud e ancora più giù, dato che in quella stufa bruciava come minimo quattro metri cubi di tronchetti ogni mese.

Kate premette il campanello sul bancone. Mutt rimase un passo indietro facendo finta di nulla, sebbene sapesse perfettamente che in teoria avrebbe dovuto aspettare fuori.

«Va bene, va bene», si sentì una voce provenire da dietro la tenda. «Calma e gesso, arrivo!».

Ci furono alcuni bisbigli e qualche risatina prima che l'operatore facesse la sua comparsa dietro un lembo della tenda floreale, con indosso un paio di boxer, calzettoni di lana spaiati che lasciavano scoperta buona parte delle gambe esili e pelose, e una camicia di flanella che si stava ancora abbottonando. I capelli lisci erano tutti spettinati, e sul viso aveva un'espressione estremamente soddisfatta di sé, con cui sembrava invitare Kate a esserlo a sua volta. Si stiracchiò, sbadigliò e si diede una grattata. «Cosa posso fare per lei?»

«Mi dispiace disturbarti», esordì Kate, sorridendo sotto i baffi. «Avrei bisogno di alcune informazioni su un ranger del Parco di nome Mark Miller».

Al di là della tenda si sentì qualcuno trasalire, e subito dopo il silenzio e l'immobilità più totali. Il sorriso di Kate scomparve. Aggirò rapidamente il bancone, spinse da un lato l'operatore e tirò indietro la tenda, per scoprire Xenia rannicchiata sulla brandina, nuda, con il sudicio lenzuolo stretto al mento. La ragazza incrociò lo sguardo di Kate con aria di sfida.

Kate lasciò cadere la tenda, tornò dall'altra parte del bancone e guardò l'operatore. «Sai chi è Mark Miller?».

L'operatore, del tutto sveglio adesso, la squadrò con aria diffidente e annuì con cautela. «Il ranger del Parco. Quello nuovo». Lanciò un'occhiata alla tenda e poi tornò a guardare Kate. «Quello che è scomparso».

«Esatto. Lo sto cercando».

«Per conto di chi?»

«Ha importanza?».

Di nuovo il ragazzo fece guizzare gli occhi verso la tenda. Non disse nulla.

«Ricordi l'ultima volta che è stato qui?»

«La privacy dei dati trasmessi attraverso il sistema delle telecomunicazioni dello Stato dell'Alaska è tutelata dalle leggi statali e federali», recitò.

«E dal Bill of Rights, dalla Costituzione degli Stati Uniti e probabilmente anche dalla Sezione 17, d-2 dell'ANCSA», concordò Kate. «E allora? Mica ti ho chiesto di divulgare il contenuto dei messaggi in uscita. Voglio solo sapere se il ranger ne ha trasmesso uno».

L'operatore non disse nulla. Kate gli fece schioccare le dita sotto il naso, e il ragazzo spostò di nuovo lo sguardo dalla tenda su di lei. «Come ti chiami?»

«Melvin Haney».

«Da quant'è che fai questo lavoro?»

«Quattro mesi».

«Mmh-mmh». Kate si appoggiò al bancone a braccia conserte e si chinò in avanti. «Melvin, mi chiamo Kate Shugak». Il ragazzo sgranò gli occhi, e involontariamente abbassò lo sguardo all'altezza della gola della donna, nascosta dal collo alto sotto la tuta da sci. «Il padre di Mark Miller è un deputato del Congresso degli Stati Uniti e ha messo l'FBI sulle tracce del figlio». Melvin spalancò ancora di più gli occhi, e Kate si accorse di aver finalmente ottenuto la sua completa attenzione. «L'FBI ha chiesto aiuto al procuratore distrettuale di Anchorage per ritrovare il ragazzo, e il procuratore distrettuale di Anchorage si è rivolto a me».

Con aria cordiale, Kate scoccò all'operatore un sorriso a trentadue denti. Il ragazzo sobbalzò. «Ora, Melvin, ti ho raccontato queste cose perché tu sappia che tutte le forze dell'ordine di questo Stato, a ogni livello, sono interessate alle risposte che mi darai questa sera. Se non mi piacciono, le tue risposte intendo, significa che non piaceranno neppure al procuratore distrettuale, e se non piaceranno al procuratore distrettuale di sicuro i federali non le troveranno di loro gradimento, e se i federali non le troveranno di loro gradimento nemmeno il deputato del Congresso ne sarà molto soddisfatto, su questo puoi scommetterci. E se dovesse succedere una cosa del genere, ti assicuro che non avrei il minimo problema a chiedere al Comitato per il Controllo delle Bevande Alcoliche, e forse pure all'Ufficio Federale per l'Alcol, Tabacco, Armi da fuoco ed Esplosivi di fare un salto fin qui per scartabellare tra le fatture che hai emesso negli ultimi sei mesi e assicurarsi che tu abbia rispettato quanto stabilito dal DampAct per quanto riguarda la circolazione di bevande alcoliche». Kate gli scoccò un altro gran sorriso. Di colpo Mutt si tirò su, posò le zampe anteriori sul bancone e scoprì i denti pure lei, in un'accorata manifestazione di solidarietà per la tensione che avvertiva nella voce della padrona.

L'operatore esitò. «Lei è la cugina di Xenia? *Quella* Kate Shugak?».

Kate mantenne il sorriso scolpito sul viso e alzò la voce roca e irregolare per farsi sentire fin dietro la tenda. «Be', non posso dire di sentirmi lusingata da qualsiasi somiglianza tu sia convinto di aver notato. E ora rispondimi. Quand'è stata l'ultima volta che hai visto Mark Miller?».

Il ragazzo soppesò le due serie di canini scintillanti che baluginavano nella sua direzione, a una distanza fin troppo ravvicinata per i suoi gusti, e si arrese. «La notte che è scomparso».

«Sei sicuro della data?».

Annuì. «Me la sarei ricordata comunque, perché il ranger ha fatto un casino del diavolo per inoltrare una chiamata. Non era possibile perché l'antenna era fuori uso. Non era il primo che veniva qui e mi faceva una sfuriata. Avevo arretrati per ventiquattr'ore di lavoro».

Accigliandosi, Kate domandò: «Che intendi dire con "me la sarei ricordata comunque"?».

L'operatore scrollò le spalle. «Due settimane fa è venuto un altro tizio che cercava il ranger. Mi ha messo sotto torchio fino a quando non siamo risaliti alla data in cui Miller è stato qui».

«Un tipo biondo, con gli azzurri?», chiese lei.

«Che parlava come Ted Kennedy in corsa per le elezioni?»

«Cristo santo», mormorò Kate tra sé. «Sì, è lui. Ti ha detto dov'era diretto dopo aver parlato con te?»

«Il ranger o il tipo biondo?»

«Il tipo biondo».

«No».

«Torniamo al ranger. Lui ti ha detto dove stava andando?»

«No». Spostò lo sguardo verso la tenda e poi di nuovo su di Kate.

«Ma lo sanno tutti che è andato al Roadhouse. La sua macchina è ancora parcheggiata là fuori».

Lei annuì. «L'hai visto salirci? L'hai visto guidare la Toyota?»

«Sì».

Kate lo guardò e gli disse: «Cosa credi che gli sia successo?»

«Non ne ho idea». Guardò di nuovo la tenda. «Ho saputo che era scomparso soltanto quando O'Brian, dal quartier generale del Parco, ha inviato il messaggio a Washington».

Kate annuì di nuovo. «Ti era simpatico? Miller, intendo».

Il ragazzo sembrava confuso. «Lo conoscevo appena».

Kate lanciò intenzionalmente un'occhiata alla tenda e poi spostò di nuovo lo sguardo su di lui. «Ti viene in mente qualcos'altro?».

L'operatore prese coscienza poco a poco di quelle parole, e quando lo fece sgranò gli occhi e scosse la testa con violenza. «Gliel'ho detto, quel tizio lo conoscevo appena».

«Mmh», fece Kate con voce neutra.

Il ragazzo deglutì e disse: «Crede che sia morto?»

Lei guardò alle sue spalle in direzione della tenda e alzò ancora una volta la voce. «Chissà. Può darsi. Oppure se n'è andato perché sapeva che qui non c'era niente a trattenerlo». Spostò di nuovo lo sguardo sull'operatore della NorthCom e disse con un sorriso: «O magari è stato licenziato perché metteva i bastoni tra le ruote a qualcuno».

Uscì chiudendosi la porta alle spalle, ma riuscì a sentire comunque l'operatore che chiedeva con voce lamentosa: «Che diamine voleva dire?». Sentì Xenia bofonchiare una risposta, e fece un passo verso il portico.

Kate rimase sulla soglia per un lungo istante, respirando a pieni polmoni l'aria ghiacciata. Si vergognava di aver usato l'operatore come bersaglio per arrivare a Xenia. Erano solo due ragazzi che facevano quello che era più ovvio e naturale nelle fredde sere d'inverno a Niniltna. E il ragazzo aveva anche dimostrato di avere spina dorsale, cosa che a Kate era piaciuta.

Eppure. Il suo istinto le suggeriva che Xenia sapeva qualcosa che non le aveva detto. Si chiese quanto tempo ci sarebbe voluto per farla parlare. Non dubitò nemmeno per un istante che ci sarebbe riuscita, ma a dispetto della veemenza con cui rifiutava qualsiasi forma di responsabilità nei confronti della sua famiglia, l'istinto di protezione verso i suoi componenti più giovani aveva radici profonde, e si faceva sentire a gran voce. E quell'istinto non le avrebbe concesso il lusso di uno spietato attacco frontale. Tuttavia sarebbe bastato un piccolo incoraggiamento, e Xenia avrebbe ricordato ogni singola occasione in cui sua cugina l'aveva salvata dalle grinfie di Tony Mike, il bullo della scuola, evitando che gliele suonasse di santa ragione. E alla fine avrebbe concluso che Kate, dopotutto, era la persona giusta con cui confidarsi. Stabilì di fare un salto a casa di Ekaterina l'indomani mattina.

La luce che filtrava dalla portafinestra del capanno, priva di tendine, si riversava nella notte artica, delineando con chiarezza la sua figura sul gradino più alto. Sentì uno schiocco, come la superficie di un lago ghiacciato che si spacca, poi un sibilo, come di un gigantesco calabrone che le sfiorava la guancia e un tonfo secco quando il proiettile scavò un solco sul legno della porta per conficcarsi nello stipite.

Mutt abbaiò una sola volta, un aspro latrato a segnalare il pericolo. Kate spiccò un balzo e si lanciò ai piedi della rampa di piccoli, ripidi scalini, e dietro il terrapieno di neve che costeggiava il sentiero fino al capanno. Toccò terra con la spalla e si accovacciò lasciandosi rotolare sulla neve. Il cuore le batteva così forte che per qualche istante non riuscì a sentire nient'altro. Ogni centimetro del suo corpo si sentì subito ghiacciare da testa a piedi, fino alla punta delle dita. Era vigile e all'erta, come se possedesse una vista a raggi X, come se potesse ascoltare e decifrare i segnali che arrivavano alla parabola satellitare alle sue spalle con la sola forza dell'udito, come se fosse in grado di percepire l'odore dell'erba dell'estate, ormai marcia, sotto lo strato di neve ben pressata. Ognuno dei suoi cinque sensi stava ricevendo un numero esorbitante di informazioni, e Kate era troppo impegnata a metterle insieme per potersi permettere di avere paura. Non si era mai sentita così viva.

«Che diavolo era quello?», sentì gridare l'operatore della NorthCom. Percepì lo schianto dei piedi nudi di Xenia che toccavano il pavimento, e sapeva che la cugina, di lì a qualche istante, si sarebbe fiondata fuori dal capanno nel panico più totale.

«Restate dove siete!», urlò, o almeno provò a farlo. La gola sfregiata glielo impediva. Strisciò all'indietro, sotto i gradini, e parlò più forte che poté da sotto il pavimento. Mutt, evidentemente perplessa, le sgattaiolò a fianco, le orecchie tese a monitorare la situazione, e uggiolò appena. «Restate dove siete», ripeté. «Dev'esserci qualche fuori di testa con un fucile sul tetto della scuola. Accucciatevi dietro al bancone e non muovetevi di lì!».

Per sottolineare il concetto assestò un calcio al pavimento. «Ferma!», disse a Mutt, e sgusciò di nuovo sulla neve compatta. Si arrischiò a lanciare un'occhiata oltre il terrapieno. Niente. Si distese pancia a terra e strisciò lungo il sentiero ghiacciato che conduceva fino alla via principale di Niniltna. Diede una rapida occhiata oltre il cumulo di neve ammucchiata ai lati della strada, ma tutto sembrava immobile. Si sollevò e procedette gattoni, avanzando con cautela tra escrementi di cane, incarti di Snickers e bottiglie di plastica vuote di Windsor Canadian Whisky, tenendo la testa prudentemente al di sotto del livello del cumulo di neve. Giunta al parcheggio della scuola, Kate si fermò, raddrizzò la schiena e arrischiò un'altra occhiata.

Ci fu un secondo schianto, e uno schizzo di neve la colpì in pieno viso. In quello stesso istante un peso massiccio l'atterrò con forza colpendola ai reni e mandandola a finire lunga distesa sulla neve. Mutt ringhiò un feroce latrato e Kate sentì avvicinarsi l'ovattato scalpiccio delle zampe.

Si sentì mozzare il respiro, e tutto ciò che poté fare nei secondi che seguirono fu tentare di inalare aria, mentre attendeva che Mutt tranciasse via la testa allo sconosciuto che le stava sopra, chiunque fosse.

Ma il cane si fermò slittando sul ghiaccio a pochi centimetri da lei. Kate la vide con chiarezza anche dal punto in cui si trovava, con la guancia premuta contro la neve. Mutt ringhiò ancora una volta, poi abbaiò e si mise a scodinzolare.

«Tutto bene, bambina?», sentì qualcuno gracchiarle all'orecchio.

Kate riprese a respirare di colpo. «Abel?»

«E chi, sennò?».

«Levati di dosso, vecchio idiota!».

Abel le scivolò accanto sulla neve e caricò un proiettile nella carabina bolt action Winchester modello 54, che doveva avere suppergiù la sua stessa età; se la portava sempre appresso nel caso si fosse trovato faccia a faccia con un alce maschio in calore o con un guardiacaccia, quello che gli fosse capitato a tiro per primo. Si tirò su accovacciandosi sulle gambe, poi fece capolino da dietro il terrapieno e sparò un colpo in direzione della scuola. «Giusto per far capire a quel bastardo che non ha a che fare con due pivelli», disse con aria rassicurante mentre si accasciava di nuovo a terra accanto a Kate. «Chi è che ti sta sparando?»

«Non lo so».

«Mmh». Armeggiò con l'otturatore e si alzò in piedi ancora una volta.

«Abel, no!».

Stavolta il cecchino era pronto. Non appena Abel si affacciò oltre il terrapieno ci fu uno sparo. Abel rispose al fuoco e cadde accanto a Kate con un tonfo sordo.

«Al diavolo, vecchio idiota!».

Abel teneva gli occhi chiusi, contratti, mentre si palpava a tentoni la spalla destra. Aprì una palpebra e osservò Kate con disapprovazione. «Stai cominciando a ripeterti, bambina».

Kate gli si accovacciò accanto e con uno strattone gli levò la mano dalla spalla. Nell'aria aleggiò una nuvola di piume sottili, fuoriuscite da uno strappo nella manica del parka, che le si impigliarono tra i capelli, svolazzandole sugli occhi e nel naso. Kate starnutì con violenza, e fissò Abel con aria truce. Niente sangue, né ferita. Sentì un'ondata di sollievo spazzare via il terrore che l'aveva attanagliata fino a un attimo prima, e guardò il vecchio con aria ancora più torva. «E continuerò a farlo finché non mi starai a sentire, vecchio idiota. Non fai altro che starmi tra i piedi, maledizione! Non mi sta per niente bene, hai sentito?».

Il vecchio sollevò la testa dalla neve. «Sì».

«Sì cosa?»

«Sì, ho sentito quel bastardo che ci stava scaricando addosso un po' di pallettoni darsela a gambe in quella direzione».

Kate percepì lo scalpiccio di passi che si allontanavano dal retro della palestra. Un'ondata di rabbia la fece scattare in piedi in un unico movimento. «Mutt! *Prendilo!*».

Mutt si lanciò all'inseguimento, una macchia grigia che si allungava nella notte, volando rasente la neve come un fantasma. Ma quando la videro scomparire dietro l'ombra scura della scuola, sentirono una motoslitta mettersi in moto scoppiettando e partire con un rombo. Kate imprecò e corse dietro a Mutt.

Nello spiazzo non c'era nulla, a parte neve e ghiaccio, e quello che aveva l'aria di essere uno dei cani di Dandy Mike, un incrocio tra un husky e un pastore tedesco; vedendo Mutt, le trotterellò incontro per annusarle il didietro con aria interessata. Dal canto suo, Mutt, frustrata per non essere riuscita a catturare chiunque avesse avuto la sfrontatezza di sparare al suo essere umano preferito, era sul piede di guerra e mise in guardia il meticcio con un ringhio energico, mostrandogli i denti.

«Va tutto bene, Mutt», le disse Kate, tentando di soffocare rabbia e paura. Capiva molto bene come si sentiva. Diede un buffetto sul muso all'altro cane per mandarlo via e iniziò a perlustrare lo spiazzo, piegata in due, con il naso che quasi sfiorava la neve. Era troppo tardi; il cecchino, chiunque fosse, era scomparso nella notte. E aveva raccolto persino i bossoli, o forse era lei che non riusciva a trovarli con quel buio. La neve ormai vecchia e sporca, calpestata da un esuberante e nutrito corpo studentesco, dalla prima classe alla dodicesima, non era la superficie ideale per individuare impronte o indizi. Era talmente dura e ghiacciata che scricchiolava sotto le scarpe. Disgustata, Kate rinunciò e tornò in strada.

«Mi sa che abbiamo messo in fuga quel bastardo», commentò Abel con aria compiaciuta.

Kate scosse la testa. «Abel, Abel, Abel», disse, continuando a muovere la testa e cercando di impedire alle ginocchia di tremare. «Cosa devo fare con te? Ti potevano sparare. Potevi rimanere ucciso».

«Be', non è successo», ribatté lui con tono seccato, «e per come la vedo io dovremmo darci una mossa e trovare quel bastardo, anziché starcene qui a gelarci il culo e piagnucolare chiedendoci se dovrei o non dovrei essere qui!».

«Che ci fai qui, a proposito?», disse Kate.

Silenzio. Abel si chinò a recuperare il suo sterminatore di alci e si concentrò per tentare di rimuovere anche il più piccolo frammento di neve o ghiaccio che potesse essersi introdotto negli ingranaggi.

Kate, per metà esasperata e per metà divertita, continuò: «Pensi che non sia in grado di badare a me stessa, è così? Mi hai tirato su tu, Abel».

«Non ho detto una parola», disse il vecchio con un'espressione ostinata. «Tutto quello che so è che è scomparso un ragazzo, e che anche il tizio che è andato a cercarlo si è come dissolto nel nulla; e se ora sento freddo, ne sentirò il doppio quando dovrò venire a cercare te, dopo che sarai scomparsa anche tu. Tu e quei cazzoni dell'oleodotto che giocano a fare i cowboy».

Kate sgranò gli occhi. «Abel, eri al Roadhouse questa sera?», domandò.

«Non ho detto una parola». Fece scorrere lo sguardo lungo la canna del Winchester, esaminandola con attenzione. «Forse sì, forse no. Qualcuno doveva pur avvisare Jim Elicottero per essere sicuri che arrivasse in tempo».

Kate, che voleva ordinargli di tornare a casa pur sapendo che non l'avrebbe fatto, e che pregava in cuor suo che il vecchio non si intromettesse oltre nella sua indagine pur sapendo che l'avrebbe fatto, alla fine si arrese e si rassegnò ad avere un secondo cane da guardia. «Be', quello che so io, invece, è che è un po' tardi per decidere se sei stato o no un cattivo insegnante».

«Non ho detto una parola», rispose il vecchio, levandosi un guanto per estrarre una minuscola scheggia di ghiaccio dal ponticello del grilletto.

«Bene», disse Kate, e tornò a passi pesanti verso il capanno della NorthCom, dove trovò l'operatore e Xenia sulla porta che tremavano come foglie. Xenia balzò ai piedi dei tre gradini e strinse Kate a sé. «Hai visto chi era, Kate? L'hai preso?»

«No».

Xenia allentò la presa e fece scivolare le mani lungo i fianchi.

Kate osservò il viso della cugina, dall'espressione tesa e spaventata. «Io e te dobbiamo fare due chiacchiere, Xenia». Spostò lo sguardo verso l'operatore. «Ti dispiace se ci accomodiamo dentro?»

«Certo, io...». Il ragazzo incrociò lo sguardo di Kate e si schiarì la gola. «Uh, naturalmente. Stavo giusto per fare un salto giù al negozio per comprare, mmh, un po' di latte».

«Ma il negozio chiude alle sei», si intromise Xenia.

Lui fece un gesto vago. «Be', vorrà dire che andrò a chiederne una tazza a Mickey Komkoff. Torno tra un minuto». Si dileguò nel capanno per poi ricomparire poco dopo bardato di pantaloni, parka e stivali. Scoccò a Xenia un sonoro bacio sulle labbra, e a Kate un'occhiata di sfida con cui la invitava a sollevare qualche obiezione, dopodiché imboccò il vialetto.

Kate spinse una riluttante Xenia dentro il capanno e chiuse la porta in faccia ad Abel, a dispetto dello sguardo interrogativo del vecchio. Xenia puntò sull'unica sedia presente nella stanza e vi si sedette a braccia conserte.

«Voglio la verità questa volta, Xenia», disse severamente Kate. «Fino all'ultima virgola».

La ragazza rimase in silenzio, stringendosi le braccia contro il petto.

«Cosa mi stai nascondendo? Cosa pensi sia successo a Mark Miller?». Xenia non disse nulla. Kate, di colpo furiosa con quella piccola mocciosa egoista, attraversò la stanza a grandi falcate fino al punto in cui era seduta e la tirò su strattonandola per un lembo della camicia. «Aveva detto che ti amava, Xenia, e ora è scomparso e potrebbe addirittura essere morto, e c'è qualcuno che mi sta sparando perché con ogni probabilità non vuole che scopra che fine ha fatto. Non te ne frega niente? Se non di Miller, nemmeno di me?». Le ultime parole furono pronunciate urlando.

Xenia alzò su di lei due occhi color nocciola colmi di lacrime. Sembrava una bambina di sei anni. Kate allentò la presa sulla camicia, e la ragazza scivolò via dalla sua stretta, accasciandosi sul pavimento come se avesse le gambe di cera fusa. Sollevò le ginocchia e vi seppellì il viso, dopodiché aprì bocca per la prima volta senza guardare Kate. «Mi troverai un lavoro ad Anchorage? Me lo prometti? Mi porterai via di qui?».

Kate fece scorrere la zip della tuta da neve, scoprendosi fino alla vita. Sedette accanto alla cugina, tentando di mitigare il disgusto e l'esasperazione. «L'avrei fatto comunque. Da quello che ho visto nelle ultime otto ore, prima te ne vai da Niniltna e meglio è. Ma non pensiamoci adesso. Dimmi soltanto cos'è successo la notte in cui è scomparso Miller».

Quello che era successo la notte del 26 ottobre era che Xenia e Mark Miller si erano dati appuntamento al Roadhouse, dato che Ekaterina aveva fatto capire con grande chiarezza che in casa sua – dove viveva anche Xenia da quando i genitori erano morti in un incidente aereo, tre anni prima – il ranger non era il benvenuto. «Poi è arrivato Martin», disse Xenia, gli occhi castani pieni di lacrime, «e ci ha sorpreso a ballare insieme. Ha afferrato Mark e gli ha dato un pugno, Mark gliel'ha restituito, e nel giro di qualche minuto tutto il locale era coinvolto nella rissa». Abbassò di nuovo gli occhi colmi di lacrime sulle ginocchia. «Ho avuto paura, e così sono scappata».

«Te ne sei andata dal Roadhouse?»

«Sì».

«Hai lasciato Mark lì da solo?»

«Te l'ho detto, ero spaventata, e lui è un uomo e sa badare a se stesso».

«Uno di Fuori, un ranger ambientalista, contro un bar pieno di Moonin e Shugak?».

La ragazza scrollò le spalle con aria stizzita. «E io, allora? Sono dovuta tornare a casa da sola, a piedi, dal Roadhouse fino a Niniltna, al freddo. E lo sai anche tu cosa ti può succedere se fai una cosa del genere». Ansimò e si morse le labbra, guardando Kate con aria spaventata.

«Certo che lo so», rispose Kate con voce incolore. «Poi cos'è successo?»

«Come ti dicevo, mi sono incamminata verso casa. Ero quasi arrivata al ponte del Lost Chance Creek, quando ho sentito arrivare una macchina. Mi sono girata per fare cenno di accostare e ho visto che era il pick-up di Martin. Così mi sono nascosta vicino al parapetto del ponte e ho aspettato che passasse oltre. Ma non l'ha fatto».

«E cos'ha fatto?». Le spalle di Xenia iniziarono a essere scosse da un tremito, e Kate ripeté implacabile: «Cos'ha fatto il pick-up?»

«Si è fermato in mezzo al ponte. Poi sono scesi due uomini e hanno iniziato a trafficare con qualcosa sul pianale posteriore. Era buio e non riuscivo a vedere bene, e poi ero...»

«Eri spaventata».

La ragazza le lanciò un'occhiata risentita ed esclamò con astio: «Sì, proprio così».

«Ho capito», riprese Kate con impazienza. «Sarei stata spaventata anch'io, anzi, lo sarebbe stato chiunque. Non ti sto giudicando». "O almeno, ce la sto mettendo tutta per non farlo", pensò. «Poi cos'è successo?»

«Sono rimasta nascosta e ho aspettato. I due tizi hanno iniziato a bestemmiare, barcollando, come se il carico che stavano sollevando dal pianale fosse piuttosto pesante. Poi ho sentito qualcuno camminare dal pick-up fino al ponte, e infine il tonfo nell'acqua». Scoppiò di nuovo a piangere. «Martin mi uccide se scopre che te l'ho detto. Devo andarmene di qui, Katja!».

«Sei sicura che fosse il pick-up di Martin?», domandò Kate impietosa, ignorando le lacrime.

Xenia soffocò un singhiozzo. «Sì. Ho visto la targa, e anche il portellone posteriore che ha ammaccato quando è andato fuori strada per sfuggire a quel guardiapesca che lo inseguiva per arrestarlo. Ti ricordi? È stato quando lo hanno sorpreso a pescare con la senna sul Teglliq Creek prima dei confini. Diceva sempre che erano troppo lontani...»

«Lasciamo stare il guardiapesca e il Teglliq Creek. Sei riuscita a vedere chi era l'altro uomo?»

«No, te l'ho detto, ero troppo spaventata per guardare, e loro due, a parte bestemmiare, non hanno detto granché».

Kate rimase a lungo in silenzio. Alla fine si mosse e si alzò. «Ok, Xenia».

«Parlerai con Martin?».

Kate la guardò con gli occhi socchiusi. «Certo che sì».

«Gli dirai che sono stata io a raccontarti tutto?». Tremante, Xenia scoppiò di nuovo a piangere. «Non puoi farlo, Katja, non puoi. Mi ucciderà!».

«Non piangere, per l'amor del cielo», sbottò Kate. «Se lui non ti ha visto e tu non gli hai detto che eri lì, devo dirgli soltanto che c'è un testimone. Non c'è bisogno che sappia di chi si tratta».

«E mi procurerai quel lavoro ad Anchorage, Katja? E magari anche un posto dove stare?»

«Stai zitta, Xenia», rispose Kate a denti stretti. «Stai zitta, per favore».

«Ah, per te è sempre stato tutto facile», singhiozzò la ragazza. «La vecchia Biancaneve! Non hai mai fatto niente di sbagliato e non hai mai avuto paura di niente! Katja! Dove stai andando?», esclamò, le lacrime che le rigavano le guance per la terza volta.

«Da Bobby». Kate si girò appena e aggiunse da sopra la spalla: «Se qualcuno viene a cercarmi e magari ha con sé un fucile, fammi un favore, Xenia: cerca di non dirgli dove sono, d'accordo?».

# 6

Era perso in una nebbia di frequenze a banda larga, con le cuffie alle orecchie, e non rispose quando Kate bussò; così, lei aprì la porta, che non era mai chiusa a chiave, e gli si avvicinò per dargli un colpetto sulla spalla.

Lui fece un salto sulla sedia di almeno un paio di centimetri, prima di ruotare su se stesso e girarsi con aria truce a vedere chi era. Guardarla e riconoscerla fu un tutt'uno. «Maledizione, donna!», sbraitò, levandosi di scatto le cuffie dalle orecchie e sbattendole sul tavolo. «Te l'ho detto un milione di volte di non strisciarmi alle spalle in questo modo!».

Mutt balzò in avanti per posargli le zampe sulle spalle, e gli leccò la faccia con la lunga lingua rosa. «Maledizione, donna!», ruggì di nuovo Bobby, respingendo il cane con la mano. «Hai portato questo cazzo di lupo! Te l'ho detto un milione di volte, niente lupi dentro casa!».

Per niente intimidita, Mutt gli leccò di nuovo la faccia e, dopo aver assolto i doveri formali come da etichetta, abbassò le zampe e trotterellò verso il camino per rovistare nella cassetta della legna, da cui di lì a poco estrasse un oggetto grande all'incirca quanto il femore di uno stegosauro. Bobby, che era un tipo previdente, aveva sempre qualcosa a portata di mano per tenere a bada un lupo. Mutt si accoccolò davanti al camino e iniziò a rosicchiare con un'espressione di felicità quasi peccaminosa.

Kate pulì il viso corrucciato di Bobby e si chinò a baciarlo. Il brontolio cessò all'istante e l'uomo ricambiò con entusiasmo. Nel bel mezzo del bacio aprì un occhio per assicurarsi che a lei piacesse almeno quanto piaceva a lui, e vide Abel in piedi sulla soglia che li osservava con cipiglio severo e profonda disapprovazione.

«Oh!», esclamò Bobby per niente turbato, staccando le labbra da quelle di Kate, ma senza lasciarla andare. «Ciao, Abel».

«Bobby», rispose Abel, facendo un cenno con il capo. «Be', ti ho portato fin qui sana e salva, bambina. Me ne vado da Ekaterina, adesso. Tornerò domattina».

«Qui sei sempre il benvenuto, Abel», gli disse Bobby, piazzando la manona sul fianco di Kate.

Il vecchio inclinò la testa con aria rigida. «Ti ringrazio, Bobby, ma è da un po' che non faccio innervosire la vecchia. Ho proprio voglia di vederla». Diede un'occhiata alla capanna di Bobby e inarcò le sopracciglia. «E poi lei ha sempre una stanza», e aggiunse: «Per *me*», sottolineando la parola di proposito.

«Abel?», disse Kate, girandosi tra le braccia di Bobby per riuscire a vederlo. «Grazie».

Abel fece un altro cenno del capo e si dileguò.

Bobby rimase a guardare la porta chiusa.

«Non farci caso», gli disse Kate a voce bassa. «È vecchio, tutto qua».

«Fa niente», rispose lui, e poi, sorprendentemente, aggiunse: «Mi ricorda mio padre. Neppure lui avrebbe approvato».

Il viso di Bobby si aprì in un sorriso libidinoso, e l'uomo si protese di nuovo a baciare Kate, e ancora una terza volta, in maniera furtiva, prima che la ragazza riuscisse a divincolarsi.

«Con chi stai parlando stasera?», chiese lei senza fiato, indicando la radio e liberandosi con uno strattone.

«Re Hussein di Giordania», rispose Bobby. Kate scoppiò a ridere, e lui aggiunse, inarcando le sopracciglia: «Vuoi fargli un salutino?».

Divertita, esclamò: «Dici sul serio? Hussein è un radioamatore?»

«Al cento per cento, proprio come me», rispose. «Vuoi parlarci?»

«Preferirei parlare con Viktor».

«Ah, quella lurida spia! Devono averlo arrestato durante l'ultimo colpaccio, figlio di puttana; saranno almeno sei mesi che non è in onda. Ti va un caffè?»

«Come no».

Bobby si grattò la testa e aggiunse: «Ora che mi ci fai pensare, non ho ancora cenato. Che ne dici di mangiare un boccone?».

Kate sorrise debolmente. «Ora che mi ci fai pensare, non ho cenato neanch'io».

«Che ti va?»

«Qualsiasi cosa», disse lei con fervore.

«Va bene, lasciami salutare Sua Maestà. Gli lancio un 73 e mi metto subito all'opera». Parlò nel microfono, tenendo una delle cuffie accostata all'orecchio, poi spense tutto.

Kate lo guardò. Aveva la tipica struttura di un uomo costretto su una sedia a rotelle, torace possente e spalle e braccia robuste. Nero come il carbone da testa a piedi – pelle, occhi e capelli – quella sera era addirittura vestito interamente dello stesso colore, jeans, camicia e perfino la T-shirt che faceva capolino dal colletto. «Chissà perché, ho la sensazione che se avessi i piedi sarebbero nere pure le calze», gli disse Kate mentre lui metteva via le cuffie.

«Saper abbinare i vestiti è l'ABC dell'eleganza», rispose lui, passandosi una mano sui folti ricci neri con aria compiaciuta.

«Ah-ah», disse lei.

«E tra l'altro è più facile vedermi se mi perdo in una bufera di neve», aggiunse, e le scoccò il suo solito sorriso, caldo e contagioso, capace di abbagliarti se non ci facevi attenzione.

Le ruote della sedia a rotelle cigolarono sul pavimento di legno duro e ben levigato. A casa di Bobby non c'erano tappeti, cosa insolita in Alaska, perfino nelle abitazioni più modeste. Nessun vero alaskano amava posare i piedi nudi su un pavimento spoglio nei gelidi mattini d'inverno. A Bobby non importava, fondamentalmente perché non aveva piedi: aveva perso entrambe le gambe in Vietnam, fino a sopra il ginocchio, durante l'Offensiva del Têt. Dieci anni dopo era comparso per la prima volta nel Parco, sei mesi prima che Jimmy Carter trasformasse circa duecentotrentamila chilometri quadrati del territorio dell'Alaska in diciassette nuovi parchi nazionali, e quindi giusto in tempo per accampare dei diritti sullo Squaw Candy Creek, un affluente del fiume Kanuyaq tre chilometri a monte di Niniltna.

Kate non era mai riuscita a scoprire cos'avesse combinato durante quel decennio ma, dal momento che Bobby sembrava avere denaro a sufficienza per importare da Anchorage legname da costruzione, una pompa dell'acqua, un generatore e un serbatoio per carburante da quasi quattromila litri, nonché per assumere manodopera di Niniltna per costruirsi una fattoria, e che da allora non aveva dato segno di morire di fame, aveva i suoi bravi sospetti. Bobby lavorava come osservatore meteorologico per conto dell'Istituto nazionale di Oceanografia e Fenomeni atmosferici all'interno del Parco, monitorando noiose statistiche relative a temperatura, velocità del vento, indice di raffreddamento, umidità, precipitazioni e pressione barometrica, e stabilendo la sottile differenza tra cumuli, altocumuli e fractocumuli ogni sei ore. Il misero compenso che riceveva per questo noioso e sedentario lavoro era tuttavia sufficiente a consentirgli un uso occasionale di sostanze stupefacenti, che gli arrivavano a casa in casse da dodici bottiglie con la scritta PRODOTTO DEL KENTUCKY stampigliata su uno dei lati. Per il resto, sembrava vivere – e vivere bene – d'aria e di baratto.

Bobby spinse la sedia a rotelle sullo spoglio pavimento in legno, descrisse un cerchio e fece un'impennata, tanto per ricordare a Kate che ne era capace, e filò via in cucina. Amava la velocità, che fosse a bordo della sua motoslitta, del suo speciale Cessna 172 modificato o di una delle due sedie a rotelle che teneva in casa.

«Due?», aveva commentato Kate la prima volta che aveva visto la seconda carrozzella. «Perché due?»

«Be', funziona così, Kate», aveva spiegato lui, girandole attorno in un cerchio strettissimo per mostrarle la precisione della sua tenuta di strada in curva. «Questa qua è per quando ho voglia di inseguire qualcuno», le aveva lanciato un'occhiata maliziosa, e Kate era scoppiata a ridere, «come oggi. L'altra ha un motore».

«Per quando non ti senti in forma», aveva suggerito lei.

«O devo smaltire una sbornia», aveva puntualizzato lui.

La casa di Bobby consisteva in un unico, grande stanzone a pianta quadrata senza pareti divisorie o porte, fatta eccezione per il bagno. Al centro della stanza c'era una postazione di lavoro quadrata a isola, traboccante di apparecchiature elettroniche, libri e cavi multipli che si arrampicavano lungo il pilastro centrale per congiungersi alla foresta di antenne, strumentazioni varie e circuiti elettrici che campeggiava sul tetto, e che alla luce del giorno faceva apparire la fattoria come un'astronave pronta a decollare. Una mensola di tek correva lungo tutta una parete e ospitava un numero impressionante di LP nelle loro copertine originali e quasi intonsi. Nessuno aveva il permesso di toccarli a eccezione di Bobby, il quale a sua volta li estraeva dalle custodie solo per registrarli su una nuova cassetta quando quella vecchia si era ormai consumata. Aspettava che il DAT venisse messo in commercio per convertirsi definitivamente ai CD, ma nel frattempo manteneva provocatoriamente la sua collezione di vinili, rendendo la vita dura ai dipendenti di Robber Joe's Records giù ad Anchorage, che avevano il compito di scovargli vecchi album fuori catalogo. La stessa Kate gliene aveva ordinati diversi, e ogni volta che entrava nel negozio e vedeva l'espressione afflitta dei commessi non poteva fare a meno di dispiacersi per loro.

Addossato a una parete c'era un enorme letto matrimoniale, e sul lato opposto dello stanzone un divano e due comode poltrone, con al centro un camino aperto in pietra. In cucina, il lavello, il fornello e i piani di lavoro arrivano a malapena ai fianchi di Kate, ma erano perfetti per Bobby, che li gestiva con scioltezza anche dalla sedia a rotelle. La parete a sud era occupata da enormi portefinestre, dal pavimento al soffitto. Attraverso i vetri, la luna piena spandeva un placido chiarore sul bosco di abeti coperto di ghiaccio, delineando le cime innevate delle Quilak Mountains a oriente e incalzando le acque impetuose tra le sponde ghiacciate dello Squaw Candy Creek.

Kate ravvivò il fuoco, di cui Bobby, perso dietro la sua programmazione radiofonica, si era come sempre dimenticato, tanto che ormai in casa faceva freddo quasi quanto all'esterno. Le fiamme divamparono e iniziarono a crepitare, e Kate si lasciò cadere sul divano con un sospiro di sollievo. La tensione che le aveva chiuso lo stomaco iniziò a sciogliersi.

«Allora, cosa ti porta a Niniltna, Katie?», le chiese Bobby, sfrecciando da un punto all'altro della stanza con una tazza fumante in equilibrio sul bracciolo della sedia. Prima che Kate potesse rispondergli o ringraziarlo, lui schizzò di nuovo in cucina per prendere griglia, hamburger di caribù, pagnotte e il resto dell'occorrente per la cena.

«Non scordarti la senape!», gli gridò dietro lei, e Bobby aprì lo sportello di una credenza e aggiunse un altro vasetto al vassoio che teneva in grembo. Senape francese, notò Kate. Bobby si trattava bene. Sfrecciò di nuovo sul pavimento in legno duro fino al camino e posò il carico sul gradino in pietra. Ammucchiò un po' di braci con l'attizzatoio, sistemò la griglia e ci sbatté sopra la carne.

Iniziò a sfrigolare immediatamente. Kate sentì l'acquolina in bocca. Oltre al pane fritto da Ekaterina, quel pomeriggio, non aveva mangiato nulla. «Ieri è venuto a trovarmi Jack Morgan. Vuole che sbrighi un lavoro per lui. Devo rintracciare una persona scomparsa».

«Chi?», chiese Bobby senza voltarsi.

«Un ranger del Parco di nome Mark Miller. Lo conoscevi?»

«Sì».

«L'hai visto di recente?».

Bobby fece spallucce. «Non lo conoscevo abbastanza da sapere che combinava. Piccoletto, giusto? Un tipo rilassato, sul genere Alexander Haig? Ho sentito che faceva gli occhi dolci a Xenia».

«Già», rispose Kate. «Senti, non è che puoi accelerare un po' con quegli hamburger?»

«Vuoi cucinare tu?»

«No», rispose immediatamente Kate. «No, scusa, Bobby, la pianto di fare il grillo parlante, te lo prometto». Trattenne il fiato.

«Lo spero bene». Bobby storse il naso. «Da quant'è che è scomparso questo Miller?».

Kate si rilassò. A quanto pareva avrebbe mangiato, dopotutto. «Sei settimane».

«Mmh. Immagino che le solite spiegazioni non reggano».

Kate scosse la testa, poi, ricordandosi che Bobby non poteva vederla, disse a voce alta: «No, infatti».

«Perché no?»

«Perché Jack ha mandato un investigatore a cercarlo, e ora è scomparso anche lui».

Si sentì il sibilo del grasso che sfrigolava mentre Bobby premeva la spatola contro gli hamburger. «Che diavolo c'entra il procuratore distrettuale di Anchorage con le ricerche di un dipendente federale? Credevo che all'FBI avessero gente che si occupa di queste cose».

«Arruolati nell'FBI».

Bobby si voltò a guardarla, un'occhiata lunga e penetrante. «Insomma, a chi è legato questo ranger?».

Kate sorrise appena. «È il figlio di un rappresentante del Congresso».

Continuando a fissarla, Bobby assimilò la notizia, ci rifletté per un po', e infine fece un cenno di assenso, come se i suoi peggiori sospetti fossero stati confermati. «Sono andati da Jack per chiedergli una mano?»

«Già».

«E lui è venuto da te».

«Già. Mi sento come se avessi raccontato questa storia un centinaio di volte, da stamattina».

«Con chi hai parlato?».

Kate contò i nomi sulle dita. «Abel, Mandy, *emaa*, Bernie, Xenia, il nuovo operatore della NorthCom... Ora che mi ci fai pensare, che diavolo è successo a quello vecchio?».

Lui le rivolse un gran sorriso da sopra la spalla. «"Il Consiglio tribale...", aspetta, com'è che ha detto Billy Mike?», Bobby abbassò la voce e fece vibrare ogni parola con l'autorevolezza di un consumato attore shakespeariano, «..."ha fatto pressioni sul datore di lavoro di Taylor Benson, tale Far North Communications Corporation, portando alla sua attenzione che, sebbene non siano state rinvenute prove a carico che dimostrino il coinvolgimento del suddetto Taylor Benson nelle nefande azioni perpetrate da un certo Harold C. "Sandy" Halvorsen, emerito contrabbandiere di alcolici del Parco, il suddetto Taylor Benson si è ciò nondimeno dimostrato tutt'altro che vigile nel monitorare e sottoporre all'attenzione del Consiglio l'inusuale numero di ordini di liquido antigelo effettuati dallo stesso signor Halvorsen; per questo motivo, il Consiglio tribale sarebbe oltremodo sollevato se il signor Benson venisse rimosso dal suo incarico con effetto immediato"».

«Billy Mike non può aver detto tutto questo».

«Ti dico di sì!».

«Be', se l'ha fatto, non ha usato le parole "nefande" o "perpetrate", poco ma sicuro», aggiunse Kate. «E nemmeno "con effetto immediato"».

Bobby scrollò le spalle, e Kate sentì una nota di divertimento nella sua voce. «Magari l'ho, mmh, abbellita un po'. Per rendere il racconto più efficace».

«Non sarebbe la prima volta», replicò Kate impassibile.

«In ogni caso», proseguì Bobby, «è del tutto vero che nel giro di tre mesi Halvorsen ha ordinato una quantità di antigelo Shell sufficiente per preparare per l'inverno l'intera classe *Nimitz*, e che Taylor non ha mai fatto una piega. Ma non c'è bisogno che te lo dica io». Kate annuì senza rispondere, e Bobby la guardò incuriosito. «Billy Mike mi ha raccontato che la prima volta che ti ha chiesto una mano per quella faccenda di Sandy, tu gli hai risposto che non eri una cameriera e non lavavi i panni sporchi di nessuno. Cosa ti ha fatto cambiare idea?».

Kate scoppiò in una breve, triste risata simile a un rantolo. «Non cosa, chi. Bernie».

«Che ti ha detto?»

«È venuto a trovarmi il giorno dopo che avevo dato il benservito a Billy». Kate si appoggiò allo schienale del divano e sorrise con aria stanca guardando il soffitto. «Non gliene fregava un fico secco della concorrenza, mi ha detto. Ma Sandy usava i ragazzini delle scuole medie come contrabbandieri, e per colpa sua stavano saltando gli allenamenti di basket».

Suo malgrado, Bobby non poté fare a meno di scoppiare a ridere, e Kate sorrise. «Già. E poi c'era Abel».

«Che moriva dalla voglia di farti da spalla».

Nella voce di Bobby c'era una nota di amarezza, e Kate cambiò subito argomento. «Il ragazzo della NorthCom, quello nuovo, è...», esitò. «Non è di queste parti, vero?».

Bobby allungò il collo e le sorrise. «L'avevo sentito dire. L'ultima volta che siamo stati tutti insieme giù al Roadhouse gli abbiamo fatto mangiare la zuppa di teste di pesce. Avresti dovuto vedere che faccia ha fatto quando gli occhi sono comparsi in cima al piatto. Johnny Jorgensen dice che se il ragazzo continua a ordinare legna a quel modo, l'anno prossimo potrà saltare la stagione di pesca».

Kate ripensò all'ultima volta che aveva visto Bill, il fratello di Johnny, e disse: «Meglio così. Bill potrebbe avere bisogno della sua licenza per pagarsi le spese del divorzio».

Bobby prese un hamburger e lo schiaffò tra due fette di pane. «Ecco qua, sintonizzati su questo, adesso».

Kate allungò la mano e notò – quasi con distacco – che tremava troppo per riuscire ad afferrare il piatto.

«Ehi, che diavolo ti succede, donna?», esclamò Bobby. Lanciò il piatto sulla pietra del camino, si avvicinò a Kate dandosi una spinta sulla sedia a rotelle e le tenne le mani gelide strette nelle sue, grandi e calde. «A chi interessano tanto due tizi di Fuori scomparsi per farti tremare in questo modo?»

«A qualcuno di sicuro, se è arrivato a spararmi fuori dal capanno della NorthCom, poco fa», disse lei con voce stanca, e con suo sommo orrore sentì gli occhi bruciarle di lacrime.

«Be', diavolo», bofonchiò Bobby sbigottito. Si sforzò di controllare il suo solito ruggito, e quasi ci riuscì. «È a questo che si riferiva Abel, quando ha detto di averti portata fin qui sana e salva?».

Lei annuì, incapace di parlare, e Bobby schizzò ancora più vicino al divano. Afferrò saldamente i braccioli della sedia a rotelle e con un unico, pratico movimento si issò sul divano accanto a lei. La strinse tra le braccia e Kate vi si abbandonò con gratitudine. Rimasero seduti così per un po'. Bobby le accarezzò la schiena, sussurrandole parole rassicuranti, e Kate poco a poco ritrovò la calma. Quando si accorse che il tremito iniziava a placarsi, Bobby si tirò indietro per lanciarle un'occhiata grave. «Credo sia una di quelle occasioni in cui è consentita una piccola aggiunta al caffè». Si chinò in avanti per allungare la mano sotto la seduta della carrozzella.

Kate fece cenno di no in direzione della bottiglia di Wild Turkey. «Tra un attimo starò di nuovo bene».

«Diavolo, certo che starai bene!», esclamò Bobby, ritrovando il suo solito ruggito. Riempì la sua tazza fino all'orlo, ne bevve un gran sorso, e la riempì di nuovo. «Non è mica la prima volta che ci sparano, a noi due!».

Kate fece un mezzo sorriso. «Giusto».

«La domanda è: chi è lo stupido cazzone che si è messo a scaricare pallettoni a destra e a manca, stavolta?».

Kate si alzò e riempì di nuovo la tazza di caffè, raffreddandolo con latte evaporato e addolcendolo con due cucchiaini di zucchero. Il caffè di Bobby era capace di corroderti le pareti dello stomaco se non lo mitigavi un po'. «Credo che fosse mio cugino Martin».

«*Cooosa?*». Stavolta il ruggito fece balzare in piedi Mutt, che drizzò le orecchie, pronta a proteggere e difendere. Kate la placò prontamente con una parola. «Mi stai dicendo che quel cacasotto muso giallo dal sedere brufoloso che è a malapena l'*ombra* di un uomo ha avuto il coraggio di usarti come bersaglio per il tiro a segno?». Lei annuì, e Bobby sorrise. «Be', non avrei mai pensato che ne fosse capace».

«Nemmeno io», commentò Kate.

Bobby rifletté per qualche istante prima di inarcare un sopracciglio in direzione di Kate. «È un bravo tiratore, sobrio o ubriaco, quel moccioso», disse. «Sono andato a caccia di anatre assieme a lui».

«Lo so. Ci sono andata anch'io».

«Questo significa che se ti ha mancato è perché lo voleva».

«So anche questo».

«Mi sembra che qui si vada un po' troppo oltre la sana rivalità tra cugini», osservò.

«Non dirlo a me», disse lei mestamente.

Bobby si issò nuovamente sulla sedia a rotelle e la fece ruotare fino a quando non si ritrovò faccia a faccia con Kate. «Ok, tesoro, adesso di' tutto a papà».

Kate gli raccontò ogni cosa, in maniera chiara e concisa. Lo mise rapidamente al corrente di ogni particolare, dall'inizio: la visita di Jack, il tizio in gessato di nome Gamble, la scomparsa di Miller e poi di Dahl, la strana simpatia di Bernie per il ranger e il racconto della rissa tra l'amante e il fratello di Xenia, il fatto che l'operatore della NorthCom non fosse riuscito a inoltrare la chiamata di Miller, il misterioso caso della sparizione e riapparizione della Toyota, gli spari nell'oscurità, il pick-up sul ponte. Omise qualcosa soltanto quando arrivò alla parte di Xenia, in nome di un perverso barlume di lealtà familiare che improvvisamente affiorò in superficie, ma dallo sguardo di Bobby capì che era perfettamente in grado di riempire gli spazi mancanti.

Quando terminò il racconto, il suo hamburger era ormai un pezzo di ghiaccio e quello di Bobby, ancora sulla griglia, poco più di un rimasuglio carbonizzato. Sentì brontolare lo stomaco, ma ormai aveva perso l'appetito.

Bobby era rabbuiato. «Così pensi che Martin abbia ucciso il ranger e poi l'abbia scaraventato dal ponte del Lost Chance Creek?»

«Non lo so», rispose Kate aggrottando la fronte. Bobby la guardò di sottecchi. «So cosa stai pensando, e sì, la stessa esistenza di Martin Shugak è una disgrazia per la comunità. È entrato e uscito di prigione una o due volte l'anno da quando ha compiuto diciotto anni. È stato accusato praticamente di qualsiasi cosa, dalla corruzione di minorenne al contrabbando passando per l'aggressione aggravata fino alla caccia di frodo ai grizzly».

Kate si fermò per riprendere fiato, e aggiunse: «Ma non sono sicura che sia stato lui a uccidere il ranger, tutto qua».

«Perché no?»

«L'ha battuto in quella rissa al Roadhouse», disse Kate semplicemente. «E fin da quando eravamo piccoli, non ricordo una sola volta in cui Martin, con tutti i suoi difetti, si sia ripetuto».

«E allora cos'era il fagotto che ha buttato giù dal ponte del Lost Chance Creek, se non era un corpo?»

«Non ho detto che non era un corpo», ribatté Kate, «ma solo che non so *di chi*».

«Se non è stato lui a uccidere il ranger, perché ti ha sparato?».

Kate sorrise cupa. «Sai come funziona il telegrafo del Bush, Bobby: dài una mano tu stesso a mandarlo avanti. È quasi tutto il giorno che giro per Niniltna facendo domande. Qualcuno doveva pur riferirglielo. E se è venuto a sapere che ho parlato con Bernie, saprà anche che so che aveva un movente».

«Sempre che oggi sia una di quelle poche giornate con il vento in poppa in cui è abbastanza sobrio da riuscire a pensare».

«Mmmh». Kate fece una pausa, poi aggiunse: «Vorrei tanto sapere chi voleva chiamare Miller, quella sera».

«Suo padre», disse Bobby.

Sorpresa, Kate domandò: «Cosa?»

«Voleva chiamare il padre, a Washington DC», ripeté Bobby. «Ma non avevo capito che era un pezzo grosso del Congresso», aggiunse con rimpianto, come se avesse perso un'occasione d'oro per pareggiare i conti con i federali.

Lui e l'Agenzia delle Entrate non erano mai andati granché d'accordo.

«Bobby», disse Kate, tirandosi a sedere. «Vengo ora dal capanno della NorthCom. L'operatore mi ha detto che quella sera l'antenna satellitare era fuori uso e che aveva messaggi in arretrato per almeno ventiquattr'ore. Ha detto che Miller se n'è andato senza neanche compilare un modulo per la lista d'attesa».

«Esatto», rispose Bobby, annuendo. «Infatti è venuto qui».

«*Cosa?*»

«Cos'è, sei diventata sorda nel giro di un paio di secondi? Ti ho detto che è venuto qui», ripeté Bobby pazientemente, almeno secondo i suoi standard.

«Pezzo d'idiota, e perché non me l'hai detto prima?»

«Perché tu non mi hai detto prima che è scomparso quella stessa notte, pezzo d'idiota!», ruggì Bobby.

Kate, tenendo gli occhi puntati su di lui, si accorse che lo stava fissando a bocca aperta, e la richiuse. «Oh».

«"Oh"», la scimmiottò Bobby. «"Oh" mi sembra un commento appropriato».

«Quindi Miller è venuto qui e ti ha chiesto di inoltrare un messaggio al padre?», domandò Kate in tono mansueto. «Cosa gli ha detto?»

«Non so se ho tanta voglia di dirtelo», rispose Bobby piuttosto risentito.

Kate gli scoccò uno dei suoi sorrisi più accattivanti, tutto fascino e seduzione, un sorriso che avrebbe reso orgoglioso Jim Elicottero. Bobby deglutì a fatica e disse in tono burbero: «Voleva chiamare suo padre a Washington Del Cazzo, così ho lanciato una chiamata a un OM con cui parlo ogni tanto a Georgetown».

«Hai ascoltato la conversazione?»

«Certo, l'OM dev'essere presente, Katie», disse. «Chiunque parli alla mia radio di fatto sta usando la mia licenza, lo sai bene».

«Di cosa hanno parlato?».

Bobby scolò il caffè e osservò con aria contrita le profondità deserte della tazza. Kate si alzò subito a riempirgliela di nuovo. Frugò nella credenza, ne tirò fuori una confezione di biscotti allo sciroppo d'acero e li dispose su un piatto, che posò vicino a Bobby, in modo che potesse prenderli senza allungare il braccio. Guardandola all'opera, Bobby fece un sorrisetto. Kate, cogliendolo in flagrante, ricambiò il sorriso. Stavolta il radioamatore scoppiò in una sonora risata, scosse la testa e addentò un biscotto dopo averlo immerso nel caffè.

Tra le briciole, disse con voce rauca: «Stava raccontando al padre di quella miniera d'oro che Mac Devlin vuole prosciugare per benino. Non ricordo il nome della miniera, ma...».

«La Nabesna», lo interruppe Kate.

«Esatto», esclamò Bobby, schioccando le dita. «Come lo sai?»

«Mac mi ha accennato qualcosa stasera. Cos'altro ha detto Miller?»

«Ha detto che secondo lui non bisognava dare a Devlin la concessione per quella miniera. Che stava inviando dei campioni ad Anchorage e che, se le analisi avessero dato i risultati sperati, il Governo avrebbe dovuto appaltare la trivellazione a un imprenditore e utilizzare il ricavato per finanziare lo sviluppo del Parco».

«Mac Devlin lo sapeva? Che il ragazzo gli stava mettendo contro il Governo federale?».

Bobby fece spallucce. «Ti posso dire che secondo me non aveva segreti. Raccontava a tutti cosa voleva fare nel Parco, e se qualcuno non era d'accordo con lui, gli diceva chiaro e tondo quant'era stupido. Senza peli sulla lingua». Piegò all'ingiù gli angoli della bocca. «Non riusciva proprio a capire com'era possibile che non stessero dalla sua parte fin dall'inizio».

«Ti ha detto dov'era diretto quando se n'è andato di qua?»

«No».

«Era con la Toyota?»

«Sì».

«L'hai visto andarsene?», insisté Kate. «L'hai visto salire sulla macchina e partire?»

«Stavo guardando dalla porta», disse Bobby, scandendo accuratamente le parole. «L'ho visto salire sulla sua Toyota Land Cruiser, mettere in moto e partire in direzione di Niniltna, sì. Sono storpio, Kate, mica cieco».

Senza farci caso, Kate proseguì: «Che mi dici di Ken Dahl? È venuto qui a farti qualche domanda su Miller?»

«Avresti dovuto fare il poliziotto, Kate», disse Bobby in tono disgustato.

«Lo ero, una volta. Allora, l'hai visto?».

Bobby scosse la testa. «No. Non lo vedo dal *potlatch* di quest'estate». Kate intrecciò le mani dietro la nuca e guardò le fiamme nel camino. «Così Miller ha chiamato il padre». Se il ranger aveva chiamato il padre la notte che era scomparso, questo significava che Miller senior aveva senza dubbio informato l'FBI a riguardo. E se lo sapeva l'FBI, lo sapeva anche Gamble. Di conseguenza, Gamble ne aveva certamente messo a parte anche Jack Morgan. Ma nel fascicolo che Jack le aveva lasciato sul tavolo della cucina questo dettaglio non c'era. Sentì la rabbia montarle dentro in un'ondata incandescente, e ne fu compiaciuta. Voleva continuare a essere arrabbiata, furente con Jack Morgan, e lui le stava rendendo il compito fin troppo facile. «Figlio di puttana», mormorò.

Bobby la fissò. «Prego?»

«*Quel* figlio di puttana», chiarì Kate.

«Ok», si affrettò a rispondere Bobby, vedendo la collera concentrarsi negli occhi color nocciola e chiedendosi com'era possibile che la furia di una donna alta un metro e cinquanta riuscisse ad atterrirlo molto più di qualsiasi Vietcong. «Non sono affari miei. Capisco».

«Devo fare anch'io una chiamata», disse Kate. «A Jack, ad Anchorage. Posso?»

«Certo», rispose lui. «Anche stanotte, se vuoi. Tanto KL7CC è sempre sveglio».

«No, domattina andrà benissimo».

«Ma niente bestemmie stavolta», puntualizzò con severità. «Ho già la Commissione Comunicazioni Federali attaccata al culo. Non ho bisogno di una YL che faccia cazzate sulle mie onde radio».

Kate sedeva impensierita, la fronte corrucciata. Bobby la guardò per qualche istante, prima di accingersi a cucinare altri hamburger al posto dei due che congelavano sulla pietra del camino. Mangiarono, Bobby con voracità, Kate con determinazione più che con gusto. Quando alzò gli occhi dopo essersi leccata le dita, sorprese Bobby a fissarla con i suoi occhi vivaci. E gli sorrise, stavolta di cuore. «Posso dormire qui stanotte?».

Lui si illuminò all'istante. «Diavolo, è la mia serata fortunata?».

Kate lo guardò e sentì un improvviso, intenso desiderio di essere abbracciata, accarezzata, portata in cima alle montagne per osservare il panorama sconfinato ai loro piedi, e dopo dormire al sicuro e indisturbata tra le braccia di un amico di cui si fidava in maniera incondizionata.

Era tentata, e Bobby glielo lesse in viso. Il suo sorriso fu per metà ironico e per metà intenerito, ma estremamente virile. «Niente da fare, eh?».

Kate si alzò e gli diede un buffetto sulla guancia. «Sei stato fortunato sei anni fa, Bobby. E anch'io. Non sfidiamo la sorte».

«Perché no?», replicò lui prontamente, ed entrambi scoppiarono a ridere. «È per via di quel cazzone di Morgan, eh?», aggiunse poi con aria scaltra.

Lei gli lanciò un'occhiata che avrebbe dovuto mandarlo su tutte le furie. «Non vedo Jack – in quel modo – da più di un anno».

Impassibile e per niente turbato, Bobby continuò: «Ah, giusto, nel frattempo ti sei scopata quel cazzone idiota di Bastaan, dove pavcheggiano le autovettuve pev stvada e vanno a Havvavd. Puoi fare di meglio, Kate».

Lei drizzò la schiena in maniera talmente rigida che per un istante Bobby temette potesse spezzarsi di schianto.

Le parole le uscirono di bocca in tono misurato e tagliente. «Dormirò sul divano, grazie».

Bobby la soppesò con lo sguardo inarcando le sopracciglia. «Sicuro come la morte che dormirai sul divano, donna. L'unico letto della casa è mio».

Kate socchiuse gli occhi. «Non tirare troppo la corda, Bobby».

«Non ho niente da perdere, Katie», ribatté lui sorridendo, e fece due impennate avviandosi verso il letto, giusto per farle vedere che ne era capace.

# 7

Jack Morgan attendeva pazientemente che il Consiglio tribale terminasse di perquisire il Cessna con il quale era atterrato a Niniltna, il borsone da viaggio e le tasche del parka. Comprendeva i motivi di quell'ispezione, anzi, li approvava addirittura.

Un anno prima, il Consiglio tribale di Niniltna si era guardato alle spalle e aveva passato in rassegna dieci anni di omicidi, stupri, violenze domestiche e maltrattamenti di minori legati al consumo di alcolici, e aveva deciso di ammetterne la detenzione esclusivamente a uso personale. Nello specifico, si potevano bere alcolici in privato, a casa propria, ma non si poteva acquistare niente di più forte di un succo d'arancia. Procurarsi degli alcolici da tenere in casa, tuttavia, richiedeva un'accurata pianificazione e una discreta dose di capacità organizzativa a lungo raggio, dato che se venivi sorpreso a comprare o vendere bevande alcoliche di qualsiasi genere a clienti di qualsiasi età, sesso, razza e religione all'interno dei confini della giurisdizione tribale, il Consiglio ti metteva alle costole Kate Shugak, e a quel punto, come aveva detto Sandy Halvorsen mentre veniva trascinato via dal Parco, «tanto vale essere morti, perché è ciò che desideri in cuor tuo». Dopo Sandy, la lunga serie di contrabbandieri all'interno del Parco sembrava essere giunta al capolinea. Almeno fino a quel momento.

Per quanto riguardava la pista d'atterraggio, era una questione di scelte. Se la legge tribale non ti piaceva, potevi prendere il tuo aeroplano e andartene senza essere perquisito, arrivederci e grazie; e nel caso ti fosse venuta voglia di fare il furbo, a circondare il velivolo c'era un'assemblea di consiglieri tribali, ognuno con un calibro .12 puntato nella tua direzione, pronto a difendere il proprio villaggio. Così, Jack rimase fermo dov'era e sopportò i vari palpeggiamenti, nonché la perquisizione dell'aereo, con aria rassegnata. Kate lo aspettava sul bordo della pista.

Era sola. Abel si era materializzato a casa di Bobby subito dopo che quest'ultimo era riuscito a inoltrare una chiamata per Jack ad Anchorage. Ci erano voluti l'effetto miracoloso del miglior caffè del Parco e una notevole dose di perseveranza per convincere il vecchio che la cosa migliore, per Kate, era incontrarsi con Jack da sola. Aveva lasciato da Bobby perfino Mutt. Desiderava un po' d'intimità per quell'incontro, senza persone o animali che le stessero addosso.

Jack risultò pulito, e gli fecero cenno di passare.

«Sapevi che Miller aveva chiamato il padre la sera che è scomparso!», gli si scagliò contro Kate quando l'omone era ancora a quattro metri di distanza.

«No», rispose lui nel suo solito tono calmo e pacato.

«E sapevi anche della miniera!».

«Gamble ne era al corrente, Kate. Non io».

«Tu *sapevi* che Devlin aveva un movente per sbarazzarsi del ranger! Maledizione, Jack! Volete che vi tolga le castagne dal fuoco e non mi date i mezzi per farlo! Dovrei...».

Jack emise un sospiro e gettò il borsone sulla neve compatta della pista. «Kate, stai zitta un attimo e ascoltami. Gamble non mi aveva detto che Miller aveva chiamato il padre, o per lo meno non l'ha fatto fino a quando non siamo tornati ad Anchorage. Ha detto che ci sono stati un po' di casini tra Washington e la sede di Seattle, ma credo semplicemente che Miller senior volesse evitare che il suo nome figurasse in un dossier dell'FBI».

«Figlio di puttana», disse Kate senza neanche ascoltarlo. Si sentì investire da un'ondata di rabbia, magnifica e travolgente. Alzando di colpo lo sguardo, Jack colse la sua espressione furibonda e fece involontariamente un passo indietro. «Figlio di puttana. Mi hai mandato avanti alla cieca!». L'omone vide arrivare la sventola e bloccò il pugno afferrandolo con la mano. «Mi hai mandato avanti alla cieca, proprio come quattordici mesi fa, quando mi hai spedito a casa di quel pedofilo sulla base di una segnalazione». Gli mollò un calcio allo stinco e lo colpì con precisione appena sopra lo stivale destro.

«Ahi!», urlò Jack, lasciando la mano di Kate per afferrarsi la gamba.

«Sapevi che quei due non erano semplicemente scomparsi!». Kate si scagliò in avanti per colpirlo con un pugno, ma lo mancò. «Sapevi che mi stavi ficcando nei casini!». Tentò di nuovo, e stavolta lo colpì in pieno, poco sopra la vita.

Il pugno gli mozzò il fiato. «Cristo santo, Kate!», ansimò Jack. «Piantala!». Le afferrò le braccia e le tenne a debita distanza.

«"Stiamo indagando", hai detto», Kate lo scimmiottò con disprezzo. «"Abbiamo solo la dichiarazione del vicino. Probabilmente sarà un buco nell'acqua, ma dobbiamo andare più a fondo e devi occupartene tu"».

Jack impallidì sotto la barba scura. «Credi davvero che ti avrei mandato lì da sola se avessi saputo come stavano le cose?».

«Nessun genere di avvertimento, niente copertura, niente di niente!», tentò di urlare Kate, per quanto glielo permetteva la cicatrice. «Per sette anni mi sono accollata tutto il lavoro sporco che mi hai assegnato. Sette anni a tentare di convincere i figli a testimoniare contro i genitori, le mogli contro i mariti, le sorelle contro fratelli e zii. "Sei una donna, Kate"», disse lei, imitando la pronuncia strascicata e il vocione profondo di Jack. «"Sei una donna e sei nata nel Bush, e sai come vive questa gente meglio di qualunque Anglo di Fuori"».

Quattordici mesi di incubi terrificanti nel cuore della notte, rievocati alla luce del giorno, quattordici mesi passati a ricordare lo strano rumore prodotto da un coltello che squarcia la pelle umana, strano soprattutto se quella pelle è la propria, a tentare di dimenticare l'immagine di una bambina che lotta a mani nude per difendere il padre da lei, Kate, il suono di una vocina stridula e infantile che le chiede, implora, supplica di fermarsi, di fermare tutto... e poi la sensazione di trionfo che l'aveva travolta con una violenta ondata di esultanza quando era tornata in superficie e si era accorta di essere in piedi, e viva, con il coltello del pedofilo tra le mani, sanguinante ma viva, mentre quell'uomo le giaceva davanti, la vita scorreva via dal suo corpo, a fiotti, assieme agli intestini... e la bambina, la bambina che continuava a piangere ogni notte in un angolo della sua mente. Svegliarsi, dormire, tentare di trovare pace. Kate sapeva con terrificante certezza che non sarebbe mai riuscita a dimenticare le lacrime silenziose e senza fine che rigavano le guance della bambina, nuda e coperta di sangue.

Per quattordici mesi non aveva detto nulla, sminuendo ogni sforzo compiuto dalle persone a lei care per arrivare al punto più doloroso della ferita, allontanando il momento della resa dei conti; e ora Jack Morgan era lì, la sua nemesi, il suo destino, l'uomo che l'aveva ingaggiata affinché si occupasse, ogni giorno della sua vita, di bambini feriti, indifesi, impauriti, l'uomo che l'aveva amata e che aveva chiesto, anzi no, preteso di essere amato a sua volta, che aveva accettato senza alcuna obiezione il rifiuto da parte di Kate di lui come uomo, del suo lavoro, del suo amore e del suo mondo, e che non aveva battuto ciglio neppure quando lei aveva iniziato a frequentare uno dei suoi sottoposti. Kate gli scaraventò addosso ogni cosa, l'amarezza, il dolore, il rifiuto, la colpa; quattordici mesi di incubi e pensieri e sensazioni, una vita intera. Era incapace di arrestare quella marea, e anche se avesse potuto non l'avrebbe fatto.

Jack rimase a testa bassa mentre l'ondata lo sommergeva, senza sorridere, gli occhi azzurri immobili. Per ogni accusa che lei gli urlava contro con la sua voce rauca e irregolare, Jack sentiva dentro di sé un'orchestra al completo intonare un altro verso dell'*Alleluia*.

«Se avessi tentato di levarti quell'incarico mi avresti castrato su due piedi, o ti saresti licenziata», disse con voce sommessa quando il peggio della bufera fu passato. «Eri brava, Kate. Eri la migliore».

«Ah sì? Be', non sono brava a fare un cazzo, adesso, grazie a te».

«Non essere stupida, Kate».

«Non dirmi cosa devo o non devo fare», ribatté lei, sul punto di esplodere un'altra volta. «Sono finiti i tempi in cui stavo a sentire qualsiasi cosa avessi da dire».

«Allora sii stupida quanto ti pare e piace», disse lui con lo stesso tono rassicurante, e Kate lo fissò risentita.

«Coglione», sibilò con profondo disprezzo.

Lui le rivolse un gran sorriso, tanto inaspettato quanto pericolosamente contagioso. «Ti senti meglio adesso?»

«Vaffanculo!», gli ringhiò a denti stretti.

«Ti senti meglio», decretò Jack. «E ora andiamo a scovare Mac Devlin».

Trovarono Mac Devlin nel primo posto in cui andarono a cercarlo, accomodato davanti alla scrivania di Billy Mike con i piedi poggiati sul ripiano del tavolo. Era intento a illustrare in lungo e in largo le future gioie in serbo per Niniltna, una volta che la compagnia mineraria di Mac, la Devlin Mining, fosse riuscita a ottenere tutte quelle stupide autorizzazioni governative e – che Billy lo perdonasse per quello che stava per dire – si fosse sbarazzata una buona volta anche di tutti quegli stupidi divieti di estrazione mineraria nei territori aborigeni. E nel momento in cui la Devlin Mining avesse iniziato a lavorare a pieno ritmo... be'.

Stava cianciando allegramente del periodo più opportuno per quotare in borsa la compagnia con un'emissione di azioni senza precedenti, grazie alla quale, nel giro di poche ore, la Devlin Mining sarebbe stata tra le società più quotate di Wall Street, quando Kate e Jack fecero il loro ingresso nell'ufficio. Mike ascoltava con una rassegnata espressione da martire. Kate non si illuse neppure per un istante che la cordialità con cui li accolse fosse in qualche modo legata al piacere di rivederli. Il capo tribale uscì con aria trafelata da dietro la scrivania, interrompendo Mac a metà della sua orazione, e strinse con entusiasmo la mano a lei e a Jack. Billy Mike era un ometto rotondo con i capelli neri e lucenti. Indossava un abito nero di satin, altrettanto luccicante, e una cravatta di cuoio con un grande fermaglio d'avorio accuratamente intagliato e dipinto a mano, che sembrava quasi sorreggergli il mento.

Billy Mike aveva cinquantacinque anni. Nato a Niniltna ai tempi in cui l'Alaska era ancora un Territorio, non si era mai spinto più lontano di Anchorage. Era stato eletto capo tribale solo quando Ekaterina Shugak aveva rinunciato a rappresentare l'Associazione dei Nativi di Niniltna agli incontri annuali della Federazione dei Nativi dell'Alaska. Mike aveva abbracciato la causa – del Parco e dell'intera Alaska – con un'inesprimibile e costante devozione; amava la moglie e i sette figli, era entusiasta del suo lavoro e gioiva apertamente della sua buona sorte senza la minima traccia di supponente compiacimento. Dopo mezz'ora in sua compagnia, a Kate veniva voglia di suicidarsi.

Né contribuiva a rasserenarla il fatto che tutti i figli di Mike – o quasi – avessero frequentato o stessero frequentando o avrebbero frequentato la University of Alaska Fairbanks, per specializzarsi in amministrazione aziendale e imparare a gestire l'Associazione dei Nativi di Niniltna quando il padre li avrebbe salutati per andarsene al Creatore. Era una certezza, come la morte e le tasse, e sei dei rampolli di Mike l'avevano capito alla perfezione. Il settimo, un maschio, la cui esistenza era stata funestata dal nome "Dandy", era stato espulso per un anno dall'università dopo che nella sua camera, al secondo piano dello studentato di Lathrop, era stata trovata una piccola coltivazione di marijuana, ideale per la vendita al dettaglio. Stava scontando la pena a casa, e il fatto che passasse il tempo a bighellonare in compagnia di Martin Shugak gravava come una vera e propria spada di Damocle sulla testa del padre. Kate si ricordò di questo interessante particolare nello stesso istante in cui le tornò in mente di aver visto il giovane la sera prima al Roadhouse, mentre scendeva dal retro di un camion con i jeans abbassati fino alle caviglie.

Sorrise al padre di Dandy. «Allora, Billy, come vanno le cose?»

«Oh, per il verso giusto, Kate», rispose lui con aria placida, e fece loro cenno di accomodarsi. «Posso offrirvi un caffè?».

Kate rifiutò, Jack accolse l'offerta e Billy si affaccendò per riempire le tazze. Poi seguì la solita conversazione sulla pesca dell'estate, la caccia dell'autunno e l'ondata di freddo di quei giorni. Le tazze vennero riempite una seconda volta, e Kate decise che era arrivato il momento di arrivare al dunque. «A dire il vero, Billy», disse, «cercavamo proprio Mac. Avremmo piacere di parlargli in privato. Ti dispiace se usiamo uno degli uffici?».

Billy Mike possedeva un raffinato istinto di conservazione e sapeva riconoscere una via di fuga quando questa bussava alla sua porta. Si alzò di colpo dalla sedia. «Ma usate pure il mio, Kate! No, dico sul serio, senza farvi problemi».

«Ehi, Billy...», iniziò a dire Mac.

«Ma sì, devo andarmene in ogni caso, ho una riunione qui in fondo al corridoio». E si dileguò con un cenno della mano.

Mac Devlin inarcò le sopracciglia sopra i vivaci occhi castani. «La nipote di Ekaterina Shugak apre bocca e si smuovono mari e monti. O, nel nostro caso, quelli che ci stanno sopra».

«Dov'eri la notte del 26 ottobre?», attaccò Kate a bruciapelo.

L'espressione gioviale degli occhi di Mac divenne un po' meno briosa, e l'omone si irrigidì sulla sedia. «Perché?»

«Perché è la notte in cui è scomparso Mark Miller».

Mac spostò lo sguardo da Kate a Jack, e poi di nuovo su Kate. «E per quale motivo pensate che io possa avere qualcosa a che fare con questo?»

«È troppo tardi per fare il santarellino, Mac. Tu sapevi che Miller voleva chiamare il padre a Washington e cercare di metterti i bastoni tra le ruote per le concessioni sulla miniera di Nabesna. Lo sapevi, Mac, no? Lo sapevano tutti. Miller non ne faceva mistero, ma chi aveva più da perdere in quella faccenda eri tu. Prima il ranger ti denuncia all'EPA per le operazioni di scavo sul Carmack Creek, poi si mette di mezzo tra te e la Nabesna».

Si alzò in piedi e camminò attorno alla sedia di Mac. «Era un tipo sveglio, Miller, aveva un mucchio di idee e soprattutto aveva il padre dalla sua, e tu sapevi che l'unico modo per fermarlo era fermarlo per sempre. Così l'hai ucciso».

«Be', via, Kate», intervenne Jack con fare rassicurante, «forse dovremmo andarci un po' più leggeri con il povero Mac. Posso capire che un uomo sia sconvolto quando vede il lavoro di una vita messo a repentaglio in quel modo. Probabilmente è stato solo un incidente».

«Incidente un cazzo! Miller è scomparso da sei settimane e il corpo non è stato mai ritrovato. A me non sembra esattamente un *incidente*».

«Sono sicuro che Mac non voleva far del male a nessuno», insisté Jack.

«E che mi dici di Ken Dahl?», disse Kate. «Forse si è avvicinato un po' troppo alla verità, eh, Mac? Così hai dovuto far sparire anche lui».

Mac spostò lo sguardo da Kate a Jack, poi lanciò un'occhiata a Kate e disse: «Dateci un taglio, ragazzi».

Kate si raddrizzò e disse con gentilezza: «Ma ovviamente ti aspettavi che saremmo arrivati qui per metterti un po' sotto torchio. Non potevamo deluderti».

«Non ce l'avresti mai perdonato», soggiunse Jack.

Jack ridacchiò. Kate ridacchiò. E dopo un istante, anche Mac ridacchiò. L'ufficio traboccava di cameratismo e bonarietà.

«Allora, dov'eri la sera del 26 ottobre, Mac?», domandò Jack, dando l'impressione di essere costretto, seppur con riluttanza, a fare il proprio dovere. «Hai un possibile movente e figuri tra i sospettati, per cui devi rendere conto di quello che hai fatto».

Mac buttò giù il resto del caffè e si alzò in piedi. «Il 26 ottobre ero a Juneau». Osservò con una certa soddisfazione le reazioni dei due e aggiunse in tono gentile: «A cena con il governatore e sua moglie, con il suo vice e rispettiva consorte, e con la mia ragazza, tale Melissa Fensterwald. Lavora al Dipartimento per l'Ambiente e le Risorse Naturali».

Si fermò sulla porta e si girò a guardarli. «Su una cosa hai ragione, Kate. Quel piccolo cazzone di Miller avrebbe trascorso il resto della sua vita a cercare di convincere gli abitanti del Parco a passare dalla sua parte. Sviluppo, sì, d'accordo, ma limitato e gestito dal Governo unicamente allo scopo di incrementare le possibilità di accesso al pubblico».

Fece una pausa, poi aggiunse: «Cosa ti fa pensare che questo potesse crearmi dei problemi? Sarei disposto a scavare oro in questo Parco perfino per Mu'ammar Gheddafi, se mi offrisse una percentuale abbastanza alta». Tenne gli occhi fissi in quelli di Kate. «Chi non lo sarebbe?».

Continuarono a fissarsi per un lungo istante. Poi Mac distolse lo sguardo, e si voltò per andarsene. Kate lo osservò accigliata.

«Mac?», disse all'improvviso.

Lui si fermò sulla soglia. «Che c'è?»

«Hai parlato con Ken Dahl due settimane fa? A proposito di Miller?»

«Certo». Gli allegri occhi marroni sembravano prendersi gioco di lei.

«Cosa gli hai detto?».

Mac scrollò le spalle. «Aveva sentito dire che non avevo alcun motivo per voler bene a quel piccolo cazzone. E ha voluto sapere chi altri la pensava come me».

«E tu che gli hai raccontato?».

Mac si passò la mano sui capelli a spazzola. «Mi ha chiesto se, secondo me, il fatto che Miller avesse testimoniato davanti a quel Sottocomitato della Camera potesse avere a che fare con la sua sparizione. Gli ho detto che era possibile, ma che pensavo c'entrasse di più la scazzottata con tuo cugino Martin».

«E questo è tutto?», chiese Jack.

Mac sorrise, un sorriso allegro e sfrontato. «Credevo fosse abbastanza». Dall'espressione di Kate intuì che anche lei riteneva fosse abbastanza, e se ne andò con passo baldanzoso.

Jack crollò di peso sulla sedia lasciata libera da Mac. «Non gli abbiamo chiesto dov'era quand'è scomparso Ken».

«No».

«Non ce n'è bisogno, mi sa».

«No».

«Credi che sia meglio verificare il suo alibi?»

«Sì».

«Credi che reggerà?»

«Sì».

«Anch'io», concluse Jack, accasciandosi ancora di più. «Gamble è ad Anchorage con le mani in mano. Gli dirò di occuparsene, di chiamare Juneau in mattinata».

«Allora. Dove ci porta questa bella chiacchierata?»

«A Martin», disse Jack. «Mi spiace, Kate, ma è tutto quello che abbiamo».

Lei si passò una mano sul viso. «So che è mio cugino, Jack, e quindi si potrebbe credere che io sia di parte. Ma continuo a pensare che non sia stato lui».

Dopo aver lavorato sette anni al suo fianco, ed essere stato il suo uomo per cinque, Jack Morgan aveva imparato a rispettare le intuizioni di Kate Shugak. Eppure, stava per chiederle di avvalorarle con fatti concreti, o almeno di provarci. «Perché no?».

Kate rimase per qualche istante in silenzio, poi disse, a voce così bassa che Jack la sentì appena: «Perché mia nonna voleva farmi credere che fosse lui il colpevole».

«Cosa?»

«Mi ha messo sulla pista di Xenia non appena sono arrivata a Niniltna. È al corrente di qualsiasi cosa succeda nel Parco, perciò doveva sapere per forza che Xenia si vedeva con Miller, e che Martin e Miller avevano fatto a pugni al Roadhouse proprio per questo motivo».

«Forse sta cercando di darci una mano a trovare Miller».

Kate guardò Jack con occhi saggi e d'un tratto molto vecchi, e per un breve istante l'omone si sentì piccolo e ingenuo come un bimbetto di prima elementare. «Jack, conosci Ekaterina da – quanto? – cinque, sei anni ormai? Non illuderti di conoscerla davvero. Hai visto soltanto ciò che lei voleva che tu vedessi. L'anziana signora sagace che cerca di tenere unite famiglia e tribù a dispetto delle pressioni della vita moderna. L'onesta leader tribale che guida la sua gente fuori da lande desolate e selvagge per mettersi al passo con il ventesimo secolo. Con tanto di profilo sull'"Anchorage Daily News". Non sei mai stato faccia a faccia con la vera Ekaterina Moonin Shugak».

«E chi è la vera Ekaterina Moonin Shugak?», domandò Jack in tono condiscendente.

Kate scosse la testa senza sorridere. «La vera Ekaterina Moonin Shugak potrebbe dare lezioni a Niccolò Machiavelli. È arrogante, manipolatrice e molto, molto potente. Non farti ingannare, Jack, è lei a guidare la comunità, in spirito se non fisicamente. In pratica, è lei a gestire l'intero Parco. Se solo lo volesse, potrebbe essere alla guida della Federazione dei Nativi dell'Alaska, e ora come ora l'attuale presidente viene qui in aereo una volta al mese per consultarsi con lei».

Sorpreso, Jack mormorò: «Non lo sapevo».

«Il governatore in persona le ha chiesto di fare da mediatrice per quello scambio di terre tra lo Stato e la Kachemack Inc.». Kate sorrise notando l'espressione di Jack. «Oh, sì, Jack, Billy Mike potrà anche ricoprire formalmente il ruolo di capo tribale, ma a tenere in mano le redini è lei, e lui lo sa molto bene. Tanto che non fa mai un passo se non c'è Ekaterina a indicargli la strada». Kate rabbrividì, e si massaggiò le braccia con le mani. Non riusciva a ricordare un inverno così freddo. «E ho l'impressione che la nonna non desideri che il ranger, o ciò che ne è rimasto, venga ritrovato».

«Perché?»

«Ancora non lo so».

«Forse non vuole ferire Xenia».

Stavolta toccò a Kate lanciare uno sguardo condiscendente. «Sta facendo l'impossibile per assicurarsi che nessuno della generazione di Xenia si azzardi a lasciare il Parco, e sta facendo uscire Xenia letteralmente fuori di testa». Rimase in silenzio per un istante. Poi alzò lo sguardo su di lui con uno strano sorriso. «Ti stima, lo sapevi?»

«Chi, Xenia?»

«*Emaa*. Pensa che tu sia un brava persona. Riesce addirittura a chiamarti per nome». Kate vide l'espressione degli occhi di Jack e aggiunse: «Non disprezzarlo. È molto più di quanto sia riuscita a fare con Ken».

Lui la fissò per un lungo istante, poi ruotò su se stesso per distogliere lo sguardo. «Fantastico», disse sottovoce. «Davvero fantastico».

«Cosa?», domandò Kate.

«Niente», rispose lui con leggerezza, mentendo spudoratamente. «Ne sono onorato».

Lei scoppiò in una breve risata. «Fai bene». Afferrò il parka. «Faccio un salto al Roadhouse». Il salutare rossore sul viso di Jack si affievolì appena. Kate si fermò con una mano sul pomello della porta e aggiunse con cattiveria: «Be'? Vieni anche tu o no?»

«Perché dobbiamo andare al Roadhouse?»

«Perché in questo periodo dell'anno è l'unico posto dove possiamo essere sicuri di trovare Martin. Credo sia ora di smettere di parlare di lui e di cominciare finalmente a parlare con lui».

Jack Morgan esitò.

«Sarà meglio darci una mossa, Jack. Se conosco Abel, non riusciremo a sfuggirgli ancora a lungo».

«Perché mai dovremmo cercare di sfuggirgli?»

«Perché se sapesse quello che sappiamo noi, sarebbe pronto a dare una bella potatina al Parco e a sfrondarlo una volta per tutte da un certo Martin Ivanovič Shugak».

Tenne la porta aperta, in attesa. Fulminandola con un'occhiata, Jack afferrò il parka e la seguì a passi pesanti.

Per arrivare da Niniltna alla strada che conduceva al Roadhouse, per il primo chilometro e mezzo o giù di lì dovettero seguire la vecchia massicciata ferroviaria della Kanuyaq River & Northern Railroad fino al Lost Chance Creek. A qualche centinaio di metri dal Lost Chance c'era un bivio: la strada che portava da Bernie si snodava sulla destra, mentre la massicciata ferroviaria si inerpicava a sinistra verso le Quilak Mountains. Ma per prima cosa, e senza possibilità di scampo, bisognava attraversare il fiume.

Il Lost Chance Creek scorreva ai piedi di una gola che si allungava per quattro chilometri a monte e tre a valle. Non era possibile aggirarlo, né scavarvi un tunnel al di sotto, così la Kanuyaq River & Northern Railroad aveva costruito un ponteggio e vi aveva fatto passare sopra le rotaie. I binari erano ormai distrutti da un pezzo, ma il ponteggio aveva resistito, indifferente alla brutalità di sessanta inverni alaskani. Ora sopportava l'andirivieni degli abitanti del Parco a bordo di autocarri e motoslitte con la stessa affidabilità con cui aveva sostenuto i vagoni della ferrovia, carichi di più di mezzo milione di tonnellate di rame e ventottomila di argento. La superficie del ponteggio era lunga circa duecento metri e talmente stretta che di sicuro non veniva voglia di aprire la portiera del pick-up mentre lo si attraversava. Non c'erano ringhiere.

Ma quello che preoccupava di più Jack Morgan era che al di sotto del ponte si spalancava uno strapiombo di un centinaio di metri.

In sella alla motoslitta di Kate arrivarono rombando fino al Lost

Chance Creek. Kate si fermò poco prima del ponte e aspettò, tenendo il motore al minimo. La motoslitta scivolò in avanti mentre Jack smontava di sella. Senza girarsi a guardarlo, Kate diede gas e sfrecciò dall'altra parte del ponte. Arrivata sull'altra sponda si fermò di nuovo, ma stavolta spense il motore e scese. Si affaccendò attorno al tappo del serbatoio e all'acceleratore, aspettando il momento opportuno per sollevare gli occhi.

Jack procedeva gattoni, il naso praticamente appiccicato alla neve ben pressata, senza mai guardare né a destra né a sinistra ma fisso davanti a sé, gli occhi puntati sulle impronte lasciate dai cingoli di innumerevoli motoslitte. Procedeva strisciando in linea retta verso il centro del ponte.

Quella vista avrebbe dovuto deliziare Kate. Si avvicinò a passi lenti fino all'orlo del precipizio e si affacciò appena per lanciare un'occhiata in fondo alla gola. Mancavano tre settimane a Natale e il Lost Chance Creek scorreva libero, l'acqua bianca di spuma che si infrangeva a rotta di collo su un mucchio di rocce precipitate dall'alto, sui tronchi scheggiati di alberi caduti, sui detriti delle sponde erose dalle intemperie. Nei punti in cui erano arrivati gli schizzi, si era formato uno spesso strato di ghiaccio.

Gli ci vollero undici minuti per attraversare il ponte. Kate li contò uno a uno. L'omone proseguì gattoni fino a che non fu almeno a cinque-sei metri dall'imbocco del ponteggio. Dopodiché si rialzò in piedi, si batté le mani per liberare le pesanti manopole dalla neve, si spolverò le ginocchia della salopette imbottita e solo in quell'istante si accorse che Kate era in piedi sull'orlo del baratro. Il viso, che aveva appena recuperato un accenno di rossore, si sbiancò all'istante. «Che diavolo credi di fare?», urlò. La voce profonda di Jack echeggiò debolmente sulle pareti della gola.

Kate si girò completamente verso di lui, voltando le spalle al dirupo, con i calcagni degli stivali imbottiti a pochi centimetri dallo strapiombo e, ficcando le mani in tasca con aria tranquilla, rispose: «Volevo vedere se ci sono cadaveri».

«Ce ne sarà uno di più se non ti guardi il culo, Shugak!».

Lei fece spallucce e si girò di nuovo a scrutare le profondità della gola. Non c'era niente da vedere e lo sapeva, ma se la prese comoda. Con la coda dell'occhio colse un movimento improvviso e alzò lo sguardo per scorgere un'aquila di mare dalla testa bianca che si abbassava in volo, rallentando con un frenetico battere d'ali, per appollaiarsi in cima a un abete. Le due creature si osservarono in silenzio; c'era una strana affinità nella ferocia delle loro espressioni.

Jack rimase dov'era, combattuto tra la volontà di strappare Kate dall'orlo dell'abisso e il terrore dell'abisso stesso: una lotta sanguinosa che gli si leggeva con chiarezza in viso. Kate attese un altro minuto, contando i secondi uno a uno, prima di avviarsi nuovamente in direzione della motoslitta con passo noncurante e montare in sella. «Andiamo?», disse da sopra la spalla.

Jack montò in sella dietro a Kate senza dire una parola. Riuscì a incrociare gli occhi di lei con sufficiente serenità, ma non poté nascondere il velo di sudore che gli imperlava la fronte e il colorito cinereo del viso. Kate si chiese all'improvviso se era sempre stata così, una stronza patentata, o se lo era diventata, e quando. «Tutto bene?», gli domandò allora, nel tono più gentile che Jack avesse avuto modo di sentire negli ultimi quattordici mesi.

«Tutto bene», rispose lui. Kate gli sorrise, e Jack sgranò gli occhi. «Cammina, parla, sorride», disse stupito. «Potrebbe perfino essere umana».

Il sorriso di Kate svanì, e Jack aggiunse con voce carezzevole: «Mentre ero su quel trabiccolo mi è tornata in mente la prima volta che abbiamo attraversato il ponte insieme». Sorrise. «Mi sono ricordato di come mi hai guarito dalle vertigini, allora».

Kate accese il motore al minimo e diede gas in maniera talmente brusca che Jack venne quasi sbalzato di sella e dovette aggrapparsi a lei tenendosi alla vita. Ma perfino così, Kate lo sentì sobbalzare per il gran ridere lungo tutta la strada fino al locale.

Una squadra di caccia, arrivata da qualche parte da Fuori sulle tracce dei bighorn bianchi, stava spacchettando l'attrezzatura davanti al Roadhouse sotto la guida di Demetri Totemoff. Kate accostò, spense il motore e si mise le chiavi in tasca. Smontò di sella, si tirò indietro il cappuccio della tuta da sci e si diresse verso l'ingresso del Roadhouse, con Jack al seguito.

Uno dei cacciatori le sbarrò il passo. Sorpresa, Kate sollevò lo sguardo. «Augh!», disse l'uomo, alzando una mano con il palmo all'infuori.

«Oh, Gesù», sentì dire a Demetri. Jack, alle sue spalle, si era fermato.

«Io non parlare lingua di uomo bianco», disse Kate amabilmente. «E adesso levati di mezzo, coglione». Spinse da una parte l'uomo, mentre quello stupido sorrisetto gli svaniva dal viso, e salì i gradini fino all'ingresso del locale.

Una volta all'interno del Roadhouse, Kate notò con freddezza che era presente non solo Martin, ma anche Xenia; erano seduti ai due lati opposti del bancone, ignorandosi a vicenda. Kate borbottò qualcosa tra sé che Jack non riuscì a cogliere, e puntò dritta verso Xenia. Afferrò la ragazza per il gomito e la condusse fino a un tavolo, dopodiché si accinse a fare altrettanto con il fratello.

«Ehi, ciao, Katja», disse Martin, a cui mancava una confezione da sei prima di crollare svenuto. «Che diavolo ci fai qui? Pensavo che avessi chiuso per sempre con il Parco dopo aver pizzicato Sandy».

«Lo pensavo anch'io, Martin», ribatté lei in tono grave, guidandolo verso il tavolo a cui si erano accomodati un imperturbabile Jack e un'ansiosa Xenia, in attesa del loro arrivo.

Ma prima che Kate potesse sedersi, Xenia esplose. «Mi avevi assicurato che non gliel'avresti detto! Me l'avevi promesso!».

«Ti ho mentito», disse Kate. «Sta' attento che non se la dia a gambe», aggiunse poi rivolta a Jack. «Ce l'ha per abitudine». Si girò verso Martin. «Allora, Martin», esordì, tentando di fare in modo che il ragazzo si concentrasse su di lei. «Martin?».

Martin Shugak era piuttosto alto per essere un Aleuta, ma per il resto era la fotocopia di sua sorella, con in più, forse, un mento che denotava una certa testardaggine. Sfoggiava due baffetti sottili e un pizzetto che lo facevano somigliare a Fu Manchu, e lunghi capelli lisci che gli arrivavano fino alle spalle e che, sebbene probabilmente fossero stati lavati in qualche occasione negli ultimi dieci anni, non avevano l'aria né l'odore di esserlo stati di recente. I vestiti erano in condizioni addirittura peggiori, e Kate si trattenne a stento dall'allontanare la propria sedia da quella del cugino. Il suo naso si sarebbe abituato di lì a poco, lo sapeva per esperienza.

Quando il padre era morto, Martin aveva lasciato la scuola per rilevarne la licenza di pesca nello Stretto di Prince William. Nella stagione in cui i salmoni risalivano le correnti era sobrio e laborioso, nonché un cliente in grado di pagare le sue consumazioni. Nei restanti sette mesi dell'anno si beveva tutto ciò che aveva guadagnato nei cinque di lavoro. Non c'era conservificio a Cordova che non avrebbe finanziato una nuova barca a Martin Shugak la prima settimana di maggio. Dopo il mese di ottobre non ce n'era uno che si sarebbe azzardato ad anticipargli dieci centesimi.

Gli occhi del ragazzo vagarono disorientati per la stanza, per fermarsi infine sul viso di Kate. «Katja», disse, mentre un sorriso idiota gli guizzava in viso, «che diavolo ci fai qui? Pensavo...».

«Sì, sì», sbottò Kate con impazienza, «pensavi che avessi chiuso per sempre con il Parco. Martin, ti ricordi di Mark Miller?»

«Chi?»

«Mark Miller. Il ranger del Parco».

Martin fece una smorfia. «Nonloconosco», biascicò. «Che ne dite di una birraaa?».

«Bernie!». Bernie sollevò gli occhi e Kate tracciò un cerchio in aria con l'indice. Bernie annuì e un istante dopo portò al tavolo tre Olympia e una Coca Cola. Martin afferrò la sua birra e ne trangugiò la metà a grandi sorsi.

Kate lottò per levargli di mano la bottiglia e la mise a debita distanza. «Sì che lo conosci, Martin. Il ranger del Parco che usciva con Xenia».

Martin corrugò la fronte, immerso nei propri pensieri. «Xenia».

«Tua sorella», precisò Kate.

Martin spostò lo sguardo malfermo sul viso teso della sorella, e si accigliò. «Ora mi ricordo».

«Grazie a Dio», disse Jack a Kate. «Per un attimo ho temuto che dovessimo presentarli».

«Quel piccolo bastardo», disse Martin con aria distratta. «Gli ho detto di lasciare in pace mia sorella». Si illuminò. «Gli ho fatto ingo iare i denti, comunque. Mammoletta».

«E poi cos'hai fatto?», disse Kate. «Dopo che gli hai fatto ingoiare i denti?».

Martin la guardò sorpreso. «Sono andato a casa. Credo».

«L'hai più visto da allora?»

«Naaa». Ridacchiò. «Si sarà nascosto. Se la fa sotto».

«È scomparso sei settimane fa, Martin. Poche ore dopo che tu ci hai fatto a pugni. Nessuno l'ha più visto da allora».

«Embe'?», sbottò Martin, un po' stupito che Kate stesse facendo perdere tempo a entrambi con quella faccenda. «Tanto meglio, dico io».

Kate allungò le braccia e afferrò il viso di Martin con entrambe le mani, tentando di penetrare nel suo torpore alcolico con la sola forza di volontà. «Ora ti dirò cosa pensiamo sia accaduto, Martin. Xenia usciva con lui e a te la cosa non andava giù. Lei diceva che lui l'avrebbe sposata e portata via dal Parco, e tu non credevi né a lui né a lei. Avete litigato per questo motivo. Proprio qui da Bernie. Metà dei clienti ti ha sentito dire che l'avresti ucciso se non stava alla larga da tua sorella».

«Oh, merda, Kate», disse Martin, guardando ovunque tranne che il viso della cugina. «Merda».

«Ed è quello che hai fatto. Hai lasciato il Roadhouse, hai aspettato finché Miller non è uscito e l'hai ucciso. E dopo hai buttato il cadavere dal ponte della vecchia ferrovia nel Lost Chance Creek».

Martin batté le palpebre. «Cos'hai detto?»

«Martin, Xenia ti ha visto. Ha riconosciuto il tuo pick-up. Ha visto la targa e il portellone di dietro ammaccato. Ha sentito il tonfo quando il corpo è caduto in acqua».

«Xenia?», disse Martin, drizzandosi a sedere e di colpo molto più sobrio di quanto non fosse stato nell'ultima settimana. «Corpo? Kate, si può sapere di che diavolo stai parlando?»

«Sto parlando del ranger del Parco che hai scaraventato giù dal ponte del Lost Chance la notte di giovedì 26 ottobre, un'ora dopo aver fatto a pugni con lui proprio in questo locale».

Martin spostò lo sguardo da Kate a Xenia fino a Jack, per poi tornare a fissare Kate. «Io non ho ucciso nessun ranger».

«Puoi provarlo?», disse Kate.

«Io non ho ucciso nessuno», ripeté Martin con ostinazione. Gli occhi gli si posarono su Xenia e si illuminò. Indicò la sorella e disse: «Probabilmente l'ha ucciso Xenia perché lui non la voleva sposare come aveva detto e non l'avrebbe portata via dal Parco».

Xenia si sporse dall'altra parte del tavolo, afferrò Martin per un ciuffo di capelli e iniziò a picchiarlo con la mano libera. Il tavolo iniziò a traballare e le bevande si rovesciarono sul ripiano, riversandosi in grembo a Kate e a Jack, dopodiché Martin e Xenia ruzzolarono sul pavimento, sibilando e sputando e mordendo e graffiandosi l'un l'altro. Quando finalmente Kate e Jack riuscirono a separarli, a Martin mancava una ciocca di capelli sopra l'orecchio sinistro e l'occhio destro di Xenia era socchiuso e in procinto di gonfiarsi.

«Siediti, Xenia», ordinò Kate con fermezza. «Ho detto siediti!». Scaraventò la ragazza su una sedia mentre Jack ne raddrizzava un'altra e ci schiaffava sopra Martin. «Io mi sto divertendo un mondo», disse l'omone a Kate. «E tu?». I clienti del Roadhouse si accorsero a malapena del trambusto. Bernie portò un altro giro, e la pace, se non la serenità, tornò a regnare sulla comitiva.

«Se non hai ucciso il ranger, Martin», disse Kate, «di chi era il cadavere che hai gettato nel fiume quella notte?»

«Oh, merda, Kate», disse Martin, «non era il cadavere di nessuno. Era un fottutissimo alce».

Scese un silenzio attonito. Martin spostò lo sguardo da Kate a Jack e poi tornò a guardare Kate. Chinò la testa e ammise: «Una femmina di un anno. Le avevo sparato lungo il Kanuyaq all'altezza del Silver Creek e la stavo portando a casa quando Dandy mi ha detto che in città c'era un guardiacaccia. Di sicuro non avevo voglia di tornare al fresco per uno stupido alce». Kate lo guardò dritto negli occhi e Martin sbatté la birra sul tavolo con aria indignata. «Cristo santo, Kate, se non mi credi chiedilo a Dandy. Era con me, te lo dirà».

Kate rimase in silenzio per un istante. «Dov'eri ieri sera verso le nove?».

Martin si concentrò, la fronte corrugata. Ci volle un po' prima che capisse dove voleva arrivare la cugina, ma quando accadde, il ragazzo arrossì. Spostò lo sguardo dalla cugina alla sorella con un'espressione per metà colpevole e per metà supplichevole. «Ah», disse infine. «Quello».

«Già», replicò Kate asciutta, «*quello*. Mi potevi uccidere».

«Merda, Kate», rispose Martin, «lo sai che riesco a centrare un pidocchio a cento metri di distanza».

«Be'», disse Kate, «in ogni caso posso sapere perché mi stavi sparando?»

«Non stavo sparando a te», insisté il ragazzo. «Non sapevo nemmeno che c'eri anche tu». Gesticolò in maniera significativa. «Avevo… sai… mirato più o meno in direzione del capanno della NorthCom. Questa qua», piegò il pollice verso Xenia, «non fa altro che rimorchiare quei poveri bastardi e io non faccio altro che metterli in fuga. Te lo giuro, Kate», disse Martin con un'aria da martire, «te lo giuro, essere il fratello di Xenia è un lavoro a tempo pieno».

Kate lanciò a Xenia una lunga occhiata e commentò: «Ti capisco, Martin. È un lavoro a tempo pieno perfino essere sua cugina».

«Sì», concluse Martin con grande senso di solidarietà. «Comunque, per l'altra notte, senza rancore, eh, Kate?»

«Senza rancore», disse Kate, e aggiunse con perfidia, simulando un'aria indifferente: «Ovviamente non posso parlare per Abel».

Il rossore etilico scomparve di colpo dal viso di Martin e il ragazzo impallidì. «Cristo santo, Kate, non dirmi che era lui quello che stava con te».

Kate annuì.

Martin si leccò le labbra e cercò di tenersi pronto. «Sa che ero io?».

Kate sorrise.

Martin deglutì, tentò di parlare, divenne rosso come un peperone, poi bianco, dopodiché si alzò in piedi a fatica e barcollò di nuovo verso il bancone. Xenia, ignorando Kate e Jack, si allontanò con aria indignata verso un altro tavolo e dimostrò a Kate quanto poco le importasse della sua opinione ingollando quantità industriali di birra, chiacchierando a voce alta e scoppiando spesso a ridere.

Jack si risedette e si dedicò alla sua birra. «Be'?»

«Adoro la mia famiglia», disse Kate con un'espressione torva.

«A parte questo».

«Martin dice la verità», disse con convinzione.

Jack sospirò. «Sì». Ci fu un breve silenzio. L'omone sembrò riflettere su qualcos'altro e infine si illuminò. «Questo significa che non dovremo calarci nella gola del Lost Chance Creek, giusto?».

Kate si sforzò di tirar fuori un sorriso. «Se riusciamo a trovare Dandy Mike e lui conferma la versione di Martin, sì, significa questo».

«Proprio come pensavo», commentò Jack in tono soddisfatto. «Ma Abel sa che è stato Martin a spararvi l'altra notte?»

«Non ancora».

Jack finì la birra e si alzò in piedi. «Cazzo, Kate, quando vuoi sai essere davvero una stronza patentata».

Lei batté le ciglia nella sua direzione. «E tu mi dici sempre delle cose così dolci, Jack, tesoruccio».

# 8

Bobby era impegnato a contrattare il compenso, da pagare in bistecche d'alce, per trasmettere un annuncio del vecchio Samuel Dementieff, che voleva rivendere l'attrezzatura per la pesca del salmone rosso acquistata l'estate prima. «Cinque bistecche, non meno di due chili l'una», disse Bobby con il suo solito ruggito, guardando in cagnesco il vecchio pescatore. «E non credere che non le peserò».

Sam, che andava ormai per la settantina ma non dimostrava più di quindici anni, ricambiò con uno sguardo altrettanto torvo e ribatté con forza: «Tre, e ripeti l'annuncio tutte le sere per una settimana».

«Quattro, e ti becchi l'offerta speciale: due weekend al prezzo di uno», rilanciò Bobby, chinandosi in avanti e rivolgendogli un'occhiata perfino più truce.

«Tre», disse Sam, chinandosi in avanti a sua volta, «e ci aggiungo pure la lingua. E lo mandi in onda i due weekend e la settimana in mezzo».

Come previsto, l'accenno alla lingua fece tentennare visibilmente Bobby. «E in sottofondo ci metti i Doors», aggiunse quindi il vecchio pescatore. «Mi piace *Light My Fire*». Con le mani nodose si sistemò il berretto sui capelli brizzolati.

L'affare era concluso. Ci vollero altri dieci minuti di mercanteggiamenti per comporre l'annuncio, e Bobby ne impiegò altri cinque per ridurre un centinaio di parole a cinquanta, che Sam esaminò con aria sospettosa e infine approvò, seppur con riluttanza, una per una. Sulla soglia, si voltò per lanciare la stoccata finale. «Inizi stasera?»

«Vuoi portare il culo fuori di qui, vecchio pirata?», sbraitò Bobby. Sam Dementieff sorrise appena con aria trionfante, e uscì tutto impettito. «E voi che diavolo volete?».

L'ultima frase era indirizzata a cinque o sei ragazzini che si attardavano con uno scopo ben preciso sotto il portico. Il gruppetto, nel quale Kate riconobbe tre giocatrici della squadra di riserva di Bernie, abbassò lo sguardo sulla neve che si scioglieva sugli stivali e non disse nulla. «Entrate dentro prima che la gente si faccia strane idee su questo posto», aggiunse Bobby con una nota di irritazione, riducendo leggermente i decibel, ma non troppo, perché non si pensasse che si stava ammorbidendo con l'età. «Be'? Tu, lì. Non sei il figlio di Mike Kvasnikof? Eknaty, giusto?».

Facendo silenziosamente appello agli amici, Eknaty Kvasnikof esitò un istante e infine disse in tutta fretta: «Signor Clark, ha presente l'annuncio che sta trasmettendo per pubblicizzare la vendita di torte della scuola media, giù alla palestra, questo sabato?»

«Be'?», rispose Bobby. «È in scaletta. Lo trasmetterò come al solito stasera alle otto quando vado in onda. E ora filate».

Eknaty si guardò intorno con occhi spiritati in cerca di sostegno. Gli amici guardavano il pavimento, il soffitto, fuori dalla finestra, ovunque tranne che in direzione di Bobby o di qualunque cosa potesse attirare la sua attenzione. Eknaty deglutì e disse timidamente: «Be', quando lo fa, ecco, ci chiedevamo… non è che potrebbe mettere un po' di musica moderna prima e dopo l'annuncio? Non troppo moderna», si affrettò ad aggiungere. «Anzi, a dire il vero è una specie di classico».

Bobby grugnì. «Musica mod-ernia», disse, strabuzzando gli occhi in direzione di Kate, che ebbe l'audacia di scoppiare a ridere. «Un classico, nientemeno. Di che si tratta?».

Eknaty infilò la mano sotto il parka e ne tirò fuori una copia di *Thriller* di Michael Jackson.

Scese un silenzio carico di elettricità. A Bobby uscirono gli occhi dalle orbite. Gli si ingrossò il collo. Il colore nero della pelle gli divenne se possibile ancora più nero. Prima ancora che potesse proferire parola, i ragazzi si accalcarono l'uno sull'altro per precipitarsi fuori dalla porta, in un ansioso fuggi fuggi che a Kate non poté non ricordare la scena della sera prima al Roadhouse. Una sfilza di insulti irripetibili seguì il gruppo di fuggitivi, e Bobby schizzò fino alla porta urlando: «Idioti! Lo sanno tutti che qualsiasi cosa registrata dopo che si sono sciolti i Creedence Clearwater Revival è rumore, indegna di essere inflitta anche al più stupido dei bradipi! E ora sparite dalla faccia della terra!».

Sbatté la porta così forte che fece risuonare i travetti, attutendo le grida di panico che provenivano dalla strada e che si smorzavano poco a poco; poi gettò indietro la testa e rise, rise, rise.

«Be'», commentò Jack imperturbabile, «mi sa che stasera sarà la volta di Jim Morrison, il che non mi dispiace».

«Diavoli dell'inferno, come stai, Morgan?», esclamò Bobby, asciugandosi le lacrime e facendo filare la sedia a rotelle come una scheggia dall'altra parte della stanza.

Jack fece un rapido passo indietro e poi di lato per mettere i piedi al sicuro, e strinse calorosamente la mano di Bobby. «Hai già una licenza per trasmettere quegli annunci?»

«Quali annunci?».

«Sei proprio l'ultimo dei fuorilegge, Clark», disse Jack, e il viso di Bobby si allargò in un gran sorriso.

«Diavolo, Jack, ti ringrazio, in effetti è così. Se anche ci avessi pensato per un anno, non avresti potuto farmi un complimento più gradito». Si girò a guardare Kate. «Questo pomeriggio è passato Abel mentre tornava a casa, Kate. Te ne ha dette di cotte e di crude». Fece un sospiro nostalgico e soggiunse: «Adoro sentire imprecare quel vecchio. Il modo in cui riesce a combinare parolacce è una forma d'arte».

«Oh, cavolo. Perché si è arrabbiato, stavolta?», disse Kate con voce piagnucolosa. «Non ho fatto niente, almeno ultimamente».

Bobby sorrise di nuovo, stavolta con un ghigno cattivo. «A quanto pare ha scoperto chi è stato a spararvi ieri sera». Osservò il viso di

Kate, che cambiava espressione, con evidente compiacimento. «E, a quanto pare, è convinto che tu sapessi fin dall'inizio che si trattava di Martin e che non gliel'abbia detto perché temevi che Abel potesse fucilarlo su due piedi. Gli ho detto che non riuscivo a credere che tu potessi pensare una cosa simile di lui, dato che tutti noi sappiamo che persona mite e dolce sia; e lui mi ha chiamato – aspetta, fammi ricordare – culo nero, parassita, pecora nera del Parco con meno cervello di un lemming, con tutto il rispetto per i lemming».

«E poi?»

«Be', poi è diventato davvero scortese».

«Ma adesso dov'è?».

Bobby si grattò la testa. «Da quanto ho potuto capire, credo che l'idea fosse di tornarsene a casa e rimanerci vita natural durante. E se a qualcuno dovesse venire di nuovo la brillante idea di spararti, scordati che si metta di mezzo per salvarti la pellaccia».

«Magnifico!», esclamò Kate con entusiasmo. «Speriamo che ci rimanga. C'è il rischio che la terza volta sia quella buona, e che Abel si becchi sul serio uno dei proiettili destinati a me».

«O forse in realtà stanno cercando di sparare ad Abel, e non a te», suggerì Bobby.

Kate sbadigliò. «Magari!».

Era stata una lunga giornata, una settimana ancora più lunga, e l'anno più lungo di tutta la sua vita, e il tepore del focolare e i morbidi cuscini del divano di Bobby erano come il canto delle sirene, troppo seducenti per resistere. Kate chiamò a raccolta le ultime energie per scrollarsi di dosso il parka, scalciare via gli stivali imbottiti e ravvivare il fuoco. Con le voci dei due uomini che creavano un fievole, piacevole brusio in sottofondo, e Mutt raggomitolata sul pavimento accanto a lei, Kate cadde in un sonno profondo e senza sogni, e non si svegliò nemmeno quando Jack le stese sopra una coperta.

La mattina dopo Bobby si mise in contatto con KL7CC ad Anchorage, e gli chiese di chiamare Gamble. Di lì a un'ora l'agente dell'FBI aveva confermato l'alibi di Mac Devlin. Per l'ora di pranzo erano riusciti a rintracciare Dandy Mike: era a letto, e cingeva con un braccio la moglie di Vic Porter e con l'altro una bottiglia di Canadian Club. Quando gli spiegarono cosa volevano da lui, Dandy scoppiò a ridere in maniera talmente fragorosa e irrefrenabile che non si presero nemmeno la briga di sentirlo confermare che il fagotto scaraventato giù dal ponte quella buia notte di sei settimane prima conteneva in effetti un alce.

Di ritorno a casa di Bobby, Jack commentò, più irritato che disorientato: «Se Martin non ha ucciso Miller, come credeva Xenia, e se non è stata nemmeno Xenia a ucciderlo, come pensava Martin, e neppure Mac Devlin, come speravamo tutti, in pratica siamo di nuovo al punto di partenza. E non ci sono cadaveri, a parte un sacco con un alce morto che ormai sarà andato troppo a male perfino per ricavarci delle bistecche». Jack sembrava più dispiaciuto per la perdita delle bistecche che per l'assenza di un colpevole. «Tutto quello che abbiamo è: uno, un ranger del Parco scomparso, e due, l'investigatore che ho mandato quassù a cercarlo, ugualmente scomparso». Sollevò lo sguardo. «E questo è quanto. Non c'è nessun "tre"».

«Perché non lasciate perdere tutta 'sta storia?», disse Bobby. «Non c'è nessun colonnello Mustard con la chiave inglese in salotto. Niente cadaveri in decomposizione, niente armi del delitto, né delitti su cui indagare. Perché non fate semplicemente fagotto e non ve ne tornate a casa?»

«Dio solo sa se mi piacerebbe, Clark», rispose Jack. «Peccato che l'FBI e un deputato del Congresso degli Stati Uniti la pensino diversamente. E poi c'è il particolare non proprio trascurabile della scomparsa di uno dei miei agenti. Ken Dahl non è il tipo che sparisce senza lasciare traccia».

«La moglie di Jimmy Hoffa deve aver detto più o meno lo stesso a proposito del marito», osservò Bobby. «Quindi ora che facciamo?».

Jack gli lanciò un'occhiata – era vigile e attento, con gli occhi che scintillavano – e sorrise tra sé. Bobby Clark, superdetective. «Ricominciamo da capo. Punto primo. Magari farò l'avvocato del diavolo, ma siamo davvero convinti che Miller sia morto?».

Kate disse: «Non si presenta al lavoro dal 26 ottobre. Il suo capo e la sua ragazza non lo vedono da sei settimane, e da allora la sua Toyota è parcheggiata davanti al locale di Bernie, smontata pezzo per pezzo fino alla leva della freccia. Il padre non lo vede da sei mesi. Non ha telefonato a nessuno, né scritto, o mandato un messaggio con i segnali di fumo».

Jack annuì con aria imparziale. «Quindi è scomparso. Ma questo non significa necessariamente che sia morto».

«Dov'è Ken Dahl?», domandò Kate all'improvviso.

«Magari è caduto nello stesso buco nero che ha inghiottito il ranger», suggerì Bobby.

«Ok», disse Jack, prendendo appunti e ignorando quest'ultima uscita. «Allora supponiamo, a livello puramente teorico, che siano morti tutti e due, Miller non sappiamo perché, e Ken perché era sulle tracce di Miller. Punto secondo, abbiamo più di un movente per un omicidio. Accidenti se ne abbiamo! Dalla deposizione di Miller davanti al Sottocomitato sappiamo che era favorevole a uno sviluppo molto limitato del Parco. E già questo farebbe incazzare praticamente chiunque, a eccezione di Morris Udall, forse. Bernie ammette che Mark Miller era un bravo ranger con un sacco di ottime idee, ma anche così siamo appena a quota due. Con il padre in calcio d'angolo, tuttavia, Miller passa in vantaggio».

Jack fissò il foglio sul quale stava scrivendo, accigliato. «Con il padre a spalleggiarlo, forse poteva fare in modo che i suoi progetti venissero approvati. Ma non è tutto: il ranger esce con Xenia e fa incazzare Martin. E stando a quanto dice Billy Mike, Miller ha fatto incazzare pure il Consiglio tribale, facendogli una bella lezioncina sui motivi per cui la concessione su quella foresta di legname da costruzione, la Qakiyaq Forest, dovesse essere ceduta a un appaltatore dell'Oregon senza consultare il Consiglio stesso e senza istituire corsi di formazione professionale per la gente del posto. Sappiamo che ha fatto incazzare Mac Devlin con quell'ingiunzione dell'EPA per aver inquinato il Carmack Creek con le acque di scolo del dragaggio, dopodiché gli ha messo i bastoni tra le ruote anche per l'affare della miniera di Nabesna». Sospirò e disse: «Siamo pieni di sospetti, e tutti con moventi a volontà».

«E tutti con alibi di ferro», completò Kate imbronciata.

«Certo che 'sto ragazzo proprio non ci riusciva a farsi degli amici e a convincere la gente, eh?», disse Bobby. Sedeva dritto come un fuso sulla carrozzella, con i vivaci occhi neri che saettavano da Kate a Jack e viceversa, godendosi come un matto tutte quelle faccende investigative. «Diamine, è riuscito perfino a far incazzare il vecchio Abel, durante l'udienza, quando ha detto che il Parco doveva essere aperto a tutti i turisti e non solo a quelli in grado di arrivarci in aeroplano, e che l'unico modo per farlo era costruire una strada decente e curarne la manutenzione, con tanto di aree di campeggio e stazioni di servizio».

«Abel era presente?», domandò Kate, sorpresa.

«Diamine, Kate», rispose Bobby, «Abel ha testimoniato personalmente contro il programma per lo sviluppo del Parco».

«Abel? Abel ha testimoniato all'udienza?», esclamò Kate, incredula.

«Ma certo che sì».

Sgomenta, Kate sussurrò: «Cos'ha detto, per l'amor del cielo?».

Bobby congiunse la punta delle dita e contrasse le labbra. «Be', per prima cosa si è alzato in piedi e ha detto che aveva sempre sentito dire che un Comitato era un corpo con sei teste e neppure un cervello, e ora sapeva per certo che era vero. Poi ha cantato *This Land Is Your Land*, strofa e ritornello. Dopodiché ha detto che se potenziavano la strada, curandone la manutenzione ed equipaggiandola con aree camping, i turisti sarebbero arrivati a frotte e avrebbero rovinato le bellezze naturali del Parco, mentre l'obiettivo della Sezione 17, paragrafo d-2, era proprio quello di preservarle». Rifletté un istante e aggiunse: «È stato lo spettacolo più bello che ho visto dai tempi di Wayne Newton a Las Vegas».

Kate rideva ormai a crepapelle, con le lacrime che le rigavano le guance.

«Naturalmente Abel non ha detto che in pratica ha finanziato da solo la battaglia dello Stato contro il d-2, la prima volta che venne presentato al Congresso», aggiunse Bobby. «Ancora un po' e sembrava che quel figlio di puttana avesse votato per Carter». Si trattenne e lanciò a Kate uno sguardo di scuse. «Non voglio assolutamente parlar male del vecchio, Kate, ma chiedi agli altri che erano presenti e ti diranno com'è andata. Quel giorno Abel sembrava verde fino al midollo. Un altro po' e si metteva a germogliare».

Kate si asciugò le lacrime. «Oh, Bobby. Mi pentirò di non averlo sentito fino alla fine dei miei giorni».

«Io, per quanto mi riguarda», dichiarò solennemente Bobby, con la mano sul cuore, «mi sentirò sempre onorato per aver goduto di questo privilegio. È stato un appassionante esempio di democrazia in progress».

«Allora», si intromise Jack, riportandoli inesorabilmente all'argomento principale, «abbiamo sospetti a bizzeffe che hanno ragioni a sufficienza per desiderare che Miller non fosse mai nato».

«E li abbiamo scartati tutti», gli ricordò Kate, ma stavolta sembrò meno scoraggiata rispetto a mezz'ora prima.

«Magari sono tutti colpevoli», esclamò Bobby, ispirato. «Sapete, come in *Assassinio sull'Orient Express*. Devo averlo qui da qualche parte, se vi va di leggerlo».

«Cerchiamo di dare un minimo di sequenzialità alle ultime azioni di Miller», disse Jack.

Bobby fece una smorfia. «Dov'eri quella notte alle otto e zero cinque e tre secondi netti? Noiooooso, Morgan».

«Forse. Ma funziona. Hai un altro pezzo di carta? Grazie. Ora, siamo d'accordo che ripercorreremo le ultime mosse di Miller dando per scontato che Ken Dahl abbia fatto lo stesso. In questo modo, se seguiamo l'uno, seguiamo anche l'altro, giusto?». Lanciò un'occhiata a Kate, e lei annuì. «Benissimo. Miller comincia la giornata testimoniando davanti al Sottocomitato del Parco. Subito dopo va al capanno della NorthCom, tutto su di giri all'idea di salvare la miniera di Nabesna dalle empie macchinazioni di quell'emissario del male, il degno erede dell'infame Snidely Whiplash, il solo e unico Mac Devlin. Non riesce a inoltrare un messaggio al padre, così viene qui e parla con lui dalla radio di Bobby. Dopodiché va al Roadhouse, dove incontra Xenia e finisce con il fare a pugni con Martin. Più o meno verso che ora hai detto che se n'è andato di qui, Bobby?».

Bobby fece spallucce. «Direi verso le nove, ma non ci ho fatto caso».

«E quando se n'è andato era al volante della Toyota. Ok. Ora, Bernie dice che quando è tornato a casa a mangiare un boccone la Toyota non c'era più, quindi intorno alle due Miller se n'era già andato. Il che, tenendo conto di quello che ci ha raccontato Bernie sulla scazzottata, più o meno torna. Ma il giorno dopo, verso mezzogiorno, la Toyota è di nuovo davanti al Roadhouse». Jack alzò gli occhi dall'elenco. «Cosa possiamo dedurre da tutto questo?».

Silenzio. Kate disse lentamente: «Che la Toyota è stata riportata al Roadhouse da chiunque abbia ucciso Miller. Sempre ammesso che sia stato ucciso».

«Adoro gli scettici. Perché?».

Kate si spostò un po' più avanti sul cuscino, gli occhi scuri assorti. «La Land Cruiser avrebbe dato troppo nell'occhio a chiunque fosse sulle tracce di Miller. L'assassino doveva per forza portarla da qualche altra parte».

«E questo significa che di fatto Miller è stato ucciso da qualche altra parte», concluse Bobby con un'ispirazione improvvisa.

Jack concesse un benevolo sorriso d'approvazione a entrambi. «Molto bene».

«Ora ci serve soltanto un testimone», disse Kate sprofondando di nuovo nel divano, «che sia rimasto davanti al Roadhouse dalla mezzanotte del 26 fino all'ora di pranzo del 27».

«Sobrio», aggiunse Bobby.

«Sobrio», concordò Kate. «E che nel frattempo non sia morto assiderato».

«Al posto nostro Humphrey Bogart avrebbe già scovato cinque o sei testimoni e pure trovato il tempo di scoparsi Mary Astor», commentò Bobby disgustato.

«Senza farsi uccidere dal grassone», continuò mestamente Kate, «evitando di farsi arrestare dagli sbirri e riuscendo pure a tenersi il falcone».

Jack emise un profondo sospiro di sconforto, probabilmente pensando all'irraggiungibile Mary Astor.

Il fuoco scoppiettava nel camino, e i raggi del fioco sole artico penetravano quasi orizzontalmente attraverso gli enormi finestroni. Dopo un po' il riverbero della luce sulla neve iniziava a diventare fastidioso. Bobby si avvicinò alle finestre e tirò le tende per schermarlo.

Kate disse a Jack: «Facciamo un salto su al quartier generale del Parco».

«Perché? C'è già stato Gamble. Tutto quello che è riuscito a cavarne fuori è nel fascicolo».

Lei gli lanciò uno sguardo scettico. «Come la telefonata di Miller al padre? Voglio parlare di persona con i colleghi di Miller».

«C'è abbastanza neve?»

«Certo che c'è abbastanza neve, ce n'era abbastanza ieri, figurati...». Si fermò e lo guardò, rendendosi conto di dove voleva arrivare. Per arrivare al quartier generale del Parco era necessario attraversare di nuovo il Lost Chance Creek. «Non sei costretto a venire», disse Kate con delicatezza. «Vado e torno, promesso». L'omone rimase in silenzio. «Mi hai assunto perché facessi questo lavoro per te, Jack. E probabilmente hai ragione, non c'è motivo di andare fin lassù. Ma ho questa sensazione, sai, come se avessi qualcosa davanti agli occhi, come se stessi andando a sbattere sempre contro lo stesso punto, ma semplicemente non riesco a...». Si interruppe e scosse la testa, frustrata. «Devo andare».

Jack assunse un'espressione decisa e allungò la mano in direzione degli stivali. «Se vai tu, vengo anch'io».

«No, Jack, davvero...», esordì Kate.

«No, Kate, davvero», la scimmiottò lui. «Il mio strizzacervelli dice che più affronto la cosa e meglio è».

Kate lo guardò, vide gli occhi colmi di tensione e il sudore che già cominciava ad affiorargli sulla fronte, e si intenerì. «Potremmo prendere l'aeroplano».

Jack alzò lo sguardo su di lei, e il sudore venne risucchiato come per magia all'interno dei pori. «Mi ero dimenticato che lassù hanno una pista. Quant'è lunga?»

«Greg ci va spesso con il suo Tri-Pacer. Credo che arrivi più o meno a trecento metri. È sufficiente?».

Il viso di Jack si aprì in un sorriso di sollievo, e Kate ebbe la sua risposta. «Non che non possa attraversare quel maledetto ponte», aggiunse lui, per fugare ogni dubbio. «È solo che lo devo fare a modo mio».

«Naturalmente», mormorò Kate senza l'ombra di un sorriso.

Bobby spostò lo sguardo dall'una all'altro e disse: «Prego, fate pure come se non ci fossi. Non datevi la pena di spiegarmi che sta succedendo. Noi bassa manovalanza siamo abituati a rimanere nell'ombra e a nutrirci di merda tre volte al giorno. No, dico sul serio», aggiunse mentre i due allungavano le mani per prendere i parka e si dirigevano verso la porta, «ci andiamo matti». Continuò a sbraitare variazioni sul tema dalla porta di casa, con l'indignato accompagnamento di Mutt che abbaiava al suo fianco, mentre Kate e Jack schizzavano via in sella alla Super Jag. A Mutt non piaceva essere lasciata in disparte. A Bobby non piaceva essere lasciato all'oscuro.

Il quartier generale si trovava al centro esatto del Parco, in cima a un altopiano naturale, là dove terminava la zona collinosa e cominciavano le montagne. La pista di ghiaia correva lungo la fascia centrale del pianoro, come se chi aveva ripulito e livellato quella striscia di terra avesse paura che, spostandosi più vicino al margine, potesse precipitare giù oltre i confini del mondo. L'altopiano si ergeva come una sorta di crocevia tra pianura e montagna, tra fiumi e ghiacciai, tra la civiltà, o quel che era, e la natura più selvaggia, o quel che ne era rimasto.

Jack scivolò d'ala preparandosi a un atterraggio su tre punti, e slittò sulla pista per poi fermarsi a una decina di metri dal gruppo di edifici affastellati attorno a una delle estremità. «Non male», dovette ammettere Kate. Jack sorrise, piuttosto compiaciuto. Scesero dall'aereo e si diressero verso l'edificio più grande, al centro del gruppo.

«Ehi, Dan», esclamò Kate, allungandogli la mano con un sorriso caloroso. «Come va il lavoro? Batti e ribatti o batti la fiacca?».

Dan sbuffò. Era un uomo alto con un viso tempestato di lentiggini sormontato da una matassa cespugliosa di capelli rosso-arancio e due occhi di un azzurro scintillante capaci di incantare chiunque. Kate aveva osservato quello scintillio in tutto il suo splendore la prima volta che l'aveva conosciuto. Ma non era passato tanto tempo prima che Dan scoprisse, con sua grande meraviglia, che Kate non aveva intenzione di concedergli più di una partita a pinnacolo. E con meraviglia perfino maggiore aveva scoperto che, se si impegnava, poteva addirittura costruire un rapporto di semplice *amicizia* con una donna. Per un po' aveva temuto che la gelida aria alaskana stesse infiacchendo la sua virilità, ma una zia di Kate e due sue cugine avevano fugato ogni dubbio con piena soddisfazione di tutti, e Dan si era rilassato e aveva cominciato a godersi sul serio quell'amicizia. «Diamine, Kate», rispose, «tra gli occupanti abusivi e i minatori e i cacciatori con le trappole...».

«Va bene, va bene, Danny, basta piagnucolare. Saresti capace di pugnalare a morte chiunque osasse toglierti questo lavoro, e lo sai meglio di me».

Dan posò i piedi sulla scrivania e si appoggiò allo schienale della sedia con le mani intrecciate dietro la nuca. «Immagino che siate qui per Miller».

«Immagino che tu ci abbia visto giusto», lo imitò Kate, posando a sua volta i piedi sulla scrivania. «Dan O'Brian, ti presento Jack Morgan, capo della squadra investigativa dell'ufficio del procuratore».

Dan gli rivolse un gran sorriso. «Il papà di Miller ti sta con il fiato sul collo?»

«No, sta con il fiato sul collo all'FBI, che sta con il fiato sul collo a me».

«Ah, sì. Sono venuti anche qua». Dan scosse la testa. «Mi piaceva quel ragazzo. Mi piaceva sul serio. Un sacco di entusiasmo, idee brillanti, ma non faceva altro che sbandierarti sotto il naso tutto quello che faceva il paparino. Mio papà di qua, mio papà di là. Alla lunga diventava seccante».

«Abbastanza da farlo fuori?», domandò Jack speranzoso.

Dan piegò la testa all'indietro e scoppiò a ridere. «Be', lo ammetto, qualche volta mi è venuta voglia di strangolarlo, quel piccolo stronzetto moralista», disse. «E qualche volta, per farlo, vi assicuro che mi sarei dovuto mettere in fila. Ma non l'ho fatto. Né lo ha fatto nessuno quassù allo Step».

«Sei al corrente di ciò che ha fatto Miller l'ultimo giorno in cui è stato visto?»

«Merda, e chi non lo è? Da quando Kate ha iniziato a ficcare il naso in giro, non si riesce a mettere in piedi una conversazione decente via radio senza tirarci in mezzo Miller». Rivolse gli occhi scintillanti in direzione di Kate con aria interrogativa.

«Caro vecchio Danny», disse Kate tristemente, «in realtà ci siamo ritrovati con un pugno di mosche. Tutte le piste che avevamo sono finite dritte nel cesso». Indicò Jack con un cenno del capo. «Quando Miller è scomparso, Jack ha mandato Ken Dahl quassù a cercarlo. Ora è sparito anche lui».

Dan contrasse le labbra come se dovesse lanciare un fischio. «Biondo, occhi azzurri?»

«È lui. È venuto anche qui?».

Dan disse con aria mite: «Sì, si è avventurato fin qui. Non l'avevo mai visto prima, ma l'ho riconosciuto al volo da come me l'aveva descritto Bernie».

Colta alla sprovvista, Kate disse: «Cioè?»

«Stava sempre a bocca aperta». Kate arrossì, e Dan fece un gran sorriso. «Cosa vuoi sapere, Kate? Ho già detto tutto quello che sapevo ai federali quando si sono presentati quassù in sella ai loro cavalli bianchi».

Kate rimase in silenzio per qualche istante. «Parlami di lui. Di Miller».

Dan la guardò e infine, strascicando le parole, disse: «Ventitré anni. Piccoletto. Magro. Con più energia di una centrale nucleare. Con più entusiasmo di un alce maschio in calore. Non faceva altro che parlare di Mio Papà Il Rappresentante Del Congresso».

«Cosa gli facevate fare?»

«Vediamo. È arrivato qui la primavera scorsa, poco dopo che tu hai inchiodato Sandy. Bel lavoro, quello, tra l'altro. Negli ultimi tempi i casi di bracconaggio all'interno del Parco sono diminuiti di oltre la metà. Ci sono molti meno ubriachi che vanno in giro a giocare con il fucile».

Kate sperò che Dan non avesse intenzione di calarsi nella gola del Lost Chance Creek di lì a breve. «Comunque sia, Miller. La scorsa primavera Mac Devlin stava trafficando con permessi e autorizzazioni varie per dare il via ai lavori sul Carmack Creek, così ho mandato Miller a supervisionare le operazioni. Gli ho dato carta bianca per far chiudere baracca e burattini se Devlin avesse sgarrato, cosa che io e chiunque altro sapevamo avrebbe fatto. Ovviamente anche Miller se n'è accorto, e ha fatto chiudere tutto».

Dan sorrise. «Da allora, Miller si è autonominato angelo custode di ogni fiume e rigagnolo del Parco che fosse stato minacciato anche solo dalla vista di una bateia. Passava la maggior parte del tempo a ficcare il naso nelle operazioni di scavo delle miniere, a controllare le licenze e il deflusso delle acque di scolo e ad accertarsi che i minatori stagionali che lavoravano qui durante l'estate si riportassero a casa la merda che avevano scaricato a inizio stagione. Qualcuno doveva pur farlo, e io ho lasciato che se ne occupasse Miller».

«Andava d'accordo con la gente del Parco? La gente che vive qui, intendo. Non Mac Devlin».

«Per niente. Come ho detto prima, non faceva altro che bazzicare attorno alle miniere. Poi è saltato fuori che aveva seguito un corso di mineralogia al college. Si è fatto mandare un martelletto dal padre, e ha iniziato a prelevare campioni da ogni condotto minerario abbandonato in cui riusciva a ficcare il naso». Dan scrollò le spalle. «Sapete come funziona. Queste vecchie marmotte che hanno i terreni in concessione non hanno la minima intenzione di mettersi a scavare, ma guai a far entrare qualcuno nelle loro miniere».

«Qualcuno si è lamentato?»

«Naaa, è questo il bello. Si imbattevano in Miller con il culo nella loro proprietà e minacciavano di metterlo alla gogna. Poi lui attaccava a parlargli della sua grande idea, delle miniere aperte e gestite dal Governo, che avrebbe impiegato i proventi per lo sviluppo del Parco e per l'incremento del turismo. Era uno di Fuori fatto e finito, non c'erano dubbi, e un rompiballe con i fiocchi, ma aveva un'idea in cui credeva». Dan li guardò e sorrise. «E Cristo santo, se sapeva parlare. Una lingua d'oro, e a ventiquattro carati. Potevate mettere lui e Billy Graham nella stessa stanza e chiuderli dentro a chiave, e avrei scommesso quello che vi pare che Graham ne sarebbe uscito ecologista fino al midollo. Eh, già», disse Dan, stiracchiandosi, «Miller ha cambiato le carte in tavola in più di una tenuta di mia conoscenza, e ha messo i bastoni fra le ruote a Mac Devlin in più di un'occasione, l'ultima volta per quella storia della Nabesna. Ma come ho detto, era un lavoro che andava fatto. Devlin aveva bisogno che qualcuno lo rimettesse al suo posto dal primo giorno in cui ha messo piede nel Parco».

«Insomma, il ranger ideale», commentò Kate.

«Be', adesso non esageriamo». Dan si grattò la pancia e confessò: «Devo ammettere che non mi dispiaceva che se ne stesse per la maggior del tempo fuori sede, perché ogni volta che veniva qui se ne usciva con qualche nuova idea per far funzionare meglio le cose».

«Quali cose?»

«Tutte», sospirò Dan con aria mesta, e Kate e Jack scoppiarono a ridere. «Sì, all'inizio era divertente, ma quando cominciava a dire a ranger con vent'anni di esperienza come sgomberare gli alberi caduti o tenere d'occhio i cacciatori, o cosa raccomandare ai campeggiatori, in pratica stava pregando in ginocchio di essere cacciato via dallo Step a calci in culo». Dan scosse la testa, sorridendo al ricordo. «Ti faceva davvero saltare i nervi».

«Anche a te piaceva Miller», lo accusò Kate.

«Che significa, "anche a te"?», rispose Dan, leggermente sulla difensiva.

«Bernie, Bobby e ora tu. Tutte persone da cui mi sarei aspettata un odio mortale nei suoi confronti. Quando parlate di lui, fate tutti la stessa espressione buffa e avete lo stesso tono di voce, come se non riusciste a decidervi se spedirlo nudo in una palude piena di zanzare o adottarlo come vostro figlio ed erede».

Dan si strinse nelle spalle a disagio. «Sì. Be'...».

«Cos'hai raccontato a Ken Dahl quando è venuto qui?».

Dan si grattò la testa. «Le stesse cose che ho appena detto a te».

«Nient'altro?»

«No, aspetta», rispose. «Abbiamo tirato fuori la trascrizione della deposizione di Miller davanti al Sottocomitato della Camera. Dahl voleva vederla, così gliel'ho fatta leggere».

Kate e Jack si scambiarono un'occhiata, e Jack disse: «Potremmo averne una copia?»

«Certo». Dan rovistò in un casellario strapieno per una ventina di minuti, imprecando tra sé per tutto il tempo. Alla fine, con un'espressione trionfante che Kate considerò fin troppo contenuta rispetto all'impresa, ne tirò fuori una cartella da cui fuoriuscivano una miriade di fogli di carta, simile a un pesce che perde le squame. «George!».

George, un tipo allampanato e scalzo, con un naso gigantesco e due baffi a manubrio, fece capolino dalla porta e domandò con voce pacata: «Ha abbaiato, Sua Eminenza?»

«La Xerox funziona stamattina?»

«È l'unica che funziona».

«Potresti farmi una fotocopia di questa pratica?»

«Certo, ma se la carta s'inceppa è colpa tua».

«Vivi sul filo del rasoio. Rischiatela». Dopo che George si fu dileguato, Dan disse: «Posso chiedervi uno strappo giù al villaggio? Ho una ragazza a Niniltna che vorrei andare a trovare».

«E quando mai?», commentò Kate con aria assente. Fissava accigliata i piedi accavallati sul tavolo. Dan lanciò un'occhiata interrogativa a Jack, che si strinse nelle spalle. I due uomini aspettarono.

Kate si accorse del silenzio che era sceso nella stanza e scavallò le gambe. «No», disse, alzandosi in piedi. «No, mi dispiace, Dan, non possiamo darti un passaggio. Non torniamo subito a Niniltna».

Jack le lanciò un'occhiata fugace, ma non disse nulla.

Dan si strinse nelle spalle e sorrise. «Ok. Mi metterò in contatto con lei via radio e le dirò di venire qui».

«Chi è stavolta?», chiese Kate.

«Un gentiluomo gode e tace», replicò Dan con aria virtuosa, e quando Jack scoppiò a ridere finse addirittura di essersi offeso.

* * *

Jack seguì Kate sulla pista, ficcandosi la voluminosa pratica in una tasca del parka. Senza dire una parola, Kate si fermò accanto al Cessna, con lo sguardo turbato. Alla fine Jack le chiese: «Dove andiamo?».

Titubante, Kate rimase in silenzio. Jack le diede un colpetto e ripeté la domanda.

Lei alzò la testa. Jack la sentì inspirare profondamente. Poi Kate si girò verso di lui e gli disse: «Abbiamo abbastanza carburante per arrivare fino ad Anchorage?»

«Vuoi andarci adesso?»

«Sì».

«Da qui?»

«Sì».

Jack la osservò. «Sì, abbiamo abbastanza carburante. Perché vuoi andarci?»

«Voglio pagare la cauzione a Chick e tirarlo fuori di prigione».

La risposta lo spiazzò. «Chi è Chick?», domandò con prudenza.

«Chick Noyukpuk». Jack continuava ad avere la stessa espressione assente, perciò Kate aggiunse: «Billiken Bullet. "Testa di Billiken"». Nessuna reazione. Al che Kate disse con una certa asprezza: «È inconcepibile che tu viva in questo Stato da ventidue anni e ancora non sappia chi è Billiken Bullet».

«Chi è?», domandò Jack con aria mite.

Kate sospirò con un'espressione da martire. «È il compagno di Mandy». Gli lanciò un'occhiata e aggiunse: «Hai presente Mandy? La vicina di Abel? Sai quando...».

«La ragazza che ha più cani di James Thurber», la interruppe. «Ora ricordo, il piccoletto senza i denti davanti. Corrono in slitta».

Kate chiuse gli occhi per un istante. «Sì», disse alla fine, riaprendoli. «Sono tutti e due dei *musher*. E vivono insieme».

«Oh». Jack ci pensò su per un po', e aggiunse: «Quando lui non è in prigione, vuoi dire».

«Quando Chick non è in prigione», concordò Kate.

«E tu vuoi pagargli la cauzione?»

«Sì».

«Per quale motivo è dentro?».

Kate fece un gesto vago. «Le solite cose. Ubriachezza molesta. Disturbo della quiete pubblica. Aggressione a pubblico ufficiale. Resistenza all'arresto».

Jack trasse un profondo respiro, e buttò fuori l'aria lentamente. «Ah. Quel genere di solite cose. Ti dispiacerebbe dirmi perché gli vuoi pagare la cauzione?». Kate aprì la bocca, e poi la richiuse. «No, mmh?»

«È solo una sensazione», mormorò, più rivolta a se stessa che a Jack.

«Ok», disse lui semplicemente. «Andiamo».

# 9

«Non sono stato io a prendere quella dannata motoslitta», disse Chick. «Gliel'ho detto, a quel maledetto sbirro giù ad Anchorage, e pure a quel maledetto giudice, e sai lei che mi ha risposto?»

«Lei chi?»

«Il giudice che mi ha condannato», disse Chick, rizzandosi a sedere sul divano di Bobby con un'aria profondamente indignata.

Avevano compiuto il viaggio di andata e ritorno da Anchorage in un tempo record, e tutto ciò che Kate aveva visto della città si riduceva alla Quinta Avenue, all'altezza del carcere per la custodia cautelare del Cook Inlet, alla Terza Avenue, nei dintorni del palazzo di giustizia, e a uno scorcio della Sesta Avenue, di ritorno all'aeroporto di

Merrill Field, tutte luccicanti di verde e di rosso per le luminarie di Natale.

Quando erano decollati era ormai tardo pomeriggio e il sole era già tramontato da un pezzo. Le luci stroboscopiche in cima ai grattacieli dell'ARCO e della BP e i gas di scarico del traffico, con i loro bagliori sulfurei, rendevano le strade simili a una scena del *Faust*. Quando si erano alzati in volo per uscire dalla città, Kate si era sentita indicibilmente sollevata. Sapeva che Jack, seduto accanto a lei, aveva percepito la tensione montare man mano che si avvicinavano alla città, e smorzarsi subito dopo che erano decollati, e in cuor suo aveva ringraziato il fatto che sapesse abbastanza da starsene zitto.

Chick Noyukpuk, indifferente a qualsiasi trauma emotivo che non lo riguardasse in prima persona, aveva dormito per tutto il viaggio di ritorno, rannicchiato sul sedile posteriore sotto una coperta. Ma in quel momento, a casa di Bobby, mentre sorseggiava caffè corretto con Wild Turkey e lanciava occhiate affamate alle bistecche d'alce che Bobby stava cuocendo sulla griglia del camino, era più che sveglio.

«Cosa ti ha detto il giudice?», gli chiese Jack, rassegnato a dovergli fare da spalla.

«Ha detto che ero stato giudicato colpevole, e che non potevo più votare».

«Ah», commentò Jack, inarcando un sopracciglio in direzione di Kate.

«Hai mai votato?», domandò Kate a Chick.

«No», rispose Chick con aria bellicosa, «ma questo non significa che non voglia farlo. Aspettate soltanto fino alle prossime elezioni e vedrete se voterò oppure no, per Dio». Assunse un'aria decisa. Ci fu un momento di silenzio. «Quando sono le prossime elezioni?», domandò infine.

«Ci vorrà ancora un po'», lo rassicurò Jack.

«In ogni caso non ho rubato io quella dannata motoslitta», esclamò Chick, tornando alla protesta iniziale, cosa del tutto insolita per lui. Notò l'aria scettica di Kate e alzò la voce. «Non sono stato io, Kate. A parte il fatto che sapevo benissimo che sarei stato esiliato nel capanno in giardino, ti risulta che mi sia mai lasciato sfuggire l'occasione di salire su un gatto delle nevi?». Lei non disse nulla, e Chick insisté: «Allora?»

«No», disse Kate con lentezza, «non mi risulta».

«Siamo sicuri che ce ne fosse uno?», sussurrò Bobby a Jack, ma l'omone stava osservando Kate e non rispose.

Passò un minuto, poi un altro. Un terzo svanì allo stesso modo, e Bobby, che non riusciva a sopportarlo, sbottò: «Be'? Siamo arrivati alla parte delle "piccole cellule grigie"?», chiese.

«Sta' zitto», ribatté seccamente Kate, senza guardarlo. «Sto pensando».

«Ah, be', chiedo venia, Sua Signoria sta pensando», disse Bobby rivolgendosi a Jack. In un silenzio risentito, infilzò le bistecche una a una, togliendole dalla griglia e cominciando a distribuire agli ospiti i piatti stracolmi.

Chick annusò la sua cena e chiuse gli occhi, in estasi. «Questo sì che è cibo! Ora sono davvero a casa!».

Kate abbassò lo sguardo sulla bistecca d'alce nel piatto, un po' bruciacchiata e ancora sfrigolante. Ne tagliò un pezzetto e se lo portò alla bocca, poi si fermò a mezz'aria, osservando la carne calda e rosata da cui colava il sughetto. Posò nuovamente la forchetta sul piatto e lo spinse da parte.

«Che c'è?», domandò Bobby. «Qualcosa che non va nella tua bistecca?»

«No».

Bobby sollevò il piatto ed esaminò la carne. «Te ne posso preparare un'altra se pensi…».

«No, Bobby, grazie comunque. È che non ho tanta fame».

«Prima d'ora non avevi mai rifiutato una delle mie bistecche», commentò lui, ferito.

I tre uomini ci diedero dentro senza ulteriori chiacchiere, ripulendo i piatti. Bobby, che era ancora offeso o fingeva di esserlo, schizzò in cucina a buttare gli avanzi e diede il tormento a Chick perché lavasse i piatti, osservandolo con un'aria talmente spietata che Chick, innervosito, finì con il romperne due.

Kate tirò fuori dalla tasca del parka di Jack il verbale dell'udienza di ottobre del Sottocomitato e si accomodò a leggere in un angolo del divano. Jack la osservò per un po', ma Kate non alzò lo sguardo nemmeno una volta, come se avesse scordato che nella stanza c'era qualcun altro.

I tre uomini si raccolsero attorno al tavolo per giocare a pinnacolo a tre. A Chick capitò una scala di atout durante la prima partita, assi a non finire durante la seconda e dichiarò non una ma ben due volte durante la terza. Jack sospirò e tirò fuori il portafogli. Bobby, guardando Chick in cagnesco, borbottò: «Maledetto baro».

Noyukpuk, imbarazzato all'idea di ridurre sul lastrico l'uomo che gli aveva preparato quella cena succulenta, il suo pasto migliore da settimane a quella parte, o forse preoccupato che potesse ritrattare l'offerta di un letto per la notte, propose di restituirgli tutti i soldi, ma Bobby non ne volle neanche sentir parlare. «No davvero», disse a denti stretti. «Niente contentini. Se non gioco secondo le regole non mi sembra neanche di giocare sul serio. Chiedilo a Kate se non ci credi».

I tre uomini si voltarono a guardarla. Kate aveva terminato di leggere il verbale e sedeva immobile sul divano, fissando il fuoco con aria assente. Era talmente pallida e inespressiva che Jack all'inizio pensò si fosse addormentata, fino a che non vide che Mutt le stava davanti, guardandola fissa in viso con gli occhi gialli. Accorgendosi che Jack la stava osservando, Mutt si girò verso di lui e uggiolò. Era un guaito sommesso e ansioso, diverso da qualsiasi verso Jack avesse mai sentito fare a Mutt. Un ululato alla luna a gola spiegata, con la testa gettata all'indietro, non sarebbe riuscito a farlo balzare più velocemente dalla sedia.

Esitò un istante, e poi, con studiata indifferenza, attraversò la stanza andandosi a mettere accanto a Mutt. «Hai finito di leggere?», domandò a Kate, chinandosi a prendere la cartella con la pratica.

Lei non rispose. Jack tentò di nuovo. «Trovato qualcosa di interessante?».

Kate non disse nulla.

«Kate? Che cos'hai?».

Finalmente Kate si mosse, girandosi in direzione di Bobby. «Bobby, ha fatto molto freddo nelle ultime due settimane?».

Ancora offeso, Bobby rispose in modo brusco: «Vuoi sapere del tempo? E tempo sia». Si spinse sulla carrozzella fino alla postazione di lavoro, bofonchiando tra sé. Scartabellò tra le varie carte meteorologiche, di cui comunicava i valori ogni giorno via radio ad Anchorage, per poi confrontarli con quelli di Anchorage tramite un programma di immissione dati e infine spedire i risultati da Niniltna una volta al mese. «Cosa vuoi? Venti, temperature, cosa?»

«Temperature».

«Sotto zero dal 21 novembre, quando è arrivata quest'ondata di freddo. Al di sotto della nevosità media, in questo caso zero».

Kate lo ascoltò senza guardarlo. La sua espressione assente, che non accennava a scomparire, mise Jack in allarme. L'omone gettò da una parte il verbale dell'udienza e le si sedette accanto sul divano.

Esitando, le cinse le spalle con un braccio, e quando lei non se lo scrollò di dosso iniziò a spaventarsi sul serio. «Kate?».

Fu in quel momento che accadde; qualcosa dentro di lei si spezzò, e Kate staccò la spina scollegandosi dal resto del mondo. Chiuse gli occhi e incrociò con forza le braccia attorno allo stomaco, dondolandosi avanti e indietro.

«Kate?», la chiamò Jack.

«Che diavolo...?», esclamò Bobby.

«Che succede?», disse Chick, sconcertato. «Per un'ondata di freddo? Capita tutti gli anni, qual è il problema? È un vero schifo per le zampe dei cani, ma alle corse filano come razzi».

Mutt balzò sul divano dall'altro lato e premette il naso freddo contro la guancia di Kate, guaendo in maniera ansiosa.

Bobby spinse prontamente la sedia a rotelle in direzione del sofà e si fermò davanti a Kate. Dopodiché disse, in tono gentile considerati i suoi standard: «Donna, sembra che stai per andare ad abbracciare la tazza del cesso. Metti la testa tra le ginocchia per non svenire». Kate gli prese le mani e diede un debole strattone. «Va bene, allora metti la testa tra le mie, di ginocchia».

La risata di Kate fu più isterica che divertita. Bobby lanciò un'occhiata preoccupata a Jack.

L'omone si alzò e rimase in piedi accanto al camino. La figura imponente era illuminata dalle fiamme e la sua ombra incombeva come un gigante sulla stanza. «Sai cos'è successo». Il viso era avvolto dalla semioscurità, la voce profonda, fredda, disincarnata, ma che esigeva una risposta.

Bobby gli scoccò un'occhiata furente, ma la risposta di Kate lo anticipò. «Sì». Bobby non aveva mai sentito tanta disperazione nella voce della sua Kate, la sua fiera, indomabile Kate, nemmeno quando gli aveva detto che non avrebbe cantato mai più. «Credo di sì».

Di nuovo quell'ordine impersonale. «Dov'è il ragazzo?».

Di nuovo quella voce disperata. «Morto».

«E Ken?».

Lei sollevò gli occhi e incrociò lo sguardo duro e color ghiaccio di Jack. «Morto».

Scese il silenzio. Chick allungò furtivamente la mano verso la bottiglia di Wild Turkey e si riempì di nuovo il bicchiere.

Jack si lasciò cadere pesantemente sul gradino del camino, trasformandosi di nuovo da un titano severo e autoritario in un mortale stanco e tormentato. «Cristo, Kate», disse, stropicciandosi gli occhi. «Tutti e due?»

«Credo di sì». Ci fu silenzio, e lei aggiunse: «Credo di sapere dove si trovano».

«E anche chi ce li ha portati?».

Stavolta Kate tacque a lungo. Quando parlò, pronunciò una sola sillaba di una violenza inaudita. «Sì».

Jack ficcò le mani in tasca, incrociò le gambe all'altezza delle caviglie e, senza farsi vedere, serrò le mani in un pugno. «Va bene, Kate», disse con voce piatta. «Raccontami com'è andata».

Quando lei ebbe finito di parlare, Bobby disse categorico: «Voi siete fuori di testa», e Chick, della cui presenza si erano addirittura dimenticati, scoppiò in una fragorosa risata.

Jack, il viso simile a una maschera, domandò in tono brusco: «E Ken?».

Kate si tirò a sedere con le movenze di un'anziana signora, alzandosi in piedi a fatica. Si avvicinò alla finestra e guardò fuori. La scena che le si stagliava davanti poteva essere un dipinto di Sydney Lawrence: cumuli di neve immacolata e dalle linee morbide e sinuose, fitte macchie di abeti, una luna calante color gesso in equilibrio sul profilo frastagliato delle Quilak Mountains, come se si stesse preparando a scivolare giù dal cielo. Mutt camminò alle sue spalle con passo felpato e le si rannicchiò ai piedi, il naso per aria, gli occhi gialli fissi sul viso di Kate. «Ken era un bravo investigatore», disse la donna alla fine. Contrasse le labbra in una piega sottile, un sorriso amaro. «Molto più bravo di me».

«E...?». Nonostante il tormento che lo dilaniava, Jack era implacabile.

Kate scosse la testa. «All'inizio non capivo, perché non riuscivo a vedere quello che avevo sempre avuto davanti agli occhi. Ken invece ci è arrivato ragionandoci in maniera lineare, secondo una logica di causa ed effetto. Credo sia stato questo a ucciderlo».

Le sue parole si persero nell'ombra e nel silenzio. Ci fu una lunga pausa. Un tronco si spaccò, crepitando e sibilando tra le fiamme.

Jack si alzò. «Allora domani andiamo da lui? Ad affrontarlo?».

Lei scosse la testa. «Prima i corpi. Dobbiamo essere sicuri». Sollevò lo sguardo su Jack, gli occhi color nocciola offuscati da un velo di angoscia. Jack dovette lottare per non attraversare la stanza e stringerla a sé. «Avrò bisogno del tuo aiuto».

Il mattino successivo montò sulla Super Jag. Mutt balzò sul sedile alle sue spalle, e Jack le seguì sulla Polaris di Bobby. Nessuno disse nulla, e Bobby li salutò senza aggiungere altre insolenze a proposito della loro ricostruzione dei fatti. Continuava a essere scettico al riguardo, ma turbato, e se la prese con il suo sventurato ospite, ancora preda dei postumi della sbornia del giorno prima. Lo svegliò con uno scossone e gli porse una scopa.

«Pulizie di primavera?», disse Chick, intontito e non ancora del tutto sobrio. «Ma è quasi Natale».

«Be', devo essere rimasto un po' indietro», sbraitò Bobby.

«Povero me, Mandy mi ucciderà», lo implorò Chick. «Devo tornare a casa».

«Dopo le pulizie», decretò Bobby, e un infelice Chick si mise al lavoro con la scopa.

Per otto ore insonni Kate si era fatta passare e ripassare per la testa la ricostruzione dei fatti, cercando di trovare un modo per aggirarli, per rifiutarli, per osservarli da un'altra angolazione, tentando di dargli un qualsiasi altro significato che non fosse quella che in cuor suo sapeva essere la pura, crudele verità. Aveva dormito su un lato del divano e Jack sull'altro, Chick che russava in mezzo a loro, avvoltolato in un sacco a pelo sul pavimento. Ciascuno dei due sapeva che l'altro era sveglio, ma non avevano aperto bocca una sola volta durante le interminabili ore di quella notte, mentre il fuoco scoppiettava e sibilava in sottofondo, un lupo ululava in lontananza e la luna scivolava via dal cielo con aria furtiva.

Ma per quanto si fosse sforzata, Kate non era riuscita a impedire al mattino di irrompere ancora una volta. Percorse il sentiero coprendo con calma deliberata i cinquanta chilometri uno a uno, prendendosi il tempo di apprezzare il cielo che si illuminava piano, le volte armoniose dei rami piegati sotto il peso del ghiaccio scintillante, la quieta, impacciata dignità di una femmina di alce immersa nella neve fino alle spalle e intenta a ruminare un ontano. Il freddo del mattino sembrava penetrarle nelle ossa ancora più in profondità, finché non si sentì intirizzita fuori, tanto quanto lo era dentro. Accolse questa sensazione con gratitudine, anche se fu costretta a fermarsi per assicurarsi che mani e piedi fossero a posto. Le dita erano calde, vitali, palpitanti. Tutte cose che Mark Miller e Kenneth Dahl non erano più. Alle sue spalle sentiva il ronzio costante della Polaris di Jack, ma non si girò a guardarlo neppure una volta.

A metà strada si imbatterono in una femmina di alce di circa un anno, che si era rotta la zampa anteriore saltando giù da un cumulo di neve. Era ancora viva, ma per poco, e reagì appena quando Kate accostò la motoslitta e afferrò il fucile. Il ghiottone accoccolato ai piedi dell'animale e intento a rosicchiargli la zampa, tuttavia, era ben vigile e ringhiò contro gli intrusi fingendo di attaccarli. Mutt, appollaiata sulla motoslitta, emise un basso brontolio.

«Tranquilla, piccola», le disse Kate. Piantò un proiettile in mezzo agli occhi dell'alce e lasciò che un altro colpo spruzzasse uno schizzo di neve sul muso del ghiottone. L'animale ringhiò di nuovo, ma rimase immobile.

«Non hai intenzione di ucciderlo?», disse Jack alle sue spalle. «Credevo che detestassi i ghiottoni».

«Infatti».

«Allora?».

Osservò il ghiottone voltarsi, rivolgendole uno sprezzante didietro, e azzannare l'alce alla gola. Kate non batté ciglio neppure quando il fiotto di sangue caldo si riversò sulla neve candida, macchiandola di rosso e schizzando sulla folta pelliccia del ghiottone e sulla pelle marrone dell'alce. «Il primo che arriva, vince». E aggiunse: «Sta solo difendendo ciò che è suo». Ingranò la marcia e partì.

Girarono attorno alla fattoria di Mandy, seguendo il vecchio sentiero, o quel che ne rimaneva, tracciato dai periti che avevano stabilito la linea di confine tra la fattoria di Abel e il capanno di Mandy. Il ghiaccio che copriva il Silver Bottom Creek era duro e spesso, come la neve che ne ammantava le sponde. Era un mattino terso e silenzioso. Non incontrarono nessuno. Dopo un po' Kate individuò la radura che segnava l'inizio di un sentiero ben battuto. La stradina si inerpicava sulle montagne, lungo dirupi che in alcuni punti scendevano a picco sul Kanuyaq per centinaia di metri. Abel saliva spesso alla Lost Wife per raschiare via un po' di roccia in cerca di una vena o qualcosa di simile, tentando di individuare senza troppa fretta la sorgente che l'avrebbe condotto al suo Eldorado. Kate levò il pollice dall'acceleratore e aspettò che Jack la raggiungesse.

«Si sale di qui?», disse lui, staccandosi dalla barba lo sciarpone incrostato di ghiaccio per parlare in maniera più chiara. Lei fece cenno di sì senza girarsi e diede gas alla Super Jag.

Ci vollero una quindicina di minuti per raggiungere la miniera, quindici minuti su un sentiero angusto e scosceso costeggiato su entrambi i lati da abeti e betulle. La pendenza era costante, ma la strada serpeggiava avanti e indietro. Kate dovette accompagnare la moto a ogni curva, chinandosi di lato per far sì che la Super Jag superasse incolume gli stretti tornanti, e quando finalmente si fermò le facevano male le spalle. Le mani erano paralizzate sui comandi; riuscì a spegnere la moto solo dopo qualche goffo tentativo. Jack le scivolò accanto fino a fermarsi e fece lo stesso. A parte l'ansimare di Mutt, il silenzio era totale.

La radura in cima era molto più ampia di quella ai piedi del sentiero, la neve era stata spalata con cura e ben pressata. Un velo di neve copriva una pila di traversine, che il padre di Abel aveva divelto dal suolo quando la Kanuyaq River & Northern Railroad aveva chiuso i battenti, nel 1938. Un altro strato si era posato sul cumulo di rifiuti e cianfrusaglie estratti dal condotto minerario. Ai margini della radura, dalla forma circolare e ben definita, cresceva una fitta boscaglia di alberi di cicuta, e alle loro spalle il terreno collinoso saliva rapidamente fino a trasformarsi nelle Quilak Mountains, di un azzurro striato di bianco, altere nella luce pallida e fioca del mattino.

«La foresta primordiale», disse Jack, e fu scosso da un brivido. «Dio, se fa freddo».

Kate smontò dalla motoslitta e s'incamminò verso l'avvallamento che si apriva ai piedi del dirupo. L'imbocco della miniera era grande quanto una porta a due battenti, incorniciato da traversine e scavato nella facciata di una piccola parete di roccia friabile e ghiaia. Due binari paralleli conducevano all'interno. Fuori era parcheggiato un carretto con le ruote in metallo, carico di frammenti di roccia e detriti.

Kate tirò indietro il carro. Poco dopo l'ingresso, un enorme buco si spalancava sulla terra nuda, nero e apparentemente senza fondo.

«Come facciamo a scendere?», domandò Jack alle sue spalle.

«C'è una specie di montacarichi».

Jack deglutì. «Quant'è profondo?», chiese con voce roca.

«L'ultima volta che l'abbiamo misurato arrivava a circa quarantacinque metri», rispose Kate. «Dal condotto partono gallerie su tre o quattro livelli».

«Ah».

Kate alzò lo sguardo su di lui. «Non devi scendere», disse. «Il montacarichi può portare una persona per volta, e io sono più leggera. E poi l'ho già fatto». Vide sollievo e vergogna dipingersi sul volto di Jack in egual misura. «Ti prego», aggiunse, posandogli la mano guantata sul braccio.

Jack la guardò, e lei vide che parte della vergogna cominciava a svanire. Kate gli strinse il braccio, poi abbassò la mano. «Credo che avrò bisogno di una torcia elettrica. Abel stacca il generatore della miniera a settembre in modo che durante l'inverno tutta la corrente vada alla fattoria».

Si voltò verso l'ingresso e vide Mutt rizzare le orecchie e scodinzolare in direzione degli alberi e, con un'intuizione che non sarebbe stata in grado di spiegare neppure in seguito, si gettò di lato, spingendo a terra Jack una frazione di secondo prima che sentissero esplodere un colpo di fucile e un proiettile si conficcasse con un rumore sordo nella trave che sormontava l'ingresso della miniera. Una pioggia di cristalli precipitò dai rami degli alberi sopra l'imbocco. Istintivamente Kate rotolò per terra in cerca di copertura, lontano da quella cascata di ghiaccio, e cadde oltre il bordo del condotto.

Per un istante avvertì la piattaforma del montacarichi sotto di sé, ma subito dopo il marchingegno cedette con piccoli scatti e strattoni, e l'imbracatura iniziò a scivolare lungo la corda rappezzata in più punti.

«Jack!», gridò. «Aiuto!».

Per un terrificante secondo un altro pezzo di corda scorse senza intoppi attraverso l'imbracatura, e fu come se l'universo precipitasse senza mai toccare il fondo. Kate alzò la testa di scatto per vedere il quadrato di luce in cima al condotto svanire rapidamente, e urlò disperata: «Jack! Afferra la corda!».

Nessuna risposta. Kate agitò convulsamente le braccia per aria, raspando lungo le pareti del condotto, finché, per una sorta di miracolo, la sua mano non toccò per caso una corda sciolta. L'afferrò al volo e il montacarichi si bloccò di colpo, facendole balzare il cuore in gola. Per un istante Kate rimase assolutamente immobile.

Centimetro dopo centimetro, il tessuto liscio dei guanti scivolava lungo la corda.

Con estrema lentezza, sollevando un dito per volta, Kate si sbarazzò dei guanti e si aggrappò con forza a mani nude a quella esile àncora di salvezza.

Il montacarichi emise un lieve cigolio di protesta, poi si fermò.

Chiuse gli occhi e appoggiò la fronte alle nocche nodose. Il respiro le rimbombava nelle orecchie come un motore a vapore. Tentò di calmarsi. Le gambe e la parte inferiore del corpo poggiavano ancora sul montacarichi. Sentì i muscoli delle braccia guizzare dolorosamente mentre tentava di caricare tutto il peso sulla corda.

«'Fanculo», disse ad alta voce. «Sta' a vedere che alla fine riesco a tirarmi fuori da questo casino».

Le girò la testa per il sollievo e, a denti stretti, aspettò che il capogiro passasse. Sentiva Mutt abbaiare con furia dall'alto, ma nessun altro rumore. Chiamò a raccolta tutte le sue forze. «Jack!», urlò. Lui non rispose. «Jack!», urlò di nuovo. «Maledizione, se hai scelto proprio questo momento per morire, giuro che ti *ammazzo*!». Allungò la testa, cercando di guardare oltre l'imboccatura del condotto, con la corda che le premeva sulla guancia.

Il contorno della testa di Jack si stagliò immediatamente controluce accanto a quello di Mutt. Teneva in mano una torcia elettrica; l'accese e proiettò il raggio all'interno del condotto. Dovette arrivare molto, molto in fondo prima di individuare Kate, appesa alla corda con il viso rivolto verso di lui. «Oh, mio Dio», disse l'omone. Mutt, accanto a lui, emise un guaito ansioso.

«Jack», disse Kate con voce roca, «riesci a sentirmi?»

«Sì», disse lui, e dalla sua voce trasparì immediatamente lo sforzo di controllarsi. «Sì, ti sento».

«Bene. C'è qualcosa che non va con il montacarichi, la corda si è rotta o qualcosa del genere. Devi prendere la fune di sicurezza legata alla galloccia».

«Alla cosa?»

«La fune di sicurezza... la corda assicurata a quel supporto accanto all'ingresso».

«Oddio», disse di nuovo Jack, la luce della torcia puntata verso di lei. Kate lo sentì deglutire.

E di colpo capì cos'era che non andava. «Jack!».

«Ok, tesoro, tutto sotto controllo. Aspetta solo un secondo».

La testa scomparve, e la luce assieme a lei. Kate sprofondò di nuovo nell'oscurità. Cercò di dominare un'ondata di panico e, sudando per la tensione, riuscì a sollevarsi un altro po' in modo da allentare qualche centimetro di corda e avvolgersela attorno all'avambraccio, poco più giù del polso.

Aspettò. I secondi sembravano ore, i minuti giorni. Gocce di sudore le colarono sugli occhi e lungo il naso, fino al mento. Il montacarichi vacillava sotto i suoi piedi, facendole venire in mente un cane guida pochi istanti prima che la pistola dello starter desse il via alla corsa.

La testa di Jack ricomparve assieme al fascio di luce, infinitamente piacevole. «Ci siamo. Ho assicurato l'altra estremità della fune attorno a un albero. Ora la stacco dal supporto, per cui scenderai un po'».

«Jack?», lo chiamò lei. La voce sembrava provenire da un luogo lontanissimo.

«Sì?»

«Jack»?», disse lei di nuovo.

«È tutto a posto, tesoro», disse lui. «Questa volta ti lascio qui la torcia, prima l'ho dovuta prendere per trovare la galloccia. Abbi ancora un po' di pazienza».

La testa scomparve di nuovo. Kate attese, con gli occhi chiusi e i muscoli delle braccia che tremavano per la tensione. La corda si tese tra le sue mani e poi si allentò, e di nuovo Kate si sentì precipitare nel vuoto. Non riuscì a trattenere il grido che le affiorò alle labbra.

Il montacarichi cedette di nuovo con un brusco strattone, e Kate precipitò assieme a lui. Il marchingegno si bloccò di colpo un metro più in basso. Kate sentì un dolore lancinante trafiggerle i polsi, e gridò di nuovo. Stordita, scivolò lungo la minuscola piattaforma, andando a sbattere contro la parete opposta del condotto. Pezzi di roccia si staccarono e caddero. Dopo molto tempo li sentì toccare terra. I polsi, le braccia intere erano ormai intorpidite. Dopo un istante avvertì una sensazione di umido nel punto in cui il polso si stringeva alla corda.

«Kate?», urlò Jack. «Kate?».

Non era in grado di rispondere. Jack procedette alla cieca con la torcia fino a quando il raggio di luce non fu puntato su di lei. Teneva la testa china sull'avambraccio e l'omone non riuscì a vederla in viso. «Kate, rispondimi. Ti dovrai spingere con i piedi quando inizierò a tirare la fune. Kate, di' qualcosa, parlami!».

«Sto bene», disse infine lei con voce fioca. «Ti sento».

Jack si piegò con tutto il busto oltre la bocca del condotto. «Grazie al cielo. Hai sentito quello che ti ho detto sul fatto di spingerti con i piedi?»

«Sì», mormorò lei.

«Cosa?»

«Sì, ho sentito».

Jack continuò a guardare giù, giù, sempre più giù, fino a che la profondità del condotto non gli arrivò alla testa. «Oddio, sto per vomitare», gemette.

«Non adesso!», strillò Kate, improvvisamente elettrizzata. «Tira la fune, maledizione!».

Sentì dei colpi di tosse e un conato sopra di lei. Si ritrasse, ma una cascata di liquido caldo e grumoso le sfiorò la guancia, riversandosi sul davanti della tuta da sci.

Con ogni probabilità, anche se Jack ci avesse riflettuto per mesi, non sarebbe stato capace di escogitare niente di tanto efficace per distogliere Kate dalla situazione in cui si trovava. Dimenticò di essere letteralmente appesa a un filo, a penzolare sopra un baratro di quaranta metri. Dimenticò che pochi minuti prima qualcuno le aveva sparato. Dimenticò di aver bisogno di ogni briciolo di forza e di coraggio per cercare di uscire sana e salva da quella prova. Imprecò contro Jack Morgan. Mise in discussione la legittimità della sua nascita, giurò di ucciderlo se mai fosse uscita viva da quella cazzo di miniera e dichiarò solennemente che, se anche fosse morta, l'avrebbe ucciso comunque. Fu vivace, energica, eloquente e appassionata. Bobby sarebbe stato fiero di lei. Non per niente era Kate Shugak, figlia adottiva di Abel Int-Hout.

«Ti senti meglio adesso, coglione?», gli gridò alla fine.

Jack si schiarì la gola e, con un tono che le parve di scusa, le rispose: «A dire il vero sì. Hai afferrato la fune di sicurezza?».

Kate armeggiò con le varie corde che pendevano dal paranco. «Dalle uno strattone. Ok, ci sono». Con prudenza, slegò la cima della fune dalla galloccia sulla piattaforma. Tra i palmi delle mani brucianti, la corda sembrava fragile e sottile, ma Kate doveva fidarsi, non c'era altra via d'uscita. Si aggrappò alla fune e si issò, staccando gambe e piedi dal montacarichi. Attorcigliò l'estremità della corda attorno al piede e, con cautela, caricò il peso su quel piede. Dapprima la corda iniziò a scivolare, poi tenne. Kate riprese a respirare.

Era ormai aggrappata con tutto il corpo alla fune di sicurezza. Aspettò di sentire il montacarichi sfracellarsi sul fondo del condotto. Invece la piattaforma si abbassò di qualche centimetro appena, scricchiolando in maniera inquietante.

«Kate?».

Il fascio di luce l'accecò. «Sono aggrappata alla fune di sicurezza. Inizia a tirare».

«Aspetta». La testa di Jack scomparve di nuovo.

«Come se avessi altra scelta», borbottò lei tra sé. Con il piede libero cercò un appiglio sulla parete del condotto.

La voce di Jack giunse dall'alto come da un punto lontanissimo. «Sei pronta?»

«Certo che sono pronta, tu…».

«Ok. Pronti, via!».

Sentì la corda penetrarle nella carne delle mani, e si puntellò con la gamba libera. Poco a poco, a fatica, si spinse lungo la fiancata del condotto, tastando le pareti con lo stivale per cercare di sfruttare qualsiasi avvallamento nella facciata a picco, qualsiasi spuntone di roccia, perfino una qualsiasi superficie a malapena scabrosa. La fune continuò a scorticarle i polsi; braccia e spalle erano dilaniate per lo sforzo. Sembrò un'eternità, ma non passarono nemmeno tre minuti prima che si accasciasse fuori dall'imboccatura del condotto.

Colse un'immagine confusa di Mutt che teneva l'estremità della corda stretta tra i denti prima che Jack mollasse la fune e si gettasse su di lei. L'afferrò con forza per la tuta e la trascinò lontano dall'imboccatura del condotto, oltre i binari, oltre l'ingresso della miniera di Lost Wife e per cinque o sei metri lungo il sentiero prima che Kate riuscisse a fermarlo.

«Jack! Jack! Jack, va bene così. Sto bene, sono salva. Fermati adesso. Fermati». Mutt trotterellava accanto a loro, emettendo brevi, angosciati latrati.

Finalmente Jack rallentò, si fermò e abbassò lo sguardo su di lei. Era esausto e provato, ma mai nessuno prima d'allora le era parso così bello. «Sto bene», ripeté Kate. «Calmati. Sto bene adesso. Stiamo bene tutti e due».

Lo tirò per la manica. Jack crollò sulle ginocchia accanto a lei e le seppellì il viso contro la spalla, stringendola talmente forte da mozzarle il respiro. Mutt le toccò la guancia con il naso gelato e guaì. Kate abbracciò il suo cane. «Ssst, va tutto bene», sussurrò a entrambi, tenendoli stretti più che poté e dondolandosi avanti e indietro. «Va tutto bene adesso».

Rimasero così per molto tempo, fino a quando l'umidità del terreno ghiacciato penetrò attraverso la tuta da sci e Kate rabbrividì. Jack la sentì tremare e scostò il viso per guardarla. «Kate», mormorò, levandosi il guanto e prendendole la guancia nella grande mano. «Oh, Kate». Si chinò in avanti e le sfiorò le labbra con le sue, poi rimasero fermi, fronte contro fronte. «Oh, Kate».

«Ho fame», disse lei. «Non so perché, ma sto morendo di fame. Non è che riesci a trovare qualcosa da mangiare?».

Jack si alzò a fatica e andò a prendere il kit di pronto soccorso dalla Polaris. Le disinfettò e bendò i polsi e i palmi delle mani, poi le tirò di nuovo giù le maniche della tuta. Le porse la borraccia della Super Jag, e Kate bevve avidamente. Tra tutti e tre, fecero fuori due pacchetti di carne di manzo essiccata ed effettuarono più di un'agguerrita incursione nella busta a chiusura ermetica colma delle provviste da viaggio di Bobby – frutta secca, noci, cioccolata – per poi dividere una barretta Hershey come dessert.

«Stavolta scendo io», annunciò Jack con fermezza dopo aver sgomberato i resti del pranzo.

Mentre si puliva il viso e la tuta da sci con una manciata di neve, Kate lanciò un'occhiata all'ingresso della miniera. Jack la guardò. «Scendo io, fine della storia», ribadì alzando la voce. «Ho visto che c'è una carrucola proprio sopra il condotto. Pensavo di improvvisare un'imbracatura da alpinismo con la corda principale del montacarichi e calarmi giù».

«Non è più necessario scendere in fondo alla miniera, Jack», disse Kate, spostando lo sguardo su di lui. «Prima non eravamo sicuri».

Jack rimase in silenzio per un istante. «E adesso lo siamo?».

Lei chinò la testa e desiderò poter piangere. «Io sì».

In tre giorni la fattoria non era cambiata. In quella zona del Parco non aveva nevicato, e la distesa bianca e ben battuta attorno ai capanni rivelava ben pochi cambiamenti agli occhi dei visitatori, che fossero ripassati di lì dopo sei settimane, due settimane o due giorni. Kate camminò lentamente, con Mutt che le trottava davanti. Dopo accanite proteste, Jack aveva acconsentito, seppure a malincuore, ad aspettarle all'imbocco del sentiero.

Abel l'accolse sulla porta con un rude abbraccio e una tazza di caffè. Lei accettò entrambi e lo seguì dentro casa, le ginocchia che le tremavano così tanto che dovette appoggiarsi al bancone di cucina per calmarsi. Non riusciva a guardare il vecchio. Fece vagare gli occhi attraverso la stanza. Lo sguardo si fermò sull'appendiabiti a muro. «Sei già stato fuori, stamattina, Abel».

Lui la guardò, con una sfumatura di inquietudine – quasi di paura – negli intensi occhi azzurro slavato. Kate non aveva mai visto un'espressione simile sul suo viso, e le fece male. Per la prima volta vide, o si concesse di vedere, le macchie dell'età sul dorso delle mani nodose, l'impercettibile tremito della testa, le spalle leggermente curve. Erano almeno trent'anni che Abel sembrava più vecchio di Matusalemme, ma non le era mai parso vulnerabile fino a quell'istante. «Come fai a saperlo, bambina?».

Lei indicò con il dito. «C'è ancora neve che si sta sciogliendo sui tuoi stivali».

«Ah». Tutti e due si girarono a guardare gli stivali. Abel si drizzò e le sorrise. «Ti va qualcosa da mangiare, bambina?»

«No, Abel», rispose lei. Smise di tremare e di colpo si sentì pervadere da una calma innaturale. «Non posso rimanere. Come ti ho già detto, sto cercando delle persone. E dovrò continuare a cercarle finché non le avrò trovate».

Lui sbuffò. Aveva le guance arrossate per il freddo, i capelli sottili arruffati. «Un maledetto ranger del Parco e un altro tizio che ficcava il naso dove non doveva. Secondo me non sarà una gran perdita, se non li trovi».

Kate disse con fermezza: «Sono appena stata alla vecchia miniera d'argento di tuo padre, Abel».

Lui abbassò la testa, incapace di guardare Kate negli occhi. «E perché mai ti è saltato in testa di andare a perdere tempo da quelle parti?», disse alla fine.

«Perché pensavo che avrei trovato due cadaveri in fondo al condotto, Abel», rispose. Incrociò lo sguardo fiero del vecchio senza batter ciglio. «Uno è di un ranger del Parco di nome Mark Miller. L'altro di un investigatore dell'ufficio del procuratore di Anchorage che è venuto quassù a cercarlo. Si chiamava Kenneth Dahl».

Il vecchio si sforzò di ridere. «Due morti nella mia miniera, e io non ne so nulla! Bambina, credo che tu abbia lavorato un po' troppo con quegli avvocatucoli da quattro soldi che corrono dietro alle ambulanze: vedi cadaveri dappertutto».

«Oh, credo invece che tu ne sappia qualcosa, Abel. Credo che sia stato proprio tu a nasconderli laggiù».

Abel esplose, il viso che divenne livido e paonazzo. «Che cosa? Che diavolo ti sta succedendo, bambina? Io non ho mai fatto niente del...».

Kate proseguì come se lui non l'avesse interrotta, la voce piatta, monocorde, roca. «Hai avuto una discussione con Miller durante l'udienza del Sottocomitato. Lui voleva trasformare il Parco in un parco; tu volevi che continuasse a essere la tua riserva privata. Lui voleva aprirlo alla gente; tu volevi chiuderlo. Ho letto la tua deposizione, Abel. Eri arrabbiato, forse come mai prima d'allora. Eri furibondo».

Le si spezzò la voce. Si calmò e proseguì senza scoppiare a piangere. «Sai cosa penso? Penso che Miller sia venuto qui, forse quella stessa notte, forse l'indomani mattina, sul presto, al volante della sua Land Cruiser, per continuare a discuterne con te. Sapeva che la tua famiglia ha un sacco di agganci a Juneau. Probabilmente voleva cercare di farti passare dalla sua parte, di convincerti a sostenere la sua nobile battaglia. E avete litigato». Kate lo guardò, sforzandosi di sorridere. «Hai un carattere irascibile, Abel. Chissà. Forse l'hai visto così giovane ed entusiasta, e ti sei reso conto che prima o poi avrebbe vinto lui, semplicemente perché avrebbe tenuto duro più a lungo di te. O forse non riuscivi a sopportarlo perché era uno di Fuori. O forse ancora, avevi paura che il padre, il signor deputato del Congresso, potesse tirare qualche filo di troppo e tu non avresti più avuto voce in capitolo. O tutte queste cose insieme. In ogni caso ti ha fatto uscire di testa, e allora...».

«Non volevo», l'interruppe il vecchio all'improvviso, accasciandosi di colpo. Per un istante Kate temette che stesse per crollare a terra, e allungò il braccio per sorreggerlo. «Stava proprio dove sei tu adesso, a bere il mio caffè e a mangiare i miei Twinkie, blaterando tutte quelle cazzate sull'accesso al pubblico, sui territori federali che appartenevano a tutti, non solo alle persone che volevano conservare gelosamente i propri... *feudi*, credo che li abbia chiamati così. Non poteva parlare in modo comprensibile, già che c'era?».

Abel scosse la testa come se stesse scacciando un'ape fastidiosa. «Ero talmente furibondo che non ricordo neppure cos'ha detto di preciso. Mentre parlavo con lui avevo la caffettiera in mano, sai come faccio di solito. Deve aver pensato che lo volessi colpire, perché tutto ciò che so è che è indietreggiato, ha inciampato su una sedia ed è caduto sbattendo la testa contro lo sportello della stufa. Sai che d'inverno lo tengo sempre aperto. L'ha preso proprio lì all'angolo. Era morto prima ancora che potessi sfiorarlo. È stato un incidente, Kate. A ucciderlo sono stati quel maledetto sportello e la sua idiozia. Qualcuno doveva averlo già pestato, si vedeva, aveva la faccia gonfia come un pallone. Forse si sentiva già intontito di suo e ha perso l'equilibrio. È stato un incidente», ripeté. «Un maledetto, stupido incidente. Nient'altro».

Kate posò la tazza di caffè e si allontanò dalla stufa. «Se è stato un incidente, perché non l'hai detto a Dan O'Brian o a Jim Elicottero?».

Abel distolse lo sguardo. «Oh, maledizione, bambina. Dopo che ce ne eravamo dette di cotte e di crude a quella dannata udienza, credi che qualcuno mi avrebbe creduto se avessi detto che il ragazzo era inciampato da solo?»

«Potevi almeno provarci».

«Be', non l'ho fatto», ribatté Abel, quasi stizzito.

Kate rimase in attesa, e quando vide che il vecchio non intendeva aggiungere altro, continuò con la sua ricostruzione. «Così hai preso la Land Cruiser per trasportare il cadavere di Miller su alla miniera. Poi hai caricato sul retro cani e slitta, e sei andato al Roadhouse prima che Bernie aprisse il locale. Hai lasciato la macchina lì, dopodiché hai agganciato i cani e hai percorso un pezzetto di strada, forse hai addirittura attraversato i boschi, e hai aspettato che il Roadhouse aprisse in modo che Bernie ti vedesse arrivare lì con la slitta per il tuo goccio di bourbon settimanale».

La voce arrochita era fredda, incolore. Kate non era lì per lanciare accuse. Di nuovo attese qualche commento, ma il vecchio rimase in silenzio. Fu costretta a rivolgergli la domanda che temeva di più. «Cos'è successo a Kenneth Dahl?».

Abel socchiuse gli occhi con un'aria ferina, quasi selvatica. «L'ho sorpreso su alla Lost Wife due settimane fa, e mi ha detto che voleva calarsi nel condotto. Io gli ho detto di no, e lui mi ha risposto che sarebbe sceso comunque. Che diritto aveva di violare la mia proprietà? Dimmelo tu! Così gli ho scaricato contro il Winchester».

«E l'hai mancato, ma lui si è messo a correre», disse Kate. «Così hai continuato a sparare».

«Sì», rispose Abel, sorpreso. «Come fai a saperlo?»

«Mandy ti ha sentito sparare. Pensava fosse un gruppo di bracconieri. Ma alla fine l'hai beccato, non è così?».

Abel non disse nulla.

«E probabilmente quand'è successo ti trovavi già sul terreno di Mandy ed eri troppo stanco per trascinarlo di nuovo su per la collina. Così sei sgattaiolato nel capanno e le hai rubato la motoslitta nuova. L'hai usata per trasportare qui il corpo di Ken. L'hai infilato in un sacco per la selvaggina e l'hai appeso al magazzino perché si congelasse per bene e fosse più facile da spostare. Poi hai portato via la motoslitta e l'hai distrutta, in modo che Mandy pensasse che era stato Chick. Carino da parte di Chick prendersi una sbronza proprio quello stesso giorno, eh, Abel? Dopodiché sei tornato a casa. Ma stai diventando vecchio. È per questo che quando sono venuta qui il corpo di Ken era ancora appeso al magazzino».

Il vecchio rimase in silenzio.

«Oh, Abel», disse Kate, chiudendo gli occhi. «Ho lottato con tutte le forze per non credere che eri stato tu, ma ovunque mi girassi, eccoti lì. A deporre davanti al Sottocomitato. A pochi metri di distanza quando è stata rubata la motoslitta di Mandy. Al Roadhouse la mattina in cui è riapparsa la Toyota di Miller. Non riuscivo a liberarmi di te».

«Mio padre è stato uno dei primi a venire qui nel '99, bambina». Sentendo il tono di Abel, Kate riaprì gli occhi e vide che quelli del vecchio erano colmi di lacrime. «Se ne andò da Nome, salì fin nello Yukon e poi scese il Kanuyaq e scoprì questo posto. Ha piantato i paletti con le sue mani per delimitare la proprietà. Anna e io abbiamo costruito la fattoria e abbiamo cresciuto qui i nostri figli. Un giorno questo posto sarà di Abel Junior. Lo devo proteggere per lui, costi quel che costi».

Con una stanchezza infinita nella voce, Kate rispose: «Tanto da arrivare a uccidere?»

«Oh, al diavolo, Kate», ribatté il vecchio in tono sprezzante, «far fuori un ranger in Alaska non è *uccidere*, lo sai anche tu. Non sono poi tanto diversi dai guardiacaccia, e di questi tuo padre ne avrà fatto fuori di sicuro più di uno. Dio solo lo sa», disse con un misto di perplessità e sfinimento, «per quanti ne possiamo mettere in fuga, al posto loro ne spuntano altri dieci. Sono come quel maledetto greco di cui mi raccontavi sempre, che quando gli mozzavi la testa gliene crescevano altre due nello stesso punto. Ti ricordi?»

«L'Idra», disse Kate. Le si spezzò le voce. «Oh, Abel».

«Kate», disse il vecchio, in modo quasi compassionevole, e questo le fece male più di qualsiasi altra cosa. «Kate», ripeté, «se lasciamo che questi ranger vengano qui, facciano le loro perizie e aprano aree da campeggio, presto saremo pieni di camper fino alle orecchie. E se dovesse succedere una cosa del genere, faccio prima a trasferirmi ad Anchorage e a comprare una roulotte sul lato opposto del Northway Mall, con i Cessna di Merrill Field che mi sfrecciano sopra la testa da mattina a sera e le sirene della polizia che mi fanno uscire di senno durante la notte. Non posso permettere che accada». Kate rimase in silenzio, e il vecchio aggiunse, implorandola: «Dimmi che capisci quello che ti sto dicendo, bambina».

Lei rispose con voce sommessa: «Posso capire il ranger, Abel. Posso perfino crederti quando dici che è stato un incidente. Ma Ken?»

«Aveva scoperto tutto! È venuto qui a ficcare il naso, a fare domande. Quando l'ho sorpreso a intrufolarsi di nascosto nella mia miniera...». Gli si smorzò la voce, e tacque. Alla fine aggiunse, quasi supplicandola: «Sapevo che vi frequentavate, bambina, ma cos'altro potevo fare?».

«Quando mi hai seguito fino a Niniltna, non era perché avevi paura che potessero farmi del male, ma che potessi scoprire qualcosa. Dopodiché, quando hai sentito che era stato Martin a spararci al capanno della NorthCom, hai pensato che sarebbe bastato a convincermi che era stato lui a uccidere sia Miller che Ken. Così sei tornato a casa. Ma per evitare sorprese hai sabotato il montacarichi e ti sei messo di guardia». Alzò la testa e guardò il vecchio dritto negli occhi. «E poi mi hai sparato per farmi cadere nel condotto».

«È da settimane che ho intenzione di riparare quel montacarichi», si affrettò a spiegare Abel, «e non volevo ucciderti. Volevo solo spaventarti un po' per farti andare via».

Per poco Kate non scoppiò a ridere. «È già la seconda volta nel giro di tre giorni che qualcuno mi spara senza volermi uccidere». Scosse la testa. «Forse tu e Martin dovreste mettervi in società».

Abel si irrigidì. «È facile per te, Kate», disse, la voce sottile che saliva di tono. «Il Native Claims Act ti ha dato terre e denaro, il Bureau of Indian Affairs si è occupato di te quando eri malata e si è fatto carico delle spese, tuo padre ti ha lasciato una casa. Io ho dovuto lavorare per ottenere tutto quello che ho, e ora devo combattere per difenderlo! Non giudicarmi per questo!».

Kate guardò Abel, l'uomo in gran parte responsabile della donna che era diventata. Scosse la testa. «Ne ho piene le tasche di gente che mi dice quanto sia stato facile per me. *Emaa*, Xenia, Martin, il resto della mia famiglia. E ora anche tu. Non sapete quello che ho passato. Nessuno di voi è mai entrato in una banca a chiedere un prestito d'onore per sentirsi rispondere che era necessaria la firma di un garante bianco. Nessuno di voi ha mai frequentato una lezione di storia in cui l'insegnante, un Anglo, uno di Fuori, raccontava come gli Aleuti abbiano allargato le gambe davanti ad Alexander Baranov. E nessuno di voi è mai stato costretto a sentire un saldatore di Tulsa, Oklahoma, che vi chiamava "sporca negra". Sei bianco in un mondo bianco, Abel, quindi non venire a parlarmi di "facile"». Kate si girò di scatto e si avviò verso la porta.

«Dove stai andando, Kate?»

«Al villaggio. A raccontare a Billy Mike cos'ho scoperto. Così potrà chiamare Jim Chopin e verranno qui a recuperare i corpi».

«No, tu non lo farai. Kate?».

Uscì dalla porta. Sentì il vecchio muoversi alle sue spalle, lo sentì brontolare mentre tirava giù il fucile, poi lo scatto nitido di metallo contro metallo. Accanto a lei, Mutt si irrigidì, pronta a spiccare il balzo.

«No, Mutt», le disse Kate, con voce fredda ma gentile. «Andiamo».

«Kate, ti avverto, non farlo!».

Il cane spostò lo sguardo da Abel a Kate, per poi tornare a fissare il vecchio. «Andiamo», ripeté Kate.

Senza versare una lacrima, la schiena dritta, Kate fece un primo passo, poi un altro, infine un terzo. Mutt si affiancò alla padrona, gli occhi gialli dall'espressione confusa sollevati verso di lei, la coda arricciata come un punto interrogativo.

«Premerò il grilletto, Kate, ti giurò che lo farò».

Kate inciampò, recuperò l'equilibrio e continuò a camminare, la vena del collo che le pulsava come un tamburo. Se Abel era davvero capace di ucciderla, avrebbe preferito essere morta comunque.

«Un uomo ha il diritto, il dovere di proteggere la casa per cui ha lavorato per ottant'anni. Kate!».

Lei non si voltò. Se fosse successo, non voleva vederlo.

Era quasi arrivata in cima al sentiero quando lo sparo riecheggiò lungo i versanti impassibili delle Quilak Mountains. Inciampando per la seconda volta, quasi sul punto di cadere, Kate si sorresse al tronco di un albero in attesa che la sofferenza cominciasse, in attesa di sentire il fiotto caldo e salato del sangue in bocca, lo shock, e un dolore talmente lancinante da essere simile a una paralisi. Sapeva cosa aspettarsi. Appoggiò la fronte contro la corteccia dell'abete, tenendosi pronta, e attese.

Ma non ci fu nulla, soltanto la pace immobile e silenziosa della foresta, l'orizzonte senza fine del cielo. Allora capì, e il respiro successivo fu talmente doloroso che avrebbe preferito sentire il proiettile dilaniarle la carne. Mutt alzò lo sguardo su di lei e guaì con preoccupazione.

«Kate!». Jack arrivò di corsa lungo il sentiero, pallido come un cencio. «Kate!». L'afferrò e per la seconda volta quel giorno fece correre le mani ansiose lungo il suo corpo. «Ho sentito uno sparo! Stai bene? Sei ferita? Fammi vedere!».

Le ci volle un po' per ritrovare la voce. «Sto bene», disse con voce roca.

Jack si bloccò. «Ho sentito uno sparo», ripeté.

«Sì».

Lui lanciò un'occhiata alle spalle di Kate. «Dov'è Abel?»

«È morto», disse lei, e gli scivolò accanto per incamminarsi lungo il sentiero.

# 10

La nonna di Kate sedeva dove si era sempre seduta, su una sedia appoggiata al muro, tra il forno a nafta e il tavolo della cucina, le ginocchia scostate, il braccio destro sul tavolo, la mano sinistra ben piantata sul ginocchio.

Kate entrò nella stanza a passi lenti, con riluttanza, per poi fermarsi poco oltre la soglia. Rimase lì a testa china. Teneva le spalle curve; le mani pendevano inerti lungo i fianchi. I guanti penzolavano da una mano, il passamontagna dall'altra. Non abbassò la zip della tuta da sci. «Sono venuta a dirti che Abel è morto».

La nonna si alzò pesantemente dalla sedia e si avvicinò al fornello con passo felpato per mettere a bollire l'acqua; la pacata sicurezza con cui compì quei gesti rivelò che si trattava del rituale di una vita.

«Tu lo sapevi, *emaa*, non è così?».

Non era una domanda, ma una semplice constatazione della verità. «Credo che potresti addirittura essere accusata di favoreggiamento».

L'anziana donna sorrise in direzione del bollitore per il tè. «Hai intenzione di arrestarmi, Katja?». Allungò la mano sopra la testa e tirò giù due tazze e il Nesquik. Aprì il frigorifero e prese una confezione di latte evaporato. Sollevò il coperchio del forno e posò il bollitore direttamente sulla fiamma.

«Perché, *emaa*? Perché non me l'hai detto?»

«Non avevo prove», disse semplicemente la donna, senza interrompere quello che stava facendo. «Sapevo cosa pensava il vecchio dei progetti di quel ragazzo. Quel pomeriggio li ho sentiti deporre entrambi davanti al Sottocomitato. Il mattino dopo, sul presto, ho visto il ragazzo attraversare il villaggio in macchina in direzione della fattoria di Abel. Lo sai che ormai non riesco a dormire più di tanto». Fece una pausa, guardando il cucchiaino che teneva in mano. «E poi il ragazzo è scomparso. Tutto qua».

«E quando Ken Dahl è venuto qui a chiederti aiuto?».

La nonna si voltò e fissò Kate con gli occhi color nocciola così simili ai suoi. «Non gli ho detto nulla. Quelli di Fuori non si devono immischiare nei nostri affari».

Kate si stropicciò gli occhi, secchi e brucianti. Non riusciva a metterli a fuoco su una cosa qualsiasi. Fece vagare lo sguardo attraverso la stanza, dal tavolo alla finestra, dalla finestra alla porta… qualsiasi cosa pur di non guardare Ekaterina. Si portò le mani al viso e parlò tra le dita. «Non potevi almeno metterlo in guardia, *emaa*?»

«Quelli di Fuori non si devono immischiare nei nostri affari», ripeté la nonna con lo stesso tono severo.

Kate scoppiò in una breve risata, stridula e vagamente isterica. «Anche se uno di noi è colpevole di omicidio?»

«Di un ranger del Parco, nato e cresciuto Fuori», disse la nonna. La voce era fredda e indifferente, tanto da non lasciar trapelare neppure un briciolo di disprezzo. «Un *cheechako*. E di un investigatore di Anchorage, più o meno lo stesso». Ekaterina scrollò le spalle. Avrebbe potuto benissimo schioccare le dita. «E ora l'uomo che li ha uccisi è morto».

«Abel», disse Kate con fermezza. «Abel è morto, *emaa*. Aveva un nome».

«Sono tutti morti, Katja. Che importanza ha ormai?».

*E io,* emaa*?*, avrebbe voluto urlare Kate. *E io? Ho praticamente visto Abel morire, e per poco non mi hai mandato da lui proprio perché accadesse questo.* Ma quel giorno non aveva la forza di arrabbiarsi.

L'anziana donna rimase in silenzio. «Non saresti mai dovuta andartene da qui per frequentare l'università, Katja», disse alla fine. Si girò e fissò la nipote con uno sguardo freddo e riflessivo che Kate non le aveva mai visto prima. «O forse non saresti mai dovuta tornare».

Kate si sentì mozzare il fiato nella gola sfregiata. «Il colpo più crudele», disse alla fine, con un sorriso amaro. «Perché volevi che pensassi fosse stato Martin a uccidere Miller?»

«Perché sapevo che non era vero».

«E se io non l'avessi scoperto?»

«Allora avresti portato Martin via dal Parco».

Kate emise un lungo, sommesso sospiro. «Liberando Niniltna da un noto piantagrane, e senza che tu dovessi neppure muovere un dito». Scosse la testa. «Credevi che non avrei scoperto la verità?»

«Non lo sapevo. Per il bene del marito di mia cugina, speravo di no».

«E cosa pensavi sarebbe successo, se invece ci fossi arrivata?».

Ekaterina rimase in silenzio per un istante. «Sapevo che il vecchio non sarebbe mai andato in prigione». Il bollitore fischiò e la nonna si girò per levarlo dal fuoco. «È tutto finito, ormai», disse, dando le spalle alla nipote. «Lascia perdere. Non puoi cambiare niente di quello che è successo. Adesso berremo una cioccolata, mangeremo un po' di pane fritto, e parleremo di qualcos'altro».

Kate fissò l'anziana donna, così forte, così fiera, così retta e virtuosa. E mentre la guardava, all'improvviso si sentì confusa e disorientata, come se si trovasse in un luogo infinitamente distante dalla realtà, e si chiese se era così che ci si sentiva da ubriachi. «Jack darà a Xenia un lavoro da receptionist ad Anchorage, *emaa*», disse. «E sa di un'altra ragazza dell'ufficio che ha bisogno di una coinquilina per dividere l'affitto. Ho stabilito io le condizioni: per cominciare, Xenia deve iscriversi all'università di Anchorage e superare almeno tre esami con una C o un voto più alto ogni semestre».

La donna drizzò la schiena e parlò in tono severo, con disapprovazione. «La stai portando via dalla sola casa che abbia mai conosciuto, lontano dalla sua famiglia e dai suoi amici».

«La sto portando via da te», rispose Kate con voce piatta.

Ekaterina si girò e incrociò il suo sguardo. Due donne così simili, e al tempo stesso così diverse. Il divario di oltre una generazione si spalancava tra loro come un baratro, e rimasero a fissarsi dai lati opposti dell'abisso. Sebbene l'anziana donna non avesse detto nulla, Kate scosse la testa. «No», disse, e poi, con più fermezza, ripeté: «No. Non me ne andrò di qui con più sensi di colpa di quelli che avevo quando sono entrata. Arrivederci, *emaa*».

Jack e Mutt l'aspettavano fuori dalla casa. Tornarono da Bobby e lasciarono la Polaris. Jack montò in sella dietro a Kate e lei lo accompagnò all'aeroplano, mentre Mutt avanzava accanto a loro a grandi falcate, la lingua penzoloni, la testa mai a più di qualche centimetro di distanza dal gomito della sua padrona.

Jack smontò accanto al Cessna e osservò l'espressione assente e pensierosa di Kate. «Lo sapeva?»

«Sì». Kate fece scendere di giri il motore, tenendolo al minimo.

Jack inspirò piano e a lungo. «Potrebbe essere accusata di favoreggiamento».

«È quello che le ho detto anch'io».

«E lei che ha detto?».

Kate scoppiò in una breve risata. «Mi ha suggerito di arrestarla».

Jack si grattò la testa. «Mmh».

«Già, ho pensato anch'io la stessa cosa». Per qualche istante rimasero fermi e in silenzio, poi Kate disse: «Ci hai mai fatto caso? Per il resto del mondo io sono semplicemente Kate. *Emaa* mi chiama sempre Katja».

«Vuole solo provocarti, Kate. O almeno ci prova».

Lei continuò a parlare in maniera compulsiva, le parole le uscivano di bocca come una cascata, come se Jack non avesse detto nulla. «Ogni volta che lo dice – "Katja" – ha una voce che sembra preannunciare la catastrofe. Mi sembra di vedere cinquanta generazioni di Aleuti in fila alle sue spalle che mi osservano con aria truce. Ogni volta che lo dice, in pratica mi accusa di aver tradito lei, la mia famiglia, il mio villaggio, la mia cultura e la mia razza andandomene via». Accennò un sorriso. «E ora crede che abbia tradito me stessa tornando qui. Proprio io che non ho fatto altro che predicare, e cito testualmente, "l'assimilazione alla cultura dominante per la sopravvivenza del mio popolo". Non male, eh? Sembra che abbia dato sette o otto esami di sociologia. O che sappia di cosa sto parlando». Kate sorrise, e Jack non poté fare a meno di trasalire. «E vivo in una capanna di tronchi a dieci chilometri dal mio dirimpettaio e a quaranta dal villaggio più vicino. Sto mandando Xenia ad Anchorage, ma non riesco a tollerare di andarci io».

«Kate», disse lui.

«Tu non capisci, noi non siamo tutti così», disse Kate con veemenza. «Anzi, neppure la maggior parte di noi è così. Non siamo tutti ubriaconi, adulteri e assassini. Siamo solo persone come tante altre che tentano di tirare avanti in questo schifo di mondo. Partiamo un po' indietro rispetto agli altri e stiamo cercando soltanto di metterci al passo».

«Kate», ripeté Jack, allungando il braccio verso di lei.

Lei alzò le mani, tenendolo a distanza. «Vattene dal Parco, Jack», disse con voce stanca. «Non c'entri niente con questo posto».

«Tu sì?».

Kate scosse di nuovo la testa senza rispondere, chiamò Mutt e se ne andò.

Questo accadeva un mese prima che arrivasse da sud, un uomo massiccio infagottato in un parka con il collo di pelliccia, solo e in sella a una motoslitta, minacciando di distruggere una volta per sempre la pace della piccola capanna nella radura. Mutt si fece strada oltre la sua padrona e partì a grandi balzi in direzione del nuovo ospite, gli enormi cuscinetti delle zampe che affondavano nello spesso strato di neve sollevando minuscole nuvole bianche.

«Ehi, Mutt», disse l'uomo, grattando la testa del cane.

Kate rimase immobile accanto alla porta, le braccia conserte. Tremava e, quando se ne accorse, si infuriò con se stessa e con lui. «Che ci fai qui?».

L'uomo la raggiunse e la spinse con dolcezza all'interno della capanna. Appese il parka accanto a quello di lei e si sedette sul divano per slacciarsi i *mukluk*. Li sistemò con cura sotto il parka, uno accanto all'altro, senza guardare Kate. Gli faceva male vederla così stanca e tirata. Sembrava che non avesse dormito dall'ultima volta che si erano incontrati.

«Ho detto: che ci fai qui?», ripeté Kate.

«Mi sembrava che avessi detto ogni due o tre settimane». Allungò le braccia per stringerla a sé.

«No», disse lei, e tentò di respingerlo senza troppa convinzione. Ignorandola, lui la strinse tra le braccia, le sollevò il mento con un movimento deciso e la baciò. A dispetto di quell'apparente sicurezza, lei avvertì il corpo dell'uomo tremare a contatto con il suo. Poteva essere una semplice reazione a quell'urgenza, o forse soltanto pietà, ma dopo qualche istante anche lei si abbandonò al bacio, con la sensazione di essere tornata a casa dopo un lungo viaggio in terre fredde, inospitali e sconosciute. L'uomo le fece poggiare la testa contro la propria spalla, e per la prima volta Kate si concesse il lusso di un pianto angosciato e senza fine, i singhiozzi che le straziavano la gola sfregiata, spezzandogli il cuore.

«Il funerale è stato mercoledì scorso», disse Kate non appena fu in grado di parlare.

«Lo so. Ne hanno parlato tutti e due i giornali di Anchorage».

«Il giorno del funerale c'erano più di cento aeroplani parcheggiati sulla pista. Più di quanti ne abbia mai visti ai suoi raduni del Quattro Luglio».

«Be', è stato una specie di tributo».

«Quello che gli sarebbe piaciuto di più». La voce di lei giungeva attutita dalla stoffa della camicia dell'uomo. «Ha lasciato scritto che non voleva essere sepolto nel cimitero di famiglia. Aveva scelto un punto in cima alla collina, ai piedi di un grande abete. Quando Abel junior e Zach hanno iniziato a scavare la fossa, hanno trovato una roccia gigantesca. Non potevano perforarla né girarci attorno, così l'hanno dovuta far saltare in aria con la dinamite». Il petto di Jack si sollevò e Kate si accorse che stava ridendo, e fu costretta suo malgrado a sorridere. «Hanno detto tutti che era l'ultima beffa di Abel».

Sedettero in silenzio, ascoltando il fuoco che crepitava nel forno a legna. Mutt era raggomitolata lì davanti, la testa poggiata sulle zampe, pacifica e tranquilla da quando Kate era di nuovo tra le braccia di

Jack, e nel mondo ogni cosa sembrava andare finalmente per il verso giusto.

«Abbiamo spedito Ken a casa, a Boston», disse Jack, «e Miller dal padre. All'inizio l'onorevole rappresentante dell'Ohio sembrava pronto a far scoppiare un casino, ma la stampa non è particolarmente tenera con i deputati che assoldano l'FBI per risolvere i propri problemi personali. Gamble non ha dovuto fare altro che citare il "Washington Post" nella conversazione, e Miller senior si è sgonfiato come un palloncino».

«E la famiglia di Ken?»

Jack scosse la testa. «A Boston non fanno niente di così volgare come far scoppiare un casino. Ci sono andato per i funerali. Cielo grigio, tutti vestiti di nero. E con le perle. Perfino gli uomini».

«Perfino gli uomini?»

«Gemelli da polso. Spille da cravatta».

«Ah».

«Dopo c'è stato un rinfresco a casa dei genitori, dove nessuno ha bevuto troppo o pianto in maniera disperata. Alla fine, la madre di Ken mi ha ringraziato per essere venuto da tanto lontano. Il padre mi ha stretto la mano. Il fratello mi ha accompagnato all'aeroporto in macchina e mi ha portato il borsone fino al banco del check-in». La voce di Jack si fece più dura. «Mi sarei sentito meglio se mi avessero dato un pugno».

Rimasero seduti per un po', immobili. Quando Kate parlò di nuovo, lo fece a voce tanto bassa che lui non la sentì. «Come?», disse Jack.

«Grazie», ripeté lei, a voce un po' più alta ma sempre con tono burbero.

«Per cosa?», rispose lui, con una certa amarezza. «Ekaterina aveva ragione. Sono morti tutti. È stato tutto inutile».

«Be'... grazie comunque».

Jack abbassò lo sguardo su di lei. «Vuoi tornare a lavorare per me?», chiese.

«No», rispose Kate senza esitazioni. «Non tornerò mai più a vivere ad Anchorage».

Lui la scrutò a lungo. Poi sospirò – un lungo, interminabile sospiro – e annuì, accettando la sua decisione senza una parola.

«Ma qualche volta posso lavorare per te. Se hai bisogno di qualcuno che conosce bene il Parco. Che è imparentato con mezza popolazione del Bush». Sollevò la testa e aggiunse: «Per quattrocento dollari al giorno più le spese».

Lui fu costretto a sorridere. «Mica male». Le fece scivolare con dolcezza una mano sul seno. «Non ha niente a che vedere con questo», sussurrò.

Non c'erano dubbi. Lui la voleva. Aveva solo aspettato.

«No», concordò Kate, inarcando la schiena e strusciandosi contro le sue mani. Abbassò la testa e lo baciò. Era stato un tempo interminabile, e lei aveva sentito la mancanza di tutto ciò con un'intensità spaventosa, e lei e Jack erano sempre stati così bene insieme. Il resto non aveva importanza.

«Kate». Jack spostò indietro la testa. «Sono venuto in Alaska perché ero curioso di vedere com'era vivere in un'ultima frontiera. Sono rimasto perché volevo te. Giusto perché tu lo sappia, quello che provo non è cambiato».

«D'accordo», disse lei, abbassandogli la zip dei jeans e insinuandovi dentro una mano.

Jack le serrò le mani attorno agli avambracci in una stretta dolorosa. «Verrò da te ogni volta che posso».

«Sì».

Al tocco della sua mano, Jack emise un sospiro. «Hai sentito qualcosa di quello che ti ho appena detto?»

«No».

«Ok».

Non poteva andare meglio di così. Lui era come un mendicante alla porta, e lo sapeva. Quella porta gli era appena stata aperta, e se pure non aveva ricevuto in dono l'intero castello, se non altro aveva ottenuto che la sua Kate scendesse dalla torre. Avrebbe accettato con gratitudine ciò che lei era in grado di dargli, e dimostrato la sua riconoscenza come meglio sapeva.

La seguì per la scala a pioli fino al solaio, nel suo immenso letto solitario, e se ciò che accadde dopo non fu fare l'amore, né l'uno né l'altra vi si sarebbero mai avvicinati di più.

# PRIMAVERA DI GHIACCIO

*Alla Società Letteraria &*
*dei Quattro Più Importanti Gruppi Alimentari*
*Voi sapete chi siete e anche il perché*

# 1

Erano le sei del mattino del primo giorno di primavera e, sebbene mancasse ancora un'ora e mezza al sorgere del sole, quando Kate aprì gli occhi la soffitta della capanna era illuminata dalla fredda e argentea promessa dell'alba. Si tirò a sedere sul letto, si stiracchiò e sbadigliò, per poi scostare le coperte.

Dopo essersi infilata una tuta da ginnastica sopra la biancheria intima lunga, scese ancheggiando per la scala a pioli che conduceva all'unico ambiente della capanna, uno stanzone quadrato. «Ehi, bellezza». Mutt era accucciata contro la porta con le orecchie dritte, e rizzò il pelo grigio ferro intorno al collo, fissando Kate con un'espressione implorante nei grandi occhi gialli. «Tra un minuto. Resisti».

Kate si avvicinò alla stufa, aprì lo sportello e alimentò il fuoco con qualche tronchetto preso dal bidone lì accanto. Le braci ardevano ancora dalla notte precedente, e ci volle appena un istante prima che il legno avvampasse. Kate si avvicinò al lavello e pompò un po' d'acqua nel bollitore da mezzo litro, per sostituire quella evaporata durante la notte. «Ok, piccola», disse. Mutt saltellò con impazienza mentre Kate infilava a forza i piedi nudi negli stivali, poi, quando la padrona afferrò il guinzaglio e il collare a strangolo, uggiolò con la coda tra le gambe, un suono flebile e commovente.

«Scordatelo», disse Kate severa. La cicatrice, un cordone piatto e biancastro di tessuto increspato che le attraversava il collo da un orecchio all'altro, le tese le corde vocali ribellandosi contro quell'insolito uso mattutino, e la voce raschiò come una lima arrugginita sulle parole successive. «L'ho visto, quel vecchio lupo che si aggirava qui intorno, ieri. E so che speri di farti levare quella voglia, ma una cucciolata è l'ultima cosa di cui abbiamo bisogno». Mutt abbassò le orecchie e scodinzolò con foga in maniera accattivante. «È inutile che mi fai gli occhi dolci. Mi ricordo fin troppo bene cos'è successo l'ultima volta, anche se sembra che tu te ne sia dimenticata».

Mutt riconobbe quella nota di inflessibile determinazione nella voce della padrona. Smise di dimenare la coda e chinò il muso emettendo un profondo sospiro. Dando l'impressione di essersi finalmente sottomessa, si rassegnò con aria mite al guinzaglio e sgusciò fuori dalla porta e infine dietro la catasta della legna.

Per concederle un po' di privacy, Kate allentò il guinzaglio fino al massimo della sua lunghezza e aspettò. Inspirò profondamente l'aria fredda del mattino, che odorava di resina di pino e legno bruciato. Il grande termometro piatto e rotondo appeso alla parete della capanna segnava meno dieci gradi, ed erano solo le sei e mezzo. Sì, finalmente era arrivata la primavera.

Avvertì un unico strattone al guinzaglio, poco più di un tentativo. Un occhio giallo spalancato fece capolino da dietro la catasta della legna. «Scordatelo, ti ho detto», intimò Kate, e si avviò a sua volta al gabinetto senza mollare il guinzaglio.

L'assassino si svegliò pochi istanti dopo, una quarantina di chilometri a est, e si alzò di scatto, fischiettando. Si lavò faccia e denti con lentezza metodica, una cerimonia preparata con cura. Poi si fece la barba, quasi un rituale, stando ben attento a non tagliarsi con il rasoio. I vestiti nuovi – Levi's, camicia Pendleton, calze, T-shirt, boxer, tutto comprato il giorno prima a Niniltna – erano disposti sul letto in maniera scrupolosa, nell'ordine in cui li avrebbe indossati.

Il giorno prima, al paese, il commesso dell'emporio non l'aveva riconosciuto, sebbene fosse andato lì a fare acquisti per tutto l'inverno. Eliminò l'ultima striscia di schiuma da barba e sorrise alla propria immagine riflessa nello specchio.

Kate mangiò l'ultimo pezzo di pane della settimana precedente, dopo averlo tostato e inzuppato nel caffè. Preparò l'impasto per una nuova infornata e lo mise in una grossa ciotola imburrata. Coprì il tutto con un panno umido e lo sistemò accanto al forno in attesa che lievitasse. Gironzolando per la capanna, cambiò le lenzuola in camera da letto e gli strofinacci in cucina, lustrò il lavello, pulì i fornelli, portò fuori gli stracci per sbatterli e spazzò il pavimento di legno duro. Dopo aver pompato acqua a sufficienza per riempire il mastello del bucato, aggiunse il detersivo, vi immerse i vestiti, e lo piazzò sul forno a legna per far scaldare l'acqua. Pulì i tubi di vetro delle lampade a cherosene e sgrassò tutti gli stoppini. Era la solita routine del lunedì mattina, e Kate compì un gesto dopo l'altro quasi come un automa. Avere una routine era una buona cosa. Le faccende da sbrigare venivano sbrigate, e il fatto di essere occupata le impediva di pensare al proprio isolamento. Quando ci si trovava nel bel mezzo di un parco nazionale di otto milioni di ettari, dove i vicini di casa più a portata di mano erano la femmina di un orso, appena risvegliatasi da un lungo sonnellino invernale dall'altra parte del fiume, e il lupo che gironzolava attorno alla tua husky in calore annusandole speranzoso il didietro, se ci si lasciava andare ci si poteva sentire davvero tristi. E Kate non si concedeva mai tempo a sufficienza per essere triste.

Ultimate le faccende di casa, si sedette al tavolo accanto al forno a nafta e trasse verso di sé il barattolo di burro Darigold da mezzo chilo. Dopo averlo svuotato sul tavolo, iniziò a separare le banconote e a impilare le monete. Quando ebbe terminato, disponeva della grandiosa somma di 296 dollari e 61 centesimi.

«Be'», disse a Mutt, «meglio dell'anno scorso. Se non altro stavolta inizieremo la primavera con qualche soldo in tasca».

Mutt scodinzolò, concordando senza troppo entusiasmo.

Il fucile era nuovo, un Winchester 70 30.06 acquistato appena il giorno prima nello stesso emporio in cui aveva comprato i vestiti, dallo stesso commesso distratto. Erano nuove anche le munizioni, una dozzina di scatole di cartone piene di proiettili scintillanti, cartucce da caccia Winchester (era fedele al marchio) Super-X Silvertip da 180 grani, venti pallottole per scatola. Cedette alla tentazione e aprì una delle confezioni, tirando fuori un proiettile. Perfino nella fioca luce del primo mattino l'ottone risplendeva, l'argento brillava e il rame sfavillava di bagliori rossastri. Non aveva mai visto niente di così bello.

Sistemò una fila di bottiglie e lattine vuote su un cavalletto, in mezzo alla strada che conduceva al sentiero di fronte alla sua capanna. Poi appese un bersaglio di carta alla sbarra, una serie di cerchi concentrici.

Si allontanò di centoquaranta metri lungo il vecchio sterrato del tracciato ferroviario, che costituiva la strada maestra del Parco, nonché l'unica.

La neve dell'inverno, dura e ben pressata, cominciava a sciogliersi e a spaccarsi sotto gli stivali. L'uomo si accovacciò e posò le scatole delle munizioni accanto a sé. Dopo aver afferrato il fucile con entrambe le mani, lo portò al viso per un istante, inalando il profumo del calcio in noce ben oliato e facendo scorrere con aria adorante la punta del dito lungo la canna nera e lucente. L'otturatore scorreva bene, la raffinatezza artigianale del pezzo era evidente in ogni superficie levigata e scintillante, e le parti prodotte a macchina contribuivano, con la loro efficienza, a formare un'unità perfetta.

Si premette con forza il calcio contro la spalla e prese la mira. Il minuscolo mirino all'estremità della canna sembrava allo stesso tempo incredibilmente vicino e lontano. Il metallo era talmente nuovo che scintillava nella prima luce del mattino. L'uomo corrugò la fronte e si frugò nelle tasche in cerca di un fiammifero. Lo tenne acceso tra le dita facendo sì che il fumo annerisse il mirino.

Guardò i mirini di fabbrica e scosse la testa con un sorriso indulgente. Tirò fuori da un'altra tasca un Williams Foolproof e lo montò accanto al castello. Caricò il fucile, cinque proiettili nel caricatore, uno nella camera di cartuccia, e rimase immobile. Strinse per bene il calcio e prese la mira attraverso l'apertura, notando che, a dispetto del candore abbagliante della neve, il mirino annerito all'estremità della canna spiccava in maniera nitida, senza riflettere la luce e quindi senza distrarlo. Sparò sei colpi, godendosi il suono secco e crepitante delle detonazioni, il contraccolpo massiccio del calcio sulla spalla, l'azione dell'otturatore tra le pallottole. Dopo aver vuotato il caricatore si incamminò di nuovo lungo la strada per esaminare il bersaglio. La maggior parte dei fori era concentrata sopra il centro e a sinistra. Regolò il mirino Williams Foolproof con un piccolo cacciavite, ricaricò e ripeté l'operazione. La terza volta sparò alle bottiglie e alle lattine.

Gli ci volle meno di un'ora. Quando ebbe finito, aveva tra le mani una macchina di morte che avrebbe ridotto trecento metri di distanza a uno sparo a bruciapelo. «Da farti prendere un colpo», disse, e sorrise. E sua moglie che lo aveva accusato di non avere alcun senso dell'umorismo.

Ricaricò il fucile, e stavolta fu ben attento a inserire la sicura. Non voleva farsi male.

«Ho detto no e no rimane», disse Kate in direzione della porta. Dall'altra parte, Mutt emise un guaito sconsolato. «E a parte questo, credimi, gli uomini creano solamente problemi».

Tirò la maniglia con forza per accertarsi che la porta fosse ben chiusa con il chiavistello, e si voltò per dirigersi verso il garage. La porta a due battenti si aprì di scatto senza difficoltà, ora che ghiaccio e neve, che avevano ostruito la soglia per un intero inverno, si erano sciolti.

L'edificio, non riscaldato, era poco più di una baracca costruita con fogli di compensato da sette centimetri per quattordici su un telaio di assi di cinque centimetri per dieci. Da una fila di finestre, incrostate di resti di zanzare e del sudiciume di un anno, filtrava una luce fioca. L'interno era rivestito da lunghe, lanuginose strisce rosa di coibentazione in fiberglass, sistemate tra un montante e l'altro, e da mensole che coprivano ogni centimetro disponibile dal pavimento al soffitto e da un muro all'altro, ugualmente fissate ai montanti. L'impiantito era di assi grezze e non levigate. In un angolo c'era una cassetta degli attrezzi su ruote in metallo rosso, alta quanto Kate, in un altro una sega da banco e un tavolo da lavoro con una serie di utensili elettronici portatili appesi a un pannello. Funzionale e volutamente incompiuto, il garage era ordinato, ragionevolmente pulito e organizzato in modo che ogni cosa fosse subito a portata di mano. Kate percorse con sguardo severo la serie di utensili elettronici e constatò con soddisfazione che nessuno di essi aveva cambiato posizione in sua assenza, magari riappendendosi da solo in maniera distratta.

Girò attorno alla motoslitta parcheggiata davanti al pick-up. Era un piccolo diesel, un Isuzu Trooper, con un'artigianale cassetta degli attrezzi montata sul pianale posteriore alle spalle della cabina. Aprì il cofano. L'autunno precedente, quando erano fioccate le prime, abbondanti nevicate, Kate aveva scollegato la batteria, senza però toglierla. Stavolta la tirò fuori e la posò sul bancone. Uscì dal garage e si diresse verso il capanno del generatore. Il gruppo elettrogeno Onan da 3,5 kilowatt era nuovo di zecca, visto che risaliva all'autunno precedente, ma era comunque un diesel e borbottò e scoppiettò prima di accendersi, quasi per una questione di principio. Kate fece uscire un po' d'aria dalla valvola di sfiato e, brontolando tra sé, diede qualche altro giro di manovella. Il motore partì di colpo con un rombo improvviso, facendola sobbalzare. Kate si chiuse la porta alle spalle e tornò al garage. Una lampadina da 150 watt, che aveva scordato di spegnere a febbraio, illuminava il cupo stanzone. Attaccò la batteria al caricabatterie e la lasciò lì.

In un attimo di ripensamento, raggiunse il retro della capanna e si arrampicò per la scala a pioli fino alla scaffalatura che ospitava le taniche di gasolio, una dozzina di bidoni di carburante Chevron da 55 galloni sistemati di lato, e collegati da tubi di rame isolato al capanno del generatore e alla casa, oltreché l'uno all'altro. Dopo aver preso l'asta di livello dalla rastrelliera, Kate controllò i fusti uno per uno. Il gasolio veniva utilizzato soltanto per il pick-up e per il forno a nafta della capanna, e il generatore unicamente per gli utensili elettronici in garage, perciò il livello del carburante era all'incirca a un terzo o a un quarto di ogni fusto. Le sarebbe bastato fino a maggio inoltrato o fino ai primi di giugno, quando la strada del Parco sarebbe stata riaperta e l'autocisterna sarebbe riuscita ad arrivare fin lì. «Può andare», disse a voce alta. Ripulì l'asta di livello e rimise il tappo all'ultimo bidone.

Rientrò in casa e ne riemerse con un secchio pieno d'acqua e sapone, una spugna e un lavavetri, e iniziò a pulire le finestre del garage. Dopo un po' il sole cominciò a scaldare a sufficienza per potersi togliersi la felpa e continuare a lavorare in maniche di camicia. «Scommetto che oggi arriviamo sopra lo zero», disse. Si fermò e lanciò un'occhiata colpevole in direzione della capanna. Due grandi occhi gialli la fissavano con aria di rimprovero dalla finestra sopra il lavello. «Giù le zampe dal bancone, dannazione!», gridò Kate, non troppo convinta in verità. La risposta fu un suono a metà tra un guaito e un ululato. Kate sospirò e posò il lavavetri.

Mutt l'accolse sulla porta con uggiolii estatici e cercò di sgattaiolare fuori. Kate le circondò il collo con un braccio e allungò l'altro in direzione del collare e del guinzaglio. Portò Mutt fuori, le fece scivolare la catena attorno al collo nonostante le proteste e assicurò il guinzaglio a un pezzo di fil di ferro teso tra due alberi al limitare della radura. Il laccio era abbastanza lungo da consentire a Mutt di correre avanti e indietro per tutta l'estensione del filo metallico senza strozzarsi. L'husky si gettò immediatamente a terra e, senza alcuna traccia di pudore, strisciò mendicando la propria libertà.

«E piantala di comportarti così», le disse Kate. «Lo sai che è per il tuo bene».

L'assassino indossò giacca, guanti e cappello e si mise il fucile a tracolla. Staccò lo specchietto dal chiodo alla parete e lo tenne a distanza, con il braccio teso, esaminando il proprio aspetto. Aggrottò le sopracciglia e si aggiustò di un millimetro il colletto della camicia. Dopodiché si accigliò di nuovo, vedendo che la cinghia del fucile gli stava sgualcendo il giaccone nuovo all'altezza della spalla. Lisciò la lana pesante con una mano e con l'altra spostò la cinghia del fucile un millimetro a sinistra, fino a che non fu soddisfatto.

Lanciò un'occhiata intorno. La capanna era immacolata, la porcellana bianca e scheggiata del lavello era stata strofinata a fondo, il piano di cottura, tirato a lucido, scintillava con aria minacciosa, il pavimento era stato spazzato, la branda rifatta per bene sotto la coperta verde militare. L'uomo annuì compiaciuto. Nessuno avrebbe mai potuto dire che non era un bravo padrone di casa.

La prima tappa era a un chilometro e mezzo lungo la strada. Si godette la camminata, l'aria immobile e fresca del mattino, gli squittii degli scoiattoli. A un certo punto si fermò e chinò la testa, certo di aver sentito il trillo del passero capodorato, tre note discendenti, *Pri-ma-ve-ra*. Ma il suono non si ripeté, e l'uomo proseguì.

Quando giunse alla radura davanti alla prima capanna lungo la strada, incontrò il suo vicino di casa che usciva dal gabinetto. L'uomo lo salutò, se non proprio con entusiasmo, in maniera affabile. «Ehi, buongiorno. Non male come primo giorno di primavera, eh? Ti va un caffè?».

Si voltò per entrare in casa, e il primo proiettile lo colpì alla schiena, spezzandogli la spina dorsale ed esplodendo fuori dal torace, a quindici centimetri dal foro d'entrata. Il secondo proiettile lo prese alla nuca, dilaniandogli la parte anteriore della gola e trasformando il suo ultimo grido di terrore in un gorgogliante borbottio di sgomento.

Il sole splendeva alto nel cielo terso color pastello, e il termometro sulla parete della capanna segnava meno due gradi. «Te l'avevo detto», commentò Kate rivolta a Mutt. Dopo aver regolato lo scalpello con qualche colpetto del lato smussato dell'ascia, arretrò di un passo, sollevò l'ascia al di sopra della testa e l'abbatté sullo scalpello. Il tronchetto di pino, invecchiato durante l'inverno, si spaccò di netto in due parti quasi uguali, con un soddisfacente rumore secco. «Mi alleggerisco l'anima», disse Kate a Mutt. Mutt sbadigliò e posò il muso sopra le zampe incrociate. Il collare le stringeva, il laccio del guinzaglio era teso al massimo tra il collare e il filo metallico, e giungeva il più lontano possibile dal punto in cui Kate stava tagliando la legna. Sebbene l'husky non parlasse con la padrona, era chiaro che aveva un mucchio di cose da dirle, e piuttosto eloquenti. Punita a dovere, Kate girò l'ascia e usò la lama per spaccare ognuna delle due metà del tronchetto in due ciocchi.

Un tintinnare di catene e un'esplosione di latrati isterici l'interruppe a metà dell'operazione con il secondo tronchetto. Kate alzò gli occhi e vide Mutt che saltellava frenetica, in maniera del tutto inappropriata alla sua età e al suo decoro, vicino al limitare della radura.

Ogni centimetro del suo corpo si tendeva ribellandosi al guinzaglio. Kate seguì il suo sguardo e trattenne il fiato.

Era un grande lupo grigio, alto all'incirca un metro alla spalla, che doveva pesare, valutò Kate, una settantina di chili. Aveva gli occhi grandi e marroni, che in genere dovevano brillare di intelligenza. Quel giorno, tuttavia, erano accesi di una luce differente, ed erano puntati sul mezzo lupo e mezzo husky legato al filo metallico accanto alla capanna. L'animale scosse il manto color cenere in un richiamo amoroso, arricciò la coda in maniera diversa e si avvicinò con aria furtiva.

Era davvero un magnifico esemplare, da ogni punto di vista. Be', di certo Mutt non sfigurava, e Kate comprese quell'impulso irresistibile, tanto che fu quasi sul punto di cedere davanti all'assalto furibondo di guaiti imploranti e ululati supplichevoli da parte dei due amanti. Tuttavia riuscì a ricomporsi e parlò in tono severo: «Maledizione, Mutt, te l'ho già detto. Non abbiamo bisogno di poppanti a quattro zampe in circolazione. Con l'ultima cucciolata stavamo per scapparcene di casa tutte e due. Fortunatamente è venuto fuori che si potevano addestrare, più o meno, e Mandy li ha messi al lavoro davanti a una slitta».

Mutt ignorò la voce della ragione e, tremante, rizzò il pelo, la coda arricciata in modo civettuolo, gli occhi gialli fissi sul lupo. Il corteggiatore fece una pausa e per la prima volta guardò nella direzione di Kate, soppesandola con una sola occhiata e subito scartandola come trascurabile. Kate non era nemmeno sicura che il lupo l'avesse catalogata nella sua visione periferica come essere umano, e quindi come potenziale minaccia; la sua attenzione era chiaramente concentrata altrove.

Kate si avvicinò al filo metallico. Mutt le saltellava attorno infervorata, e per precauzione Kate si avvolse il laccio del guinzaglio attorno all'avambraccio, ci pensò un istante e fece un altro giro. «Mai sottovalutare la forza dell'amore», mormorò tra sé, e Mutt dimostrò che aveva ragione, lussandole quasi la spalla quando Kate staccò il guinzaglio dal filo metallico. L'husky si lanciò con ardore in direzione degli alberi, Kate verso la capanna. Sudò e tirò, bestemmiando tutto il tempo, e quel tiro alla fune le rese le mani e l'avambraccio lividi e insensibili. Alla fine riuscì a trascinare al sicuro la sua mugolante coinquilina scossa dai brividi, e chiuse la porta con il chiavistello. Dopodiché si lasciò cadere mollemente sulla soglia e si asciugò la fronte madida di sudore. «E tra l'altro», disse, rivolgendosi al frenetico raspare di unghie dall'altra parte della porta, «se posso farne a meno io, puoi farne a meno anche tu».

Dal limitare della radura il lupo lanciò un ululato, un lungo, struggente guaito che si sollevò in un crescendo frustrato. «Oh, e stai zitto tu», sbottò Kate, e tornò a sfogare la malinconia sulla catasta della legna.

«Ehi, ecco il mio primo cliente della mattinata». L'omone grosso e gioviale dall'altra parte del bancone si girò a guardarlo. «L'aereo postale non è ancora arrivato, però...».

L'assassino sparò una volta sola. La punta cava dei proiettili a espansione JHP dilaniò la parte posteriore della testa dell'uomo, chiazzando di rosso porpora e di bianco grigiastro i cassettini alle sue spalle. L'omone rimase immobile, barcollò per un istante, poi si accasciò lentamente sul pavimento, quasi con grazia.

Ci fu un momento di calma assoluta. L'assassino sentì qualcuno che inspirava e tratteneva il respiro; si girò di scatto e vide la tenda che separava l'ufficio postale dalla casa ondeggiare appena, come se qualcuno l'avesse scostata e lasciata andare in quell'istante. La tirò di lato con uno strattone, rivelando un soggiorno deserto e la porta d'ingresso spalancata. Raggiunse la soglia, lanciò un'occhiata fuori e la vide correre sulla pista lunga e stretta: una donna piccola e grassottella con i capelli grigi, in jeans e felpa, senza scarpe. Pensò che di lì a un attimo si sarebbe messa a urlare. Ma la sua attenzione venne catturata da un movimento laterale che lo spinse a guardare oltre la figura che correva. A metà della pista, due persone in sella a una motoslitta irruppero fuori dagli alberi. La donna si mise a gridare agitando le braccia. Il pilota guardò verso di lei e sterzò nella sua direzione. La donna urlò e agitò le braccia in maniera ancora più frenetica.

Con un movimento fluido, l'assassino si portò il 30.06 alla spalla e sparò un solo colpo. Il pilota crollò sul manubrio, e la motoslitta sbandò bruscamente. La passeggera alle sue spalle strillò e tentò inutilmente di spingere il guidatore di lato per riprendere il controllo del mezzo. Strillò di nuovo, e continuò a farlo mentre la motoslitta sbandava in testacoda, avanti e indietro, lungo la pista. Guardando attraverso il mirino montato sul castello, l'assassino emise un lungo sospiro, rimase immobile per un istante e sparò. Gli strilli cessarono di colpo. La motoslitta, senza più nessuno alla guida, andò a sbattere contro un cumulo di neve ben pressata ai lati della pista e si ribaltò.

L'uomo diede un buffetto affettuoso al Winchester e si guardò intorno in cerca della donna. La individuò in fondo alla pista, le gambe tozze che pompavano instancabili sotto la scarica di adrenalina. Puntando con cura attraverso il mirino, lungo la canna e oltre la tacca annerita che spiccava con chiarezza sulla neve, chiuse le dita attorno al grilletto, quasi con dolcezza, e sentì lo sparo e l'eco che seguì, il rinculo del calcio contro la spalla, poi vide la donna barcollare e cadere. Scosse la testa, quasi con ammirazione, e si incamminò verso di lei.

Si fermò ai bordi della pista per guardare i corpi dei due tizi della motoslitta. Con un piede li rivoltò a faccia in su, badando che il sangue non gli sporcasse gli stivali nuovi e lucenti. Uno dei cadaveri non aveva più faccia, l'altro era privo di torace. L'assassino raddrizzò la camicia a uno, le gambe all'altro, e seguì le impronte all'interno della boscaglia.

Uno stridulo crepitio riecheggiò per il bosco, e l'uomo si gettò a terra d'istinto, rotolando su se stesso. Si rialzò facendo fuoco, azionando l'otturatore e distanziando gli spari in una traiettoria a ventaglio. Fece una pausa per ricaricare e rimase in ascolto. Il silenzio era totale. Solo allora vide il ramo spezzato ai suoi piedi, sopra una delle proprie impronte. Schioccò la lingua con disapprovazione per la propria reazione eccessiva e riprese a seguire le tracce. Qualche metro più in là trovò il corpo.

Si avvicinò con cautela, il fucile spianato, un colpo nella camera di cartuccia e la sicura disinserita. *Mukluk*, una salopette rosa acceso, una camicia a quadri. «Oh», disse, con un'interminabile nota di meraviglia nella voce quando le vide il viso. Poi si lasciò cadere sulle ginocchia nella neve sporca, accanto al corpo della donna.

Era bionda e bellissima, perfino da morta. L'ultima volta che l'assassino l'aveva vista, la pelle chiara era colorita, le labbra rosse e carnose aperte in un ghigno che rivelava i denti bianchi e regolari, gli occhi blu scuro, di solito molto distanti, accostati in un'espressione di disprezzo. Aveva riso di lui.

Ora fu lui a ridere di lei. Le toccò la guancia. Si stava raffreddando rapidamente. Le sollevò una palpebra per vedere se l'occhio era blu come lo ricordava. Sì. Ammirò il disegno delle folte ciglia sulle guance, un ventaglio perfetto. Le fece scivolare una mano lungo la gola, indugiò sopra un seno, poi le accarezzò la vita sottile e si fermò in mezzo alle cosce, con il palmo a coppa.

Attraverso le fronde si udì un fruscio leggero, forse del vento. Un altro rumore sopraggiunse dal fitto del bosco, forse lo squittio di uno scoiattolo spaventato. Fu sufficiente perché ritraesse la mano.

Si rialzò in piedi e si fece strada in mezzo alla boscaglia fino alla pista. Raddrizzò la motoslitta, montò in sella e avviò lo starter. Partì al primo colpo.

La catasta di tronchetti le arrivava ormai alla vita quando Kate sentì il rapido *wap wap wap* di un elicottero. Il sole era alto nel cielo terso e sereno, e Kate sentiva la camicia umida lungo la spina dorsale e sotto le ascelle. Affondò l'ascia nel tronco d'albero che fungeva da ceppo e andò dentro a prendere un bicchiere d'acqua. Svuotò il bicchiere, lo riempì di nuovo e lo portò fuori, evitando per un pelo di schiacciare il muso di Mutt tra lo stipite e la porta. Si sedette sul gradino di fronte alla casa, gemendo appena per i dolori muscolari. Un fruscio nel sottobosco richiamò la sua attenzione verso il limitare della radura, dove l'aspirante amante di Mutt sedeva ai piedi di un albero di cicuta.

Stavolta, se non altro, il lupo non fissava la capanna con occhi colmi di desiderio, ma il cielo, e con aria interrogativa. Il rumore si fece più vicino, Kate guardò verso l'alto strizzando gli occhi e balzò in piedi di scatto quando l'elicottero avanzò rombando per qualche altro metro, per poi prendere a volare a punto fisso sopra la sua radura.

«Che diavolo pensate di fare?». La sua voce era un gracidio furibondo. «Non potete atterrare qui!».

Lo spasimante di Mutt decise che era un giorno più propizio per la discrezione che per il coraggio, e si dileguò nella boscaglia. Il Bell Jet Ranger con le insegne blu e oro degli Alaska State Troopers si abbassò per atterrare nella radura, e Kate fu sospinta contro la porta della capanna. Trattenne il respiro mentre guardava le estremità delle eliche che vorticavano pericolosamente vicine ai cornicioni dei vari fabbricati disposti a semicerchio che costituivano la tenuta.

Le lame rallentarono ma non si fermarono. Il motore scese di giri, la portiera dell'elicottero si aprì e ne spuntò fuori un uomo con l'uniforme della polizia. Tenendosi il cappello con la mano, percorse accovacciato i pochi passi che lo separavano dalla capanna, per ritrovarsi con la faccia all'altezza dello stomaco di Kate.

Lei chinò la testa lanciandogli uno sguardo truce. «Che cavolo ti è saltato in mente, Jim? Ringrazia il cielo che non mi hai buttato giù il tetto!».

«Andiamo dentro!», gridò lui, e fece seguire i fatti alle parole, allungandosi oltre Kate per aprire la porta e spingerla dentro, poi risalì i gradini con passo pesante e la seguì all'interno della capanna, chiudendosi la porta alle spalle.

Era un uomo alto e imponente, e occupò l'angusto spazio della capanna più di quanto facesse piacere a Kate.

«Che diavolo pensi di fare piombando qui in questo modo, Jim?», sbottò. «Che cazzo succede?»

«Non hai sentito?»

«Sentito cosa?».

Jim attraversò la stanza fino all'esploratore radar e lo accese, ma venne accolto dal silenzio dell'etere. Scosse la testa e imprecò. «Maledizione, gli ho detto di trasmettere un avviso per dare l'allarme, e di continuare a farlo fino a quando non avremo preso quel pezzo di merda».

«Quale pezzo di merda? Quale avviso?», domandò Kate irritata. Poi vide l'espressione di Jim, e la rabbia si trasformò istantaneamente in preoccupazione. Svuotando le parole di ogni fervore, ripeté: «Jim, che sta succedendo?».

Il poliziotto si voltò e si guardò intorno, sotto gli occhi di una Kate disorientata e di una Mutt vigile, ma entrambe, in ogni caso, guardinghe. «Se non altro tu stai bene».

«Certo che sto bene». Lo sguardo di Kate si fece tagliente. «Chi è che non sta bene?».

Le labbra di Jim si contrassero fino a formare una piega sottile. «Per quel che ne sappiamo, due persone. Fino a ora».

«Niniltna?». Lui annuì bruscamente, e Kate s'irrigidì. Mutt, accanto a lei, emise un guaito, un suono penetrante e colmo d'ansia. «Cos'è successo?», domandò Kate con voce piatta.

Il poliziotto emise un sospiro. «Da quel che siamo riusciti a capire, pare che un tizio se ne stia andando in giro a sparare alla gente con un 30.06».

Kate sentì la bocca asciutta. «Chi è?».

Lui scosse la testa. «Ancora non lo sappiamo».

«Chi sono le vittime?».

Una sfumatura di complicità attraversò il volto del poliziotto, che però scosse di nuovo la testa. «Non sappiamo nemmeno questo. Ha sparato contro l'aereo postale che si preparava per l'atterraggio. George Perry ha visto alcuni corpi riversi sul ciglio della pista. Poi un tizio su una motoslitta ha cominciato a sparare, e lui ha dato gas. È risalito a una quota di cinquemila piedi e ha girato in tondo abbastanza a lungo da lanciare un SOS. Dopodiché ha visto il tizio sulla motoslitta tagliare la corda. È tutto ciò che sappiamo, a parte...».

«A parte?»

«A parte che è venuto in questa direzione». Il poliziotto osservò la reazione di Kate e annuì una sola volta per sottolineare il concetto. «L'aereo postale ha chiamato la torre di controllo a Tok, la torre di controllo ha chiamato me, e io sono partito subito. Mi sono fermato in tutte le fattorie lungo la strada».

Kate gli passò a fianco e tirò giù la doppietta dalla fuciliera sopra la porta. L'aprì di scatto e controllò che fosse carica. Lo era. Si girò. «Ok. Adesso lo so. È meglio che tu vada avanti a passare parola».

Il poliziotto si rasserenò, scoppiò in una mezza risata e la stupì chinandosi di colpo per scoccarle un bacio fugace ma deciso sulle labbra. Scoppiò a ridere di nuovo vedendo l'espressione di Kate e le diede un buffetto sotto il mento. «Probabilmente era l'unica chance che avrei mai avuto, come facevo a resistere?».

Il fucile era spianato e puntato verso l'alto, e se l'elicottero non fosse stato immediatamente alle spalle di Jim, Kate sarebbe stata addirittura capace di spararagli un colpo. L'uomo spostò lo sguardo dalla faccia furibonda di Kate alla doppietta, e poi di nuovo su Kate, dopodiché scoppiò un'altra volta a ridere ed ebbe l'impudenza di farle il saluto militare. «Se dovesse arrivare qui prima che gli metta le mani addosso, ha una giacca di lana pesante a quadri rossi e neri e un berretto di pelle marrone con i paraorecchi. Guida una Polaris. Guardati il culo, Shugak».

Si chinò e corse verso l'elicottero. I giri del motore e la velocità di rotazione delle lame aumentarono immediatamente. Dopo cinque secondi era decollato, dopo sette sorvolava le cime degli alberi e dieci secondi dopo era scomparso.

«Andate!», urlò il contadino alle sagome pietrificate e a bocca aperta dei due figli. «Correte, dannazione!». Si girò di nuovo verso l'assassino e agitò le braccia. «Qui! Da questa parte, figlio di puttana! Vieni a prendermi se ci riesci!».

L'assassino lo guardò in maniera inespressiva. L'uomo, addossato al garage, aveva una gamba fracassata e sanguinava copiosamente. Si mosse a tentoni cercando disperatamente qualcosa da lanciare. Non trovò altro che neve semisciolta, e così gli gettò addosso quella, grosse manciate farinose che caddero a poca distanza dall'obiettivo e si disintegrarono a terra senza sortire alcun effetto. «Merda!». L'assassino continuava a guardarlo senza muoversi di un millimetro. «Figlio di puttana!», gridò il contadino e lo mandò a farsi fottere con un gesto delle mani. «Joe! Mary! Scappate!».

Finalmente i due ragazzi si misero a correre, attraversando il laghetto ghiacciato di fronte ai vari fabbricati della fattoria. L'assassino fece un mezzo passo in avanti, girò su se stesso e sollevò il fucile. Attraverso i mirini, osservò accigliato le due figure che si allontanavano di corsa. Erano così piccole, e correvano così veloci. Sparò due proiettili. Uno colpì il bersaglio, l'altro no. «No!», gridò il padre, «no, no, no, maledetto, no!». L'assassino sparò una terza volta. La seconda figura cadde di peso sull'irregolare superficie ghiacciata del lago e scivolò per due o tre metri prima di fermarsi.

Il contadino, singhiozzando, piangendo, ansimando per respirare, si aggrappò alla sponda ghiacciata del lago quando l'assassino gli si fece accanto. I loro occhi si incontrarono. Il viso dell'assassino era calmo e impassibile, quello del contadino stravolto dalla rabbia e dal dolore.

«Fanculo», sibilò l'uomo. «Fallo».

Kate appoggiò il fucile alla catasta di legna e afferrò l'ascia. Dopo averla fissata per un istante, la rimise a terra e afferrò il fucile. Aveva voglia di camminare, ma passeggiare avanti e indietro per la radura con un matto in circolazione che andava in giro a sparare alla gente non le sembrava proprio un'idea fenomenale. D'altro canto, non riusciva a sopportare il pensiero di doversi barricare nella capanna, anche se probabilmente era la cosa più sicura da fare. Si girò verso i boschi. Un guaito di frustrazione, seguito da un raspare impaziente contro la porta, le fecero capire che Mutt l'aveva individuata. Si fermò. Si sentì un fruscio dall'altra parte della radura. Il lupo era tornato. «Maledizione». Nello stato in cui era, e con quell'incarnazione di perfezione lupina lì attorno, Mutt non le sarebbe stata di alcun aiuto. Kate raddrizzò le spalle, attraversò la radura e proseguì lungo il sentiero che portava alla strada.

Il minatore scomparve in mezzo agli alberi mentre l'assassino ricaricava il Winchester. Il rumore di rami spezzati, frenetico, ansioso, come di qualcuno che si lanciava nel folto della boscaglia, incespicando sulla neve accumulatasi per mesi, gli giunse nitido attraverso l'aria immobile. Fece scorrere in avanti l'otturatore e lanciò un'occhiata pensierosa nella direzione da cui proveniva il rumore. Si stiracchiò e sbadigliò. La neve ai piedi degli alberi era troppo profonda per prendersi pure quel fastidio. Con tutta probabilità il minatore sarebbe comunque morto dissanguato. E a parte questo, era stanco. Gli brontolò lo stomaco. E pure affamato.

Kate stava sonnecchiando quando la sentì arrivare. All'inizio fu solo uno scoppiettio, nitido e isolato, come il rumore amplificato di un bicchiere che andava in pezzi, ma non c'erano dubbi. Era una motoslitta, e veniva da quella parte.

Dopo aver raggiunto l'incrocio tra il sentiero che portava alla sua tenuta e lo sterrato del vecchio tracciato ferroviario, Kate aveva proseguito a piedi fino a quando non aveva trovato un lungo tratto di strada sgombro e diritto. All'estremità di quel tratto, il punto della strada più distante da Niniltna, aveva individuato un massiccio abete con una fitta chioma che non era né troppo vicino al ciglio dello sterrato né troppo lontano, e si era inoltrata in mezzo ai rami battendo con forza i piedi sulla neve, per poi accovacciarsi sotto l'albero con il fucile posato in grembo. Sbirciando tra le fronde, aveva una magnifica visuale su quasi un chilometro di strada, dal punto in cui lo sterrato descriveva una curva per aggirare l'Honker Pond fino all'abete sotto cui era rannicchiata.

Il rumore della motoslitta diventava sempre più forte. Il cielo era pallido e terso, ignaro dell'esistenza di elicotteri o aeroplani o di qualsiasi altra forma di cavalleria. «Fanculo a Jim. Tipico di uno sbirro: mai che sia nei paraggi quando ne hai bisogno». Quando guardò di nuovo in fondo alla strada, la motoslitta aveva oltrepassato l'Honker Pond e puntava dritta verso di lei. All'orizzonte non c'era nessun altro.

Kate imprecò piano tra sé e levò la sicura della doppietta. Controllò di nuovo che il fucile fosse carico, si poggiò il calcio sulla spalla, prese attentamente la mira lungo la canna e aspettò.

La motoslitta si inerpicò su per il leggero pendio con il motore sotto sforzo, fino a quando Kate non riuscì a vedere il viso dell'uomo, arrossato dal vento, i denti scoperti in una smorfia ben poco divertente. Era una motoslitta Polaris – tornava – e il tizio indossava un giaccone di lana pesante a quadri rossi e neri e un berretto di pelle marrone con i paraorecchi. Kate sentì un brivido correrle lungo la schiena. Prese la mira con calma. Non aveva importanza cos'aveva combinato quello squilibrato; non voleva ucciderlo. Aveva già un'altra morte sulla coscienza, anche se giustificata, e le bastava.

Era quasi arrivato davanti all'abete, quando la neve sulla strada esplose davanti alla motoslitta. I frammenti di ghiaccio schizzarono per aria, schiantandosi sul parabrezza e contro il viso del pilota. L'uomo gridò e sobbalzò. La moto sbandò. Il manubrio gli sfuggì di mano con uno scatto brusco, e l'autista cadde, rotolando a terra in modo maldestro, con fucile a tracolla e tutto il resto.

Kate si tuffò tra le fronde dell'abete. Ma i capelli le si impigliarono in un ramo, e per poco non venne strattonata a terra con violenza. Perse l'equilibrio e il fucile le scivolò di mano. La doppietta cadde sulla neve, schizzando a poco più di un metro da lei. Dall'altra parte della strada, l'assassino si era rialzato in piedi a fatica e aveva imbracciato il fucile. Kate tastò la neve intorno e afferrò un pezzo di legno secco, per poi scagliarlo addosso all'uomo con tutta la forza che aveva. Lo colpì dritto in faccia. L'assassino barcollò per un istante. «Cazzo», disse. Si riprese dalla botta, e con un unico gesto automatico alzò il fucile e lo puntò verso di lei.

I capelli erano ancora impigliati al ramo, il calcio del fucile troppo lontano. Kate si sentì raggelare. Sollevò lo sguardo verso l'altra parte del sentiero e fissò gli occhi calmi, chiari, vagamente folli dell'uomo. In quel momento seppe di avere di fronte una via di fuga dal dolore, la fine delle risate, la cessazione della gioia: seppe che stava guardando dritto in faccia tutto questo. Non si mosse. Non ne era capace.

L'uomo le sorrise. «Conosci qualche posto da queste parti dove si possa mangiare un boccone?».

Ci fu uno schianto di rami spezzati, e Kate si sentì colpire con forza all'altezza del poplite. I piedi le schizzarono all'indietro sollevandosi da terra, i capelli furono strappati via dal ramo, e il mondo si capovolse come se Kate avesse fatto un perfetto salto mortale all'indietro, per poi atterrare sul torace con uno schianto che le mozzò il fiato.

Mutt si scagliò verso l'assassino, colpendolo in pieno torace con le zampe anteriori. L'uomo cadde lungo disteso sulla schiena, a sovrastarlo sessanta chili di furia canina, inferocita per violazione di padrone. Con un movimento troppo rapido perché Kate riuscisse a coglierlo, Mutt strinse tra i denti il calcio del Winchester e lo strappò di mano all'uomo come un orso avrebbe scacciato una zanzara. Il fucile cadde sul ghiaccio a due metri di distanza e scivolò per altri quattro o cinque metri. L'assassino rimase disteso, stordito, la gola scoperta, e Mutt balzò in avanti pronta ad azzannarlo, i denti che già si chiudevano attorno al collo.

Kate ritrovò il respiro di colpo. «Ferma!», urlò.

Mutt rimase immobile, le zanne avevano scalfito ma non ancora lacerato la pelle dell'uomo. «Ferma, piccola», ripeté Kate, ansimando per riprendere fiato, la voce simile a un roco gracidio. «Non ti muovere».

Dovette tentare due volte prima di riuscire a rimettersi in piedi. Restò immobile nel punto in cui si trovava, tremante, con gli occhi chiusi, inspirando grandi boccate d'aria. La testa le doleva. Le bruciavano i polmoni. Da qualche parte alle sue spalle si sentiva la Polaris ancora accesa. Il motore salì di giri in una lamentosa protesta, scoppiettò, e infine si spense. Kate fece un altro respiro profondo e aprì gli occhi.

L'assassino era ancora disteso nel punto in cui era caduto. Mutt era sopra di lui, con le zanne scoperte attorno alla sua gola, ed emetteva un basso, minaccioso, ininterrotto brontolio. In quell'istante la sua parte lupina sembrava aver preso del tutto il sopravvento. Kate recuperò la doppietta e si avvicinò ai due con aria guardinga. Con un calcio, spinse il fucile dell'uomo ancora più lontano. «Va bene, Mutt».

Il cane sollevò appena la testa, le zanne non sfioravano più la pelle dell'assassino, ma quel ringhio continuo, cupo e agghiacciante, non accennava a smettere. «È tutto a posto, piccola», le disse Kate, e allungò verso di lei la mano ancora tremante, ma che pian piano stava recuperando stabilità. Mutt si ritrasse al tocco, e Kate s'irrigidì. «Hai fatto un buon lavoro, piccola. Adesso lascialo andare. Mutt», ripeté, stavolta con tono più severo, «lascialo andare». Per un istante il ringhio si fece irregolare, poi scese di tono e cessò. Mutt guardò Kate e scodinzolò una volta sola. La padrona riprese a respirare e si rizzò in piedi. «Brava bambina». Poi, con più slancio: «*Brava* bambina».

L'assassino era cosciente. Rivolse uno sguardo sereno a cane e padrona, il corpo come prosciugato di ogni tensione. Sorrise perfino, un sorriso felice e sanguinolento che si aprì fino agli occhi malvagi e scintillanti, uno dei quali era gonfio e socchiuso. Ridacchiò. «Non indovinerai mai cosa stavo facendo». Ridacchiò ancora. «Ho fatto il cattivo». Si leccò il sangue dalle labbra e parve sorpreso. Sbigottito, sollevò una mano incerta, se l'accostò alla bocca e si guardò le dita sporche. «Sto sanguinando», disse. Si accigliò. «Avrebbe dovuto vendermi Monopoli. Gliel'avevo detto. Me l'avrebbe dovuto vendere». Iniziò a piangere.

Kate fece tre passi malfermi verso il ciglio della strada e vomitò tutto quello che aveva nello stomaco. Fu così che la trovò Jim Elicottero quando, pochi minuti più tardi, atterrò a una ventina di metri di distanza.

## 2

Jack Morgan sospirò. «La cosa assurda è che abitavano tutti proprio lungo la strada. McAniff non ha dovuto nemmeno fare una deviazione per trovare le sue vittime».

«No».

Jack inclinò la sedia all'indietro e incrociò i piedi, calzati da pesanti scarponi, sulla scrivania. Una pila di documenti alta una quindicina di centimetri oscillò pericolosamente e per poco non precipitò a terra. Jack non parve nemmeno accorgersene, e Bill Robinson si chinò in avanti per raddrizzare il mucchio di fogli, brontolando tra sé. Il fatto che Jack Morgan, capo della squadra investigativa dell'ufficio del procuratore di Anchorage, riuscisse a trovare qualcosa in tutto quel caos in tempo per il processo non mancava mai di stupirlo. L'ufficio era un bugigattolo a pianta quadrata, privo di finestre, e reso ancora più angusto da casellari traboccanti, schizzi di scene del crimine, buste sterili con reperti della scientifica, tre lavagne coperte su entrambi i lati dalla scrittura incomprensibile del capo, e una catasta di scartoffie che partiva da qualche punto vicino alla porta per avanzare in mucchi disordinati attraverso la stanza, come la neve dopo una tempesta, e arrivare infine a inghiottire la scrivania di Jack. Altra carta tappezzava le pareti sotto forma di mappe e cartine appuntate su ogni centimetro quadrato di superficie disponibile, a loro volta coperte di schizzi delle scene del crimine, appiccicati con lo scotch su ogni centimetro quadrato di superficie cartacea disponibile e tutti erano pesantemente annotati a margine con gli illeggibili scarabocchi di Jack. Aveva una vera passione per frecce, punti esclamativi e nuvolette, tracciati con ampi tratti di pennarello nero.

Ma davanti alla percentuale di verdetti di colpevolezza ottenuti, perfino Bill era costretto ad ammettere che Jack Morgan non solo era in grado di trovare ciò di cui aveva bisogno in mezzo a quel caos, ma che lo faceva brillantemente, sebbene nessun altro, a esclusione forse dell'Onnipotente, riuscisse a capire come diavolo facesse. E poi, concluse Bill, quello non era mica il suo ufficio. Scosse la testa, non per la prima volta, e tornò a sedersi, allineando gli angoli dell'ordinata pila di documenti che teneva in grembo.

«Ok, Bill», disse Jack, fissando il soffitto con le mani intrecciate dietro la nuca. «Raccontami com'è andata».

Bill voltò la prima pagina della pila, la spostò in fondo al fascio di documenti con meticolosa precisione, e si schiarì la gola. «Il suo vicino di casa è stato il primo a essere colpito. Nome: Stephen Syms, trentaquattro anni. Viveva nel Parco tutto l'anno, si dedicava alla pesca del salmone durante l'estate e durante l'inverno faceva quello che poteva. I vicini di Syms, sull'altro lato della strada, erano le sorelle Getty, Lottie e Lisa. Hanno sentito gli spari intorno alle dieci del mattino e, stando a quello che dice Lottie, hanno fatto un salto per dare un'occhiata. Quando sono arrivate lì, però, Stephen Syms era già morto e McAniff sparito. Hanno cercato tracce di cingoli o impronte umane, senza successo. Così, dato che quella è l'unica strada esistente, hanno tirato fuori la motoslitta e hanno seguito lo sterrato fino a Niniltna».

Bill voltò pagina. «Ok, la scena si sposta a Niniltna, all'ufficio postale accanto alla pista aerea. Il direttore dell'ufficio si chiamava Patrick Jorgensen, sessantatré anni. Si è trasferito a Niniltna nel 1949, si è sposato, ha messo su famiglia e ha diretto l'ufficio postale negli ultimi vent'anni. È stato ucciso con un solo colpo a bruciapelo. La moglie, Becky Jorgensen, sessantaquattro anni, ha assistito alla scena dalla stanza accanto, ed è fuggita dalla porta del soggiorno, mettendosi a correre lungo la pista. McAniff deve aver sentito qualcosa perché l'ha seguita fuori e le ha sparato un paio di volte, almeno così ritiene la signora Jorgensen». Bill sollevò lo sguardo su di Jack. «I suoi ricordi sono piuttosto confusi in proposito, e del resto non vedo come la si possa biasimare. In ogni caso deve averle sparato almeno una volta, perché ha un bel foro nel braccio destro, da manuale. Le è andata di lusso: il proiettile è passato dritto come un razzo, senza toccare l'osso o l'arteria». Scosse la testa.

«Ha avuto fortuna».

«Non è stata la sola». Girò una terza pagina. «Ha raggiunto l'estremità della pista – tra l'altro, non è stata in grado di dirmi per quale motivo non si è nascosta in mezzo agli alberi da un lato o dall'altro. Ha corso e basta, più veloce che poteva, tentando di mettere quanta più distanza poteva tra lei e il fucile».

«O forse tra lei e ciò che era rimasto dell'uomo che era stato suo marito per trentadue anni», suggerì Jack con gentilezza.

«Forse. Non era un bello spettacolo. Dicevo: la signora Jorgensen riesce ad arrivare in fondo alla pista, e chi spunta all'improvviso fuori dagli alberi? Lyle e Lucy Longstaff, entrambi di ventiquattro anni. Lui era uno del Parco, nato e cresciuto qui, andava a caccia e a pesca, e setacciava un po' d'oro. Lei era una sportellista di banca che Lyle aveva conosciuto e sposato ad Anchorage, a Capodanno».

«Questo Capodanno?»

«Sì».

«Cristo santo».

«Già. Lei aveva lasciato il lavoro a gennaio e si era trasferita da lui, nella sua capanna sul Gold Creek. Avevano fatto un salto a Niniltna perché aspettavano l'aereo postale». Bill era un tipo inquadrato e impassibile, con un viso squadrato e impassibile non particolarmente espressivo. Eppure, mentre Jack lo ascoltava snocciolare vittime e relative descrizioni seguendo la sua lista battuta ordinatamente a macchina, il resoconto di Bill acquistava quasi il carattere di un lamento funebre. Il modo in cui specificava con cura i dati personali delle vittime, il fatto che utilizzasse ogni volta nome e cognome... Era come se stesse rendendo testimonianza della loro stessa esistenza, dello spazio che un tempo avevano occupato su questa terra, nell'unico modo possibile per lui. Qualunque poliziotto sapeva bene che lasciarsi coinvolgere emotivamente in un caso poteva rivelarsi fatale, per se stessi e di solito anche per il caso. Molti riuscivano a portare a termine con successo il proprio lavoro separando in maniera netta e irrevocabile la dimensione umana e privata da quella professionale, un po' come la Chiesa e lo Stato. O per lo meno ci provavano. I migliori ci riuscivano perfino, se non altro il più delle volte. Eppure. Eppure.

«Così, McAniff spara contro Lyle Longstaff e Lucy Longstaff. I due corpi che George Perry, il pilota dell'aereo postale, intravede all'estremità della pista sono proprio i loro. Dopodiché McAniff si inoltra tra gli alberi al limitare della pista, sulle tracce di Becky Jorgensen. Probabilmente spara alla cieca man mano che avanza, dato che qui interviene la crudele mano del destino.

Nel frattempo, le sorelle Getty arrivano dalla capanna di Syms, e il primo posto in cui fanno tappa è quello in cui si fermano tutti quelli che arrivano a Niniltna».

«L'ufficio postale».

«Esatto. Vedono Patrick Jorgensen steso a terra dietro il bancone e sentono gli spari provenire da fuori. Si dividono e fanno il giro del bosco alle spalle della pista, da dove sentono arrivare gli spari. Probabilmente McAniff perde le tracce di Becky Jorgensen e spara una raffica a ventaglio per tentare di colpirla. Lottie Getty si imbatte in Becky Jorgensen, e le due donne se la danno a gambe. Per uno stupido colpo di sfortuna, Lisa Getty viene centrata da uno dei proiettili di McAniff». Fece una pausa. «Era una bella donna».

«Ho visto le foto».

«Già. Trent'anni, assomigliava a Marilyn Monroe, neo della bellezza, fisico, e tutto il resto. Che spreco». Billy scosse la testa e passò alla pagina successiva. «Insomma, Perry si prepara all'approccio finale, ma tutt'a un tratto il cielo sopra la pista viene invaso da più pallettoni di una zona di atterraggio in tempo di guerra. Così se la fila».

«Comprensibile».

«Riprende quota quanto basta per essere fuori tiro e gira intorno alla zona per un po', osservando la scena con i binocoli. Vede McAniff dirigersi lungo la strada per Ahtna, e finalmente riesce a trasmettere un messaggio a Jim Chopin a Tok, che sella la cavalleria e parte seduta stante. Nel frattempo, torniamo al massacro». Mescolò un po' di fogli.

«John Weiss, trentasette anni, sua moglie Tina, trentacinque, e i loro due figli, Mary, di sei anni, e Joseph, di cinque, abitavano in una fattoria a una quindicina di chilometri da Niniltna».

«Perché McAniff non ha sparato a nessuno nel villaggio, mentre lo attraversava?», lo interruppe Jack.

«Non ha attraversato il villaggio. Ha superato il fiume e tagliato per i boschi, per poi riprendere la strada all'altezza dello Squaw Candy Creek».

Jack abbassò di scatto i piedi. «Lo Squaw Candy Creek. Bobby Clark abita sullo Squaw Candy Creek. Per caso qualcuno...».

«Il tipo di colore sulla sedia a rotelle, che lavora come osservatore all'interno del Parco per l'Istituto nazionale di oceanografia e fenomeni atmosferici?». Jack annuì, e Bill gli rivolse un gesto rassicurante con la mano. «Sta bene. Jim Elicottero ha fatto un salto a dargli un'occhiata». Bill fece un sorriso tirato. «Tra l'altro, ha raccontato che Clark ha dato di matto quando ha saputo che McAniff *non* era passato a trovarlo. Pare abbia detto che avrebbe tanto desiderato far vedere a quel cazzone come sparava *lui*».

Jack fece un sospiro di sollievo. «È proprio il nostro Bobby. Grazie al cielo».

«I Weiss abitavano in un'altra casa lungo la strada. A quanto pare Tina Weiss è stata la prima a essere uccisa, nel gabinetto. Da quel che siamo riusciti a ricostruire, McAniff ha sparato a John Weiss una prima volta alla coscia sinistra, dopodiché Mary e Joseph sono fuggiti in direzione del laghetto di fronte alla fattoria. McAniff li ha colpiti alle spalle quando avevano quasi raggiunto gli alberi sull'altra sponda. È come se avesse aspettato che si allontanassero prima di fare fuoco».

«Spirito sportivo», suggerì Jack in tono caustico. «Chi diavolo crede di essere 'sto tipo, il generale Zaroff?»

«Stando ai dati che abbiamo, è più probabile che volesse mettersi alla prova. Valutare se era un bravo tiratore». Incrociò lo sguardo di Jack. «Bersagli piccoli e in movimento. Quel genere di cose, hai presente, no?».

Jack chiuse gli occhi e disse con voce stanca: «Cristo santissimo».

«John Weiss – riteniamo che fosse ancora cosciente e che abbia assistito alla scena – stava tentando di trascinarsi sino ai figli quando McAniff l'ha raggiunto e gli ha sparato. Un colpo solo, proprio qui». Bill si puntò il dito contro la tempia sinistra. «A bruciapelo. Bruciature sottocutanee da polvere da sparo, bossoli accanto al cadavere. McAniff si è avvicinato, l'ha guardato dritto negli occhi e gli ha sparato».

Ci fu una breve pausa mentre i due uomini immaginavano la scena; la madre uccisa mentre sedeva al gabinetto; il padre, al quale era stato concesso di vivere abbastanza a lungo da assistere all'omicidio premeditato dei figli; quell'unico, conclusivo e a quel punto probabilmente invocato colpo alla testa. Jack si accorse di avere la pelle d'oca, e si riscosse, alzandosi in piedi per riempire di nuovo la propria tazza e quella di Bill. Il caffè era forte, bollente e bruciava la gola, e riuscì a riportare Jack dalla scena agghiacciante in riva al lago alla realtà ben più prosaica del suo caotico ufficio.

«Fermata successiva: la strada di accesso alla miniera di Nabesna. Ancora una volta, è stato uno stupido colpo di sfortuna a far svoltare MacKay Devlin sulla strada per Niniltna proprio mentre McAniff passava di là. Devlin ha raccontato di aver preso la curva a destra un po' troppo veloce e di aver slittato sullo sterrato della vecchia ferrovia per inchiodare proprio di fronte alla motoslitta di McAniff. Prima ancora che Devlin potesse dire "Bah", McAniff ha tirato fuori il 30.06 e gliel'ha puntato contro. A quel punto Devlin se l'è data a gambe di gran carriera. Ha detto che McAniff gli ha sparato cinque o sei volte, il che corrisponde al numero dei bossoli che abbiamo ritrovato sulla scena». Bill soffiò sul caffè e ne bevve un sorso. «L'ha sfiorato una sola volta, sulla parte esterna del braccio destro. Proprio come Becky Jorgensen. Pare che sia la specialità di McAniff».

«Buon per Mac».

«Conosci Devlin?». Jack annuì. «Be'», proseguì Bill, «credo che sia stato più che fortunato».

«In che senso?»

«Credo che a quel punto McAniff iniziasse a essere stanco. In ogni caso, non ha inseguito Devlin come ha fatto con gli altri. È risalito sulla motoslitta e ha proseguito lungo la strada. Finché, come ormai sappiamo tutti, una ventina di chilometri dopo non si è imbattuto in Kate Shugak». Nessun particolare scintillio nello sguardo di Bill o il benché minimo cambiamento nel suo tono di voce tradirono il fatto che fosse a conoscenza della relazione tra Jack e Kate, o che sapesse che Kate aveva lavorato in passato nella squadra investigativa dell'ufficio del procuratore di Anchorage. Ma del resto Bill faceva parte della squadra da soli diciotto mesi. Non era impossibile che i pettegolezzi in proposito fossero terminati, sebbene la cosa fosse altamente improbabile. Jack, in cuor suo, ne dubitava.

«La sua tenuta è una di quelle in cui ha fatto tappa Jim Elicottero per avvisare del pericolo», continuò Bill. «Shugak ha preso il fucile da caccia, ha aspettato il bastardo sulla strada e l'ha catturato». Bevve un sorso di caffè e commentò: «Peccato che non l'abbia ucciso».

«Non l'avrebbe mai fatto».

«Be', un vero peccato, ripeto. Avrebbe fatto risparmiare un mucchio di tempo a noi e un mucchio di soldi ai contribuenti».

«Vero».

«Allora». Bill iniziò a raccogliere i fogli in una pila ordinata. «Cos'abbiamo qui? Uno, due, tre, quattro, cinque, sei, sei, sette, otto, nove – contali un po' – nove omicidi di primo grado. Dio santissimo. E uno... due tentati omicidi».

«I due tentati omicidi includono anche l'aggressione a Mac Devlin?».

Bill sollevò lo sguardo. «Certo. Perché?».

Jack sorrise, un sorriso beffardo e appena accennato, ma pur sempre un sorriso. «Nel Parco, sparare contro Mac Devlin è una cosa molto diversa da un tentato omicidio».

«E allora cos'è?»

«Credo vada inteso più come uno sport di squadra». Bill parve perplesso, e Jack disse: «McAniff. Raccontami di lui».

Bill tirò fuori un'altra cartella di cartoncino e la aprì, per fermarsi alla prima pagina. «Sai che i *mass murderer* praticamente non esistevano fino agli anni Sessanta. Da allora, però, ce ne sono stati a sufficienza per iniziare a delineare un profilo».

«Buon per noi».

«Eh, già. A ogni modo, Roger McAniff corrisponde al profilo in maniera agghiacciante. Ha trentun anni, e i mass murderer di solito hanno un'età compresa tra i venti e i trent'anni. È alto più o meno un metro e settanta, quindi più basso della media, e di solito i mass murderer lo sono. Pesa all'incirca un'ottantina di chili, quindi è sovrappeso, cosa che corrisponde ugualmente al profilo, ma se si tiene conto che è reduce da un inverno nel Bush nell'Alaska, be', non credo che le statistiche contino granché. E poi ha i baffi».

«I mass murderer portano i baffi?», domandò Jack, lisciandosi a sua volta barba e baffi ben curati.

«Per la maggior parte. E di solito, per la maggior parte, sono bianchi, di sesso maschile e inclini a uccidere le proprie vittime nella loro abitazione».

«Il ritratto sputato, insomma, eh?», disse Jack, continuando ad accarezzarsi la barba.

«Di un mass murderer, sì», concordò Bill.

«Da quant'è che si è trasferito a Niniltna?»

«Dall'autunno passato. Lavorava come programmatore informatico per l'Alaska Petroleum».

«Allo Slope o al villaggio?»

«Al villaggio. Poi, lo scorso settembre, c'è stata una grossa riduzione di personale, ed è stato silurato. Più o meno nello stesso periodo la moglie l'ha sbattuto fuori di casa. Stando a quanto dice il capo del Consiglio tribale di Niniltna...», Bill guardò una pagina strizzando gli occhi, «...Billy Monk?»

«Billy Mike».

Bill prese con cura un appunto. «Giusto, Billy Mike. Stando a quanto dice lui, il lupo mannaro è comparso per la prima volta a Niniltna nel periodo di Halloween».

«Arriva l'uomo nero».

«In persona».

«Da quel che sappiamo fino a ora, senza i referti dell'autopsia, è un tiratore piuttosto bravo».

«Un esperto. Un tiratore scelto», disse Bill. Jack inarcò le sopracciglia. «Nel senso letterale del termine. Arruolato nell'esercito dall'80 all'83».

«Ha combattuto da qualche parte?».

Bill scosse la testa. «Era di stanza a Panama. Non credo che all'epoca succedesse granché da quelle parti».

«Non ha rinnovato la ferma?»

«No. È stato trasferito a Fort Richardson nell'83 ed è stato congedato qui».

«L'esercito ha avuto qualcosa da dire sul suo conto?»

«No, ha avuto valutazioni standard per tutto il periodo di ferma. *Però*». Bill girò di nuovo pagina. «Questa ti piacerà. Quando la polizia ha perquisito la sua capanna, ha trovato una stampata con i nomi, i numeri di telefono e gli indirizzi privati dei dipendenti del Dipartimento del parco, e un'altra con i dati dei dipendenti del Dipartimento di pubblica sicurezza, inclusi i guardiacaccia e la squadra d'emergenza degli Alaska State Troopers. Nove nomi in tutto». Sollevò lo sguardo. «Incluso Jim Chopin».

«Cristo santo». Accantonata l'angosciante questione se fosse arrivato o meno il momento di radersi, Jack abbassò le mani dal viso e si drizzò a sedere. «Dove li ha trovati?».

Bill scrollò le spalle. «Lavorava con i computer. L'Alaska Petroleum pompa metà del petrolio da Prudhoe Bay; il loro sistema informatico è uno dei migliori. Abbiamo chiesto al direttore di dipartimento di esaminare gli hard disk, per cercare di capire se McAniff è riuscito ad accedere ai computer di Stato attraverso il loro sistema. Metà Dipartimento di pubblica sicurezza gli sta con il fiato sul collo».

«Lo credo bene. Cristo santo», ripeté Jack. «Che diavolo pensava di fare con quelle liste?»

«Chi lo sa».

«Qualcuno gliel'ha chiesto?»

«Ha un avvocato».

Jack emise un grugnito.

Bill si drizzò e ammucchiò le sue carte in una pila ordinata. «Non che la cosa abbia importanza. Anche senza l'accusa di tentato omicidio ai danni di MacKay Devlin, dovremmo essere in grado di sbattere McAniff al fresco per, mmh, diciamo – arrotondo per difetto – 299.999 anni. Senza libertà condizionale».

Jack alzò la tazza di caffè per un brindisi. «Ho sentito che i suoi avvocati stanno considerando l'idea di invocare l'infermità mentale per aver mangiato troppe porcherie e aver visto troppa poca luce in inverno».

Bill piegò gli angoli della bocca verso il basso. «Mi immagino già la scena. "Noi, la giuria, riteniamo l'imputato non colpevole per incapacità di intendere e di volere dettata dall'aver mangiato troppe barrette Twinkie e dall'aver trascorso l'inverno nel Bush alaskano".

Probabilmente verrà condannato e recluso nell'Istituto psichiatrico dell'Alaska e sarà fuori nel giro di due anni».

«No. Dovrà scontare comunque la pena», disse Jack. Rimase immobile a contemplare la prospettiva con evidente soddisfazione. «Almeno stando alla nuova misura del codice penale per i casi di colpevolezza con infermità mentale».

«Hai ragione, me n'ero scordato. Una delle cose più intelligenti che l'Assemblea legislativa abbia fatto negli ultimi dieci anni».

«Forse l'unica». Il telefono squillò sulla scrivania. Jack alzò la cornetta. «Jack Morgan. Oh, ciao, Slim. Cosa posso fare per te?». Ascoltò. «Cosa?». Continuò ad ascoltare. «Sei sicuro?». Una strana sfumatura nella voce di Jack fece sollevare lo sguardo a Bill Robinson. Gli occhi di Jack erano socchiusi e concentrati su qualcosa che Bill non poteva vedere.

«Quelli della balistica confermano? Hai...». Jack ascoltò per un istante la voce all'altro capo del filo. Poi chiuse gli occhi e scosse la testa. «Fantastico. Grazie, Slim. O almeno credo».

Rimise il telefono sulla forcella con estrema attenzione e lanciò un'occhiata dall'altra parte del tavolo. «Era Slim Bartlett».

«Il medico legale».

«Già. Ha diverse novità sulle autopsie delle vittime della strage di Niniltna».

«Cosa?»

«Tanto per cominciare, Lucy Longstaff era incinta».

Bill strinse le labbra fino a formare una linea sottile. Il plico di carte che teneva in mano si accartocciò appena, e l'uomo fece uno sforzo consapevole ed evidente per allentare la presa. Lisciò i fogli con esagerata sollecitudine. «Quindi. Dieci omicidi».

«No». Jack fece una pausa. «Slim mi ha detto anche un'altra cosa».

«Di che si tratta?»

«Questa ti piacerà».

Bill Robinson cominciava a conoscere abbastanza Jack Morgan da riconoscere quell'umore. Si appoggiò allo schienale della sedia e lasciò che il suo capo si godesse la scena fino in fondo. «Si è appena rotto il ghiaccio a Nenana e ho vinto la lotteria?»

«Meglio ancora». Bill rimase in attesa. «Slim dice che il proiettile che ha ucciso Lisa Getty proviene da un'arma differente da quella con cui sono state uccise tutte le altre vittime».

Bill si tirò a sedere di scatto. «*Cosa?*»

«Già, proprio così».

«Merda!».

«Già», disse Jack Morgan con aria pensierosa, «proprio così».

«Jim?».

Il poliziotto scrollò le spalle. «Abbiamo raccolto tutte le prove che c'erano da raccogliere, e i tuoi le hanno esaminate». Indicò con un cenno della testa la pila di fascicoli sulla scrivana di Jack. Bill Robinson si appoggiò a una parete, ascoltando lo scambio di battute. «Queste sono le deposizioni. Le hai lette. Lottie Getty e Becky Jorgensen erano assieme quando Lisa Getty è stata uccisa. Abbiamo fatto esaminare il fucile di Lottie e ne è uscito pulito. Becky non era armata. George Perry non ha nemmeno messo piede a terra. Diavolo, era sabato mattina. Di solito Niniltna è molto tranquilla il sabato mattina, per lo meno fino a quando non atterra l'aereo postale. Giù al villaggio escono tutti di casa dopo averlo sentito arrivare. Fino ad allora...». Allargò le braccia. «Nulla sembrerebbe indicare che qualcun altro se ne andasse in giro a sparare con un fucile, quel giorno». Fece una pausa. «Quelli della balistica sono sicuri?»

«Sono sicuri».

«Gli hai fatto fare un secondo test?»

«E un terzo. Il risultato è sempre lo stesso. Lisa Getty è stata uccisa con un'altra arma da fuoco».

«Maledizione».

«Allora», disse Jack, studiandosi i piedi con interesse. «Da dove hai intenzione di iniziare?».

Il poliziotto abbassò due palpebre pesanti sugli occhi, e Jack non poté vederne l'espressione. «Mi spiace doverti dire che non posso iniziare da nessuna parte».

Jack lo fissò incredulo. «Perché no?».

Jim Chopin disse con voce piatta: «Di recente ho avuto una relazione con Lisa Getty».

Jack si drizzò a sedere. «Quanto di recente?»

«Abbastanza da tenermi fuori da quest'indagine».

Il poliziotto sollevò lo sguardo, e l'espressione sul suo viso era più diffidente di quanto a Jack fosse mai capitato di vedere. Non credeva fosse possibile vedere Jim Chopin sulla difensiva. Aspettò.

«È iniziata al veglione di Capodanno al Roadhouse», disse Jim alla fine. «È finita a San Valentino, a casa sua».

«Chi ha deciso di chiudere?»

«Lei».

Le sopracciglia di Jack scomparvero oltre l'attaccatura dei capelli. «Avete litigato?»

«No». La parola venne pronunciata con una veemenza non necessaria, e Jack non poté fare a meno di notarlo, Jim notò a sua volta che Jack l'aveva notato, e Jack notò che il suo interlocutore aveva registrato il fatto. I loro sguardi si incrociarono, e i due uomini scoppiarono a ridere all'unisono.

«Te lo devo chiedere, Jim», disse Jack, tornando serio.

«Ok. Io non... non...». Per un istante il poliziotto sembrò stranamente senza parole. «Oh, al diavolo», disse poi, e scoppiò in una breve risata ben poco allegra. «Ritrovarsi dall'altra parte è un po' diverso», commentò in tono amareggiato.

«Già». Jack rimase in attesa.

«Non eravamo innamorati o robe del genere. Era solo, sai, una di quelle storie così». Se le leggende che circolavano sul suo conto erano vere, Jim Elicottero aveva "una di quelle storie così" in media una volta al mese. Jack si appoggiò allo schienale della sedia e osservò l'uomo dall'altra parte del tavolo.

Perfino da seduto, Jim Elicottero si stagliava in tutti i suoi duecentosette centimetri di altezza e centodiciotto chili splendidamente mantenuti. In piedi, con indosso l'uniforme degli Alaska State Troopers, uno sfavillio di azzurro e oro e arma d'ordinanza e distintivo, irradiava semplicemente autorità e competenza, forza, lealtà e rettitudine; la maggior parte delle virtù, per non dire tutte, e di sicuro nessuno dei vizi. Se lo guardavi di lato, somigliava un po' a John Wayne. In caso contrario, pure.

Quando entravano in ballo le donne, però, la sua facciata così irreprensibile era una trappola bella e buona. Sotto la larga tesa del cappello, quegli occhi azzurri e pacati potevano diventare di colpo terribilmente seduttivi. Sulla mascella, energica e squadrata, si allargava un fugace sorriso affascinante e del tutto inaffidabile. Jim Chopin aveva sempre un odore muschiato, che induceva a pensare fosse appena rotolato giù dal letto e suggeriva, in maniera fatalmente sensuale, che si trattenesse a stento dal tornarvi, preferibilmente accompagnato. A Jack era capitato in più di un'occasione di andare a bere un bicchiere con il poliziotto, fuori servizio e in borghese, ed era costretto ad ammettere, non senza una punta d'invidia, che non era un caso se Jim Chopin veniva soprannominato "il Padre del Parco". La stessa Kate, si rese conto per la prima volta con un lieve shock, non era del tutto immune al suo fascino, altrimenti non avrebbe mantenuto quell'atteggiamento di implacabile ostilità nei suoi confronti.

Restava da vedere quanto fosse stata immune Lisa Getty.

Jim aveva ripreso a parlare. «È stato fuoco puro per sei, sette settimane. Poi, il 14 febbraio, sono atterrato nel Parco e sono andato a casa sua. Non la vedevo da una settimana, e lei era... Be', lasciamo perdere. Mi ha fatto entrare, e mi ha fatto uscire di nuovo dopo qualcosa come cinque minuti. Ha detto», e Jim sembrò sforzarsi di ricordare le parole esatte, «ha detto che io le piacevo un sacco e che era stato divertente, ma che era arrivato il momento di andare avanti, e sperava che non la prendessi troppo a male. Poi ha aperto la porta e mi ha sorriso». Fece una pausa. «Non ha detto nemmeno che sperava potessimo restare amici. In pratica, per poco non mi ha accompagnato fuori con la punta dello stivale». Scosse la testa. «Nessuno mi aveva mai dato il benservito, prima. Almeno non in quel modo».

«Un'altra esperienza nuova, per te», non poté esimersi dal commentare Jack.

Jim Elicottero lo spiazzò ancora una volta. Rivolse a Jack un mezzo sorriso. «Poco ma sicuro. Di certo non mi capita spesso, cazzo».

Jack ci pensò su. «Ti ha detto perché era finita?».

Il poliziotto scosse la testa.

«Non gliel'hai chiesto?».

Il poliziotto scosse di nuovo la testa, stavolta in maniera più energica. «Non aveva senso. Lei era una persona molto...», si fermò a cercare la parola giusta, e proseguì in maniera piuttosto fiacca, «... indipendente. Se faceva qualcosa, aveva i suoi buoni motivi, e non credeva che perdere tempo dando spiegazioni a chi non riusciva a seguirla fosse di qualche utilità».

«Credi che ci fosse un altro?»

«So che può sembrare il motivo più ovvio, e il più probabile. Ma con Lisa...».

«Cosa?».

Il poliziotto scrollò le spalle. «Lisa Getty era un sacco di cose. "Prevedibile" non rientra tra queste. Era una donna complicata».

«Solo perché ti ha scaricato?».

Per la terza volta, Jim Chopin sorprese Jack Morgan. Considerò la domanda con un atteggiamento quasi distaccato. Quando rispose, lo fece in modo neutro, con l'obiettività di un investigatore che conosce il proprio mestiere. Scosse la testa una sola volta, avanti e indietro, in maniera risoluta. «No. Da un punto di vista fisico eravamo molto intimi, ma...».

«Ma cosa?»

«Ma cosa». Jim esaminò con attenzione il cappello come se la risposta a quella domanda fosse scritta sotto la tesa. «Aveva questa capacità, questo talento».

Jack inarcò appena le sopracciglia. «Talento per cosa?»

«Non saprei neanch'io come definirlo esattamente. Un talento per... per concentrarsi su una cosa alla volta, credo. Forse per dividere in compartimenti stagni».

«Addirittura».

«Te l'ho detto, non saprei neanch'io come definirlo. Tutto ciò che so è che quando si concentrava su un aspetto, su una parte della sua vita, riusciva a lasciare fuori tutto il resto». Jim Elicottero sembrò sulle spine. Jack non l'aveva mai visto così prima d'allora, e dovette ammettere a se stesso che quello spettacolo non gli dispiaceva affatto. «Quando eravamo insieme si concentrava su di me, su di noi, su quello che stavamo facendo. Era davvero...».

«Intenso?», suggerì Jack con espressione seria.

Che potesse essere un po' sulle spine, d'accordo, ma era da quando aveva sei anni che nessuno riusciva a mettere Jim Elicottero in imbarazzo. «Credo che sia una definizione plausibile. Solo dopo che è finita mi sono reso conto che, per quanto fosse stato intenso, non l'avevo mai conosciuta *davvero*».

«Fantastico».

«Già», disse Jim Elicottero. «Ancora oggi non so se avrei fatto meglio a cercare di conoscerla un po' più da vicino, o a non imbarcarmi affatto in quella storia».

«Se avessi cercato di conoscerla più da vicino, se non altro avresti reso tutto questo un po' più semplice», commentò Jack in maniera piuttosto acida.

Jim Elicottero scrollò le spalle e si appoggiò allo schienale. Le confidenze sulla sua vita privata erano chiaramente terminate.

«Cosa dobbiamo fare?».

Jim Elicottero scrollò di nuovo le spalle.

«Se non te ne puoi occupare tu, a chi affidiamo il caso? Nessuno conosce il Parco meglio di te».

«Oh, non saprei proprio». Jim Elicottero aggiustò la piega sulla cupola del cappello, con una delicata precisione che Bill osservò ammirato. «Sono sicuro che troverai qualcuno all'altezza». Apportò un impercettibile ritocco ai due fiocchi in cui terminava il laccio dorato attorno alla cupola. «Ma sarà meglio starci attenti. Sai come sono nel Parco quando si tratta di proteggere uno dei loro».

Jack ripensò al dicembre precedente, e non riuscì a reprimere un brivido. «Sì. Lo so. Quindi?».

Il poliziotto si calcò il cappello in testa, mettendo la tesa di sbieco di modo che gli scendesse sugli occhi. Sollevò lo sguardo, con un'espressione a metà tra l'afflitto e il rassegnato. «Quindi. Sembra che Kate sia la nostra unica possibilità».

«Sembra proprio di sì». Jack fece finta di raddrizzare una pila di scartoffie sulla scrivania.

«Quando ci vai? Domani?»

«No». Jack ci pensò su. «Prima manderò di nuovo la squadra sulla scena del crimine, e farò raccogliere ogni cosa, anche le briciole. E credo che farò controllare i proiettili dalla balistica attraverso il CLIS». Sollevò una mano di fronte alla tacita protesta di Bill. «Lo so, lo so, ma con Kate Shugak bisogna essere sicuri al cento per cento».

«Sicuri di cosa?», domandò Bill.

«Sicuri che non abbia la possibilità di tirarsi indietro», rispose sagace il poliziotto.

Jack aggrottò le folte sopracciglia nere, ma non abboccò. «Conosco un tipo all'FBI, Gamble. Mi deve un favore. Gli chiederò di controllare il database e di mandarmi subito le impronte di classe e i contrassegni identificativi dell'arma. Dovrei riuscire a fare un salto al Parco», si chinò in avanti per sfogliare il calendario da tavolo, «domenica al più tardi».

«Ti serve uno strappo?», chiese Jim Elicottero.

Jack scosse la testa. «Andrò da solo con l'aeroplano».

Kate. Già solo il pensiero gli risollevò il morale. Stava andando a casa, da Kate, mentre aveva pensato di non riuscire a vederla prima delle ferie, a maggio. Sentì un tuffo al cuore, e non riuscì a evitare che un sorriso gli affiorasse pian piano sul viso. Spostò lo sguardo dall'espressione di Bill, incuriosita e venata da una sfumatura di disapprovazione, a quella complice del poliziotto, e scoppiò a ridere di gusto.

# 3

Kate era impegnata a sostituire la finestra che Mutt aveva sfondato per accorrere in suo aiuto, nove giorni prima. Il cielo era limpido e sereno, il sole caldo sulla schiena, la temperatura al di sopra dello zero, e il lavoro, semplice e diretto, le teneva le mani impegnate lasciando la mente libera di vagare. Era questo il problema.

«Già», disse, «c'è qualcosa, nella cattura di un assassino intento a compiere una strage, che tende a guastare lo spirito primaverile».

Dirlo ad alta voce non l'aiutò quanto aveva sperato. Con un grugnito, sollevò la finestra assieme al telaio prefabbricato di alluminio e la incastrò nella parete della capanna. Dall'altra parte del vetro Mutt la guardava con aria implorante. Kate si rovistò in tasca in cerca delle viti e cominciò a inserirle, una per una, concentrandosi su quel compito con una sorta di caparbia determinazione. L'orrore della scena sulla strada continuava a perseguitarla come un'ombra, sempre presente in un profondo recesso della coscienza. Insudiciava le aspettative di quei primi giorni di primavera, avvelenandole i sogni.

Dal sottobosco al limitare della radura giunse un fruscio; Kate si voltò e vide il fidanzato di Mutt saltare in piedi e osservare il cielo verso ovest. Kate si interruppe e alzò la testa. Un flebile ronzio annunciava l'arrivo di un aeroplano. Il rumore diventava sempre più forte e si faceva sempre più vicino, e Kate si girò di scatto appena in tempo per vedere un Cessna 172 blu, nero e grigio passare con un rombo sopra la radura, i pattini di atterraggio quasi rasenti le chiome degli alberi. Una possente voce baritonale si fece sentire sopra il motore, cantando a squarciagola una canzone sulle donne, e sul fatto che non esisteva niente come loro.

Sul volto di Kate comparve l'accenno di un sorriso. Il Cessna virò per un secondo passaggio e una nuova strofa. Mentre Kate afferrava il parka al volo e si fiondava in garage, con una sdegnata e frustrata Mutt che guaiva nella capanna, il sorriso le era arrivato alle orecchie. E mentre spingeva fuori la motoslitta, il Cessna le rombò sopra la testa una terza volta per il ritornello. Inspiegabilmente, la Super Jag si accese al primo colpo. Kate diede gas e schizzò via dal garage senza fermarsi a chiudere la porta, passò oltre il lupo disorientato, accovacciato ai piedi dell'albero di cicuta, e risalì il sentiero fino alla strada, senza pensare ad altro che a coprire il più velocemente possibile i quaranta chilometri che la separavano da Niniltna.

Sarebbe dovuto atterrare da un pezzo, ma quando Kate giunse alla pista girava ancora in tondo sul campo di volo, continuando a cantare a squarciagola dal finestrino aperto del Cessna. Come venne a sapere più tardi da una decina di parenti e amici divertiti, nel frattempo aveva fatto un paio di passaggi a bassa quota sopra il villaggio e una puntata al Roadhouse, cantando la serenata a tutti quelli che capitavano per caso sotto le sue ali. I due rappresentanti della polizia tribale di servizio quel giorno lo fissavano a bocca aperta da una delle estremità della pista, talmente colpiti da quella briosa interpretazione di Rodgers e Hammerstein da non prendersi nemmeno il disturbo di voltarsi quando Kate comparve alle loro spalle.

Non appena vide la Super Jag stagliarsi sulla distesa di neve, il pilota si inclinò di lato e scivolò d'ala fino ad atterrare, rullando sulla pista per fermarsi a non più di tre metri da Kate e sterzando platealmente di coda prima di spegnere il motore. Si precipitò fuori dal Cessna prima ancora che l'aereo si fosse fermato e superò a grandi passi la polizia tribale per fiondarsi su Kate. Dal canto suo, lei era orgogliosa di essere riuscita a trattenere un gridolino.

«Jack?». Pete Kvasnikof si schiarì la gola. Strusciò i piedi a terra con imbarazzo. «Jack?». Si schiarì di nuovo la gola. Alla fine posò il calcio del fucile sulla neve e allungò la mano libera per dare un timido colpetto alle spalle dell'omone. «Ehm, Jack?».

Jack si ritrasse da Kate e le guardò con soddisfazione il viso rosso come un peperone. Dopodiché emise un basso brontolio.

«Dio santo, Jack», disse Pete, sperando di non essere arrossito a sua volta, «Kate farebbe bene a metterti un guinzaglio».

Jack si voltò, le braccia ben strette attorno alle spalle di Kate, e sembrò che vedesse Pete solo allora per la prima volta. «Oh, ciao, Pete. Fate pure, perquisite l'aeroplano».

«Devo perquisire anche te», precisò Pete imbarazzato.

«Certo, certo, conosco la procedura». Jack rimase fermo in piedi, le braccia tese all'altezza delle spalle, tenendo d'occhio Kate per assicurarsi che non si allontanasse di un solo passo.

«Ok», disse Pete, indietreggiando. «Sei pulito».

Un altro uomo arrivò di corsa, ansante. «È pulito anche l'aeroplano. Niente alcol».

«E tu chi sei?»

«Jack Morgan, Tom Will. È un nuovo acquisto».

«Piacere di conoscerti». Jack diede a Tom una rapida stretta di mano e, quasi in una prosecuzione dello stesso movimento, guidò Kate verso la Super Jag. «Ci vediamo, ragazzi».

Il rumore del motore della motoslitta coprì la risposta di Will.

Kate fece appena in tempo ad aprire la porta che Mutt si lanciò in mezzo a loro e scomparve come un fulmine nei boschi.

«Mutt!», gridò Kate. «Torna subito qui!».

Jack l'afferrò per il braccio e la tirò dentro. «Jack», disse Kate, cercando di divincolarsi, «lasciami andare. Devo andare a prenderla. Jack! È in calore, dannazione».

«Anch'io». Con un calcio, l'omone chiuse la porta alle sue spalle. Un istante dopo, Kate era distesa sulla schiena al centro del pavimento della cucina, una scia di vestiti tra lei e la porta, e un uomo grande e caldo sopra di lei. Con labbra tenere, mordendola con dolcezza, Jack seguì la cicatrice che le si tendeva attorno alla gola come una corda annodata. Lei si agitò appena per il solletico. «Ti sei fatto la barba», mormorò, strofinandogli il naso contro la guancia. «Come mai?». Lui le diede un morso per ottenere la sua completa attenzione, e lei dimenticò quello che stava per dire.

Il pomeriggio e la sera passarono troppo in fretta, tra amore, risate e un raid di mezzanotte in cucina. Il mattino dopo, Jack si svegliò prima di lei e rimase sdraiato a guardarla in silenzio. Quando dormiva, il viso di Kate mostrava una sorta di testarda concentrazione che lo fece sorridere, e sospirare. La pelle era liscia e dorata. Gli occhi, con appena una punta di piega epicantica, quand'erano aperti erano grandi, di un luminoso color nocciola, e leggermente sollevati verso le tempie. I capelli le arrivavano alla vita, tutti della stessa lunghezza, lisci e soffici come la seta, senza neppure un accenno di curve o ricci, e neri come l'ombra a mezzanotte.

Quand'era sveglia e in movimento era minuta senza essere tozza, di un'agilità e una grazia naturali, e bella senza cercare di esserlo, almeno agli occhi di Jack. La sfiorò con la mano, e lei si svegliò come faceva sempre, di colpo e immediatamente cosciente di sé e dell'ambiente in cui si trovava. Gli sorrise, un sorriso sconfinato e irresistibile, e Jack si immerse in quel sorriso e nel bacio che seguì, che si concluse un po' di tempo dopo in maniera molto meno tenera di com'era cominciato, ma proprio per questo tanto più piacevole.

Dopo aver fatto l'amore, Kate tornò a dormire. Lui si alzò, si vestì e scese di sotto a pompare un po' d'acqua per lavarsi e fare il caffè.

Lei si svegliò un'ora dopo, sentendosi usata in maniera gratificante, ma non ancora sfruttata al massimo. Sentì il profumo del caffè e sorrise. Si infilò in fretta i jeans, una felpa e un paio di calzettoni pesanti, si girò verso la scala a pioli e corse giù, lasciando che i pioli e i montanti le scivolassero tra i piedi e le mani. Superò con un balzo gli ultimi gradini e si voltò con un sorriso impudente.

Jack era seduto al tavolo, con un paio di serissimi occhiali con la montatura in corno, ed era circondato da una decina di cartelle rigonfie. Il sorriso di Kate svanì all'istante.

«Il caffè è pronto», disse lui senza sollevare lo sguardo. «E ho affettato un po' di pane».

La faccia era quella da lavoro. Incuriosita, Kate esitò per un istante, ma avrebbe giurato che Jack voleva che fosse lei a fargli qualche domanda, così girò sui tacchi e andò fuori. Di Mutt nessuna traccia. Chiamò e aspettò, chiamò di nuovo. Nessuna risposta. Kate imprecò a bassa voce, si servì del gabinetto e fece ritorno alla capanna.

Si versò il caffè in una tazza, impilò un'abbondante razione di fette di pane su un piattino e portò entrambi al tavolo. Jack riordinò i fascicoli in un mucchietto voluminoso e li spinse da una parte. Si tolse gli occhiali, si stropicciò le palpebre e pensò al modo migliore per dirglielo cercando di ottenere il massimo effetto. Alla fine decise di andare dritto al punto. «Lisa Getty non è stata uccisa da Roger McAniff».

La mano di Kate si bloccò sopra il coltello da burro. Rimase immobile, con lo sguardo fisso sulla fetta di pane, come se non avesse mai visto in vita sua farina bianca, acqua e lievito mischiati insieme. Quando alzò la testa, Jack sorrise tra sé.

«Cos'hai detto?»

«Quelli della balistica hanno stabilito che il proiettile che ha ucciso Lisa Getty proveniva da un'altra arma da fuoco. Diversa da quella che ha ucciso le altre vittime».

Kate lo fissò. «Un'altra arma da fuoco».

«Sì».

«E a sparare è stata un'altra persona?»

«Così pare».

Kate posò con attenzione il coltello, tenendolo in equilibrio sul piattino. Quando posò anche la fetta di pane, Jack capì di averla in pugno. Poche cose riuscivano a intromettersi tra Kate e il cibo.

«Prima che tu me lo chieda, abbiamo controllato e ricontrollato per essere sicuri che non ci fossero errori. Ho perfino chiesto a Gamble di testare le impronte di classe del fucile attraverso il database CLIS. Stesso risultato. Per due volte».

«Gamble», disse lei. «Il tipo in gessato che hai portato qui l'anno scorso».

«Mmh mmh». Jack indicò le cartelle disseminate sul tavolo. «Ti va di darci un'occhiata?»

«No». Kate prese la fetta di pane, ci spalmò sopra la marmellata di camemoro e diede un gran morso. Poi, con le parole che giungevano attutite, aggiunse: «Ma lo farò comunque».

Dopo colazione si ritirò sul divano con i fascicoli e lesse senza tregua per tutto il pomeriggio. Intorno alle tre mise da parte il documento che stava leggendo e uscì. Si arrampicò sulla scala del magazzino e prese a rovistare nella dispensa. C'erano due pacchetti di bistecche di caribù e un grosso pezzo di alce, tutto ciò che rimaneva delle sue scorte di carne per l'inverno. Portò giù tutti e tre i pacchetti. La notte la temperatura continuava a scendere sotto lo zero, ma di giorno faceva ormai talmente caldo che la carne si sarebbe guastata di lì a breve. «Mutt!», gridò. «Stupida puttanella, torna subito a casa! Adesso!». Nessuna risposta. Non che se l'aspettasse. Circolavano un mucchio di leggende sui lupi grigi e sul loro vigore. Kate non sapeva se mettersi a ridere o a imprecare. Alla fine fece entrambe le cose. «Oh, al diavolo. Divertiti finché puoi, piccola».

Dentro, sminuzzò le tre porzioni di carne in tocchetti da spezzatino. Accese il fornello a nafta, sistemò sulla fiamma la pentola più grande che aveva, tagliò a cubetti una confezione di pancetta e le due cipolle più grosse che riuscì a trovare nella cantina dietro al garage, e li mise a soffriggere. Dopodiché aggiunse due grossi spicchi d'aglio tritati. Sentendo il profumo, le brontolò lo stomaco. Aggiunse la carne e gli aromi essiccati, e fece cuocere lentamente il tutto fino a quando la carne non fu ben rosolata. Trovò un po' di sedano non troppo appassito e un paio di carote in splendida forma. Tirò fuori due barattoli di pelati e li aggiunse allo spezzatino, poi riempì d'acqua uno dei barattoli e la versò sulla carne. Ci pensò su, e ripeté l'operazione altre due volte. Il liquido nella pentola copriva a malapena gli ingredienti. Pulì la cucina in attesa che l'acqua iniziasse a bollire, poi aggiunse allo spezzatino due piatti di maccheroni, dopodiché coprì la pentola e abbassò la fiamma. Dal magazzino aveva portato anche un'altra pagnotta, che lasciò sul bancone ancora avvolta nella carta stagnola.

Jack, che aveva trascorso un tranquillo pomeriggio a leggere la collezione di romanzi di F.M. Busby di Kate, mise il segno a *The Long View* e annusò l'aria con approvazione. «Posso darti una mano?»

«No».

Pensieroso, Jack la osservò per un istante mentre lei gli dava le spalle, decise che era meglio non insistere e riaprì il libro. Dopo aver dato un'ultima lucidata al bancone, Kate riappese lo strofinaccio sopra il lavandino e tornò ai fascicoli. Un'ora dopo aveva finito di leggere l'ultimo e lo fissava con aria accigliata. Lo stufato sobbolliva con un piacevole, allegro borbottio, e l'aroma di aglio e cipolle, alce e caribù riempiva la casa. Kate spense il fornello e portò la pentola fuori, posandola sul gradino perché raffreddasse, e chiamò di nuovo Mutt, senza alcun risultato. Fuori c'era ancora luce, ma decise di dare inizio alla serata accendendo le lampade. La stanza venne invasa da una luce calda e accogliente, con un piacevole sibilo in sottofondo.

Le pareti della capanna erano tappezzate di mensole, che coprivano ogni centimetro di superficie disponibile, tranne che alle spalle dei due forni. La maggior parte dei ripiani era stipata di libri, vecchi e nuovi, rilegati e tascabili: tutti portavano i segni delle tante letture e riletture. Uno dei ripiani, più sporgente rispetto agli altri, formava una rudimentale scrivania, sormontata da una serie di cassettini traboccanti. Kate vi trascinò accanto una sedia della cucina e rovistò finché non trovò carta e penna. Si sedette, sembrò riflettere per un istante, dopodiché si chinò e iniziò a scrivere.

Stare a fissarle le spalle, peraltro niente affatto eloquenti, era poco produttivo e molto meno divertente delle avventure di Rissa e Bran alle prese con l'UET. Jack tornò al suo libro.

Alle sei, Kate riportò dentro lo stufato e lo mise a riscaldare. Jack fece un'orecchia alla pagina del libro e andò a sedersi a tavola. Già al primo boccone chiuse gli occhi in un momento di estasi. «Dio», bofonchiò indistintamente. «Forse il migliore che tu abbia mai preparato».

Entrambi fecero il bis, e raccolsero perfino il sughetto con grossi pezzi di pane.

«Straordinario», disse Jack, appoggiandosi allo schienale della sedia con un sospiro di soddisfazione. «Non mi ricordo quand'è stata l'ultima volta che ho mangiato stufato d'alce. Troppo tempo fa. No, lascia. Ci penso io». Soffocò un rutto e si alzò per sparecchiare. Kate tornò al tavolo. Dopo aver riempito la tinozza alternando l'acqua calda del bollitore e quella del lavandino, Jack lavò i piatti, travasò lo stufato avanzato in una pentola più piccola e la portò fuori. Mise il caffè sul fuoco, poi rovistò fino a quando non trovò le scaglie di cioccolato e le noci e preparò un'infornata di biscotti Toll House, il che più o meno stabiliva il limite delle sue abilità culinarie.

Quando arrivò il momento di toglierli dal forno, Kate spinse indietro la sedia, si alzò, tese le braccia sopra la testa e si chinò in avanti fino a toccarsi la punta dei piedi. Con il piatto di biscotti in mano, Jack le fece cenno di accomodarsi. Lei si spostò verso l'ampia panca imbottita che correva lungo una parete della stanza, sotto le mensole. Jack le portò i biscotti e una tazza di caffè corretto a dovere. Kate diede un morso a un biscotto e dovette trattenere un grugnito di approvazione. Il primo sorso di caffè le ustionò la lingua, e soffiò sulla tazza per raffreddarlo.

«Allora, che ne pensi?»

«Non metti mai abbastanza scaglie di cioccolato. Il cioccolato fa parte di uno dei quattro più importanti gruppi alimentari, lo sapevi?».

Jack contrasse appena gli angoli delle labbra, e Kate si rese conto che era la prima volta che li vedeva. Stabilì che le piaceva anche senza barba, ed era felice che questa non nascondesse un mento sfuggente, denti da coniglio o un labbro inferiore troppo sporgente.

«Quali sono gli altri tre?», le chiese lui.

«Gli altri tre cosa?».

Jack sorrise tra sé. «Gli altri tre gruppi alimentari più importanti».

«Ah». Kate si riscosse e si concentrò nuovamente sul biscotto. «A quanto dice Bobby, grassi, sale e zucchero. Tutti ben rappresentati in questa cucina, ho il piacere di sottolineare». Jack scoppiò a ridere, e lei si leccò il cioccolato dalle dita. «Immagino che non ci sia traccia dell'arma del delitto».

Lui scosse la testa. «Ieri ho mandato una squadra di una decina di persone a setacciare di nuovo la scena, dall'alba al tramonto. Niente di niente».

«Magari qualcuno ha sparato a McAniff e l'ha mancato».

«O magari qualcuno voleva uccidere Lisa Getty e si è imbattuto per caso in quello che considerava, nella sua relativa innocenza, il delitto perfetto».

Kate gli rivolse uno sguardo freddo e distaccato, ma non ribatté. Pensò a qualche altra possibilità. «McAniff non poteva avere due fucili?»

«No».

«Sei sicuro?»

«Non sono sicuro di nulla in questo caso, ma abbiamo una testimone oculare. E Becky Jorgensen dice di no».

«Dove l'ha visto? Nell'ufficio postale, da un'altra stanza, per – vediamo – cinque secondi al massimo? Mentre McAniff assassinava il marito? Dopodiché è corsa via senza più voltarsi indietro». Kate prese un altro biscotto e rimase in silenzio per un istante. «Forse aveva un altro fucile fuori».

«Il commesso dell'emporio di Niniltna ha detto che il giorno prima ne aveva comprato uno. Uno soltanto».

«E i proiettili con cui sono state uccise le altre vittime corrispondono a quel fucile?»

«Sì».

«Ma non il proiettile che ha ucciso Lisa».

«Esatto».

«Ne sei sicuro?»

«Gli esperti di balistica hanno ripetuto il test tre volte. Gamble ha verificato attraverso il CLIS altre due volte. Siamo sicuri».

Jack si alzò a versare altro caffè nelle tazze. Accigliata, Kate lo fissò in silenzio.

«Be'?».

Lei indicò i fascicoli con un cenno del mento. «Jim Elicottero li ha visti?»

«Ne ha praticamente scritti la metà. Il caso rientra nel suo territorio. L'indagine era affidata a lui».

«Quindi è al corrente di tutto».

«Sì».

«Se il caso è affidato a lui, perché non può...».

«Ci andava a letto».

Le generose curve della bocca di Kate si strinsero fino a formare una linea sottile. Tenne per sé il primo commento che le passò per la testa, inutile e sfrontato, e il secondo, fisicamente impossibile; si decise per il terzo. «Se basta questo per essere sospettati dell'omicidio di Lisa Getty, be', possiamo includere una buona metà del Parco».

«Mi è giunta voce anche di questo».

«Chi si trovava nei paraggi quella mattina?»

«Di cui siamo a conoscenza? Tutte le persone citate nei fascicoli». Jack le elencò una per una. «Lottie Getty. Becky Jorgensen. Lyle e Lucy Longstaff, prima che venissero uccisi. La stessa Lisa. Anche George Perry si trovava nei paraggi, ma era a cinquemila piedi di altezza, per cui non credo possa essere preso in considerazione».

«È tutto?»

«È tutto».

Kate prese un altro biscotto. «Cosa vuoi che faccia?».

Lui scrollò le spalle. «Quello che sai fare meglio. Vai lì, ficca un po' il naso, una gomitata a sinistra, una piccola spintarella a destra. Prima o poi qualcosa salterà fuori».

Kate sentì montare la rabbia. «Non ci riesci proprio a starmi lontano, eh?»

«Non troppo a lungo, no», ammise Jack.

«Ti mancavo così tanto?»

«Anche di più».

«Coglione». Si sollevò di scatto e andò a sbattere con le spalle contro la mensola sopra la sua testa, facendo precipitare a terra una dozzina di musicassette. Si girò giusto in tempo per evitare che il mangianastri subisse la stessa sorte.

Jack disse l'unica cosa che poteva dire un uomo saggio. «Mi dispiace». Si alzò e le toccò la spalla. Lei si scrollò la mano di dosso e si chinò a raccogliere le cassette, impiegando una smisurata quantità di tempo per metterle a posto e sistemarle in ordine alfabetico sulla base del titolo. Jack lesse i nomi al di sopra della spalla di Kate e scosse la testa con ammirazione. «Be', senza dubbio sei abbastanza selettiva quanto a gusti musicali, Kate».

Lei si chinò di nuovo per raccogliere una cassetta che le era sfuggita, e infilò *Beethoven – Tutti i capolavori* in mezzo a K.D. Lang e Jack and Elwood Blues.

«Scommetto che fai fuori le batterie una dietro l'altra», tentò di nuovo Jack.

Ancora una volta nessuna risposta.

Jack sospirò. «Non c'è bisogno che ti dica che le prime ventiquattr'ore dopo un delitto sono le più importanti».

«No», rispose lei, e Jack trasalì al suono di quella voce roca e irregolare che si faceva più profonda. «Non c'è bisogno che me lo dica tu».

«E non c'è bisogno che ti dica che sono passati dieci giorni da questo delitto».

«No».

«Tanto più aspettiamo, tanto minori sono le possibilità di trovare il colpevole».

«Già».

«E per come stanno le cose, probabilmente sarà soltanto un'indagine pro forma. L'assassino, o l'assassina, ha avuto troppo tempo per ripulire le tracce che poteva aver lasciato. Tutto quello che deve fare è rimanere immobile e aspettare che passi la tempesta».

«Sì».

«Ma dobbiamo comunque portare avanti l'indagine, anche se pro forma».

«Sì».

Jack fece una pausa, guardò le spalle di Kate, da cui riusciva a intuire ben poco, le mani abili e veloci, forse un po' meno del solito, che rimettevano a posto le cassette. «Allora lo farai?»

«Non lo faccio sempre?».

Jack trasalì di nuovo. Se Kate l'avesse visto, ne sarebbe stata compiaciuta. Riordinò le cassette con mano più ferma, il pensiero che andava a dieci giorni prima, a un luogo a quaranta chilometri da lì lungo lo sterrato della vecchia ferrovia, poi a un bosco sul ciglio di una fangosa pista aerea lunga un chilometro e mezzo. Conosceva di persona tutte le vittime, alcune da quando era nata.

Sentendosi irrequieto e decisamente in colpa, Jack fece qualche passo per la stanza. Si fermò davanti alla scrivania e abbassò lo sguardo sul bloc-notes fittamente coperto della scrittura di Kate. Appunti in cui evidenziava i punti salienti del caso, immaginò. Si domandò cosa ne aveva cavato fuori. Dopo aver lanciato un'occhiata nella sua direzione per assicurarsi che gli stesse dando ancora le spalle, allungò un dito in esplorazione per poi girare pagina e leggere cos'aveva scritto.

*Pelati*, lesse. *Latte evaporato, fagiolini verdi, farina bianca, farina integrale, farina d'avena, uva passa, albicocche secche*. Era una lista della spesa, un lungo elenco di articoli di drogheria, con le quantità specificate accanto in caso le scorte fossero dovute durare per un anno. Pratica, stabilì Jack, pratica era la parola migliore per descrivere Kate Shugak. «Quattrocento dollari al giorno», disse a voce alta.

Con un visibile sforzo, Kate fece ritorno al presente. «Più le spese».

Lui si accigliò appena. La voce di Kate era strana. «Stai bene?».

«Più le spese», ripeté lei.

«Andata».

Ci fu un istante di silenzio. «Per una volta, non puoi venire a trovarmi solo perché hai voglia di vedermi?».

Jack scrollò le spalle. «Be'. Già che ci siamo».

«Dovrei farti dormire sul divano, stanotte».

«Sì, probabilmente dovresti. Lo farai?».

Kate lo mandò a quel paese. Jack scoppiò a ridere.

# 4

Quando Kate spense la motoslitta, il silenzio che ne derivò fu spezzato una prima volta dal ronzio distante di un'altra motoslitta, e una seconda da un cane che guaiva in lontananza. Mutt non si prese nemmeno la briga di rispondere e saltò giù dal sedile della Super Jag. Dopodiché sollevò lo sguardo verso Kate con aria interrogativa, evidentemente pronta, desiderosa e capace di proseguire l'opera con il lupo. «Hai un aspetto un po' troppo compiaciuto», le disse Kate.

Mutt inarcò di scatto una delle sopracciglia, come a dire: "Senti chi parla...".

«Va' all'inferno», le disse Kate.

La sua unica risposta fu un latrato sommesso e divertito.

Si erano fermate davanti a una capanna di tronchi, con una bandiera degli Stati Uniti che sventolava su un'asta in un angolo del tetto e una parabola satellitare appesa alla grondaia. Kate smontò di sella ed entrò.

L'uomo dietro il bancone alzò la testa. «Ehi, Kate».

«Ciao, Ralph. Sei di sostituzione?».

Lui annuì. «Fino a quando non trovano qualcuno fisso. Che ci sia pioggia, sole, neve, grandine o stragi, la posta deve essere distribuita». I loro sguardi si incontrarono. «Scusa. Sei qui per la tua, immagino».

«Fino all'ultima busta, tranne le bollette».

L'uomo sorrise. «Vedrò cosa posso fare. Dammi solo un minuto, l'aereo è appena arrivato».

«Fai con comodo».

Ralph riprese a rovistare nel cumulo di buste grandi e piccole, voluminose e sottili, e Kate si avvicinò all'estremità del bancone e diede un'occhiata dall'altra parte. Ralph alzò la testa. «È successo qui?», domandò Kate.

La mani dell'uomo si fermarono. «Sì. Proprio lì».

Lei scosse la testa. «Che storia terribile».

«Quel tipo era fuori di testa». Ralph strinse le labbra. «Conoscevo Pat Jorgensen da vent'anni. Era una brava persona. Non meritava di morire in quel modo». Fece una pausa. «E tu avresti potuto far risparmiare un po' di soldi ai contribuenti, lì sulla strada».

«L'ho sentito dire».

«Peccato che non l'abbia fatto».

«È quello che mi dicono tutti quanti». La voce di Kate era roca e sommessa.

Ralph Peabody, un uomo massiccio con la faccia rossa e squadrata, completamente calvo, aveva un'aria fredda e distaccata, ma non era privo di tatto. Si astenne dall'aggiungere altro e riprese a passare in rassegna le buste.

«Ti spiace se entro?», chiese Kate, indicando con un cenno della testa la tendina che separava il minuscolo ufficio postale dal blocco principale della casa.

Lui le lanciò un'occhiata incuriosita ma scrollò le spalle. «Vai pure. Becky è ancora in ospedale».

«E Bill?»

«Lui e Betty sono ad Anchorage assieme a lei».

Kate spinse di lato la tenda (un sottile telo di cotone a motivi floreali appeso a un esile bastone di metallo che, a un esame più attento, si rivelò essere un tubo in rame fissato alla modanatura della porta con chiodi per tappeti) ed entrò nella stanza. Si voltò, sempre tenendo la tenda tirata di lato. Il vano della porta incorniciava la testa di Ralph china sulle buste, il bancone e l'ingresso dell'ufficio postale. Era un miracolo che McAniff non avesse visto e ucciso Becky mentre se ne stava lì, ad assistere con occhi sgomenti all'omicidio del marito.

Kate osservò la scena con più attenzione. C'era una grande chiazza sul pavimento, proprio sotto i piedi di Ralph. Chiuse gli occhi per un istante. Anche lei conosceva Pat Jorgensen, e da più tempo di Ralph, e sì, era una brava persona, e no, non meritava di morire in quel modo.

Lasciò ricadere la tenda e si girò dall'altra parte. Si trovava nel soggiorno della capanna, una stanza spaziosa con un enorme mobile per la TV che troneggiava in un angolo, e due semplici, logore poltrone, dall'aria piuttosto comoda, posizionate di fronte. Un camino in pietra, e lì accanto un divano a motivi floreali, abbastanza lungo e ampio da consentire a Pat di schiacciarci comodamente un pisolino, pur avendo ancora spazio a volontà. Sulla spalliera era drappeggiata con cura una coperta a punto afghano, i colori allegri e fluorescenti che cozzavano gli uni con gli altri. Becky lavorava all'uncinetto, ricordò Kate. Non c'era amico che prima o poi non venisse omaggiato con una coperta fatta da lei, dai colori talmente accesi da assicurare un mal di testa con i fiocchi, se si commetteva l'errore di guardarla troppo a lungo.

Nella parete che affacciava sulla pista era stata ricavata un'enorme finestra panoramica, con vista sull'Angqaq Peak e relative Quilak Mountains sullo sfondo. Nello spazio tra la pista e le montagne c'erano gli alberi, stretti gli uni agli altri come pettegoli desiderosi di restare a portata d'orecchio. Oltre le cime, Kate intravide i pennacchi di fumo che si sollevavano dai caminetti delle case e dei negozi di Niniltna, e una grande colonna di vapore proveniente dalla centrale elettrica. Per una donna di sessantaquattro anni in preda al panico, che aveva appena visto il marito ucciso a sangue freddo con un colpo di fucile, quell'immagine doveva aver rappresentato un rifugio sicuro.

Kate si avvicinò alla porta principale, che si apriva direttamente sul soggiorno, oltrepassò il piccolo vestibolo e aprì la porta che dava sull'esterno. Rimase immobile in cima ai gradini, osservando la pista dall'inizio alla fine. Mutt la raggiunse trotterellando da dietro l'angolo e si fermò, lo sguardo rivolto verso la padrona, la coda arricciata a formare un punto interrogativo.

Dall'altra parte della pista, proprio di fronte alla casa, si apriva una striscia di terra disboscata che ospitava un edificio quadrato a due piani. Su una sbiadita insegna sotto il cornicione si leggeva: "CHUGACH AIR TAXI SERVICE, INC.". L'area a destra dell'edificio era occupata da una decina di piccoli aeroplani, per la maggior parte ancora in versione *skiplane*, ancorati a terra con dei tiranti. Kate scese i gradini e attraversò la pista in direzione dell'hangar. Le gigantesche porte scorrevoli erano chiuse. Entrò nell'ufficio dalla porta laterale e lo oltrepassò per entrare nell'hangar vero e proprio. Un uomo con una tuta da lavoro a strisce grigie era chino sul cofano motore di un Cessna 602 a sei posti. L'aereo avrebbe avuto bisogno di una mano di vernice, l'uomo di una doccia.

In quell'istante si sentì il rumore di qualcosa di metallico che si spezzava. «Merda!», gridò l'uomo. Innervosito, gettò via il cacciavite con tutta la forza che aveva, proprio in direzione di Kate. La donna si chinò con prontezza, e se lo sentì passare sopra la testa con un sibilo. Alle sue spalle, Mutt fece un balzo e afferrò al volo il manico di plastica tra i denti.

«Anche a me fa piacere rivederti, George», disse Kate, drizzandosi nuovamente in piedi. «Qual è il problema con questo stronzetto, stavolta?»

«Il maledetto magnete è di nuovo andato», rispose lui con aria cupa, «e quel cazzone del mio meccanico ha pensato bene di andarsene proprio ora a Dutch Harbor per riparare una macchina per la lavorazione del pesce». George Perry era un uomo alto ed esile, con ispidi capelli castani e occhiali dalla montatura in metallo, entrambi generosamente cosparsi di grasso. Sembrava più un ragioniere che un pilota di aeroplani del Bush, ma bestemmiava con una certa classe. Ed era proprio impegnato a bestemmiare quando Mutt gli trotterellò incontro e gli depositò con cura il cacciavite ai piedi. «Grazie, Mutt», gli disse lui, chinandosi a prendere il cacciavite con una mano e tirando le orecchie a Mutt con l'altra. L'husky rimase immobile dove si trovava con un'espressione beatamente idiota. «Qual buon vento ti porta in città, Kate?»

«Sono venuta a ritirare la posta. Ralph mi ha detto che l'hai appena portata. Ho pensato di passare a salutarti».

George sollevò la testa verso di lei. «Non è che per caso stai cercando lavoro? Ho due gruppi che sono già su al Bump, e un terzo mi arriva domani. Potrei aver bisogno di un'altra guida».

«Be', non è una cattiva idea. La primavera è il periodo migliore dell'anno per scalare il Bump».

«Ma va'!». Lanciò al Cessna un'occhiata furibonda. «È per questo che ho bisogno che questo vecchio ammasso di bulloni si rimetta in moto. Allora? Che mi dici? Posso metterti sul libro paga?».

Lei scosse la testa. «Naaa. Quest'anno sono in attivo di quasi trecento verdoni. Posso aspettare fino a quando il signore dei fiumi risalirà le correnti».

George sospirò. «Quest'anno si sentono tutti ricchi. Che fine hanno fatto i bei vecchi tempi, quando potevi contare sul fatto che metà del Parco sperperasse in torcibudella tutti i risparmi dell'estate per arrivare al primo febbraio completamente al verde?»

«Non lo so, credo che fossero appunto i bei *vecchi* tempi».

George la fissò con espressione cupa. «È colpa tua. L'inverno scorso hai beccato quel contrabbandiere di alcolici, e ora tutti sono costretti ad andare al Roadhouse. E Bernie non permette a nessuno di prendere cani e slitta e tornarsene a casa ubriaco».

«Colpevole, vostro onore», rispose Kate accennando appena un sorriso. Fece una pausa. «Ho sentito che la settimana scorsa hai tentato un atterraggio nel bel mezzo dei fuochi d'artificio». L'uomo la guardò con aria perplessa, e Kate accennò in modo vago a un punto alle sue spalle. «Quando McAniff è uscito di testa e ha sparato a tutta quella gente».

Lui si rabbuiò. «Sì».

«Ti va di raccontarmi com'è andata?». L'uomo la guardò sorpreso e un po' disgustato, e Kate scosse subito la testa. «No, non si tratta di quello». Esitò. Jack aveva raccomandato discrezione, ma prima o poi le voci avrebbero iniziato a girare. A quanto che ne sapeva, in quel preciso istante la polizia stava tenendo una conferenza stampa ad Anchorage. «Lisa Getty è stata uccisa con un'altra arma da fuoco. Diversa da quella con cui sono state uccise le altre vittime».

George ci mise qualche istante a capire. «Un'altra arma da fuoco?», domandò. «Vuoi dire che *non è stato* McAniff a spararle?»

«Già».

L'uomo parve disorientato. «E allora chi è stato?».

Kate scrollò le spalle. «Ancora non si sa. Sto indagando. È per questo che ho bisogno di sapere cos'hai visto quel giorno».

«Gesù, Giuseppe e Maria», disse George lentamente. «Vuoi dire che abbiamo un altro assassino a piede libero?». Lei annuì. «Cristo santo». Gettò il cacciavite nella cassetta degli attrezzi. «Ti va un caffè?»

«Come no».

L'uomo fece strada verso l'ufficio, e Kate si accomodò sul vecchio divano, riparato e rattoppato talmente tante volte che ormai era difficile dire dove terminasse l'ecopelle e iniziasse il nastro telato. George le porse una tazza di caffè e si sedette dietro la scrivania. «Se stai lavorando con gli sbirri, probabilmente avrai letto la mia deposizione. Non so cos'altro potrei aggiungere».

Kate si appoggiò allo schienale del divano e bevve un sorso di caffè. Sapeva di olio lubrificante. «Le storie che cominciano con "C'ero anch'io" mi sono sempre piaciute. Raccontami semplicemente com'è andata».

Aveva ragione; non aveva da aggiungere granché rispetto a quello che c'era scritto nella deposizione. Il Cessna, zeppo di posta al punto che George aveva dovuto levare le due file posteriori di sedili, si trovava a un centinaio di metri dall'estremità meridionale della pista quando un proiettile si era schiantato contro il parabrezza. Un altro aveva colpito la fusoliera, e a quel punto George aveva capito cosa stava succedendo. «Per un istante ho pensato di ritrovarmi di nuovo in atterraggio corto a Khe Sanh», disse con un brivido. «Ho premuto l'acceleratore e tirato la cloche più indietro che potevo, fino al buco del culo, e me la sono filata».

«Non posso biasimarti», osservò Kate. «Durante la deposizione hai detto che hai volato in tondo per un po'».

«Sì, ho ripreso quota quanto bastava per essere fuori portata e ho impostato una virata lenta. Ho visto due corpi a terra, sul bordo della pista. Credo di aver intravisto il corpo di Lisa in mezzo agli alberi. Sai come si vestiva, sempre con quelle salopette sgargianti dai colori fluo e quei parka della North Face che in pratica sono catarifrangenti». Fece un respiro profondo. «E poi ho visto quel tizio filare via su una Polaris in mezzo ai boschi. Sono rimasto per tutto il tempo alla radio cercando di contattare la polizia. Finalmente sono riuscito a beccare Jim Elicottero, e lui mi ha detto di andare subito a Tok. Sono stato ben contento di obbedire».

«Quando sei tornato?»

«Quella sera». Scosse la testa. «Un vero zoo, Dio santissimo. Ci saranno stati un centinaio di sbirri in giro con quel cazzo di nastro giallo. Gli piace metterlo dappertutto. Non potevi rullare sulla pista in linea retta senza finirci impigliato. Sacchi per cadaveri ovunque. Sembrava di stare a Tan Son Nhut nel '68». Tentò di scrollare le spalle, ma il gesto si trasformò in un brivido. «Quel tizio, McAniff, era davvero uscito di testa».

«Credo proprio di sì», disse Kate con voce neutra, tentando di non pensare all'assassino disteso ai suoi piedi in mezzo al fango e alla neve, che piangeva perché gli sanguinava la bocca.

George posò la tazza sul tavolo, allungò il braccio verso uno strofinaccio e cercò di pulirsi le mani dal grasso, con scarsi risultati. «Una scena da farti venire la pelle d'oca, cazzo. La gente che se ne stava impalata lì davanti, troppo scioccata per essere arrabbiata. Gli sbirri tutti indaffarati a raccogliere deposizioni e a ficcare tutto quello che trovavano in buste a chiusura ermetica. Ne ho visto uno che ci ficcava perfino un po' di neve». Si fermò, gli occhi fissi verso un punto lontano. «E tutti gli altri se ne stavano lì a guardare. La ragazza di Steve Syms, di Ahtna, com'è che si chiama...».

«Cindy. Beerbohm».

«Sì. Be', sembra che Steve dovesse andare a trovarla in aeroplano quella sera. Invece alla fine è venuta lei, e ha avuto una crisi isterica in piena regola, si è sentita da un punto all'altro della pista. Poveraccia, che le potevi dire? Di certo però non ha contribuito a risollevare il morale. Alla fine tua nonna l'ha portata a casa e l'ha messa a letto».

«Sì», disse Kate, «*emaa* fa sempre quello che c'è da fare».

«È proprio una gran brava donna», concordò George.

"Be', ora non esageriamo", pensò Kate.

«Sono venuti tutti quanti, da ogni fattoria da qui a Ahtna, e pure mezza Ahtna. Tutti in cerchio lì attorno, come una mandria di mucche che osserva qualcosa di insolito che si è appena intrufolato nel suo pascolo. Qualcosa di strano, hai presente?».

Kate fece cenno di sì. Le ricordava tristemente qualsiasi altra scena del crimine su cui fosse stata.

«Sono rimasti qui per giorni interi, dal primo all'ultimo, e poi se ne sono andati di colpo tutti quanti nel giro di dieci minuti, a bordo di un paio di Twin Otter». Scosse la testa. «Ci hanno lasciato in pace per qualcosa tipo un giorno, e che Dio li stramaledica se non si sono presentati di nuovo».

«Chi?»

«Tutti. Gli sbirri a setacciare il terreno da capo, chissà perché. Il resto della mandria a guardare gli sbirri. Non sono neanche sicuro che Lottie se ne sia mai andata».

Kate lo interruppe. «Forse aveva un buon motivo per restare lì. Molto più degli altri».

«Sì, lo so, lei e Lisa erano molto legate. Ma è stata comunque una scena da far venire i brividi. Non si muoveva, non parlava. Restava solo lì impalata a guardare. Quando si è fatto buio e gli sbirri si sono fatti prestare un generatore per illuminare la zona con fasci di luce, qualcuno ha cercato di convincerla ad andare a casa. È rimasta lì, come un'immensa statua. Sembrava... non so, la moglie di Lot forse?». Involontariamente George venne scosso da un brivido e guardò Kate con un'espressione imbarazzata. «Scusa. Tra Cindy che strillava e si disperava da una parte, e Lottie che si aggirava come uno spettro... Be', sì, ti faceva venire i brividi», ripeté.

«Immagino».

«Al diavolo. Io e te siamo vivi, giusto?»

«Giusto».

«Nonostante ci sia qualche altro fuori di testa che se ne va in giro con un fucile». Kate ebbe l'impressione che George non le credesse, impressione confermata dalle parole che seguirono. «Non riesco proprio a farti cambiare idea per quel lavoro? Ho un gruppo di coreani su al campo base. È la loro seconda volta», aggiunse. «L'anno scorso non sono riusciti ad arrivare in cima».

Kate sbuffò e scosse la testa. «No, grazie, niente ripetenti. Lavoro solo con i novellini». L'uomo sospirò. «Non posso darti torto. Sono sempre così maledettamente decisi a *farcela* che non gliene frega niente nemmeno se su in cima c'è una bufera coi fiocchi e non riesci a vedere a cinque centimetri oltre il tuo naso». Ci pensò su. «Forse posso chiedere a Lottie se può accompagnarli lei».

Kate esitò un istante sulla soglia. «Pensi davvero che sia una buona idea?»

«Dovrà pur mangiare come tutti noi, ed è una delle migliori su al Bump». Scrollò le spalle. «E probabilmente per lei è meglio lavorare piuttosto che starsene a casa a deprimersi».

«Potrebbe non essere dell'umore giusto per fare convenevoli», suggerì Kate. «Specialmente ora».

«Non lo è mai. Ma è in grado di portare i miei scalatori su in cima e poi di nuovo a casa tutti interi».

«Giusto. Sto andando a farle visita», disse Kate. «Vuoi che glielo accenni io?»

«Sì, per favore». George le lanciò uno sguardo penetrante. «Lo sa già?». Kate scosse la testa. «E devi dirglielo tu. Non lo augurerei al mio peggior nemico. Be', dille che questo pomeriggio non ci sono, ma che sarò di ritorno domani mattina. Se vuole quel lavoro, che venga a cercarmi».

Kate s'incamminò lungo la pista, inoltrandosi appena nel folto degli alberi, e si fermò. Si guardò intorno, perfettamente immobile. C'erano betulle, salici diamante, ontani e pioppi neri, abeti. I rami degli alberi a foglie caduche erano ancora spogli, ma la corteccia cominciava a scurirsi, la linfa già scorreva sotto la superficie. I sempreverdi erano fittamente coperti di aghi di un verde scuro e intenso, fatta eccezione per le punte dei rami, dove la primavera iniziava a fare capolino sulle foglie nuove di un verde più chiaro. Sembrava in tutto e per tutto un'immagine di serena rinascita, non la cornice di un massacro, o lo scenario di un omicidio a sangue freddo, perpetrato di proposito sullo sfondo di una strage fin troppo opportuna.

Kate sollevò lo sguardo e riuscì a malapena a scorgere il cielo attraverso il groviglio di rami sopra la sua testa. Era una cosa stupida, e lo sapeva, ma d'improvviso si sentì come un'intrusa in un luogo in cui era indesiderata. Avvertiva una sensazione quasi cosciente di ostilità, di... Cos'era? Possesso? Un cumulo di segreti mai detti, difesi con le unghie e con i denti?

Si riscosse. Di questo passo la sua immaginazione avrebbe presentato domanda per gli straordinari. Sentendo arrivare un aeroplano in lontananza, raccolse la posta e si diresse verso il fiume a passo accettabilmente sostenuto. Non moriva dalla voglia di affrontare il colloquio successivo.

Accanto a Lottie, Kate si sentiva esile e delicata. Accanto a Lottie Getty, lo stesso Big Foot si sarebbe sentito esile e delicato. Era una donna imponente, alta un metro e ottantadue senza scarpe, che pesava quasi una novantina di chili, per lo più muscoli procurati da anni e anni trascorsi a trainare reti a riva e a caricarsi la selvaggina sulle spalle per trasportarla da un punto all'altro del Bush. I lineamenti contrastavano in maniera netta con la corporatura: aveva occhi grandi e distanti, di un azzurro innocente, una pelle chiara che non rivelava nemmeno la metà dei suoi quarant'anni; camminava e parlava con una tale lentezza da far pensare a chi non la conosceva che ragionasse esattamente nello stesso modo: piano.

«Ciao, Lottie». In un primo momento Kate pensò che le avrebbe chiuso la porta in faccia. Dopo una lunga pausa carica di tensione, Lottie arretrò di un passo e le fece cenno di entrare. Con un altro cenno della mano la indirizzò verso una vecchia poltrona sistemata accanto a una vecchia stufa a legna in ghisa, che il padre di Lottie doveva aver portato con sé quando era arrivato nel Parco, nel '52. Kate si sedette, si rialzò di nuovo e levò dalla poltrona una scatola di proiettili per fucile, un libro con le tavole delle maree dello stretto di Prince William, una torta alla frutta Hostess mezza sbocconcellata che stava facendo la muffa, un album di fotografie, uno sbrindellato romanzo rosa della Harlequin e un gatto grigio, e si risedette.

Lottie si accomodò davanti a lei, grande, silenziosa, impassibile. Kate fece vagare lo sguardo all'interno della capanna. Era più grande della sua. Il solaio era chiuso, e vi si accedeva con una vera e propria scala. Le porte davano su un vestibolo sul retro della casa, e la cucina era separata dal soggiorno da un bancone fiancheggiato da sgabelli. Ogni ripiano utilizzabile era disseminato dei resti della vita del Bush; sul bancone della cucina Kate vide una trappola per castori smontata, con pezzi di pelliccia ancora appiccicati alle ganasce. Dalle rastrelliere, fissate su qualsiasi superficie verticale disponibile, campeggiava come minimo una dozzina di fucili, da un piccolo calibro .22 nuovo di zecca, se il luccichio del calcio era un indizio sufficiente, fino a un combinato calibro .12 e 30.06 a canne sovrapposte saldato in lega d'argento. Accanto ai fucili penzolavano pugnali con il fodero in pelle, assieme a coltelli con il manico in plastica per sfilettare il salmone, coltelli da scuoio di un corno particolare, e un coltello Bowie, o qualcosa di molto simile, con l'impugnatura in avorio fossile minuziosamente intagliata. Sopra il forno a legna torreggiava la testa di un alce, e le altre pareti erano decorate da teste di caribù, pecore e capre, per la maggior parte con pellicce, manopole e altri coltelli appesi al supporto. Per il resto, qualsiasi altra parete si fosse azzardata a mostrarsi al cospetto del mondo in tutta la sua nudità era stata prontamente coperta con una pelle polverosa: orso nero americano, orso bruno, lupo, ghiottone, coyote e perfino un'inaspettata pelle di serpente a sonagli.

Una sedia a dondolo in legno con la seduta scheggiata era sistemata accanto a un divano, rappezzato in più punti come quello di George là dove il trascorrere delle primavere aveva lasciato il segno, in questo caso con nastro isolante nero. Da quel che Kate riusciva a scorgere della cucina, era piuttosto improbabile che negli ultimi mesi il tavolo fosse stato sparecchiato o i piatti lavati. Perfino gli angoli della stanza erano stracolmi – di ragnatele sul soffitto o nuvole di lanugine sul pavimento.

La casa ricordava Fairbanks dopo l'alluvione, e prima che venisse ripulita dai detriti. Kate colse un movimento con la coda dell'occhio; la gatta si era acciambellata ai suoi piedi con la coda sulle zampe, e la osservava con grandi, impassibili occhi verdi. «Non ho intenzione di muovermi di qui», le disse Kate, sebbene comprendesse il disappunto dell'animale. Da quel che poteva vedere, la poltrona che aveva occupato era l'unico posto della casa su cui ci si potesse sedere con relativa comodità.

La gatta sbadigliò e iniziò a lavarsi. Poteva aspettare.

«Ho saputo che sei stata tu a prenderlo», disse una voce simile a un coltello smussato. Le ci volle un attimo per rendersi conto che era la voce di Lottie.

Kate alzò lo sguardo e incontrò i grandi occhi azzurri fissi su di lei. «Sì», rispose. «È vero».

«Avresti dovuto ucciderlo quando ne avevi la possibilità».

«Mi è stato detto in più di un'occasione», ripeté Kate per l'ennesima volta.

«Ma non l'hai fatto».

«No».

«Però l'hai preso».

«Sì».

Ci fu una lunga pausa. «Almeno l'hai preso», disse Lottie, sempre con quella voce cupa.

«Lottie», disse Kate, e si fermò. "Come faccio a dirglielo?", pensò, e decise di ritentare. «Ho pensato di fare un salto per vedere come stavi».

«Perché?».

Kate si ritrovò in difficoltà. «Siamo cresciute insieme. Lisa e io abbiamo fatto tutte le scuole assieme. Pensavo solo che...».

«Non siete mai state così legate», fece notare Lottie.

«Dai tempi della scuola no, in effetti». Kate si morse un labbro. «Ma mi è dispiaciuto molto per Lisa. Avete vissuto assieme per tutta la vita. Deve fare un male cane».

Il viso di Lottie rimase inespressivo, la caricatura di una bambola di porcellana. Non avendo niente di meglio da fare, Kate si chinò in avanti per prendere l'album di fotografie che aveva levato dalla poltrona. La gatta vi si era acciambellata sopra, e gli occhi verdi minacciarono il giusto castigo per quella ennesima interruzione del pisolino mattutino. «Posso?». Lottie non disse nulla, e Kate aprì l'album, cominciando a sfogliarlo. «Dio mio, alcune di queste foto sono davvero antiche. Guarda queste... Com'è che si chiamano? Ferrotipi?»

«Copie seppia», rispose Lottie. Si alzò e scivolò alle spalle di Kate.

«Chi è questo pezzo d'uomo? Wow. Sembra Charles Lindbergh».

«Mio nonno». Lottie fece una pausa, dopodiché aggiunse, quasi con riluttanza: «Il padre di mia madre».

«Bel sorriso. Tu un po' gli assomigli».

«Un coglione», disse Lottie con tono piatto. «Era un ubriacone. Mia madre ha sempre detto di essere scappata assieme a mio padre perché era la prima persona al mondo che le avesse detto di amarla».

Le mani di Kate rimasero immobili per un istante, prima di girare di nuovo pagina. «Chi è questa con il cappello? Affari del genere dovevano pesare cinque chili, con tutte quelle pieghettature e quei fiocchetti!».

«La mia bisnonna».

Kate staccò la velina e guardò il retro della foto. Emise un fischio. «Questa foto è stata scattata nel 1900». La osservò di nuovo socchiudendo gli occhi. «Assomigli un po' anche a lei». Girò pagina e scoppiò a ridere. «Ci saranno almeno sei metri di stoffa in questa vecchia camicia da notte o quello che è, e guarda tutti quei bottoncini sugli stivali! Questo povero bambino è stato strigliato talmente a fondo, che mancava poco che si mettesse a cigolare come un pezzo di cuoio. Scommetto che è rimasto così al massimo cinque minuti». Kate sentì Lottie chinarsi sulla sua spalla, e girò pagina. «Questi vestiti invece sembrano del periodo della seconda guerra mondiale. E questi devono essere i tuoi genitori. Che strani colori».

«Foto colorate a mano».

«Giusto». Kate sfogliò un po' di pagine, dopodiché rallentò. «Lisa?»

«Sì».

Kate si accigliò appena. «Dov'è? Non riconosco il posto».

Una pausa. «Abbiamo passato le prime cinque estati della nostra vita al conservificio di Mummy Island».

Kate guardò di nuovo le foto e non poté fare a meno di sorridere. «Di certo non si può dire che a Lisa piacessero i vestiti, eh?»

«No». Una pausa. «Il supervisore del conservificio non faceva che chiamare mamma per dirgli che Lisa si era spogliata un'altra volta e correva nuda per la banchina».

Kate tenne gli occhi fissi sulla pagina. «E tu dove sei?»

«Lì dietro. In fondo, sulla sinistra».

«Con i vestiti addosso».

Per qualche motivo la battuta cadde nel vuoto. «Sì».

Kate fece scorrere il dito fino in fondo alla pagina. «Tua madre e tuo padre. Questa in grembo a tuo padre sei tu?»

«Sì. Una delle poche occasioni in cui è riuscito a sopportare l'idea di toccare la sua bambina grassa e stupida».

Kate voltò pagina ed esclamò con sollievo: «Foto di scuola! Eravamo davvero così giovani?».

Le foto delle due sorelle, sistemate in ordine cronologico l'una accanto all'altra, rivelavano che il processo di maturazione verso l'età adulta era stato molto più generoso nei confronti della sorella minore che di quella maggiore. Lisa sbocciava. Lottie sopravviveva alle diverse fasi di quell'ingrato percorso. Lisa fioriva, la paffuta graziosità infantile che si trasformava in piacevolezza femminile fino a diventare una vera bellezza. Lottie si espandeva e basta, diventando più grossa e più alta. Lisa era snella, con un che di morbido e flessuoso in tutta la conformazione, nel modo in cui i capelli dorati le si adagiavano sulle spalle, simili a una sciarpa, nella curva del lungo collo sottile, nei gesti aggraziati delle braccia: tutto dava l'impressione che fosse in movimento perfino quando era in posa per una fotografia. Nelle immagini che la ritraevano, Lottie, invece, sembrava immobile, statica, come se avesse saldamente piantato le radici nel suolo, il corpo tozzo e sgraziato. A Lisa brillavano gli occhi, aveva le fossette nelle guance e un sorriso aperto che traboccava di segreta allegria, tanto da indurti a chiederti cosa ci fosse di così divertente. Quella sensazione risultava ancora più irritante di persona, ricordò Kate.

Sfogliò l'album fino alla fine, ma non trovò una sola fotografia in cui

Lottie stesse sorridendo. Per quel che ne poteva dire Kate, era nata con il broncio. Oppure no, non con il broncio: broncio era troppo forte. Forse non aveva mai imparato a sorridere, il che non era esattamente la stessa cosa. Con il passare degli anni, il viso le era diventato soltanto più squadrato e inespressivo. Nel volto di Lottie non c'era alcuna intima allegrezza, nessuna malizia o birichineria. A dire il vero sembrava a malapena animato. Ma a colpire maggiormente Kate fu la sfumatura di muta rassegnazione in quell'espressione immutabile.

Alzò lo sguardo e la vide replicata nella faccia che aveva davanti; chiuse l'album con un colpo secco. «Grazie per avermelo fatto sfogliare», disse. «Adoro guardare le vecchie foto, tu no?»

«No».

"Eppure devi aver tirato fuori l'album per qualche motivo", pensò Kate, ma si trattenne dal dirlo a voce alta. Anche se, guardandosi intorno, non era poi così sicura che in quella casa qualcosa venisse mai messo da parte. «Lisa si vedeva con qualcuno quando... C'era qualcuno di speciale, negli ultimi tempi?».

Lottie arricciò le labbra in quella che parve la parodia di un sorriso, ben poco divertente. «E quando mai non c'era?»

«Qualcuno in particolare?»

«E a te che t'importa?»

«Così, era tanto per chiedere, Lottie», disse Kate con voce piatta. In un certo senso era sollevata dall'ostilità della donna; qualsiasi cosa era meglio di quella corazza inanimata senza volto. «So che usciva con Jim Elicottero», mentì.

«E chi non è uscita con lui, presto o tardi?»

«Be', io», rispose Kate con un sorriso.

La corazza sembrò incrinarsi un poco. «È vero. Mi ricordo, non ti è mai piaciuto fare la fila».

«E poi ci sei tu, quindi siamo in due». Invano, Kate tentò di guardare attraverso quella minuscola incrinatura per vedere cosa si nascondeva sotto.

«La storia con Jim è finita a febbraio». La voce di Lottie era inespressiva.

«C'è stato qualcun altro da allora?»

«Non sono affari di nessuno, se c'è stato o non c'è stato», rispose Lottie, stringendo i pugni. «Non ha più importanza. Lisa è morta. Perché non ti fai i cavoli tuoi?».

Lottie aveva il diritto di soffrire, e all'improvviso Kate provò disgusto per la propria intrusione in quel dolore. «Mi dispiace, Lottie», disse alzandosi in piedi. Con la coda dell'occhio colse uno scorcio di grigio, si girò e vide la gatta accoccolata in un'ordinata palla di pelo nell'avallamento caldo lasciato sulla poltrona. Kate sorrise e si voltò verso Lottie per condividere quel momento. Dal viso brullo e desolato non giunse alcuna reazione. «Mi dispiace», ripeté Kate, con il sorriso che si spegneva. «Ah sì, ho visto George Perry mentre venivo qui. Mi ha detto di dirti che ha bisogno di una guida per un gruppo di coreani che vogliono scalare l'Angqaq».

«Cima nord o sud?»

«Non l'ha detto. È la loro seconda volta, però. Se ti interessa, George ha detto di fare un salto all'hangar domani mattina». Kate indicò il pacchetto di carta stagnola che aveva portato con sé. «Ti ho portato un po' di pane. Dell'ultima infornata, la settimana scorsa».

Senza espressione, Lottie mosse di scatto il pollice in direzione del tavolo della cucina, e, ubbidiente, Kate vi si avvicinò.

Il tavolo non era semplicemente zeppo di resti della vita nel Bush; era una vera e propria catasta di tegami colmi di cibo, tutti intonsi. Alcuni stavano iniziando a fare la muffa.

«Perché la gente non fa altro che portare cibo?», disse Lottie dietro di lei.

Kate scrollò le spalle. «Non lo so. Forse perché desiderano fare qualcosa, e questa è una cosa utile da fare». Esitò un istante, fu lì lì per parlare, poi pensò: "Al diavolo. Può aspettare". Si girò e si avviò alla porta.

«Kate», disse Lottie.

Kate si fermò, voltandosi a guardare la donna da sopra la spalla.

«Perché?», disse Lottie. «Perché l'ha fatto?». Avanzò di un passo e, sempre con quella voce sincera, da bambina, ripeté: «Sai dirmi perché?».

Con la mano sulla maniglia, Kate interrogò il legno della porta in cerca di una risposta. «Non lo so, Lottie. Chi può sapere cosa passa per la testa di una persona del genere? È solo un altro pazzoide. Purtroppo capita di incontrarli lungo il cammino». Sollevò lo sguardo e trattenne il respiro.

I lineamenti del volto pallido di Lottie sembravano in qualche modo smussati, tramortiti dalla violenza di quell'evento fino a una muta rassegnazione. «Perché?», ripeté, guardando Kate per la prima volta dritto negli occhi. «Perché l'ha fatto?».

Kate, confusa da tutto quel dolore, da quell'angoscia, da quella rabbia, scosse la testa senza dire nulla. Non aveva risposte per Lottie.

Come uscì fuori, Mutt le spinse la testa sotto la mano, ma Kate rimase ferma dov'era ad ascoltare. Dalla casa non proveniva alcun rumore, niente che indicasse che Lottie fosse discesa da quell'infinita montagna di dolore. Kate girò a sinistra e si diresse verso il retro della capanna, camminando in silenzio per i sentieri scivolosi.

Il cortile sul retro della tenuta dei Getty era più o meno come il suo, sebbene molto meno ordinato. Un mucchio di fusti vuoti di petrolio da 55 galloni e taniche Blazo era precipitato a terra in una catasta disordinata, nascosta appena da uno strato di neve che già cominciava a sciogliersi. C'era un garage aperto stracolmo di utensili, tra cui si intravedevano un piccolo trattore, una motoslitta con attaccato un rimorchio e una vecchia tazza del water in ceramica, senza la cassetta dell'acqua. Il banco da lavoro era sormontato da due finestrelle, entrambe decorate con drappeggi di ragnatele e anni di sudiciume, tanto da far filtrare una quantità di luce del tutto trascurabile.

In piedi di fronte al garage, le mani nelle tasche, Kate iniziò a guardarsi intorno, senza focalizzare lo sguardo su nulla in particolare, ma lasciando che l'atmosfera del luogo le penetrasse dentro poco a poco. Era simile a centinaia di altre tenute del Bush alaskano. C'erano un magazzino per le provviste, uno per il carburante, una catasta di legna, un capanno per il generatore e un garage, nessuno dei quali conteneva niente di straordinario. Sul tetto dell'edificio principale c'era perfino una parabola satellitare, e Kate si domandò pigramente quanto poteva venire a costare in termini di carburante per il generatore. Anche lei aveva valutato l'idea di installare una parabola, se non altro per MTV, VH-1 e i programmi della Nashville Network.

Uno stormo starnazzante di oche bianche si librò nell'aria all'orizzonte stagliandosi nel cielo come un candido triangolo. Era ancora presto, ma alcune avevano già aperto il cammino verso lo stagno di Niniltna. La primavera era arrivata davvero.

Kate seguì lo stormo con gli occhi e lo sguardo si fermò su un punto della boscaglia alle spalle del garage, dove le cime degli alberi sembravano diradarsi. Aggirò la costruzione e si imbatté in una serra, quasi attaccata all'autorimessa e non molto più grande, costruita con assi di cinque centimetri per dieci e un rivestimento esterno in plastica. Una profusione di fogliame rigoglioso faceva capolino dalle pareti trasparenti. Dall'esterno, quelle piante alte e slanciate che colmavano la serra di lussureggiante vegetazione avevano tutta l'aria di essere piante di pomodoro.

Dall'interno, no.

«Porca puttana», esclamò Kate, più con dispiacere che con rabbia.

Tornò al garage e si fece strada in mezzo all'accozzaglia di oggetti, senza nemmeno tentare di fare silenzio. Spostò da una parte una cassetta di uova, sollevò e spostò in un angolo un sacco di patate e spinse un barile di farina, che i topi avevano trovato ben prima di lei, sopra la cassetta. Finalmente trovò quello che cercava, ammucchiato nell'angolo in fondo a destra, sotto una tela cerata assicurata con delle funi.

Uscì dal garage scuotendosi via di dosso la polvere, sollevò la testa e si ritrovò di fronte Lottie che la fissava, muta. Kate non si scusò. Indicò la serra con un cenno della testa. «Lo sapevi? Eravate socie?». Lottie non disse nulla, e Kate si scordò seduta stante del proposito di proteggerla dalle ultime notizie. «Lottie, non è stato McAniff a uccidere Lisa». L'altra donna alzò la testa di scatto, e Kate annuì con aria grave. «È vero. La polizia ha fatto un test sui proiettili ritrovati. Hanno scoperto che quello che ha ucciso Lisa proviene da un'altra arma da fuoco».

Lottie non si mosse, non parlò, né il suo viso cambiò espressione. Kate andò su tutte le furie. «Lottie! Se vendevate erba fuori dal vostro cortile, qualsiasi litigio o contrasto possiate aver avuto con clienti abituali o occasionali ci fornisce una lista infinita di sospetti! A chi vendevate la roba?».

Vedendo che Lottie si ostinava a non rispondere, Kate, esasperata, si avvicinò e la scosse per le spalle. Era come cercare di scuotere l'Angqaq Peak. «Di' qualcosa!».

Il viso di Lottie sembrò contrarsi, la voce uscì affievolita. Kate dovette fare uno sforzo per sentirla. «Che cosa?», le disse. «Cos'hai detto?».

Di nuovo quella voce fievole, esitante. «Lo dirai a qualcuno?»

«Oh, al diavolo», esclamò Kate disgustata, e se ne andò.

# 5

Riusciva a sentire il rumore che proveniva dalla casa di Bobby dal punto in cui lo Squaw Creek affluiva nel Kanuyaq. La componente principale sembrava essere un coro di stentoree voci maschili che urlavano e cantavano a squarciagola, deboli ma udibili perfino sopra il ronzio del motore della Super Jag, e che continuavano ad aumentare di volume man mano che Kate si avvicinava alla casa. Per andare sul sicuro, parcheggiò la motoslitta giù vicino al fiume e percorse a piedi il tratto che la separava dalla rampa che conduceva alla porta.

Era una capanna spaziosa, fatta di tronchi di cedro, con il tetto spiovente sormontato da un groviglio di cavi; l'ammasso di fili si collegava a una torretta metallica di una trentina di metri che si stagliava sul retro della casa, come lo scheletro di una navicella spaziale. Sulla torretta erano stati installati due apparecchi simili a tamburi, rivolti rispettivamente in direzione est e ovest. Da una sbarra, e alle spalle dei fasci di microonde, penzolava pericolosamente un'antenna parabolica, puntata verso l'orizzonte alaskano per sintonizzarsi sulle trasmissioni dal satellite in orbita equatoriale. Altre antenne di vario genere occupavano il poco spazio che ancora rimaneva, facendo apparire il tutto, nell'insieme, piuttosto sbilanciato e somigliante alla torre di Pisa.

Tanto più Kate si avvicinava, tanto più il rumore diventava forte e il canto meno melodioso. A guidare il coro, Country Joe McDonald & the Fish, in una strofa in cui esortavano le madri a essere le prime del quartiere a veder tornare i propri figli in una cassa. In condizioni normali, Kate avrebbe aperto la porta senza bussare e sarebbe entrata. Quel giorno, qualcosa le suggerì che sarebbe stato imprudente.

La musica si interruppe di colpo, e all'interno della capanna qualcuno gridò: «Ehi, Bobby, credo che sia il momento delle evocazioni». Seguì una valanga assordante di pernacchie, grugniti di approvazione e grida di battaglia.

«Ok, ok, ragazzi», sentì dire a Bobby con il suo solito ruggito. Mutt, accanto a Kate, riconobbe la voce e drizzò le orecchie, guardando la padrona con aria interrogativa.

Kate si sedette sulla balaustrata del portico e si preparò ad ascoltare Bobby che evocava qualsiasi cosa dovesse evocare. Mutt, sapendo cosa c'era ad attenderla nella cassetta della legna accanto al camino, si sedette a sua volta con aria stizzita. Ci fu una sorta di fruscio all'interno della capanna, come se in tanti si stessero preparando ad ascoltare, dopodiché la tonante voce di basso di Bobby, con cinquanta decibel di potenza in meno rispetto al suo solito e con un'aria stranamente solenne, cominciò a parlare.

«30 gennaio 1968», intonò. «Il Têt, il nuovo anno lunare dell'Asia, ha inizio. I vietcong fanno irruzione nelle lavanderie e si impadroniscono delle uniformi dell'Esercito della Repubblica del Vietnam da indossare durante l'offensiva. Tirano fuori le armi che avevano nascosto e le provano durante i fuochi d'artificio». Fece una pausa. «Quella notte, tutto ha inizio. I vietcong attaccano un centinaio di città e paesi tra quelli di maggiore importanza sugli altipiani centrali e le piane costiere del Vietnam del Sud».

Qualcuno urlò. Non c'era altro modo per descrivere quel suono, e la risposta unanime e istantanea del gruppo fu una serie di strepiti che si sollevarono in un unico urlo animale. Mutt balzò subito in piedi, drizzando le orecchie all'indietro, gli occhi gialli vigili e sgranati. Kate allungò la mano – un po' tremante, come poté notare – e le accarezzò la pelliccia sulla nuca, per poi darle qualche pacca rassicurante sulla testa.

La voce di Bobby riprese a parlare. «31 gennaio, secondo giorno. I vietcong sferrano l'attacco a Saigon, a Hué e nel delta del Mekong. Attaccano e occupano l'ambasciata americana a Saigon per sei ore, resistendo al contrattacco dei marines. In due settimane, i vietcong si fanno largo con la forza in ogni città e in ogni villaggio del Vietnam del Sud». Bobby fece una pausa. «Westmoreland chiede altri 206.000 soldati e 15 squadroni di combattimento tattico».

Ci fu un altro coro, stavolta di fischi, motti di scherno e vari *Buuu*. «Ma "*Ehi, ehi, LBJ, how many kids did you kill today*"[2] va in TV e dice che c'è la luce alla fine del tunnel!», gridò qualcuno.

Bobby alzò la voce per farsi sentire al di sopra del coro di proteste che seguì. «16 marzo. My Lai». Silenzio. «Quello stesso giorno, Bobby Kennedy annuncia che si candiderà alle elezioni presidenziali».

Qualcuno fece un commento osceno su Marilyn Monroe, e gli animali tornarono alla carica.

«22 marzo. LBJ rimuove Westmoreland dall'incarico».

I travetti della capanna risuonarono per gli *Evviva!*

«E il 31 marzo "*Ehi, ehi, LBJ, how many kids did you kill today*" annuncia che ha deciso di ritirarsi dalla corsa alle elezioni presidenziali del 1968!».

Stavolta le acclamazioni riecheggiarono su ogni tronco di cedro fino alla tettoia del portico, cupe, sfrenate e incontenibili, un muro di rumore di una violenza inaudita. Mutt non riuscì a tollerarlo e ini-

[2] Il riferimento è a Lyndon B. Johnson, presidente degli Stati Uniti durante buona parte della guerra in Vietnam. Il ritornello citato ("Ehi, ehi, LBJ, quanti ragazzi hai ucciso oggi?") venne coniato dai contestatori pacifisti (*n.d.t.*).

ziò ad abbaiare. Kate la bloccò affondando una mano nella pelliccia attorno al collo.

«E noi c'eravamo!», ruggì Bobby. «Eravamo a Hué!».

«La città della pace e della poesia!».

«A volte bisogna distruggere una città per poterla salvare!».

«Eravamo all'ambasciata a Saigon!».

«Mandate avanti le spie a guidare il contrattacco!».

«Sì! Questa cazzo di CIA servirà pure a qualcosa!».

«Figuranti!».

«Carne da cannone!».

«Carta per pulirsi il culo!».

«*Sììììì!*».

«Eravamo a Da Nang!».

«Khe Sanh!».

«Lo spettro di Dien Bien Phu!».

«Nha Trang!».

«Tan Son Nhut!». Senza meravigliarsi più di tanto, Kate riconobbe la voce di George Perry. «La battaglia per i sacchi per cadaveri!».

«Sì!».

«Signori», ruggì di nuovo Bobby, «brindiamo a chi avanza di grado con la guerra di logoramento!».

«Ascoltate!».

«Brindiamo alle stracazzo di "Follie delle cinque in punto"!».

«Vittime! Vogliamo il numero delle vittime!».

«Ordini del colonnello Blimp!».

«Brindiamo alla cazzo di luce alla fine del cazzo di tunnel!».

«Cazzo, sì!».

«Brindiamo ai rinforzi di 206.000 soldati e 15 squadroni di combattimento tattico!».

«E ad altri 30 dispersi in azione!».

«Brindiamo ai coglioni uccisi dalle nostre stesse granate a frammentazione, prima ancora di arrivare al fronte!».

A questo punto ci fu una pausa improvvisa, nella quale si sentì una voce addolorata e un po' sgomenta dire: «Ma noi abbiamo *vinto*. Abbiamo *vinto* l'Offensiva del Têt».

Qualcuno doveva aver premuto il pulsante PLAY dello stereo. Il nastro guizzò per un po', e poi riprese nel bel mezzo del brano, cantando "*Yuppieee, we're all going to die!*". Qualcuno iniziò a battere i piedi per terra, e tutti gli altri seguirono a ruota. Di nuovo, il tavolato del portico prese a tremare.

«Non è vero, forse?», disse la stessa voce di prima con tono triste, una domanda dolente e lamentosa che giunse con chiarezza fino a Kate attraverso la porta. «Non abbiamo *vinto*?».

La porta si aprì di scatto. Una voce sepolcrale annunciò: «*This is the end*». Senza volere, Kate fece un passo indietro.

L'uomo alla porta si era imbrattato gli occhi di nero e indossava una tuta mimetica consunta all'altezza delle ginocchia e dei gomiti. In una mano teneva una bottiglia semivuota di Mezcal, ancora con il verme; con l'altra si portò alle labbra uno spinello e fece un tiro. Kate non lo conosceva. Indietreggiò di un altro passo e scoccò quello che sperava fosse un sorriso accattivante e soprattutto tutt'altro che minaccioso. «Cercavo Bobby».

L'uomo la guardò con aria inespressiva. Alle sue spalle, il canto continuava.

«Chi è, Max?», una voce giunse da dentro. Il padrone di casa si spinse sulla sedia a rotelle fino a comparire nella visuale di Kate.

«Ehi, bellezza!», ruggì Bobby. Con un'unica spinta fece schizzare la sedia a rotelle giù per la rampa, e con uno scatto delle mani abili e vigorose si girò di lato e scivolò sul ghiaccio fino a fermarsi, provocando una pioggia di neve umida e farinosa. Sollevò lo sguardo verso Kate con un sorriso. «Sei venuta a festeggiare la riconquista di Hué assieme a noi?»

«Bobby, scusami», gli rispose lei. «Mi ero completamente dimenticata del periodo dell'anno in cui siamo. Vuoi che me ne vada?».

Bobby tracciò un ampio arco con la mano. «No problem. Il quinto incontro annuale per il ventesimo anniversario dell'Offensiva del Têt è aperto a tutti, specialmente a due begli occhioni come i tuoi». Le lanciò un'occhiata maliziosa mentre si preparava a risalire la rampa, e Kate si levò di mezzo. Bobby Clark usava la sua sedia a rotelle come un'arma offensiva.

La figura in mimetica che teneva lo spinello come un'arma, con la mano poggiata sulla spalla, continuava a gravitare attorno al perimetro della capanna come uno spettro verde e marrone. Gli occhi erano infossati, assenti, le pupille dilatate fino al margine dell'iride. «Scusami», disse Bobby, «conosci già Max Chaney? No? Max Chaney, ti presento Kate Shugak. Max lavora per Dan O'Brian, è il ranger che ha preso il posto di Miller».

«Ah». Kate gli tese la mano. «Ciao, piacere di conoscerti».

«*My only friend, the end*», rispose Max Chaney. Fece un altro tiro profondo, trattenendo a lungo il fumo nei polmoni, dopodiché scomparve dentro la capanna senza espirare. Kate sperò soltanto che non si gonfiasse fino a esplodere.

«Oh, non farci caso, quel povero bastardo sta passando un inferno, con quello...». Si sentì un fucile sparare da qualche parte. «Maledizione, ragazzi!», ruggì Bobby, un urlo tonante che riecheggiò per la radura fin sulle cime degli alberi. «Vi ho già detto di piantarla con quella merda! Abbiamo già tutti i nervi a fior di pelle dopo la follia di due settimane fa! Dateci un taglio!». Non giunse nessuna risposta, ma non ci furono più spari.

«Come mai da queste parti, dolcezza?». Bobby alzò e abbassò le sopracciglia con aria lussuriosa. «È la mia giornata fortunata?»

«Ti piacerebbe!», replicò Kate. Risentita per essere stata ignorata fino a quel momento, Mutt si alzò sulle zampe posteriori e lavò la faccia di Bobby con la lingua umida e affettuosa.

«Maledizione, donna!», ruggì Bobby. «Hai portato questo cazzo di lupo! Quante volte te lo devo dire? Niente lupi dentro casa!». Così dicendo, diede uno scappellotto in testa a Mutt. L'husky gli sorrise, la lingua che le penzolava da un lato della bocca.

«Be', levatevi da quella cazzo di porta, ostruite il traffico», borbottò lui, aprendo il battente con un colpo. Kate fu quasi spazzata via dall'esplosione di rumore. Con un'unica spinta delle braccia vigorose, Bobby sfrecciò fino allo stereo e abbassò il volume. Subito si sollevarono proteste, che l'uomo placò con un singolo ruggito. «Piantatela con questo casino, bastardi! Abbiamo compagnia!».

Cinque o sei uomini alzarono lo sguardo da diversi punti della stanza. Erano tutti sulla quarantina e vestiti in maniera simile, in jeans e T-shirt, alcuni con berretti o giacche verde militare. L'aria era impregnata dell'odore di erba, alcol e fumo di sigarette.

Mutt puntò dritta verso la cassetta della legna. Annusò e rovistò con le zampe, facendosi strada tra la legna minuta e i tronchetti, fino a trovare il suo tesoro: un osso che, come tipologia, ricordava vagamente quello di un alce, ancora con pezzi di carne e cartilagine attaccati. Subito si accomodò e iniziò a rosicchiare.

«Mutt!», esclamò Kate, scioccata. «Ti sembra questo il modo?».

Sempre con l'osso tra i denti, Mutt si alzò e trotterellò fino alla sedia a rotelle di Bobby, dopodiché si sollevò posando le zampe anteriori sul bracciolo. Una volta lì, però, non seppe come assolvere al proprio debito di gratitudine senza mollare l'osso, cosa che non aveva alcuna intenzione di fare, così ringhiò con tutto l'affetto di cui era capace, facendo retrocedere diversi ospiti in direzione della porta.

«Maledizione, donna!», ruggì Bobby. «Levami di dosso questo cazzo di lupo!».

Kate fece un gran sorriso e con un cenno ordinò a Mutt di abbassare le zampe. «Maledizione, donna!», ruggì Bobby di nuovo. «Non so proprio perché diamine vi permetto di entrare in casa mia!».

«Neppure io», disse qualcuno.

Kate conosceva quella voce. «Bernie?».

Un uomo alto e magro, con lunghi capelli radi legati in una coda di cavallo, alzò lo sguardo da un Nintendo Game Boy. «Ehi, Kate».

«Aspetta un attimo», disse lei. «Ehi, aspetta un attimo. Tu *non* sei un veterano del Vietnam, questo lo so di sicuro».

«No, infatti», concordò Bernie con aria pacata. «Io ero tra quelli che passeggiavano nel Mall».

Kate era palesemente confusa. «Nel Mall?».

Bernie ebbe pietà di lei. «Il National Mall di Washington DC, nel 1970, in compagnia di un altro milione di persone. Ho fatto parte anche io di quei tremila che John Mitchell ha sbattuto dietro una rete metallica per ventiquattr'ore, violando apertamente i diritti sanciti dal primo emendamento». Rifletté per un istante, corrugando la fronte. «O era il quarto emendamento? Non ne sono mai stato sicuro».

«Un commando universitario», suggerì Bobby, non senza una certa simpatia.

«No». Bernie ingollò il resto della birra. Il Game Boy emise un *bip* indignato e Bernie abbassò di nuovo lo sguardo sul videogioco. «Soltanto qualcuno con un numero della lotteria sbagliato, pochi agganci per riuscire a entrare nella Guardia nazionale e una discreta avversione per i climi tropicali».

«Max Chaney te l'ho appena presentato», disse Bobby, «e conosci Jeff».

Jeff Talbot, un tipo snello e bruno che riusciva ad apparire elegante perfino con un paio di blue jeans e una maglia di lana grigia, si drizzò a sedere facendo il saluto militare e le sorrise. «Corpo dei marines degli Stati Uniti, ambasciata americana di Saigon. Al suo servizio, madame».

L'uomo la squadrò da capo a piedi, senza troppa fretta, ma Kate sapeva che nel caso di Jeff si trattava più di un imperativo genetico che di un velato affronto, e lo ignorò. «Ciao, George», disse invece rivolta al pilota.

«Ciao, Kate», disse George, agitando una bottiglia di birra nella sua direzione. «È un pezzo che non ci si vede».

«George era a Ton Son Nhut. Demetri Totemoff, Nha Trang. E Pete Kvasnikof, Pleiku».

«Ciao Kate, come sta Jack?», le chiese Pete.

«Bene», rispose Kate.

«Oh, lo credo bene», commentò Pete, quasi tra sé.

«Ok, ragazzi», disse Bobby, «è ora di chiudere la giostra e sbattervi fuori».

Ci furono lamenti e borbottii di protesta.

«Ehi, che cazzo volete?», domandò. «Abbiamo cantato *Feel Like I'm Fixin to Die Rag*. Almeno tre di voi hanno una moglie che aspetta a casa, e Jeff, per quanto riguarda te, so per certo che non puoi rimanere più di ventiquattr'ore senza scopare altrimenti ti si rattrappisce l'uccello».

«Che il cielo ce ne scampi», replicò Jeff con il solito sorriso fugace. Si alzò in piedi e scolò la birra. «Grazie, Bobby», disse poi, allungando una mano. «Bella festa, quest'anno».

«Già». Si salutarono con la loro speciale stretta di mano, dandosi il cinque in alto e in basso, dopodiché Jeff se ne andò. Il rumore della sua motoslitta agì da segnale per il resto del gruppo, e uno dopo l'altro tutti si misero in fila per ringraziare Bobby e salutarlo.

«Faccio un salto al Roadhouse domani», disse Kate a Bernie.

«Bene». Le diede una pacca sulla spalla. «Ci vediamo, allora».

Max Chaney allungò la mano, mancando quella di Bobby di almeno trenta centimetri, fissò qualcosa alle spalle di Kate e scivolò oltre la porta come una nuvola di fumo. «Deve guidare?», domandò Kate a Bobby a bassa voce.

«Naaa. Ieri è sceso in aeroplano dallo Step, e Pete l'ha portato a prendere un po' d'aria».

«Bene». Quando la porta si chiuse alle spalle di Max, che fu l'ultimo a uscire, Kate domandò: «Com'è andata quest'anno?»

«Tutto a posto». Bobby iniziò a svuotare i posacenere nella pattumiera. «Inizia a diventare sempre più un divertimento anziché un lavoro».

«Sarebbe anche ora». Kate trovò la scopa e iniziò a spazzare il pavimento.

Lui alzò lo sguardo e disse in tono serio: «Alcuni di questi ragazzi devono ancora esorcizzare i loro demoni, demoni maledettamente tosti. Sei troppo giovane, e non c'eri. Non puoi saperlo».

«Be', credo di aver letto un paio di libri, e ascolto i tuoi racconti da tredici anni», sottolineò lei.

«Non puoi saperlo», ripeté Bobby.

Era vero, e Kate ne era felice. «Tu mi sembri relativamente sano di mente, però».

«Sono stato fortunato. Ho seppellito i miei fantasmi assieme alle mie gambe», rispose Bobby senza alcuna traccia di amarezza.

«E perdere le gambe la chiami fortuna?»

«Sono rimasto in ospedale per mesi. Ho avuto la possibilità di decomprimere. Gli altri ragazzi il giorno prima erano nella giungla e il giorno dopo al centro di San Francisco, a sentirsi chiamare "assassini di bambini"». Scosse la testa. «Prima regola della recluta: mai perdere una guerra se puoi farne a meno. Sconvolge la gente a casa».

Kate si interruppe e lo guardò. «Quindi, quando dài una di queste feste, di fatto li stai aiutando a decomprimere?».

Bobby scrollò le spalle. «Stiamo un po' in compagnia, scoliamo un paio di birre, ci fumiamo qualche canna, ricordiamo, parliamo, ascoltiamo musica, urliamo, gridiamo. A volte ci prendiamo anche a pugni. Un po'. Serve per sfogarci, per placare i bollenti spiriti».

«E questi bollenti spiriti non si sono ancora placati? Sono passati più di vent'anni ormai».

«Per alcuni sì. Per altri no. Per alcuni, in certi giorni sì. Per altri, in certi giorni no».

«Quand'ero piccola, ricordo che mio padre e Abel parlavano della...».

Bobby scosse di nuovo la testa. «No, Kate. Erano i veterani del '45. Era diverso».

«Perché diverso? Avevano sparato anche a loro. Anche loro avevano visto gli amici morire».

«Sono tornati a casa per sfilare per le strade. Hanno avuto una Carta dei Diritti, un titolo di preferenza per l'impiego e, se ciò non bastasse, i processi di Norimberga hanno dimostrato senza ombra di dubbio che avevano combattuto dalla parte giusta, contro la quintessenza stessa del male, e che avevano vinto».

«Bobby», disse Kate, «c'è una cosa che ho sempre voluto chiederti. A volte parli come se fossi cresciuto nel punto più sperduto della palude di Okefenokee, giù in Georgia, e altre sembra che tu sia appena uscito da Harvard. Come mai?».

Lui le sorrise, un sorriso provocatore e canzonatorio, e Kate seppe che quella era l'unica risposta che avrebbe ottenuto. «Ok», sospirò rassegnata, «allora dimmi cosa c'entra Bernie con l'anniversario dell'Offensiva del Têt. Cosa ne ricava lui?»

«Stai scherzando? Ci guarda e rende grazie a chi di dovere per essere fuggito in Canada». Fece una pausa. «E noi guardiamo lui e rimpiangiamo di non averlo fatto». Un istante dopo Bobby sorrise di nuovo, un sorrisetto sghembo stavolta. «E quest'anno, con quel maledetto McAniff in circolazione che sventagliava proiettili contro qualsiasi cosa si muovesse, ne avevamo proprio bisogno. Stava diventando tutto abbastanza assurdo. E Dio solo sa se non abbiamo già ricevuto la nostra buona dose di assurdità». Si interruppe. «Qualche volta...».

«Cosa?».

Bobby la guardò, ma gli occhi scuri erano persi in eventi troppo distanti nel tempo e nello spazio, una storia che non cominciava con le parole "C'era una volta". «Qualche volta, quando esce un nuovo film, o inizia un nuovo programma in TV, o trasmettono un altro documentario sui veterani, hai la sensazione che non riuscirai mai a levarti di dosso l'odore della giungla». Corrugò la fronte, e disse a voce bassa: «È una cosa strana, Kate. Riesco ancora a sentirne l'odore. Il sapore. Si può sentire il sapore della morte, sai? A Hué, l'assedio durò un mese. Il più delle volte i corpi rimanevano lì dove cadevano, a marcire. Sentivi l'odore di morte ogni volta che respiravi. Ne sentivi il sapore nelle razioni di cibo, lo bevevi dalla borraccia. Era l'ultima cosa che respiravi la notte, e la prima al mattino. Era sempre attorno a te, ovunque. Non potevi liberartene, e non te ne liberavi, finché non lo portavi all'estremo, finché non uccidevi così tanta gente che non rimaneva più nessuno a morire».

Era la prima volta, in tredici anni di amicizia, che Kate sentiva Bobby parlare della guerra. Sbatté le palpebre cercando di raccapezzarsi e non disse nulla.

«Allora», fece Bobby in fretta, allungando il braccio verso l'ultimo posacenere, «questo è quanto, più o meno. Una volta all'anno ci ritroviamo tutti insieme, ci ubriachiamo un po', insultiamo i pezzi grossi e i coglioni di Washington, ricordiamo gli amici che non ce l'hanno fatta e festeggiamo il fatto di essere riusciti a tornare, almeno noi». Le sorrise. «Allenta la tensione più di un bel massaggio».

Kate pensò a una risposta altrettanto spensierata. «Il nuovo ranger, comesichiama, a me non sembrava tanto rilassato».

«Ah, be', era più sbronzo di un barile di whisky, e poi in questo periodo il Vietnam non è di certo il suo unico problema».

«Cioè? Il caro vecchio Danny gli ha dato l'incarico di portare la spazzatura fuori dal Parco?».

Bobby sollevò lo sguardo senza sorridere. «Aveva una storia con Lisa Getty». Fraintendendo l'improvviso silenzio di Kate, precisò:

«Sì, lo so, chi è che non aveva una storia con Lisa Getty? Ma lui era appena arrivato nel Parco e non lo sapeva, e siccome prima del fattaccio lei non gli aveva ancora dato il benservito, è convinto che fosse vero amore, e ora ha il cuore spezzato». Bobby fece una pausa. «Ti ho mai detto che anch'io ho avuto un assaggio di quel bocconcino?».

Per un istante Kate fu distratta da quella rivelazione, e perfino un po' scioccata. «Bobby, stai scherzando, spero».

«No. È successo dieci, undici anni fa. Avevo appena costruito il tetto, e lei si è presentata con un caloroso regalo di benvenuto». Sorrise, un sorriso a trentadue denti, molto, molto maschio. «Se stessa. Non abbiamo messo piede fuori dal letto per una settimana, credo. E, te lo giuro su Dio, era in assoluto il miglior pezzo di fica che abbia mai avuto». Colse lo sguardo di Kate e si affrettò ad aggiungere: «Escludendo te, naturalmente».

«Oh, naturalmente». Kate non riuscì a trattenersi e scoppiò a ridere. «Oh, Bobby. Be', sono contenta che ti sia divertito. Pensavo solo che avessi più buon gusto».

«Be', sai, non era facile dirle di no, una volta che aveva deciso».

«Poi cos'è successo?»

«Oh, è rimasta quanto bastava per soddisfare la sua curiosità e capire com'era scopare con un negro storpio, e poi se l'è filata». Bobby notò l'espressione di Kate, e aggiunse: «Andiamo, Kate. Lo sappiamo tutt'e due com'era Lisa. Non fare la moralista con me con quell'aria da *Nihil nisi bonum*...».

Lei scosse la testa. «No. È solo che... Non mi piace l'idea che ti abbia usato».

«Perché no?». Bobby fece un sorriso compiaciuto. «Io l'ho usata, poco ma sicuro, più che ho potuto e fino a quando ho potuto. Non ha significato nulla, ma di certo mi sono divertito. E poi mi ero stufato di mettere scandole sul tetto».

«Bobby, nessuna donna è davvero al sicuro con te in circolazione».

«Dovresti saperlo», ribatté lui.

«Mmmh». Kate gli scoccò un sorriso che gli fece dimenticare subito che aspetto aveva Lisa Getty, dopodiché riprese a spazzare. «Insomma, Max Chaney usciva con Lisa, giusto? E da quando?»

«Dio, non ne ho idea. Da non più di due o tre mesi, visto che lei non l'aveva ancora scaricato».

Il che tornava con quello che Jack le aveva detto a proposito di Lisa e Jim Elicottero. «Dov'era Chaney?», chiese. «Il giorno in cui Lisa è stata uccisa, intendo».

«Non lo so. Su allo Step, al quartier generale, credo». Bobby scrollò le spalle. «Non gliel'ho chiesto».

Kate borbottò qualcosa in risposta e si intrufolò con la scopa nell'angolo dietro la cassetta della legna.

Bobby la osservò con aria pensierosa. «Che ci fai qui al villaggio, Kate?»

«Perché?», rispose lei senza voltarsi.

«Perché mi sono appena chiesto per quale motivo dovresti essere interessata ai movimenti di Max, quel giorno». Lei rimase in silenzio. «Andiamo, Kate, che sta succedendo? Hai preso quello squinternato che ha fatto fuori tutta quella gente, Lisa compresa, l'hai catturato tu in carne e ossa, eppure sei qui a chiedermi informazioni sul conto di Lisa e Max». Contrasse le labbra. «A meno che...».

La scopa si fermò, e Kate si guardò la punta dei piedi con un interesse che confinava con la pura fascinazione. «A meno che cosa?».

Lo sentì spostarsi sulla sedia a rotelle, udì un debole cigolio di ruote di gomma sul pavimento di legno duro, e spostò appena in tempo le interessantissime punte dei piedi dalla sua traiettoria. Però non poté evitare il suo sguardo, franco e diretto. «Basta con le stronzate, Kate», disse, senza la solita pronuncia strascicata. «C'era qualcun altro in giro a sparare, quel giorno?»

«Sì».

«Ed è stato quel qualcuno a uccidere Lisa Getty?»

«Sì». Kate fece un passo indietro, raccolse la polvere, i mozziconi di sigaretta, le briciole di patatine e i pezzetti di pretzel in un mucchietto ordinato e allungò la mano verso la paletta.

Bobby gliela porse. «Cos'era quella frecciatina di Pete? "Come sta Jack?". Jack è qui nel Parco?»

«C'è stato».

«Quando?»

«Domenica e lunedì. È ripartito stamattina». Gli porse la paletta piena, e Bobby la svuotò nella pattumiera per poi passargliela di nuovo.

«Niente male», osservò Bobby.

«Grazie».

«Prego. Ma non è venuto soltanto per vedere te, vero?»

«Sì».

Bobby perse quel poco di pazienza che aveva. «Insomma, devo cavartelo di bocca con le pinze? Cos'ha detto Jack?».

Kate riempì di nuovo la paletta e si drizzò in piedi. «Ha detto che, secondo le analisi del coroner, il proiettile che ha ucciso Lisa Getty proveniva da un'altra arma da fuoco. Diversa da quella con cui sono state uccise tutte le altre vittime».

«E cosa dice McAniff?»

«Che li ha uccisi tutti lui. Da quel che mi ha raccontato Jack, pare che si sia sentito parecchio insultato dal solo accenno alla possibilità che ne avesse mancato uno».

«Gesù».

Kate annuì. «Già. Quel tipo fa davvero venire la pelle d'oca».

«Poco ma sicuro». Allungò la mano grande e callosa verso di lei, e Kate vi posò sopra la propria. Bobby la tirò verso il divano, vi si issò sopra e fece sedere Kate accanto a sé. Le riprese la mano e giocherellò con le dita. «Ok, donna. Adesso racconta tutto a Bobby».

E lei raccontò tutto, dal salvifico intervento di Mutt nella cattura di McAniff ai fascicoli di Jack sulle autopsie, dal sopralluogo nel bosco al margine della pista alla chiacchierata con George, per concludere con un resoconto della visita a casa di Lottie. Bobby ascoltò con attenzione, senza fare un solo commento, fino a quando Kate non gli raccontò della serra. «Tutta erba?», disse.

Lei annuì. «Tutta».

«Quante piante hai detto che erano?», chiese, lo sguardo perso in un punto lontano.

Kate represse un sorriso. «A occhio e croce tra sette e dieci, e tutte che lavoravano a pieno ritmo».

Bobby sospirò. «Oh, be', era solo per farmene un'idea».

«E a parte questo, tu hai chiuso con quella roba», fece notare Kate, e rimase in attesa.

Invano, perché lui si limitò a sorridere. Kate scosse la testa.

«Quindi le cose stanno così?», domandò Bobby, e lei annuì. «Lo posso dire a qualcuno?»

«Tienilo per te, per ora. Ho raccomandato la stessa cosa a George».

«Qualcuno l'ha detto a Lottie?».

Kate annuì. «Io. Oggi. E lo sto dicendo a te perché voglio che una persona di cui mi fido sappia sempre dove sono e cosa sto facendo. Non si sa mai».

Bobby era compiaciuto, e si pavoneggiò un po'. «Ma certo, certo. Quindi stavolta potrò darti una mano?»

«Sicuro». Lui assunse un'aria deliziata, e Kate aggiunse: «Metti al lavoro il tuo cervellone e chiama a raccolta i soliti sospetti».

«Bingo». Bobby sembrò quasi guizzare per la concentrazione, come un gatto appostato fuori dalla tana del topo e pronto a spiccare il balzo. «Sam Spade, al suo servizio, dolcezza. Cosa stiamo cercando?»

«Le solite cose, Sam. Mezzo, occasione, movente. Sono certa che Jack non potrà che apprezzare delle prove concrete».

«Non sembri molto ottimista».

«La pista è fredda, e vecchia».

«Ma non sono passate neanche due settimane!», ruggì Bobby.

«La maggior parte dei crimini viene risolta nelle prime ventiquattr'ore», disse Kate. «Dopo, le possibilità di risolvere il caso diminuiscono in maniera proporzionale ogni minuto che passa. Forse addirittura ogni secondo che passa».

«Speravi forse di trovare il nostro uomo sopra il cadavere con l'arma del delitto in mano?»

«Potrebbe essere una donna».

«Su questo non ci piove», commentò Bobby asciutto. «Due terzi delle mogli del Parco, nonché la maggior parte delle fidanzate, avevano un movente. Questa storia dell'erba mi preoccupa un po', però. Sai che sono poche le cose di cui non sono al corrente, Kate».

«Lo so. È per questo che ti adoro».

«Vacci piano, bellezza». Bobby stava quasi per fare le fusa. «Non ero al corrente del fatto che Lisa spacciava erba, però».

«Non sappiamo se la spacciava».

Bobby le lanciò uno sguardo condiscendente. «Lottie e Lisa non sarebbero riuscite a finire tutta quella roba neanche se avessero fumato tutto il giorno, ogni giorno per un anno. No, Kate, la spacciavano. E se la spacciavano, c'era qualcuno che la comprava. E lo sai anche tu che i tossici hanno la tendenza a dare di matto ogni tanto». Bobby fece indugiare lo sguardo sulla cicatrice alla gola.

«Sì», rispose Kate in tono piatto. «Lo so bene».

«Magari è stato un cliente insoddisfatto».

Kate si alzò e attraversò la stanza a grandi passi, con aria pensierosa. Si trovava tra Bobby e il caminetto, e l'amico osservò ammirato il modo in cui le fiamme delineavano la sua figura. «Cosa c'è che non va?», le chiese quindi.

Kate si fermò e si girò a guardarlo. «Mi sembra solo che tutto sia capitato troppo a proposito. Al momento giusto».

Bobby fece schioccare le dita. «L'occasione. Il secondo elemento che stavamo cercando».

«Sì». Riprese a camminare. «Voglio dire: c'è McAniff in circolazione che spara a raffica con un 30.06 su tutto quello che incontra, e per puro caso qualcun altro tende un'imboscata a Lisa, armato di un 30.06? Come facevano a sapere che avrebbe usato un 30.06?»

«Lo sapevano?», domandò Bobby con aria scettica.

Kate si fermò. «Hai ragione, non dovevano saperlo per forza. Tutto ciò che serviva era qualcuno che sparasse, in modo da coprire il rumore dei loro spari. Per quando fosse stata scoperta la differenza tra i due fucili, sarebbero stati già lontani da un pezzo. Ed è così che è stato».

Bobby annuì. «Il 30.06 è un equipaggiamento standard all'interno del Parco. Se è per questo, non ti ho mai visto andare in giro senza il tuo, nella fuciliera sul retro del pick-up o conservato in una fondina sulla tua motoslitta».

«È vero». Kate si risedette sul divano. «Ma non sarebbe male avere qualcosa da cui partire in tutto questo casino».

«Be'. Abbiamo i mezzi».

«Non concretamente».

«No, d'accordo, ma sappiamo com'è stata uccisa Lisa e con cosa», replicò Bobby. «Un 30.06, identico a quello che ha ucciso gli altri. Solo che era un altro fucile». Si accarezzò il mento; sembrava quasi che rimpiangesse il fatto di non avere una pipa di schiuma di mare da fumare. Alzò la testa di scatto. «Hai bisogno di usare la radio per parlare con Jack?»

«Per ora non ho niente da dirgli. Può darsi che ne abbia bisogno, più in là. Almeno lo spero».

«No problem. KL7CC...».

«Lo so. KL7CC è sempre sveglio»

Bobby sorrise. «Ti serve un posto dove dormire?».

Kate ricambiò il sorriso. «Mmh-mmmh».

«Ti va di dividere il letto?», chiese, esageratamente speranzoso.

«Il divano andrà benissimo».

Lui sospirò. «Maledizione, donna, non sai cosa ti perdi».

Kate gli fece l'occhiolino. «Oh, sì che lo so».

# 6

La mattina dopo, quando Kate arrivò al Roadhouse, oltre al solito assortimento di motoslitte e pick-up malandati c'erano anche cinque o sei mute di cani da slitta. Mentre parcheggiava la Super Jag, Mutt saltò giù dal sedile posteriore e trotterellò da una muta all'altra, sfiorando il naso di ciascuno dei cani di testa con il proprio, scambiando brevi latrati di saluto con gli altri, senza escludere nessuno, e nell'insieme lavorandosi la folla in una maniera che a Kate ricordò inevitabilmente sua nonna, Ekaterina Shugak, mentre si lavorava l'intera congregazione della Federazione dei nativi dell'Alaska. Mutt non sembrava interessata a qualcosa di più di quello sfioramento di nasi, notò Kate con un senso di sollievo misto a inquietudine. A giudicare dalle impronte che aveva visto attorno alla catasta della legna, martedì mattina, impronte grandi quanto un piatto d'insalata, il lupo grigio si trovava ancora nei dintorni, speranzoso di ricevere, Kate ne era seriamente convinta, qualcosa in più di un contentino.

Un guaito la fece sobbalzare. Non era un latrato di saluto o l'uggiolio di un cane in cerca di attenzioni, ma in tutto e per tutto un grido d'aiuto, e Kate si guardò intorno per capire da dove provenisse. Dietro l'angolo del capannone c'era un'altra muta di cani, quasi del tutto nascosta. Si sentì un altro guaito e qualche risatina soffocata di origine umana. Kate avanzò di un passo per vedere meglio.

Il cane di testa della muta era stato bloccato da tre ragazzi. Un quarto teneva in mano un bastone, con il quale stava ispezionando il didietro dell'animale. Il cane guaì per la terza volta. Kate avanzò velocemente di altri cinque o sei passi, attenta a non far rumore, e agguantò il ragazzino con il bastone e quello che teneva divaricate le zampe posteriori del cane. Le due teste cozzarono l'una contro l'altra con un suono che Kate trovò piuttosto soddisfacente, tanto da portarla a ripetere l'operazione. Gli altri due ragazzi se la diedero a gambe. «Prendili, Mutt!». Mutt balzò in avanti e atterrò il terzo ragazzino con una possente spallata. Dopodiché lo abbandonò lì dov'era per andare a mordicchiare il sedere del quarto fuggiasco, che stava battendo rapidamente in ritirata. Il terzo ragazzo, che ancora si rotolava per terra, si spostò poco a poco verso una delle fiancate del Roadhouse, balzò in piedi e si dileguò come un lampo.

«Bene bene», disse Kate, «allora, vediamo un po' chi abbiamo qui». Fece voltare i due ragazzini storditi e singhiozzanti per guardarli in faccia. Nessuno dei due poteva avere più di dieci anni. «Ah. Amos Totemoff. La prossima volta che incontro Dimitri devo ricordarmi di dirgli che ho visto suo figlio, e anche di raccontargli cosa stava facendo». Osservò l'altro ragazzino e disse con aria pensierosa: «Larry? Lyndon?... Leonard, ecco, Leonard Kvasnikof. E piantala subito con questi strilli». La voce roca si incrinò come una frusta spezzata. Entrambi i ragazzi si immobilizzarono all'istante, i piedi che penzolavano a qualche centimetro da terra. «Chi erano gli altri?». Nessuno dei due fiatò. Kate affondò ancora di più le mani nei baveri e diede un'altra scrollatina. «Chi *erano*, ho detto».

Di nuovo nessuna risposta. «Va bene», concluse Kate, allentando la presa in modo che i due prigionieri potessero toccare terra con la punta dei piedi. «Tanto per me chi fa la spia a un amico non vale un soldo bucato. Ma ascoltatemi bene. La prossima volta che vi becco di nuovo a maltrattare un cane o qualsiasi altro animale del Parco, vi gonfio il culo tanto che dovrete mangiare in piedi per un mese. Dopodiché racconto tutto ai vostri genitori, e potete stare certi che mangerete in piedi per il resto della vostra vita. Mi sono spiegata?». Sbatté le teste dei ragazzi una contro l'altra per la terza volta, tanto per andare sul sicuro, e li lasciò cadere a terra in due mucchietti scomposti, le facce stordite, troppo intontiti perfino per piangere.

Kate si avvicinò al capo muta e gli sollevò la coda, ma non vide tracce di sangue. Dopo avergli dato un buffetto rassicurante, portò la muta nello spiazzo davanti all'ingresso del Roadhouse, dove si trovavano le altre slitte, e piantò di nuovo gli arpioni a terra.

Il Roadhouse, come sempre strapieno, era popolato a prima vista da una folla amorfa e non meglio definita, ma che a un esame più attento si divideva in tre gruppi distinti. In un angolo, un tizio leggeva la Bibbia, la mano sollevata verso il cielo, il dito indice che puntava verso l'unica, retta via. Davanti a lui, un gruppetto di cinque o sei persone era accomodato su sedie pieghevoli disposte in due file ordinate.

«Pastore Bill», disse Kate con un cenno della testa.

«È bello rivederti, Kate», rispose il pastore, e abbassò l'indice per stringerle la mano. Un istante dopo l'indice riassunse la posizione di prima, e l'omelia continuò. «I figli d'Israele videro e si dissero l'un l'altro: "Cos'è quella?"...».

«Birra!», gridò un uomo da un gruppo di tavoli raccolti in un altro angolo del locale. Dietro il bancone, Bernie annuì e preparò un altro giro. Kate si accorse che erano dei *musher* e, sollevandosi in punta di piedi e allungando il collo, vide che erano chini su una mappa topografica delle zone interne dell'Alaska, che copriva tutta l'area del Parco dal Canada fino all'Alaska Railroad e dallo stretto di Prince William fino a Fairbanks. Uno dei musher alzò la testa, colse il suo sguardo e le fece un cenno di saluto. «Ehi, Kate».

«Ciao, Mandy. Che succede?».

La donna, di corporatura robusta e con gli occhi circondati da un reticolo di rughe, conseguenza di lunghi giorni passati a fissare il sole artico basso all'orizzonte, indicò la mappa con un gesto della mano. «Stiamo studiando un percorso per la Kanuyaq 500».

«La Kanuyaq 500? E che cos'è?»

«Una nuova corsa che stiamo organizzando. Cosa?». Si girò verso il gruppo. «No, no, no, non da quella parte. Volete che il percorso attraversi la Valle della Morte, per poi puntare dritto sull'Angqaq Peak? Non credo che resteremo in tanti in gara se tutti i cani vengono travolti da una valanga. Cristo santo, pensate solo a cosa direbbero quelli di *Wide World of Sports* se lanciamo una muta di cani giù per le cascate di ghiaccio di Carlson».

«Per non parlare di quello che direbbero se ci lanciate solo i musher», Kate sentì qualcuno commentare a voce alta dal gruppo lì accanto, e ci fu una risatina sommessa, subito messa a tacere dallo sguardo truce di Mandy.

Kate seguì il suono di quella voce fino a un gruppo di matrone sedute in cerchio attorno a un pezzo di stoffa quadrato. Una delle donne si accorse della sua presenza e sollevò lo sguardo. «Kate!».

«Ciao, Helen». Fece un cenno di saluto all'intero circolo. «Kathy, Joyce, Darlene, Gladys, Shirley. Come state?».

Shirley sollevò una robusta tazza di porcellana bianca nella sua direzione. Tazze identiche erano posate a terra accanto a ogni sedia. «Prenditi uno sgabello! Ti va un irish coffee? Bernie!», urlò. «Un irish coffee per Kate!».

«No», si affrettò a rispondere Kate, scuotendo la testa in direzione di Bernie. «Non posso, Shirley, devo guidare».

«No? Be', cavolo, Kate». Shirley, una rossa dalla pelle chiara tempestata di lentiggini, le rivolse un gran sorriso. «Se non vuoi bere, almeno siediti a cucire un paio di toppe».

«Mi piacerebbe», disse Kate, «ma a vostro rischio e pericolo. L'ultima volta mi sono cucita la trapunta ai jeans, e per liberarmi ci avete messo almeno un quarto d'ora».

«Eri un po' nervosa», ammise Gladys, una donna paffuta dall'aria materna e i capelli scuri.

«Ci credo, con tutte quelle scucitrici sul grembo», ribatté Kate. Il gruppo di donne ridacchiò al ricordo. Kate guardò la stoffa, cercando di riconoscere il motivo. «Come si chiama questa?»

«L'anello nuziale». Darlene le fece l'occhiolino. «Gioca bene le tue carte, Kate, e te la regaliamo per il matrimonio».

«Prima mi devo sposare?»

«Certo». Tutte e cinque le teste ingrigite annuirono con aria solenne.

«Be', allora scordatevelo. Non posso sposarmi. Se lo facessi, a chi darebbero la caccia Jim Elicottero e Dandy Mike?».

Deliziato, il gruppetto esplose di nuovo in una serie di risatine. Kate fece un cenno generale di saluto, e si avvicinò al lungo bancone che si stagliava in fondo al locale. Mutt le balzò accanto e posò le zampe anteriori sul bancone, ansando leggermente, con la lingua penzoloni che già pregustava quello che sarebbe arrivato di lì a breve. Bernie si sporse e le grattò la testa dietro le orecchie. «Ehi, Mutt, come stai, bellezza? Che ti do, il solito?».

Mutt guaì una sola volta. Bernie pescò un pacchetto di carne di manzo essiccata da un espositore e lo aprì. Mutt prese delicatamente tra i denti il boccone e tornò al livello del suolo.

Bernie si girò verso la padrona. «Ciao, Kate. Coca?».

Lei annuì. «Grazie».

Lui allungò la mano verso lo spillatore e prese un bicchiere. «Cosa ti porta al villaggio? È un po' presto per te: di solito non metti la motoslitta in strada durante il disgelo». Le sorrise. «Tempo da terremoto».

Kate batté le nocche sulla superficie graffiata del bancone in legno. «Morditi la lingua».

«Be', mi sono perso l'ultimo, quello grosso».

«E se sei fortunato ti perderai anche il prossimo», rispose Kate, con un'aria un po' cupa.

Bernie posò il bicchiere su un tovagliolo e li fece scivolare entrambi verso di lei. Dopodiché si chinò in avanti a braccia incrociate, e la guardò con un sorriso appena accennato sulle labbra. Aveva gli zigomi alti e una fronte spaziosa, messa ancor più in risalto dai capelli pettinati all'indietro e raccolti in una coda di cavallo lunga quanto quella di Kate. L'espressione degli occhi castani, piuttosto infossati, era sempre pacata. Bernie emanava una sorta di serenità monastica, il che, con una moglie e sette figli nella casa irregolare e disordinata che sorgeva a meno di cinquanta metri da lì, era una bella conquista, ora che Kate ci pensava. «Come sta Enid?»

«Bene».

«E i ragazzi?»

«Siamo passati alle eliminatorie per il titolo di Stato quest'anno, hai sentito?», disse con orgoglio.

«No, Bernie», replicò Kate in tono paziente. «Intendevo i *tuoi* ragazzi. I tuoi figli. Quelli che hai avuto con Enid», specificò quando lui la guardò con espressione confusa. «Ricordi? Tua moglie? Mia cugina?».

Gli si illuminò il viso. «Ah, sì. Loro. Stanno bene». Rifletté un istante. «Sammy è abbastanza grande per fare un provino per la seconda squadra, l'anno prossimo».

«Be', mi sembra magnifico per entrambi», mormorò Kate. «Quando iniziano i play-off per il titolo?»

«Martedì pomeriggio», rispose Bernie rianimandosi di colpo.

«Abbiamo una buona guardia tiratrice?»

«Abbiamo sempre una buona guardia tiratrice», replicò lui con aria altezzosa. «È da settembre che sto allenando i cinque titolari nei tiri liberi. Eknaty Kvasnikof ha una media del settantadue per cento, e gli altri quattro sono appena al di sotto del sessanta». Agitò un dito nella sua direzione. «E ricorda...».

«Con i tiri liberi si vincono le partite», cantilenò Kate assieme a lui prima di scoppiare a ridere. "Con i tiri liberi si vincono le partite" era il mantra di Bernie. Kate prese un sorso di Coca-Cola. «Dov'eri due sabati fa?»

«Quando McAniff era alle prese con la sua carneficina?». Lei annuì. «Proprio qui, assieme a metà del villaggio, più o meno. Il che probabilmente è stato un bene».

«Un tipico sabato mattina», suggerì Kate, e lui annuì in segno di approvazione.

«Lurido bastardo», disse Bernie. «Doveva sapere che l'avrebbero beccato».

«Credo che fosse esattamente ciò che voleva».

Bernie scosse la testa. «Lurido bastardo malato di mente. Scommetto che non vede l'ora di mettere piede al processo per poter raccontare come ha programmato tutto quanto».

Kate piegò gli angoli della bocca carnosa verso il basso. «Risparmiati le scommesse. Jack Morgan mi ha detto che i suoi avvocati stanno pensando di invocare l'infermità mentale».

«Davvero?».

Kate posò il bicchiere. «Dicono che è diventato pazzo per una forma di claustrofobia alimentata dal senso di isolamento e per aver mangiato troppe porcherie».

Bernie la fissò per un lungo momento. «Bene», disse infine. «Mi devo ricordare di rimpinzarmi di pop-corn caramellato la prossima volta che voglio sparare a qualcuno e farla franca».

«Bernie», disse Kate, e si fermò. Cosa poteva saperne lui, che se ne stava a servire birra e wine cooler dietro un bancone a quarantatré chilometri da Niniltna e dagli eventi di quel giorno terribile? «Lo conoscevi?», chiese infine.

«McAniff?»

«Mmh».

Bernie scrollò le spalle. «Non bene. Lo conoscevo a sufficienza da chiamarlo per nome».

«Quindi veniva qui?»

«Di tanto in tanto».

«Che beveva?»

«Birra, per lo più. E un bicchierino di whisky o liquore, ogni tanto».

«Com'era?»

«Tranquillo. Se ne stava sulle sue».

«Faceva segnare sul conto?»

«Ha sempre pagato subito in contanti». La guardò incuriosito. «Perché tutte queste domande? L'hai preso, no? È in prigione, hanno il fucile, hanno i corpi, e per di più lo stronzo non fa altro che vantarsene su ogni radio e TV che abbia un microfono abbastanza lungo per arrivare fino a lui. Perché vuoi sapere tutte queste cose?».

Già, perché? Forse perché non riusciva a dimenticare l'immagine di McAniff disteso sulla neve dura e ben pressata, in lacrime dopo essersi accorto di sbavare sangue. Forse Kate cercava solo approvazione per quello che aveva fatto, la conferma di essere dalla parte giusta. «Mi ha chiesto se avevo qualcosa da mangiare», disse alla fine. «Come fosse stato un vicino che era uscito a caccia e aveva perso la cognizione del tempo, scordandosi di pranzare».

«Ti avrebbe ucciso», disse Bernie. «Voglio dire, ti aveva puntato contro il fucile e tutto il resto, giusto?»

«Sì».

«E tu l'hai fermato».

«L'ha fermato Mutt». Sentendo pronunciare il suo nome, Mutt sollevò la testa e batté la coda sul pavimento, sbocconcellando l'ultimo pezzo di carne essiccata.

«Quello che è. Qualcuno doveva farlo, Kate». Le lanciò uno sguardo penetrante. «Non fare la buonista con me, Shugak. Doveva essere fermato. È un peccato...». Si fermò e iniziò di proposito a lucidare un bicchiere.

«Lo so, è un peccato che non gli abbia sparato quando ne avevo la possibilità». Kate emise un sospiro e con piglio deciso dirottò la conversazione su un canale di maggiore utilità. «Lisa Getty era una delle vittime».

«Già. Mi mancherà».

Kate provò una stretta di sgomento. «Bernie. Anche tu, no».

«Be', sai, abbelliva il locale». Contrasse le labbra come per fischiare. «Sempre. Le bastava entrare, e già questo posto sembrava più bello. E portava anche un mucchio di clienti. Credo che molti dei ragazzi che venivano qui lo facessero sperando di incontrare Lisa. Ti bastava cercare con lo sguardo il gruppo più nutrito in tutta la stanza, e potevi scommettere che Lisa Getty era lì in mezzo. Che gran fica».

Kate strabuzzò gli occhi, e Bernie fece un gran sorriso, sospendendo per un lunghissimo istante la sua aria di monastica moderazione. «Be', lo era».

«Lisa interessava a qualcuno in particolare?», domandò Kate, tenendo gli occhi chini sul bicchiere.

Bernie sbuffò. «Sicuro. A qualsiasi individuo di sesso maschile su cui posasse gli occhi. Uomini maturi, di mezza età e ragazzini». Rifletté. «Credo che metà della squadra andasse su di giri per lei. Eknaty Kvasnikof faceva dei lavoretti per le sorelle Getty. È dal giorno del massacro che se ne va in giro come un cane bastonato». Bernie si rabbuiò. «Meglio che non faccia cazzate con la sua media di tiri liberi, o tiro fuori quella puttana dalla fossa e la brucio sul rogo. E dopo, faccio esorcizzare ciò che ne resta dal pastore Bill».

Kate bevve un altro sorso. «Lisa interessava a qualcuno in particolare, negli ultimi tempi?».

Ci fu una lunga pausa; Kate alzò la testa e vide Bernie con gli occhi fissi su di lei. «Perché?», domandò il barman.

«Bobby mi ha detto che metà del Parco è in lutto».

«La metà maschile, come no», concordò Bernie. «La metà femminile è un'altra questione. Credo che stiano pensando di organizzare un party». Allungò la mano verso un altro bicchiere e iniziò a lucidarlo con uno straccio, un'espressione pensosa sul viso. «Tu sei cresciuta assieme a Lisa, giusto?».

Kate annuì. «E a Lottie».

«Lottie». Bernie scosse la testa. «Quando le hanno tagliato le palle hanno rovinato un bel pezzo d'uomo».

«*Bernie*».

«Scusa», disse lui, con un'aria tutt'altro che pentita. Mise da parte il bicchiere e cominciò a pulire il bancone. «Ma è difficile pensare a due persone più diverse delle due sorelle Getty».

«Erano tutte e due bionde e con gli occhi azzurri», suggerì Kate. Era un po' debole come obiezione, e Kate lo sapeva, ma qualche istintivo senso di lealtà, innescato dall'aver trascorso insieme gli anni dell'infanzia – con in più, probabilmente, una manciata di sensi di colpa duri a morire per aver invaso il dolore di Lottie – la indussero ad accorrere in sua difesa con quel poco che aveva a disposizione. "Difesa da cosa?", si chiese poi. Aveva trent'anni, quasi trentuno. Oramai doveva essersi liberata dal tipico complesso di ogni alaskano "Noi contro il resto del mondo", inteso tra "Quelli che erano nati lì in Alaska" e "Quelli che non lo erano". Kate esaminò il proprio bicchiere. «Quindi Lisa veniva spesso al Roadhouse».

«Tre, quattro volte a settimana».

«Sempre circondata da un gruppo di uomini».

Di nuovo, la voce di Bernie si fece cauta. «Be', "sempre" mi sembra un po' esagerato».

Non per la prima volta, Kate maledisse tra sé i rigidi standard dell'amico. Per Bernie, la vita che conducevi erano affari tuoi, e ciò che ne facevi pure, inclusi alcolismo, assunzione di droghe, adulterio – tutte cose che considerava crimini senza vittime. Fino a quando non facevi del male a nessuno con le tue azioni, quello che combinavi non gli interessava. Non era obbligato a parlarne e quindi non l'avrebbe fatto. Kate decise che era arrivato il momento di calcare la mano. «Ieri mattina ho fatto un salto a casa loro per parlare con Lottie e vedere se aveva bisogno di qualcosa». Kate tracciò un cerchio sul bancone con il fondo del bicchiere. «Dopo sono andata a dare un'occhiata sul retro della capanna». Sollevò gli occhi. «Ho trovato una serra dietro al garage».

«Ah, sì?». Il movimento indolente dello strofinaccio sul legno graffiato si bloccò di colpo.

«Sì». Kate posò il bicchiere sul bancone con studiata cura. «Bernie, sapevi che Lisa spacciava erba?».

Bernie la guardò con aria pensierosa. Un tintinnio che ricordava una campana sopraggiunse dalla stanza sul retro, e ci fu uno scoppio di risa proveniente dalla combriccola riunita attorno alla trapunta, un suono quasi di sollievo, come se il gruppetto fosse felice di scoprire che era ancora capace di ridere. Il pastore interruppe la sua perorazione, e la congregazione chinò la testa in preghiera. «Abbiamo intenzione di correre per cinquecento miglia o per cinquemila?», Kate sentì esclamare a Mandy con tono esasperato. «Ho capito che ho detto io stessa che doveva essere una sfida, ma questo non significa che dobbiamo tracciare una nuova pista fino a Toronto».

Bernie scosse lo strofinaccio e lo piegò con movimenti cauti. «È morta, Bernie», gli disse Kate. «Parlarne ora non potrà farle alcun male».

«Hai ragione», concordò Bernie, appendendo lo strofinaccio sopra un rubinetto con eccessiva attenzione. «È morta, quindi ormai che importanza ha?».

Gli occhi castani di Bernie, di solito così pacati, se necessario sapevano essere incredibilmente penetranti, come Kate scoprì in quell'istante. «Ne ha, Bernie».

«Perché?»

«Ne ha», ripeté. «Ho bisogno di saperlo. Lisa Getty vendeva erba?».

La voce del pastore che diceva «Amen» riecheggiò per il bar. Nel momentaneo silenzio che seguì, l'uomo sollevò lo sguardo in direzione del barista. «Caffè per tutti?»

«Subito, pastore Bill». Bernie preparò un vassoio con sette tazze, zucchero, panna e una caffettiera e lo portò su un tavolino che si trovava accanto alla congregazione. Si fermò per qualche istante, scambiando saluti nel suo solito modo affabile e pacato. I parrocchiani sistemarono nuovamente i banchi di chiesa attorno al tavolo e Bernie servì il caffè. Dopo qualche altro scambio di battute tornò al bancone. «Immagino che se ti chiedessi perché ha così tanta importanza non me lo diresti».

«Non chiedermelo».

«Mmh». Sam Dementieff, un signore anziano e brizzolato, lento ma ancora pimpante, salutò Kate con aria burbera, ordinò una birra e un bicchierino di liquore e andò di filato a un tavolino all'angolo, per fissare con aria torva e pensierosa il nulla, o in ogni caso niente che Kate riuscisse a vedere. «Ok», disse infine Bernie. Kate si voltò a guardarlo. «Sì. Spacciava erba».

«L'hai vista tu?».

Scosse la testa. «Era troppo furba per farsi beccare. Credo che qui dentro non sia stato mai consegnato nulla sottobanco. Sapeva che era meglio non rompermi le scatole, ma usciva in continuazione dal locale».

«Sei sicuro che uscisse apposta per quello?».

Le rughe di espressione agli angoli degli occhi di Bernie si fecero più profonde. «Credo che neppure Lisa potesse avere così tanti ragazzi insieme».

«Quante volte usciva?».

Bernie scrollò le spalle. «Dipendeva dalla serata, dalla gente, e credo dalle scorte che aveva. Dieci, venti volte. Rimaneva fuori soltanto per pochi minuti».

«Teneva la roba nascosta fuori da qualche parte?»

«Per forza».

«L'hai mai cercata?»

«Una volta o due. Non ho mai trovato nulla, però. Era una che ci sapeva fare». Bernie accennò a un sorriso. «In tutti i sensi».

Kate lo guardò, osservò l'angolo della bocca sollevato appena in maniera vezzosa, come di qualcuno che ricorda qualcosa di piacevole, e sospirò tra sé. Per semplificare le cose, poteva tranquillamente presumere che ogni uomo del Parco, tra la pubertà e la vecchiaia, fosse andato a letto con Lisa Getty. E sospettare ogni donna del Parco di omicidio; pensò a Enid, una brunetta tutto pepe, simpatica e divertente, con un gran sorriso, fianchi larghi e un carattere focoso capace di fondere perfino l'acciaio. «Cos'hai sentito sul suo conto? Come spacciatrice, intendo. La roba era buona? La gente era soddisfatta?»

«Non ho mai sentito nessuno lamentarsi».

«Non c'è mai stato nessuno che la cercava, magari un po' esagitato?»

«No, non direi esagitato», rispose Bernie, e sorrise all'espressione di Kate.

Dall'altra parte del bancone qualcuno chiese un altro giro e Bernie si allontanò con calma per andare a servirlo. Kate si girò a osservare la sala, appoggiandosi con i gomiti al bordo imbottito del bancone. A prima vista era un mercoledì come tanti altri al Roadhouse di Bernie. La clientela era quella di sempre: musher, cucitrici di trapunte, parrocchiani, bevitori incalliti che si addossavano al bancone già alle 08:01 del mattino, coloni delle fattorie che andavano da Bernie apposta per utilizzare una toilette con lo sciacquone, abitanti del Parco in cerca di compagnia, pescatori, come Sam Dementieff, che rimuginavano sul loro piano d'attacco per la prima grande corsa del re dei fiumi. Certo, le risate sembravano un po' forzate, la conversazione un po' affettata, e l'attenzione di tutti innaturalmente concentrata su qualcosa, una cosa qualsiasi. Sembrava una scena irreale, come se tutta quella gente si fosse riunita lì con la precisa, tacita volontà di respingere l'orribile verità degli eventi di due sabati prima. La sensazione dominante era di denti stretti dietro ai sorrisi, di una sbigottita ma caparbia determinazione dietro alle grida di gioia, di una normalità ristabilita a priori in ogni singolo gesto. Durante l'estate la popolazione di Niniltna raddoppiava grazie all'affluenza dei pescatori, raggiungendo i milleseicento abitanti o poco più, incluse le capanne e le tenute più isolate, le miniere e le zone di pesca. In inverno, il numero precipitava di nuovo a meno di ottocento. Ottocento persone legate l'una all'altra dalla comune lotta per sopravvivere al freddo e al buio, cercando nel frattempo di rimanere sane di mente. Ora, nove dei loro vicini di casa erano morti, sepolti ai piedi degli abeti e delle esili betulle del piccolo cimitero sulla collina alle spalle del villaggio. E quelle persone si erano raccolte lì, quel giorno, per cercare e ricevere conforto dalla presenza degli amici, per fare fronte comune contro la follia che, dall'esterno, si era aperta un varco minacciando di arrivare fino a loro.

Nel Bush dell'Alaska, la vita è un viaggio attraverso un lungo giorno d'estate fino al capolinea di quella notte d'inverno, una notte ancora interminabile e scura, e molto, molto fredda. Sepolta nel profondo di ognuno degli abitanti del Parco presenti lì quel giorno c'era la consapevolezza che gli stessi semi di follia albergavano in ognuno di loro, nutrendosi del nero della notte e succhiando l'algido latte di un inverno apparentemente senza fine, minacciando concretamente di poter, un domani, germogliare nei fiori rosso sangue della pazzia e della paranoia. Quella consapevolezza era lì, negli occhi di ognuno di loro. La consapevolezza, come pure la determinazione a sconfiggerla. Era uno sforzo nobile, pensò Kate, e sollevò il bicchiere in un silenzioso tributo.

La porta si aprì di scatto e qualcosa di molto simile a una folla di persone si riversò nella stanza, per rivelarsi, dopo qualche istante di confusione, un gruppo composto da sei uomini e due donne, vestiti di tute da sci imbottite, parka e scarponi impermeabili: indumenti ingombranti che li facevano apparire simili a orsi. Avevano il viso scottato e nessuno di loro aveva l'aria di aver mai fatto un bagno a memoria d'uomo. Quando si avvicinarono a Kate l'odore confermò la prima impressione. Scalatori. Non era mai difficile capirlo considerando, se non l'odore, l'espressione di stremata esaltazione che campeggiava sulle loro facce.

Questa olezzante, urlante e schiamazzante onda umana attraversò il locale per andare a infrangersi contro il bancone. «Sei tu Bernie?», domandò l'uomo più alto e robusto, nonché il più puzzolente della comitiva.

«Così dicono», rispose il barista, strascicando le parole.

Lo straniero si rizzò in tutta la sua altezza. «Io sono Doug, e ho appena scalato l'Angqaq Peak». Si sollevarono grida di giubilo. «L'abbiamo scalato tutti», soggiunse, guardandosi intorno a indicare i compagni.

«Siete arrivati fino in cima?»

«Cazzo, se siamo arrivati in cima!», urlò Doug, e per un minuto i travetti del locale risuonarono per le grida a gola spiegata degli scalatori. Quando il rumore si smorzò, Doug si girò di nuovo verso Bernie. «George Perry ci ha detto che prima di essere considerati autentici scalatori del Big Bump dovevamo fermarci qui e bere un drink che si chiama "Dito Medio"».

«Esatto», rispose Bernie, «è quello che dovete fare».

«Be'?», Doug si guardò intorno. «Otto Dito Medio con ghiaccio, barman!».

«E belli forti!», esclamò uno degli altri scalatori, al che i suoi amici lanciarono un urlo e gli assestarono una serie di pacche sulla schiena.

Bernie aspettò che il baccano si placasse, e poi disse: «Toglietevi i guanti».

«Cosa?»

«Toglietevi i guanti», ripeté Bernie.

Gli scalatori si scambiarono uno sguardo confuso, ma obbedirono. Iniziavano ad accorgersi, un po' a disagio, dell'interesse che stavano generando nel locale, nonché dei sorrisi che campeggiavano sulle facce piene di aspettativa dei presenti.

«Perfetto», continuò Bernie. «Venite avanti uno alla volta, sollevate le mani e allargate le dita». Allungò il braccio sotto il bancone e tirò fuori otto bicchierini. Poi si girò, e prese una bottiglia da meno di un litro di liquore chiaro, collocata esattamente nel mezzo della mensola centrale, a debita distanza, sia a destra che a sinistra, da tutte le altre bottiglie. La posò sul bancone accanto ai bicchierini.

Doug guardò la bottiglia. «Che cazzo...?». Sbiancò sotto l'eritema della scottatura.

«Intorno al 1949», disse Bernie, alzando la voce per farsi sentire, «un gruppo di topografi si avventurò sull'Angqaq Peak per valutare cosa si riusciva a vedere dalla cima. Non avevano idea di cosa significasse scalare una montagna come il Big Bump, non avevano grande equipaggiamento, né qualcosa che somigliasse anche solo lontanamente a un kit di sopravvivenza. Successe quello che tutti voi potete prevedere: vennero sorpresi da una tormenta e due di loro morirono assiderati. Il terzo sopravvisse, nonostante un serio congelamento che gli costò tre dita della mano sinistra». Fece una pausa per osservare i visi sempre più seri degli scalatori. «Prima che costruissi il Roadhouse, in questo punto c'era una specie di emporio di proprietà di un tizio di nome Sneaky Pete; il topografo riuscì a tornare indietro fino a qui per crollare svenuto davanti alla sua porta. Sneaky Pete gli tagliò le dita e decise, come monito per i futuri scalatori, di ricordare in qualche modo il prezzo che quel ragazzo aveva pagato per la propria sopravvivenza. E mise il dito medio dello scalatore in una bottiglia di Everclear. Da allora, a ogni scalatore che riesce a raggiungere la cima del Big Bump e a scendere dalla montagna con tutte le dita intatte si chiede di bere un bicchierino di Dito Medio e di brindare alla memoria di coloro che non sono tornati, o non sono tornati *interi*».

La faccia di Doug era un vero spettacolo, ma lo scalatore si rivelò un tipo risoluto. Spinse in fuori la mascella e sollevò le mani. «Uno», contò Bernie, indicando il mignolo roseo della mano destra di Doug, «due», proseguì, indicando l'anulare destro, e così via. Quando arrivarono al pollice sinistro, tutto il bar stava ormai intonando in coro: «Sei, sette, otto, nove, dieci!».

Scese un silenzio carico di elettricità. Bernie stappò la bottiglia in cui fluttuava mollemente il dito del topografo. Bernie aveva sostituito il liquore con della tequila Jose Cuervo Especial Gold e, dopo aver trascorso sotto spirito più di quarant'anni, la pelle avvizzita del dito, sorprendentemente ben conservato, aveva assunto un colorito giallastro, come se fosse stata aromatizzata con lo zafferano. Esibiva ancora un'unghia in ottimo stato, notò Kate, e, se la vista non l'ingannava, quella che aveva tutta l'aria di essere una pipita.

Bernie riempì il primo bicchierino e attese. Doug trasse un profondo respiro, tirò indietro le spalle, senza dubbio rivolse un pensiero fugace agli effetti sterilizzanti dell'alcol a 80 gradi, e in un rapido movimento sollevò il bicchiere e lo buttò giù tutto d'un fiato.

Il bar rimbombò per le grida e gli applausi. Ci fu solo una lieve esitazione prima che lo scalatore successivo si facesse avanti, seppure con riluttanza, sollevasse le mani, si sottoponesse al conteggio e buttasse giù un Dito Medio liscio. Uno per uno, tutti gli scalatori si sottoposero al rituale, e ogni volta lo spettacolo venne accompagnato in coro dalle urla di tutti gli avventori del bar, che assistevano con il fiato sospeso e acclamavano gli ospiti con entusiasmo.

Una volta conclusa la cerimonia, la gente si affollò attorno al gruppetto per offrire ai Big Bumper, neoconvertiti al Dito Medio, qualcosa da bere di loro gusto, e gli scalatori iniziarono a levarsi le tute imbottite con l'idea di trattenersi per il pomeriggio, e forse per la notte.

Con il pandemonio che si era scatenato dopo l'entrata in scena degli scalatori, Kate non aveva visto entrare l'uomo. Così, quando sentì la voce alla sua destra, a pochi centimetri di distanza, non poté fare a meno di sobbalzare. «Kate. Come stai?».

Mutt scoprì i denti in un brontolio di circostanza, senza prendersi il disturbo di ringhiare, e Kate si girò di scatto ritrovandosi di fronte un omone massiccio, con il viso rubicondo sormontato da un casco di ispidi capelli rossi lunghi meno di mezzo centimetro. I penetranti occhi castani sembravano meno briosi del solito, e anche il mento sporgente, che gli conferiva un'aria testarda, si protendeva in maniera un po' meno arrogante. Portava il braccio sinistro legato al collo.

«Mac», disse Kate, facendo un cenno di saluto con la testa.

«Ho sentito che sei stata tu a prenderlo», disse Mac.

Kate annuì di nuovo. Non aveva voglia di parlarne, e sperò che non ne avesse voglia neppure Mac.

«Avresti dovuto ammazzarlo quando ne avevi la possibilità».

Evidentemente ne aveva. «Così mi è stato detto», rispose Kate stancamente. «Più o meno dieci volte. Senti, Mac, io non...».

«Non ne vuoi parlare, perfetto, del resto non sei obbligata», la interruppe lui. «Lascia solo che ti dica una cosa». Si sforzò di farle un sorriso. «Quando sono fuggito in mezzo agli alberi con quel pazzoide alle calcagna che sparava a raffica, e il braccio che mi sanguinava lasciando una pista grande come un'autostrada sulla neve, ero sicuro che mi stesse seguendo. Ero sicuro che non si sarebbe fermato fino a che non mi avesse preso. Quegli occhi...», Mac si fermò, e per la prima volta da quando Kate ricordava di conoscerlo, sembrò cercare le parole giuste. «Be', li hai visti anche tu, quegli occhi. Da quello che ho sentito, la maggior parte delle persone a cui ha sparato quel giorno non è riuscita a scappare. Io sono stato fortunato, ma in quel momento ancora non lo sapevo». Bernie gli piazzò di fronte una Heineken aperta, e Mac fece una pausa per concedersi una lunga sorsata. Dopo essersi asciugato la bocca, posò la bottiglia sul bancone e la osservò con aria pensosa. «Sono rimasto nascosto nei boschi per tutta la notte. Ogni volta che sentivo un gufo pensavo che fosse lui. Ogni volta che si sentiva lo scricchiolio di un ramo, o il vento soffiava tra gli alberi, o il ghiaccio si rompeva, pensavo che fosse lui. Ero bagnato, avevo freddo e fame, ed ero stanco, ma sono rimasto in mezzo al bosco. Non avevo cibo con me, né una tenda, e neppure gli stivali. Ero sicuro di aver sentito la sua motoslitta allontanarsi, ma sono rimasto lo stesso in quel cazzo di bosco. Per tutta la notte, per tutto il giorno successivo, e l'altra notte ancora. Se non avessi visto Jim Elicottero atterrare alla miniera il mattino dopo, forse sarei ancora lì. Te lo giuro, Kate, quando Jim mi ha detto che l'avevi preso, mi sono sentito come se qualcuno avesse allungato il braccio e mi avesse levato un bersaglio dal culo».

Mac finì di scolare la birra e posò la bottiglia sul bancone, con un tintinnio del vetro contro il legno. «Ti sono debitore, Kate».

«Non sono stata io a salvarti la vita, Mac. Sei stato tu».

«Sì. Ma tu mi hai restituito la sanità mentale. Se non avessi preso quel tizio, non mi sarei mai più sentito al sicuro». Le tese la mano e Kate, confusa, gliela strinse. La sua stretta era energica. «Grazie, Kate».

«Di niente», rispose lei automaticamente. Aggrottando le sopracciglia in un'espressione perplessa, osservò la figura tozza dell'omone farsi strada in mezzo alla folla e infine varcare la porta.

«Che voleva?», domandò la voce di Bernie alle sue spalle.

Kate si girò. «Niente».

Bernie emise un grugnito, riuscendo a comunicare tutto il suo sconfinato scetticismo con quell'unico suono.

Da dietro una porta chiusa arrivò uno scoppio di risa, seguito da uno scroscio di applausi. «Chi c'è nella stanza sul retro?», chiese Kate, felice di poter cambiare argomento. «Sembra che si stiano divertendo parecchio».

«Un gruppo che fa danza del ventre», rispose Bernie.

Kate alzò le mani. «Ok, non sono affari miei. Scusa se te l'ho chiesto».

«No, dico sul serio. Hanno preso in affitto la stanza ogni primo mercoledì del mese per esercitarsi».

«Certo, come no», disse Kate, e gli sorrise. È sempre meglio assecondare le persone meno fortunate di noi in termini di sanità mentale.

Un uomo esile e minuto dai tratti asiatici si fece strada in mezzo alla folla. Non aveva l'aria di uno scalatore – non era abbastanza coperto – e, a giudicare dall'odore, non sembrava nemmeno un pescatore. Era troppo tardi per la caccia ai caribù e troppo presto per gli orsi neri. Quel guizzo di saziabile curiosità che aveva portato Kate a diventare un investigatore si risvegliò di colpo. Guardò il nuovo arrivato con la coda dell'occhio. Osservava l'ambiente come se lo stesse esaminando, con movimenti quasi furtivi. Camminava come se avesse indosso un lungo impermeabile con una serie di tasche cucite nella fodera interna, piene zeppe di orologi rubati e cartoline sconce.

Quando si rivolse a Bernie, Kate sentì che l'accento era americano. «Salve. Avete birra alla spina?».

Bernie scosse la testa. «No, mi spiace».

«Cos'avete come birra in bottiglia, allora?». Bernie indicò una fila di bottiglie alle sue spalle. «Ah. Ok. Prenderò una Michelob».

«Subito».

L'uomo gettò una banconota da cento dollari sul bancone e si guardò intorno. «Bel posto», osservò rivolgendosi a Kate.

«A noi piace», rispose lei, scoccando un'occhiata al verdone. «È la prima volta che viene qui nel Parco?».

Il tizio sorrise. «È la prima volta che vengo in Alaska». Bernie gli mise davanti una bottiglia e un bicchiere sopra un tovagliolo. «Posso offrirle qualcosa da bere?»

«Certo», disse Kate, al che Bernie annuì e si allontanò con i cento dollari. «Da dove viene?»

«Da Honolulu». Bevve a grandi sorsi direttamente dalla bottiglia.

Kate sorrise. «È piuttosto lontano. Come mai da queste parti?».

Il tipo scrollò le spalle. Bernie tornò con il resto e con la Coca-Cola di Kate. «Affari».

«Oh. Grazie». Kate sollevò il bicchiere in direzione del nuovo arrivato, rivolgendo appena le spalle a Bernie. Il barman si allontanò con aria pacata verso l'altra parte del bancone. Kate bevve un sorso. «Che genere di affari?»

«Import-export», rispose. «E lei?»

«Oh, abito in una tenuta a una quarantina di chilometri da qui. Io mi chiamo Kate, comunque. Kate Shugak. E lei?».

Il tizio le strinse la mano. «Johnny Wu. Vive qui tutto l'anno, quindi? E da quanto tempo?»

«Sono nata qui».

«Ma senti. Questo sì che è interessante».

«E lei? Da quant'è che vive alle Hawaii?»

«Allora forse mi può aiutare», rispose l'uomo, come se non avesse sentito la domanda o l'avesse ignorata di proposito. «Sto cercando una persona».

«Be', conosco praticamente chiunque, qui al Parco. Chi cercava?»

«Una donna di nome Lisa Getty».

Kate sentì un brivido correrle lungo la schiena. «Lisa Getty?»

«Sì. Un... Abbiamo un amico in comune che mi ha parlato di lei. Dice che è la migliore guida del Parco».

«Lisa Getty è morta», disse Kate senza troppi giri di parole. Il sorriso scomparve dalla faccia di Wu, e Kate si congratulò con se stessa per aver mantenuto l'occhio vigile da poliziotto. «Non ha sentito del massacro?»

«Massacro? Quale massacro?»

«È successo una settimana e mezza fa. Un tipo del Parco ha dato di matto. Con un 30.06. Lisa è stata una delle vittime».

«Gesù», disse Wu.

«Mi dispiace di essere stata io a dirglielo», continuò Kate. «Lei e Lisa vi conoscevate di persona?»

«No», mormorò Wu mentre afferrava la birra, pallido come un cencio. «Non l'ho mai incontrata». Portò la bottiglia alla bocca e ingollò il liquido ambrato a grandi sorsi.

«Durante la primavera e l'estate anche io lavoro come guida», si offrì Kate. «Forse possiamo ancora combinare qualcosa. Non mi ha detto per quale motivo è venuto qui. Orsi? Lisa le aveva procurato una licenza di caccia?».

Il tizio sorrise, un sorriso disgustato, e posò la bottiglia vuota sul bancone. «Grazie comunque. Tutta questa faccenda è piuttosto... piuttosto scioccante. Credo che...». Scese dallo sgabello senza finire la frase e prese il borsone che aveva posato sul pavimento.

«Le occorre una sistemazione per la notte?».

Wu scosse la testa e si diresse verso la porta. Kate lo guardò uscire con espressione pensierosa, dopodiché si girò di nuovo verso il bancone per ritrovarsi di fronte Bernie che la fissava. «Che c'è?», disse allora.

«Niente».

«Hai sentito quello che ha detto?»

«Quasi tutto».

«L'hai mai visto prima da queste parti?».

Bernie rimase in silenzio per un istante. Alla fine disse: «No. Non lui».

Kate si fermò con il bicchiere a mezz'aria, e osservò Bernie da sopra l'orlo. Il barman aveva un'espressione distaccata. «D'accordo», disse Kate alla fine, e bevve un sorso di Coca. «Ci vediamo».

«Mi viene quasi da chiederti dove stai andando».

Lei socchiuse gli occhi. «Non farlo».

Si alzò nel preciso istante in cui si apriva la porta della stanza sul retro e, con sommo stupore di Kate, un gruppo di danzatrici del ventre si riversava nella stanza. Una di loro era vestita di tutto punto, un tripudio di mussolina trasparente e medagliette d'oro tintinnanti, lo sguardo divertito dietro un velo sottile che le schermava il viso. Una seconda danzatrice, in jeans e con il pezzo di sopra del bikini, batteva un tamburello, una terza, in calzoncini e canotta, suonava un flauto, e un urlo collettivo si sollevò dal locale.

Kate si girò a guardare Bernie a bocca aperta. Lui le rivolse un ghigno e scrollò le spalle con aria di disapprovazione. Le danzatrici iniziarono a dimenarsi, e di lì a poco i parrocchiani abbandonarono il pastore e i musher disertarono la mappa per andare a unirsi agli scalatori e agli altri clienti riuniti in cerchio a battere le mani. Solo il gruppo di cucitrici rimase dov'era, muovendo ago e filo e lingue con uguale intensità. Incredula, Kate scosse la testa e si diresse verso la porta, passando accanto alle donne.

«E quindi lei gli ha chiesto il divorzio?»

«Cielo, no, tesoro. Voleva che fosse lui a farlo. È annegato prima che potesse concederglielo».

«Eppure in giro dicono...».

«Cosa?»

«Cosa dicono?»

«Cosa, Darlene?»

«Be'», disse Darlene, chinandosi in avanti e abbassando la voce, «avete presente quando l'hanno trovato che galleggiava ai piedi della rampa...».

«Sì, sì?»

«Qualcuno dice di averla vista lì quel mattino».

«No!».

La porta si chiuse alle spalle di Kate. Lei sbatté le palpebre fino a che gli occhi, dopo la penombra del bar, si abituarono alla chiara luce del pomeriggio, e vide Leonard e Amos seduti l'uno accanto all'altro in cima alle scale a giocare alla morra cinese. In quell'istante, Leonard perse e si beccò un buffetto sulla spalla dall'amico. Kate prese la mira con cura e, con un calcio, li scaraventò entrambi giù dalle scale.

Montò in sella alla Super Jag mentre i due si rialzavano dalla neve, fece cenno a Mutt di salire alle sue spalle, e partì.

Il barcone di Lisa Getty era posizionato oltre la linea di alta marea, fianco a fianco con un'altra trentina di imbarcazioni simili, tutte in attesa che il ghiaccio del fiume si sciogliesse affinché gli scafi potessero fendere le acque.

Era un barcone di dieci metri con un semplice verricello in acciaio inossidabile posizionato sulla prua e una cabina massiccia e squadrata a poppa. Lo spazio rimanente era occupato dalla stiva, coperta dall'assito in legno del ponte. A prima vista aveva un mucchio di cose in comune con la tenuta delle sorelle Getty, dato che era caotico ma in buono stato e, nonostante il disordine, pulito. Sul sottile strato di neve che copriva il ponte si vedevano ancora le impronte di un piccolo stivale. Kate si arrampicò a bordo e iniziò a sollevare le assi del ponte – tavole lunghe, di due centimetri e mezzo per trenta, posizionate fianco a fianco sopra il bordo interno del serbatoio. Mutt, accomodata sul tappetino di fronte alla porta della cabina, scodinzolò con aria incoraggiante.

Era mezzogiorno, e il sole picchiava forte, e quando Kate ebbe levato assi a sufficienza per potersi calare nella stiva era ormai sudata fradicia.

Riemerse una ventina di minuti dopo, perplessa. La stiva era vuota. Non c'era neanche un bolentino da fondo in sughero, un filo di piombo o una boa da segnalazione. Aveva divelto perfino le assi del pavimento e ispezionato la sentina. Completamente asciutta dopo un inverno su un molo a secco, era ugualmente vuota, da prua a poppa.

Kate risistemò le assi della sentina e si stiracchiò, gemendo appena quando la schiena le scricchiolò in segno di protesta. «Se è da qualche parte, dev'essere per forza qui», disse a Mutt.

«*Woof*», concordò Mutt senza muoversi di un pelo.

«Sei davvero di grande aiuto». Puntellandosi con le mani oltre il bordo del portello di boccaporto, Kate si sollevò di nuovo sopra coperta, sedendosi sulle assi dell'impiantito e lasciando penzolare le gambe nella stiva. Alzò il viso verso il sole, chiuse gli occhi e pensò ad alta voce. «Quando eravamo piccole, Lisa non lasciava mai tutte le sue cose in un unico posto. I suoi giocattoli erano sparsi in un milione di nascondigli: nella tenda che avevamo montato sulla collina alle spalle di casa sua, nella casa sull'albero che avevamo costruito sul pioppo a Big Monkey-Land lungo l'Humpy Creek, nella barca di suo padre, nel magazzino di suo zio, nel suo armadietto a scuola, diavolo, nel suo banco di scuola. Disseminava le sue cose ovunque. Sempre. Se coltivava erba a casa, dieci a uno che quella che vendeva la tirava fuori da qualche altra parte. E a parte questo, a casa c'era Lottie, che, lo so per certo, non ama cacciare di frodo, tanto più se si parla di specie in via d'estinzione. Probabilmente avrebbe consegnato Lisa alla polizia di persona, se l'avesse colta con le mani nel sacco». Kate fece una pausa. «*Se* l'avesse colta con le mani nel sacco». Abbassò lo sguardo verso Mutt, che ricambiò con aria ugualmente solenne. «A ogni modo, il barcone era già al villaggio e a portata di mano. Vicino alla pista aerea, se è per questo, e agli aerei che decollavano dal Parco».

Mutt poggiò il mento sulle zampe anteriori e si dispose pazientemente all'attesa. In qualche punto lungo la spiaggia, una coppia di gabbiani iniziò a lanciare stridii in una rauca disputa, un corvo gracchiò con aria beffarda dal cielo, una brezza leggera stormì in mezzo agli ontani affastellati sulla linea dell'acqua alta. Quello stesso soffio di vento sollevò una ciocca di capelli che fuoriusciva dalla treccia di Kate. Un martello batteva con ritmo regolare su una superficie metallica, si fermava, riprendeva. Il ghiaccio sul fiume si spaccava, spostandosi sopra l'acqua grigia e limacciosa. Quando le calotte glaciali, che sormontavano le montagne come cappucci, si dissolvevano per le temperature sempre più alte, sotto un sole che si tratteneva nel cielo sempre più a lungo, e i cumuli di neve ben pressata cominciavano a sciogliersi, le acque del deflusso gonfiavano torrenti e ruscelli, per poi riversarsi negli affluenti del Kanuyaq e da lì nel grande fiume. Giorno dopo giorno, il volume dell'acqua cresceva assieme alla velocità delle correnti, e presto avrebbe strappato dalla superficie del fiume la crosta indurita e solcata dalle crepe dell'inverno, spingendola via fino allo stretto di Prince William e al golfo dell'Alaska, e poi in mare aperto, lasciandosi alle spalle una nuova pelle grigio perla, gonfia e fremente, un nastro vivo e scintillante di oltre quattrocento chilometri che adornava il paesaggio del Parco pronto al risveglio, gravido di quella promessa di primavera e dell'aspettativa della grande corsa del salmone.

Non c'è niente di esitante o incerto nell'arrivo della primavera nell'Artico; non è un qualcosa che si insinua nei giorni in maniera furtiva, senza essere stato annunciato. Marcia in testa a un esercito di invasori, a bandiere spiegate, con fanfare e soldati in presentat'arm sommersi da piogge di coriandoli e grida di giubilo. Di colpo, e con tutto il cuore, Kate desiderò essere a casa, di nuovo nella sua capanna, per partecipare a quel turbolento tramestio mentre il disgelo sgomitava per farsi strada nel Parco. I tronchi delle betulle erano scuri per il fluire della linfa sotto la corteccia; la crosta di ghiaccio che copriva il Silver Creek, ai piedi del dirupo dietro la capanna, si stava spaccando in pezzi sempre più larghi; le Quilak Mountains si stavano scrollando di dosso il loro manto invernale e avanzavano a torso nudo verso la primavera. Lontana da tutto questo da ventiquattr'ore, Kate sentì nostalgia di casa con una dolorosa intensità, che si trasformò in un mesto sorriso non appena lo ebbe ammesso a se stessa.

«Forse Jack ha ragione, e sotto sotto sono solo un eremita», disse a Mutt. Avrebbe dovuto proseguire con le ricerche. Invece si sdraiò sul ponte, seppellì la testa nel pelo folto del fianco di Mutt e si lasciò inondare dal sole.

Mezz'ora dopo un freddo improvviso la risvegliò dal pisolino. Kate rabbrividì e si tirò a sedere sbattendo le palpebre. Un cumulo di nuvole si stava facendo strada all'improvviso dall'orizzonte a sud-est, avanzando per conquistare il brandello di cielo tra Kate e il sole. «Guarda», disse, dando a Matt una pacca affettuosa sul fianco, «una nuvola giunge sull'arco assolato, un soffio di vento alita dalla cima ghiacciata, e di colpo ti ritrovi di nuovo nel pieno di marzo. Il poeta aveva ragione».

Si alzò in piedi e allungò le braccia sopra la testa, sbadigliando. «Immagino che dovrò controllare la cabina, anche se non riesco a credere che Lisa fosse così stupida da nascondere qualcosa proprio dove avrebbe potuto inciampare un qualsiasi ragazzino ubriaco venuto a fare il vandalo sulle barche ormeggiate. Ma se Wu è nel Parco, la roba dev'essere per forza da qualche parte».

Ancora mezzo addormentata, armeggiò con la cerniera a occhiello, che Lisa non si era presa neppure il disturbo di chiudere con un lucchetto. Spinse di lato la piccola porta, fece un passo avanti, inciampò su un mezzo marinaio e cadde di testa nella cabina.

Fu un capitombolo provvidenziale, perché il cecchino accovacciato sotto il gruppo di ontani all'estremità della spiaggia scelse esattamente quell'istante per sparare un colpo nella sua direzione.

La detonazione riecheggiò con violenza sulla superficie di sabbia, ghiaia e ghiaccio. Una scheggia sfiorò Kate alla tempia, e qualcosa di caldo iniziò a scorrerle lungo il lato destro del viso, per poi gocciolarle dal mento. Cadde di schianto, senza opporre resistenza, battendo la spalla contro il bordo della cuccetta nella parte posteriore della cabina. La testa iniziò a farle male. Alzò una mano e la portò alla tempia, e vide che il liquido era sangue. Le forze l'abbandonarono e una soffocante onda scura si sollevò e la travolse.

Quando si svegliò, le palpebre sembravano appiccicate l'una all'altra. Le ci volle qualche istante per riuscire ad aprirle. La guancia era premuta contro una superficie dura, e sembrava anch'essa incollata. Qualcuno le massaggiava il viso con un panno ruvido e umido. Sentì un cane uggiolare, e si mosse. Conosceva quel guaito, e le tornò di colpo la memoria. «Mutt?». Armeggiò con le mani in cerca di un appiglio e cercò di tirarsi su. La pelle della guancia si staccò da terra con un suono appiccicaticcio.

Al suo fianco, Mutt guaì con apprensione. Leccò di nuovo il viso della padrona.

Kate sentiva la testa martellarle con forza. Sollevò una mano tremante e controllò i danni. Nel punto in cui il proiettile le aveva sfiorato la tempia c'era una ferita poco profonda, larga circa un centimetro e lunga cinque. Il sangue doveva esserle colato sugli occhi e lungo il lato destro del viso, fino al colletto della camicia. Ovunque si sentiva ristagnare l'odore del sangue, ma la pelle attorno alla ferita sembrava più pulita del resto. Mutt guaì di nuovo, spingendo il muso contro il viso di Kate, gli occhi gialli sgranati e ansiosi, e le leccò di nuovo la guancia.

«Va tutto bene», mormorò Kate, spingendola via, «le ferite alla testa sanguinano sempre come dannate. Tra un minuto starò meglio. Va tutto bene, piccola, tranquilla». Nonostante le mani a prima vista fossero troppo gonfie anche per compiere il gesto più semplice, Kate si rovistò nelle tasche in cerca di un fazzoletto. Le ci volle un'eternità per trovarne uno, e quando ci riuscì, ci mise un tempo ugualmente infinito per piegarlo e legarselo attorno alla fronte. Allungando il braccio oltre il bordo del minuscolo lavello, pregò che il serbatoio dell'acqua non fosse del tutto vuoto e fu esaudita con un sottile rivolo d'acqua fresca. Se ne spruzzò un po' sul viso, una manciata per volta. Sbatté le palpebre per cercare di vedere meglio, poi avanzò poco a poco verso la porta e scrutò oltre la soglia.

Fuori il cielo si era schiarito di nuovo, e il sole sembrava una pepita dorata che si lasciava cadere in un lago azzurro pallido, increspato di nuvole che si estendevano dal punto più lontano dell'orizzonte. Kate sbatté di nuovo le palpebre e si accorse che il sole stava tramontando. Doveva aver perso i sensi per ore. Non notò nulla di insolito, né sentì nulla che la insospettisse. Nessuno era sopraggiunto di corsa a soccorrerla, quindi l'uomo con il martello probabilmente non aveva sentito lo sparo e se ne era andato da un pezzo. Dal villaggio che sorgeva sugli argini e oltre gli alberi, il fumo si sollevava dai camini in mansueti pennacchi bianchi. Perfino i gabbiani erano silenziosi.

Chinandosi indietro, Kate perlustrò la cabina con lo sguardo e trovò un berretto di lana blu. Lo posizionò in cima all'uncino sul quale era inciampata, e li spinse entrambi fuori dalla porta, con estrema lentezza. Mutt, in piedi, con lo sguardo risolutamente fisso sulla sua padrona, rimase immobile.

Il berretto si insinuò lentamente oltre la soglia, oltre il livello del ponte, oltre il parapetto. Niente. Nessun rumore, nessun movimento, nessuno che faceva fuoco. Kate ritrasse l'uncino e, facendolo oscillare con entrambe le mani, lo lanciò dall'altra parte del ponte, fino alla prua. Ancora nulla.

Il mezzo marinaio cadde sul ponte con un clangore metallico. Chiunque fosse stato a sparare, ormai se n'era andato. Kate rimase ferma dov'era, scossa da un tremito. Sentiva di essersela cercata.

Dopo un istante si ricordò che c'era ancora qualcosa che doveva fare. Con un gemito, si puntellò sul bordo della cuccetta per alzarsi in piedi e mettersi all'opera. Nonostante la luce fioca e la testa che le martellava, e sebbene fosse costretta ad affidarsi unicamente al tatto, non ci mise molto a trovare quello che cercava. Nell'armadietto montato sulla paratia sopra la cuccetta, nascosta in mezzo ai cibi in scatola, trovò una busta di carta sgualcita con l'apertura ripiegata. Dentro c'erano cinque o sei bustine raggrinzite verde-giallastre che contenevano qualcosa di simile a carne essiccata. Kate mise la busta da parte per continuare a cercare. Non si illuse nemmeno per un istante di aver trovato tutto il bottino, e poco dopo ne ebbe la prova.

Tirò indietro il materasso e bussò sui fogli di compensato. Dopodiché sollevò del tutto il materasso dalla cuccetta e tastò i bordi del legno con la punta delle dita, fino a che, a una delle estremità, non scoprì tre minuscoli fori levigati. Ci infilò le dita e tirò. Nel vano tra il compartimento motore e il fondo del materasso, infilati in mezzo a un grappolo di aghi da rammendo e una scatola di cartone bagnato ormai prossima a disintegrarsi, piena di dadi arrugginiti, chiodi e bulloni, trovò due serie di zanne di tricheco con tanto di teschio. Scordandosi del luogo in cui si trovava, lanciò un fischio, sommesso e prolungato. Il suono le ferì le orecchie. Una delle serie aveva dimensioni record, con zanne lunghe una settantina di centimetri e perfettamente identiche.

Per quanto stordita e dolorante, l'arroganza di quel gesto la colpì. Lasciare delle zanne di tricheco, del valore di minimo tremila dollari sul mercato nero, nel vano sotto la cuccetta, e mezza dozzina di bili d'orso nero, che a Hong Kong sarebbero state pagate dai seicento ai mille dollari al pezzo, praticamente in piena vista nell'armadietto, il tutto dietro a una porticina che Lisa non si era nemmeno presa la briga di chiudere con un lucchetto... Kate venne travolta da un'ondata di nausea. Si tenne la testa con entrambe le mani e barcollò fuori per vomitare oltre la paratia.

Dopo essersi sciacquata la bocca nel lavello, continuò a cercare senza risultati, cosa che non poté fare a meno di sorprenderla. Ormai, Jack Morgan avrebbe persino potuto accusare Lisa Getty di aver venduto segreti militari a Mu'ammar Gheddafi, e Kate gli avrebbe creduto senza batter ciglio. Rimise il compensato e il materasso al loro posto, e si arrampicò con passo malfermo fuori dalla cabina, portando con sé la busta di carta e le zanne di tricheco. Osservò dall'alto della fiancata il salto di due metri e mezzo fino a terra e imprecò debolmente tra sé. Lanciò la busta, lasciò cadere le zanne con maggior dolcezza e in qualche modo riuscì a trascinarsi oltre il bordo della fiancata, atterrando sulle gambe che le cedettero all'istante. Mutt le fu subito dietro con un balzo e le toccò la guancia fredda con il naso.

Kate alzò debolmente la mano e la spinse via. «Sto bene, piccola, dammi solo un minuto».

Passò un minuto, poi un altro, e Kate era ancora lì, la testa che le martellava, la vista sfocata, fino a quando Mutt non le affondò i denti nel colletto e iniziò a tirare.

«Oh, Cristo santo, sto bene», disse Kate con voce stanca. Con un immenso sforzo riuscì a sollevarsi sulle ginocchia e dovette fermarsi; puntellandosi sulle braccia, vomitò l'anima. Dopodiché, barcollante, si alzò in piedi, sorreggendosi allo scafo del barcone. Quando si ricordò come si faceva a camminare, raccolse la busta e le zanne, che ora sembravano pesare quaranta chili ciascuna, e avanzò con passo malfermo lungo la riva fino al punto in cui era parcheggiata la motoslitta.

Non ricordò di aver aperto il vano sotto il sedile della Super Jag. Non ricordò se aveva attraversato il villaggio o l'aveva aggirato passandoci intorno. Non ricordò il tragitto di tre chilometri lungo il sentiero sconnesso e ghiacciato, pieno di buche, che portava a casa di Bobby. Se fosse stata una donna con più fantasia, avrebbe pensato che fosse stata Mutt a guidare la motoslitta, o almeno a tenere il manubrio. Ma aveva il ricordo chiaro e doloroso di essere caduta, di schianto, come se fosse precipitata da una grande altezza, sulla rampa a soli due passi dalla porta di Bobby; quei due passi tuttavia le erano parsi immensi, come da un capo all'altro dell'oceano Atlantico, e Kate era arrivata fin dove aveva potuto. Era vagamente cosciente di una lingua umida e ruvida che le lavava la faccia, di un cane che guaiva ansioso da qualche parte, del remoto desiderio di riuscire a rispondere, dell'amara consapevolezza di non essere in grado di farlo. Soltanto l'odore del sangue era nitido e definito, e innegabile, incollato con tenacia alle narici, talmente forte che quasi ne sentiva il sapore salmastro sulla lingua. Il sole era ormai tramontato, e Kate iniziò a tremare. Con grande fatica riuscì ad allungare la mano di una decina di centimetri verso la porta, prima che quell'impresa si rivelasse al di là delle sue forze. In un recesso della mente, del tutto distaccata dalla realtà, si chiese se sarebbe morta assiderata davanti al portico di Bobby.

Ma Bobby le aveva sentite, e Kate avrebbe ricordato per sempre, dopo d'allora, il fascio di luce che s'irradiava dalla porta d'ingresso, illuminando quella che sembrava ormai la sua estrema dimora, e il rassicurante ruggito della voce dell'amico: «Kate! Maledizione, Mutt, leva quel culo peloso dai piedi! Donna, che cazzo hai combinato stavolta?».

E poi, misericordiosamente, l'oblio.

## 7

Il mattino successivo aprì prontamente gli occhi alle sei. Fissò i ripidi spioventi del tetto in cedro che, dopo averci riflettuto un po', riconobbe come quelli di casa di Bobby. La testa le faceva male, ma era un dolore distante, remoto, come se fosse qualcun altro a provarlo al posto suo. Si sentiva le braccia e le gambe pesanti, e quando sollevò la mano per spingere via le coperte fu come se si stesse facendo strada attraverso acque particolarmente dense e profonde.

Le lenzuola erano morbide sulla pelle nuda. Qualcuno l'aveva svestita. Spostandosi sul cuscino, sentì qualcosa di voluminoso sul lato destro della testa. Tastandosi con la mano, scoprì che aveva una benda appiccicata alla tempia. Quando la toccò, la ferita iniziò a pulsare, e Kate riabbassò la mano. Solo allora si accorse che c'era qualcosa di caldo e solido accanto a lei. Con cautela, andò in avanscoperta. Era un corpo, ma non il suo. Girò la testa e incontrò lo sguardo di Bobby. Si sforzò di evocare quello che si manifestò come un debole sorriso. «Certi uomini sarebbero disposti a fare qualsiasi cosa per una scopata».

Lui sollevò e abbassò le folte sopracciglia nere. «Se la donna in questione sei tu, ne vale la pena».

«Scommetto che lo dici a tutte le ragazze». La testa iniziò a pulsarle con violenza, e Kate trasalì, sbiancando all'improvviso.

Il sorriso di Bobby svanì. L'uomo sollevò una mano e le scostò con delicatezza i capelli dal viso. «Come ti senti, donna? Ti fa male la testa?».

Kate chiuse gli occhi e rifletté. «Come se qualcuno mi stesse martellando il cranio dall'interno con una mazza. Niente di più».

«Be', ti stai decisamente riprendendo».

«Cos'è successo?»

«Non te lo ricordi?».

Kate fece per scuotere la testa ma poi cambiò idea. «Non ricordo neanche come sono arrivata fin qui».

Bobby si sollevò, puntellandosi su un gomito. «Non lo so neanch'io. Ieri sera, verso le sei, ho sentito un rumore sordo provenire dal portico (che poi eri tu che cadevi faccia a terra) e i latrati di Mutt. Quando ho aperto la porta ho pensato che fossi morta. Credo ne fosse convinta anche Mutt; non voleva che mi avvicinassi a te. Eri ridotta uno schifo, donna, avevi sangue su tutta la faccia e i capelli, e qui davanti, sul giubbotto e sulla camicia. Sembrava che fossi stata a Hué per tutto il mese dell'assedio, e l'odore non era da meno».

«Poi cos'è successo?»

«Sono riuscito a calmare quel maledetto lupo e ti ho trascinato dentro. Ti ho tolto i vestiti e ti ho lavato dalla testa ai piedi. Sei stata tu a legarti quella bandana sulla fronte?».

Kate aggrottò le sopracciglia. Dopo un istante annuì, muovendo la testa lentamente, con cautela. «Sulla barca. Quando mi sono risvegliata. Credo».

«Devi averlo fatto dopo che la ferita ha smesso di sanguinare. Quando l'ho tolta non era appiccicata alla pelle, ed era molto meno insanguinata del resto».

Kate corrugò la fronte. «Ora ricordo. Quando mi sono svegliata, Mutt mi stava leccando».

«Oh. Beata lei. A ogni modo, ti ho spogliata e messa a letto. Ho continuato a svegliarti più o meno ogni ora e darti tè zuccherato. All'inizio riuscivi a berne al massimo un sorso o due, sudavi freddo. Stavo per chiamare il soccorso aereo per portarti in ospedale. Poi, finalmente, la temperatura è salita, e ti ho lasciato dormire in pace». La guardò. «Sono contento di potertelo dire, adesso: non è stata un'avventura molto divertente. Meglio non ripetere l'esperienza a breve, eh?».

Kate scoppiò in una debole risata. «Scusa. La prossima volta cercherò di fare di meglio».

L'espressione fintamente severa di Bobby scomparve. «Vedremo se sarai di parola, donna». Fece una pausa e poi aggiunse con riluttanza, come se gli stessero cavando le parole di bocca: «Cristo santo, che paura mi hai fatto prendere, però». Si chinò in avanti e la baciò con delicatezza. Le sue labbra erano calde e rassicuranti, e la mano con cui le teneva il viso forte e sicura, e con un impeto di gioia e piacere Kate si ricordò di essere viva, con tutte le parti del corpo al loro posto e perfettamente funzionanti. Ricambiò il bacio con un confuso mormorio di piacere, e Dio solo sa cosa sarebbe successo se Mutt, sentendo le loro voci, non fosse balzata sul letto, spingendo il naso freddo e umido in mezzo ai due, gli occhi gialli sgranati e speranzosi, scodinzolando con entusiasmo.

«Maledizione, donna», ruggì Bobby, «non puoi insegnare un po' di educazione a questo cazzo di lupo?».

Qualcuno bussò con grandi colpi decisi, e la porta si spalancò di scatto, andando a sbattere contro il muro. Kate trasalì e chiuse gli occhi. Jack Morgan, con tanto di parka e pesanti scarponi che lo facevano sembrare due volte più imponente, a dispetto della taglia già extralarge, si fermò sulla soglia con uno sguardo ansioso e severo. Ci mise un attimo a individuare Kate e Bobby.

Spostò lo sguardo da Bobby, appoggiato su un gomito ed evidentemente nudo sotto le lenzuola, a Kate, con le lenzuola strette al petto, ed evidentemente nuda accanto a lui. L'angoscia si dileguò all'istante. Sebbene a denti stretti, disse con chiarezza: «Vi dispiacerebbe spiegarmi che diavolo sta succedendo qui?». L'effetto di quella gelida esplosione di rabbia fu in qualche modo rovinato da Mutt, che gli balzò incontro con un latrato di gioia, posandogli una zampa su ciascuna spalla, per poi prodigarsi con umide leccate di benvenuto sulla faccia.

Bobby si mise a sedere e fece un gesto magnanimo con la mano. «Ti stavo solo fregando la donna, caro vecchio Jack». Tentò di lanciargli un'occhiata maliziosa, ma il risultato fu al di sotto dei suoi soliti standard. «E se avessi aspettato altri quindici minuti, forse ce l'avrei pure fatta».

Con la bocca piena di french toast, Bobby disse con voce roca: «L'ho chiamato ieri sera dopo che ti ho ripulita».

«Avrei preferito che non l'avessi fatto», mormorò Kate.

«Oh no, certo, perché avrebbe dovuto?», si intromise Jack, seduto con la schiena diritta come un fuso mentre maneggiava coltello e forchetta con precisione chirurgica. Kate e Bobby erano seduti ai lati opposti del tavolo, e Jack in mezzo a loro, postazione che non aveva abbandonato per un istante da quando Kate si era alzata dal letto, nonostante le insistenze di Mutt per rimanere al fianco della padrona. Kate si sentiva come se stesse respirando per tre. Bobby, pungolato da chissà quale demone malizioso, non perdeva occasione per toccarla, sfiorandole le dita mentre le versava il caffè, posandole una mano sulla spalla mentre le serviva la colazione o allungando di sfuggita il braccio per aggiustarle il colletto della camicia lavata e stirata di fresco, il tutto con una faccia da san Tommaso d'Aquino, tolta l'aureola.

Jack osservava con gli occhi socchiusi, ma senza fare commenti. E Kate, che si sentiva come un osso piuttosto succulento che viene disputato da due, anzi no, tre cani con l'acquolina in bocca, forse avrebbe trovato la cosa divertente se avesse avuto quindici anni di meno. A trentun anni suonati, l'atteggiamento dei due uomini la irritava e basta, e sperava di arrivare alla fine della colazione senza ulteriori spargimenti di sangue, in particolare del proprio.

Jack sezionò un'altra fetta di french toast. «Ti avevo detto di usare un po' di discrezione in quest'indagine, ma nooooo, la prima cosa che hai fatto è stata parlarne con Mr Gossip del Bush. Cos'è, per caso l'ha sparato a tutto volume in una di quelle sue trasmissioni pirata alla radio: "Ehi, gente, qualcuno ha ucciso Lisa Getty, ma non è stato McAniff!"».

«Ehi», esclamò Bobby con voce risentita, fingendo che fossero stati feriti sentimenti che non aveva, nella speranza di far uscire Jack dai gangheri. Sapeva perfettamente che Morgan aveva voglia di menare le mani e che per farlo sarebbe ricorso a qualsiasi cosa su cui potesse mettere bocca. Sapeva anche che Jack non pensava una sola parola di tutto quello che avrebbe detto, che più tardi si sarebbe scusato per la sua boccaccia e si sarebbe sentito in debito con Bobby per la classe con cui aveva incassato i colpi senza fiatare. Bobby sorrise tra sé e si gettò con piacere sulla colazione.

«Avevi detto che volevi che mi occupassi io di questo caso», rispose Kate.

«Sì, è quello che ho detto».

«Mi sembra chiaro che non è stata una delle tue idee più brillanti», osservò Bobby, e Jack lo mandò al diavolo servendosi di un'eloquente occhiataccia.

«E allora lascia che me ne *occupi*», intervenne Kate prima che Jack si mettesse a inveire contro Bobby.

«Oh, certo, te ne stai occupando magnificamente», ribatté Jack. «Sei appena al secondo giorno, e per poco non ti sei fatta ammazzare».

Kate scosse la testa e disse con rammarico: «No, non è così».

Jack si fermò con la forchetta sospesa a mezz'aria, e rimase a guardarla con aria incredula. «Ma certo», disse poi con tono estremamente educato. «Che stupido. Ieri non ti hanno sparato. Non sei rimasta svenuta per ore sulla barca di Lisa Getty. Non sei dovuta tornare alla motoslitta strisciando per terra; non sei caduta priva di sensi, e quasi morta, davanti alla porta di Bobby; e ora non hai la testa bendata. Infatti, tutto questo è soltanto il frutto della mia fervida immaginazione, e tra un minuto mi risveglierò ad Anchorage. Sentiti libero di intrometterti quando vuoi», soggiunse poi, rivolto a Bobby.

«Perché dovrei?», disse Bobby, raccogliendo con il pane le ultime tracce di sciroppo. «Stai andando alla grande».

«Senti, Kate», disse Jack, prendendo un respiro profondo e facendo un evidente sforzo per appigliarsi all'ultimo brandello di autocontrollo, «oggi cerca di startene tranquilla, recupera le forze. Bevi, mangia, quel genere di cose. Da ciò che dice Bobby hai perso molto sangue. Io andrò a Niniltna con la Super Jag per fare un po' di domande, parlare con un po' di gente, magari fare un salto su allo Step...».

«No, non puoi», disse Bobby.

Jack lo fissò. «Ti dispiacerebbe dirmi perché?»

«Questo pomeriggio devo andare al villaggio. Ekaterina dà un *potlatch* alla palestra».

Kate, scordando la ferita, si drizzò a sedere. «Un potlatch? E per cosa?».

Bobby inarcò un sopracciglio. «Come ultimo saluto alle vittime uccise due settimane fa, o almeno è quello che mi ha detto Billy Mike quando è passato di qui. Ekaterina desidera che tutti siano presenti, così ha detto Billy, e non sarò certo io a mancare di rispetto a sua maestà ignorando uno dei suoi ordini. Quindi», concluse rivolgendosi a Jack, «tu devi stare qui per badare a Kate».

«Oh», disse Jack, e aggiunse con riluttanza: «Ok. Rimango io».

«No», disse Kate.

«Perché no?»

«In primo luogo, cara infermiera Clark e cara infermiera Morgan, perché sto bene. E in secondo luogo, perché questa mattina ho una faccenda da sbrigare di persona a Niniltna».

Le forchette caddero sferragliando sui piatti. «Cosa? Col cavolo! Tu...».

«Donna!». Il ruggito di Bobby era tornato a pieni polmoni. «Tu non andrai da nessuna parte! Ti hanno appena sparato in quella cazzo di testa! Non che ci fosse granché da colpire, ma devono averti sbatacchiato quei pochi neuroni che ti erano rimasti! Non prenderai nessuna cazzo di motoslitta e non andrai da *nessuna parte*!».

Kate addentò l'ultimo pezzo di pancetta, che le scrocchiò tra i denti in modo soddisfacente per poi sciogliersi quasi subito sulla lingua. Chiuse gli occhi con reverenziale rispetto.

Quando li riaprì, i due uomini le stavano ancora urlando contro, il volume cresceva in maniera costante. Mutt si era sollevata sulle zampe posteriori e dava il suo contributo al trambusto generale con brevi, frenetici latrati. Kate svuotò la tazza, indirizzò a Bobby un sorriso accattivante e alzò la voce per dare un taglio al baccano. «Posso avere ancora un po' di caffè?».

Bobby farfugliò, sputacchiò e finalmente sbottò: «Se sei abbastanza in forma per guidare una motoslitta, be', lo sei anche per andare a prenderti quel cazzo di caffè da sola!». E le lanciò un'occhiata furente.

Kate si alzò con cautela, felice di sentire le gambe salde ed efficienti, e si avvicinò al fornello per riempirsi un'altra volta la tazza. Quando si girò, vide i due uomini che la osservavano con diversi livelli di frustrazione. Sorrise, un sorriso abbagliante che era per due terzi birichino e per il restante terzo seducente, e che suddivise in maniera imparziale tra i due. Bobby bestemmiò e lanciò la forchetta dall'altra parte della stanza. Jack, dopo una lunga occhiata demoralizzata e quella che doveva essere stata una sanguinosa lotta interiore, chinò la testa sul piatto e continuò a mangiare.

Kate aspettò che entrambi avessero finito e, in mezzo a un minaccioso, assordante silenzio, sparecchiò la tavola, lavò i piatti e li asciugò. Dopo aver allungato la mano verso il parka, si fermò sulla soglia.

«Be'», disse con dolcezza e una punta di malizia, «mi promettete di comportarvi bene mentre io non ci sono?».

Seguì un profluvio di bestemmie e almeno un oggetto contundente venne scaraventato contro la porta, che Kate si affrettò a chiudere alle proprie spalle. «Probabilmente no», disse rivolta a Mutt, «ma sono ragazzi».

Mutt emise un ringhio di rimprovero e si girò per avviarsi impettita lungo il vialetto, con ogni muscolo del corpo che emanava disapprovazione. Spezzata ma non piegata, Kate la seguì.

Trovò Johnny Wu nell'unico posto in cui poteva essere, da zia Viola. Durante i mesi invernali, quando il Niniltna Lodge era chiuso, sua zia affittava le tre camere da letto che aveva in più (servizi al piano, colazione inclusa) per la cifra da capogiro – un vero e proprio furto – di cento dollari a notte. Al villaggio non c'era altro posto dove stare, e le possibilità erano due: o sganciavi con un sorriso sulle labbra o dormivi fuori al freddo. Quando Kate arrivò, Wu aveva appena saldato il conto e, a giudicare dall'aria soddisfatta di zia Viola, doveva aver pagato in contanti. L'affittacamere chiese al signor Wu se aveva bisogno di una ricevuta e, quando lui disse di no, assunse un'espressione addirittura raggiante. I soldi scomparvero in una pratica tasca, e zia Viola strinse calorosamente la mano a Mr Wu, invitandolo a tornare presto alla sua locanda. Dopodiché, lanciando un'occhiata oltre le spalle dell'ospite, intravide Kate all'ingresso che batteva i piedi per levarsi la poltiglia di neve dagli stivali. «Kate!», esclamò con un gran sorriso. «Non sapevo che fossi al villaggio. Ti presento Mr Wu, viene da Fuori».

«No, signora, gliel'ho già detto prima, sono delle Hawaii. Piacere...», disse a Kate, prima di sgranare gli occhi e riconoscerla un istante dopo. «Ma io non le ho offerto un drink ieri sera al Roadhouse?»

«Certo che sì, e a proposito, grazie ancora», rispose Kate. Diede un bacio fugace alla zia Viola, una donna piccola e rotondetta, con un che di scaltro che brillava negli occhi color nocciola. «Zia, posso usare il soggiorno? Vorrei parlare un minuto con Mr Wu».

«Ma certo, tesoro, non ci sono problemi, fai con comodo». Zia Viola si affrettò a superarli per aprire la porta della sala e fece strada all'interno. Esitò per un istante sulla soglia, rimuovendo un'immaginaria ditata dalla piattaia del buffet, fino a che Kate non l'aiutò a uscire, chiudendo con decisione la porta alle sue spalle.

La chiacchierata con Wu non richiese troppo tempo, e si concluse con piena soddisfazione di entrambi. Kate gli diede perfino un passaggio con la Super Jag fino alla pista aerea, lo affidò personalmente alle cure di George Perry, lo aiutò a caricare la sacca da viaggio rigonfia nel Cessna appena rimesso in sesto e aspettò fino a quando l'aeroplano non fu decollato.

Fece un ultimo cenno di saluto con la mano mentre lo vedeva scomparire a ovest. Quando abbassò di nuovo gli occhi, il suo sguardo venne attratto dal boschetto all'estremità opposta della pista. Le cime degli alberi erano affastellate contro il cielo quasi incolore, e i tronchi delimitavano il terreno come una barricata unita e impenetrabile. Kate perse il buonumore e lasciò ricadere il braccio lungo il fianco. D'impulso s'incamminò verso il bosco. Tutte le prove rinvenute sulla scena del delitto si trovavano già nel laboratorio della scientifica a Palmer; aveva visto gli inventari della scena del crimine e i risultati dei test nei fascicoli di Jack. Non c'era nient'altro da vedere in quel bosco ceduo che soltanto dieci giorni prima era stato testimone di un tale spargimento di sangue. Kate si ripeté tutto questo, ma continuò a camminare.

Era un'altra giornata calma e serena, una brezza leggera muoveva appena l'aria, il sole era caldo sulla schiena. Kate entrò nel bosco come aveva fatto la volta precedente, con cautela, silenzio, rispetto e Mutt che le faceva strada. Il manto di neve si era quasi del tutto disintegrato sotto l'assalto di tanti piedi nel corso degli ultimi giorni, rivelando il suolo duro e ancora ghiacciato sotto la poltiglia fangosa.

Kate si fermò e chinò la testa. Sentì delle voci provenire dal fitto del bosco. Uno scoppio in lontananza la fece trasalire. Seguirono risate basse e soffocate. Non era un suono gradevole. Mutt rizzò le orecchie e, con il cuore che accelerava i battiti, Kate si inoltrò in mezzo ai rami.

Il ramo di una betulla la colpì sulla guancia, quello di un abete le si conficcò nel fianco, un intreccio nodoso di ontani tentò di farla inciampare. Kate lottò per farsi strada, chinandosi e intrufolandosi in mezzo al groviglio di rami, fino a quando non giunse nel cuore del bosco. E arrivata lì si fermò, sentendosi mozzare il respiro.

Un gruppetto di cinque o sei donne era disposto in cerchio al centro della radura; sorprese, si girarono nella sua direzione. Una brunetta piccola e rotonda teneva in mano una bottiglia di champagne stappata. Le altre avevano i bicchieri colmi fino all'orlo di liquido spumeggiante e dorato. La guardarono a bocca aperta, fino a quando la brunetta non chiese, con voce un po' biascicata: «Sei venuta per unirti alla cerimonia, Kate?»

«Quale cerimonia, Enid?».

Enid gesticolò con la bottiglia in un modo che fece capire a Kate che i festeggiamenti erano iniziati ore prima al Roadhouse, forse addirittura la notte precedente. «Di commemorazione». Incespicò sulla parola, e il resto del gruppo si lanciò in suo aiuto – «Giusto, commemoriamo» – sebbene nessuna delle altre donne stesse tanto meglio.

Kate si guardò intorno e si rese conto che erano nel punto in cui era stato trovato il cadavere di Lisa Getty, o nelle immediate vicinanze. Incredula, domandò: «In onore di Lisa Getty?».

Enid ridacchiò. «Diavolo, no». Finì di riempirsi il bicchiere con un gesto plateale ma con mano malferma, svuotando la bottiglia fino all'ultima goccia. «In onore di Roger McAniff, che Dio lo abbia in gloria, per aver sparato a quella puttana e averla uccisa. Per una volta ha fatto la cosa giusta, vero, ragazze?»

«Vero, vero», disse qualcuno, e qualcun altro aggiunse: «Mi dispiace solo che sia morta così in fretta».

Kate non riuscì a individuare alcun viso che non le fosse familiare. C'era Enid, la moglie di Bernie; c'era Sarah, la moglie di Pete Kvasnikof; c'era Susan Moore, la compagna di Jimmy Bartlett; c'era Luz Santos, che era stata fidanzata con Chuck Moonin; Betty Sue Brady, la vedova di Lee; e c'era Denise Smithson, il cui marito, Paul, aveva lavorato per Lisa come marinaio di coperta, dopodiché era sceso dal barcone a Cordova per salire su un aeroplano per Anchorage e non fare più ritorno a casa. Era uno spaccato piuttosto rappresentativo della popolazione femminile del Parco – alte e basse, bionde e brune, snelle e paffute, giovani e vecchie – con un'unica cosa in comune: un odio intenso e irriducibile per Lisa Getty. «A McAniff!», disse Enid, alzando il bicchiere, e le altre donne risposero: «A McAniff!». Bevvero a grandi sorsi, e quando ebbero svuotato i bicchieri fino all'ultima goccia li lanciarono contro un grande abete; si infransero in mille pezzi, cadendo a terra in una cascata di schegge scintillanti che andarono a mescolarsi al manto di neve per metà ghiacciato e per metà melmoso, tanto che era impossibile dire dove finivano i frammenti di vetro e iniziava la superficie di neve indurita.

Seguirono urla festanti e pacche soddisfatte sulle spalle, ma il circolo non si sciolse, né la tensione sui visi si allentò. Le donne erano concentrate soltanto sul proprio odio, custodendolo gelosamente. Era uno spettacolo orribile, crudele. Kate sentì montarle dentro la nausea, e non a causa della ferita. «Signore, credo che fareste meglio ad andarvene a casa. Non dovete guidare, giusto?».

Enid ridacchiò, e le sfuggì un singhiozzo. «Diavolo, no, Bernie ci ha preso tutte le chiavi. Ci hanno dato un passaggio».

«Avete un passaggio per tornare a casa?». Quella domanda le sconcertò. «Va bene», disse Kate. «Andate all'ufficio postale. Ralph vi troverà qualcuno che va nella vostra stessa direzione».

Enid scrollò le spalle e sorrise, scostandosi una ciocca di capelli dagli occhi. «Ok».

Quando il cerchio iniziò a sciogliersi, Kate non riuscì a resistere e aggiunse: «Non è stato McAniff a uccidere Lisa Getty».

«Cosa?»

«La polizia ha sottoposto il fucile di McAniff a diversi test. Il proiettile che ha ucciso Lisa Getty proveniva da un altro fucile».

Le osservò con attenzione, ma la reazione delle donne, una volta convinte che stava dicendo la verità, fu unanime e, per quel che Kate riuscì a vedere, del tutto sbigottita. Enid fu la prima a riprendersi dalla notizia, e fece un cenno noncurante con la mano. «Non importa. Chiunque sia stato, ha fatto un favore a tutto il Parco».

Quest'uscita sembrò riscuotere il consenso generale, e le donne si allontanarono con passo malfermo, muovendosi rumorosamente in mezzo agli alberi con un discreto disprezzo per la tutela dell'ambiente o per la propria sicurezza personale.

Kate rimase ferma dov'era, il respiro pesante, cercando di placare lo stomaco in subbuglio per il nervosismo. Sapeva che Lisa non era amata dalle rappresentanti del sesso femminile del Parco, ma fino a quel momento non aveva capito quanto. Aveva la pelle d'oca e desiderò di poter fare un bagno. Alzò la testa e fissò il minuscolo brandello di cielo che si intravedeva tra le cime degli alberi.

Un ramo si ruppe alle sue spalle, e Kate si girò di scatto, il cuore che batteva all'impazzata.

Mutt rizzò il pelo attorno al collo. Kate si allungò e le posò una mano rassicurante sulla testa.

Lottie era immobile davanti a lei, come se avesse le radici piantate nel terreno e fosse cresciuta lì, in mezzo agli abeti, ai salici e alla cicuta di montagna, accumulando i cerchi sul tronco man mano che le brevi estati e gli inverni sterminati si succedevano le une agli altri. Aveva gli occhi serrati. La carnagione pallida sembrava cerea. Era immobile e muta come gli alberi attorno a lei, complici di quel silenzio.

Era un silenzio pieno di rispetto, ma tutt'altro che sereno. «Lottie», disse Kate, con un filo di voce. Si schiarì la gola, un suono che stridette in mezzo a quella totale assenza di rumore. «Mi dispiace che abbia dovuto assistere a tutto questo». Fece una pausa. «Lottie, non dovresti essere qui».

L'urgenza nella sua voce riuscì a fare breccia. Lottie si mosse. Aprì gli occhi azzurri e si guardò intorno. Le ci volle un momento per mettere a fuoco chi aveva davanti, e quando lo fece concentrò lo sguardo sulla benda attorno alla tempia destra di Kate, per poi passarle accanto senza fare alcun commento.

«Lottie», continuò Kate, «va' a casa. Lisa è morta. Non cambierà nulla se stai qui. Non è...». Esitò, cercando la parola giusta. «Non è sano. Io...». Esitò di nuovo. «Me ne occuperò io. Vai a casa, adesso».

Nessuna risposta. Kate imprecò tra sé e si guardò intorno in cerca di ispirazione. Gli alberi erano pallidi e inespressivi, solidali con la donna bionda e imponente. Kate decise per una terapia d'urto. «Ho sentito che Lisa si vedeva con Max Chaney prima di morire».

Il mutamento improvviso nell'espressione di norma impassibile di Lottie la sbalordì. La donna divenne rossa in viso e contrasse le labbra in quello che parve quasi un ringhio, le mani rigide come fossero artigli. Kate si sentì rizzare i peli sulla nuca. Mutt fece un passo in avanti e andò a mettersi in mezzo alle due donne, fronteggiando Lottie per poi emettere un aspro latrato di avvertimento.

«Tutto ok, Mutt», disse Kate, posando una mano sul dorso dell'husky. «È tutto a posto, piccola. È tutto a posto». Sollevò piano lo sguardo su Lottie e, considerata la differenza di statura, ci mise un bel po', cosa di cui non si era mai accorta in precedenza. «Non è così?». Lottie non rispose, e Kate ripeté: «È tutto a posto, giusto, Lottie?».

Ancora con il viso contratto in una sorta di ringhio, Lottie spostò lo sguardo dal cane a Kate e poi di nuovo su Mutt. La tensione in parte si allentò. La donna distese le mani. «No, non è tutto a posto, Kate», disse con la sua voce spenta e roca. «Non è tutto a posto, e non lo sarà mai più».

Si girò e se ne andò, lanciandosi alla cieca e con noncuranza in mezzo agli alberi, spezzando i rami con le spalle e schiacciando le giovani piante dell'anno prima con gli stivali. Kate, turbata fin nel profondo dell'anima per la seconda volta nel giro di mezz'ora, ripercorse il sentiero in mezzo agli alberi, che sembrarono molto meno ostili ora che se ne stava andando rispetto a quando era arrivata.

Sentì il sedile della Super Jag fermo e saldo sotto di lei, e si chinò sul manubrio, gli occhi chiusi, pensando intensamente. Max Chaney. Max Chaney, che aveva preso il posto di Mark Miller presso il Dipartimento del Parco quando il ranger era stato ucciso l'anno prima. Aprendo gli occhi, Kate si drizzò a sedere e disse a Mutt: «Che ne dici di un salto su allo Step? Ci possiamo fermare da Neil lungo la strada».

E difatti, lungo la strada verso il quartier generale del Dipartimento del Parco fecero tappa in diverse piccole tenute, disseminate lungo il vecchio sterrato di quello che una volta era un tracciato ferroviario, quando la Kanuyaq & Northern Railroad faceva la spola tra le miniere di rame e d'argento, sulle colline ai piedi delle Quilak Mountains, e il porto di Cordova sullo stretto di Prince William. La strada veniva raschiata e levigata solo durante l'estate, e la superficie di ghiaccio e fango, mezza congelata e spaccata in più punti, era una poltiglia scivolosa e piena di solchi. Era un tragitto lento e faticoso, e in più di un'occasione Mutt dovette procedere a piedi mentre Kate smontava di sella e spingeva la motoslitta per superare l'ennesima ormaia.

Alla prima tenuta (una capanna di una sola stanza nel bel mezzo di una radura ancora disseminata dei ceppi degli alberi appena caduti) furono accolte con un'astiosa contrarietà che Kate ebbe il buonsenso di ignorare. «Neil», disse pazientemente, «lo sai benissimo cosa coltivi nella serra sul retro, così come lo so io. È la stessa cosa che viene coltivata nelle serre di cinque o sei capanne di cui sono a conoscenza, lungo questa stessa strada. Solo perché gli sbirri non l'hanno ancora individuata dall'alto non vuol dire che non lo possano fare, specie se qualcuno gli dà una dritta su dove puntare il cannocchiale. Anzi, scommetto quello che ti pare che Jim Elicottero è già al corrente di tutto, e semplicemente non ha avuto il tempo o la voglia di occuparsene. Se però qualcuno fa una segnalazione, sarà costretto a farlo». Aspettò.

Attraverso il colletto della camicia di Kate si intravedeva la cicatrice biancastra e malandata che le attraversava la gola. Iniziò a prudere sotto lo sguardo fisso dell'uomo. «Lisa Getty faceva parte della concorrenza, Neil», proseguì Kate, con la stessa pazienza di prima. «Qualcuno l'ha uccisa, e non è stato McAniff». Jack poteva pure preferire che la verità sull'omicidio di Lisa venisse tenuta nascosta, ma non era a lui che avevano sparato. Kate ne aveva piene le tasche della discrezione.

«E credi che sia stato io?», replicò Neil con uno sguardo torvo. Era un tipo corpulento, con i capelli raccolti in una coda di cavallo.

«Dimmelo tu. Dov'eri quella mattina?»

«Qui».

«Eri in compagnia di qualcuno?».

Neil esitò, e scosse la testa.

Ma Kate aveva colto quell'esitazione e sbottò. «Porca puttana, Neil, non me ne frega niente se stavi vendendo erba. Non ho la minima intenzione di denunciare te o il tuo cliente, se è ciò che stavi facendo. Qualcuno ha ucciso Lisa Getty, e non è stato Roger McAniff. Chi c'era qui con te quella mattina? Chi è il tuo alibi? Dimmi il nome e ci parlo io, e se sono convinta che sta dicendo la verità, la storia si chiude qui. Avanti. Neil, sai che sono di parola».

L'uomo esitò per un altro istante e infine disse, con evidente riluttanza: «Jeff Talbot è passato di qui quella mattina. Ha comprato un po' di erba e se l'è filata».

«A che ora?».

Neil scrollò le spalle. «Verso le dieci. Forse le dieci e mezzo».

Il che non avrebbe lasciato a Neil il tempo di arrivare sulla scena del delitto, uccidere Lisa e tornare a casa per vendere la roba a Jeff Talbot.

Mentre usciva dalla capanna, Kate lanciò un'occhiata alla fuciliera sopra la porta. Ospitava una carabina calibro .12 con sistema di ripetizione a pompa, molto simile alla sua, e con sufficiente potenza di fuoco per fermare il cuore della maggior parte dei predatori, specie quelli a due zampe. Il colono che era in lei approvò la scelta, sebbene l'investigatore deplorasse la presenza di un'ulteriore prova a favore dell'innocenza di Neil. Non aveva intravisto altre armi all'interno della capanna. Certo, Neil poteva averle gettate in qualche condotto minerario abbandonato particolarmente adatto allo scopo, ma Kate non pensava fosse andata così. Neil Miles era un tipico rappresentante dei coltivatori di marijuana all'interno del Parco, un gruppo noto per il proprio stile di vita non violento. Quel tipo era vegetariano, Cristo santo. Sebbene fosse fortemente tentata di crederlo, Kate non riusciva a concepire che una persona del genere, incapace di sparare contro un alce anche se era sul punto di morire di fame, potesse sparare contro un essere umano in nome della legge della domanda e dell'offerta. No, concluse mestamente, Neil tutt'al più avrebbe potuto dare a Lisa un garofano e una copia delle *Bhagavad Gita*, ma non sarebbe mai stato capace di ucciderla.

«Scommetti che legge pure Thoreau?», disse a Mutt.

Mutt sbadigliò.

La tenuta di Neil Miles era appollaiata in cima a una cresta di terra sopraelevata nel mezzo di una valle ampia e lunga, spianata dall'arretramento dei ghiacciai. La terra era scura e fertile, e anche se nell'estremo Nord le estati erano brevi, il sole splendeva per almeno diciotto ore al giorno, e nelle zone così interne era un sole caldo. I venti gravidi di umidità che soffiavano dal golfo dell'Alaska si strizzavano contro i versanti meridionali delle Quilak Mountains, e le piogge estive che ne risultavano erano sostanziose senza essere torrenziali. Nella Green Valley, anche nel breve lasso di tempo di un'estate, potevi far crescere qualsiasi cosa, e i proprietari delle tenute coglievano quell'opportunità, in più di un caso per poi rivendere i propri prodotti. Con questo pensiero gioioso, Kate azionò il motorino d'avviamento della Super Jag e, per metà in sella e per metà a spinta, uscì dal cortile di Neil.

Dopo quattro tappe e l'ennesima chiacchierata identica alle tre precedenti, Kate puntò dritta verso lo Step. Più salivano, più l'aria diventava fredda e il sentiero liscio e percorribile; nonostante i tornanti, superarono in fretta gli ultimi chilometri ed emersero su un altipiano, un gradone di terra brullo e spoglio a un migliaio di metri di altitudine sopra la vallata, e tra i duemila e i quattromila metri e rotti al di sotto delle cime frastagliate che si ergevano alle sue spalle. Lo Step, così veniva chiamato il pianoro, era lungo un chilometro e mezzo e largo all'incirca novecento metri, ed era attraversato esattamente a metà da una pista aerea. Un vecchio Cessna, che Kate riconobbe come quello su cui stava armeggiando George Perry due giorni prima, si stava alzando in volo da un'estremità della pista. Kate fece un cenno di saluto, e l'aeroplano dondolò gli alettoni in risposta, prima di inclinare l'ala destra in una brusca virata e dirigersi verso le montagne.

A sud dello Step c'era il fiume Kanuyaq e con lui la civiltà, o quella che passava per tale nel Parco. A nord si stagliava la catena delle Quilak Mountains. Collocato a un'estremità della pista, il quartier generale del Parco consisteva in un blocco di prefabbricati che ospitava i rappresentanti di qualsiasi forma di burocrazia governativa che avesse a che fare con la gestione federale del territorio e delle risorse naturali, così come una manciata che non aveva a che vedere con nessuna delle due cose. Fianco a fianco, in una vicinanza spesso ben poco amichevole, c'erano il Dipartimento per la tutela del territorio e della fauna degli Stati Uniti, il Dipartimento di caccia e pesca dello Stato dell'Alaska, la Divisione di silvicoltura e per l'utilizzo delle aree forestali dello Stato dell'Alaska, l'Istituto nazionale di oceanografia e fenomeni atmosferici, il Dipartimento di amministrazione territoriale, e per ultimo ma, come lo stesso Dan O'Brian avrebbe ribadito con convinzione, non per questo meno importante, il Servizio dei parchi nazionali.

A presiedere questa cacofonica ma controllata baruffa era lo stesso Dan O'Brian. Come capo dei ranger, in teoria aveva il compito di impedire che i pescatori sportivi se la prendessero con i pescatori per sussistenza, che entrambi i gruppi se la prendessero con i pescatori professionisti, e che tutte e tre le categorie unissero le forze e si ribellassero decidendo di far fuori gli agenti del Dipartimento di caccia e pesca, scandalosamente in minoranza ma comunque fermi e risoluti. Il compito era sufficiente per condurre alla pazzia anche l'individuo più pacato ed equilibrato, il che probabilmente spiegava perché, quando Kate riuscì a scovare Dan, lo trovò che urlava oscenità dietro la porta chiusa del suo ufficio, peraltro deserto.

«Ti sei dato alla terapia dell'urlo primitivo, caro vecchio Danny?».

Dan O'Brian non conosceva le mezze misure. Quando odiava, odiava, e quando amava, amava, e per quanto riguardava Kate Shugak, be', l'adorava. Si fermò nel bel mezzo di un urlo. Balzò in piedi, girò attorno alla scrivania, trasse Kate a sé in un rude abbraccio e le scoccò un bacio sulle labbra.

«Ehi, vacci piano, tipetto», gli disse Kate, «o ti lancio contro Mutt».

Dan si chinò, prese la testa di Mutt tra le mani ruvide e scoccò un bacio sul muso pure a lei. Mutt socchiuse gli occhi e per poco non fece le fusa. «È perfino più zoccola di te», osservò Dan. «Che ci fate quassù a quest'ora?». Lo sguardo si fece penetrante. «Stai cercando lavoro? Apriamo una mezza dozzina di postazioni di vedetta per gli incendi più o meno tra un mesetto».

Kate inarcò un sopracciglio. «Prevedi un mucchio di incendi quest'anno? Siamo solo ad aprile, Dan».

«È stato un brutto inverno, e ho sentito che i prezzi del salmone quest'anno scenderanno perfino più dell'anno scorso». Fece una smorfia e allargò le braccia. «Sai come funziona. Sono tempi duri. E quando i tempi sono duri, i duri sono al verde. Ben presto qualcuno farà un salto qui al Parco, troverà un boschetto di abeti infestato dai coleotteri e accenderà un fiammifero. E subito dopo andrà a lavorare come vigile del fuoco paracadutista per il Ministero dell'interno». Scrollò le spalle con aria fatalista. «Dà da mangiare».

Kate lo osservò con un'espressione quasi di rispetto. «Che dire, mi sembri abbastanza calmo di fronte alla prospettiva di migliaia di ettari di Parco che vanno in fumo».

«Non calmo. In pace con il mio destino, forse. Comunque, lo vuoi un lavoro sì o no?».

Kate sentì il peso della busta nella tasca interna e sorrise tra sé. «Quest'anno no».

«Maledizione. Ci avrebbe fatto comodo qualcuno in grado di distinguere una scia di fumo dalla foschia mattutina». Sospirò.

«No, sono qui per tutt'altro».

Qualcosa nella voce di Kate lo mise in allarme. Dan tornò a sedersi, congiunse le mani sul piano della scrivania e la osservò con attenzione. «Che succede?»

«Immagino che tu abbia sentito della piccola carneficina di McAniff, giù a Niniltna».

Dan s'incupì. «E chi non l'ha sentito?». Scosse la testa. «Un mucchio di brava gente morta così, per un motivo che nessuno sarà mai in grado di scoprire. Lurido bastardo». La guardò incuriosito. «Jim Elicottero ha detto che McAniff ci ha provato anche con te e che tu l'hai inchiodato».

«Più o meno».

«Brava bambina».

«Grazie. Il merito è quasi tutto di Mutt».

«*Brava* bambina», disse Dan a Mutt, ripetendo senza saperlo le stesse parole pronunciate da Kate quel giorno. Mutt batté la coda sul pavimento con aria entusiasta. «Qual è la ricompensa per chi arresta maniaci omicidi, oggi?»

«I più sentiti ringraziamenti della comunità. Saluti e baci».

«Che culo. Allora, qual è il problema? McAniff l'hai preso, per di più con l'arma del delitto in mano. Da quello che ho sentito, non ha negato una virgola».

«Al contrario».

«Fa lo spaccone e se ne vanta pure, eh?», disse Dan disgustato.

«Dalla mattina alla sera, da quello che ho sentito».

«È malato».

«Già».

«Allora qual è il *problema*?». Le lanciò un'occhiata scaltra. «Perché c'è un problema, giusto?»

«Il problema è che una delle vittime è stata uccisa da un proiettile che proveniva da un'altra arma da fuoco».

Il suono di quelle parole sembrò gocciolare via dalla stanza, lasciando dietro di sé una sensazione di vuoto.

«Cristo santissimo in croce», disse Dan alla fine, con lentezza, le sillabe che cadevano in quel mare di silenzio come pezzi di roccia in un pozzo profondo. «Abbiamo un altro fuori di testa a piede libero che se ne va in giro con un 30.06?»

«A quanto pare».

Per la prima volta Dan sembrò accorgersi della benda sulla tempia di Kate, e socchiuse gli occhi. Inarcò un sopracciglio, e Kate annuì. «Credo di sì». Dopodiché sollevò una mano per anticipare la domanda successiva. «No, non ho visto chi è stato».

«Dov'eri quando è successo?»

«La vittima uccisa con un'altra arma è Lisa Getty. Stavo perquisendo il suo barcone giù al fiume. Mi hanno sparato mentre ero sul ponte».

Dan si drizzò a sedere. «Lisa Getty?». Kate annuì, e lui aggiunse con totale disgusto: «Chiunque abbia ucciso quella puttana, ha fatto un favore a qualsiasi cosa si muova su quattro zampe in questo Parco».

Kate sospirò. «Fantastico. Un altro potenziale socio fondatore del fan club "Grazie al cielo Lisa Getty è morta". Nello specifico, tu cos'avevi contro di lei?»

«Niente che potessi dimostrare, o l'avrei sbattuta dentro da un pezzo, quella troia». Dan era un uomo alto con un cespuglio di capelli color carota, occhi azzurri di solito sfavillanti per il buonumore, e un viso franco, tempestato di lentiggini, aperto in un sorriso. In quell'istante non c'erano né il brioso scintillio dello sguardo né il sorriso. «L'ho seguita su in montagna per due volte, e tutte e due le volte ho trovato i cadaveri di cinque o sei orsi neri».

«Ah. Senza la bile».

«Già. E la pelliccia e la carne lasciate lì a marcire».

«Non proprio a marcire», mormorò Kate, «anche i coyote e le volpi devono mangiare».

Dan proseguì incurante delle sue parole. «Dio, quanto odio queste cose! Posso tollerare la caccia di frodo; la selvaggina deve essere cacciata con regolarità per far sì che il numero di esemplari non aumenti troppo e che non rimangano a corto di cibo. A farmi davvero incazzare è lo spreco. Soprattutto in questo periodo dell'anno. Dio santissimo, gli orsi sono stati in letargo per tutto l'inverno, le pellicce non saranno mai così belle come ora. E si sono appena risvegliati e non hanno ancora avuto modo di arrivare ai pesci, per cui la carne è tenera e saporita. E quella puttana gli spara, li sventra per quelle cazzo di *bili* e lascia il resto lì a fare i vermi! Ma ti rendi conto?».

Ovviamente la domanda era retorica. Kate, che conosceva i residenti del Parco da molto più tempo di Dan – il quale, a confronto, con i suoi dieci anni di permanenza, poteva essere considerato per certi versi un nuovo arrivato – si astenne giudiziosamente dal rispondere.

«E io lo so», proseguì Dan, «lo so che c'entra lei con il brusco calo nel numero di esemplari di lontre marine agli Ikamag Fjord, l'anno scorso. E sono sicuro che è stata anche alla colonia di foche di Ahlbach. Quella troia era una maledetta tritacarne».

«Ho sentito che le bili di orso nero sono molto quotate».

Dan sembrò aver sfogato momentaneamente il suo malumore, e annuì con aria mesta. «Tra i seicento e i mille verdoni al pezzo sul mercato nero asiatico. E perché stupirsi, del resto? Te lo direbbe qualsiasi farmacista di Hong Kong: la bile di orso nero può curare qualsiasi cosa, dall'impotenza all'influenza».

Kate inarcò le sopracciglia. «Niente male».

«Col cazzo». Dan la fissò con aria sospettosa. «E non farti venire strane idee, Kate. Abbiamo una popolazione stabile di orsi in questo cazzo di Parco, e gradirei che rimanesse tale».

Kate guardò Dan con gli occhioni sgranati: il ritratto stesso dell'innocenza. Lui sbuffò, e Kate trattenne un sorriso. «Sei sicuro che sia stata Lisa?»

«Sicurissimo. Come ti ho già detto, avevo i miei bravi sospetti, così l'ho seguita un paio di volte. Lasciava carcasse di orso sulla strada come gli alci lasciano pallette di cacca. Avrei dato qualsiasi cosa per sbatterla dentro; solo che non sono mai riuscito a beccarla con le mani nel sacco».

«Strano», disse Kate, con voce meditabonda.

«Perché?»

«Oh, be', ho sentito che uno dei tuoi ranger passava parecchio tempo con lei». Kate incrociò lo sguardo di Dan. «L'idea era sua o tua?».

Sotto lo sguardo affascinato di Kate, Dan si gonfiò fino a diventare due volte la sua taglia ed esplose per la rabbia. «Uno dei *miei* ranger si scopava quella puttana? Chi è? Dimmelo e lo ammazzo! Chi è? Maledizione Kate, se sai chi è farai meglio a dirlo!».

Per pura perfidia, Kate disse: «Era Max Chaney», e Dan saltò dalla sedia per arrivare alla porta a passi pesanti e urlare il nome di Chaney lungo il corridoio. Quando non giunse risposta, sbatté la porta così forte che il rumore riecheggiò lungo le gambe della sedia di Kate. Mutt, allarmata, balzò in piedi.

Dan si sedette di nuovo, dritto come un fuso, ribolliva ancora dalla rabbia. Seguì un lungo silenzio teso, che venne interrotto solo dal cauto cigolio della porta che si apriva. Un occhio fece capolino dallo spiraglio. «Ha gridato, capo?»

«Dove cazzo è Chaney?»

«Non è in sede», disse la voce, che riacquistava sicurezza dopo essersi sincerata che il suo proprietario non si sarebbe preso una lavata di capo.

«Be', vedi di trovarlo o di scoprire dove cavolo si è cacciato!».

La porta si richiuse prontamente, e si sentì il rumore di passi che si allontanavano lungo il corridoio fino a smorzarsi poco a poco.

«Mi ricordo che una volta», disse Kate, «quando lavoravo per l'ufficio del procuratore, mi fecero seguire un corso sulla motivazione del personale. Ruotava tutto intorno alle tecniche per supervisionare i propri dipendenti, insegnare loro a lavorare in team con i colleghi e incoraggiarli a mettere a frutto le proprie potenzialità». Lanciò un'occhiata a Dan. «Chissà perché non ti hanno chiamato per tenere uno dei moduli».

La porta si aprì di scatto andando a sbattere contro il muro, e un uomo alto e tanto magro da sembrare emaciato si fermò sulla soglia, il respiro pesante che faceva ondeggiare gli splendidi baffi a manubrio come alghe marine mosse dalla corrente. «Credo sia meglio che venga, capo».

Dan scattò in piedi, gli occhi fissi sul ranger. «Che succede, Kevin?».

Kevin era cereo in viso, e tremava così tanto che Kate temette di poter sentire le ossa sbattere l'una contro l'altra sotto quel trascurabile strato di pelle. «Si tratta di Chaney, capo. Credo che sia morto».

Max Chaney era morto per davvero, almeno quanto può esserlo qualcuno che ha una pallottola piantata nel bel mezzo della fronte. Era un foro d'entrata perfetto, piccolo e scuro, quasi senza sangue. L'uomo era riverso sulla schiena davanti alla finestra aperta della sua minuscola stanza, e sembrava che il proiettile l'avesse colpito mentre si affacciava per prendere una boccata d'aria. Se le cose erano andate così, era stato letteralmente il suo ultimo respiro.

«Fermi», disse bruscamente Kate dalla soglia. «Non toccate nulla. Tutti fuori. Anche tu, Dan. Kevin? Vai alla radio e mettiti in contatto con Jim Elicottero. Digli che c'è un cadavere, stesso *modus operandi* dell'omicidio di Lisa Getty, e stessa arma, a quanto sembra. Digli di chiamare Anchorage e di far venire qui una squadra della scientifica *immediatamente*. Chiaro?». Kate fu costretta a ripetersi. «Tutto chiaro, Kevin?»

«Un cadavere, stesso *modus operandi* di Lisa Getty, squadra della scientifica immediatamente», ripeté Kevin intontito.

«Dopo aver parlato con Jim, cerca di metterti in contatto con Bobby Clark via radio. È probabile che non ci sia, ma dovresti trovare Jack Morgan». Kevin rimase imbambolato lì dov'era, fissando il cadavere di Chaney con gli occhi sgranati e un colorito vagamente verdastro. Kate gli mise una mano sulla spalla e gli diede un leggero colpetto. Il ragazzo sembrò ridestarsi, e si girò per farsi strada con passo malfermo tra la piccola folla che si era raccolta attorno alla porta.

Niente, in vita, riesce a far apparire un corpo goffo quanto la morte, neppure il sesso. Gli arti del cadavere sembravano quasi spezzati, come se, in qualche modo, la morte li avesse disposti in un ordine diverso, facendo assumere loro angolature strane e innaturali. I capelli castani erano in ordine, divisi con cura dalla scriminatura, il colorito più cereo di quello di Kevin, e gli occhi, grandi e dalle folte ciglia castane, fissavano il soffitto con aria perplessa. Kate fece cenno a Dan – il cui shock si era trasformato in una furia gelida e silenziosa – di rimanere indietro, si inginocchiò accanto a quel che rimaneva di Max Chaney, e gli chiuse con delicatezza le palpebre. La pelle era tiepida, per certi versi meno soda della carne viva. Non doveva essere morto da molto; quando Kate gli flettè il gomito, il braccio si mosse senza difficoltà.

Represse a stento un brivido e si alzò. «Puoi chiudere la porta a chiave, Dan?».

Fuori dall'edificio, Mutt le venne incontro con un cipiglio ansioso. Kate le diede qualche pacca sulla testa con aria assente, cosa che fece preoccupare ancora di più il cane. Dan, che era in piedi accanto a loro e non faceva altro che bestemmiare, si interruppe quanto bastava per domandare: «Be'? E ora che si fa?».

Kate fissò le cime frastagliate delle Quilak Mountains e non rispose. Dan le diede una gomitata e ripeté la domanda.

Sussultando, Kate lo fissò per un istante, come se fosse stata richiamata a forza da un luogo lontano. «Aspettate la polizia. Ci sarà anche Jack Morgan; è venuto in aeroplano stamattina. Raccontategli tutto quello che sapete».

«Non ci vorrà molto», bofonchiò Dan.

«Per come stanno le cose, credo che il proiettile sia partito da quel bosco di cicute alla fine della pista. Non andarci, e fa' in modo che non ci vada nessuno. Prima di seguire le tracce sulla neve, lasciate che siano Jim e i suoi uomini a farvi strada».

«Non troveranno nulla. La neve si sta sciogliendo più in fretta di un panetto di burro su un piatto caldo. Ehi, aspetta un attimo», aggiunse, quando Kate cominciò a incamminarsi in direzione della motoslitta, «dove pensi di andare?»

«Devo parlare con una persona. Mi dispiace, Danny, ma è una cosa importante». Montò in sella e mise in moto.

«Maledizione, Shugak, vorrei tanto sapere cosa c'è di più importante che dover rispondere a un mucchio di domande idiote di quell'idiota di sbirro di Tok!».

«L'unico motivo per cui non ti piace Jim Chopin è che ti ha soffiato sotto il naso mia cugina Martha», gli gridò lei per farsi sentire sopra il rombo del motore. «Vieni, Mutt!».

Mutt, dopo essersi girata verso Dan rivolgendogli un'occhiata di scuse da sopra la spalla, balzò in sella dietro a Kate, e la motoslitta si lanciò sbandando giù per la montagna.

«Donne!», esclamò Dan O'Brian, con un disprezzo che includeva cane e padrona, e si accinse a tranquillizzare venticinque ranger isterici, la maggior parte dei quali non aveva mai sentito sparare prima in vita sua per far del male a qualcuno o a qualcosa, eccezion fatta per gli agenti del Dipartimento di caccia e pesca.

# 8

Lanciando la motoslitta a tutto gas, Kate riuscì a percorrere la distanza dallo Step a Niniltna in meno di un'ora. Ebbe fortuna e incappò in Bernie davanti all'ingresso della palestra della scuola di Niniltna. «Bernie, aspetta! Ti devo parlare».

«Non posso fermarmi adesso. C'è un potlatch a cui devo essere presente».

«Non sapevo che andassi ai potlatch», disse Kate, distratta per un istante da quella novità.

«Non ci vado, infatti, ma mi è stato ordinato», rispose. «Non hai sentito? Ekaterina ha fatto girare la voce: deve esserci tutto il Parco. E a parte questo, subito dopo c'è la prima partita del torneo».

«Quale torneo?», domandò Kate con aria innocente.

«Ah, ah. Che ti è successo?», chiese Bernie, accennando con il capo alla benda. «Jack te ne ha mollato uno?»

«Ah, ah», ribatté lei. «Bernie, ho bisogno di...».

Lui la salutò con un cenno della mano mentre varcava la soglia, e le parole le morirono sulle labbra.

La palestra, di forma rettangolare, era ampia e spaziosa, con alti soffitti, il pavimento di legno e le gradinate su uno dei lati. Sopra uno dei tabelloni era appesa una bandiera americana, sopra l'altro la foglia d'acero del Canada. Al centro della parete opposta, un cartello recitava a grandi lettere nere, senza troppi peli sulla lingua: "SIETE PREGATI DI RICORDARE E RISPETTARE IL FATTO CHE QUESTA È UNA CERIMONIA IN CUI NON È CONSENTITO IL CONSUMO DI ALCOLICI". Sotto il cartello campeggiava una mezza dozzina di tavoli sistemati in fila l'uno accanto all'altro, gremiti di piatti da portata, casseruole, ciotole e teglie, ognuno con la personalissima ricetta speciale di questo o quel convitato per lo stufato di teste di pesce, la salsiccia di caribù, il sanguinaccio, la lingua d'alce bollita, *muktuk*, *kulich* o *pashka*. Quando entrò, Kate sentì rullare i tamburi, e la folla si riversò dalle gradinate lungo le pareti della sala, mentre Ekaterina Shugak iniziava a chiamare le tribù una per una, e tutto il resto si dileguò come per magia dalla testa di Kate.

«Inupiat!». Il rullo di tamburi proseguì, ma la reazione fu tiepida, ed Ekaterina ripeté, la voce profonda amplificata dal microfono: «Inupiat! Avanti, venite avanti! Tanto lo sapete che se non lo fate vengo a prendervi io!».

Cinque o sei persone gemettero, poi scoppiarono a ridere e scesero le gradinate per unirsi ai danzatori tribali in costume tradizionale al centro della palestra. Si accovacciarono piegando le ginocchia e balzando da un piede all'altro, mentre scuotevano le mani a tempo con i colpi di tamburo.

«Athabaska!».

Un uomo vecchissimo, vestito di una pelle di daino ornata di perline e con apparecchi acustici a entrambe le orecchie, si fece lentamente strada fino al centro della palestra, con un incedere maestoso pieno di dignità. Si poggiava a un deambulatore, ma aveva indosso le scarpe per la danza tribale, anch'esse in pelle di daino tempestata di perline.

Bernie notò che Kate era immobile come una statua. «Che succede?».

Lei trasse un respiro profondo. «È Capo William. Da Tanana. Ormai non esce quasi più di casa. Emaa deve avergli chiesto di venire come favore personale».

«Chi è Capo William?»

«È il capo più anziano di tutte le tribù dell'Alaska. Probabilmente è anche l'alaskano più vecchio tra i presenti, se è per questo».

«Quanti anni ha?»

«È nato nel 1867. Lo stesso anno in cui la Russia ha venduto l'Alaska agli Stati Uniti».

Bernie fischiò, un lungo fischio sommesso. «E quindi avrebbe... Quanto? Cento e...?»

«Centoventicinque anni».

«Ed è ancora in grado di danzare», disse Bernie, meravigliato. «Ci metterei la firma, per essere così in forma a centoventicinque anni».

Kate si riscosse, cercando di opporre resistenza a quella sorta di timore reverenziale che si era impadronito di lei. «È nato da qualche parte nei dintorni di Ahtna, molto prima che ci fosse una città. Non ha un certificato di nascita, quindi si può solo ipotizzare la sua reale età. Probabilmente è più giovane».

«Oppure più vecchio», suggerì Bernie.

Kate espirò con una breve risata. «Certo, è possibile. Non ci avevo mai pensato».

Gli altri danzatori si fecero da parte per far passare il vecchio capo, che procedeva lento ma imperterrito verso il centro della palestra. Per quanto fosse piccolo e avvizzito, e ostacolato dal deambulatore, eseguiva la danza tribale con sicurezza, pieno di orgoglio e dignità, e a tempo con il rullare dei tamburi, che nel frattempo avevano rallentato per adattarsi all'andatura del vecchio. La voce era fioca e debole, ma in qualche modo le parole del vecchio riecheggiarono con chiarezza per l'ampia stanza, e tutti, tra il pubblico, risposero con un grido. Ad accompagnarlo c'era un ragazzino di undici o dodici anni, che indossava jeans e scarpe da ginnastica Nike e teneva stretta in ciascuna delle due mani una penna d'aquila. Era un po' goffo e maldestro, ma scortava il trisavolo per la sala con entusiasmo, battendo i piedi per terra e agitando le penne d'aquila.

«Non sapevo che foste così tanti», disse Bernie, osservando sbalordito la folla riunita nella palestra.

«Non così tanti», rispose Kate, a voce troppo bassa perché Bernie potesse sentirla. «Così pochi». Come sempre, la danza dei suoi antenati suscitava in lei emozioni contrastanti. La vista di così tanti rappresentanti del suo popolo, riuniti insieme nello stesso luogo a rendere omaggio alle proprie origini, le dava una gioia immensa. Ma quella gioia si accompagnava a un dolore egualmente sconfinato. Erano così pochi. Riempivano a stento quella palestra.

Bernie spostò lo sguardo dai danzatori alla donna che gli stava accanto, piccola e agile, l'espressione pensierosa che metteva in risalto la bellezza degli zigomi alti e piatti, gli occhi color nocciola, franchi e leali, leggermente a mandorla, con un accenno di piega epicantica sulla palpebra superiore, la bocca generosa, chiusa con fermezza e forse perfino con un po' di sussiego, la pelle chiara e dorata su un'ossatura armonica, la cascata scintillante di capelli nero corvino raccolti con austerità in una treccia. Sembrava uscita dalla locandina di *Alla conquista del West*, se non fosse stato per il fatto che con Kate presente quella conquista non sarebbe mai avvenuta. Bernie passò in rassegna tutto ciò che sapeva di Kate Shugak. Non toccava mai un goccio d'alcol. Era in grado di svolgere qualsiasi compito all'interno del Parco con competenza ed efficienza. Aveva uno spiccato senso dell'umorismo. Bernie conosceva il suo senso di responsabilità nei confronti della gente del Parco, un senso del dovere che faceva a pugni con il suo culto della libertà personale e con la capacità di pensare e di agire in conformità al proprio volere. Bernie aveva notato anche in che modo la gente del Parco guardava Kate: con un rispetto che rasentava il timore reverenziale. Quando parlava di lei, la gente abbassava la voce; si scansava quando passava. Le sue gesta erano ormai leggenda, dall'arresto del pedofilo che le aveva provocato quell'orribile cicatrice sulla gola, alla brutale seppur efficace espulsione del contrabbandiere di alcolici l'inverno passato. Davanti al bancone del Road-house si discuteva ancora del suicido di Abel Int-Hout e delle due morti che l'avevano preceduto, e ogni volta il ruolo che Kate aveva avuto nella vicenda diventava più decisivo e ardimentoso.

In quel momento Bernie la guardò e, forse per la prima volta, vide in lei una nativa dell'Alaska, una dura e tenace discendente della Grande Terra, sopravvissuta a oltre mille anni di selezione naturale. «Cosa indossa?», chiese, a voce sufficientemente bassa da non spezzare l'incantesimo. «Capo William, intendo. Sembra una roba presa da un museo».

«Probabilmente è lì che dovrebbe stare. Una tunica da cacciatore con i gambali».

«Di cos'è fatta?»

«Pelle di caribù conciata, credo. O forse di alce».

«E quegli ornamenti cosa sono?»

«Perline e conchiglie di dentalium».

«Gli orecchini?»

«Sempre perline e dentalium. Anche l'anello al naso».

Capo William fece una pausa e posò una mano sul deambulatore. Con l'altra tirò fuori una sorta di lungo tubo cavo marrone. «E quello cos'è?», domandò Bernie.

«Un tubo di corno. Gli sciamani lo utilizzano per risucchiare gli spiriti malvagi dal malato».

Dopo essersi portato il tubo alle labbra, Capo William aspirò l'aria, una, due, tre volte. Il rullo dei tamburi acquistò velocità, e la folla iniziò a gridare in segno di approvazione. Il vecchio mise via il tubo e si avviò di nuovo al suo posto con aria maestosa.

«Aleuti!», gridò Ekaterina.

Un grido si levò fino al soffitto e metà della folla sulle scalinate si riversò nella palestra in una massa scalpitante, che danzava e batteva i piedi.

«Koniag!».

Una donna si staccò dalla folla per danzare proprio di fronte a Ekaterina. Indossava un cappello a forma di zuccotto fatto di frange di perline lucenti e colorate che le ricadevano davanti agli occhi e sulle spalle, e un anello copridito di piume e avorio su ciascuna mano. Le perline ondeggiavano e scintillavano alla luce, mentre le piume dell'anello tracciavano ampi archi nell'aria. La donna aveva un largo viso color bronzo, uno sguardo pieno di brio, i capelli lunghi e diritti dai riflessi ramati. Si muoveva in maniera flessuosa e aggraziata, con grande seduzione, e, a giudicare dagli sguardi civettuoli che lanciava ai danzatori di sesso maschile, ne era perfettamente consapevole.

«Hawaiani!», gridò Ekaterina. «Vieni avanti, Keoki!».

Un omone gigantesco che indossava un alto elmetto piumato e un mantello di piume rosse e giallo acceso, lungo fino ai piedi, scese dalle gradinate e si lanciò in un hula-hula. La folla lanciò un ruggito.

«L'uomo nero!».

Il cerchio dei danzatori si sciolse e si ritrasse per poi guardarsi intorno. Nessuno si fece avanti. Il rullo di tamburi si fece più forte, ed Ekaterina ripeté, a voce tanto alta da poter essere sentita nell'Oregon: «L'uomo nero!».

Sulla sua sedia a rotelle, Bobby si spinse fuori dalla folla tra grida di acclamazione. «Bobby, sapevo che eri qui!», gridò Ekaterina.

Bobby fece slittare avanti e indietro le ruote della carrozzella a tempo con la musica, e atteggiò testa e spalle come un egiziano. Subito venne attorniato da un capannello di danzatori, che volteggiavano e battevano i piedi, fino a che Bobby non gettò indietro la testa e lanciò un ululato, il viso madido di sudore, la bocca aperta in un gran sorriso.

«L'uomo bianco!». Ci furono un urlo e un grido isolati, seguiti da un solitario grido di battaglia, e un'altra dozzina di persone si lanciò al centro della pista.

«Credevo che si facesse un potlatch quando si deve dare il nome a un bambino», disse Bernie a Kate, alzando la voce per farsi sentire al di sopra degli strepiti della folla, sempre più forti.

«Infatti. Ma lo si fa per un mucchio di altre cose».

«Cos'è, una specie di rito religioso?».

Kate scosse la testa. «È più sociale che religioso. In passato, era così che la gente si riuniva e condivideva il cibo e il lavoro. In un villaggio si faceva un potlatch per festeggiare l'erezione di un nuovo totem, oppure quando un grande capo voleva dare una dimostrazione della sua ricchezza e del suo potere, o ancora, quando i genitori di due sposi desideravano festeggiare il matrimonio dei figli». Sorrise. «Ricordo che quand'ero piccola, i genitori di mio cugino Martin fecero un primo potlatch in suo onore quando aveva un anno, per dargli il nome, e un altro quando compì cinque anni e gli tagliarono per la prima volta i capelli, e un terzo quando uccise il suo primo caribù». Sospirò. «Poi, quando mia zia Mary e mio zio Bob vennero truffati da una banca di Fairbanks e persero la loro tenuta, i figli fecero un potlatch per dimostrare loro quanta gente li amava, per alleviare il loro dolore. Puoi fare un potlatch per qualsiasi cosa, se ti viene dal profondo del cuore».

«E questo?»

«Questo è per le dieci persone uccise due settimane fa».

«Credevo che fossero tutte bianche».

Kate gli lanciò un'occhiata spazientita. «Non ha nessuna importanza. Vivevano qui. Erano nostri vicini».

«Anche Mac Devlin?», domandò Bernie inarcando un sopracciglio.

«Anche Mac Devlin», ribatté Kate con fermezza. «Non piace a nessuno, e non mi stupirei se qualcuno gli sparasse di nuovo, un giorno o l'altro, ma ha fatto parte di quell'evento, di... di quella tragedia, se vuoi. E poi, non che la cosa abbia importanza, ma Tina Weiss era per un quarto Aleuta. Credo che fosse imparentata alla lontana con la famiglia di mio padre a Cordova. E gli Jorgensen hanno sempre vissuto qui, e i fratelli di Pat ci vivono ancora. E chi non sarebbe addolorato per la morte di due sposini in dolce attesa e del loro bambino che non ha mai visto la luce?». Kate stava parlando spassionatamente. «Emaa ha voluto fare questo potlatch per richiamare un'ultima volta i loro spiriti, per ricordarli con gioia anziché con dolore, per onorare la loro vita e la loro amicizia, e poi lasciarli andare».

I potlatch, avrebbe potuto aggiungere, si tenevano anche per mettere i convitati in condizioni di obbligo nei confronti del loro ospite. Lanciò un'occhiata a Ekaterina dall'altra parte della stanza, al suo largo viso di età indefinibile aperto in un sorriso, e pensò: "No, emaa non fa mai nulla per una sola ragione".

Il rullo dei tamburi aumentò d'intensità, e man mano che ognuno dei presenti si lanciava in pista seguendo il ritmo, la folla iniziò ad assumere l'aspetto di un'unica, gioiosa entità. Il Quinto incontro annuale per il ventesimo anniversario dell'Offensiva del Têt di Bobby era stato una sorta di canto funebre, che piangeva delle morti inutili e una guerra senza senso. Il potlatch, al contrario, era un inno alla vita e a coloro che la vivevano, un ricordo dei morti, ma anche una sorta di tributo, un modo per rendere loro omaggio. Se i danzatori da un lato piangevano la scomparsa dei defunti, dall'altro gioivano delle vite che questi avevano vissuto come individui e allo stesso tempo gioivano della propria esistenza, senza traccia di vergogna. Kate ripensò agli ospiti del Roadhouse il giorno prima, alle donne che cucivano la trapunta, ai musher, ai parrocchiani e alle danzatrici del ventre, e d'un tratto si ritrovò a sorridere. Perfino il rito del Dito Medio, quello scherzoso scrollarsi di dosso il destino con un bel vaffanculo da parte di chi ce l'aveva fatta, di chi era arrivato in cima al Big Bump ed era riuscito a tornare a casa tutto intero per raccontarlo, ne era parte integrante.

Ekaterina gettò indietro la testa e gridò, a voce talmente alta da far risuonare i travetti della palestra: «Tutti quanti!».

«È incredibile, Kate», disse Bernie. «Non ho mai visto niente del genere». Non sentendo giungere alcuna risposta, Bernie si guardò intorno. «Kate?».

Kate era scesa al centro della palestra, muovendosi in mezzo ai danzatori con grazia sinuosa. Piegò le ginocchia e sollevò le braccia, saltando da un piede all'altro, sempre a tempo con il battere dei tamburi. Il rullo si fece più forte, fino a quando non invase la sala fino al soffitto, per poi diminuire di intensità. Kate gettò indietro la testa e invocò qualcosa – o qualcuno, Bernie non era in grado di dirlo. Una mezza dozzina di persone rispose al grido, e il rullare dei tamburi crebbe di decibel e di velocità. Il pronipote di Capo William lanciò a Kate una penna d'aquila, e lei l'afferrò al volo con destrezza, stringendola nella mano destra e usandola per tracciare aggraziate figure nell'aria mentre danzava. La ragazza Koniag le gettò uno degli anelli copridito, e Kate si infilò il monile di piume e avorio al dito indice della mano sinistra. Si sciolse la treccia, facendo ricadere i capelli sulla fronte e nascondendo la fasciatura bianca sulla tempia, e iniziò a muovere la testa avanti e indietro, agitando la cascata di capelli corvini come una frusta. Fece un balzo verso un gruppo di danzatori, lanciando un grido, e quelli scattarono allo stesso modo, rispondendo al saluto. Il ragazzo con le piume d'aquila e le Nike ai piedi la raggiunse, e per un po' danzarono insieme, Kate rallentò il ritmo in modo che il ragazzo potesse seguirla. Poi si girò e si allontanò, senza smettere di danzare; lui la seguì. Un altro danzatore si aggiunse alla fila, poi un terzo, e di lì a poco tutti i danzatori battevano i piedi e scuotevano le mani in un'unica fila che si snodava da un punto all'altro della palestra, avvolgendosi su se stessa una mezza dozzina di volte. Kate guidava la fila da un'estremità all'altra della grande sala, fino agli angoli e poi di nuovo indietro, attorno ai tavoli e nuovamente al centro.

Mentre danzava sentiva il cuore battere a tempo con il rullo dei tamburi, il respiro seguire il loro ritmo, i passi dettati dal pulsare della musica. I tamburi la guidarono con mano ferma in quella danza, impadronendosi del suo corpo e lasciando la sua mente libera di vagare.

Abel. Erano mesi che non pensava a lui, o almeno che tentava disperatamente di non farlo. Abel, suo zio elettivo, suo zio acquisito, che se non era morto per mano di Kate, lo era di certo per qualcosa che lei stessa aveva messo in moto. Abel, che aveva guidato i suoi passi quand'era bambina nello stesso modo in cui li guidavano i tamburi in quell'istante, che le aveva insegnato tutto ciò che Kate sapeva dei boschi, della caccia, della pesca. La sua assenza era come un dolore costante che pulsava senza tregua in un intimo recesso della mente. Di colpo lo vide, al margine della folla, il viso antico, dai capelli brizzolati, che le sorrideva, gli occhi di un azzurro slavato che scintillavano come a voler dire: "Allora, bambina? Pronta per andare a caccia con il tuo vecchio?". Si girò come per andarsene, e Kate vacillò per un istante, poi il rullo dei tamburi la raggiunse travolgendola di nuovo.

Vide Pat e Becky Jorgensen, mano nella mano, che le sorridevano con calore, le dita sporche di inchiostro e piene di tagli per le ore passate a smistare la posta dei loro vicini. La figura esile e intensa di Steve Syms, che la fissava con un'espressione da invasato. Da quel che ricordava Kate, era il classico battista neoconvertito che non andava mai da nessuna parte senza una Bibbia sottobraccio e che era stato capace di organizzare una manifestazione di protesta davanti al Roadhouse con un solo partecipante, vale a dire lui stesso, con tanto di cartello, quando un movimento che chiedeva una riforma della legge sull'aborto in Alaska, legale ormai da vent'anni, era stato soppresso dalla legislatura di Stato. Accanto a lui, Lisa Getty, bionda e con gli occhi azzurri, slanciata e seducente, sul volto quel sorriso fascinoso e beffardo allo stesso tempo. Di fianco a lei, in maniera piuttosto appropriata, c'era Max Chaney, che si guardava intorno con un'espressione confusa; aveva raggiunto quella compagnia da così poco tempo che ancora non capiva cosa ci facesse lì. Altre immagini apparvero vaghe e sfocate, e Kate sapeva che dovevano essere i Longstaff e i Weiss, venuti a prendere commiato.

Si sforzò di intravedere sua madre e suo padre, ma era passato troppo tempo dalla loro morte e, sulla Terra, dei loro spiriti era rimasto soltanto ciò che Kate portava dentro di sé.

Il suono dei tamburi iniziò a rallentare e ad affievolirsi, e i movimenti di Kate si fecero più lenti e sciolti. Il canto si smorzò poco a poco, in una lunga dissolvenza, e Kate concluse la danza tracciando un ultimo, armonioso volo della penna d'aquila nell'aria. La musica si interruppe, e Kate si ritrovò di fronte a Capo William. Allungò il braccio per prendergli la vecchia mano nodosa e segnata dal tempo e, chinando il busto in avanti, se la portò alla fronte. Poi restituì l'anello copridito alla danzatrice Koniag e tese le mani al ragazzo, i palmi aperti e rivolti verso l'alto, con la piuma d'aquila posata di traverso. Gli disse qualcosa, e il ragazzo arrossì e chinò la testa.

Bernie era impressionato dalla danza, dallo spirito che era stata capace di evocare, perfino in lui, un cinico praticante: l'unica filosofia in cui può credere il gestore di un bar per sopravvivere. «È stata la cosa più bella che abbia mai visto in vita mia», disse a Kate quando se la ritrovò di nuovo accanto.

Lei era rossa in viso e ansante. Gli sorrise. Ma un istante dopo Bernie vide quel sorriso svanire e un che di guardingo e circospetto prendere il posto della luce briosa che le brillava negli occhi. Il barista si voltò e vide avvicinarsi la figura solenne e squadrata di Ekaterina Moonin Shugak. In quel momento gli tornò in mente un'altra cosa a proposito di Kate Shugak. Non andava d'accordo con la nonna.

«Emaa», disse Kate, chinando rigidamente la testa. La tempia iniziò a pulsarle con violenza.

«Katja», disse la nonna. Congedò Bernie, rivolgendogli un generico ma regale cenno della testa. Il barista, divertito, aveva osservato la corpulenta figura dell'anziana signora avanzare in mezzo alla folla, sorridere a qualcuno, fermarsi per stringere la mano a qualcun altro, prendere in braccio un bambino e sollevarlo in aria, prorompendo in entusiastiche esclamazioni sulla sua bellezza, il tutto in un modo che gli aveva inevitabilmente ricordato la regina Elisabetta II d'Inghilterra fuori da Buckingham Palace. Senza neanche sapere bene come, riuscì ad allontanarsi dal regal cospetto dell'anziana donna senza farle un inchino né indietreggiare per non darle le spalle.

«Bernie, aspetta», disse Kate. «Ho bisogno di parlarti. È per questo che sono venuta. Possiamo andare...».

Lui sollevò una mano in segno di saluto. «Dopo».

«Non dopo, *adesso*. Bernie, è una cosa importante. Ti devo parlare di...».

«Qualsiasi cosa sia, può aspettare. Ho una squadra da preparare psicologicamente».

«Sono lieta di vederti qui, a danzare con la tua gente», disse l'anziana signora rivolta a Kate.

Kate osservò Bernie di spalle, mentre si allontanava rapidamente, e imprecò tra sé. Per poco non gli corse dietro, ma scoprì che non era capace di voltare le spalle alla nonna e andarsene su due piedi, e imprecò di nuovo. «Sono felice di essere venuta, emaa», disse ad alta voce. Dopodiché decise di dare a Cesare quel che era di Cesare, e aggiunse: «È stata una bella idea fare questo potlatch».

«Era la cosa giusta da fare», rispose semplicemente la sua omonima.

«Sì», concordò Kate. «E una buona cosa, per tutti noi. Amici», soggiunse, sottolineando di proposito la parola, «e parenti».

Scese un silenzio imbarazzato. O per lo meno, lo fu per Kate. Probabilmente l'ultima occasione in cui Ekaterina Moonin Shugak aveva provato imbarazzo era stata la nascita del suo tredicesimo figlio, qualcosa come trent'anni prima. E Kate non era sicura che fosse accaduto nemmeno in quella circostanza. Ekaterina Moonin Shugak teneva in mano le redini della famiglia, dell'Associazione tribale di Niniltna, del Parco, della Federazione dei nativi dell'Alaska, con polso fermo e tenace, lo stesso con cui avrebbe tenuto a freno anche Kate se lei gliel'avesse permesso; e soprattutto non era mai, mai in imbarazzo.

Kate si schiarì la gola. «Be', sono venuta per parlare con una persona, emaa. È meglio che vada».

L'anziana donna la trattenne, posando l'indice sulla benda che la nipote portava alla tempia. «Sei ferita».

Kate si ritrasse. «Non è niente».

Ekaterina abbassò di nuovo la mano, lasciandola ricadere lungo il fianco. «Hai notizie di Axenia?».

Kate si mise in allerta. «Sì».

«Come sta?»

«Sta bene, emaa. Jack le ha trovato un appartamento e una coinquilina. Il lavoro le piace. E si è iscritta a un corso di materie contabili all'università dell'Alaska. L'ultima volta che ci ho parlato sembrava molto contenta».

Kate non riuscì a impedire che le ultime parole suonassero un po' sulla difensiva. L'anziana donna non rispose, ma il suo silenzio fu estremamente eloquente, almeno per Kate. «Be', se è tutto, è meglio che vada, adesso».

«Katja».

«*Cosa!*».

La nonna parve un po' sorpresa del suo tono di voce, e subito Kate si vergognò di se stessa, ma decise altrettanto immediatamente di non darlo a vedere. «Volevo solo dirti, Katja, che forse avevi ragione a proposito di Axenia».

Kate sporse appena la mascella in avanti, e l'anziana donna approfittò di quel momentaneo vantaggio per perorare la propria causa. «Qui non era felice. Se in città è contenta, forse per lei andarsene è stata la cosa migliore. Se fosse rimasta a casa, chi lo sa? Tua madre...». Ekaterina lasciò la frase a metà.

Kate la guardò con un'espressione un poco più rilassata, e disgraziatamente Ekaterina scelse proprio quel momento per aggiungere: «A parte questo, la tribù non ha bisogno dei deboli. Siamo rimasti talmente in pochi. Quelli che restano devono essere forti».

Kate si irrigidì di nuovo. «Axenia ha dimostrato di essere forte quando ha avuto il coraggio di ammettere che non voleva vivere qui. Ha dimostrato la sua determinazione quando si è opposta a te e al fatto che disapprovassi il suo trasferimento ad Anchorage, e ha dimostrato di avere coraggio lasciando tutto ciò che conosceva per andarsene in un posto in cui non ha né parenti né amici».

«Ha abbandonato la sua cultura», ribatté asciutta Ekaterina, e la gente che le osservava, tenendosi a distanza per discrezione, fu colpita dalla somiglianza dei due visi, uno giovane, l'altro anziano, ma entrambi con la stessa espressione testarda.

«Forse no», rispose Kate, ormai furente. «Forse ha portato quella cultura con sé, per trasmetterla a chi non è stato abbastanza fortunato da crescere qui».

«Nessun vero Aleuta...».

«Chiariscimi chi è un vero Aleuta, emaa», la interruppe Kate, ormai quasi urlando. «Stiamo parlando degli Aleuti del fiume Kanuyaq, la maggior parte dei quale discende dai coloni del '99 tanto quanto può definirsi un indiano dell'Alaska? O stiamo parlando degli Aleuti dall'isola di Kodiak, che discendono dai *promyshlenniki* russi tanto quanto dagli Alutiiq? O stiamo parlando della nostra famiglia, in cui soltanto le ultime quattro generazioni includono un cosacco russo, un ciabattino ebreo, un pescatore norvegese, un baleniere di Rhode Island e un capo Cherokee? Axenia è una di noi tanto quanto me o te, emaa. Il fatto che abbia scelto di non vivere nel Parco non la rende meno Aleuta. O tanto meno una debole».

Detto ciò, girò sui tacchi e marciò via a passo spedito, facendosi strada a spintoni in mezzo alla folla, impegnata a incartare il cibo rimasto, a chiudere i tavoli e a sgomberare la palestra per l'imminente partita di basket. Furibonda, Kate non fece caso a dove stava andando.

«Ahia!», esclamò una voce maschile quando Kate andò a cozzare a testa bassa contro qualcuno. Due mani l'afferrarono per le braccia per trattenerla.

Kate alzò lo sguardo, scostandosi i capelli dagli occhi. «Oh. Ciao, George. Scusa, non stavo guardando».

«Non ti preoccupare». L'uomo la lasciò andare.

«Hai portato i tuoi coreani alla base senza problemi?»

«Sì, li ha portati su Lottie». Sorrise. «Non sembrava particolarmente felice, ma le ho fatto un'offerta che non poteva rifiutare».

Kate si fermò e lo fissò. «Oggi?».

George annuì. «Sì, un paio d'ore fa».

«Siete passati a farvi rilasciare i permessi?».

L'uomo parve sorpreso. «Certo. Ce li ha rilasciati Dan in persona. Ci siamo fermati allo Step il tempo sufficiente per far registrare gli scalatori, e poi li ho spediti a calci in culo al campo base».

«Com'è il tempo?», chiese Kate quasi in automatico, senza stare davvero a sentire la risposta.

George scrollò le spalle. «Per ora sembra buono, ma chi può dirlo? Stiamo parlando del Big Bump. La Madre cambia umore come la principessa Diana cambia vestito».

Qualcuno chiamò George e lui si girò per rispondere. «Maledizione», sibilò Kate. Questo significava che i suoi sospetti erano fondati, e che non c'era niente che potesse fare per evitare che venisse tutto a galla. Qualcuno le piombò addosso, riscuotendola dalle sue preoccupazioni. «Maledizione», disse a voce più alta, «maledizione, maledizione, *maledizione*», e si lanciò in mezzo alla folla verso la tromba delle scale.

Ai piedi delle scale c'era un lungo corridoio. Kate lo percorse fino alla fine, si fermò davanti alla porta dello spogliatoio maschile e bussò con il pugno chiuso, sfogando la sua rabbia contro l'acciaio spoglio e del tutto innocente. La porta si aprì e comparve il viso sospettoso di Stevie Kvasnikof. «Le ragazze non possono entrare», bofonchiò, e le avrebbe chiuso la porta in faccia se Kate non ci avesse sbattuto contro il palmo della mano, il braccio teso.

«Voglio parlare con Eknaty».

«Eknaty chi?», rispose il ragazzo, sporgendo la mascella. «Qui non c'è nessun Eknaty».

«Eknaty Kvasnikof, tuo fratello, pezzo d'idiota», ribatté Kate. «So che è qui dentro, e so anche che è la grande speranza della squadra nelle eliminatorie per il titolo di Stato. Digli che gli voglio parlare».

Il ragazzo la fissò con aria torva per un momento, poi si girò e gridò: «Coach! Ehi, coach! C'è Kate Shugak qua fuori!».

Seguì un coro di giovani voci maschili che faceva commenti osceni. Bernie spinse da una parte Stevie e si chiuse la porta dello spogliatoio alle spalle. Si piantò davanti a Kate con le mani sui fianchi. Tutti gli effetti nobilitanti della danza di poco prima si erano dissolti, per lasciare il posto a una fredda, combattiva anteprima della scarica di testosterone. «Che vuoi?», le domandò. «Abbiamo una partita da giocare. Se mi vuoi parlare, vieni dopo».

«Non voglio parlare con te. Voglio parlare con Eknaty», rispose Kate, in tono paziente, considerati i suoi standard.

«Idem come sopra. Se vuoi parlare con Eknaty, vieni dopo da me». Si girò a metà verso la porta e si fermò. «Perché lo vuoi vedere, comunque?»

«Hanno sparato a Max Chaney».

Bernie rimase pietrificato. «Cosa?»

«Hanno sparato a Max Chaney. È morto».

Lui sbiancò. «È andata come con Lisa?».

Kate inarcò le sopracciglia. «Tu sei al corrente della faccenda di Lisa?».

Bernie abbassò gli occhi. «Me l'ha detto Enid». Sollevò lo sguardo. «È così che è andata? È stato ucciso come è stata uccisa Lisa?»

«Così pare».

«Cristo». Bernie chiuse gli occhi e scosse la testa.

«Lo so», disse lei. «Ma non possiamo continuare ad andare avanti nascondendo la testa nella sabbia, sperando che succeda qualcosa che ponga fine a tutto questo. L'assassino ha già colpito due volte, ormai, e ci ha provato pure con me». Si toccò la benda sulla tempia. Bernie sgranò gli occhi. «Mi hai detto che Eknaty è rimasto piuttosto sconvolto per la morte di Lisa. Se ogni tanto faceva dei lavoretti per Lottie, è possibile che fosse a casa loro la mattina in cui Lisa è stata uccisa. Se riesco a trovare il fucile con cui le hanno sparato...». Le si smorzò la voce.

I loro sguardi si incontrarono, e Bernie e Kate si intesero, seppure con vergogna, alla perfezione. «D'accordo», disse Bernie alla fine. «Puoi parlare con Eknaty. Dopo la partita», aggiunse, sollevando una mano per fermarla quando Kate puntò in direzione della porta. «E solamente per dieci minuti. Non ti permetterò di rincoglionire la mia miglior guardia tiratrice con i tuoi giochetti nel bel mezzo di un dannato campionato di Stato. E stai attenta, Kate», disse, alzando un dito e agitandolo verso di lei con aria minacciosa, «se la media di tiri liberi del ragazzo scende dopo la chiacchierata di stasera, ti starò appiccicato come una mosca alla merda».

Quando Kate rientrò nella palestra, tavoli, cibo e cartelli erano scomparsi. Il pavimento era stato spazzato e i danzatori avevano abbandonato la pista per rifugiarsi sulle gradinate, dove stavano stipati come un banco di salmoni a luglio. Il potlatch aveva lasciato una sensazione di serenità in tutti i presenti, e la prospettiva di tre intere giornate di basket era la ciliegina sulla torta.

Delle sei squadre arrivate da tutto lo Stato, le prime a sfidarsi in campo erano i Kanuyaq King e i Seldovia Sea Otter. Le cheerleader, con tanto di felpe con le lettere e gonnelline cortissime, battevano i piedi e le mani, gridando slogan di incoraggiamento e incitando la folla fino alla frenesia. I King scesero in campo con divise blu e oro, gli Otter in bianco e rosso. Il pivot dei King era più alto di almeno quindici centimetri, ma quello degli Otter aveva una grinta senza pari e riuscì ad afferrare la palla nel lancio d'inizio.

«Due punti, supersquadra, due punti!», cantilenavano le cheerleader degli Otter. «Difesa, difesa!», gridava la tifoseria di casa. Gli

Otter si lanciarono all'attacco e le guardie portarono la palla dall'altra parte del campo senza aspettare che il resto della squadra prendesse posizione. La palla, tirata da sottocanestro, rotolò lungo il metallo e poi fuori dal cesto, dove venne recuperata da un player dei King che scattò verso il canestro avversario. Mandò la palla a segno con una schiacciata, e il pubblico andò in delirio. Decisi a contraccambiare, gli Otter ripresero palla per lavorarsi il campo poco a poco, partendo all'attacco con una stretta marcatura a uomo e arrivando alla linea del tiro libero con il pivot smarcato; a quel punto gli lanciarono la palla come una mamma imbocca un bambino: un tiro semplice e deciso. Il pivot si sollevò in aria facendo leva su un piede e mise la palla a segno, facendola passare attraverso il cesto liscia come l'olio.

«Oh, bella questa!», esclamò Kate involontariamente, e la tifoseria di Niniltna, che sapeva apprezzare una bella azione a prescindere da chi ne fosse l'artefice, applaudì con entusiasmo.

I giocatori di entrambe le squadre non erano particolarmente alti, ma erano svelti, agili e soprattutto determinati a strappare la vittoria agli avversari. Durante la mezz'ora successiva, le squadre passarono alternativamente in vantaggio ogni volta che la palla cambiava mano. Ci furono pochissimi falli, e la leggendaria abilità di Eknaty Kvasnikof nei tiri liberi fu momentaneamente messa in panchina. Kate approvò; naturalmente non voleva che i King regalassero la palla agli avversari, ma se avesse voluto assistere a una rissa, tanto valeva andare a una partita di hockey. Alla fine del primo tempo il punteggio era di 40-41, ed entrambe le squadre avevano un'aria provata. I giocatori spinsero le porte degli spogliatoi, e la folla si riversò fuori per godersi l'aria fresca della sera, fumare, parlare, ricapitolare ogni singola azione del primo tempo con la stessa serietà di Jim McKay durante le eliminatorie alle olimpiadi. Un gruppo di ragazzi fece passare una bottiglia da una pinta di mano in mano, fino a che uno di loro non scorse Kate. La bottiglia scomparve all'istante. Kate li fulminò con uno sguardo torvo, e i ragazzi stabilirono di avere da fare altrove.

Mutt comparve trotterellando da dietro l'angolo in risposta a un breve fischio della padrona, le orecchie dritte e un'espressione speranzosa. Kate le diede una manciata di carne di caribù che si era infilata in tasca al buffet. «Scusa se ci ho messo così tanto, piccola».

Mutt, con la bocca piena di caribù, emise un «Woof» soffocato che fece capire a Kate di essere sulla buona strada per essere perdonata.

«Ehi, tu, pazza scatenata», disse qualcuno; Kate si girò e vide Bobby che slittava pericolosamente su un sottile strato di melma sul punto di ghiacciarsi di nuovo con il repentino abbassamento di temperatura. Un po' si spinse sulla sedia a rotelle e un po' slittò fino a fermarsi davanti a Kate, mancandole di poco la punta dei piedi. Mutt gli lanciò uno sguardo freddo e giallo, e Bobby si affrettò ad aggiungere: «Sai bene che non mi azzarderei *mai* a passare con la sedia a rotelle sulle *tue* zampe, cara vecchia Mutt. Non rientra nelle mie aspirazioni essere servito come portata principale in un banchetto di lupi». Alzò lo sguardo su Kate, e lei si accovacciò accanto a lui, appoggiandosi al bracciolo della sedia a rotelle. «Sai davvero come dimenare quel bel culetto, donna. Che dire? Hai talenti inaspettati». Kate si sforzò di sorridergli, e lui studiò con attenzione quel sorriso. «Stai bene?».

Con un lungo sospiro, lei disse: «Hanno sparato a Max Chaney».

Bobby annuì. «Lo sanno già tutti».

«Chi l'ha detto in giro?», ribatté Kate, seccata.

Lui scrollò le spalle. «Sai come funziona il telegrafo del Bush. Un'ora dopo lo sapeva tutto il Parco. Cos'hai intenzione di fare, Kate?»

«Quello che c'è da fare», rispose lei, fissando un punto alle spalle di Bobby, lo sguardo perso nel vuoto. «Quello che avrei dovuto fare fin dall'inizio».

La manona di Bobby, enorme e dalle nocche pronunciate, le strinse la spalla in segno di solidarietà. «Non tormentarti. Tutta questa situazione è un vero casino. Quella famiglia era un vero casino. Sapevamo che era destinata a finire in un disastro. Diavolo, Kate, ci sono stati terremoti che ci hanno preso meno alla sprovvista dell'omicidio di Lisa Getty».

«Ma ora Max Chaney è morto. Se mi fossi mossa più alla svelta, forse non sarebbe successo». Ripensò all'unica volta in cui l'aveva visto, lo sguardo sfocato, gli occhi stremati sul viso striato di nero, il corpo esile teso e nervoso sotto la tuta mimetica. «Essere sopravvissuto alla guerra, farcela fino a qua, fino a questo momento, e poi morire in quel modo».

«Tua nonna direbbe che ti stavi soltanto prendendo cura della tua gente».

Kate alzò la testa di scatto. «Mia nonna direbbe un sacco di cose con cui non sarei d'accordo. Mia nonna direbbe un sacco di cose che io definirei soltanto stronzate».

Bobby aveva ancora la mano sulla spalla di Kate, una presenza calda ed empatica. «Mi sa che stanno tornando tutti dentro», disse dopo un po'. «Vieni?».

Lei si riscosse e gli sorrise debolmente. «Ci puoi scommettere. Andiamo ai supplementari. Non mi perderei questa partita per niente al mondo».

Mutt emise un sospiro paziente e si accasciò a terra in un mucchietto scomposto, seppellendo il muso nella coda mentre Kate seguiva Bobby dentro la palestra.

Il secondo tempo fu combattuto con le unghie e con i denti, esattamente come il primo; il numero dei falli aumentò man mano che la stanchezza si impossessava di entrambe le squadre e l'ultimo quarto d'ora si avvicinava al termine. A venti secondi dalla fine del secondo tempo, Eknaty Kvasnikof subì un fallo, e l'arbitro fischiò un uno contro uno. Canestro, canestro, e alla fine il punteggio era 73-73. I tempi supplementari furono rapidi ma non indolori, e videro i Kanuyaq King prendere nettamente il sopravvento sulla squadra avversaria, per la gioia della tifoseria di casa, che si alzò in piedi e applaudì entrambe le squadre in maniera imparziale, e sembrò addirittura riluttante all'idea di dover lasciare la palestra.

Mentre la sua squadra trotterellava vittoriosa fuori dal campo, anche se con molta meno energia di quand'era entrata, Bernie sollevò lo sguardo e individuò Kate sulle gradinate. Alzò la mano, tenendo ben dritte le cinque dita, e indicò la porta. Kate annuì e sgusciò fuori.

La gente si era raccolta in gruppetti entusiasti, tremante per l'aria ormai fredda della notte, ma restia a concludere la serata. Genitori orgogliosi mimarono le fantastiche azioni portate in campo dalla loro progenie, esaltando le capacità difensive della squadra di Seldovia tanto da far apparire come un miracolo di talento e coraggio ogni punto segnato da Niniltna, per poi polemizzare con veemenza su ogni singolo fischio dell'arbitro. In più di un'occasione, Kate vide dei soldi passare di mano in mano.

«Kate». Si girò e vide Bernie in compagnia di Eknaty Kvasnikof. Il ragazzo era infagottato in una felpa. L'allenatore sovrastava il giovane con aria protettiva, e le richiamò alla mente la vivida immagine di una mamma anatra che guida i suoi anatroccoli attraverso un laghetto.

Buona parte della folla accennò a muoversi per avvicinarsi a Eknaty. Kate fece un segno a Mutt. L'husky si alzò, si stiracchiò e si accostò alla padrona, mettendosi di proposito tra Kate, Bernie ed Eknaty e chiunque altro fosse presente nel cortile della scuola. Tutti si immobilizzarono. Mutt non abbaiò, non ringhiò, si limitò a sorridere a tutto quel pubblico, la lingua che penzolava tra due file di zanne estremamente possenti e appuntite, mentre Kate, Bernie ed Eknaty scomparivano dietro l'edificio.

Riuscirono a trovare un po' di privacy tra il gruppo di prefabbricati annessi alla scuola e una baracca semicilindrica di lamiera ondulata che risaliva alla seconda guerra mondiale, adibita a dépendance dell'amministrazione. «Bernie ti ha detto perché ti volevo parlare?», domandò Kate a Eknaty.

Era un ragazzo alto e snello, con la pelle levigata e due occhi marroni dall'aria tormentata. I lisci capelli castani gli ricadevano sulla fronte, e venivano scostati di continuo in maniera nervosa, quasi un tic. Eknaty annuì senza guardarla.

«Eri da Lisa e Lottie quella mattina? La mattina in cui Lisa è stata uccisa?».

Annuì di nuovo.

«Verso che ora?». Il ragazzo non disse nulla, e Kate ripeté: «Eknaty, verso che ora ti trovavi lì?».

Rimase in silenzio. Kate lanciò un'occhiata a Bernie. Bernie disse soltanto: «Natty».

Era tutto, ma la parola del coach per un ragazzo ha un peso che non può essere negato.

«Presto», borbottò Eknaty.

«Quanto presto?».

Il ragazzo deglutì, il pomo d'Adamo si abbassò e si rialzò. «Lottie voleva che fossi da loro all'alba. Sono arrivato un po' più tardi, verso le sette».

«Per fare cosa?».

Lui scrollò le spalle, le mani ficcate nelle tasche, e diede un calcio alla neve. «Quello che c'era da fare. Tagliare la legna, fare manutenzione al trattore. Lottie aveva parlato anche di scartavetrare lo scafo del barcone. Non mi aveva ancora detto quello che dovevo fare di preciso, ma quando sono arrivato non c'era». Arrossì violentemente, e nel chiarore crudo e impietoso delle luci esterne della scuola, Kate vide che gli occhi gli si erano riempiti di lacrime.

Di colpo seppe cos'era successo. «Ma Lisa era lì, giusto?», domandò al ragazzo.

Eknaty esitò, poi annuì.

Kate incontrò lo sguardo di Bernie. Con la testa gli fece un cenno impercettibile ma significativo. Bernie aggrottò le sopracciglia e aprì bocca come per protestare. Tuttavia, qualcosa nell'espressione severa e impassibile di Kate lo dissuase dal farlo. Esitò, spostò lo sguardo da Kate al ragazzo, e infine si spostò a distanza sufficiente da non riuscire a sentire ciò che sarebbe seguito.

Con una rapida occhiata, Kate si assicurò che nessuno li avesse visti, e proseguì a voce bassa. «Ok, Eknaty. Cos'è successo?».

Il ragazzo piantò la punta della scarpa da ginnastica nella neve. «Niente».

«Eknaty, qualcuno le ha sparato...».

«Non sono stato io!».

«Lo so che non sei stato tu», rispose Kate con dolcezza, «ma qualcuno l'ha fatto, e dobbiamo scoprire chi è stato. Questo significa che dobbiamo sapere tutto su Lisa. Parlami, Eknaty. Cos'ha fatto Lisa quel giorno?».

Eknaty puntò lo sguardo sulla parete laterale in metallo azzurro della palestra. «Lottie voleva che portassi alla discarica i rottami accumulati durante l'inverno. Era da un'ora, o un'ora e mezzo che ci lavoravo, e li stavo infilando nei sacchi nel cortile sul retro quando Lisa è uscita. Lei...». Il ragazzo si fermò, paonazzo.

Ma Kate sapeva. «Ti ha toccato?». Lui annuì. «Ti ha baciato?». Annuì di nuovo. «Forse ha fatto qualcos'altro? Ha fatto l'amore con te?»

«Non era fare l'amore», disse Eknaty con voce straziata. Ci fu una breve pausa dolorosa, poi le parole sembrarono esplodere, incespicando l'una sull'altra, come se fossero state trattenute troppo a lungo dietro una barriera di vergogna e imbarazzo, e senso di inadeguatezza, e schiacciante insicurezza adolescenziale. «Quando tocco Betty», Kate identificò Betty con Betty Moonin, una delle sue cugine per parte materna, una paffuta ragazzina di sedici anni dal viso dolce, «è bello, mi piace. Lisa era come... era come un animale, come... come un cane che strofina il sedere per terra quando è in calore. Aveva un odore strano, come, non so, quasi acido, ma dolce, troppo dolce. Ha iniziato a toccarmi dappertutto. Io... io non volevo, ma lei ha continuato a toccarmi dappertutto e io...».

«Shh», lo tranquillizzò Kate con dolcezza, arginando quella fiumana di parole prossima all'isteria. Non voleva commettere l'errore di costringere il ragazzo a un altro abbraccio non desiderato. «Shh, Natty. È tutto a posto, adesso».

«No che *non lo è*», esplose lui, asciugandosi le lacrime con un gesto maldestro della mano. «Odiavo quello che stavo facendo, ma non sono riuscito a fermarmi. Lo so che si dice che gli adolescenti non pensano ad altro, ma io non volevo farlo davvero. Però non sono riuscito a dirle di no. Lei mi voleva, e ha fatto in modo che io volessi lei. Ho pensato di stare per... Dovevo continuare, non riuscivo a fermarmi».

Chinò la testa. Kate vide un'altra lacrima rigargli la guancia e si sentì di colpo molto vecchia. C'erano miliardi di cose che avrebbe potuto dirgli. Avrebbe potuto fargli notare che un ragazzo di diciassette anni era in balia dei suoi ormoni più che del suo cervello. Avrebbe potuto spiegargli quale abissale differenza c'è tra fare sesso e fare l'amore. Avrebbe potuto elencargli le tacche sulla colonna del letto di Lisa Getty.

Aspettò fino a quando il ragazzo non ebbe recuperato un po' di autocontrollo. «Eknaty», disse, «qualcuno le ha sparato. Qualcuno ha preso la mira lungo la canna di un 30.06 e l'ha puntato contro di lei, come tu o io faremmo con un alce. Qualcuno ha premuto il grilletto, sapendo di aver puntato il fucile contro una persona, un essere umano». Sollevò la mano e si indicò la benda. «E quando ho cercato di scoprire chi è stato, hanno sparato anche a me». Sorpreso, Eknaty alzò lo sguardo, riscuotendosi dal suo tormento. Kate annuì. «Io sono stata fortunata. Max Chaney, il nuovo ranger, non lo è stato altrettanto. Hanno trovato il corpo questo pomeriggio». Il ragazzo trattenne il fiato. Le labbra sbiancarono sul viso già pallido come un cencio nel chiarore impietoso delle luci elettriche. «Dobbiamo scoprire chi è stato, Eknaty, chi è stato a fare tutto questo. Dobbiamo essere certi che non succederà mai più».

Il ragazzo chinò il capo. Kate aspettò. Quando rialzò la testa, la vergogna non era scomparsa, ma se non altro Eknaty non sembrava sul punto di crollare alla prima parola severa. «Mi ha portato... Eravamo nel garage», disse, con voce abbastanza ferma. «Poi abbiamo sentito gli spari. Lottie è venuta sul retro». Esitò. «Ci ha visto uscire dal garage», disse a fatica. «Di sicuro aveva capito cosa... cosa stavamo... Be', non ha detto nulla, ma si capiva cosa stava pensando». Deglutì. «Lisa le ha riso in faccia. Io guardavo Lottie, e per un secondo ho pensato...».

«Cosa? Cos'hai pensato?».

Eknaty prese un bel respiro e disse: «Per un secondo ho pensato che Lottie l'avrebbe picchiata». Scosse la testa. «Sai quant'è alta e grossa Lottie, no? Be', quando si arrabbia sembra grande e grossa il doppio. Sembra... sembra gigantesca, come un grizzly. Solo che fa più paura». Kate non sorrise, e il ragazzo fu scosso da un brivido. «Lisa non ha fatto neanche un passo indietro. Ha continuato semplicemente a guardare Lottie, come, come...».

«Come cosa?»

«Come se Lottie non fosse sua sorella, come se Lottie fosse uno... uno scherzo della natura con cui era costretta a vivere e che doveva sopportare per forza, ma senza doverci fare attenzione o... o portarle rispetto. Hai presente? Era come se nel mondo di Lisa, Lottie non contasse nulla». Alzò lo sguardo su Kate, il viso ancora acerbo pieno di disgusto. «Mi ha dato perfino una gomitata e mi ha fatto l'occhiolino mentre Lottie le gridava contro, come se si aspettasse che anch'io le ridessi in faccia».

«E tu l'hai fatto?»

«No». Scosse la testa con forza. «Assolutamente no. Lottie peserà almeno trentacinque chili più di me, ed era già abbastanza arrabbiata di suo. E poi...».

«Poi cosa?».

Il ragazzo sorrise, un sorriso triste e fugace, appena accennato. Nel vederlo, le si strinse il cuore. «Lottie mi è sempre piaciuta. Una volta è venuta a caccia con me e mio zio Chick, su, dietro al Tellgliq, e mi ha insegnato a sparare con il suo fucile. Ero solo un bambino, e lo zio Chick si era portato appresso una bottiglia a tenergli compagnia. Lottie era disgustata, così il giorno dopo mi ha portato a caccia con sé, noi due soli. Mi ha aiutato a prendere il mio primo caribù. Credo che le dispiacesse per me, o qualcosa del genere, perché dopo mi ha portato a pescare e una volta addirittura a caccia di orsi. Mi chiama sempre per fare dei lavoretti da loro, ogni primavera. Non parla molto, ma con me è sempre gentile. Mi piace», ripeté.

Kate aspettò pazientemente che finisse. «Ma quella mattina...».

Eknaty ebbe un brivido. «Non avevo mai visto Lottie arrabbiata, prima. Quando ha finito di urlare contro Lisa, ci ha detto che aveva trovato il corpo di Steve Syms, morto, a casa sua».

«Perché ci era andata?»

«Voleva chiedergli se gli andava di fare un lavoretto. Doveva aiutarci a scartavetrare lo scafo del barcone così potevamo dargli una passata di tintura di rame. Comunque, dopo la sfuriata, è tornata dentro casa e ne è uscita con i parka e i fucili, e ha gettato a Lisa i suoi. Poi è andata nel garage e...».

«Ognuna aveva il proprio fucile?».

Il ragazzo sollevò lo sguardo su di lei, sorpreso da quella domanda. «Certo, Kate. Ognuna aveva sempre il proprio fucile. A volte pensavo che Lottie ce l'avesse saldato alla spalla».

«Eknaty, sei sicuro? Ricordi di aver visto Lisa e Lottie ognuna con il proprio fucile?».

Lui sembrò confuso. «Sì. Sono sicuro. Lottie aveva il fucile nuovo, quello che Max le aveva regalato per il suo compleanno. A quei tempi uscivano ancora insieme».

«*Cosa?*». Kate non riuscì a contenere l'esclamazione.

Eknaty ebbe un sobbalzo e la guardò, e Kate si costrinse ad abbassare la voce. «Max e Lottie uscivano insieme?»

«Certo. Non lo sapevi? Max ha conosciuto prima Lottie. È venuto pure con noi a caccia di bighorn, a novembre».

Kate, sentendosi mancare la terra sotto i piedi, riusciva a malapena a contenere la propria incredulità. «Erano... loro... era una cosa... c'era... del tenero?», disse alla fine.

Eknaty arrossì e abbassò la testa. «Ha dormito assieme a lei nella sua tenda».

Kate sospirò, un lungo sospiro profondo. «Direi che è abbastanza».

In quell'istante, un vigile Bernie, che non aveva smesso di aggirarsi lì attorno, piombò in picchiata e recuperò Eknaty dalle perfide grinfie di Kate, lanciando una bestemmia generica su tutta la sua progenie nel caso la performance del ragazzo, il giorno dopo, fosse stata meno che impeccabile. «Sempre ammesso che qualche pazzo avventato si senta incline a generare la sua discendenza attraverso di te», aggiunse acido, spingendo Eknaty davanti a sé.

«Ok, grazie, Bernie», replicò Kate con voce assente. Bernie si fermò per un momento e, accigliato, la guardò allontanarsi, prima di riscuotersi e trotterellare dietro a Eknaty. Doveva ancora fare un'analisi degli schemi di gioco, identificare i punti deboli della difesa e dell'attacco, e aveva una dozzina di teenager ebbri di successo da infilare sani e salvi a letto, e altri due giorni di partite da pianificare. Bernie non aveva tempo da perdere in quisquilie come degli omicidi.

# 9

Il mattino successivo, George Perry arrivò rombando in sella a una motoslitta Ski-Doo fino a casa di Bobby, e vi scaricò davanti un Jack Morgan dall'espressione torva. L'omone entrò senza bussare, scalciando via la neve dagli stivali, e domandò: «Perché non mi hai aspettato su allo Step?».

Kate lo guardò con freddezza. «Dovevo parlare con una persona».

Jack contò fino a dieci. «Ok», disse. «Hanno spedito il cadavere ad Anchorage ieri notte. Quelli della scientifica hanno assicurato che estrarranno il proiettile e lo sottoporranno a un test balistico in mattinata, e Jim Elicottero ci aggiornerà non appena avrà notizie».

«Un 30.06?», chiese Bobby.

«Pare di sì. Ma non possiamo esserne sicuri fino a quando quelli della balistica non avranno esaminato il proiettile».

«Non sarà lo stesso fucile», disse Kate.

Jack si girò di scatto. «Cosa?»

«Quel proiettile non proviene dallo stesso fucile con cui è stata uccisa Lisa Getty».

«E tu come lo sai?», ribatté lui.

«C'erano troppe persone lì intorno. Dopo aver ucciso Lisa, l'assassino deve aver lasciato il fucile nel bosco, in caso contrario l'avrebbero sorpreso con l'arma del delitto in mano. Chaney è stato ucciso con un altro fucile».

«Se l'assassino ha lasciato il fucile nel bosco, allora dov'è? Ho mandato venti dei miei uomini, tra agenti e investigatori, che hanno battuto quel maledetto pezzo di terra palmo a palmo, e almeno cinque volte a testa. Dove diavolo è il fucile?»

«È lì». Prevenendo ulteriori domande sull'argomento – solo per il momento, ne era ben cosciente – Kate gli fornì una versione abbreviata delle attività degli ultimi due giorni.

«Ti sei data da fare», commentò alla fine Jack, accigliato. «Che ne hai fatto delle bili degli orsi e delle zanne?». Lanciò un'occhiata all'espressione interdetta di Kate. «Non dirmi che li hai lasciati sul barcone!».

«Mi hai preso per un'idiota?»

«Non tentarmi. Allora, che ne hai fatto?»

«Li ho venduti».

Jack rimase a bocca aperta. «Cosa?».

Kate si strinse nelle spalle. «Ho trovato un acquirente disposto a comprarli. Pagava in contanti».

«Gesù, Kate!».

«Quanto ci hai ricavato?», chiese Bobby.

«Seimilaseicento dollari».

«Gesù Cristo, Kate!».

Bobby emise un lungo fischio sommesso, di tutto rispetto. «Per sei bili di orso, sarebbero millecento verdoni a pezzo. Non male, Kate. Non male davvero».

«Anche secondo me», rispose lei con una punta di orgoglio.

«Cristo santissimo!», disse Jack, variando per una volta la sua lamentazione.

«Che dire, le parti intime degli orsi sono ben quotate negli ultimi tempi», osservò Bobby.

«Lo so», disse Kate, smettendo di sorridere. «Dan è già parecchio preoccupato per il bracconaggio all'interno del Parco. Se i prezzi continuano a salire, il Servizio del Parco dovrà assumere una guardia del corpo per ogni orso nero».

«Gesù Cristo santissimo in *croce*!».

«Qual è il tuo problema?», domandò Kate a Jack, seccata e anche un po' ferita. «Secondo te non le avrei dovute vendere? Perché? Gli orsi erano morti, Lisa era morta, e io avevo bisogno di quei soldi. Sai quanto ci posso tirare avanti, con seimilaseicento dollari? Quest'anno potrò pescare per me, invece di fare da guida a qualche somaro di fuori che non riesce manco a capire perché una lenza da dieci libbre continua a spezzarsi quando prende all'amo un salmone del Kanuyaq».

Bobby lanciò un'occhiata alle mani di Jack, strette in maniera convulsa attorno ai braccioli, e sperò che la sedia riuscisse a resistere alla tensione. «Kate», disse Jack con grande calma, «vendendo quelle bili hai violato l'Endangered Species Act, la legge federale sulle specie in via di estinzione. A parte questo, puoi essere accusata di contrabbando, di caccia fuori stagione, di caccia oltre i limiti consentiti per sussistenza, e Dio solo sa cos'altro».

Lei gli sorrise. «Dimostralo. E poi non sono stata io a sparare agli orsi. È stata Lisa».

«Gesù!», esclamò Jack, la cui calma momentanea si era ormai volatilizzata. «Se lo scopre Dan O'Brian!». La faccia cambiò colore, e aggiunse con voce sepolcrale: «Cristo! Quelle bili erano prove in un'indagine per omicidio ancora in corso. Se lo scopre Jim Elicottero ci sbatte tutti in galera!».

«Hai intenzione di dirglielo?», si informò Kate. «All'uno o all'altro?».

Jack non riusciva più nemmeno a parlare e fissò Kate ammutolito. «Immagino che tu abbia venduto anche le zanne di tricheco, o sbaglio?», domandò alla fine e, a giudicare dalla sua espressione, non era troppo speranzoso.

Kate si mostrò scioccata e anche piuttosto indignata. «Certo che no! Per che genere di persona mi hai preso?»

«Mi piacerebbe rispondere sinceramente, ma ci tengo alla pelle», disse Jack rivolgendosi a Bobby. «Qual è la differenza tra prendere delle bili di orso e prendere delle zanne di tricheco?».

Sempre indignata, Kate sbottò: «La differenza è che non posso restituire le bili agli orsi».

«Oh? E invece le zanne ai trichechi sì?»

«No, non posso restituire le zanne ai trichechi», rispose Kate, scimmiottando il tono pesantemente sarcastico di Jack, «ma posso darle, ed è quello che farò, a Chick Noyukpuk, che le intaglierà per ricavarne tavole da *cribbage*, lontre marine o *anua* per le maschere tribali, e le venderà a un negozio di souvenir giù ad Anchorage e magari ci ricaverà un paio di verdoni. In questo modo, le zanne rimarranno dove dovrebbero essere, vale a dire nel Parco, o per lo meno ciò che Chick ci guadagnerà rimarrà nel Parco. Le bili, al contrario, verrebbero soltanto buttate nella spazzatura».

«Chick Noyukpuk? "Billiken Bullet"? Il musher ubriacone che distrugge qualsiasi motoslitta su cui mette gli occhi?». Jack sollevò le mani e alzò gli occhi al cielo. «Oh be', allora non ho proprio nulla da obiettare!».

«Quando è sobrio è un bravo artista», ribatté Kate.

«Stooop!», ruggì Bobby. «Per quanto possa apprezzare gli intermezzi comici, voi siete peggio di due bambini. La colazione è pronta, tutti a tavola, zitti e mangiate. Adesso!», esclamò, quando Jack fece per aprire bocca.

Kate e Jack si sedettero. La colazione, una omelette insaporita con salsiccia di caribù e cheddar piccante, era davvero deliziosa, il che non poté che giovare al gruppo, dal momento che la conversazione languì.

Kate stava sparecchiando la tavola quando un lontano *wap wap wap* annunciò l'arrivo del poliziotto di Tok. Il rumore del motore divenne sempre più forte, poi si stabilizzò in un ronzio costante e infine si spense. Passi pesanti frantumarono il ghiaccio formatosi durante la notte per il brusco calo di temperatura, e furono seguiti da un frettoloso bussare alla porta poco prima che questa si aprisse. Jim Elicottero entrò nella stanza.

«Ehi, Jim», disse Bobby.

«Bobby», rispose il poliziotto. «Jack. Kate».

«Hai fatto colazione?»

«Sì, ma non rifiuterei una tazza di caffè».

«Arriva subito».

Si sistemarono attorno al camino aperto e aspettarono finché Bobby non ebbe distribuito le tazze fumanti. «Be'?», disse Jack.

«Corrispondono», rispose Jim.

Kate alzò la testa di scatto, e Jack le rivolse un sorrisetto compiaciuto.

Jim pescò qualcosa di molto piccolo dal taschino della camicia e lo lanciò a Kate. Lei lo prese al volo, in maniera quasi automatica. Era un proiettile di piombo deformato. Improvvisamente insospettita, Kate spostò lo sguardo dal proiettile a Jack, e lui annuì. «Quando me ne sono andato dallo Step sono sceso al barcone. L'ho estratto dalla paratia anteriore della cabina». Sorrise leggermente. «Ha un aspetto addirittura peggiore della tua testa».

Kate si girò verso Jim. «È uguale al proiettile che ha ucciso Max Chaney?».

Lui annuì.

«Ma non a quello che ha ucciso Lisa Getty». Kate lo disse con una certa sicurezza, e Jack assunse un'espressione seccata.

Jim Elicottero scosse la testa. «No».

Quell'unica, laconica sillaba la fece scattare. «Lisa Getty coltivava marijuana in quantità commerciali nella serra sul retro, Jim», disse. «Perché non l'hai detto quando hai parlato con Jack?»

«Non lo sapevo».

«Ma per favore!». Kate gli lanciò uno sguardo torvo. «In quella serra Lisa aveva erba a sufficienza per spedire l'intero Parco in orbita senza aver bisogno di un razzo. Nel garage ho trovato gli stendini per essiccarla e una cassa piena di bustine già pronte. Nessuno conosce la sua zona meglio di un piedipiatti di una città di provincia e, quanto ad abitanti, questo Parco è proprio come una gigantesca cittadina. Se c'era qualcuno che poteva sapere che Lisa coltivava erba in casa, quello eri tu».

Jim guardò Kate, osservando il suo viso furente con un'espressione meditabonda. «Non parlavamo molto».

«Non dovevi parlarci, non con *lei*, per lo meno», ribatté Kate. «Lo sapevi, non è così? Probabilmente sapevi anche del traffico di avorio di tricheco, delle bili di orso e delle pelli di foca, delle pellicce di lontra marina... Cazzo, probabilmente Lisa sparava anche ai gabbiani solo per il gusto di farlo! Perché non l'hai detto a Jack?».

«Kate», la interruppe Bobby.

«Te lo dico io perché», continuò lei imperterrita, ignorando l'amico. «Perché volevi che fossi io a fare il lavoro sporco al posto tuo. Perché non volevi far incazzare nessuno qui al Parco, mettendoti a seguire piste che, per una ragione o per un'altra, avrebbero portato a ogni casa, a ogni capanna e a ogni magazzino nel giro di quattrocentomila ettari! Per non parlare di quella buona metà di rappresentanti del sesso maschile all'interno del Parco che ha portato il lutto quando Lisa è morta. Non è un segreto. Per quel che mi riguarda, probabilmente è meglio dare per scontato che sia andata a letto con tutte le persone con cui ho parlato fino a ora. Incluso te», disse di proposito. Guardò il poliziotto, inarcò un sopracciglio e aggiunse: «E, tanto per sapere, dov'eri la mattina in cui è stata uccisa Lisa Getty?». Kate si illuminò appena. «E dov'eri quando è stato ucciso Max Chaney?».

Bobby scoppiò in una risata che si trasformò di lì a poco in un attacco di tosse, e perfino Jack fu costretto a sorridere. «Perché non parliamo di te, Kate?», domandò Jim Elicottero, affabile e imperturbabile come sempre. «Dov'ero quando qualcuno ha tentato di ucciderti?».

«*Kate*», ripeté Bobby, e qualcosa, nel suo tono fermo e inesorabile, interruppe Kate a metà della sua tirata. «Tutto questo va al di là di ciò che ci interessa, e lo sai bene. Arriviamo al punto, donna».

Aveva ragione. Kate smise di girarci attorno e andò dritta al punto. «So dov'è il fucile con cui è stata uccisa Lisa Getty».

«*Cosa?*», esclamarono i tre uomini all'unisono.

«Questo ieri mica me l'hai detto», sbottò Bobby.

«Non avevo capito dov'era nascosto fino a ieri notte, e con il buio non saremmo riusciti a trovarlo».

«E oggi credi di farcela? Stamattina?»

«Credo di sì».

«Hai bisogno di una mano?», domandò candidamente Jim.

«Oh, sei stato di così grande aiuto finora, lavorando sodo, facendo tutto il lavoro di manovalanza, passandoci informazioni su questo caso, che credo che ora potremo concederti una piccola pausa», rispose Kate in tono amorevole.

Il fatto che Jim Chopin non si prendesse neanche la briga di sembrare offeso la fece andare su tutte le furie. Il poliziotto scolò la tazza e si alzò. «Allora sono fuori». Si mise il cappello e si portò un dito alla tesa. «Se c'è qualcosa che posso fare...».

Kate pensò a diverse cose che Jim Chopin poteva fare, nessuna produttiva in termini di risultati in un'indagine per omicidio, ma tutte da contemplare con estremo godimento. Jim lo intuì e, dal sorriso appena accennato che gli affiorò sul viso, anche Kate capì che aveva capito. Aspettò che la porta si chiudesse alle spalle del poliziotto, ma non abbastanza perché fosse sufficientemente lontano da non sentirla. «Coglione», disse con sincero disgusto.

Il suono che giunse dal portico poteva essere un colpo di tosse o una risata, e Kate si sedette, ribollendo di rabbia, fino a quando il rumore dell'elicottero non si spense in lontananza. Dopodiché disse a Jack: «Vestiti. Mutt, muoviamoci. Vediamo di darci da fare come se avessimo uno scopo nella vita, gente».

Sembravano le parole dell'istruttore militare di Bobby a San Diego. Il radioamatore si ritrasse dalla linea di tiro, e rimase dov'era fino a quando la porta non si richiuse alle spalle di Kate e Jack, dopodiché emise un sonoro, accorato sospiro di sollievo per essere rimasto a casa.

«Ci siamo già venuti noi, ci sono venuti i poliziotti, ci sono venuti praticamente tutti gli abitanti di Niniltna, almeno un centinaio di volte. I poliziotti hanno prelevato campioni a sufficienza per riempire la discarica di Anchorage. Perché siamo tornati qui?». La voce di Jack era lamentosa.

«Non riesco ancora a credere di averci messo così tanto per capirlo», rispose Kate, e seguì il nastro giallo che delimitava la scena del crimine, lacero e sbrindellato, ma che tracciava ancora un sentiero irregolare in mezzo agli alberi, seguendo la ricostruzione del percorso dell'assassino. Quando giunse nel punto in cui era stato ritrovato il cadavere di Lisa, Kate si fermò un istante, ricordando con un brivido la riunione di streghe del giorno precedente. Si riscosse con determinazione, allungò il braccio verso la betulla più vicina e, portando avanti una mano, tirando, e allungando l'altra mano, pian piano portò la chioma fino a terra, fino a che l'albero non fu piegato a U. Esaminò la cima con cura, poi lasciò andare la pianta, facendola balzare all'indietro.

Jack la guardò confuso. «Che diavolo stai facendo?».

Con un cenno della testa, Kate indicò il gruppo di betulle lì accanto. «Comincia a tirare giù quelle».

«Cosa?»

«Tira giù quelle cazzo di betulle e guardaci in cima», quasi gli urlò dietro Kate, la voce che raspava con un rumore stridulo sui nervi a fior di pelle.

«Va bene, va bene, cosa non si fa per il quieto vivere». Jack si fece strada a fatica in mezzo alla neve fino alla betulla più vicina e con uno strattone fletté il tronco ad arco, tirandolo quasi fino al limite.

«Fa' attenzione», sbottò Kate, «non devi spezzarle, ma solo piegarle per vedere cosa c'è in cima».

«Perché, ti sembra che non ce ne siano abbastanza qui intorno? Hai paura che possa danneggiarne irrimediabilmente una e sconvolgere così l'equilibrio biologico del Parco?».

Arretrando di un passo, Kate lasciò andare la betulla che stava esaminando facendola scattare all'indietro. La cima le schioccò accanto al viso come una frusta, per curvarsi a volta e poi ergersi diritta una decina di metri sopra le loro teste. Kate osservò l'albero ondeggiare avanti e indietro, con un movimento che diminuiva poco a poco, in mezzo a un folto gruppo di betulle, strette l'una all'altra in una consorteria esclusiva che sembrava complottare di nascosto sotto le pallide cortecce, custodendo i segreti dentro le punte dei rami che frusciavano al vento.

«Aspetta un attimo», disse Kate. Per la stizza si diede una pacca sulla fronte. «Ma dove ho la testa? Deve averlo legato a un abete, o a una betulla accanto a un abete, magari in un gruppo di abeti. Ma certo, per nasconderlo meglio fino a quando non crescono le foglie nuove!».

Fece un sorriso forzato. «È il problema che ho avuto fin dall'inizio, non riuscire a cogliere i dettagli ma solo l'immagine d'insieme». Arretrò di un passo e osservò la scena socchiudendo gli occhi. «Qui. Io provo con questo. Tu inizia da quel gruppo laggiù».

Jack scosse la testa, e diede inizio al corpo a corpo con l'abete. «Kate, mi hai fatto fare un mucchio di cose idiote in vita mia, ma questa...». Quando vide cosa c'era in cima all'abete che aveva appena piegato, gli si smorzò la voce.

Il 30.06 era legato per lungo al punto più alto del tronco di un abete slanciato e flessuoso. Il calcio era incastrato nell'inforcatura tra il tronco e uno dei rami; la canna e l'impugnatura fissate al tronco con pezzi di spago verde da lenza, utilizzato di solito per rammendare le reti. L'impugnatura era appiccicaticcia per la resina.

Kate si trascinò in mezzo alla neve scivolosa per allungare il braccio oltre Jack. Lo spago era umido e ugualmente incrostato di resina, e dopo aver dato qualche strattone Kate tirò fuori il coltello e lo tagliò. Jack emise un incomprensibile mugugno di protesta blaterando qualcosa a proposito di distruzione delle prove. Kate lo zittì con un singolo cenno della testa. «Non ci serve».

Lasciò andare l'albero e rimase a osservarlo con gli occhi socchiusi, mentre oscillava avanti e indietro in archi sempre meno ampi. «Tu sai chi è stato, non è così», mormorò Jack.

Non era una domanda, e Kate non rispose.

«L'avete trovato?», domandò Bobby nell'istante in cui misero piede in casa.

Kate annuì con un brusco cenno del capo. Mutt si accoccolò accanto alla porta, le orecchie dritte, osservando ogni singolo movimento della padrona con sguardo assorto.

«E lei, l'avete trovata?»

«Lei chi?», domandò Jack.

«Non l'ho cercata».

«Perché no?»

«So già dov'è».

«E dove?»

Con il pollice, Kate indicò un punto alle sue spalle. «George l'ha ingaggiata per accompagnare un gruppo di scalatori su al Big Bump».

«La grande sfida dell'Angqaq Peak, eh?». Bobby scosse la testa. «Davvero non capisco perché certa gente debba affrontare delle cose complicate solo perché esistono. Io mi accontento di Discovery Channel». Chinò la testa e osservò Kate con uno sguardo vivace e interrogativo, simile a un pettirosso con la testa nera.

Kate indicò con un cenno del capo il pilastro al centro della casa, lungo il quale si arrampicava una miriade di cavi multipli. «Con quella roba puoi metterti in contatto con il Dipartimento del Parco?».

Bobby si offese. «Con quella roba posso mettermi in contatto anche con la luna, se è necessario. Con chi vuoi parlare?»

«Con Dan O'Brian».

«Consideralo fatto», disse solennemente Bobby, e si spinse fino alla radio.

La conversazione di Kate con Dan O'Brian fu breve e laconica. Mentre ascoltava, Jack strinse le labbra fino a formare una linea sottile. Quando ebbero concluso, Bobby chiuse la chiamata, e Kate si guardò intorno dalla postazione radio. «Dov'è il tuo zaino?»

«Nell'armadio a muro lì all'angolo. Hai intenzione di seguirla?».

Kate aprì la porta dell'armadio e, simile al fiume Kanuyaq dopo lo scioglimento dei ghiacci, il suo contenuto si riversò come una cascata sul pavimento, in un impetuoso, vivace torrente di cianfrusaglie. Kate si fece strada in mezzo alle varie carabattole e ne tirò fuori un vecchio zaino di tela con un telaio in metallo. «Hai una sottotuta di lana?»

«Nel cassetto di sinistra sotto il letto, sulla destra. Dove avete trovato il fucile?».

Kate trovò il pezzo di biancheria e iniziò a spogliarsi, mentre Bobby la osservava con uno sguardo di schietta ammirazione, e Jack la osservava e basta, furibondo con entrambi ma abbastanza furbo da non darlo a vedere, o almeno da provarci. «Sono così lenta che perfino un'erosione glaciale sarebbe più veloce di me», disse Kate, la voce soffocata dalla maglia. Armeggiò per trovare le maniche della tuta e ci infilò le braccia. «Me ne stavo lì a guardare quegli alberi, e *sapevo* che doveva essere da qualche parte. Per forza. L'altra sera, mentre parlavo con Eknaty che mi raccontava di quando Lottie lo portava a caccia, mi sono ricordata del trucchetto che mi aveva insegnato Abel per tenere la selvaggina al sicuro da orsi, lupi e ghiottoni durante la battuta. Hai delle calze di lana?», disse mentre indossava i jeans sopra la sottotuta.

Bobby rimase a guardarla fino a quando l'ultimo centimetro di pelle non fu coperto, poi, con un sospiro di rimpianto per le belle cose che passano, rispose: «Non ho i piedi, Kate».

«Hai ragione, scusa, me n'ero dimenticata». Lanciò un'occhiata a Jack, che si sedette e iniziò a slacciarsi gli stivali.

«Trova una bella betulla giovane e flessuosa, di media grandezza», continuò Kate. «Piegala, fissala a terra con dei paletti, legaci sopra la carne o le tue scorte o qualsiasi cosa desideri tenere fuori dalla portata di chi o di cosa ci cammina sotto mentre tu non ci sei, e lasciala andare. Semplice ed efficace. Non so perché, ma nessuno guarda mai sopra gli alberi. Hai un gilet imbottito?»

«Eddie Bauer, cento per cento piuma d'oca».

Kate accennò un sorriso. «Solo il meglio».

«Ci puoi scommettere». Bobby schizzò fino all'attaccapanni a muro, afferrò il gilet e glielo lanciò. «Ma se leghi qualcosa di voluminoso come un fucile sulla cima di una betulla spoglia, si noterà comunque».

Kate si infilò il gilet e chiuse di scatto la zip. «Allora prendi un abete, sufficientemente giovane per riuscire a piegarlo ma comunque abbastanza alto. Sceglione uno in mezzo a un gruppo di betulle, pioppi e altri abeti, tutti aggrovigliati gli uni agli altri, in mezzo a un appezzamento di terreno di proprietà federale che nessuno si azzarderebbe mai a disboscare a meno che non voglia essere sbattuto in galera seduta stante. Se sarai abile, il tuo fagotto non sarà visibile neanche dall'alto, figuriamoci da terra».

Bobby scosse la testa. «C'è un sacco di movimento lì attorno, via aria e via terra. Non mi convince».

«Era di fretta». Kate scrollò le spalle. «E le è andata bene. È difficile contestare qualcosa che è filato liscio. Perfino io ho avuto difficoltà a capire dove l'aveva nascosto, e conosco Lottie da una vita».

Jack stava rovistando nella sua borsa da viaggio in cerca di un paio di calze di ricambio. Sentendo le parole di Kate si fermò, aggrottando le folte sopracciglia. «Tu lo sapevi».

«Sapevo cosa?». Kate prese un paio di sottoguanti e fece una pausa, abbassando lo sguardo sullo zaino.

«Sapevi chi è stato. L'hai sempre saputo».

«Oh, in nome del cielo, Jack», esclamò Kate, esasperata. «Qual è il tuo problema? Qual è la prima cosa che mi hai insegnato in questo lavoro? Qual è la Prima Legge di Morgan? "Intimi e familiari hanno quasi sempre un movente". Certo che lo sapevo. Credo che non ci sia una sola persona in questo Parco che si sia fermata a pensarci per più di trenta secondi e *non* sapesse chi era il colpevole».

«Ma davvero», rispose Jack a denti stretti. «Ti spiacerebbe spiegarmi com'è possibile?».

Kate abbassò lo sguardo sui sottoguanti, poi sollevò la testa verso Bobby. «Prendili», disse lui. «Meglio averli e non averne bisogno che il contrario».

Kate controllò l'orologio. «Abbiamo giusto il tempo per una storia della buonanotte. La racconterò una sola volta, quindi ascoltate con attenzione.

C'erano una volta un uomo e una donna che vivevano nel Bush dell'Alaska. Avevano due figlie. La più grande era una specie di orso, grossa e tozza, che alla nascita pesava più di quattro chili e mezzo. Già dai tempi in cui iniziò a parlare e a camminare, si rivelò una persona taciturna, difficile. Non credo sia mai stata davvero bambina». Kate fece una pausa. «Non sono nemmeno sicura che sia mai stata davvero una donna, se è per questo».

Jack voleva chiederle che diamine intendesse dire, ma Kate proseguì. «La figlia più piccola, nata dieci anni dopo, era esattamente il contrario: minuta, delicata, graziosa, affascinante. Aveva tutto il *savoir vivre* che a Lottie mancava».

Kate sorrise. Non fu un sorriso gradevole. «Naturalmente, i genitori, e in particolar modo il padre, che disapprovava quella mancanza di femminilità sulla base di principi maschilisti, amava Lisa alla follia».

«E Lottie?»

«Oh, tollerava Lottie. Lo facevano entrambi i genitori. La sopportavano. Dopotutto erano consapevoli delle loro responsabilità in quanto genitori». Jack ebbe un sussulto percependo il sarcasmo nella voce di Kate. «O per lo meno, la madre ne era consapevole. Il padre la derideva, il che non faceva che confermare in Lottie la sensazione di non valere nulla. Così la bambina divenne morbosamente sensibile a qualsiasi riferimento alla sua altezza e alla sua stazza...».

«Io l'ho conosciuta», la interruppe Jack, perplesso. «Non è così grossa». Lanciò a Kate le calze di ricambio che aveva preso dalla sua ventiquattrore.

Lei le afferrò al volo. «Grazie. Vicino a te, no. Ma accanto a Lisa? E Lottie è stata accanto a Lisa ogni giorno della sua vita».

Jack annuì lentamente.

«Bene. Lottie non si comportava mai in maniera per così dire "normale". Era sempre ostile, sulla difensiva, e andarci d'accordo era così difficile che la sua famiglia, cosa peraltro non insolita, si concentrò con immenso sollievo sulla piccola Lisa, che ricambiò le attenzioni ricevute prendendo voti migliori a scuola, andando all'università e poi scegliendo di tornare a vivere nei luoghi in cui era nata. Che ne dici di una tenda?», disse a Bobby. «Non si sa mai».

«C'è il mio kit di sopravvivenza».

«Perfetto».

«Solo stacci attenta, donna. L'ho appena comprato». Trascinò un fagotto composto da qualcosa di simile a un pezzo di stoffa con delle piccole stecche, il tutto che faceva capolino da un borsone arancione fosforescente. Dopodiché comparve un altro borsone di stoffa, stavolta con dentro un sacco a pelo e un materassino isolante arrotolato.

Kate assicurò con le cinghie entrambi i borsoni al fondo dello zaino, mentre Bobby si dirigeva in cucina e rovistava nelle credenze in cerca del suo kit di cucina da campo. «Durante tutto quel tempo, Lottie, che non credo abbia mai messo piede fuori dal Parco...».

«Su la testa».

Kate sollevò lo sguardo giusto in tempo per afferrare al volo il kit di cucina e infilarlo in una tasca laterale. Bobby si ammucchiò in grembo una dozzina di pacchetti di cibo preconfezionato avvolti nella carta stagnola e tornò accanto a Kate.

«Insomma, Lottie non aveva una vita, a eccezione di quella che viveva all'ombra di Lisa. Poi, ecco comparire Max Chaney, che per ragioni a noi sconosciute pensa bene di innamorarsi di Lottie».

«Cosa?». Perfino Bobby fissò Kate sbalordito.

«Eknaty Kvasnikof faceva dei lavoretti a casa di Lottie. Sostiene che tra i due c'era del tenero». Scosse la testa. «Dicono che c'è una persona giusta per ognuno di noi. Forse Max era la persona giusta per Lottie. Però, però...». Kate guardò Jack e sorrise, un sorriso contenuto e ben poco divertito. «Sapete come va avanti la storia, no? Lisa seduce Max e lo porta via a Lottie. Lottie si fa amico Eknaty Kvasnikof, e Lisa seduce pure lui. Mette a rischio i loro mezzi di sussistenza sparando agli orsi neri per prendere le bili e ai trichechi per le zanne, coltiva erba in quantità perseguibili dalla legge e Dio solo sa cos'altro. E mette a rischio qualsiasi relazione sociale, qualsiasi amicizia all'interno del Parco scopandosi praticamente chiunque. Hai un po' di cioccolata, Bobby?».

Bobby sembrò offeso. «È uno dei quattro gruppi alimentari più importanti, no? Certo che ho della cioccolata. Vuoi degli snack a base di frutta secca?»

«Tutto quello che hai».

«Delle barrette Hershey's?».

Kate alzò la testa di scatto e guardò Bobby con occhi speranzosi. «Con una barretta Hershey's posso tirare avanti molto più che con una bistecca di manzo. Ce l'hai davvero?».

Bobby ne tirò fuori mezza confezione dal freezer come un mago che estrae un coniglio dal cappello a cilindro.

«Nel frattempo torniamo al *Racconto delle Due Sorelle*», la pungolò Jack, impaziente.

Con cura, Kate infilò la cioccolata in un'altra tasca dello zaino. «Sai, Jack, se tratti qualcuno abbastanza a lungo come una merda, prima o poi quel qualcuno inizierà a guardarsi intorno in cerca della suola di una scarpa da cui raschiarsi via. Ma è vero anche il contrario», aggiunse. «Se tratti qualcuno per un bel po' di tempo come un santo, prima o poi inizierà a pensare che la sua merda sia profumata. E questo è il ritratto sputato di Lisa. Non poteva fare niente di sbagliato. Bastava chiederglielo.

Sono certa che Lottie ha protestato per il comportamento di Lisa. E sono ugualmente certa che Lisa ha ignorato quelle proteste, se non ne ha addirittura riso. Dopo tutto ciò che ho sentito in quest'ultima settimana, non mi stupirei se scoprissi che Lisa si è guardata intorno di proposito in cerca di cose che facessero incazzare Lottie, sempre di più, e sempre più gravi. Si divertiva a farla incazzare». Kate allungò la mano per prendere le calze di ricambio di Jack. Se le infilò sopra le sue, e sopra quelle che Jack si era levato poco prima, e riuscì a stento a infilare i piedi negli stivali. Scosse la testa, si tolse un paio di calze, si rimise gli stivali e infilò l'ultimo paio di calze sopra le scarpe. «Per entrambe è diventato quasi un modo di vivere», disse. «Tutto l'amor proprio che Lottie perdeva strada facendo, lo raccoglieva Lisa». Si alzò in piedi e fece un paio di passi di prova. Gli stivali erano caldi e comodi, ma non stretti. La lana delle calze sopra le scarpe scricchiolava sul pavimento di legno. «Niente di nuovo, né per me né per chiunque altro abbia vissuto in questo Parco negli ultimi vent'anni».

Kate guardò Jack. «E per rispondere alla tua domanda, sì, sapevo chi aveva ucciso Lisa Getty, quasi dal primo istante in cui mi hai detto che non era stata uccisa da Roger McAniff. E ti sfido a trovare qualcuno, qui al Parco, che non lo sapesse».

Jack si girò di scatto a osservare Bobby con un cipiglio accusatorio. «Era abbastanza ovvio», ammise Bobby.

«Hai una racchetta da sci o qualcosa del genere, Bobby?»

«Ma certo, Kate, vado così spesso a sciare. Che ne dici di un manico di scopa?»

«Se è tutto quello che puoi offrire, prenderò ciò che passa il convento».

Bobby allungò una mano dietro il frigo e ne tirò fuori una scopa, per poi segarne il manico con un coltello dentellato da bistecca.

Jack si sentiva messo da parte. Bobby e Kate sembravano capire tutto, lui nulla. Camminò avanti e indietro per un pezzo, poi si girò e sbraitò: «E allora mi spieghi perché abbiamo sprecato tutto questo tempo trascinando il culo da una parte all'altra di questa landa desolata di un milione di ettari, cercando di trovare qualche altro coglione che poteva averla uccisa?»

«Lottie sta morendo comunque». Kate alzò lo sguardo, incontrò gli occhi di Jack e insisté: «Sì, sta morendo nello spirito. Ha perso la sua cartina di tornasole, il suo specchio al contrario». Lo disse con tono triste. «Cosa succede quando ti guardi allo specchio e dall'altra parte non c'è nulla? Lottie non ha più niente da odiare, e credo che l'odio sia l'unica cosa che l'abbia tenuta in vita. A eccezione forse di quelle poche settimane in cui è stata assieme a Max Chaney. Ma Max Chaney era soltanto un uomo. Lisa era sua *sorella.* Gli uomini possono andare e venire, ma Lisa era sua sorella, nel bene e nel male».

Kate continuò a fissare Jack. «Puoi scommetterci, che ho cercato qualcun altro. Avrei voluto altri cento possibili indiziati su cui poter puntare il dito. Non volevo mandare Lottie in prigione, e non credevo potesse costituire un pericolo per qualcun altro».

«Ma ti ha sparato!».

«Sì», ammise Kate. «Ma se avesse voluto uccidermi davvero, l'avrebbe fatto. Lottie centra sempre il bersaglio».

«Come Martin», aggiunse Bobby.

«Già», disse Kate, con un sorriso quasi amaro, «quanto a cecchini che mi sparano senza volermi colpire davvero, negli ultimi sei mesi ho decisamente avuto più della mia parte».

«Dovresti cambiare tipo di lavoro», concordò Bobby.

«La volete smettere di giocare a Stanlio e Ollio, voi due, e tornare a comportarvi come due persone serie?».

«Ha sparato a Max Chaney, però, prima che tu riuscissi a parlare con lui», sottolineò Bobby.

«Sì». Kate annuì, e il sorriso scomparve. «Sì, Max Chaney è morto. Probabilmente Lottie sapeva che era solo una questione di tempo, e che prima o poi avrei scoperto che usciva con lui».

«Credi che lui sapesse?»

«Non lo so». Kate scosse la testa. «Non lo conoscevo. E ora è morto, ed è tutta colpa mia».

«Non sei stata tu a premere il grilletto».

«Avrei potuto fermarla. Avrei dovuto. E non l'ho fatto». Il rumore di un elicottero in lontananza si insinuò attraverso la porta. Kate si mise il parka, si infilò sottoguanti e guanti e si caricò lo zaino sulle spalle. «E ora devo farlo, prima che Lottie faccia del male a qualcun altro».

«Che strada hai intenzione di prendere?», le domandò Bobby.

«Che strada prende Lottie, di solito, quando porta gli scalatori su in cima?»

«Cristo santo, Kate. Potresti almeno aspettare che torni giù».

«Non sono sicura che abbia intenzione di tornare. Sa che conosco la verità. Gliel'ho praticamente detto io stessa, ieri, nel bosco. Sa che ormai sono al corrente della sua storia con Chaney. No». Kate scosse la testa. «Non credo che tornerà. Non per la stessa via da cui è salita, in ogni caso. Il confine con il Canada è dall'altra parte del Big Bump, non dimenticarlo, così come cinquantamila ettari di terra incontaminata del Territorio dello Yukon. Se riesce ad arrivare fin lì, non la troveremo mai».

«Stai attenta», disse Bobby. «Stai maledettamente attenta, donna».

«Sto sempre attenta, Bobby. A volte non sono troppo sveglia, ma sto sempre attenta».

Mutt era già in piedi, con la coda arricciata che spiccava sul didietro. Il rumore dell'elicottero si fece più forte quando Kate aprì la porta. Attraverso il varco, i due uomini videro un Lama atterrare con delicatezza al centro della radura, e Dan O'Brian alla barra di comando con tanto di cuffie con microfono. Kate abbassò la testa e corse verso l'elicottero.

Jack disse: «Insomma, da dove vuole passare?».

Bobby, con un'espressione insolitamente preoccupata sul largo faccione, rispose: «Passerà dalla Valle della Morte».

«E che *cazzo* è la Valle della Morte?»

«È una valle glaciale che porta al versante sudoccidentale dell'Angqaq Peak». Bobby vide l'espressione di Jack e scese nei dettagli. «È un'orrenda trappola, con un altissimo rischio di valanghe. Da qui il nome. Gli scalatori la odiano, ma è la via d'accesso migliore al Bump».

«Fantastico». Jack si avviò verso la porta a piedi nudi.

La voce di Bobby lo fermò prima che avesse fatto un solo passo. «Sai come si scalano le montagne?».

Jack si voltò, e Bobby aggiunse: «Kate lo sa. Lasciale fare quello che deve fare».

L'omone lo fissò, furibondo e impotente. Non si sarebbe fatto troppi scrupoli a prendere a botte un tizio su una sedia a rotelle, ma Bobby era un amico. Si girò su se stesso e, in mancanza di un bersaglio migliore, assestò un pugno al muro accanto alla porta.

«È dura da mandar giù, quando noi supereroi dobbiamo lasciare che l'eroina si salvi da sola, eh?», disse Bobby solidale. Dopodiché girò la sedia a rotelle e aggiunse al di sopra della spalla: «Nel garage ci sono gli attrezzi e un po' di cartongesso, per quando ti deciderai a riparare quel muro».

Mentre risaliva la china verso il bordo del cratere di Kantishna, il cono di un vulcano estinto, le tornò in mente il vecchio mito dell'Uccello del Tuono, il gigantesco uccello che catturava le balene con gli artigli per portarle ai piccoli nei loro nidi vulcanici. Ma nessun battere di ali ciclopiche smuoveva l'aria fredda e immota di quel pomeriggio, che le bruciava nei polmoni a ogni inalazione. Mutt avanzava accanto a lei, le grandi zampe che lasciavano impronte ben definite sulla neve fresca e farinosa. L'husky si era mostrato restio a salire sull'elicottero, si era incupito all'idea di scendere e in generale appariva ben poco entusiasta di quella scampagnata. Sollevò lo sguardo su Kate: “Ci sarà da divertirsi, adesso?”, sembrava chiederle.

«Certo», le disse Kate, e l’espressione malinconica di Mutt fu piuttosto eloquente: era contenta che almeno una di loro la pensasse così.

Sopra di loro, le cime delle Quilak Mountains si tendevano per ghermire la cupola azzurro pallido del cielo, e le due scalatrici si trovavano circondate da ogni lato da ruvidi, scabri ammassi detritici precipitati giù dall’alto, eredità degli ultimi strascichi dell’era glaciale. Gli artigli dei ghiacciai squarciavano il petto della Terra, sfregiandola con solchi e graffi di scontento nel tentativo di negare la loro stessa recessione, e lasciandosi alle spalle cime frastagliate coperte di ghiaccio, anguste vallate colme di neve e creste di morene terminali alte trecento metri.

Non c’era niente di benevolo o di accogliente nelle Quilak Mountains. Kate sentì che la sfidavano a entrare, e che la sua stessa, temeraria presenza lì, in quel momento, significava che aveva raccolto quella provocazione. Ansante, si fermò per ispezionare l’orizzonte a sud. Nemmeno l’ombra di una nuvola, cosa per cui ringraziò dal profondo del cuore gli dèi del vento e delle tempeste. Si voltò per riprendere il cammino, la neve che scricchiolava sotto i piedi, e con altre dieci falcate raggiunse l’orlo del cratere.

Davanti a lei si apriva la Valle della Morte, una lunga, stretta vallata che, osservata a distanza, ricordava l’enorme scivolo di un parco giochi, fendendo crinali e falesie per rovesciarsi sulle colline della valle sottostante. Da quella distanza Kate riusciva a scorgere i cornicioni di neve rigonfi che sormontavano le pareti verticali di roccia e ghiaccio su entrambi i lati, il suolo liscio e levigato solcato da voragini lunghe trecento metri e larghe dieci, pronte a ghermire l’incauto scalatore sotto candide maschere di profondi cumuli di neve. C’erano le colonne di ghiaccio dei seracchi, esker di morene glaciali, ghiaiosi e disseminati di crepe, massi erratici, enormi sassi trasportati e lasciati cadere a casaccio da antichi ghiacciai, scioltisi e ormai scomparsi da un pezzo. Era un sentiero arduo e pericoloso che si snodava lungo il versante meridionale della montagna.

*La* montagna. Angqaq Peak. Nella lingua aleutina, la Grande Cima. Per gli alpinisti di tutto il mondo, il Big Bump, “il Grande Bernoccolo”. Kate vide un cuneo di terra impennarsi per 5700 metri e rotti, la cima acuminata che testava i confini del cielo. Sul versante destro le facciate del gigante cadevano a strapiombo, per poi essere troncate sulla sinistra da una cima secondaria, simile nella forma, ma di almeno seicento metri più bassa. La cima minore sedeva alla destra dell'Angqaq come se la Grande Cima la stesse preparando a succederle nel compito di trappola mortale una volta andata in pensione. Non a caso, gli scalatori chiamavano la cima più piccola "Figlio" e la cima principale "Madre" o, non di rado, "La Puttana Madre", per non menzionare altri simili nomignoli ben poco affettuosi.

Le altre vette delle Quilak si ritraevano di fronte a una simile, terribile imponenza, con i loro gracili 3600, 4200 e 4800 metri di altezza. Niente in confronto a lei, *la* montagna. Presa nell'insieme, la possente mole della catena montuosa era una sfida, una provocazione, uno sberleffo. Kate era nata e cresciuta all'ombra dell'Angqaq, e ancora ne era impressionata e intimorita.

Mutt emise un latrato impaziente. Kate sussultò, tornò in sé, e abbassò lo sguardo. Mutt, che non era dotata di immaginazione né intimidita da alcunché sulla faccia del pianeta, era una che badava al sodo. "L'abbiamo già fatto", ricordò a Kate.

«Sì, è vero», rispose Kate con un sospiro.

"Bene, muoviamoci allora". Mutt si avviò al trotto, dirigendosi all'imbocco della Valle della Morte. Kate scrutò il paesaggio davanti a sé, gli occhi socchiusi per il riverbero del sole sulla neve che abbagliava perfino dietro i Ray-Ban di Bobby. Credette di scorgere un puntino scuro muoversi nella seconda metà della vallata, ma non ne era sicura.

C'era un solo modo per scoprirlo. Regolò le cinghie dello zaino e partì.

Avanzò a fatica per la lunga vallata. Persa nell'enorme distesa di neve e ghiaccio, muoveva un passo alla volta, con Mutt che faceva strada davanti a lei. La scena non poté fare a meno di ricordarle un vecchio adagio popolare fra i musher: "Se non sei il cane di testa, la vista è sempre la stessa". Sorrise, e quel pensiero la spinse a procedere fino a che non si imbatté nei resti di un accampamento. Impaurito, un corvo si alzò in volo gracchiando furibondo.

«Ah, imbroglione», disse Kate, divertita. «Ti ho sorpreso con le mani nel sacco».

Fece cenno a Mutt di tornare indietro e si avvicinò con cautela all'accampamento. Osservando i buchi lasciati dai picchetti, riuscì a capire dove erano state piantate le tende. Un disco ghiacciato sulla superficie innevata indicava il punto in cui qualcuno aveva posato una pentola calda. Allontanandosi un po' dal bivacco, trovò una macchia di neve giallastra, prova che gli scalatori di Lottie avevano mangiato troppo, e fece una smorfia. Non avevano nemmeno seppellito i rifiuti, e se Kate non fosse stata ancora del tutto persuasa dello stato di alterazione mentale di Lottie, lo fu in quel momento. Il corvo aveva ridotto a brandelli ciò che restava del bivacco. Kate sospirò e si scrollò lo zaino di dosso. Dopo averne estratto una scopa pieghevole, raccolse i resti della toilette all'aperto e li ficcò in una delle buste vuote che aveva trovato all'accampamento.

«Di questo passo, su questa cazzo di montagna non potremo neanche far sciogliere un po' di neve per bere un bicchiere d'acqua», borbottò, e Mutt, arricciando il naso, concordò starnutendo. «Per lo meno tu non devi raccoglierla», le disse Kate.

Fece un giro di controllo nel resto dell'accampamento, sotterrò la spazzatura per evitare un'eventuale incursione del corvo e vi piazzò sopra un segnale di riconoscimento per recuperare i rifiuti lungo la via di ritorno. Poi si fermò per valutare se aveva fame o meno. A 3600 metri di altitudine non aveva alcun desiderio di bere o mangiare, ma sapeva che sarebbe stato assennato sforzarsi di fare entrambe le cose. Ingollò una barretta di cioccolata e un po' di frutta secca, riuscì a mandar giù mezzo litro d'acqua e riprese il cammino.

Più saliva e più la ferita le faceva male. Il sole le batteva sulla testa, e dovette fermarsi per togliersi parka e guanti. Tenne addosso i sottoguanti, il gilet imbottito e il berretto di lana, ficcò tutto il resto nello zaino, se lo caricò sulle spalle e continuò a inerpicarsi. Su entrambi i lati, le pareti della vallata si innalzavano per trecento metri, diritti come un'onda di ghiaccio perpendicolare. Il sole illuminava i profili dei cornicioni a strapiombo, cesellati con l'abilità di un artigiano da decenni di tormente e venti impetuosi. Oltre le pareti della vallata, le cime delle Quilak Mountains sembravano circondarla, sempre più vicine e pronte a uccidere. Dopo un po' Kate si stancò di guardare per aria e concentrò la propria attenzione sul terreno davanti a sé, decisione quanto mai saggia, dal momento che il suolo della Valle della Morte era crivellato da migliaia di crepacci, abissi profondi oltre quattro metri che si spalancavano a tradimento nei punti in cui il ghiacciaio sottostante si era spostato spaccando la superficie. Alcuni erano nascosti dalla neve profonda, e Kate riusciva a individuarli soltanto dando dei colpetti davanti a sé con il manico della scopa di Bobby. Fu costretta a ritornare sui propri passi almeno cinque o sei volte. Avanzava lentamente, ed era ormai pomeriggio inoltrato quando colse qualcosa con la coda dell'occhio. Sollevò lo sguardo. A poco meno di un chilometro e mezzo di distanza, tre minuscoli puntini si stagliavano in quell'immensa distesa di bianco. Due di loro procedevano vicini, seguendo una terza figura che risaliva la vallata con un'andatura pericolosamente vicina alla corsa.

Kate sentì il cuore batterle all'impazzata e accelerò il passo, coprendo rapidamente la distanza che la separava dalle due figure più vicine. Risultarono essere due giovani signori orientali, entrambi elegantemente bardati Everest dalla testa ai piedi, con equipaggiamento di prima qualità. Nonostante questo, sembravano sul punto di morire assiderati. Uno dei due snocciolò una sfilza di parole all'indirizzo di Kate, gesticolando tutto eccitato e indicando la terza figura che scompariva rapidamente all'orizzonte.

«Parlate inglese?», chiese Kate.

Uno dei coreani rispose qualcosa, e non in inglese, così Kate intimò con aria severa: «Restate dove siete. Non muovetevi da qui». Si avvicinò al tizio più vicino e, posandogli le mani sulle spalle, lo costrinse a sedersi. «*Fermi* qui, altrimenti...». Fece un sorriso a trentadue denti e si passò un dito sulla gola. Il colletto della camicia si aprì, e i due coreani scorsero la cicatrice. Accanto a lei, anche Mutt sorrideva. Di fronte alla cicatrice di Kate e a quella sfavillante distesa di smalto, il secondo coreano si lasciò cadere di schianto accanto al compagno. Entrambi annuirono con fervore, e Kate rispose con un cenno compiaciuto della testa. I due scalatori avevano appena mangiato, lasciando incarti di cibo disseminati ovunque nell'area circostante. Kate ne raccolse uno, si avvicinò ai bagagli degli scalatori – notò con soddisfazione che entrambi si ritraevano quando passava loro accanto – e ficcò l'incarto nell'apertura dello zaino più vicino. Dopodiché alzò un dito e disse, la voce resa ancora più roca dalla lunga camminata: «Quello che tirate fuori ve lo riportate a casa. Chiaro?».

Non era sicura che avessero afferrato il concetto, ma entrambi annuirono come se avessero capito, immobili come statue a eccezione delle teste. Quando Kate si spostò il coltello da un punto all'altro della cinta, uno dei coreani lanciò un gridolino terrorizzato, ma l'amico gli diede qualche rassicurante pacca sulla spalla, e il tizio si tranquillizzò. Sbattendo le palpebre come due gufi stretti l'uno all'altro, la osservarono allontanarsi dal bivacco improvvisato seguendo le uniche tracce che portavano a nord, verso *la* montagna.

Kate era più minuta di Lottie e si muoveva più in fretta – com'era sempre stato – e in poco tempo recuperò terreno. Ben presto le fu talmente vicina da sentirne il respiro. Anche se doveva aver capito che Kate era lì, l'altra donna non si girò mai, e Kate si accorse che si stava dirigendo verso il passo che fiancheggiava la cima orientale, collegandosi al lato canadese della montagna attraverso lo Slide che, come diceva il nome stesso, non era altro che un lungo scivolo che portava a est, al di là del confine.

Kate allungò il passo. Sotto i piedi, la neve era scivolosa, il ghiaccio scricchiolava. Era ansante per lo sforzo, e sudava sotto i vari strati di vestiti, ma non osava fermarsi e levarsi di dosso un po' di roba per paura di perdere tempo. Il peso dello zaino si spostò bruscamente da una parte, e il carico le sbatté contro la schiena. Vacillò di lato, cercando di recuperare l'equilibrio, ma quando una lastra di ghiaccio le esplose davanti ai piedi, a un centimetro di distanza dallo stivale, lasciò che lo zaino la trascinasse a terra, crollando pesantemente su un fianco. Mutt abbaiò in segno di avvertimento e si accovacciò, pronta a spiccare il balzo. «No!», disse Kate. «Ferma!».

Un'altra lastra le esplose davanti ai piedi con uno scroscio di frammenti di ghiaccio, facendole cambiare idea: era chiaro che stavolta Lottie stava prendendo la mira con attenzione. Aspettò fino a quando il battito cardiaco non ebbe rallentato a sufficienza da consentirle di parlare. Imprecando tra sé per non essere in grado di farsi sentire a distanza, Kate sgusciò fino a un cumulo di neve e vi strisciò attorno, con Mutt che sgusciava e strisciava accanto a lei, e avanzò centimetro dopo centimetro verso un altro mucchio, per lasciarsi scivolare lì accanto sotto un terzo scroscio di frammenti di ghiaccio. Furibonda e spaventata, Kate urlò: «Maledizione, Lottie, dacci un taglio! Vuoi provocare una valanga?».

Nessuna risposta. «Avanti, Lottie. Non sei riuscita a uccidermi prima, e io...».

«Di certo ci ho provato, poco ma sicuro! Se non fossi inciampata...».

«Se non fossi inciampata non mi avresti colpito comunque!». Silenzio. «Non hai intenzione di uccidermi, e lo sai meglio di me. Avanti, esci fuori. Torna a casa con me».

«Se torno dovrò andare in prigione».

Kate rimase in silenzio. Era vero.

«Riesci a vedermi in una cella, Kate? Senza aria da respirare, senza colline su cui camminare, senza caccia, senza pesca, senza niente di niente? Tanto vale essere morta».

«Lottie...».

«Sai che è così, Kate. Per te sarebbe la stessa cosa, quindi vale anche per me».

Kate chinò la testa fino a posare la fronte sulla neve. Affondò le mani nel ghiaccio, da un lato e dall'altro. «Perché?», disse. «Perché l'hai fatto, Lottie? Sapevi che ti avrebbero preso».

Ci fu una pausa, e quando Lottie parlò di nuovo, Kate sobbalzò. L'odio nella voce della donna era come una forza palpabile, e si riversava fuori come un'onda impetuosa, talmente intensa che neppure quell'immensa distesa di ghiaccio sarebbe bastata a contenerla, e così feroce da rendere quasi impercettibile il dolore che vi si nascondeva. Quasi. «La odiavo, Kate. Dio, quanto la odiavo. Credo di averla odiata dal giorno in cui è nata. Ho visto McAniff sparare con un 30.06 a quel bigotto fricchettone di Syms, poi sono tornata a casa e l'ho vista assieme a Natty...».

Kate aspettò. Quando vide che Lottie non intendeva aggiungere nulla, gridò: «Lottie. Avrei fatto qualunque cosa per evitare che scoprissero che eri stata tu. Cristo, il Parco era pieno di gente che credeva con tutto il cuore che il mondo sarebbe stato un posto infinitamente migliore se qualcuno avesse tolto di mezzo Lisa Getty. Avrei potuto confondere le acque a sufficienza perché gli sbirri continuassero a brancolare nel buio, fino a che non si fossero stufati e avessero levato le tende». Fece una pausa, poi, strappandosi quasi le parole di bocca: «Perché, Lottie? Perché hai dovuto uccidere Max? Uccidendo Lisa potevi farla franca, ma sapevi che non l'avresti mai passata liscia uccidendo Max».

Niente. Quando Kate parlò di nuovo, la voce era angosciata. «Quando mi hai chiesto perché l'aveva fatto, non stavi parlando di McAniff, vero? Stavi parlando di Max. Mi stavi chiedendo perché era andato a letto con Lisa». Aspettò. «È così, Lottie?».

Il silenzio fu spezzato da un lungo grido animale, che squarciò il tessuto ghiacciato di quel pomeriggio. Mutt ululò, unendosi a quel grido, e Kate si sentì rabbrividire in ogni centimetro del corpo. Quel suono atroce andò avanti per quella che le parve un'eternità, portando con sé ogni ferita, ogni affronto, ogni insulto, ogni commento maligno, ogni risata soffocata, ogni beffa crudele, ma soprattutto era un lamento per l'amore perduto, l'amore dei genitori, l'amore romantico, l'amore materno. Era un'agonia a cui era stata data voce.

Soprattutto, era un lungo, straziante, dolente lamento per il defunto.

Il grido sfumò in un singhiozzare sommesso, lasciando Kate debole e tremante. Cosa poteva dire per riuscire a penetrare quel muro di angoscia? Il dolore di Lottie sembrava così immenso da essere parte della Terra.

E la Terra rispose. Un centinaio di chilometri sotto di loro, la placca nordamericana entrò in collisione con la placca pacifica, sospingendola di una decina di centimetri nel mantello della Terra. Fu una brusca esplosione di energia appena più potente della bomba atomica sopra Hiroshima. La scossa principale, un unico, violento sobbalzo in alto e in basso, fece crollare Kate, che nel frattempo si era quasi sollevata in piedi, in ginocchio. Cadde in avanti, e la scossa secondaria, un movimento continuo laterale, la dissuase dal rialzarsi di nuovo. Una cascata di neve si riversò sul cumulo dietro il quale si era rannicchiata. Mutt, guaendo, si appiattì al fianco di Kate.

Dal cielo riecheggiò il rumore di migliaia di ingranaggi che frantumano e sbriciolano, mentre l'intera vallata sobbalzava avanti e indietro, gridando a Kate di sollevare gli occhi ed essere il testimone sbalordito e incredulo di ciò che stava accadendo.

Ma erano troppe cose per poterle assimilare in un sol colpo. Il suolo del ghiacciaio, già attraversato da fenditure, iniziò a ondeggiare con le movenze sinuose e fatali di un serpente. I cornicioni delle pareti si infransero, precipitando e frantumandosi a terra. Le pareti stesse si aprirono in due, rovinando in massi di ghiaccio grandi quanto una casa. Nugoli infiniti di cristalli polverizzati si sollevarono nell'aria immobile, come se, in un raptus di pulizie di primavera, un titano avesse afferrato saldamente l'orlo del mantello della Terra e fosse intento a scrollare via con un colpo secco l'accumulo invernale di polvere e detriti.

Da qualche parte giunse un grido acuto e spaventato, il grido di una bambina. «Lottie!», strillò Kate, ma il nome le uscì strozzato. Tentò di alzarsi, ma sentiva le gambe molli come gelatina, e i piedi si rifiutavano di collaborare. Rinunciò, circondò il collo di Mutt con il braccio e aspettò.

Al di sopra del ghiacciaio, le punte irregolari delle Quilak si risvegliarono con uno scossone e si innalzarono. Miklluni Peak scrollò le spalle e, davanti agli occhi increduli di Kate, i trecento metri di roccia che formavano il versante occidentale scivolarono su un lato della vallata. Di fronte, l'Angqaq Peak ebbe un brivido e si riscosse, e dall'East Buttress, lo sperone a est, una valanga precipitò sul lato opposto della valle glaciale, per incrociare quella che rovinava dal Miklluni. Si scontrarono al centro della vallata, e una nuvola bianca, a forma di fungo, si levò verso il cielo.

Ovunque guardasse c'era una superficie innevata che stava esplodendo in valanghe. Kate si trascinò bocconi, rannicchiata su se stessa con le ginocchia piegate, una mano stretta attorno alla pelliccia di Mutt, l'altra aggrappata al suolo instabile della Valle della Morte.

Poi, senza preavviso, anche quel suolo sembrò mancarle sotto i piedi, strappandole involontariamente un urlo, un grido di puro terrore.

Si sentì tirare verso l'alto con un brusco strattone. Tra il frastuono infernale della neve che precipitava e la Terra che si frantumava sbriciolandosi sotto i suoi piedi, le ci volle un attimo prima di rendersi conto che Mutt l'aveva afferrata per la collottola come un cucciolo appena nato. Seguirono un grugnito e un altro brusco strattone, e Kate fu di nuovo oltre il bordo del crepaccio, riversa su un fianco con le braccia e le gambe divaricate. Rimasero ferme lì, cane e padrona, cercando di scavarsi una tana in quel suolo instabile, di cavalcare le scosse, i sobbalzi, le oscillazioni di quel sovvertimento di una Terra non così ferma come si diceva.

Passarono secondi, minuti, Kate era sicura che fossero passate addirittura delle ore. Le scosse diminuirono e si fermarono. Quel rumore di sgretolamento scemò. Poco a poco, a fatica, il mondo di Kate tornò a raddrizzarsi. Sbatté le palpebre, e la visuale attraverso le lenti da sfocata divenne nitida. Pian piano prese coscienza degli ultimi raggi di sole che scintillavano sul ghiaccio poco prima del tramonto, della neve gelida contro la guancia, della morsa attorno alla gola: le fauci di Mutt strette attorno al colletto del parka, che torcevano il tessuto del giaccone in un cappio salvifico. «Ehi, che ne dici di lasciarmi andare, piccola?».

Le ci volle qualche momento per convincere Mutt a mollare la presa. Quando infine l'husky si rassegnò suo malgrado a lasciarla andare, Kate sollevò la testa con cautela e si guardò intorno.

Un nuovo crepaccio si spalancava davanti a lei, precipitando a strapiombo su un sentiero largo una trentina di metri. Appollaiata sul bordo, Kate chinò lo sguardo su quella sfrontata, beffarda ostentazione di potere da parte della Terra, che sembrava quasi voler dire: "Vedi? Se davvero avessi voluto, avrei preso anche te. Forse la prossima volta non sarai così fortunata". Sembrava quasi di udire il ghigno di derisione che proveniva dalle viscere della Terra.

Kate si alzò sulle gambe tremanti e si rese conto di non avere più lo zaino. Doveva essersi strappato di dosso durante la caduta.

Accanto a lei, anche Mutt si alzò e si scrollò con energia, spruzzando ghiaccio e neve sulla padrona. Poi tirò su la testa e spinse il naso freddo contro la guancia di Kate, come a dire: "Possiamo andarcene da questa maledetta montagna, adesso?".

Kate si guardò intorno con apprensione. «Non ancora, piccola. Dov'è lo zaino?».

Mutt fiutò lo zaino a una quindicina di metri di distanza, in bilico sull'orlo di un altro nuovo baratro. Kate si gettò con gratitudine sullo zaino, e rivolse un'ansiosa occhiata nei paraggi in cerca di un riparo. Tutto ciò che riuscì a trovare nel poco tempo a disposizione fu un enorme pezzo di ghiaccio che era stato sputato fuori dalle algide viscere della montagna. Trascinò lo zaino sul pendio fino al lato del blocco di ghiaccio e, non osando sollevare lo sguardo verso la vallata, lo aprì. Con mani ancora tremanti, lanciò in aria la tenda monoposto, la ancorò al suolo come meglio poté, ficcò il resto del suo equipaggiamento e Mutt all'interno della tenda, e infine vi strisciò dentro pure lei.

Mutt uggiolò con aria ansiosa. «Non c'è tempo, piccola. Andiamo, vieni qua».

Il silenzio fuori sembrava farsi sempre più pesante momento dopo momento, e quella muta, inquietante minaccia rese le mani di Kate goffe e maldestre. Fece appena in tempo a chiudere la zip della tenda, a srotolare il sacco a pelo e a ficcarcisi dentro, che l'ondata di neve generata dalla collisione di più valanghe l'investì con la forza di un'adunata di bufere. Le sottili pareti in Vortex della tenda sbatacchiarono e si gonfiarono, e solo il peso di Kate, di Mutt e dello zaino riuscì a impedire che venisse spazzata via dal vento e rovesciata con furia lungo la valle.

L'ondata di pulviscolo di ghiaccio infuriò sulla tenda per mezz'ora, una forza terribile e ululante che gridava la sua frustrazione per non essere in grado di ghermire le sue vittime. Nonostante la tenda fosse sigillata, l'interno si era riempito di minuscoli frammenti di ghiaccio che vorticavano su loro stessi. Tutto quello che Kate poteva fare era starsene lì, ritraendosi nel cappuccio del sacco a pelo di Bobby, e aspettare che passasse. Si chiedeva se la valanga avrebbe davvero esaurito la sua furia prima di arrivare a lei, ma in quel momento le parve una preoccupazione troppo grande, e smise di pensarci nello stesso momento in cui il dubbio le si affacciò alla mente. Si raggomitolò nella minuscola tenda, con Mutt accoccolata accanto a lei, e aspettò.

Il silenzio la svegliò di soprassalto. Ci mise qualche istante a orientarsi, ad abituarsi a quella calma. Incredibile ma vero, doveva essersi addormentata. Alzò la testa e incontrò i vigili occhi gialli di Mutt. Il cane emise un sommesso guaito interrogativo. Kate sollevò ancora di più la testa, sentendosi il collo rigido, i muscoli delle spalle tesi. Il sacco a pelo, lo zaino, l'interno della tenda, tutto era ricoperto di uno strato di neve sottile e cristallina. Scalciò il sacco a pelo per liberarlo dal ghiaccio, aprì la zip, poi il lembo della tenda. Uscì fuori carponi e si alzò in piedi con le gambe che tremavano.

Ovunque volgesse lo sguardo, il panorama delle Quilak Mountains era mutato in maniera radicale. La parete sud-ovest del monte Kanuyaq era stata completamente ripulita da neve e ghiaccio, erosa fino alla nuda roccia. La bocca del ghiacciaio Sisik era colma di neve da una parete all'altra, un fiume bianco che si snodava per oltre un chilometro e mezzo e per metà della Valle della Morte. Kate riuscì a riconoscere il Barnes Wall, un salto di oltre 1500 metri dall'Angqaq Peak al ghiacciaio Sleighter, solo grazie alla sua posizione. Ogni particolarità, ogni sperone, ogni crepa, tutto era stato alterato, spostato, frantumato. La cascata di ghiaccio di Carlson, un tempo a gradoni come una scala, era stata levigata e lucidata da una mano ciclopica, e ora scintillava come una lastra di marmo alla luce del crepuscolo.

La stessa Valle della Morte era stata lacerata e dilaniata in ogni direzione. Fin dove giungeva la vista, in cima alle pareti di ghiaccio non c'era un solo cornicione che fosse rimasto intatto. Ovunque l'azzurro del ghiacciaio appena denudato mandava freddi bagliori, rifrangendo il chiarore del sole al tramonto.

Mentre Kate osservava quel nuovo mondo, il sole scivolava dietro la Catena dell'Alaska, lasciando all'orizzonte soltanto una striscia di foschia color malva. Una dopo l'altra, le stelle si fecero strada attraverso il firmamento per comparire sopra le loro teste. L'aria era come pervasa dallo scintillio di migliaia di diamanti: la luce delle stelle riflessa sul pulviscolo di ghiaccio. Le montagne erano silenziose e serene.

Era bellezza. Era innocenza. Era pace.

Era una menzogna. Kate voltò le spalle a tutto questo, chiuse la tenda per infilarla nuovamente nello zaino e si mise in cammino per proseguire la ricerca.

Di Lottie tuttavia non c'era traccia. Non c'era traccia del suo fucile, né del suo zaino o della sua tenda, o di qualsiasi altro pezzo del suo equipaggiamento. Non c'era traccia neppure delle sue impronte.

Eppure, qualcosa avrebbe dovuto esserci, un guanto, uno stivale, una confezione semivuota di frutta secca. Kate alzò la testa dalla monotona distesa di neve ai suoi piedi e osservò con attenzione la lunga valle, gli occhi socchiusi, cercando di intravedere qualcosa nella luce sempre più fioca del crepuscolo, attorno al caos lasciato dalla valanga.

Nulla, nessun movimento, soltanto la quiete dopo la tempesta. Kate si ficcò le mani in tasca e lanciò un'occhiata a Mutt: «Se è per questo, non c'era traccia nemmeno delle nostre impronte. Quell'onda di ghiaccio deve aver spazzato via tutto ciò che ha trovato sul suo cammino».

Mutt, seduta con la coda arrotolata attorno alle zampe, sembrava il ritratto stesso della pazienza mentre aspettava che Kate le facesse cenno di cominciare a cercare.

«Be'?», le chiese Kate. «Chi ci dice che il Big Bump non se la sia mangiata viva? Avremmo potuto esserci noi, al posto suo. Ci siamo andate maledettamente vicine. Perché non Lottie?».

Più ci pensava e più quell'idea le sembrava plausibile. Si rimise lo zaino in spalla, si girò e si incamminò in direzione del campo base. Sorpresa ma non dispiaciuta alla prospettiva di un percorso in discesa verso minori altitudini, Mutt si alzò e la seguì.

Come sempre, il viaggio di ritorno sembrò lungo la metà di quello di andata. I coreani erano vivi, cosa che sorprese Kate, e felici di vederla al limite della commozione, cosa che invece non la sorprese affatto. La radio, recuperata dal fondo di una gola nuova di zecca profonda quattro metri, che si spalancava a non più di un metro dal lembo della loro tenda, era incrostata di ghiaccio e ammaccata per la caduta. Kate l'accese non troppo fiduciosa e non poté fare a meno di esultare quando, per un piccolo miracolo, l'apparecchio si rianimò. La manopola del volume era girata al massimo verso destra e la voce di Dan O'Brian gracchiò come un altoparlante nella silenziosa notte artica.

«Campo base Kanuyaq, campo base Kanuyaq, qui Ranger 1, rispondete. Maledizione, ragazzi! Dove diavolo siete? Rispondete! Dite qualcosa, anche in coreano!».

Sentendo il suono di quella voce i coreani lanciarono un grido e si gettarono singhiozzando l'uno nelle braccia dell'altro. Kate allungò il braccio verso la manopola del volume e l'abbassò. Poi regolò il microfono, e disse: «Caro vecchio Danny, con la voce che ti ritrovi saresti capace di svegliare anche un mammut».

Un breve silenzio. «Kate? Kate, sei tu?»

«Sono io. Mi trovo circa 1500 metri sopra il vostro campo base, vicino alla bocca meridionale di quella che un tempo era la Valle della Morte. I due coreani di George sono qui con me, e stanno bene».

«Chi se ne frega di loro, tu come stai?»

«Sto bene. Per caso c'è appena stato un terremoto?»

«Cristo, se c'è appena stato un terremoto. Una scossa di appena 6.2 sulla scala Richter. Per un attimo ho pensato che il Parco fosse sul punto di scivolare nel golfo dell'Alaska. Non mi azzarderò mai più a ridere delle vostre storie sul terremoto del '64, Kate. Che aspetto ha la montagna?».

Kate scoppiò in una breve risata e si accontentò di un: «Non crederai ai tuoi occhi».

Avvertì il cambiamento nella voce di Dan perfino al di sopra delle interferenze della radio. «Che aspetto ha il campo base?».

Kate, che aveva già dato un'occhiata con i binocoli di Bobby verso l'area in cui un tempo sorgeva il campo base, si limitò a rispondere: «Quale campo base?».

Un discreto tempo di trasmissione andò sprecato in una sfilza di espressioni piuttosto colorite, che di solito, se impiegate su onde radio pubbliche, comportavano multe salate da parte della Commissione comunicazioni federali. Kate tollerò pazientemente finché ne fu capace, ma era stanca e affamata, e la sua capacità di sopportazione non durò a lungo.

Premette l'interruttore del trasmettitore, interrompendo il circuito, fino a quando Dan non si tappò il becco. «Metti in moto il Lama e vieni a prenderti questi due imbecilli prima che li scaraventi giù in un crepaccio».

## 10

Il Lama comparve meno di un'ora dopo e caricò a bordo i coreani. Alle loro spalle, Kate spinse nell'abitacolo tutto ciò che erano riusciti a salvare del loro equipaggiamento e indietreggiò. Dan si voltò verso di lei. «Andiamo, Kate, piantala di fare la cretina! Salta su!».

«Vai!», gridò lei sopra il frastuono del motore.

«Piantala di fare la cretina!».

«Vai!», gridò lei. «Io vado su in cima! Non ci sono mai stata!».

Dan si levò cuffie e microfono e sgusciò fuori dall'elicottero. Girò attorno al velivolo con la testa china e si fermò accanto a Kate. «Mi spieghi qual è il tuo problema?»

«Non sono mai stata su in cima», ripeté Kate.

Dan la guardò inarcando un sopracciglio. «Febbre da arrampicata? Sei l'ultima persona da cui me lo sarei aspettato».

«Gli scalatori vogliono sempre arrivare alla fine da soli. Il tempo è buono. Non ci sarà mai un'occasione migliore per vedere se è davvero all'altezza del gran parlare che se ne fa. E poi lungo il percorso posso valutare i danni che ha fatto il terremoto».

Strizzando gli occhi, il ranger alzò lo sguardo verso la valle. «Credi di farcela a coprire 3000 metri in una giornata?»

«Fino in cima sono solo 1500».

«E 1500 per tornare giù», puntualizzò Dan, «e sai meglio di me che la discesa spesso è più pericolosa della salita».

Kate scrollò le spalle e allargò le braccia. Il ranger la mandò a quel paese.

«Vuoi continuare a inseguire Lottie, non è così?»

«Lottie è morta», rispose lei con tono piatto.

Lui le lanciò un'occhiata penetrante. «Lottie è capace di sopravvivere in mezzo alla natura più selvaggia meglio di chiunque altro, inclusa te. Hai trovato il corpo?»

«No». Kate scosse la testa. «Ma è morta. L'ha travolta la valanga. L'ha seppellita senza lasciare traccia».

Dan spostò lo sguardo dal viso impassibile di Kate al passo ai piedi dell'East Buttress dell'Angqaq Peak. «Un lavoretto pulito».

«È quello che ho pensato anch'io».

«È inutile cercare il corpo, mi sa».

«Del tutto inutile», concordò Kate.

«Ma vuoi comunque salire fino in cima».

«Sì».

Dan alzò le mani. «Ok, perfetto, fai come ti pare. Il tempo è l'ideale, e le previsioni non fanno presagire niente di diverso. Prendi la radio e chiamami dalla cascata di ghiaccio di Carlson. Vengo a prenderti lì».

«Ok. Ci vediamo al più tardi domani a mezzogiorno, che ne dici?».

Dan si drizzò, offeso. «Stai forse chiedendo al Servizio del Parco di darti illegalmente un passaggio a bordo di un veicolo ministeriale?»

«Sì».

Lui sorrise. «Andata. Ci vediamo domani. E tu, vieni?», gridò a Mutt.

Mutt guardò l'elicottero con vivo desiderio, poi fissò la padrona con aria supplichevole e infine abbaiò un "No" rassegnato. Dan scrollò le spalle. «Siete due fuori di testa. Ci vediamo».

Si inerpicava a fatica per la salita, ansante nell'aria rarefatta. Avanzava per dieci passi nella neve farinosa e sdrucciolevole, si riposava, ne faceva altri dieci, si riposava. Mutt camminava quando camminava lei, si fermava quando lei si fermava. Era la prima volta che Kate vedeva l'husky anche solo vagamente stanco. Ogni trecento metri o giù di lì si costringeva a buttare giù acqua e cibo, ancora incredula per la fortuna che avevano avuto. Tecnicamente parlando, l'Angqaq Peak non era una scalata difficile, per lo meno finché ci si atteneva al percorso lungo il ghiacciaio Niccolò, tra la cascata di ghiaccio di Carlson e l'East Buttress. Ma la cima era alta, e l'aria rarefatta, e il tempo il più delle volte una merda, con venti che solo un mese prima avevano mandato in tilt un anemometro tarato per i 150 chilometri orari, e un gelo che, combinandosi con quei venti, dava vita a una temperatura percepita che si aggirava intorno a -73 gradi centigradi, e perfino meno.

Ma non quella sera. Sembrava una notte da libro delle fiabe. Due ore dopo il tramonto era sorta la luna, una luna piena che si rifletteva sulla neve e sul ghiaccio, illuminando il paesaggio con un chiarore tale da impedire alle due scalatrici di perdersi o inciampare. Non c'era neanche un accenno di brezza, e le stelle, laddove non erano occultate dalla luce della luna, ardevano come braci perforando il mantello della notte. Era una sera fredda e tersa, avvolta dal silenzio più totale, e il percorso verso la cima si stava rivelando più una passeggiata che una vera e propria scalata.

Per tutta la durata della risalita, speroni di roccia, crepacci di ghiaccio e alti cumuli di neve le avevano nascosto la vista della cima quasi di continuo; per questo, quando finalmente giunse in vetta, per poco non iniziò la discesa dall'altra parte prima di rendersi conto di dov'era arrivata. Si fermò, il respiro pesante, la mano guantata posata sulla testa di Mutt.

Una accanto all'altra, rimasero ferme lì, sulla cima del mondo, Miklluni Peak sulla destra, il monte Kanuyaq sulla sinistra, il Figlio ai loro piedi, le vette frastagliate raccolte a rispettosa distanza di fronte all'orgogliosa e sprezzante altezza dell'Angqaq. Se dal basso sembravano una sfida, viste dall'alto le montagne erano quasi deferenti. Kate spostò lo sguardo dalle vette alla luna e alle stelle in alto nel cielo, e per la prima volta comprese il vero fascino delle arrampicate.

C'era esultanza, trionfo, orgoglio nel raggiungere la cima, era vero; ma soprattutto, c'era un cambiamento di prospettiva. Da sotto, si vedevano soltanto cielo e montagne, ugualmente irraggiungibili. Da lì, si avevano le montagne ai propri piedi e il cielo sopra la testa; e in mezzo c'era lei: un minuscolo, insignificante mortale tra gli immortali. Intravide un luccichio con la coda dell'occhio, e si voltò di scatto per cogliere un ultimo scorcio di una meteora che attraversava il cielo lasciando una sottile scia di polvere stellare. Anche i cieli erano vivi, tanto quanto la terra sotto i loro piedi. "Quindi Frost aveva ragione, dopotutto", pensò. "Lo scopo migliore per cui siamo stati messi qui è vedere".

Un'altra parte di lei protestò. "Tutto qui? Non per fare? Soltanto vedere?"

«È sufficiente», si disse a voce alta. «Più che sufficiente. Se si tengono gli occhi ben aperti, è un lavoro a tempo pieno».

Gli esili ciuffi piumati dell'aurora già si facevano strada da settentrione, riversando la loro fredda luce sul frastagliato paesaggio boreale, fragili strisce di zucchero in polvere filate fino a diventare tratti di pastello verde chiaro, rosso, blu e bianco. Avanzavano piano, vicine, sempre più vicine, fino a che non inondarono il cielo sopra di lei, e Kate le sentì bisbigliare tra loro, un ronzio elettrico, quasi in sordina, di chiacchiere confidenziali sul paesaggio devastato ai loro piedi.

D'istinto, Kate armeggiò sotto il parka e attorno alla vita, cercando qualcosa. Gli antichi eschimesi credevano che l'aurora boreale potesse allungare i suoi raggi e portarti via con sé, ma che ci si poteva proteggere con un coltello. Era una delle storie preferite di Ekaterina, che l'aveva raccontata un'infinità di volte alla nipotina seduta sulle sue ginocchia. Era solo una storia; eppure, stringere la mano attorno all'impugnatura del coltello diede a Kate un senso di solidità, di sicurezza. Alzò di nuovo lo sguardo, meravigliandosi della luce e dei colori, dei suoni. Dopo qualche minuto quei suoni iniziarono a combinarsi, a scandirsi secondo un ritmo, e senza pensarci Kate cominciò a muoversi assieme a loro. Si accoccolò piegandosi appena sulle ginocchia, e batté con dolcezza i piedi sulla neve ben pressata, a tempo con l'aurora.

Una striscia rossa tracciò un arco davanti a lei, e Kate le balzò incontro, sfidandola ad afferrarla. Un reticolo di verde si mosse sopra di lei descrivendo un vortice, e lei sollevò in aria una mano, riaffermando il proprio onore di guerriero contro quell'avversario. Un dito candido solleticò il manto della neve ai suoi piedi, e Kate danzò assieme a lui, passo dopo passo. Agudar, maestro degli spiriti, custode degli animali, incombeva bianco e circolare su nel cielo, riversando il suo chiarore sopra tutti loro, e in quella luce gli spiriti dei morti si raccolsero attorno a lei per esserle testimoni, ma Lottie non era tra loro. Gioiosa, spensierata, Kate accompagnò i passi di una striscia di rosso che danzava come un vortice sopra la sua testa, avvolgendosi su se stessa.

A oriente la luce si faceva sempre più intensa, e l'aurora scivolò via in cerca di altri compagni di danze. I piedi di Kate rallentarono poco a poco, e la donna si fermò, il respiro che si faceva pesante nell'aria sottile. Mutt le si sedette accanto, e insieme rimasero immobili a guardare il sole che sorgeva all'orizzonte, l'oro pallido del mattino che guizzava sopra le cime acuminate come pugnali, si riversava nelle vallate, scintillava sull'azzurro lontano dello stretto di Prince William. Il cielo scolorì poco a poco dal buio alla luce, e i primi, timidi raggi del sole si fecero strada oltre l'orizzonte per coronare il nuovo giorno con il loro fuoco gelido.

E il sole sorse pieno nel cielo, e la notte fuggì verso ovest, portando con sé tutta la sua magia. Kate si ritrovò abbandonata in cima a un mondo immacolato, nudo e levigato dalla tersa, onesta, impietosa luce del mattino. Si sentì nuda e levigata lei stessa, purificata fino ai suoi elementi essenziali. Era come se si fosse risvegliata da un lungo sonno popolato da sogni di desideri da soddisfare, allo stesso tempo grossolani e delicati, solo per essere accolta da un nuovo mondo che conteneva più promesse di qualsiasi sogno. O forse era solo lei a vederlo con nuovi occhi.

Sorrise per questo insolito volo di fantasia. «Credo che il romanticismo stia prendendo il sopravvento su di me, stamattina», disse a Mutt. «Scusa, piccola».

L'espressione di Mutt diceva chiaramente che, romanticismo o meno, avevano tentato la sorte a sufficienza, e che era decisamente ora di scendere da quel cavolo di Big Bump e di tornare in un mondo in cui un essere ragionevole e con i piedi per terra, due o quattro che fossero, poteva aspettarsi di trovare cibo e riparo quando una tempesta infuriava all'improvviso, come del resto erano inclini a fare le tempeste, specie da quelle parti.

Mutt aveva ragione. Kate lanciò un ultimo sguardo pensieroso lungo la distesa a est delle Quilak, rendendosi conto come mai prima d'allora della vastità delle zone interne del continente nordamericano, e di cosa significava trovarsi a un'altezza di 5790 metri. Un pensiero le attraversò la mente strappandole un gemito sommesso. «Sai che significa questo, eh?», disse a Mutt.

Mutt parve perplessa, e Kate aggiunse tristemente: «Che Dio ci aiuti, ma pare proprio che ci tocchi un Dito Medio per due, piccola».

Si mise lo zaino in spalla e, con Mutt al suo fianco, iniziò la lunga discesa a valle.

# DISPERSI

*Per Kathleen, Susan ed Amy, coautrici residenti*
*E per Nancy, l'angelo al cancello*

# 1

L'*Avilda* si tuffò in un turbine di flutti verdi. Normalmente, quando erano mossi, quei mari si sollevavano all'altezza della testa d'albero. Ora il peschereccio da granchi si stava inclinando così vertiginosamente che la ringhiera di babordo era inondata. Kate, con le gambe puntate contro la pendenza del ponte, aveva la testa e le spalle incastrate contro il telaio di una nassa vuota che minacciava di scivolarle addosso e schiacciarla verso la ringhiera. Aveva le braccia spalancate; le dita, intirizzite dal freddo e umide di acqua salata, si aggrappavano disperatamente alla struttura della nassa. La rete metallica le premeva sul viso. Un liquido caldo le scivolò lungo una guancia. Si chiese, senza particolare interesse, se si trattasse di lacrime o di sangue.

La nassa era alta due metri e profonda uno, una struttura d'acciaio ricoperta da una rete di metallo. Trecentoquaranta chili di peso morto, vuoto. Kate era alta un metro e mezzo, pesava poco più di cinquantaquattro chili e aveva un fisico asciutto, ma dalla sua parte aveva Isaac Newton, e aspettò. Si sentiva addosso gli occhi del resto dell'equipaggio, ma era determinata a fare da sola, senza ricevere alcun aiuto, e soprattutto, senza *chiedere* aiuto.

Un muscolo della schiena si ribellò allo sforzo inusuale e si contrasse. Kate imprecò a bassa voce, ma avrebbe anche potuto gridare, tanto forti erano il frastuono degli spruzzi sul ponte, l'urlo dei venti e il ruggito violento, cavernoso del motore che sentiva pulsare sotto le suole.

Finalmente il peschereccio montò sull'onda morta successiva e iniziò l'inevitabile discesa nella direzione opposta. Gemendo con ogni sua lamiera, lo scafo sommerso prese a scorrere, e ruotò con un movimento liscio e inarrestabile. La pressione assassina della nassa sulla spalla di Kate si allentò. «Per ogni azione», mormorò, mentre con i piedi spingeva contro il ponte scivoloso, «c'è una reazione uguale e contraria. Per ogni azione, c'è...».

L'*Avilda* cominciò la sua sbandata a dritta. Con un suono involontario, mezzo grugnito e mezzo ululato, all'unisono con lo strepito della barca messa a dura prova, Kate spinse con tutte le sue forze. La nassa tremò, si mosse di qualche centimetro, poi di un altro, sbandò all'improvviso e iniziò a scivolare. Kate, quasi di corsa per rimanere al passo, spinse e imprecò mentre la seguiva lungo il ponte, per poi finire contro la ringhiera opposta con un colpo massiccio.

Dietro di lei sentì Andy Pence lanciare un grido di approvazione mista a stupore, e le parve di udire Seth Skinner bestemmiare con tono decisamente ammirato, ma era troppo impegnata a riprendere fiato. Inoltre, per lei era un punto d'onore non ammettere di aver fatto qualcosa di straordinario. Ansimando, si aggrappò alla nassa per sorreggersi, reprimendo un capogiro che le fece chiudere gli occhi e appoggiare la fronte sulla rete fredda e umida. Cercò di ricordare l'ultima volta che aveva mangiato qualcosa, qualsiasi cosa. Quando non ci riuscì, si raddrizzò con fatica e cercò con lo sguardo la figura corpulenta del comandante di coperta. «Ehi, Ned!».

Ned Nordhoff sembrava avanzare a stento in un groviglio di ragni pallidi, immerso fino alle ginocchia nelle lunghe chele bitorzolute di grancevola artica che lottavano per trovare un appiglio sia che fossero dirette nella stiva, sia che fossero destinate a essere rigettate oltre la murata nel mare di Bering. Al grido di Kate, alzò lo sguardo. Lei sollevò una mano, con le dita distese nel guanto di gomma, e indicò la poppa, verso la cabina, dove c'era il bagno. Lui si accigliò, continuando a lavorare con le mani. «Ci sei appena stata!».

Kate era zuppa e infreddolita fin nelle ossa. La fame la attanagliava da così tanto che le sembrava di avere lo stomaco in gola. La sua prima reazione al commento laconico del comandante di coperta sarebbe stata anatomicamente impossibile, la seconda sociologicamente tabù, entrambe molto gratificanti. Aprì la bocca per ribattere e fu schiaffeggiata da uno spruzzo gelido, non peggiore degli altri già presi in faccia in quei giorni, ma abbastanza violento da farle ricordare due volti, uno accanto all'altro, con le stesse espressioni accusatorie, il macabro jackpot di un casinò infernale.

Christopher Alcala e Stuart Brown.

Tutto qui. Solo due volti che la fissavano dal fascicolo gonfio di Jack Morgan. Christopher Alcala aveva un viso ascetico, magro e pallido, con grandi occhi castani languidi e capelli scuri a coprirli. A Kate ricordava suo cugino Martin, da sobrio. Stuart Brown era tutto riccioli chiari e aveva occhi ridenti e sorriso ampio. Sembrava tenero, come un orsetto di peluche sovradimensionato, e altrettanto maturo.

Sia Alcala che Brown erano scomparsi dal ponte della barca su cui si trovava lei in quel momento, durante l'ultima stagione di pesca, neanche sei mesi prima. Lei lavorava al posto di Brown.

Entrambi molto probabilmente erano morti. Entrambi avevano solo ventuno anni.

Kate guardò l'espressione beffarda del comandante di coperta, che era a bordo quando Alcala e Brown si erano volatilizzati e che aveva probabilmente assistito alla sparizione, e si ricacciò in gola le parole furiose che avrebbe voluto rivolgergli, finché non le sembrò di strozzarsi. Ma dire al comandante dove poteva andarsene, preferibilmente a cinquecento braccia nell'oceano Pacifico del Nord, a cinquecento miglia da Dutch Harbor, non faceva parte del suo lavoro anche se, ci fosse stato un Dio, magari ci sarebbe arrivato con il tempo.

No, era manodopera occasionale, retribuita, per il procuratore distrettuale di Anchorage, e il suo scopo era scoprire cosa fosse successo a quei due ragazzi molto giovani. Jack Morgan, ex capo, amante part-time e capo investigatore del procuratore distrettuale di Anchorage a tempo pieno, la pagava cinquecento dollari al giorno, cento in più della sua solita tariffa, perché il comandante di coperta di quella allegra brigata le cagasse in testa, se lo desiderava. Quei cento dollari erano ciò che le serviva per risalire sulla coperta di una nave, e per un attimo rimpianse amaramente di non aver chiesto di più. Molto di più.

Inspirò profondamente, inalando un po' di spuma marina, e starnutì. Lo starnuto le fece perdere l'equilibrio e scivolò sul ponte, viscido di ghiaccio e melma. «Merda!», gridò, e batté sulla ringhiera mentre cadeva. Colpì forte il fianco, la cerata del suo equipaggiamento da pioggia si impigliò e quasi si strappò. Si rimise in piedi in un attimo.

Un sorriso poco amichevole si apriva sulla faccia barbuta del comandante. Kate gli mostrò il dito, e lui abbaiò una breve risata. «Vado a prendere qualcosa da mangiare!», gridò al di sopra del rumore delle onde.

Lui fece spallucce e le concesse un rancoroso cenno d'assenso. Lei si aggrappò una mano per volta lungo il ponte in pendenza fino alla porta di dritta della cucina di bordo, e si infilò dentro a fatica. La barca si ingavonò nella discesa di un'onda morta e Kate aspettò, puntando i piedi contro la paratia, finché l'*Avilda* non si fu raddrizzata e non ebbe iniziato a voltarsi nella direzione opposta. Usando l'inclinazione come slancio, barcollò lungo il pavimento della cucina, afferrando per un pelo la maniglia di una credenza e dimenando selvaggiamente una mano sola. Dopo essersi tirata su, infilò la mano e agguantò una scatola di cereali. Fantastico. Crusca d'avena. Proprio quel che le serviva, un alimento che secondo il produttore avrebbe potuto persino curare il cancro. Al momento l'idea di sviluppare un piccolo inoffensivo tumore sulla terraferma sembrava preferibile alla sua plausibile morte per annegamento.

Ma erano la prima cosa commestibile a portata di mano, erano calorie, e, per quel che ne sapeva, a bordo non avevano bistecche d'alce e con i venti dominanti non sarebbe comunque riuscita a tenere una padella sul fuoco abbastanza a lungo da cuocerle. Puntando i piedi contro il continuo beccheggio del ponte sotto di lei, sollevò la scatola, gettò la testa all'indietro e si riempì la bocca di cereali. Masticò, deglutì e ripeté l'operazione. Rimise la scatola nella credenza, richiuse lo sportello, aspettando che il rollio della nave la assecondasse e barcollando si diresse verso il frigorifero, da cui estrasse un cartone di latte da cinque litri e bevve senza mai prendere fiato. Fece un altro passo verso il lavandino e mandò giù quattro tazze d'acqua.

Mentre riabbassava la tazza per l'ultima volta, le cadde lo sguardo sul calendario che ondeggiava allegramente da una parte all'altra sulla parete di fronte. Era il 21 ottobre. O era il 22? Non se lo ricordava. Erano partiti da Dutch Harbor il martedì precedente, le sembrava che fosse il 15 ottobre, ma era difficile andare così indietro con la memoria. Le venne in mente l'immagine felice della sua cuccetta in fondo al corridoio d'accesso alle cabine, con il sacco a pelo aperto e la fodera di flanella rossa, ruvida e morbida al tempo stesso, che le sfiorava la guancia. L'illusione era così reale che senza rendersene conto fece un passo in quella direzione. Infastidita, si riscosse bruscamente, come un cane che si sgrulla il pelo bagnato. Non dormiva da così tanto che ormai aveva le allucinazioni.

Negli ultimi tre giorni si erano accaniti "sul granchio". Le nasse che avevano piazzato durante l'ultimo giro stavano risalendo piene zeppe di granchi buoni e quasi nessuno scarto. Ci davano dentro da trenta ore, senza mai fermarsi per mangiare o fare un pisolino. O erano quaranta ore? Non se lo ricordava. Kate lasciò perdere e si trascinò fuori dalla porta di babordo della cucina, girò intorno alla cabina e tornò al verricello salpa-nasse.

Alcuni spruzzi salati portati dal vento le schiaffeggiarono il volto e si chiese, con un guizzo di irritazione che la sorprese, poiché non pensava di avere la forza per nient'altro che non fosse riempire il prossimo barattolo per esche a portata di mano, perché mai il capitano continuasse a prendere le onde di fianco, invece di far ruotare la nave per prenderle di prua. Vide un lampo giallo con la coda dell'occhio e alzò lo sguardo. Era Seth Skinner che si chinava oltre il parapetto per afferrare un'altra triade di boe con un mezzomarinaio, un lungo palo con un uncino affilato e curvo su un capo. Tirò su la corda fradicia palmo a palmo, e quando ne ebbe abbastanza ne legò una parte nel bozzello. La cima scorreva veloce nell'argano e si accumulava sul ponte. Qualche minuto dopo affiorò la briglia, immediatamente seguita dalla nassa. Era piena di granchi, carica di granchi, stracolma di granchi, traboccante di granchi. Kate non sapeva se piangere o ridere.

Seth Skinner, un tipo magro, allampanato e imperturbabile che somigliava a Jimmy Stewart senza il cavallo, sciolse i nodi che aprivano la porta della nassa e i granchi si riversarono sul ponte. Per un attimo Kate rimase immobile, a osservarlo pensierosa. Anche Seth Skinner era a bordo dell'*Avilda* la notte in cui Alcala e Brown erano spariti.

Alzò la testa all'improvviso e la sorprese a guardarlo. Lei incontrò quello sguardo e non distolse il suo, più curiosa che imbarazzata. Gli occhi di Seth erano di un grigio chiaro, imperscrutabili e stranamente pacifici. Le sorrise, un sorriso che non raggiunse gli occhi e gli piegò appena gli angoli della bocca, e issò la nassa, ruotandola sul fianco.

«Shugak!». Il grido partì dal comandante. Lei si guardò intorno. «Tocca a te smistare!».

Annuì per segnalare che aveva capito. Aspettò una nuova onda morta, accompagnò il rollio del ponte e scivolò tra il verricello salpa-nasse e la stiva, immersa fino al ginocchio in ogni tipo di granchio conosciuto che popolasse il fondo del mare di Bering. Si chinò e iniziò a selezionarli. C'erano alcuni granchi Dungeness, un paio di reali blu, e un calamaretto indignato, ma per la maggior parte si trattava di grancevole, *Chionoecetes bairdi* e *Chionoecetes opilio.* Entrambi erano granchi piccoli e pallidi, con un carapace marrone chiaro e un sottoguscio giallognolo, le chele lunghe, affusolate e leggermente appiattite. Le differenze tra loro erano minime. L'*opilio* aveva il guscio più liscio, leggermente più lungo che largo, ma, a parte quello, un occhio non allenato lo avrebbe confuso con un *bairdi.* Kate decise che era come distinguere il salmone rosso da quello argentato; dovevi avvicinarti e metterla sul personale. Ma non troppo. Con un balzo all'indietro si sottrasse appena in tempo all'attacco di una chela.

La stagione dell'*opilio* si sarebbe aperta solo da lì a due mesi, quindi tornavano in acqua. I *bairdi* venivano suddivisi per sesso e taglia. Con una settimana di pratica era diventato facile distinguere quelli da quindici centimetri; quelli più vicini al limite legale li controllava con un pezzo di legno scavato affinché combaciasse con il guscio superiore del granchio, che misurava quattordici centimetri di lunghezza. I maschi sotto i quattordici centimetri e le femmine venivano ributtati in mare, gli altri finivano nella stiva, e del loro immediato futuro non rimanevano che una gita a Dutch e una cottura al vapore.

Kate ricordava di aver letto da qualche parte che le grancevole potevano vivere fino a quattordici anni. La femmina maturava a sei anni e iniziava a produrre uova. Una volta pronta, poteva portarne fino a trecentomila. Stanca com'era, Kate si meravigliava ancora ogni volta che vedeva un lembo addominale gonfio, e c'era una certa reverenza nel modo in cui le maneggiava. I maschi li scagliava a cuor leggero nella stiva con le migliaia di grancevole che sguazzavano avanti e indietro nell'acqua che le avrebbe tenute in vita fino alla spiaggia e alla lavorazione. Ce n'erano ancora altrettante in fondo al mare, o lei non se ne sarebbe stata lì in quel momento immersa nei granchi fino alle chiappe.

Era di nuovo china sul suo lavoro, il verricello e il parapetto la riparavano in qualche modo dalle raffiche di vento, ma il rollio costante avanti e indietro le faceva girare la testa e rivoltare lo stomaco. Sapeva però che non era il caso di lamentarsi, e continuò a smistare.

Un secolo dopo il capitano fece segno al terzo marinaio di darle il cambio, e lei si diresse verso la stiva con le braccia che tremavano per protesta. Si mise a sedere un attimo sul bordo, e con le mani intorpidite si dava colpi sulle gambe per rianimarle, incurante degli spruzzi che colpivano il ponte.

«Datti una mossa con quelle esche, Shugak!», abbaiò Nordhoff.

Una rabbia improvvisa, benvenuta perché la scaldò, la spinse ad alzarsi in piedi e a dirigersi verso il tavolo delle esche appoggiato contro il castello di prua. In quello stesso istante una folata di vento fece voltare la barca e per un attimo avvolse il ponte di prua in un miasma di gas di scarico. La rabbia fu rimpiazzata dalla nausea. Fece appena in tempo a raggiungere il parapetto. Cereali, latte e acqua, venne su tutto, e anche oltre, in conati potenti e lancinanti che la lasciarono esausta e sussultante. Qualcuno rise, e non era una risata gentile. Doveva essere Nordhoff. Rimase appesa, a testa in giù, desiderando solo che l'onda successiva la spazzasse oltre il parapetto e la lanciasse nell'oblio di un abbraccio freddo, umido e definitivo; qualsiasi cosa pur di fermare il movimento ondeggiante di tutto il suo mondo.

Ma troppo presto una voce tuonò: «Cristo santo, datti da fare, Shugak!».

Quella volta era la voce del capitano, che le urlava contro da un boccaporto aperto sul ponte di comando, e quando cercò di reprimere la sua risposta istintiva vide il volto di Jack. L'intero corpo di Jack ingessato. La pietra tombale di Jack, senza il "Riposi in pace". Non voleva che Jack riposasse in pace. Voleva che bruciasse all'inferno.

Incapace di racimolare abbastanza energia per imprecare ad alta voce, fece appello a ogni suo muscolo tremante e si trascinò di nuovo al tavolo delle esche. Il blocco di aringhe surgelate scivolava avanti e indietro con l'azione dondolante dell'*Avilda*, lei lo afferrò con una mano, mentre con l'altra prendeva il grosso coltello con il manico di plastica. Al primo colpo calò il coltello troppo vicino alle dita che tenevano le aringhe. Si riprese. Il comandante di coperta poteva essere uno stronzo, il capitano appena competente, e il resto della ciurma inaffidabile o sconosciuta, ma ciò non significava che lei dovesse comportarsi con imprudenza. Anzi, considerando le ragioni che l'avevano portata a bordo, era necessario che non lo facesse. Controllò con maggiore attenzione la tempra e il coltello e riprese a tagliare.

I pezzi di aringa finivano dentro barattoli di plastica perforata. Andy Pence, assunto il giorno dopo di lei, che aveva imparato tutto quel che sapeva sui granchi negli ultimi sei giorni, sette ore e trentasei minuti della sua vita, barcollò sul ponte e prese una bracciata di barattoli, con cui tornò vacillando verso le nasse vuote allineate contro il parapetto. Infilò prima la testa e poi le spalle nelle nasse, appendendoci dentro i barattoli e legando le porte con lacci di plastica gialla.

Kate riempì l'ultimo barattolo da esca, chiuse il coperchio e aspettò che il ponte sotto i suoi piedi si sollevasse nella giusta direzione. Lo fece, ma stavolta l'onda era troppo grande e lei superò scivolando le nasse impilate e andò a sbattere contro il verricello, che la colpì proprio in mezzo ai seni, sul diaframma, togliendole il respiro. Riprese fiato appena in tempo per non ingoiare l'ondata di spruzzi che la investì dal parapetto e le riversò acqua ghiacciata nel colletto e giù per la schiena. Ansimando, scosse la testa. Quando le si schiarì la vista vide Seth Skinner che le sorrideva, con i denti che squarciavano bianchi la sua faccia barbuta. «Bella giornata!», gridò. Era la frase più lunga che gli avesse mai sentito pronunciare.

«Non avrei potuto chiedere di meglio!», gridò lei, e si fece strada a fatica verso Andy che sistemava le esche. Insieme piazzarono l'esca nell'ultima nassa, e Kate iniziò a riavvolgere le venticinque braccia di cima di polipropilene da quattordici centimetri, mentre Andy controllava le boe. Ogni nassa ne aveva tre, una di polistirolo espanso e due di plastica piene d'aria, tutte dipinte di un arancio fluorescente con sopra il nome della nave e il numero di serie scritto alla bell'e meglio ma in modo leggibile, con la vernice nera. Una volta finito con le boe, si appoggiò con le spalle alla nassa in fondo alla fila e cercò la cima che la assicurava al ponte.

«No», gridò Kate, «aspetta la prossima onda».

«Cosa?». Il suo volto solitamente fresco era esausto e confuso.

Si chinò per spingere e lei lo afferrò per un braccio. «No», strillò lei di nuovo, «aspetta. Aspetta».

Il messaggio fu recepito, e si mise muto ad aspettare.

L'onda successiva era bella grossa, la più grande fino ad allora. Quando rollò al massimo, il capodibanda di babordo fu di nuovo inondato da scroscianti secchiate d'acqua. Esitò per un lunghissimo minuto. Kate aveva imparato a sufficienza sulla struttura della vecchia imbarcazione da sapere che l'avevano caricata di abbastanza granchi da appesantirla a dovere. Kate era ottimista. Comunque, si puntellò contro l'inclinazione del ponte, come se spingendo abbastanza contro la nassa potesse raddrizzare la barca con le sue sole forze. Era una reazione assolutamente involontaria, una ribellione umana contro quell'inclinazione innaturale del mondo. Se fosse stata in grado di guardarsi intorno avrebbe visto il resto della squadra, i loro volti deformati in smorfie altrettanto spaventate che si sforzavano come lei di restare attaccati alla superficie più vicina a disposizione.

L'*Avilda* esitò ancora un momento, poi l'onda passò sotto lo scafo e fece ingavonare di colpo la nave. «Adesso!», gridò Kate. «Spingi! Forte!».

Insieme, lei e Andy spinsero, forte, e la nassa stridette lungo il ponte, per essere afferrata da Seth, che in pochi movimenti abili l'attaccò al paranco. La sollevò sul verricello, Kate assicurò la cima e Andy allineò le boe. Ned allungò il collo, vide il cenno dalla plancia di comando e spostò la leva che inclinava il verricello perché la nassa scivolasse oltre la murata e si schiantasse sul mare ondoso, iniziando il suo rapido viaggio verso il fondale fangoso dell'oceano, a una novantina di metri di profondità. Kate sollevò la duglia dietro di essa, Andy le boe. Il processo fu ripetuto con le rimanenti cinque nasse. Dopo trenta – o erano quaranta? – ore di seguito di esercizio, la ciurma aveva trovato il suo ritmo, erano quasi una squadra e calavano circa otto nasse all'ora. Con il tempo buono, gli equipaggi davvero bravi lavoravano tra le quattordici e le diciotto nasse all'ora, ma non le sembrava di trovarsi in uno di quelli, e di sicuro non era bel tempo, quindi se la stavano cavando bene. Era quasi fiera della sua prestazione. Non abbastanza da farne una vocazione. Si stiracchiò, trattenendo a stento un lamento. Si sentiva come un dischetto da hockey dopo un quarto d'ora di supplementari.

Il capitano, un uomo basso e largo, con una faccia bassa e larga e un eterno cipiglio disegnato sopra, apparve sulla passerella del ponte. Gridò, e il comandante di coperta alzò lo sguardo. Il capitano fece un movimento circolare con l'indice. Il comandante di coperta alzò il pollice in risposta e andò a poppa, dove lanciò una corta cima che all'altro capo non aveva niente, lasciandola penzolare lungo la murata della nave per seguire la loro scia. Era il segnale che tutti stavano aspettando. Sul ponte il capitano fece un paio di giri di timone, e l'*Avilda*, rollando e tuffandosi mentre prendeva di traverso l'onda morta, iniziò a virare. Kate cominciò a raccogliere e riavvolgere le cime, mentre gli altri riponevano il resto dell'esca, assicuravano le nasse che avevano bisogno di essere riparate e rimpiazzavano i coperchi delle trappole.

La cena quella sera sarebbe stata qualsiasi cosa fosse a portata di mano. Kate, strozzandosi un po' con l'ultimo boccone di un panino al burro d'arachidi e gelatina d'uva, caracollò nella sua cabina, a tastoni, con gli occhi già chiusi, impaziente di buttarsi a letto. Le si impigliò il piede in qualcosa, inciampò e per poco non cadde. «Che diavolo...?». Si guardò intorno con malevolenza e vide quella che sembrava una tenda costruita con un lenzuolo, drappeggiato su tre bacchette legate insieme in una sorta di telaio da *tepee*.

La zazzera di capelli biondi bruciati dal sole di Andy sbucò da una piega della stoffa. «È tutto okay Kate, sono io».

Rimase dov'era, a dondolare.

«Perché diavolo pianti una tenda nel bel mezzo del cazzo di pavimento? Che c'è che non va nella tua cuccetta?».

Uscì gattonando e si alzò in piedi: «Non è una tenda, è una piramide».

«È una cosa?», chiese meravigliata.

«Una piramide», ripeté. «Stavo rinforzando il mio *prana*».

«Rinforzando il tuo *cosa*?»

«Rinforzando il mio *prana*». Andy prese la punta della tenda che collassò in un cilindro floscio di stoffa e bacchette. «Ha le stesse proporzioni della piramide di Giza».

Kate era così stanca che invece di ignorarlo lo assecondò: «Cos'è il *prana*?».

Lui ripose la piramide in un angolo e la guardò in maniera solenne: «Il *prana* è la forza vitale universale. Tutta l'energia deriva da esso. Unisce l'Est e l'Ovest, lo spirituale e il fisico. La piramide concentra quell'energia, e io ci medito sotto, così da accrescere il mio *prana* personale», si stiracchiò e sbadigliò. «Turno lungo. Mi sa che mi metto a letto». Si arrampicò sulla cuccetta e si rintanò tra le coperte. «Ti spiace spegnere la luce?».

## 2

Il profumo del bacon che sfrigolava svegliò Kate. Per un attimo rimase ad ascoltare il pulsare dei motori e la corsa dello scafo nell'acqua. Poteva restare nella cuccetta senza aggrapparsi a niente. Chiaro. Adesso che non stavano issando nasse e appendendo il culo fuori dalla barca, i cavalloni si erano placati. Naturalmente.

Sollevandosi sui gomiti, guardò fuori dall'oblò.

Si vedevano solo nebbia e mare grigio che schizzava sotto di loro. Ti pareva. Erano le Aleutine. Se non c'era nebbia, c'era vento. Se non c'era vento, c'era nebbia. Dopo l'ultima settimana, Kate avrebbe messo la firma per avere tutti i giorni una bella nebbia pacifica e impenetrabile.

L'odore allettante del bacon alla fine si rivelò irresistibile. Abbandonando la contemplazione degli elementi in favore dell'igiene e del cibo, fece una doccia, si vestì, ordinò i capelli ancora bagnati in una treccia e filò a tutto gas verso la cucina di bordo. Lì fu accolta dalla visione celestiale di uova fritte, bacon croccante e una montagna gigante di toast imburrati. Era il primo pasto caldo che vedeva in quattro giorni. Si riempì il piatto il più possibile e si mise a sedere vicino a Andy.

«Oh, no», disse lui, guardando il suo piatto, «anche tu».

Lei prese una striscia di bacon. «Prego?».

Lui aspettò che il bacon fosse entrato per bene nella sua bocca: «*Oink, oink, oink, oink*».

«Come?»

«Mangiacarne», disse, con il tono stentoreo di un «*J'accuse!*».

Lei guardò il piatto, e fu consapevole non proprio dell'immobilità circostante, ma dell'attenzione che si spostava su di loro in modo quasi palpabile. «E ne sono fiera», concordò con fare allegro, inforcando un po' di uova.

«Come fai? Gli animali hanno un'anima», le rispose Andy, serio e solenne come la notte prima mentre si dilungava sul *prana*, «come gli esseri umani. Sapevi che dopo la morte un animale si può reincarnare in un umano, e viceversa?»

«Sì», disse Kate con calma, espirando. Gli altri due uomini si scambiarono un'occhiata e poi la guardarono sospettosi. Gli aleuti credevano che ogni cosa, animata o inanimata, avesse un'anima. L'aveva imparato seduta per terra davanti a sua nonna, quasi prima di cominciare a camminare, ma non vedeva perché spiegarlo a Andy.

«Be', allora», disse Andy, insistendo, «non sei d'accordo sul fatto che sia sbagliato uccidere animali senza ragione? Interrompe il loro viaggio spirituale. Li costringe a sopportare un'altra rinascita». Kate addentò una seconda striscia di bacon e Andy, alzando lievemente la voce, disse: «Sconvolge lo schema cosmico delle cose!».

Kate deglutì e disse: «Definisci "senza ragione"».

«Cosa?»

«Definisci "senza ragione"». Perplesso, lui non rispose, e Kate continuò: «Io ho bisogno di mangiare».

«Ma non la carne», disse lui velocemente.

«Ah, no?».

Il suo tono era dolce. Andy percepì una potenziale conversione. «Puoi avere tutto quello di cui hai bisogno, ogni vitamina essenziale, ogni minerale, tutto il nutrimento di cui il tuo corpo necessita per stare bene e avere una lunga vita con una dieta vegetariana». Kate masticava bacon. «E senza il macello insensato e dispendioso di altre creature viventi!». Andy la guardò, con aria speranzosa. Se avesse avuto una coda, avrebbe scodinzolato.

Kate lo rimirò per un istante, impassibile, e tornò al suo bacon. Lui sospirò di delusione. Grugnì ancora una volta, ma non ci mise il cuore. Lei lo ignorò, continuando a mangiare placidamente il resto del bacon e delle uova, guardandolo con la coda dell'occhio.

Poco più di due anni prima, in un'altra vita, mentre lavorava a tempo pieno invece che part-time per Jack Morgan, Kate aveva rischiato di essere sgozzata da un gentiluomo sorpreso nell'atto di abusare della sua bambina di quattro anni. Il gentiluomo ora era deceduto, e la voce di Kate ora era danneggiata come la sua gola, un basso residuo di suono a metà strada tra il rauco e lo stridulo, e, se voleva, tra l'aspro e il terrificante. Quella mattina voleva. La bocca di Andy non si era ancora chiusa su un cucchiaio pieno di cereali quando il grido di lei squarciò la pacifica atmosfera della colazione, rasserenante come il rumore degli artigli di un grizzly mentre lacerano la carne.

Le uova che Ned stava girando si spiaccicarono sui fornelli e quel che restava del caffè di Harry gli si rovesciò sulla maglietta.

«Cristo! Ma che problema hai?», ruggì Harry. Ned stava imprecando piano e con costanza sul casino carbonizzato sul fornello. «Che succede?», chiese Seth dalla plancia di comando.

Lei li ignorò, e guardò Andy mentre si puliva il latte e i cereali dalle gambe con le mani che gli tremavano. Lui alzò gli occhi e incrociò i suoi. Lei si chinò e disse con voce soave: «Sapevi che gli scienziati hanno registrato le urla delle piante quando vengono raccolti i frutti?».

Andy rimase a bocca aperta. La fissò, senza parole. Nel silenzio che ne seguì, Ned si voltò per nascondere un ghigno. Una risata profonda e ruvida salì dal petto di Harry.

Andy si chinò di nuovo sulla sua tazza di cereali senza dire altro e Kate addentò il suo ultimo pezzo di bacon con evidente piacere.

Dopo colazione Kate era di guardia e salì sul ponte per dare il cambio a Seth, che la guardò con un'espressione canzonatoria, o perlomeno quella che erano in grado di produrre i suoi occhi grigi e miti. Lei rispose con un sorriso altrettanto mite.

Non erano passati neanche cinque minuti da quando aveva appoggiato il culo sulla sedia dalle gambe lunghe inchiodata al ponte vicino al timone, che Harry Gault apparve sulla plancia. Si fermò vicino a lei, chiaramente in attesa che si spostasse per lasciarlo sedere.

Lei non si mosse. «Harry», disse con calma, «è il mio turno e ci sto pensando io. Se non ti fidi di me al timone di questa bagnarola, non avresti dovuto assumermi».

La sua risposta fu quasi un ringhio. «Come se qualcuno si fosse degnato di chiedermelo».

Non era lontano dal vero, ma Kate si trattenne dal rispondere per sottolineare le sue posizioni. La nebbia si stava diradando un po'. Abbastanza per riuscire a vedere il mare calmo, dello stesso colore della nebbia che sfumava. Il pilota automatico era inserito, e Kate doveva solo tenere d'occhio la bussola e stare attenta a eventuali relitti trasportati dall'acqua.

Harry rimase lì per un minuto, con uno sguardo torvo che comunicava forza e ferocia. Kate guardò il radar, vide che era pulito e iniziò a canticchiare un po' sottovoce. Qualche attimo più tardi, dopo un altro semiringhio, Harry se ne andò a passi pesanti giù per le scale, verso le cucine. Lo schianto della porta della sua cabina riecheggiò fino alla plancia, e Kate si mise a cantare ad alta voce.

«*È una dannata vitaccia, piena di fatica e sforzi, quella di noi balenieri*». Si chinò in avanti per guardare meglio un puntino nella distesa infinita d'acqua; era una sterna artica che iniziava il suo viaggio di trentaduemila miglia verso Sud, un po' in ritardo, secondo lei. Si mise comoda sulla sedia, poggiò i piedi sul piolo più alto e si mise a pensare al suo capitano.

«*E ce ne infischiamo, quando la burrasca è finita, di quanto abbiano soffiato forte i venti*».

*Quattro poveri negretti / salpan verso l'alto mar: / uno se lo prende un granchio, / e tre soli ne restar*, e il terzo era Harry Gault, capitano della bella nave *Avilda*, in quel momento come sei mesi prima, quando Alcala e Brown erano scomparsi. Era basso, massiccio e aggressivo, uno di quegli uomini che se la prendevano per la propria bassa statura con ogni obiettivo semovente gli capitasse a tiro. Quello e il fatto che le sue abilità marinaresche fossero al limite della competenza erano le sole due cose che sapeva di lui. Fino a quel punto. Era a bordo proprio per saperne di più.

«*E adesso ce ne andiamo a casa, su questo gran vecchio mare, su una bella barca tesa e libera, e ce ne infischieremo quando berremo il nostro rum con le ragazze di Old Maui*». Un rumore esitante in cima alle scale la fece voltare; Andy era lì in piedi, con una faccia che indicava che non l'aveva ancora perdonata per la scenata della colazione. «Ehilà».

Lui guardò un punto cinque centimetri sopra la sua spalla sinistra. «Stavo solo andando nella cabina delle carte meteorologiche».

Lei gli rivolse un gesto accomodante. «Fai pure».

Il quarto nella lista dei turni di servizio era Andy Pence. Arrivava fresco fresco dalla spiaggia di Ventura, in California, in cerca della vera avventura nel profondo Nord, innamorato pazzo di tutto ciò che aveva a che fare con l'Alaska. Era compagno di cabina di Kate. Fino a quel momento, aveva scoperto che meditava sotto una piramide di cotone e non mangiava carne. Ma soprattutto, Andy Pence era stato assunto subito dopo Kate, quando il marinaio che aveva rimpiazzato Alcala si era licenziato, e probabilmente non aveva niente a che vedere con la scomparsa di Alcala e Brown. Nella migliore delle ipotesi era innocuo; nella peggiore era d'intralcio. Ripensò a quel che era successo nelle cucine e sorrise tra sé. Era anche, sperava, uno che imparava in fretta.

Sentì il fruscio della carta dietro le sue spalle. Curiosa, controllò l'orizzonte e il pilota automatico, poi andò sul retro a vedere cosa stesse combinando Andy.

La stanza delle mappe era a poppa della cabina di comando. Andy era chino, appoggiato sui gomiti sulla superficie inclinata del tavolo, a bighellonare su una carta marina. Kate si alzò sulle punte per sbirciare. «Perché stai guardando le isole Shumagin? È un po' più a nord della nostra rotta, no?».

Ancora molto ferito nell'orgoglio, non ritenne la domanda degna di una risposta. Lei sorrise un po'. Era così giovane. Il sorriso le morì sulle labbra. Era giovane come Stu Brown e Chris Alcala. Tornò al timone e si arrampicò di nuovo sulla sedia del capitano, riprendendo a scrutare l'orizzonte. Era quasi mezzogiorno e la nebbia stava cominciando a diradarsi.

Era uno di quei giorni d'inverno tranquilli, in cui la Culla dei venti restava calma e ingannevolmente immobile, con il cielo grigio e il mare d'argento che si fondevano in un orizzonte luminescente senza colore o definizione, un giorno fatto per sognare. Sam Shugak una volta aveva mostrato a Kate la foto di una mappa molto vecchia, disegnata quando la gente credeva che il mondo fosse piatto e quadrato. Su ciascun bordo il cartografo aveva scritto: «ATTENTI. QUI VI SONO DRAGHI E MOLTI MOSTRI DELLE PROFONDITÀ». Era quel tipo di giorno, un dono, un giorno con i draghi proprio lì, dopo la prossima onda, un giorno in cui non si sarebbe tirata indietro con un sussulto al pensiero di suo padre, né si sarebbe preoccupata per la missione che doveva compiere. Il mare, il cielo e il pulsare del motore erano tutto ciò che c'era. Si sistemò e si abbandonò a quel pensiero.

I nodi scorrevano via. Sentì il rumore di una mappa che veniva arrotolata e riposta. Un attimo dopo ricomparve Andy, ancora molto concentrato sulla sua dignità. «Prendi un po' di caffè», disse Kate amabilmente, versandogliene una tazza dal thermos che si era portata di sopra.

«Non ho sete», rispose rigido.

«Prendilo lo stesso».

Prese la tazza perché temeva che altrimenti gliel'avrebbe rovesciata addosso. Lei scosse la testa. «Allora cos'è questa storia della mappa delle isole Shumagin?».

Gli si illuminò il viso. Per un attimo il desiderio di condividere le sue novità con qualcuno, chiunque, lottò con la consapevolezza di chi fosse il suo interlocutore, ma l'impazienza, alla fine, ebbe la meglio. «Stavo cercando Sanak e Unga».

«Perché?»

«Perché stavo leggendo un libro sugli aleuti e c'è una storia su una corsa di barche avvenuta negli anni Trenta, o giù di lì. Una gara di barche tra un vaporetto da trentotto metri e un kayak».

Le sorrise, con gli occhi azzurri pieni di attesa sotto i capelli biondi scarmigliati, e lei rispose come si conveniva: «Un vaporetto e un kayak? Scherzi? E cos'è successo?»

«Il kayak ha vinto!». L'annuncio fu emesso con l'aria di uno che era stato testimone dell'evento.

Kate espresse un adeguato stupore, e lui non ebbe bisogno di essere incoraggiato per raccontare l'intera storia. «Il vaporetto attracca a Sanak per scaricare della merce, no?, e questi quattro aleuti arrivano in kayak e sfidano il capitano del vaporetto a una gara». A Andy sfuggì un sorriso. «Lui accetta a patto che scommettano venti dollari sulla loro vittoria».

«Soldi facili», osservò lei. Le sembrò di intravedere un'isola a dritta, ma un bioccolo tardivo di nebbia la oscurò quasi immediatamente, così si risistemò sulla sedia, ascoltando Andy distrattamente.

«È quello che ha pensato *lui*», continuò il ragazzo, con immenso e sontuoso scherno. «Il vapore parte, e il kayak rimane lì fermo, e tutti quelli che sono a terra iniziano a fischiare e ridere, ma gli aleuti stanno aspettando, contando le onde in cerca di quella giusta, quella che chiamavano "la nona onda". Quando arriva, pagaiano per prenderla e si mettono in equilibrio proprio in cima, e poi la cavalcano, fino a Unga! Prima della metà del tragitto, hanno già perso di vista il vaporetto!». Tornò il suo sorriso radioso. «I primi surfisti a nord del cinquantatreesimo parallelo! Dio, come si fa a non amare l'Alaska?».

«L'autostop su un'onda», disse Kate. «Mi piace. Il capitano della *Starr* ha poi pagato?».

Andy annuì vigorosamente. «A-ah. Era un bravo sportivo».

«Buon per lui. Altro caffè?»

«Aspetta un attimo». Andy interruppe, tendendo la tazza. «Ho detto che il vaporetto si chiamava *Starr*?»

«Certo che sì». Nella lattina di latte evaporato Carnation restavano poche gocce. Kate sospirò.

«No, non è vero», disse. «Lo sapevi già. L'avevi già sentita questa storia».

Kate vide la sua espressione accusatoria. «Circa un migliaio di volte», ammise, mentre le si apriva lentamente un sorriso.

Lui non sapeva se offendersi o no, e mentre la decisione restava in sospeso Kate giocò la sua carta. «Io sono aleuta, Andy. Credo di aver avuto quattro anni la prima volta che mio padre mi ha raccontato questa storia».

Andy la fissò, con un'espressione di stupore. «Cavolo», espirò. «Sei un'aleuta? Un'aleuta dal vivo?».

Kate rimase seria a fatica. «Una vera aleuta dal vivo. Adesso fai il bravo e vammi a prendere dell'altro latte per il mio caffè, okay? E già che ci sei butta via quello vuoto».

Gli porse la lattina. Lui la afferrò con gesto da automa, con gli occhi ancora spalancati e fissi sulla sua faccia. «Hai mai pagaiato su un kayak?»

«Mai nella vita», disse, lo prese per le spalle, lo fece voltare e gli diede una spintarella decisa in direzione delle scale.

Raggiunsero Dutch quella sera. Il porto era affollato di pescatori di granchi, e il loro turno di scarico arrivò solo la mattina dopo. La ciurma si mise in tenuta da pioggia, mentre Harry portava l'*Avilda* intorno al molo della trasformazione. Lavorando a entrambi i lati del boma sul molo e con tutti e quattro i membri della ciurma nella stiva a caricare le reti, svuotarono la vecchia ragazza in meno di due ore.

Harry si arrampicò sulla scala verso il molo e ricomparve nelle cucine mezz'ora dopo. «Quanto?», chiese Andy, con la giovane voce eccitata. «Che prezzo ci hanno fatto?».

Il capitano fece finta di consultare la ricevuta che teneva in mano. «Un dollaro e cinquanta».

«Un dollaro e cinquanta centesimi?», chiese Andy. «A granchio?»

«A *libbra*», lo corresse gentilmente Kate.

La voce di Andy salì fino a diventare uno squittio. «A libbra? A *libbra*?».

Balzò in cerca di carta e matita. Gli si contorse la faccia per la concentrazione, con la punta della lingua che gli spuntava da un angolo della bocca. Dopo un bel po' di scarabocchi, addizioni, cancellazioni e moltiplicazioni, produsse una cifra e la fissò con occhi increduli:

«Ottomilatrecento dollari?», disse alla fine. Impallidì, poi arrossì, poi impallidì ancora sotto l'abbronzatura. Di nuovo la voce gli si ridusse a uno squittio. «La quota dell'equipaggio per quest'unico giro è *ottomilatrecento dollari*?».

Kate gli diede una pacca sulla schiena. «Se fosse facile, lo farebbero tutti. Ecco perché ci pagano profumatamente, ragazzo».

Si guardò intorno in cerca d'approvazione e la trovò, seppur debole. Seth annuì, Ned disse: «A-ah», con tono distratto, e Harry sparì nella sua cabina.

Un po' deluso, Andy si voltò verso Kate: «A dirla tutta, si direbbe che lì fuori si facciano ottomilatrecento dollari *al giorno*».

«Già», disse Kate, «si potrebbe pensare così, sì». Prese il pezzo di carta e guardò gli scarabocchi confusi. Tracciò un paio di segni con la matita e rifece il totale.

«Ottomilatrecento dollari?».

Lei annuì, con un'espressione mesta che lui non capì, ma era troppo stremato per fare domande.

«Già. Sono davvero ottomilatrecento dollari. A testa». Mise giù carta e matita, si strofinò la faccia con entrambe le mani, forte. «Ottomilatrecento dollari», ripeté con voce pensierosa. «Non male per otto giorni di lavoro».

Jack Morgan dopotutto poteva essere risparmiato.

In uno di quei ripensamenti impetuosi per cui il clima aleutino è giustamente famigerato, la nebbia si spostò e rivelò un cielo alto e un po' nuvoloso e, se Kate non si sbagliava, un raggio pallido e del tutto transitorio che sarebbe potuto essere di sole. La scena era spaventosa e affascinante allo stesso tempo. Dutch Harbor era un'area riparata della baia di Iliuliuk, accoccolata contro l'isola di Amaknak dietro uno sputo di sabbia, ghiaia ed erba lungo un chilometro e mezzo. L'isola, lunga sei chilometri e mezzo e larga uno e mezzo, a sua volta giaceva comoda tra le braccia dell'isola Unalaska, molto più estesa, lunga centoquaranta chilometri e larga sessanta, la seconda più grande nell'arcipelago aleutino. L'isola di Amaknak sembrava un pellicano rivolto a nord-est, Unalaska un'ascia di guerra con la lama rivolta a nord-nord-ovest. Il monte Ballyhoo formava il becco del pellicano Amaknak: Jack London lo aveva chiamato così durante il suo viaggio tra Aleutine e Curili, all'inizio del secolo. Kate l'aveva imparato dal professor Kaufman, in prima media. Quel viaggio aveva ispirato l'ambientazione de *Il lupo dei mari*, romanzo che il signor Kaufman aveva infilato a forza nei riluttanti cervelli della classe. Di tutta quella storia Kate ricordava soltanto una cosa: anche se Humphrey Van Weyden era sopravvissuto a Wolf Larsen, non sarebbe durato neanche cinque minuti nel Parco federale.

Ballyhoo era stato il suo primo avvistamento. Quando in effetti lo vide incombere dal finestrino del 727 su cui volava, era stata certa che sarebbe stato anche il suo ultimo avvistamento, visto che la pista di atterraggio era precariamente aggrappata a una striscia di terra molto stretta tra il pendio sud-occidentale di Ballyhoo (la parte posteriore della testa del pellicano) e il mare di Bering. Dalle mappe sapeva che Amaknak era collegata a Unalaska da un ponte di più di centocinquanta metri, e sull'isola c'era il villaggio di Unalaska. Da qualche parte a nord-ovest, in mezzo alle nuvole circostanti, c'era il vulcano Makushin, alto 2.036 metri, il secondo più grande dell'arcipelago. Era ancora attivo, così come la maggior parte dei vulcani nella cintura di fuoco del Pacifico. Kate cercò di non pensarci.

Da ogni punto dell'isola si poteva scorgere una distesa d'acqua vasta e infinita. A nord c'era il mare di Bering; a sud, l'oceano Pacifico. Entrambe le masse d'acqua erano un costante promemoria di ciò che alimentava Dutch Harbor. Dutch era un villaggio frutto del boom economico, e ne aveva l'aria. Edifici prefabbricati si affollavano l'uno contro l'altro lungo strette strisce di spiaggia, spiagge che a loro volta erano chiuse tra un paesaggio che si alzava improvviso e verticale, con pochissime curve morbide, e un mare che da un momento all'altro cambiava colore e passava dall'azzurro brillante al verde opaco. Guardare quel panorama era insieme spaventoso e corroborante. Kate lo scopriva ora, come se stesse su un ottovolante, pur stando con tutti e due i piedi ben piantati per terra.

Si sentiva sempre meglio quando sapeva esattamente dove si trovava, e avendo identificato tutti i punti topografici principali, si avviò giù per la strada ghiaiosa. Il terreno era fradicio. I gabbiani lanciavano grida rauche mentre sorvolavano l'acqua e si tuffavano in cielo. Un'aquila se ne stava appollaiata in cima a un lampione. La guardava dall'alto verso il basso, nel modo altero tipico della sua specie, e dopo averla ammirata per un attimo passò oltre. La strada era un percorso a ostacoli, bisognava eludere pickup che andavano a tutta velocità e furgoncini, ciascuno con il logo di una diversa ditta di taxi dipinto sulla fiancata. Un altro fatto interessante che Andy aveva spigolato dal suo libro sugli aleuti era che a Dutch c'erano tredici agenzie di taxi, nel primo chilometro della sua passeggiata Kate ne aveva evitati ben dodici.

Superò una fabbrica di trasformazione dei granchi, una ditta di surimi, un'altra manifattura, un'altra ditta di surimi, continuando a scendere per la strada di ghiaia che correva parallela alla spiaggia e al porto. Schivò un pickup Ford rosso pieno zeppo di una quantità imprecisata di persone in tenuta gialla da pioggia, e si imbatté in un gruppo di pescatori in jeans, camicie di flanella, stivali di gomma, berretti di lana blu e facce non rasate. Se ne stavano in mezzo alla strada, indifferenti ai camioncini e ai furgoni che sferragliavano impazienti intorno a loro. Parlavano tutti insieme, a squarciagola, e accompagnavano le parole con gesti veementi. Kate si fermò ad ascoltare.

L'uomo al centro del gruppo scosse la testa con decisione e alzò dieci dita.

«Scordatelo!», esclamò uno degli altri. Aveva una barba fitta e scura che nascondeva male la sua rabbia. «Cinquanta e non un penny di più!».

Guardando meglio, Kate vide che l'uomo in mezzo al gruppo aveva un fagotto di pelliccia sotto un braccio. Lo sollevò e mostrò che si trattava di un cappello di quelli che si vedono nelle immagini che ritraggono scene di vita a Mosca. La pelliccia era folta e di un marrone intenso, quasi nera. L'uomo la fece vedere al circolo, permettendo ai potenziali clienti di toccarla con ammirazione. Ci furono mormorii di approvazione per la sua morbidezza e la sua lucentezza. Kate capì che l'uomo doveva essere appena sceso dalla grossa imbarcazione russa ancorata al porto, e che stava cercando di alzare qualche soldo. Si fece strada a gomitate per osservare da vicino la pelliccia.

«Cinquanta», ripeté il pescatore che aveva offerto per ultimo.

Il russo, ostinato, scosse la testa e sollevò di nuovo le dieci dita.

«Cazzo!». Il pescatore era frustrato. Un tizio vicino gli disse qualcosa a bassa voce e lui scosse la testa con impazienza. «Mi sono dimenticato il suo compleanno, devo spedirle qualcosa o quella mi butta tutti i vestiti dalla finestra come ha fatto l'ultima volta. A lei piace quella merda etnica, impazzirà per un cappello russo comprato da un vero russo. Okay, sessanta». Alzò sei dita.

Il russo rimase imperterrito sui cento. Non parlava una parola di inglese, ma sapeva riconoscere un uomo disperato quando lo vedeva. Aveva ragione; il pescatore alla fine estrasse cinque sudici pezzi da venti da un rotolo che avrebbe soffocato un ippopotamo e glieli diede in cambio del cappello. Kate aspettò che se ne fossero andati prima di avvicinarsi al pescatore russo. «Che pelliccia era?», domandò.

Stava contando i soldi, leccandosi le dita tra una banconota e l'altra. Poco soddisfatto dal suo primo conteggio, o forse incredulo, li contò una seconda volta prima di alzare lo sguardo, col viso aperto in un sorriso gigante. Divenne ancora più largo quando vide Kate, e sparò una raffica di parole russe verso di lei.

Kate alzò le mani e gli sorrise, cosa che lui prese per un no. Mimò una bevuta e la guardò speranzoso, come un grosso cucciolo entusiasta e arruffato. «Oh-kay?», disse, evidentemente l'unica parola del suo vocabolario inglese.

Ma sì, che diavolo, pensò lei. Almeno avrebbe avuto una sorta di copertura, se avesse incontrato qualcuno dell'*Avilda*. Anche la prospettiva di imbattersi in Jack al braccio di un enorme russo aveva la sua attrattiva. «Conosci lo Shipwreck?», suggerì ad alta voce, e il sorriso del russo si aprì a dismisura. Evidentemente conosceva lo Shipwreck. Kate sorrise e annuì.

Senza ulteriori indugi, il suo nuovo amico le piazzò un braccio massiccio e possessivo intorno alla spalla e la spinse lungo la strada.

«Aspetta un attimo», disse, alzando entrambe le mani. Lui si fermò, il sorriso gli si spense immediatamente. «No, non c'è problema, vengo con te, vado comunque da quella parte. Ma il cappello...». Mostrò, togliendoselo, un cappellino da baseball con il logo dell'Associazione nativi di Niniltna ricamato sulla visiera. Indicò gli altri pescatori, toccò la tela del suo cappello e strofinò pollice e indice. «Di cos'era fatto quel cappello?».

Lui esitò, guardandola.

«È tutto a posto, sono solo curiosa», lo rassicurò. «Anch'io vado un po' a caccia con le trappole. Cos'era?».

Lui restava titubante. Kate si inumidì le labbra e gli regalò il migliore dei sorrisi, le sue riserve svanirono. Si guardò intorno per essere sicuro che nessuno stesse guardando, mise una mano all'altezza del fianco con il palmo rivolto verso il basso: «*Woof*», disse.

Lei si mise a ridere. «È quello che pensavo». Si ricordò di Mutt e il sorriso le svanì, ma lui rispose alla risata e le offrì di nuovo il braccio. Lei lo prese. Il russo avrebbe sterzato direttamente verso lo Shipwreck, se lei non l'avesse diretto con decisione verso l'Alyeska Trading Company, un emporio che vendeva di tutto: dalle arance della California ai cacciaviti Stanley, dalle macchine fotografiche Nikon ai jeans Levi's. Kate doveva comprare del filo interdentale, ma il suo ammiratore diede un'occhiata agli scaffali affollati e se ne innamorò. Kate passò i successivi trenta minuti a seguirlo da una corsia all'altra. Andò in estasi per il caffè. Si sdilinquì per le Marlboro e le Camel senza filtro. Scartò il meglio degli orologi che la Timex offriva scuotendo la testa, si mise a indagare sulle caratteristiche di una Canon Sure Shot, quando Kate alzò lo sguardo e vide Harry Gault vicino al bancone della carne che parlava rapido e a bassa voce con un uomo basso dai tratti asiatici. Sembrava ostinato, e Harry contrariato. Entrambi avevano l'aria furtiva.

Kate si stava dirigendo disinvolta nella loro direzione, quando mezza dozzina di colleghi del suo nuovo amico russo entrò dalla porta e li incastrò. Harry alzò gli occhi al suono delle grida e delle risate. Quando incontrò il suo sguardo, Kate rimase calma e fece un cenno di saluto con la testa. Lui aggrottò di colpo le sopracciglia e accompagnò l'asiatico in un'altra corsia, fuori dalla sua visuale.

Il russo guardò prima Kate, poi i suoi compagni e poi di nuovo lei. Ci furono un considerevole sollevarsi di sopracciglia e un sacco di parole riconoscibili come oscene in qualsiasi lingua. Uno di loro fece una domanda. Naturalmente lei non capì e scosse la testa, impotente. Il suo nuovo amico del cuore alzò un dito a indicare il proprio petto e disse: «Anatoly! Anatoly!».

«Tu sei Anatoly», disse lei annuendo.

Lui la indicò e aspettò. «Kate. Sono Kate».

Per un attimo sembrò confuso. «Kate?». Poi si illuminò. «*Ekaterina*!». Lei annuì, e fece un salto quando l'intera ciurma si mise a gridare all'unisono il suo nome, facendo voltare tutto il negozio. Anatoly, notando la sua espressione allarmata, la prese per mano e la condusse verso la vetrina. Indicò il peschereccio ancorato al porto, una nave tozza e sgraziata che sovrastava le vicine attraccate, dall'aria di un immenso gabbiano grigio con la testa infilata sotto un'ala. «*Ekaterina*!». Indicò la nave e poi di nuovo Kate. «*Ekaterina*! *Ekaterina*!».

«*Ekaterina*!», gridarono i suoi compagni, guardandola raggianti.

Sulla testa di Kate si accese una lampadina. «Vuoi dire che anche la tua nave si chiama *Ekaterina*?».

Lui annuì contento. «*Ekaterina*! *Ekaterina*!».

«Be', piacere di conoscerti, *Ekaterina*», disse alla nave, «e anche a te, Anatoly». Tese la mano.

Lui era alto più di un metro e ottanta e sembrava largo altrettanto, quindi quando le mise le mani sulle braccia e la sollevò senza sforzo apparente non fu sorpresa, ma si limitò a trasalire. La baciò, grandi baci schioccanti sulle guance e sulla bocca, prima di rimetterla a terra. I suoi compagni esultarono e Kate si sentì arrossire, ma dovette ridere. «Be', grazie. Piacere mio. Credo».

Alla fine Anatoly si decise per uno stereo della Sony e una selezione di cassette di successi, lasciando Kate a chiedersi se a Magadan avrebbero gradito M.C. Hammer. Con lo stereo stretto sotto un braccio e Kate sotto l'altro, Anatoly si fece largo verso la porta, seguito dai compagni che ridevano e chiacchieravano carichi di pacchi come lui. A Kate sembrò di guidare una parata. Mentre uscivano, quello che sembrava un intero equipaggio di pescatori giapponesi inondò l'emporio e si diresse dritto al bancone della carne. Ecco perché tutto quello che c'era nel negozio era prezzato anche in yen, pensò Kate, e si chiese perché non esponessero i prezzi anche in rubli.

Lo Shipwreck era un bar olandese aperto da tempo immemore, che a quelle latitudini significava almeno prima della seconda guerra mondiale. Era un cargo della Alaska Steam, arruolato dal generale Samuel Buckner per rifornire le truppe che si erano precipitate nelle Aleutine dopo Pearl Harbor. Una burrasca lo aveva scaraventato a riva durante il primo anno di servizio. I Seabees, il battaglione di genieri marini, lo avevano rimesso in posizione verticale, avevano riempito la stiva di cemento come zavorra e avevano riparato il generatore per usarlo come caserma durante la guerra. Abbandonato per vent'anni, quando prese piede la pesca dei granchi negli anni Sessanta, un imprenditore del luogo lo comprò dal governo e lo ristrutturò come ristorante, albergo e bar.

Nel fianco della chiglia erano state ricavate delle doppie porte. Kate entrò per prima e dovette subito farsi da parte per evitare un pescatore che ballava un lento con uno sgabello, con gli occhi chiusi, guancia a guancia con il sedile. Jimmy Buffett stava cantando *Pencil Thin Mustache* e circa trenta pescatori si affollavano intorno al juke-box, appoggiandocisi e cantando in un coro entusiasta e stonato. Le finestre sudice si affacciavano sui moli e sulle navi attraccate al porto, i tavoli erano sparsi per la stanza, il pavimento era lercio di birra rovesciata e mozziconi di sigaretta, e Kate non vedeva nemmeno il bancone del bar a causa di tutti i corpi che ci si accalcavano contro. Quando gli occhi si abituarono alla penombra, riuscì a stimare per eccesso una donna ogni circa dodici uomini presenti. Stimò inoltre che a trentun anni era di molto la persona più vecchia nella stanza, eccetto forse il barista. Era un ometto grinzoso con un'espressione ansiosa tra le rughe, sembrava essere anche l'unico cameriere, ed era in costante movimento tra il bar e i tavoli.

Uno di quei tavoli si liberò e Anatoly con i suoi compagni condussero come pastori la loro femmina premio attraverso la stanza, in un modo così possessivo che Kate si sentì l'unica urì in un harem pieno solo di sceicchi molto esigenti. Le fu offerta una sedia e riuscì a sedersi per ben trenta secondi prima che Anatoly la trascinasse sulla pista da ballo. Fu presto sostituito da uno dei suoi amici, e lui da un terzo, e così via. Tutto l'equipaggio ballò con lei a turno più volte, al suono di quello che doveva essere quasi l'intero repertorio del juke-box, prima che Kate, accaldata e divertita, protestasse. Anatoly, il suo ultimo compagno di ballo, la accompagnò prontamente alla sedia, e rimosse il suo occupante afferrandolo per il collo. Anatoly disse qualcosa ai suoi compagni e ci fu una corsa comune verso il bar. Quasi all'istante, sul tavolo di fronte a lei apparvero una birra Michelob, una Rainier, una Olympia, tre bicchierini stracolmi di un liquido chiaro e un cocktail con una fetta di ananas appoggiata su un lato e un ombrellino rosa dall'altra parte.

Kate guardò i drink e poi i suoi accompagnatori. «Grazie, ma...».

Anatoly disse con fermezza: «*Spasiba*».

«Prego?»

«"Grazie", *nyet*», disse. «*Spasiba*».

«Ah ho capito». Kate fece un gesto verso il tavolo e disse: «*Spasiba*, allora, molte *spasiba*, ma io non bevo». Indicò l'assortimento di bicchieri e bottiglie e poi se stessa, scuotendo la testa da un lato all'altro. «Non bevo». Non riuscì a non ridere di fronte alle loro facce abbattute. Con mano decisa spostò ogni bevanda davanti a ciascuno di loro, e prima che qualcuno la battesse sul tempo si alzò per andare in cerca di qualcosa di freddo e analcolico.

«Ciao, dolcezza», ammiccò un cretino dal tavolo vicino. Si batté una mano sulle cosce come suggerimento: «Siediti». Lei lo ignorò, e qualcuno di ancora più cretino seduto lì accanto ruggì: «Hai qualcosa contro gli americani, ragazzina?». Ignorò anche lui, ma un petto muscoloso rivestito di flanella arancione e verde le sbarrò la strada. Inspirò profondamente e alzò lo sguardo, pronta a difendere a ogni costo la sua virtù, e incontrò un paio di occhi buoni e marroni su un volto tondo. «Dimmi i nomi dei Beach Boys», ordinò.

«I... cosa?»

«Dimmi i nomi dei Beach Boys», ripeté. Ondeggiò un po' sui piedi. Non c'era abbastanza spazio perché cadesse, cosa di cui Kate era profondamente grata.

«I Beach Boys», disse. «Be', c'era Mike Love, e i fratelli Wilson…».

«Quale di loro è ancora morto?»

«"Ancora morto"?».

La faccia tonda disapprovò. «Cosa c'è, non parlo inglese abbastanza bene per te? Quale dei Beach Boys è ancora morto?».

Gli offrì un sorriso conciliatore. «Mi dispiace. Non so quale di loro è ancora morto».

La faccia tonda sbuffò impaziente. «Nessuno in questo bar conosce le leggende dei nostri tempi? Cristo!». Guardò di nuovo Kate e disse con pazienza spropositata: «D di Dennis. D di *dead*, morto. Facile. Capito?»

«Capito», mentì Kate solennemente.

«D di Dennis. D di *dead*». La faccia tonda fece una smorfia e versò una lacrima. «Dannazione».

Fu così per tutto il tragitto verso il bancone, il percorso richiese tempo, tenacia e parecchie gomitate. Quando finalmente arrivò a destinazione, capì il perché. Rimase impietrita e immobile, respirava a malapena.

Qualcuno aveva tracciato una linea sottile di polvere bianca sul bar, una linea che si estendeva per l'intera lunghezza di sei metri di legno graffiato. All'incirca un pescatore ogni due centimetri e mezzo stava sniffando con cannucce, tubicini di vetro e banconote da cento dollari arrotolate, con tutta la finezza di un mucchio di porci scatenati alle prese con un trogolo infinito.

Kate aveva ben presente cosa succedeva quando la giovinezza, avventata e sconsiderata, incontrava il denaro, ma quella macroscopica manifestazione andava persino oltre la sua esperienza. Mentre restava lì, sbalordita, una voce divertita strascicò: «Vuoi un tiro, piccola?».

Si voltò e si trovò di fronte, in piedi accanto a lei, un uomo con il sorriso di uno squalo affamato, rimase così attonita che lui scambiò il suo silenzio per interesse. Con un gesto grandioso indicò l'intero bar. «Serviti pure, offro io». La squadrò con occhio da predatore. Quello che vide doveva essergli piaciuto, perché diede una pacca possessiva al sacchetto gonfio davanti a lui, fece di nuovo quel sorriso e disse: «Ce n'è ancora un bel po'. Magari possiamo metterci d'accordo per qualcosa in cambio?».

Una voce profonda rispose: «Non credo».

Jack Morgan era alto un metro e ottantanove, e massiccio, pesava ben oltre i novanta chili, ma quello che fece tacere lo squalo fu l'espressione sulla sua faccia. Forse era stata la bocca ampia, senza sorriso, o il naso aquilino già rotto più di una volta, o il blu freddo, trasparente e immobile dei suoi occhi, leggermente stretti per il fumo di sigaretta che svolazzava e vorticava nella stanza come nebbia aleutina al largo. Rimase dov'era, in attesa, come una roccia indifferente alla più potente delle onde, e guardò lo squalo, calmo, attento, senza traccia di timore.

Lo squalo era stato chiaramente colto alla sprovvista da tutto quel sangue freddo, ma stette al gioco. «Perché non lasciamo che la piccola dica la sua?»

«Perché qualcuno lo ha già fatto per lei», disse Jack, con la stessa nonchalance. Guardò Kate e alzò un sopracciglio, sfidandola a reagire. Per quanto poco le facesse piacere il suo dispotismo, ancora meno le andava di far scoppiare una rissa. Intorno a loro si stava già placando il baccano, man mano che i pescatori si accorgevano del confronto e appoggiavano bottiglie e cannucce per guardare avidamente come andava a finire. Kate intravide Ned Nordhoff in fondo alla folla e questo la convinse. Annuì in silenzio a Jack e fece un passo verso di lei. Lui posò una mano disinvolta, ma inequivocabilmente possessiva sulla sua spalla, sorrise amabilmente allo squalo e alzò la voce: «Barista!».

Il barman smise di sciacquare per l'ennesima volta un bicchiere perfettamente pulito e si diresse verso di lui. «Cosa prendi?».

Jack fece un cenno con la testa. «Una stanza».

Il barista guardò Kate incuriosito e poi Jack con un sorriso lascivo. Quando non ricevette alcun sorriso in risposta, il suo svanì e disse nervosamente: «Allora sono cento dollari. In contanti. In anticipo».

«Molto bene». Imperturbabile, Jack mostrò un fermasoldi, sfilò due pezzi da cinquanta e li consegnò. «A che ora dobbiamo fare il checkout?»

«Il checkout?».

Jack fu paziente. «A che ora dobbiamo lasciare la stanza domani?».

Il barista rimase a bocca aperta. «Vuoi dire che volete restare tutta la notte?».

Per la prima volta Jack sembrava un po' sospettoso. «Era questa l'idea. C'è qualche problema?»

«Volete un'intera stanza per *tutta la notte*?».

Jack annuì.

«Che diavolo dovete fare là sopra che duri tutta la notte?».

Era così chiaro che era per lo shock e non per pruriginoso interesse che continuava a porre la domanda, che Jack disse solo: «Che ne dici di darmi la chiave?».

Il barista si svegliò dalla sua trance. «L'intera notte ti costerà di più di cento, te l'assicuro, amico».

Impassibile, Jack domandò: «Quanto di più?».

Preso alla sprovvista, il barista si guardò intorno in cerca di aiuto. «Non lo so», ammise, «nessuno mi ha mai chiesto la stanza per tutta la notte».

Jack prese il suo fermasoldi e sfilò un altro centone. «Così va bene?». Il barista guardava stupefatto le banconote sulla mano tesa, Jack sospirò e aggiunse un altro pezzo da cento. Il barista deglutì rumorosamente, le banconote sparirono in una tasca e disse: «Prendo la chiave».

La conversazione riprese mentre lo seguiva su per la passerella inchiodata alla parete in fondo. L'ultima cosa che Kate vide nel bar furono gli enormi occhi castani di Anatoly, pieni di rimprovero, che la scrutavano passo passo.

La stanza non era molto più grande della cabina che Kate divideva con Andy sull'*Avilda*, e, a parte i letti a castello, sembrava molto simile. Le paratie erano di freddo metallo, il letto era stretto e incastonato nel muro con dei cassetti sottostanti e un oblò sopra.

«Aspetta», disse Kate quando il barista fu sul punto di andarsene. Alzò le coperte del letto e annusò le lenzuola. Profumavano di fresco e avevano l'aria pulita. Anche il bagno era pulito, e quando tirò la tendina della doccia, il pavimento sembrava privo di muschio. Era ben più di quel che aveva sperato. Rientrò nella stanza e annuì a Jack, che ripeté: «Allora, quando vuoi che ce ne andiamo?».

Il barista si grattò la testa. «Cazzo, non lo so».

«Quando riparte la tua nave?», domandò Jack a Kate.

Fece spallucce: «Stiamo aspettando un pezzo che arriva per via aerea da Anchorage. Potrebbe volerci un giorno. Forse due».

«Ma non sarà domani». Lei scosse la testa, e Jack guardò di nuovo l'uomo, che alzò le mani. «Fanculo», disse loro. «State quanto vi pare. E non *pensate* neppure di lamentarvi del rumore. Questo non è esattamente l'Holiday Inn».

«Lo sappiamo», disse Jack seccato, e il barista se ne andò con passo pesante.

«Hai visto quella striscia di coca?», domandò Kate non appena la porta si fu chiusa. Jack annuì. «Dio sa che non sono una bigotta, Jack, ma Cristo! Ci saranno state migliaia di dollari di pippate su quel bancone!».

Lui si sbottonò la giacca e si mise a sedere per slacciarsi gli stivali. «Centinaia di migliaia».

«Abbastanza per permettere alle isole Amaknak di spiccare il volo», disse, con voce indignata. «Scommetto fino all'ultimo centesimo che lì dentro non ce n'era uno sopra i venticinque, e tutti loro, nessuno escluso, si avventureranno nel mare di Bering non appena le loro navi si saranno rifornite. Devi fare qualcosa».

«Kate, non voglio sembrare insensibile», disse, grugnendo un po' per lo sforzo di sfilarsi il primo stivale, «ma possiamo concentrarci per un attimo sul motivo per cui siamo qui?»

«Devi fare qualcosa», ripeté lei.

Jack appoggiò il secondo stivale vicino al primo, allineandoli con precisione meticolosa. «Kate, sono un investigatore dell'ufficio del procuratore di Anchorage, non sono un poliziotto, e pure se lo fossi, non sarei neanche lontanamente vicino alla mia giurisdizione».

Lei gli disse dove poteva mettersi la sua giurisdizione, e lui rispose: «Vuoi che avanzi a fatica in quella folla di sbronzi, la maggior parte dei quali è appena scesa dalla nave con migliaia di dollari in tasca, a migliaia di chilometri da casa e famiglia, che non vedono l'ora di divertirsi, e gli dica che non possono?». Sbuffò e rise. «Mi farebbero a pezzetti».

«E allora chiama gli sbirri! Chiama i militari! Chiama la Squadra narcotici!».

«Credi che non siano già lì?».

Lei lo fissò, impotente.

Lui mosse una mano in direzione della pista d'atterraggio. «Ci sono tre diverse compagnie aeree che atterrano a Dutch ogni giorno. Mamma e papà Pincopallino possono venire al prezzo di un biglietto, settecento dollari andata e ritorno, se comprano in anticipo. Così Joe Pescatore. E pure Joe Bamba, il tuo simpatico amico spacciatore». Jack vide l'espressione di Kate e addolcì la sua. «Kate, alcuni di questi ragazzi tirano su cinque, diecimila dollari a giro. È un lavoro gelido, noioso, solitario, e per la maggior parte di loro è il lavoro più duro della vita. Ah», disse, alzando una mano per fermare le sue proteste, «gli sbirri, gli agenti e la Narcotici fanno del loro meglio, come sempre, sottodimensionati e sottopagati, con l'intera comunità di pescatori che stringe le fila contro di loro. Ma alla fine si tratta sempre della stessa cosa: una via di fuga a pagamento. Chi può resistere a un affare del genere?».

Il suo sguardo fisso era accusatorio e forse persino un po' moralista. «Io posso».

Jack sorrise triste, ma grato. «È per questo che ti amo, Katie, ragazzina tosta che non sei altro. E adesso, cosa abbiamo qui per me?»

«Un cazzo», disse lei con gusto.

Lui appoggiò la schiena alla sedia, incrociò i piedi sul bordo del letto, intrecciò le mani dietro la testa e la guardò, in attesa.

Lei fece un sospiro esasperato e si lasciò cadere sul letto, calciando via gli stivali. «Che ti aspettavi? Atterri nel Parco con una storia assurda sul caso dell'equipaggio scomparso, mi rapisci da lì così in fretta che riesco a malapena a sistemare Mutt e i suoi cuccioli da Mandy. Mi ritrovo su una nave nel mezzo del mare di Bering, con venti a tutta forza e pioggia gelata, a issare nasse e a chiedermi che diavolo ci faccio lì».

«Non dovevi venire per forza», puntualizzò lui. «Come ci tieni a chiarire in ogni occasione, non lavori più per me»,

«Sì, sì, sì», rispose.

Jack stava facendo il ragionevole e Kate non era interessata a ragionare in quel momento. «Tranne quando mi offri quattrocento dollari al giorno più le spese». Per non parlare degli ottomilatrecento dollari a settimana di guadagno accidentale, pensò. La prospettiva la rallegrò, ma che fosse dannata se glielo lasciava vedere.

«Inoltre», aggiunse lui, «l'*Avilda* aveva bisogno immediatamente di un marinaio, e il consiglio non poteva trattenere Gault ancora per molto, non con tutti gli aspiranti marinai che ci sono a Dutch. Non c'era tempo per prepararti».

«Adesso c'è», ribatté Kate.

Lui guardò il letto, e lei stesa. «Pensavo che prima potremmo provare quel letto». Ammiccò. «Sarà dura da giustificare sul mio conto spese. Voglio assicurarmi che ne valga la pena».

Lei represse un sorriso e disse seria: «Avanti».

Lui sospirò addolorato e frugò nella sua borsa, tirando fuori un fascicolo gonfio e stropicciato, pieno di fogli che sgusciavano in tutte le direzioni. «Quando sono atterrato nel Parco, la settimana scorsa, avevo dato per scontato che tu avessi sentito parlare dei due marinai dispersi a marzo».

«Non dare per scontato niente del genere. Il Parco non è raggiunto dai giornali, non ho un'antenna parabolica, né una televisione, se è per questo, e ascolto solo la National Public Radio. O almeno lo faccio quando la frequenza funziona, cosa che non capita spesso, e Bob Edwards non parla molto dell'Alaska, comunque. E poi, a primavera, io e te avevamo altro da fare». Inconsciamente, Kate si strofinò la spalla destra, sentendo ancora il rinculo del fucile mentre colpiva un uomo che si era lasciato alle spalle dieci cadaveri, tra cui due bambini. Si rifiutò anche solo di pensare a Lottie.

«Vero». La voce di Jack era piatta, ma fece attenzione a non guardarla.

«Comincia dall'inizio, e non preoccuparti di ripeterti. Stavolta voglio sapere tutto».

«D'accordo». Tentò di scuotere la massa di scartoffie sulle gambe per metterla un po' in ordine, ma ci rinunciò: era una causa persa. Inclinando la sedia contro la paratia, chiuse gli occhi e recitò a memoria.

«L'*Avilda* fa parte di una flotta di pescherecci d'alto mare appartenente a un consorzio di famiglie di pescatori di Freetown, Oregon, di nome Alaska Ventures, Inc. Sono stati intelligenti, hanno avuto successo e hanno costruito una flotta di discrete dimensioni negli ultimi quarant'anni». Scartabellò tra le pratiche e per miracolo trovò ciò che stava cercando vicino alla cima del fascicolo. «Ecco l'*Avilda*, la tua nave. Questa è la *Lady Killigrew*, la *Madame Ching*, la...».

Kate si alzò, e lui la guardò. «Che c'è?».

I nomi le ricordavano qualcosa, ma non riuscì subito a capire cosa. Scosse la testa. «Niente. Non importa».

Lui la guardò ancora un istante, poi decise che non ne valeva la pena e tornò alla sua lista. «C'è la *Mary Read*, la *Anne Bonnet* e una sesta attraccata a Marco, in Florida, la...».

La memoria di Kate scattò sull'attenti e le si aprì un ampio sorriso. «Fammi indovinare. La *Grace O'Malley*».

Jack esaminò di nuovo la lista. «No, la *Mary Lovell*». Kate scoppiò a ridere. «Cosa?».

Stava ancora ridacchiando, e scosse la testa. «Niente. Non ti preoccupare. Non è importante».

Jack non si fidava del ghigno sul suo volto, ma riabbassò lo sguardo sul fascicolo. «La flotta passa le estati a Freetown, per ristrutturazione, manutenzione, riparazioni, per aggiornare l'equipaggiamento, questo genere di cose. Durante l'inverno sono in Alaska a pescare, al largo di Kodiak o di Dutch Harbor, sempre granchi, *opilio*, *bairdi*, granchi reali rossi e blu. Ultimamente si era parlato di attrezzare un paio di natanti per la pesca a strascico, ma pare che il consiglio d'amministrazione della Alaska Ventures abbia riflettuto sul fatto che questo genere di pesca verrà pesantemente limitato nell'immediato futuro».

«Sono intelligenti davvero», osservò Kate. «Molti biologi marini attribuiscono alla pesca a strascico la diminuzione della popolazione di granchi reali nella metà degli anni Ottanta, e stanno facendo parecchie pressioni a Juneau e Washington. Hanno anche gli ambientalisti dalla loro parte. Difficile liberarsene. Ma che c'entra tutto questo con il caso dell'equipaggiamento scomparso?»

«Ci sto arrivando. Come sai, l'*Avilda* è capitanata da Harry Gault. Verso la fine della scorsa stagione, Gault ha usato l'*Avilda* per rimorchiare una chiatta da Kodiak a Dutch Harbor. La chiatta apparteneva alla ditta di trasformazione a cui l'Alaska Ventures consegna, quindi gli stava facendo un favore. Non un gran favore, a quanto pare».

«Cos'è successo?»

«È opinione generale, anche se non dichiarata apertamente, che a causa di maltempo e incapacità marinara Gault si sia perso la chiatta».

«Si è perso la chiatta?».

Jack annuì. «La linea si è interrotta due volte e la terza volta si sono persi definitivamente di vista. Hanno passato parecchio tempo a girare in tondo cercando di trovarla. Niente da fare. Nel frattempo sono rimasti senz'acqua».

«Senz'acqua?».

Jack annuì. «Senz'acqua».

Quando Kate sembrò sul punto di aggiungere qualcosa lui alzò una mano e la avvertì: «Ricordati che il comandante di coperta e il resto dell'equipaggio lo hanno appoggiato».

«Ned Nordhoff e Seth Skinner».

Jack annuì di nuovo. «Allora ha condotto la barca all'isola più vicina, l'ha ancorata, e gli altri membri dell'equipaggio», Jack rovistò nervoso nella pila di carte che teneva sulle gambe, «maledetto, okay, eccolo – si chiamavano Christopher Alcala e Stuart Brown – sono sbarcati per cercare acqua».

Davanti agli occhi di Kate si materializzarono i volti dei due giovani marinai. «Dove sono sbarcati?»

«Ah, vediamo, l'isola si chiama Anua».

«Hai una mappa?».

Jack pescò nel suo bagaglio e le lanciò un pezzo di carta ripiegata.

Lei la distese sul letto e trovò l'isoletta nel bel mezzo dell'arcipelago, segnata con cerchio nero che non ebbe difficoltà a identificare come opera di Jack. Jack si era sempre affidato ai pennarelli, a frecce e note a margine su qualsiasi RPVA su cui si potesse scrivere, con somma disapprovazione dei procuratori distrettuali che poi dovevano sottoporre i documenti negli atti processuali. «Cosa c'è lì? Su Anua, dico».

«Una pista d'atterraggio che risale alla seconda guerra mondiale, un vulcano attivo. Tutto qui. Lo standard di un'isola aleutina, in pratica».

Kate misurò i chilometri in linea d'aria tra Dutch Harbor e Anua, aggrottando le ciglia. «Mmm».

Lui aspettò, ma lei non disse nient'altro. «Alcala e Brown sono sbarcati dall'*Avilda* alle quattro del pomeriggio circa. Avevano una torcia e un mucchio di taniche».

«E basta?»

«Già».

«Niente attrezzatura di sopravvivenza? Tenda, sacchi a pelo, neanche dei fiammiferi?»

«Secondo Gault non si aspettavano di passare la notte lì».

«Era marzo?»

«Già».

«Nelle Aleutine?»

«Sì».

Kate si distese sul letto. «Altissimi livelli di idiozia, no? Cos'è successo poi?»

«Quello che ti aspetti, e ricorda che questo era il primo viaggio al nord per entrambi».

«Il primo e l'ultimo».

«Già. Comunque, secondo Gault, Skinner e Nordhoff, la scialuppa è arrivata a riva, e poi ha cominciato a nevicare. L'equipaggio sulla nave ha perso di vista l'isola e la scialuppa. Durante la notte ha nevicato moltissimo. La mattina dopo c'erano cinque centimetri di neve per terra e nessuna traccia della scialuppa o dell'equipaggio».

«Sono sbarcati per controllare?».

Jack scosse la testa. «No».

«*Che cosa*?»

«No, non ci sono andati. Hanno detto che non c'era modo di arrivarci. La scialuppa era già a terra».

Ancora incredula, Kate domandò: «Immagino che avessero delle scialuppe di salvataggio».

«Ne avevano due». Jack le sorrise. «Gault dice che non ha voluto usarle, nel caso ne avessero bisogno in seguito».

Kate lo fissò. «E questa è la bella barchetta su cui mi hai fatto arruolare? Grazie tante, Jack. E dopo cos'è successo?»

«Gault ha chiamato la Guardia costiera».

Qualcosa nella sua voce fece chiedere seccamente a Kate: «Dopo quanto?»

«Dai registri della Guardia costiera è a mezzogiorno del giorno della scomparsa che Gault si è deciso a chiamarli». Si guardò intorno con aria distaccata. «Ha condotto la nave su e giù e intorno all'isola, cercando con il binocolo qualche segno di vita. Quando non ne ha trovati, ha levato l'ancora e ha fatto rotta verso Dutch».

Kate era senza parole. Il sorriso di Jack era mite. «E adesso viene il bello. Quando la Guardia costiera ha mandato un elicottero a fare un giro, sembra che Gault abbia dato loro le coordinate errate, quindi hanno cercato nella parte sbagliata dell'isola».

Quando Kate ritrovò le parole riuscì soltanto a emettere un debole: «Stai scherzando?»

«No. Le guardie non se ne sono accorte fino a un paio di settimane dopo, quando l'operatore che ha preso la chiamata ha confrontato gli appunti con il pilota. Così sono usciti di nuovo. E neanche quella volta hanno trovato niente».

«Niente di niente?»

«No».

«Neanche una tanica? Un remo? Un cappello o un guanto? Niente?»

«Niente». Jack rinfilò la lista dei nomi delle barche nel fascicolo, rischiando di rovesciare tutta la risma per terra.

«Perché cazzo Gault non è stato licenziato?», domandò Kate.

Jack sorrise. «Perché il capitano Harry Gault ha avuto la lungimiranza di sposare la figlia di uno dei direttori del consiglio dell'Alaska Ventures».

Kate si mise le mani dietro la testa e fissò il soffitto. Dopo un attimo disse con tono pensieroso: «Mossa molto strategica».

«Quel tizio è subdolo», ammise Jack. «E naturalmente, nessuno è stato in grado di provare il contrario, Skinner e Nordhoff hanno sostenuto Gault, e non è stata sporta nessuna denuncia».

«Ma?»

«Ma», concordò Jack. «Il consiglio dell'Alaska Ventures è nervoso come un gatto con due code in una stanza piena di sedie a dondolo».

«Alcala e Brown hanno famiglia?».

Jack le elargì un sorriso d'approvazione. «Sì, ce l'hanno, e i parenti vogliono sapere cos'è successo, e stanno cominciando ad alzare la voce. L'assicurazione marina non è esattamente economica o semplice da ottenere, quindi il consiglio dell'Alaska Ventures ha fatto partire un'indagine molto discreta sul passato di Harry Gault».

«E lo Stato ha seguito la scia».

«Io e te, piccola».

Lei si voltò per guardarla. «Cos'è questa cazzata dell'"io e te, piccola"? Non mi pare di averti visto sul ponte dell'*Avilda*, zuppo e ghiacciato, in mezzo ai granchi fino al culo». E a vomitare l'anima dal parapetto ogni cinque minuti, avrebbe potuto aggiungere, ma non lo fece.

Jack riuscì ad apparire ferito. «Sei tu quella che ha esperienza di pesca».

«Pesca di salmoni nello stretto di Prince William e un paio di mesi a cercare granchi reali al largo di Kodiak non sono esattamente la stessa cosa che rischiare di affogare nel cazzo di mare di Bering», replicò Kate. «Non riesco a credere che tu sia riuscito a convincermi. Le Aleutine. A ottobre. Devo essere fuori di testa».

«In effetti, non mi hai mai chiarito il motivo per cui hai accettato. Non ci avrei scommesso».

«Perché secondo te?». Kate scrollò le spalle. «Non ero mai stata sulla penisola, non avevo mai visto le Aleutine. Non mi sarei mai potuta permettere il biglietto aereo».

Jack non era convinto, ma lasciò correre. «Allora. Dimmi dell'allegra nave *Avilda* e del suo felice equipaggio».

Kate riprese a guardare il soffitto: «È una buona nave, è a posto, o almeno lo sarebbe se qualcuno si prendesse la briga di occuparsene. Merita un equipaggio diverso da quegli stronzi».

«Sono tutti stronzi?».

Kate ripensò al primo giorno a bordo. Harry, col viso congestionato dalla rabbia repressa, le aveva sbraitato contro: «Nordensen dice che ti devo assumere, d'accordo. Ma non mi piacciono le donne, e non mi piacciono i musi rossi, soprattutto non mi piacciono le donne pellerossa a bordo della mia nave, portano solo guai. Stai lontana dai pantaloni dei ragazzi, intesi?». Le aveva agitato il pugno davanti alla faccia, praticamente schiumando. «Se ti fotti uno, ci fotti tutti, capito? Se tra i ragazzi ci sono problemi a causa tua, sei fuori dalla cazzo di nave!». Aveva scoccato al povero Andy uno sguardo malizioso, e lui, sotto l'abbronzatura, era diventato rosso come una barbabietola e aveva chinato la testa.

Kate, impassibile, aveva annuito freddamente. «Ho capito».

In verità, trovava che Harry le avesse fatto un favore con quel brusco annuncio. Tutti o nessuno? Per Kate andava benissimo. Harry Gault non era né un gran marinaio né un bravo pescatore, ma conosceva le dinamiche di un posto di lavoro angusto e isolato. Per il momento, né Ned né Seth, e tantomeno Harry, si erano avvicinati a lei. C'erano stati alcuni sguardi e qualche rozza osservazione, ma niente mani addosso, e dalla sua ultima esperienza di pesca sapeva di doversi ritenere fortunata.

«Sono uomini», disse a Jack. «Sono pescatori. Sono pescatori di granchi. E sono pescatori di granchi dell'Alaska. È normale che siano stronzi». Rifletté, poi aggiunse, un po' riluttante. «Tranne forse Andy, il mio compagno di cabina».

Jack rimase seduto e immobile. «Sei in cabina con un tipo?».

Kate sollevò un sopracciglio nella sua direzione. «Non mi fare il Neanderthal, Jack. È un ragazzino, californiano per giunta. Il tipo di persona che crede che la New Age sia arrivata con l'invenzione del pulsante "avanti veloce" sul telecomando del videoregistratore».

La sua voce divertita, calda e in qualche modo triste, non era rassicurante. «E che mi dici di Skinner e Nordhoff?»

«È troppo presto per dirlo, ma sono culo e camicia con Gault», disse Kate. «Con me e Andy parlano a malapena al di fuori del lavoro».

«E Gault?».

Kate fece una risata breve e amara. «Per la salvezza di ogni pescatore a galla sull'oceano Pacifico, Harry Gault dovrebbe mettersi un remo in spalla e camminare nell'entroterra finché non trova qualcuno che non sa cos'è un remo, e rimanere lì per il resto della sua vita».

«Uhm», disse Jack, che aveva sempre trovato superflua la poesia, e che comunque era più interessato al modo in cui Kate si sistemava i capelli dietro l'orecchio sinistro. «Quanto hai alzato a questo giro?», chiese pigramente, fissandole l'orecchio sinistro.

«La solita quota dell'equipaggio. L'otto per cento del lordo».

«E cioè?»

«Ottomilatrecento dollari».

Jack spalancò gli occhi. «Caspita. Ottomilatrecento? Per otto giorni di lavoro?». Fischiò, ammirato. «Cazzo, quindi sono... cosa? Quasi millecento al giorno, no?». Lei annuì. «Caspita», disse ancora. «Sposami e mantienimi nello stile di vita a cui intendo abituarmi».

Lei si stiracchiò per tutta la sua esigua statura in un lungo, pigro gesto d'invito. «Mmm, non lo so. Lascia che ricontrolli il tuo curriculum ancora una volta».

Jack non se lo fece ripetere.

# 3

Si alzarono presto, affamati per aver saltato la cena, e andarono in cerca di un ristorante. Mentre facevano colazione all'Unisea Restaurant, incantati in egual misura dalle uova alla Benedict e dalla vista sul vecchio porto, Kate disse di getto: «Andiamoci in aereo».

«Dove?», chiese Jack con la bocca piena di bacon canadese.

«Ad Anua». Kate agitò una mano verso il cielo sereno. «Sarebbe sputare in faccia alla provvidenza, non approfittarne, quindi andiamoci in aereo e diamo un'occhiata. Hai portato *Cecily*, no? Dovresti essere a caccia di caribù e a fare il turista, devi averla portata».

Lui deglutì. «Quanto è lontano?»

«Se la mappa che mi hai dato l'altra sera è precisa, credo centosessanta chilometri da Dutch».

«Mmm». Studiò il soffitto e masticò, riflettendo. «Non dovrebbe volerci più di un'ora e venti, sia ad andare che a tornare, e ci avanzerebbe del carburante. Penso che si possa fare».

«Dai. Voglio vedere con i miei occhi il posto dov'è successo quello che cazzo è successo».

Lui si pulì la bocca con un tovagliolo di carta. «Fammi consultare il Flight Service per le previsioni. Se il tempo è dalla nostra parte, ci andiamo».

Dopo colazione Kate lasciò Jack per andare a controllare l'*Avilda*. Nordhoff, Skinner e Gault erano via da qualche parte, e avevano lasciato Andy di guardia. «Ehi, Kate!», la chiamò oltre le barche che li separavano. «Dov'eri finita ieri sera, ragazzina?»

«Non sono affari tuoi», gli disse dolcemente. «Partiamo domani mattina?».

Annuì. «Se arriva quel pezzo, sì. Il capitano non sembra avere tanta fretta».

«Bene», disse Kate, anche se si chiese come mai, dopo una pesca tanto fruttuosa, Harry Gault non scalpitasse per tornare all'azione sui granchi.

«Guarda cos'ho!», disse Andy, infilandosi la mano nel cappotto e tirando fuori un pacchetto di carta per alimenti. Aprì l'involto con cura certosina e mostrò con immenso orgoglio l'oggetto che conteneva.

Kate guardò e vide un pezzetto rettangolare di qualcosa che assomigliava ad avorio intagliato e che raffigurava molto rozzamente un piccolo e grasso Buddha sorridente. «Un *billiken*», disse «"Come portafortuna, sono un tesoro, per la buona sorte, strofinami la pancia"».

«Ah, conosci già la formula!», disse Andy, deluso. «È passato questo tizio e mi ha chiesto se volevo comprarlo. Non voleva venderlo perché apparteneva alla sua famiglia da sei generazioni, ma era al verde e gli servivano i soldi del biglietto aereo per tornare a casa. Non volevo comprare così, un ricordo di famiglia, ma che potevo fare? Mi ha detto che gli avrei fatto un favore».

Con uno sforzo sovrumano Kate si trattenne dal chiedere quanto gli avesse chiesto per la statuina, e con un altro sforzo sovrumano non disse a Andy che i *billiken* erano comparsi in Alaska solo quando la corsa all'oro del Klondike, nel 1899, aveva portato i primi orientali sullo Yukon e qualche pioniere si era inventato i *billiken* a immagine e somiglianza di Buddha. Riuscì anche a evitare di domandare come facesse uno a "trovarsi a passare" vicino alla quarta nave di una fila, e fu giustamente fiera di se stessa e della sua capacità di trattenersi.

«L'Alaska è proprio un posto fantastico, vero?», disse Andy, raggiante. Fortunatamente era una domanda retorica, e Kate non doveva rispondere. «Ah, dimenticavo. Vuoi il tuo assegno?». Le consegnò un pezzo di carta.

«Be', già che ci sono...». Esaminò la cifra che c'era scritta sopra, con una smorfia canzonatoria. $ 8.300. Ottomilatrecento bigliettoni. Ottomilatrecento dollari per saldare qualsiasi debito. Poteva leggerlo cento volte e avere sempre la stessa reazione.

Insomma, Jack Morgan dopotutto poteva restare in vita. Ripiegando attentamente l'assegno se lo infilò in tasca e scese in cabina a prendere un cambio di vestiti.

Quando riemerse sul ponte, Andy la osservò curioso e riattraversò la barca per scendere. «E adesso dove vai?».

Lei gli scoccò un bel sorriso. «Ho un appuntamento».

Lui alzò gli occhi al cielo. «Certo, se fai una domanda stupida...».

Dopo una lunga ricerca e uno studio attento dei dati, la National Oceanic and Atmospheric Administration ha decretato che in media ci sono solo otto giorni di sole all'anno nelle isole Aleutine. Quel giorno, a metà ottobre, di solito il primo mese della stagione delle piogge, incredibilmente era uno di quelli. La tempesta che aveva riportato l'*Avilda* a Dutch si era di nuovo sgonfiata, ed era stata sostituita da un sistema di alta pressione che si stendeva alto, ampio e bellissimo in ogni direzione. La vista da millecinquecento metri d'altezza era spettacolare.

«Non ci posso credere», disse Kate nelle cuffie.

«A cosa?», domandò Jack. Reggeva a malapena la cloche con il grosso pugno, e teneva i piedi rilassati sui pedali. Non c'erano turbolenze, e *Cecily*, il Cessna di Jack, planava dolcemente nel cielo aleutino come una Cadillac su un tratto di statale asfaltato di recente.

«Tanto per cominciare, non riesco a credere a quello che stai facendo», disse, indicando la sua presa rilassata. «Non ci credo che manovri questa carretta con un dito».

Lui fece una faccia lievemente sorpresa. «Perché no?»

«È ottobre», rispose. «Siamo sulle Aleutine e dovrebbe esserci un tempo da lupi. Da quel che ho sentito e letto, qui non capita praticamente mai che sia sereno, in nessun mese dell'anno. Dovresti sentire i pescatori che parlano delle Aleutine quando tornano a casa. I venti, le raffiche violente – sapevi che questo posto viene chiamato "Culla dei venti"? Per tutta la vita, ascoltando queste storie, ho pensato che fosse un buco infernale. E invece guarda», disse con un gesto della mano, con un tono tra lo stupore e il timore. «Guarda!».

Le isole erano allineate di fronte a loro, a perdita d'occhio, in una lunga lenta curva verso sud-ovest. I picchi candidi splendevano contro il blu profondo del mare, come una fila di perle allineate su un guscio di madreperla blu nella vetrina di un gioielliere. Ogni isola aveva il suo vulcano, che si ergeva ripido a solleticare la pancia del cielo, e la maggior parte fumava o sbuffava vapore o entrambe le cose. I coni erano levigati da una patina di neve. In cima c'era un pesante strato di glassa ghiacciata che si assottigliava fino a diventare una spolverata di zucchero a velo vicino alla spiaggia. La neve non ammorbidiva di molto i profili frastagliati delle isole, piuttosto li enfatizzava. Sotto di essa, in drammatici cambiamenti di ombre e luci, ogni isola era un'onda rozza e disordinata di roccia magmatica, spinta violentemente in superficie dalle viscere di madre Terra per poi tuffarsi milleottocento metri, e anche di più, dritta in fondo al mare. In queste interiora topografiche si poteva leggere la storia del Pianeta.

«È come assistere alla nascita della Terra», disse piano Kate. «Non ho mai visto niente del genere».

Jack si sentiva soddisfatto come se avesse pianificato lui stesso l'aspetto attuale delle Aleutine, il tempo sereno e il guasto dell'*Avilda*, tutto giusto in tempo per ritrovarsi con Kate in aria in quel momento, in quel luogo, in sua compagnia. Per le successive due ore dimenticarono di essere diretti verso la scena della misteriosa scomparsa di due marinai, e giocarono a fare i turisti, visitando e coccolandosi nella migliore tradizione del viaggiatore americano. Volarono bassi su una stretta striscia di sabbia costellata di quelle palle di vetro verdi che i pescatori giapponesi usano come galleggianti per le reti. Infastidirono un branco di trichechi che prendeva il sole su un'altra spiaggia, finché un maschio nella folla, una vecchia bestia magnifica con zanne da mezzo metro, non si alzò e ruggì verso di loro, sfidandoli a venire giù. Al largo della spiaggia di un'altra isola trovarono un banco di detriti marini, strane torri di pietre scolpite dalla sabbia e dal vento, ricoperte da stormi di gabbiani e cormorani; mentre si inclinavano per guardare ancora, Kate vide tre aquile calve spiccare il volo. Dalle valli riparate fumavano sorgenti calde, circondate da cespugli folti e ancora verdi di loglierella aleutina.

Kate era assillata dalla sensazione che ci fosse qualcosa di sbagliato, e ci mise un po' a individuare cosa. «Gli alberi!».

«Cosa?»

«Non ci sono alberi!».

Jack la guardò alzando un sopracciglio. «Persino io so che non ci sono alberi nelle Aleutine, Kate. E persino io so perché: i venti soffiano troppo forte».

«Lo so, lo so, solo che... me ne ero dimenticata».

«Però su Unalaska ci sono». Annuì quando lei lo guardò incredula. «Ma ce li hanno portati. Ieri stavo parlando con un tale. C'è un gruppo di abeti, piantati dai russi quasi duecento anni fa. E sembra che stiano iniziando a riprodursi solo ora».

Lui la guardò, in attesa, e lei disse in tono d'approvazione: «Molto bene, Jack. Dove ti sei imbattuto in tutto questo colore locale?»

«Non avevo molto da fare a Dutch Harbor, mentre aspettavo che rientrasse la tua nave. Ho dormito qui dietro», disse, indicando il retro dell'aereo, «avevo parcheggiato su un lato della pista, e lo sai come sono quelli che lavorano con gli aerei. Ho fatto quattro chiacchiere con tutti quelli che ne avevano voglia. Posto interessante. Dutch, non la pista d'atterraggio».

«Io invece non ho ancora avuto modo di fare la turista. Forse la prossima volta, se riusciamo a stare un po' sulla terraferma».

«Se siamo fortunati, scopriremo cos'è successo a quei due sprovveduti e non dovrai più imbarcarti». Guardò dal finestrino, strizzando gli occhi per il sole, e consultò una mappa che teneva aperta sulle gambe. «Quella dovrebbe essere Anua, proprio là davanti».

Kate si sporse per guardare meglio l'isoletta. Aveva due montagne, una alta circa novecento metri e fumante, l'altra alta la metà e serena sotto uno strato di neve. Tra le due c'era una vallata, appena al di sopra del livello del mare, stretta e piatta come un'asse da stiro. «Capisco perché ci hanno messo una base durante la guerra», osservò Kate.

«È un sito naturale», concordò Jack, «ed è proprio sulla rotta tra Dutch e Adak. Un ottimo posto per un atterraggio d'emergenza. Guarda laggiù, a sud dell'isola, a ovest della spiaggia. Già. È lì che sono sbarcati i due, secondo Gault». Portò il velivolo in picchiata e volarono su e giù lungo la spiaggia lunga e curva.

«Ecco la pista», disse Kate, indicando l'entroterra.

«Già, sembra anche in buono stato». In ogni caso, Jack volò basso per tre volte, a un metro e mezzo da terra, per controllare che non ci fossero sassi, dossi o buche. Quando fu soddisfatto volò di nuovo in circolo, abbassò i flap e derapò in un perfetto atterraggio su tre punti.

Kate mascherò un sorriso e disse piano: «Spaccone». Se possibile, l'espressione di Jack si fece ancora più compiaciuta, e lei aggiunse: «Peccato che tu non lo sappia fare al Merrill Field di Anchorage».

Jack si mise a ridere. «Lì c'è troppa gente. Lo so fare solo se non mi guarda nessuno». Spense il motore e nel silenzio improvviso aggiunse: «La pista è in ottimo stato. Non c'è troppa neve, ma quella che c'è è ben pressata. Non ci sono neppure solchi profondi. Curioso, per una pista abbandonata».

«Forse la usano i cacciatori».

Scosse la testa. «Forse i pescatori. L'isola è troppo piccola per dar da mangiare a qualcosa che valga la pena di macellare».

Il Cessna si fermò a sei metri da un mucchio fatiscente di capanne, la maggior parte delle quali senza tetto, alcune senza una parete o due. Scalciando tra i detriti, non trovarono niente di interessante a parte una copia lacerata e zuppa della rivista «Life» con le gambe di Betty Grable in copertina e una tanica di metallo mezza sepolta con una maniglia a pompa montata sul lato. Jack provò la pompa e con loro sorpresa funzionò senza intoppi. Dopo un paio di manovre fuoriuscì del liquido dal beccuccio, che andò a sciogliere la neve per terra formando una pozzanghera. L'odore di benzina li colpì dritti alle narici.

«Carburante per aerei», disse Jack.

«Come fai a saperlo?»

«È verde», rispose, indicando la pozza sotto il beccuccio. «La benzina per gli aerei è verde. Il carburante normale, quello che va nella macchina, è trasparente».

«Ah. Giusto». Kate guardò con aria concentrata la pozzanghera che si allargava.

«E poi», continuò Jack, «quale altro tipo di benzina ti aspetti di trovare proprio accanto a una pista di atterraggio? Chissà da quanto tempo è qui. Venti, trent'anni, che ne pensi? Magari è qui dai tempi della guerra». Si accorse della sua espressione confusa e chiese: «Che c'è?»

«Non lo so», disse piano, continuando a fissare la pozza di benzina verde. «C'è una cosa che so sulla benzina verde da quando ero piccola, ma…». Scosse la testa e gli sorrise. «Alle due di domani mattina probabilmente mi alzerò di soprassalto gridando la risposta».

«No, se sarai a letto con me, no», le disse.

«Se lo dici tu». Gli sorrise. «Dai. Facciamo un giro sulla spiaggia».

Fu Jack a trovarlo, o piuttosto ci cadde dentro. Camminava dietro di lei, attraverso la loglierella che spuntava dallo strato sottile di neve ghiacciata, godendosi il sole, la salsedine e la musica delle onde, quando il terreno solido sotto i suoi piedi cedette e all'improvviso scivolò attraverso la terra, fino a uno spazio vuoto sottostante.

«Ehi», disse. Il terreno gli fagocitò le gambe e iniziò a ingoiargli le chiappe e a sfiorargli la vita, finché lui non alzò la voce. «Ehi? Ehi! Ehi, Kate! Kate! Aiuto! *Aiuto*!».

Scalciò, cercando di trovare un appiglio, qualcosa su cui puntare i piedi, e scivolò immediatamente giù fino al petto. Con le mani frugò intorno e si aggrappò all'erba, a qualsiasi cosa gli impedisse di scivolare ulteriormente in quello che il suo naturale ottimismo gli suggeriva essere probabilmente una pozza ribollente di lava vulcanica. Soffriva da una vita di una grave acrofobia, e avrebbe preferito una fossa piena di lava a un abisso vuoto e senza fondo.

Kate fece capolino, mettendo fine alle sue speculazioni morbose, e lo guardò attraverso le erbacce con interesse. «Qual è il problema?»

«Che cazzo ti sembra, sto cascando nel centro della Terra, qui! Tirami fuori!».

Lo guardò, stringendo le labbra, mostrandosi meno preoccupata di quanto lui ritenesse adeguato alla situazione. «Chissà...». All'improvviso la testa di Kate scomparve di nuovo dalla sua visuale.

Lui andò nel panico, solo un po', quel tanto che ritenne necessario. «Aspetta! Dove cazzo vai? Kate!».

«Rilassati», la sentì dire. Aspettò, per niente rilassato, sudando sotto la giacca e attaccandosi a un paio di ciuffi d'erba assai inconsistenti. La sua immaginazione iperattiva dipinse un abisso sotto i suoi piedi penzoloni, un abisso senza fondo in cui sarebbe precipitato all'infinito...

Qualcosa gli afferrò il piede destro e tirò vigorosamente. «Ehi!», strillò.

«Rilassati», disse di nuovo Kate, molto divertita, e la sua voce sembrava giungere da sotto di lui. «Sono io. Sei a mezzo metro da terra. Lasciati andare e vieni giù».

Lui esitò. «Sei sicura?»

«Ti mentirei?».

La sua voce suonava decisamente troppo innocente per i suoi gusti, ma si fidò quanto bastava per lasciar andare l'erba, un filo per volta. Non accadde niente. Alzò le braccia e si agitò un po'. Le spalle rimasero incastrate nella buca per un attimo, poi i bordi si sgretolarono e cadde tra una pioggia di terra ed erba.

Toccò terra quasi subito. Barcollando, si rimise in equilibrio e si ritrovò in una stanzetta quadrata, di tre metri e mezzo per lato. Le pareti erano state scavate nelle viscere dell'isola e, guardando in su, con la luce fioca che filtrava dalla buca in cui era caduto, capì che i costruttori avevano ricoperto la stanza con la terra e avevano lasciato che l'erba facesse il resto.

«Qualcuno è stato qui», disse Kate sicura, in piedi accanto a lui.

«Be', certo che c'è stato qualcuno, Kate, anch'io sono in grado di riconoscere che c'è la mano dell'uomo».

«No, dico di recente», continuò. Lei gli indicò mezza dozzina di casse contenenti lattine di carne di maiale e fagioli impilate vicino a una torre di pacchi da ventiquattro rotoli di carta igienica doppio velo del supermercato.

Si avvicinò per osservare meglio. «Tutto l'essenziale». Alzò la testa e si guardò intorno. «La Guardia costiera non ha mai nominato questo posto. Non ricordo di aver letto niente in nessun rapporto sulla spedizione di ricerca. Se lo sono proprio perso».

«Non so come hanno fatto», disse Kate, «bastava cadere dal soffitto».

Jack la ignorò. «Anche Alcala e Brown devono esserselo perso. Peccato. Avrebbero potuto rintanarcisi per giorni». Una delle scatole era aperta, sorridendo un po' tirò fuori una lattina e la sollevò davanti agli occhi. «La cena sarebbe diventata un po' monotona, ma almeno...». La lattina scivolò e quasi gli cadde. Qualcosa di freddo e appiccicoso gli colò tra le dita. «Ma che cazzo è?».

Anche con il nuovo lucernario sul soffitto non c'era abbastanza luce per capire di cosa si trattasse. «Che c'è?», chiese Kate, guardando in direzione dell'angolo buio in cui si trovava Jack.

Uno stivale scricchiolò sulla sabbia, e lei indietreggiò quando una mano emerse dal buio e le avvicinò alla faccia una lattina di maiale e fagioli. «Che schifo», disse, arricciando il naso per l'odore. «Qualcuno ha lasciato i resti della cena?»

«Non credo». Passandole accanto, Jack camminò curvo fino alla porta. Aveva la voce tetra. Kate lo seguì fuori.

La luce confermò quel che aveva sentito con le dita. La lattina era forata, un buco grande quanto un proiettile di una calibro .38 che entrava sotto la v di Van e usciva poco sopra la giuntura del fondo.

Jack osservò pensieroso il foro. «Secondo te chi ha messo qui questa roba l'ha usata come bersaglio per fare pratica?».

Senza rispondere, Kate si rinfilò nel nascondiglio. Insieme tirarono fuori tutto quello che c'era. Mentre portavano via le scatole, Jack le segnava con il suo onnipresente pennarello nero. Le impilarono fuori nella stessa posizione in cui si trovavano dentro. Il contenuto delle lattine perforate si era rovesciato sugli scatoloni e si era seccato diventando dello stesso marrone scuro appiccicoso del sangue vecchio. «Un po' di questa roba potrebbe essere davvero sangue vecchio», osservò Jack. La superficie esterna di tre degli scatoloni, i più rovinati, era accartocciata, come se qualcosa di pesante ci fosse andato a sbattere mentre erano contro la parete del nascondiglio.

Jack rimase a guardare gli scatoloni con le mani in tasca. «Possiamo ipotizzare due cose», disse infine.

«Sarebbero?»

«O qualcuno era seriamente stufo di maiale e fagioli...».

«O...?».

I loro sguardi si incontrarono. Kate strinse le labbra. «Hai un apriscatole sull'aereo?».

Aprirono tutte le scatole e poi tutti i barattoli con il buco. Ne trovarono una dozzina e, nella sesta scatola che aprirono, trovarono una pallottola solitaria che gironzolava. Jack guardò il pezzo di metallo deformato: «Potrebbe essere qualsiasi cosa tra il calibro .22 e il .357». Lo ripose comunque con cura in un sacchetto di plastica ermetico. In un altro grattò, dal davanti di una delle scatole, un po' del fluido marrone secco. Aveva portato anche una torcia insieme all'apriscatole, così esaminarono il pavimento del nascondiglio, senza trovare niente. Jack imbustò comunque qualche campione di terra. Fece diversi disegni della scena, e quando ebbe finito, rimisero le lattine nelle scatole e le caricarono sul retro del Cessna. La carta igienica, sopravvissuta all'attacco armato relativamente illesa – «Naturalmente», disse Jack, «la pallottola sarebbe stata molto più in forma se avesse colpito la carta da culo» – fu rimessa dove l'avevano trovata.

La stanzetta, buia, umida e puzzolente di muffa, cominciava a essere opprimente per Kate, che fu felice di abbandonarla. L'aria fuori era fresca e pulita, se ne riempì i polmoni con ampi respiri purificatori.

Il nascondiglio si trovava sul pendio a sud di una collinetta che scendeva sulla spiaggia. Jack si soffermò stupito a osservare la struttura, che sembrava essere spuntata da sola. La loglierella cresceva alta e folta, ricoprendo pareti e tetto, e anche allora, d'inverno, a tre, persino due passi di distanza, la porta era invisibile. Capiva come mai la Guardia costiera non l'avesse trovato. Naturalmente, non stava cercando le prove di un omicidio. «Chi ha costruito questo posto? E perché?»

«Hai detto che quest'isola ha una posizione strategica naturale», gli ricordò Kate, chiudendo la porta, e notando nel frattempo che era stata costruita con assi assemblate con cura, in cui ogni chiodo era stato piantato con molta attenzione. «Credi che non l'avrebbero notato anche gli aleuti?».

Jack era scettico. «Pensi che ci fosse un villaggio qui una volta? Secondo te questo posto è qui da così tanto tempo?»

«Perché no? È costruito alla vecchia maniera. Quei muri di terra sono lì da così tanto che sembrano cemento. Guarda la porta. Le assi sono di materiale di recupero, e anche vecchio. Vedi? Piallate a mano. E questi chiodi? Non vengono da una produzione di massa. Una qualche baleniera dev'essersi sfasciata al largo cent'anni fa e chiunque vivesse qui ha costruito le porte con il relitto. E poi la buca da cui sei caduto».

«Cos'ha la buca?»

«Prima che i russi introducessero le porte, gli aleuti costruivano queste *barabaras* con le porte sul tetto». Si guardò intorno. «Scommetto che se ci mettiamo a cercare ne troviamo altre».

«Non esiste documentazione sulla presenza di alcun villaggio su Anua, Kate. Sulla mappa non è indicato nessun sito archeologico. Probabilmente è solo la capanna di un cacciatore di foche».

Scosse la testa. «La spiaggia è lunga, ampia e relativamente pianeggiante. Non ci sono molte buone spiagge nelle Aleutine. Per lo più sono scivoli ripidi, dalla cima della montagna al fondo dell'oceano. Questo la rende un sito naturale», gli sorrise per un attimo, «per l'approdo dei kayak».

Percorsero i tre metri in cui l'erba si diradava e cominciava la spiaggia. Oltre un chilometro e mezzo di lunghezza, stimò Kate, con una disordinata formazione di roccia da una parte e scogliere dall'altra. Un ruscello gorgogliava verso il mare, tagliando un letto poco profondo nel mezzo della spiaggia, fino alla battigia. Lì, le onde battevano violente sulla ghiaia, e il flusso e riflusso che arrivava da sud-est rivelava e ingoiava una mezza dozzina di scogliere che seguivano la curva della terra, accalcate le une alle altre, affilate e minacciose.

«Già», disse Jack ironicamente, «proprio un posto invitante per approdare in barca».

«Avrebbero trovato un modo», disse Kate con sicurezza. «E sarebbe stata una difesa naturale fantastica contro gli attacchi».

«Cosa stai cercando?».

Stringeva gli occhi contro il sole. «Proprio là, io... Sì! È proprio così!», gridò indicando, e si mise a correre.

«Oh, Cristo», disse Jack, e la seguì.

La raggiunse dove le rocce infrangevano i flutti furiosi in bianche lenzuola di spruzzi, a una trentina di metri di distanza. Non abbastanza lontano, secondo la sua modesta opinione, e stava per dirlo quando vide che Kate si spogliava. Il suo battito, che aveva iniziato a rallentare non avendo trovato il tiratore pazzo appassionato di maiale e fagioli Van Camp, ricominciò ad accelerare. «Che cazzo stai facendo, Shugak?»

«Guarda», rispose lei, indicando di fronte a loro.

«Cosa?». Cercò disperatamente un motivo plausibile per cui Kate si stesse togliendo i vestiti, su un'isola aleutina, tra il golfo d'Alaska e il mare di Bering, a metà ottobre.

Erano sul bordo di alcune rocce che si stendevano tra la spiaggia e le torri di pietra. Le onde si infrangevano sulle torri in un modo che Jack pensò essere determinato e minaccioso. Alcuni mammiferi, probabilmente in possesso di denti molto grandi e affilati, stavano abbaiando in gruppo da qualche parte oltre le torri di roccia. I gabbiani strillavano e si tuffavano dal cielo blu. Kate sospirò, esasperata dalla sua espressione confusa, e indicò di nuovo. «Proprio davanti a te, idiota».

Lui abbassò lo sguardo. Direttamente di fronte alle punte dei suoi stivali, sui massi che li separavano dalle onde minacciose, c'era una serie di pozze poco profonde scavate nelle rocce. Uno dei laghetti più grandi cominciava ai loro piedi, si stendeva per tre metri e mezzo e sembrava profondo meno di un metro e mezzo. Jack guardò con sospetto la superficie calma e verde. «Pozze di marea? E allora?».

«Non sono pozze di marea, sono sorgenti termali!», disse Kate impaziente. «Non lo vedi il vapore? Non senti l'odore di zolfo?». Si sfilò mutandine e reggiseno ed entrò in acqua. «Lo sapevo!», disse, valutando la temperatura con i piedi. «Il fondo è quasi liscio e... sì», disse, chinandosi per infilare le mani sotto, «riesco a sentire il punto in cui hanno livellato il fondo per sedersi». Si voltò e si immerse nell'acqua. Le arrivava quasi al mento, e lei si lasciò andare con un lungo sospiro voluttuoso. «Né troppo calda, né troppo fredda, perfetta, della giusta temperatura».

Insieme alla temperatura corporea, anche l'umore si rialzò, e i fantasmi che le si erano affollati intorno mentre si aggirava nel nascondiglio si dissolsero negli sbuffi di vapore che si levavano dalla superficie dell'acqua. Guardò Jack con un mezzo sorriso. La sfida era implicita. Lui strinse i denti e si chinò per slacciarsi gli stivali. Lei si godette lo spettacolo, e arrivò a fischiettare una melodia da spogliarello quando fu il turno della cintura. Dovette litigare un po' con i bottoni dei jeans.

Quando entrò in acqua, Jack scoprì con stupore che non era uno dei soliti scherzi perfidi di Shugak. Era calda, ma non troppo, ribolliva intorno a lui come una Jacuzzi naturale e sfrigolava attraverso la pelle, fino alle ossa. «Oh, sì», disse, rilassandosi con un lungo grugnito soddisfatto. Curioso, assaggiò l'acqua. «Non è molto salata», notò stupito.

«Probabilmente è una miscela», disse, distendendosi e chiudendo gli occhi. «Salata per gli spruzzi, dolce dal sottosuolo».

Lui la guardò e ammirò il modo in cui il suo corpo risplendeva attraverso l'acqua. Era un corpo perfetto ai suoi occhi, compatto, muscoloso, snello e morbido, sia in movimento che a riposo. Gli zigomi alti si addolcivano verso un mento piccolo e ostinato che sosteneva una bocca grande e determinata. I suoi occhi color nocciola erano all'insù, leggermente a mandorla. Persino la cicatrice che le attraversava la gola quel giorno era bella, una medaglia al valore, un emblema di coraggio. E anche un avvertimento. Se uno aveva una cicatrice del genere ed era ancora in giro, era qualcuno con cui non era il caso di scherzare.

Kate aprì gli occhi e lo sorprese ad ammirarla, poi non parlarono più per un po'.

«Bella giornata», disse Jack, in un'espressione inadeguata di beatitudine post-coitale.

«Goditela», rispose Kate, con il viso accoccolato contro il suo collo. «Poi peggiora».

L'amante che era in lui non si mosse di un millimetro. Il pilota invece guardò nervosamente al di sopra della sua testa verso sud-est, in cerca dei segni di un fronte atmosferico, e trovò soltanto dei ciuffetti di nuvole basse all'orizzonte. «Come fai a saperlo?»

«Perché nelle Aleutine c'è una sola regola, se il tempo è bello, diventerà brutto. E se è brutto, peggiorerà. Durante la guerra, qui le forze aeree persero il doppio degli uomini e cinque volte più aerei a causa del tempo e dei problemi meccanici legati al tempo, che non in combattimento». Raccolse abbastanza energia per indicare: «Vedi la fine della pista?».

Lui non si sforzò neanche di voltare la testa: «Certo».

«Sei fortunato. È più di quanto vedessero i piloti della seconda guerra mondiale. All'inizio non avevano i radar e il tempo era così brutto che il pilota in attesa di decollare doveva chiamare alla radio quello che decollava davanti a lui per scoprire se era partito oppure no, prima di provarci». Alzò la testa e lo guardò. «E poi, una volta in aria, volavano con delle mappe navali che si basavano su rilevamenti topografici russi risalenti al 1864. Sempre che, naturalmente, riuscissero a vedere qualcosa una volta in aria».

«A me sembra divertente». Le accarezzò la schiena, osservando la distesa brulla di palude e rocce, e il mare gonfio che si stendeva a perdita d'occhio. «Chi glielo faceva fare?»

«Dovevano. Se i giapponesi avessero preso l'Alaska, sarebbero stati a portata di bombe sganciate dai boeing. Per non parlare della Russia. Ci sono solo cinquantasette miglia marine tra l'Alaska e le coste russe. È stata una rotta molto sfruttata ai tempi della Legge affitti e prestiti, con la quale gli Stati Uniti fornivano materiale bellico agli Alleati, tra Fairbanks e Nome». Poi aggiunse: «In più, i giapponesi persero a Midway perché stavano attaccando Dutch Harbor allo stesso tempo. Divisero le forze, in un momento in cui erano infinitamente superiori a noi nel Pacifico».

«*Divide et impera*».

«Una cosa del genere».

«Ne sai, eh!».

«C'è un libro, un ottimo libro, sulla guerra nelle Aleutine, scritto da un tale Garfield. E poi...».

«E poi cosa?»

«E poi», disse Kate, un po' imbarazzata nell'accorgersi che ne era fiera, «mio padre era uno dei tagliagola di Castner».

Jack rimase perplesso. «Uno dei cosa?»

«I tagliagola di Castner. Altrimenti noti come gli scout d'Alaska».

Si fece un po' indietro e la guardò dall'alto in basso con aria interrogativa. «Vai avanti. Erano una sorta di truppa o cosa?»

Kate sorrise. «Più "o cosa", almeno a sentire mio padre. Erano una sorta di Corpi speciali, con grandi capacità di combattimento e poca disciplina, ma te lo saresti aspettato dal tipo di persone che erano. Castner doveva aver battuto tutti i bar di campagna per arruolarli. Papà mi raccontava che erano cercatori d'oro, coloni, dottori, cacciatori, cacciatori con trappole, pescatori. Credo che si fossero accaparrati anche uno o due antropologi, probabilmente dall'Università dell'Alaska».

«Dovettero combattere?»

«Sbarcarono ad Attu prima delle truppe regolari. A ogni passo c'era da combattere a brutto muso. Ci fu persino una carica da banzai con le baionette, verso la fine, quando i giapponesi capirono che erano stati sconfitti». Kate rabbrividì. «Un casino. Ah, sì, mio padre non perdeva occasione di spogliarsi e mostrare le sue cicatrici migliori».

«Truppe d'assalto».

«Credo di sì». Kate si guardò di nuovo intorno. «Mi chiedo cosa gli sia capitato».

«A chi, ai tagliagola di Castner?»

«No, agli abitanti di Anua».

Il sedile di roccia su cui si trovavano era stato indiscutibilmente levigato da generazioni di sederi prima dei loro, e Jack non era più disposto a negare l'esistenza di un insediamento di aleuti su Anua. «Forse furono trasferiti durante la guerra».

«Hai detto che non c'è documentazione che dimostri un insediamento umano ad Anua», gli ricordò Kate.

«Ah già. Giusto». Rifletté. «Sbaglio o tra le carte c'era qualcosa su un atto passato dal Congresso sul risarcimento degli aleuti per il loro sradicamento durante la seconda guerra mondiale?».

Kate annuì. «Già. Nel 1989. I sopravvissuti ricevettero sedici dollari per ogni giorno trascorso nei campi profughi».

«Cosa successe, all'epoca? Non ho mai sentito tutta la storia».

Kate scrollò debolmente le spalle. «C'era la guerra, i giapponesi avevano attaccato Pearl Harbor e invaso Attu e Kiska. Le autorità militari facevano un po' come gli pareva, quindi ammucchiarono fino all'ultimo aleuta delle Rat Islands a nord e li sistemarono nei villaggi dell'Alaska del centro-sud. Dopo la guerra quasi nessuno fu rispedito nel suo villaggio d'origine, e i soldati distrussero le poche case che rimanevano in piedi. Le avevano comunque bruciate o rase al suolo, per evitare che le usassero i giapponesi o per fare spazio alle loro costruzioni».

«Ma c'era la guerra», ribadì Jack.

«Lo so».

«Se le cose fossero andate diversamente, sarebbero potuti finire prigionieri dei giapponesi».

«Alcuni di loro ci finirono. Ad Attu e Kiska i giapponesi imprigionarono alcuni aleuti. In Giappone li misero al lavoro, e li pagarono anche». Kate sorrise. «Quando furono rimpatriati, la loro maggiore difficoltà era riuscire a incassare gli assegni giapponesi».

«Come mai sai tutte queste cose?».

Le venne un crampo alla coscia, grugnì e si spostò da sopra a Jack. Lui mugugnò un po' in segno di protesta, ma non la fermò. «Jack, sono un'aleuta». Aspettò che registrasse l'informazione, ma lui rimase perplesso. «Sono un'aleuta che vive in un'area storicamente abitata da Atapascani, Eyak e Tlingit». Iniziava a capire, e lei annuì. «La mia famiglia viene da qualche punto di queste isole. Fummo espatriati con il resto degli aleuti. Avevamo dei parenti a Cordova, così ci trasferimmo nel Parco».

«Non mi meraviglia che tu abbia accettato questo lavoro».

Lei chinò la testa, di nuovo imbarazzata, questa volta per essere stata colta in un momento di sentimentalismo etnico. «Già. Volevo solo vedere com'era la nostra vecchia casa». Strizzò gli occhi al sole e aggiunse: «Sarà meglio muoverci se vogliamo essere di ritorno a Dutch prima che faccia buio».

«Ho una cerata sul retro dell'aereo», disse, prendendo i pantaloni.

«E allora?»

«Allora, potremmo stenderla sopra la buca che ho fatto nel tetto del nascondiglio».

«*Barabara*».

«Quello che è».

Il suo sorriso fu un premio sufficiente per il pensiero, e quando lo capì, seppe che era decisamente innamorato. Volando, la mattina seguente, quando inclinò il Cessna per guardare un'ultima volta la suite "luna di miele" nelle sorgenti termali, ne fu sicuro.

Mentre prendevano quota di altri trecentocinquanta metri, Kate disse, sovrastando il rumore del motore: «Credi che abbiano sparato a qualcuno nella *barabara*?»

«Già».

«Forse qualcuno che si stava nascondendo da qualcun altro?»

«Già».

Kate non riusciva a smettere di chiedersi chi dei due. Alcala o Brown? Quello sexy e ascetico o l'orsacchiottone? Di chi era il sangue secco e scuro che era stato versato sugli scatoloni, si era mescolato al sugo che colava dalle lattine rotte ed era gocciolato a terra, fino a perdere ogni colore e identità, fino a diventare tutt'uno con il pavimento di terra?

Capì che poteva trattarsi di entrambi. Non c'era motivo di escluderlo. Il pensiero dei due ragazzi che passavano gli ultimi minuti della loro vita nascosti tra casse di maiale e fagioli e rotoli di carta igienica fu abbastanza per ammutolirla per tutto il tempo che ci volle a tornare a Dutch.

## 4

Kate aprì la porta della sua cabina e trovò un pretzel umano nel bel mezzo del pavimento. Il pretzel si mosse e ci fu un lampo di capelli biondi tinti. «Andy? Sei tu?». Tutto il senso di relax e benessere guadagnato nel corso delle ultime ventiquattro ore la abbandonò in un colpo solo e balzò in avanti, mentre la pesante porta di legno sbatteva dietro di lei.

«Che c'è?». In un unico movimento fluido il pretzel si sciolse in un lungo umano allampanato con i capelli che ricadevano su una faccia magra e schietta. «Che succede, Kate?».

Kate lo fissò a bocca aperta. «Per un attimo ho pensato: che cazzo è?».

Andy si chinò in avanti, la fronte sulle ginocchia, il corpo piegato come una sdraio. «Cos'è cosa?»

«Che stavi facendo!», ruggì, con voce roca e furibonda. «Che *stai* facendo?».

Si rialzò con un saltello, con aria sconcertata. «È solo yoga, Kate».

«Yoga! Yoga?»

«Certo. Vuoi che t'insegni?»

«Yoga». Si ridiede un contegno. «Non credo. Non ci tengo ad arrotolarmi in una posizione dalla quale non sembra sia possibile districarsi senza aiuto».

Lui si dondolò sui piedi e le passò una mano sulla spalla. «Sei forte e abbastanza flessuosa». La tastò con cruccio critico. «Probabilmente riusciresti a fare diverse delle posizioni più semplici senza sforzo».

«No», disse Kate arretrando. «Non credo proprio. Ma grazie lo stesso».

Andy, sicuro che volesse solo essere convinta, insistette: «L'hatha yoga è lo yoga del benessere fisico. Ti aiuta a trovare l'armonia, la pace mentale, la vera felicità. Dormirai meglio e più profondamente, le tensioni diminuiranno…».

«Niente potrebbe far diminuire la tensione che accumulo a dormire in cabina con te».

«E poi migliorerebbe il tuo atteggiamento verso gli altri», osservò.

Kate inspirò profondamente e riuscì a sorridere. «Il mio atteggiamento non ha bisogno di essere migliorato, grazie».

Lui scosse la testa, disapprovando. «Sei così chiusa, Kate. Dovremo lavorarci su».

Quello che la spaventava di più era che potesse riuscirci.

Lasciarono Dutch Harbor con la marea della sera, e trentasei ore dopo stavano trainando nasse nel golfo d'Alaska. Le luci alogene montate sulla cabina illuminavano il ponte dell'*Avilda* e nient'altro; la nebbia tornò con furore, come se volesse fargliela pagare per quell'unica giornata perfetta. Anche le onde aumentavano, onde lunghe e lente che arrivavano da sud-est, ognuna più alta della precedente. Ned Nordhoff scuoteva la testa e borbottava. Si arrampicò sulla scala che portava al ponte di comando e Kate lo vide litigare animosamente con Harry Gault. Qualche minuto dopo era di ritorno, con la faccia rossa sotto la barba e la voce brusca.

La prima nassa che tirarono su conteneva una dozzina di granchi Dungeness e un merluzzo dell'Alaska. «Spazzatura», ruggì Ned, e issò la nassa verso Andy e Kate. Aprirono la porta, buttarono i granchietti e i pesciolini a bocca aperta dalla fiancata, rimpinguarono l'esca e richiusero la porta della nassa. Kate notò qualcosa di strano, ma poi quella successiva fu issata a bordo e lei fu riassorbita dalla routine.

Arrivò la seconda gabbia, in cui, come nella prima, non c'era niente di salvabile, e sul ponte cadde la depressione. Se non pescavano niente, non c'era niente da dividere. Si diedero comunque da fare, issando, sistemando l'esca e rimpiazzando la nassa. Kate si chiese come mai il capitano non ordinasse loro di risistemare le nasse sul ponte per andarle a calare da qualche altra parte, visto che i pescherecci avevano evidentemente svuotato quella parte di oceano ed erano andati a cercare fondali marini più floridi.

Solo alla sesta nassa di fila la sensazione che assillava Kate prese forma. «Ehi», disse confusa. Guardò i lacci gialli che tenevano chiusa la porta della nassa. «Andy, tu sei mancino, vero?»

«Sì».

«Quindi il tuo nodo dei lacci della porta viene da questa parte, giusto?».

Lui la fissò per un attimo. «Credo di sì».

«Fammi vedere. Legane una».

Lui prese i lacci, muovendo le dita in maniera lenta e goffa, facendo diverse false partenze. «È più difficile da fare quando ci pensi troppo», si scusò. Quando finì, si fece da parte.

«A-ah», disse Kate. «Vedi? I tuoi nodi finiscono dall'altra parte. Non li hai legati tu questi», spiegò di fronte alla sua espressione confusa. «E guarda il barattolo dell'esca».

«Che cos'ha che non va?»

«Io uso un nodo a bandiera doppio per appendere i barattoli. Questo sembra una specie di nodo della nonna». Alzò la voce. «Ehi, Ned? Puoi venire un attimo?».

Ci fu un ruggito di risposta vicino all'argano delle nasse e Ned si materializzò dalla nebbia, che li avvolgeva ormai come una zuppa grigio-verde. «Che c'è?», chiese sarcastico. «Il ragazzo sta facendo osservazioni sul tuo culo?»

«Cos'altro potrebbe dire se non che è perfetto?», rispose lei. «Guarda qui».

«Guardare cosa? Non vedo niente».

Kate, mantenendo la calma, disse con tono serio: «Qualcuno è stato alle prese con queste nasse prima di noi». Gli mostrò i nodi e il barattolo dell'esca.

«Anche le cime risalgono disordinate», disse Seth dalle spalle di Ned, «e le briglie non sono come dovrebbero essere».

Ned esaminò i nodi, e aspettarono. Si levò un'imprecazione che fece sanguinare le orecchie degli ascoltatori, poi Ned si voltò per raggiungere la scala della plancia di comando. Dopo un attimo il motore dell'*Avilda* si stabilizzò su un mormorio basso e neutrale, e Ned tornò sul ponte con il capitano alle calcagna.

La bocca di Gault si muoveva senza emettere alcun suono e la faccia gli si fece rossa mentre controllava i nodi e il barattolo dell'esca. Il resto dell'equipaggio aspettava, Seth impassibile, Andy nervoso, Kate attenta.

Ned disse qualcosa a Gault e fu messo a tacere con un gesto improvviso. «È di nuovo quel cazzo di Johansen sulla cazzo di *Daisy Mae*», vomitò il capitano. «Questa volta non ce ne restiamo a guardare». Ghignò, e privo di allegria aggiunse: «Questa volta so dove sono le nasse dello stronzetto».

«Non ne vale la pena», disse Seth, la sua voce tanto chiara quanto inaspettata. «Non dovremmo correre rischi, non con tutto quello che sta...». Guardò il resto della ciurma, esitò e disse: «Non vale i guai che ci faranno passare gli armatori se dovessero accorgersene».

«Non me ne frega un cazzo di quello che dicono a Freetown!», gridò Gault. «Non mi piego a novanta ogni volta che me lo dice Freetown! Assicurate il ponte e l'attrezzatura e filiamocela!».

Gault se ne tornò al ponte di comando. Ned e Seth si scambiarono una lunga occhiata. Seth scosse le spalle, e Ned borbottò: «Avete sentito cos'ha detto il capo. Assicurate il ponte».

Andy era sconcertato. «Cosa facciamo con le nasse? Buttiamo via la spazzatura e rimettiamo le esche, giusto?»

«Non ci senti bene, biondino?», chiese il comandante di coperta. «Il capitano ha detto di lasciarle perdere».

«E il resto della fila?»

«Lasciale perdere!».

Le lasciarono dov'erano, con il barattolo dell'esca vuoto, e nella nassa ancora tre granchi giovani, dal guscio di un fragile rosa che testimoniava una muta recente. L'acqua non si era ancora richiusa sulle briglie quando l'*Avilda* iniziò a virare di centottanta gradi, e a giudicare dal gemito di protesta del motore, stavano andando avanti tutta. Kate rimase appoggiata al parapetto, faccia al vento, e respirò l'aria salata.

«Qualcuno ci ha saccheggiato le nasse, vero?», chiese Andy, arrivando alle sue spalle.

«Esatto», confermò.

«Qualcuno le ha issate, si è preso i granchi buoni e ha lasciato la spazzatura... gli scarti», si corresse, «per noi».

«A quanto pare».

«Chi farebbe una cosa simile?», disse scioccato. «Chi ruberebbe così dai suoi compagni pescatori?».

Kate, divertita e leggermente intenerita dalla sua innocenza, rispose: «Forse qualcuno che era diretto alla propria fila di nasse, si è imbattuto nella nostra e si è fatto prendere dall'avidità. Anche se sembra che il capitano sappia esattamente chi è stato, il che vuol dire che è già accaduto».

«E quindi adesso che succede?», domandò Andy. «Cosa facciamo? Torniamo a Dutch? Chiamiamo gli sbirri?»

«Non lo so», disse, anche se ne aveva un'idea piuttosto precisa. Quando il dipartimento contabile del procuratore distrettuale di Anchorage avrebbe trovato spese vacanziere elencate tra i costi dell'indagine su quel caso, Kate sperava che avrebbe avuto la compassione di chiudere un occhio.

L'*Avilda* procedeva spedita verso nord-nord-est, e arrivò in sei ore a sud delle isole delle Quattro Montagne. Lì, andò avanti e indietro, scandagliando i mari al largo di Yunaska. La nebbia si era addensata e Kate ne era lieta, ma poi una boa sfiorò il parapetto, e si rassegnò. Non c'era modo di scamparla.

Seth, muovendosi più velocemente di quanto Kate l'avesse mai visto fare, si sporse con un mezzomarinaio e agganciò la boa prima che si allontanasse dalla sua portata. Quando si rivelò appartenere alla *Daisy Mae*, il grido di trionfo di Harry risuonò attraversò le pareti del ponte.

Quando Seth agganciò un pezzo di cima e avviò l'argano per issare la nassa, Kate sapeva che era meglio tapparsi la bocca. Andy no.

«Aspetta un attimo», disse, «queste non sono le nostre boe». Quando Ned lo ignorò, lo prese per un braccio, «Ehi, Ned. Ho detto che non stiamo raccogliendo le nostre nasse».

«Ti ho sentito», grugnì Ned, scuotendoselo da dosso. «Seleziona i cazzo di granchi, biondino».

Andy fissò prima Ned, poi Seth, e infine Kate, che stava riavvolgendo la cima in una pila bagnata ai suoi piedi. Aprì la bocca per aggiungere qualcosa. Lei scosse la testa una volta sola, piano. Con sguardo fermo comunicò un avvertimento silenzioso e chiaro, e Andy, anche se ingenuo, non era stupido. Chiuse la bocca e avanzò per aiutare a issare la nassa.

Era solo l'inizio, per cinque ore raccolsero nasse che non gli appartenevano. Sul ponte di comando Gault manovrava il riflettore, scegliendo il prossimo gruppo di boe nella nebbia, mentre controllava sul radar che non ci fossero altre navi in arrivo. Sul ponte, con un sorriso di puro godimento in faccia e un coltello in mano, Ned squarciava le reti delle nasse. Con sguardo impassibile, Seth tagliava i barattoli delle esche e li gettava via oltre la fiancata, poi tagliava le cime, prima nei punti in cui si legavano alle briglie di ogni nassa, poi di nuovo sotto le boe. Erano nasse solide, acciaio dolce da 3,2 centimetri, con anodi di zinco per ritardare la ruggine. Quando la nassa cadde fuoribordo, diventò trecentocinquanta chili di ferrovecchio due per due per un metro. Seppure fosse stata recuperata, ci sarebbe stato bisogno di ricostruirla quasi per intero prima che ci si potesse pescare di nuovo.

Kate, che lavorava in silenzio e con efficienza insieme al resto dell'equipaggio, era nauseata, sia dalla dimostrazione di disprezzo che dallo spreco di attrezzatura. Era preoccupata per Andy, che lavorava vicino a lei con un'espressione tesa sul viso pallido. «Stai bene?», gli domandò a bassa voce. Lui annuì senza rispondere e lei dovette farselo bastare.

Issarono nasse, selezionarono granchi, squarciarono reti, tagliarono cime, bucarono boe, finché non ebbero mal di schiena e mal di testa. Agirono in fretta per paura di essere scoperti, e parlarono di rado e a bassa voce. La cosa peggiore era che Johansen non aveva neanche trovato un buon posto per i granchi e le nasse salivano piene di scarti. In una c'erano, Kate ci avrebbe giurato, almeno quattrocentocinquanta chili di femmine, in un'altra solo un paio di giovani ippoglossi. Se avesse saputo quanto era difficile rubare, e quanto ingrato, avrebbe protestato di più dall'inizio.

Raddrizzando la schiena e gemendo un po', notò che era cambiato il rumore del motore dell'*Avilda*. Un sussurro forte percorse la passerella di fronte al ponte di comando, e quando alzò lo sguardo vide che Harry Gault le stava facendo cenno.

«C'è una barca che sta per raggiungerci», disse in un mormorio rauco. «Di' a Ned che ce ne andiamo».

Ripulirono il ponte da ogni brandello dell'attrezzatura della *Daisy Mae*, buttando tutto fuoribordo. Per la fretta Andy si sbarazzò di un paio dei loro coltelli e di venticinque braccia della loro cima. Guardò Ned con aria impaurita.

Ned però era parecchio compiaciuto, e in risposta allo sguardo di Andy fece spallucce. «Che problema c'è. Ne abbiamo da buttare».

Il rombo del diesel aumentò e Kate sperò che il motore della vecchia ragazza reggesse abbastanza da permettere loro una fuga pulita. I suoni si propagavano sull'acqua, e senza dubbio anche l'altra nave aveva un radar. Dovevano essere consapevoli che l'*Avilda* era lì, e se le nasse appartenevano a loro, dovevano sapere cosa stesse facendo l'*Avilda*. Kate sperò solo che non avessero un fucile.

Ebbero fortuna. L'*Avilda* non fu inseguita. Scapparono nella nebbia, senza voltarsi, per otto ore, fino a raggiungere l'inizio della loro fila di nasse. Seguirono ventiquattro estenuanti ore di incessante lavoro a issare nasse, riempire esche e calarle di nuovo. Verso la fine della fila le nasse iniziarono improvvisamente a venire su cariche, il che significava che erano arrivati al punto in cui i ladri si erano fermati o erano stati messi in fuga dall'avvicinarsi di un'altra nave. I granchi si accumularono nella stiva e l'atmosfera sul ponte migliorò. Quella sfacchinata, al freddo, fu infinitamente migliore, nonostante la nebbia, e l'equipaggio lavorò con più facilità ed efficienza. Kate questa volta non badò alle onde grandi quando si misero a spingere nasse pesanti duecentonovanta chili più di lei, lungo un ponte che sembrava essersi allargato tra un giro e l'altro.

Stavano ripulendo il pavimento e coprendo la pesca, quando un martellare sulla finestra del ponte di comando fece alzare lo sguardo all'equipaggio. Harry stava disegnando un cerchio in aria con l'indice. Addirittura arrivò ad aprire la finestra e strillare: «La riporto a casa, voialtri buttatevi un po' in branda».

Come sempre dopo il segnale del rientro del capitano, Ned trotterellò a poppa e lanciò una cima corta di canapa di Manila fuoribordo, legandola intorno a una galloccia sul parapetto di poppa, mentre l'altro capo veniva trascinato, dimenandosi nella scia di schiuma bianca.

Andy osservò di nascosto da mezza nave, e diede di gomito a Kate quando Ned si fu allontanato. «A che serve quella cima?», chiese a bassa voce. «Non è legata a niente, ce la trasciniamo solo dietro».

Kate stava in piedi affacciata al parapetto, con il viso al vento, come se l'aria di mare fredda e pulita potesse lavare via le fatiche delle attività notturne. Seguendo il suo sguardo, stanca com'era, sorrise e rispose con lo stesso tono di voce: «È la cima delle signore».

«La cosa?».

Aprì la porta per le cabine. «La cima delle signore. È una vecchia usanza, antica come le baleniere, credo».

«Che cosa significa?», domandò, seguendola nel corridoio.

«Quando è ora di rientrare a casa, buttano in acqua una cima libera, così le donne che si sono lasciati alle spalle possono riportare i loro amati verso casa».

Andy ci rifletté un po' su, illuminandosi: «Mi piace. È una bella tradizione».

«Non devi parlarne, però», disse Kate, sempre bisbigliando. «Non se ne parla, si fa e basta».

Lui fece un sorriso stanco. «Per non rompere la magia, eh?»

«Tu ci passi sotto le scale?».

Il sorriso svanì e rimase zitto, con la porta della loro stanza mezza aperta. «Ti fai attraversare la strada dai gatti neri?», insistette Kate. «Quando ti cade il sale, ne butti rapidamente un pizzico dietro le spalle? Tocchi legno quando dici qualcosa che potrebbe sfidare la sorte?». Lui non rispose, e lei sorrise ancora, seguendolo nella stanza. «Non dire niente sulla cima delle signore. A nessuno piace essere preso in giro per le proprie superstizioni».

«Comunque non m'interessa cosa fanno sull'*Avilda*», disse, e mentre il suo momentaneo entusiasmo svaniva, si fece improvvisamente pallido e stanco. «Io me ne vado da questa barca, Kate. Gente che si comporta così con i mezzi di sostentamento di qualcun altro… quanto costa una nassa da sei metri?»

«Non lo so. Tre, quattrocento dollari, qualcosa del genere».

«E tutta quella rete, le boe, i barattoli delle esche. Per non parlare del tempo che abbiamo perso per la pesca». Chiuse gli occhi e ripeté deciso: «Non so dove andrò, ma me ne vado da questa nave».

Lei gli mise una mano sulla spalla. «La vita è così dove si gioca duro, Andy».

«Non fa per me», dichiarò. «E scommetto che posso trovare un capitano che la pensa come me. Non appena ci riesco, me ne vado».

Senza dire altro si spogliò e s'infilò nella sua branda. Il russare che si levò quasi immediatamente dal letto di sopra fece desiderare a Kate di avere la coscienza altrettanto pulita.

Si era immersa così tanto nel ruolo dell'uomo di mare nerboruto, nonché apprendista pirata di nasse, che si era quasi spogliata del tutto quando ricordò il motivo per il quale si era arruolata sull'*Avilda*. Allo stesso tempo realizzò che con il resto dell'equipaggio a letto e il capitano di guardia, era il momento perfetto per mettere sotto sopra la cabina di Harry Gault.

Andy non smise di russare neanche un secondo mentre Kate apriva piano la porta e sgattaiolava nel corridoio. Il russare che veniva da dietro la porta di Ned e Seth era così forte che si chiese come facessero a dormire. Almeno non dovette preoccuparsi di fare piano. Non ne era capace.

La cabina del capitano era quella più vicina alle cucine. Era vero che si trovava a un passo dalla porta sulle scale che portavano al ponte, ma Kate disapprovava. Un capitano davvero coscienzioso avrebbe dormito nella stanza delle carte, per essere vicino al ponte di comando, non alle cucine. Comunque ciò le rese più facile l'effrazione, e se non altro era contenta per quello.

Non che ci fosse molto da scassinare. La porta non era chiusa a chiave: si aprì senza problemi e si richiuse dietro di lei con un click silenzioso. Accese la luce.

Era uguale alle altre cabine del corridoio, una stanzetta quadrata con un letto a castello incassato nella paratia. Tra i due letti c'era un unico oblò, e c'erano dei cassetti sotto quello in basso. L'unica cosa differente era una vecchia scrivania di ferro, che sapeva di avanzo d'esercito, infilata vicino ai letti, e accanto uno schedario con due cassetti, della stessa provenienza.

Kate si affacciò nel bagno che si apriva su un lato della stanza e si rifiutò di metterci piede per paura di beccarsi qualcosa; nel lavandino, delle dimensioni di un piattino, stava crescendo qualcosa di spiacevole. Non si diede la pena di guardare nella doccia, più che altro perché aveva orrore di quello che avrebbe potuto trovarci. I cassetti sotto il letto servivano per i panni sporchi, dall'odore era così dall'anno precedente. Chiuse in fretta il secondo cassetto senza preoccuparsi di frugarne il contenuto.

Profondamente riluttante si dedicò alla scrivania. Se c'era una cosa che Kate odiava più di volare su un mezzo più grande di un Cessna 172, erano le scartoffie.

All'inizio trovò solo ricevute di pesca e documenti di trasporto. Per curiosità rovistò ancora, fino a imbattersi nella ricevuta del loro ultimo giro, e fu infastidita ma non sorpresa nello scoprire che Harry Gault aveva ridotto le quote dell'equipaggio dell'ultima consegna.

Il motore batteva stabile attraverso il pavimento. Sbadigliando, lasciò la scrivania e si dedicò allo schedario. Era chiuso a chiave, ma bastò qualche secondo con una graffetta raddrizzata per aprire il cassetto superiore. Entrambi i cassetti erano strapieni di carte, ma in perfetto ordine alfabetico, il che contraddiceva la confusione della scrivania. Jack Morgan avrebbe avuto da imparare dal sistema di catalogazione di Harry Gault. Estrasse una cartellina e la sfogliò, sbadigliando di nuovo e sperando di non addormentarsi. Se Harry fosse tornato dal turno di guardia e l'avesse trovata a sonnecchiare sulla sua scrivania sarebbe stato impossibile da giustificare persino per lei.

Il primo fascicolo che esaminò era una raccolta di accordi di locazione-acquisto tra un tale Henderson Gantry di Ketchikan, Alaska, e vari rivenditori di navi. Dalla descrizione fisica di ogni nave, molte di loro sembravano imbarcazioni di servizio, barche che andavano dalle aree di pesca ai conservifici, o dalle piattaforme petrolifere al villaggio, portando rifornimenti e cambi di turno dell'equipaggio, o accompagnando piloti verso enormi petroliere in arrivo, dirette a Valdez e ritorno. Kate pensò che sembrava l'inizio di una flotta di discrete dimensioni. Tutti i contratti erano datati aprile e maggio 1989, ed erano sottoscritti dalla stessa banca di Ketchikan, Alaska. Interessante. Una flotta piuttosto grande comprata tutta insieme e attraverso la stessa banca e anche lo stesso ufficio prestiti.

Henderson Gantry. Harry Gault. Se erano la stessa persona, a cosa servivano a Harry tutte quelle barche? «Pensavo tu fossi soltanto un dipendente, vecchio Harry», sussurrò. Aprì un altro fascicolo, e sollevò le sopracciglia.

Una flotta di dimensioni discrete che evidentemente non stava fruttando abbastanza soldi da ripagare i mutui. Questo fascicolo raccoglieva avvisi di una banca. Non una sola banca, notò, ma una mezza dozzina di banche diverse, nessuna delle quali in Alaska. Tornò al primo fascicolo, confusa. Sì, la Southeast First Bank aveva finanziato l'acquisto della piccola flotta. Spalancò gli occhi, appoggiò la seconda cartellina sulla scrivania vicino alla prima e continuò a cercare nello schedario.

Quasi immediatamente dopo la firma conclusiva dei mutui originari, tutte le navi erano state rifinanziate attraverso altre banche,

banche all'estero, per la maggior parte nel Pacifico nord-orientale, solo due erano state rifinanziate da banche di San Francisco. In quel caso l'armatore era registrato come Harley Gruber, con referenze impeccabili e un tasso di credito che avrebbe fatto invidia alla città di Cleveland.

Kate annotò nomi, date, barche e banche, stringendo le labbra su un fischio silenzioso. Harley Gruber, Henderson Gantry, Harry Gault. Nella sua esperienza, le persone che assumevano altre identità quasi sempre conservavano le stesse iniziali. «Che hai combinato, vecchio Harry», sussurrò, «per aver bisogno di un nuovo nome ogni volta che cambi partner in affari?».

Prese un altro fascicolo e scoprì una possibile risposta.

L'ultima cartella conteneva contratti di noleggio con la Royal Petroleum Company. Ciascuna delle barche comprate nel Sud-est era stata noleggiata dalla RPETCO per le operazioni di pulizia della *RPETCO Anchorage*, che si era incagliata al largo di Bligh Reef nel marzo del 1989 e aveva rovesciato quasi trentotto milioni di litri di petrolio greggio del North Slope sulla metà occidentale dello stretto di Prince William. La fuoriuscita aveva praticamente cancellato la stagione di pesca al salmone di quell'anno, spazzato via i letti dei gamberetti e interi branchi di aringhe in fase riproduttiva, abbattuto migliaia di anatre, papere, sterne e murre, ucciso lontre marine – in breve, con un grande e malefico senso di sommarietà, la fuoriuscita aveva causato morte e distruzione su ottocento chilometri di habitat naturale incontaminato della costa alaskana.

Se Kate viveva nel Parco, il mare di Prince William era il suo cortile. Aveva parenti a Cordova, Tatitlek, Valdez, Seldovia, Kodiak e Iliamna che soffrivano ancora per la catastrofe, spiritualmente e finanziariamente, quattro anni dopo. Se Harry Gault o Henderson Gantry o Harley Gruber, o chiunque cazzo fosse, aveva qualcosa a che fare con la farsa della pulizia che seguì il disastro devastante e coi molti accordi finanziari sospetti con armatori ben selezionati, lei, Ekaterina Ivana Shugak, si sarebbe personalmente fatta servire le palle di Harley Gruber su un vassoio per il brunch della domenica. Ora era completamente sveglia, e si rimise all'opera ancora più motivata.

Mentre finiva di prendere appunti e preparava un secondo assalto allo schedario, sentì un tonfo di sopra. Non ci furono altri rumori, niente che indicasse che Harry stesse facendo altro che controllare le carte, ma Kate decise di non sfidare oltre la sorte. Aveva raccolto abbastanza. Più che abbastanza. Sorrise, pensando all'espressione di

Jack quando avrebbe sentito la storia e visto i suoi appunti. Il sorriso svanì un po' al pensiero di Alcala e Brown, e guardò il fascicolo riflettendo. Queste informazioni erano così importanti da spingere Harry Gault a uccidere due persone? Cercò di ricordare, sempre che le avesse mai sapute, le pene previste per frode e appropriazione indebita. Lei si occupava di aggressioni e omicidi; i reati dei colletti bianchi erano fuori dalla sua portata. Sbadigliò di nuovo, e si chiese se la collusione nell'accaparramento del succoso appalto per la pulizia di quel disastro ambientale potesse essere perseguita ai sensi della legge federale RICO per il crimine organizzato.

Le salì una risatina dalla gola devastata. Le stava venendo di nuovo sonno. Jack Morgan voleva informazioni su Harry Gault, ed era quello che avrebbe ricevuto. Muovendosi in fretta, ma non senza attenzione, riassemblò i documenti nei loro fascicoli originari e li rimise nello schedario. Ancora qualche secondo di lavoro con la graffetta e fu di nuovo chiuso a chiave. Si infilò in tasca gli appunti e aprì piano la porta. Diede un'occhiata al corridoio per controllare che fosse vuoto, poi uscì e si chiuse la porta alle spalle senza far rumore.

Si voltò e andò a sbattere direttamente contro Harry Gault. «Ops».

Fece un grosso sforzo per trattenersi dal fuggire di corsa lungo il corridoio, in preda al panico. «Oh. Scusi, capitano. Non l'avevo vista».

I suoi occhi si mossero da lei alla porta della sua cabina. L'aveva vista uscirne o era appena sceso dalle scale dal ponte?

«Che ci fai sveglia? Pensavo di aver detto a Ned che potevate andarvene tutti a dormire».

Lei si grattò e finse uno sbadiglio. «Mi sono svegliata perché avevo sete», mugugnò con voce assonnata. La miglior difesa è l'attacco, e gli sorrise impudente: «E lei? Che ci fa quaggiù? Chi sta manovrando la nave?»

«Il pilota automatico».

«Ah». Simulò un altro sbadiglio. «Bene, vado a prendermi da bere. Vuole qualcosa?»

«No». Aggiunse brusco. «Grazie».

«Nessun problema. Ci vediamo domattina».

Raggiunta la cucina, si aggrappò alla maniglia del frigorifero e premette la testa contro la fredda superficie smaltata, aspettando che le ginocchia smettessero di tremarle. C'era mancato davvero poco.

Il russare dalla cuccetta di sopra non si interruppe un secondo mentre si svestiva e si infilava nella branda. Era così stanca che le faceva male tutto, ma continuò a rigirarsi nel letto, senza riuscire a spegnere il cervello. Alla fine cadde in uno stato di dormiveglia e cominciò a fare una serie di sogni a occhi aperti, pieni di nasse in rovina che arrugginivano in fondo all'oceano e pescatori vendicativi che la inseguivano con i mezzimarinai, gli estratti conto in rosso, le bollette con gli avvisi di pagamento e i granchi rosa che nuotavano nella benzina verde. Di colpo le passò completamente il sonno e balzò a sedere. «Rosa!».

«Cosa?», disse Andy, assonnato e spaventato dal letto di sopra.

«Rosa!», disse. «Il carburante degli aerei di una volta era rosa! Rosa come il guscio nuovo di un granchio reale, Dio santo!».

Ci fu un breve silenzio, seguito dal clic della lampada di Andy che si accendeva. Dal lato del letto spuntò una testa bionda e arruffata. «Prego?»

«Il carburante degli aerei adesso è verde», spiegò. «Ma quello di una volta era rosa. Me lo ricordo perché aiutavo mio padre a fare il pieno al suo Piper Supercub».

L'espressione confusa sul viso di Andy non cambiò. «E poi sono io quello strano».

La testa scomparve, la luce si spense e Kate rimase sdraiata a occhi spalancati nel buio, con la testa impegnata su questo nuovo pezzo del puzzle.

# 5

«Il vecchio carburante per velivoli, quello che chiamavamo 80/87, era rosa», disse Kate a Jack il pomeriggio seguente, mentre mangiavano hamburger unti e patatine ancora più unte al Blow-In Café.

«E allora?»

«E allora la benzina in quella tanica ad Anua era verde». Lui smise di masticare e rimase lì con la faccia di uno che non ha afferrato. «Non capisci? Se quella benzina fosse stata lì da molto tempo, sarebbe stata rosa. Da quanto tempo il carburante è verde?».

La faccia di Jack si illuminò, deglutì e disse: «Qualcuno sta usando la pista regolarmente, tanto da aver bisogno di fare rifornimento».

Kate gli regalò un sorriso di approvazione e lui si mise a sedere dritto sulla sedia. «E la pista era anche ben tenuta», ricordò, «o perlomeno c'era stato traffico in entrata e in uscita di recente. Abbastanza da tenere la neve pressata, comunque. Non che ce ne sia molta da queste parti». Lui la guardò. «Mi ha sorpreso».

«Cosa?»

«Così poca neve».

«La temperatura media d'inverno qui è di un grado sotto lo zero», disse. «E credo che la nevicata media sia meno di mezzo metro. In più c'è la corrente a getto appena al largo della costa».

Jack guardò dalla finestra e vide il vento che spazzava via la nebbia e qualche fiocco di neve giù per la baia di Iliuliuk, e rabbrividì. «Un clima quasi tropicale», ammise. «Com'è andata là fuori stavolta? Hai ucciso molti granchi indifesi?»

«Più del dovuto».

«Oh cielo», disse sorridendo per un attimo, «per caso è il tono di qualcuno che è stato coinvolto in loschi traffici d'alto mare? Vi siete tenuti i granchi da tredici centimetri?»

«No, abbiamo solo commesso furto e danneggiamento», rispose. Sembrava depressa; il demonietto del piacere perverso che l'aveva colta nella sua prima azione criminale l'aveva abbandonata, e riusciva solo a pensare all'equipaggio della *Daisy Mae* che girava e girava, issando boe attaccate a niente, nemmeno le cime, e tornava a Dutch con la stiva vuota e il ponte ancora più vuoto.

Jack si raddrizzò sulla sedia, con l'hamburger che gli gocciolava mostarda e grasso giù per la mano e lungo la manica. «Ti dispiace dirmi che cazzo significa?».

Kate gli raccontò del furto alle nasse. Jack era più divertito che indignato, ma Jack non era un pescatore. «Ha avuto fegato, Gault», osservò.

«È stato stupido», tagliò corto Kate. «Ci sono più di quarantamila nasse nel mare di Bering, in qualsiasi momento, e centinaia di barche che le raccolgono. Per non parlare del Dipartimento di caccia e pesca. È un miracolo che non ci abbiano beccati. Se l'avessero fatto, avremmo perso un'intera stagione di pesca, e stiamo parlando di un guadagno lordo che si aggira tra uno e due milioni di dollari». Jack quasi si strozzò con il suo boccone di hamburger e si aggrappò alla sua Coca per mandarlo giù. Kate fece finta di niente e continuò a parlare puntando una minacciosa patatina. «E Gault non aveva prove, nessuna prova, che fosse stato Johansen a derubare la nostra fila». Notò che la patatina si stava raffreddando e se la infilò in bocca. Mentre la masticava, disse: «Stupido. Se Gault non si fosse infilato in famiglia, sarebbe stato licenziato in tronco parecchio tempo fa».

«Quanto tempo ti manca?».

Kate scosse le spalle. «Si è di nuovo rotto il motore».

«Anche la settimana scorsa».

«Ho la sensazione che sia successo anche la settimana prima e quella prima ancora. Gault non fa la manutenzione necessaria. Non dà alla vecchia ragazza l'attenzione che merita, la manovra e basta finché non si rompe, la aggiusta con lo sputo e il fil di ferro e poi la guida ancora per un po'. Uno di questi giorni si romperà definitivamente. Spero solo che non succeda mentre siamo nel buco della ciambella».

«Il buco della ciambella?».

Kate indicò l'oceano. «Comincia intorno alle isole Pribilof e finisce, non so, da qualche parte al largo della penisola della Kamchatka. Una sorta di zona di nessuno per pescatori di tutto il mondo».

«Oltre il limite delle duecento miglia», suggerì.

«Ben oltre», confermò Kate. «Gli Stati Uniti, la Russia, la Corea, Taiwan e il Giappone si sono litigati per anni, nelle Nazioni Unite, il diritto di pescare lì. Le nazioni, almeno. I pescatori ci pescano e basta, la maggior parte di loro con reti a strascico che dragano il fondo del mare e tirano su tutto quello che capita. Ed è il motivo per cui, secondo i biologi, la popolazione di granchi è crollata nella metà degli anni Ottanta».

Jack si esaminò le dita unte con attenzione rapita prima di iniziare a pulirle con il tovagliolo, lento e meticoloso, un dito per volta. «Ascolta, Kate», disse, «non vorrei sembrare una nonnetta ansiosa, e so che mi posso fidare di te, so che sai badare a te stessa o non ti avrei mai incastrata in questo lavoro, ma...». Alzò lo sguardo e la fissò con espressione molto seria. «Ci sono dei giubbotti di salvataggio sull'*Avilda*, vero?».

Lei sorrise debolmente. «È la prima cosa che ho controllato».

«Uno per ciascuno?». Lei annuì.

«Tutti in buono stato?». Lei annuì di nuovo. «A differenza dell'*Avilda*».

«E le scialuppe di salvataggio?».

Sapeva quante ce n'erano dai rapporti sulla scomparsa di Alcala e Brown, ma lei rispose pazientemente: «Due, montate sul soffitto, una a prua e una a poppa».

«Bene. Non che io sia preoccupato per te, intendiamoci».

«Certo che no», concordò Kate, sempre con pazienza. L'istinto maschile di protezione era tanto irritante quanto di rado toccante, ma non c'era altro da fare che aspettare che facesse il suo corso. Probabilmente aveva qualcosa a che vedere con il testosterone. Dovrebbe esserci un test, come uno di quei test di gravidanza precoci, solo che si tratterebbe di un test di testosterone precoce per individuare grandi accumuli di ormone nei bambini maschi. Potrebbero tatuare il risultato sulla fronte di tutti i bambini; in questo modo, le donne ignare saprebbero con una sola occhiata quanto sono profonde le acque intorno a quest'isola di orgoglio maschile. Guardò dall'altra parte del tavolo cercando di fare una stima. Era ora di mettere in pratica la sua idea.

Jack, ignaro di tutto, spazzolò l'ultima traccia di ketchup con l'ultima patatina, la guardò triste e la ingoiò con rimpianto. «Niente di meglio di una patatina unta per cominciare bene la giornata», osservò. Sfogliando gli appunti che gli aveva dato Kate, disse: «Chiamo in città e dico di cominciare a indagare su Harley Gruber e Henderson Gauntry».

«Scommetto tutto quello che vuoi che Gruber, Gantry e Gault sono la stessa persona».

«Niente scommesse». Sfoderò il suo migliore sguardo malizioso e disse: «Ti va di unirti a me? Non ne avrò per molto al telefono».

«Hai trovato una stanza?», disse, sorpresa. «Non posso credere che lo Stato pagherà altre notti da trecento dollari allo Shipwreck».

Jack indicò il porto. «Sono riuscito a strappare un letto a uno dei conservifici. È più un piccolo appartamento, in realtà. Il direttore è in ferie. Vuoi venire?»

«Dov'è?». Lui glielo disse e lei si alzò. «Ti raggiungo più tardi. Potrebbe essere la mia unica occasione per andare a Unalaska. Mi piacerebbe vedere com'è».

L'isola Amaknak era collegata all'isola di Unalaska da un ponte lungo centocinquanta metri, il Ponte verso l'Altra Parte. A un chilometro e mezzo dal ponte si arrivava al villaggio, una cittadina con meno traffico e più case rispetto a Dutch Harbor.

Unalaska occupava un posto speciale nella storia dell'Alaska. I russi erano arrivati lì, secoli prima, per lo stesso motivo per cui ora ci andavano i pescatori di granchi e ci erano andati i militari durante la seconda guerra mondiale, e cioè perché aveva il miglior porto naturale in milleseicento chilometri di isole Aleutine. Ma gli aleuti erano lì da prima di tutti, con la loro cultura e le loro risorse naturali, e si guadagnavano da vivere grazie a un ambiente marino generoso ma duro. Alla fine divennero facili prede della civilizzazione sotto forma di religione ortodossa russa, commercianti e malattie veneree. Costretti a macellare le foche e le lontre marine provocandone quasi l'estinzione per rifornire il mercato asiatico di pellicce, gli aleuti combatterono, ma furono schiacciati da una potenza di fuoco maggiore. Il mercato delle pellicce collassò, l'Alaska fu venduta agli Stati Uniti e i commercianti russi fecero largo alle baleniere del New England, le baleniere ai cercatori d'oro, i cercatori all'esercito degli Stati Uniti. E ora l'ennesima invasione: pescatori e conservifici, americani, coreani, giapponesi, russi, taiwanesi, che raschiavano letteralmente il fondo del Pacifico del Nord per accontentare l'insaziabile appetito del mondo per i frutti di mare.

La strada si inerpicò tra due piccole colline e si cominciarono a scorgere i tetti delle case. Erano poco più di una fila di edifici allineati lungo l'acqua, circondati da una strada sterrata che portava alla spiaggia e da una seconda che correva lungo il lato del breve fiume che raccoglieva le acque del lago Unalaska e le portava verso la baia di Iliuliuk. Le case erano un caos colorato di abitazioni di legno, roulotte, casette d'epoca che risalivano alla seconda guerra mondiale e capanne, da un piano o due, alcune vecchie e ingrigite dal vento e dalla salsedine, altre nuove, con il marchio inconfondibile della Outside prefabbricati impresso indelebilmente. A Kate ricordava Niniltna, sia per il luogo che per il tipo di costruzioni. Al largo si vedevano boe arancio fluorescente, probabilmente boe da ormeggio delle barche degli abitanti. C'era una vecchia chiesa in legno con due cupole, entrambe sormontate dalle caratteristiche croci ortodosse russe con l'asse poggiapiedi inclinata da Cristo durante l'agonia della crocifissione.

La spiaggia era una striscia stretta di sabbia grigia, e Kate, che non se ne faceva scappare una, camminò verso la fine del villaggio, attraverso l'erba alta che spuntava dalla neve ghiacciata e spaccata, fino alla sabbia bagnata che separava la terra dalla marea. La nebbia ondeggiava in alto fino al largo, e anche se riusciva a sentire Dutch Harbor che si faceva energicamente gli affari suoi a poco più di un chilometro e mezzo al di là dell'acqua, il rumore sembrava attutito. La spiaggia si stendeva davanti a lei, e iniziò a camminare. Una grossa imbarcazione a chiglia piatta, proveniente dal New England, spuntò dalla nebbia e grattò contro la ghiaia. Kate afferrò la cima e la tirò più su sulla spiaggia. Il proprietario della chiatta saltò fuori e annuì per ringraziare. Kate continuò a camminare e la nebbia la inghiottì di nuovo. Più in là, altre due sagome emersero trasformandosi da ombre in figure reali, un padre che insegnava al suo giovane, serissimo figlio l'arte di rammendare le reti. L'ago nelle sue mani nodose si fermò. La fissarono senza parlare finché non si fu allontanata.

Le barche di passaggio smuovevano piccole onde che lambivano la spiaggia. La nebbia era fredda sulle sue guance. Vista la difficoltà di guardarsi intorno, le sue orecchie facevano gli straordinari e le sentì molto prima di vederle. Delle ragazze stavano accovacciate in cerchio vicino all'acqua, sulla battigia bagnata. In silenzio, Kate si avvicinò alle loro spalle e si fermò a sbirciare.

Una di loro aveva una gamba piegata sotto di sé che formava uno strano angolo. Aveva il corpo massiccio, con la testa troppo piccola. Il suo naso sembrava non avere dorso, soltanto narici, che fischiavano un po' quando respirava. Stava parlando, e all'inizio Kate pensò che stesse parlando in aleutino, poi si accorse che probabilmente aveva una palatoschisi. Lei non era l'unica a non capirla, visto che la ragazza vicino a lei traduceva.

«*Gakgak*», disse la ragazza con la gamba piegata. «Kayak», ripeté quella accanto a lei. «Kayak. Uccello del tuono. Uomini. Gli uomini arrivano con il kayak o cavalcando un uccello del tuono, Sasha?»

«Kayak», rispose Sasha. «Uomini. Uccello del tuono. Uomini».

«E questo cos'è?», domandò un'altra ragazza.

«A me sembra "casa"», disse un'altra, confusa.

«Forse sono scema, Sasha», disse la prima ragazza con tono di scusa. «Ma non capisco. È una storia nuova?».

Le loro teste rimanevano chine, e Kate, curiosa, si alzò sulle punte per sbirciare quel che catturava tanto la loro attenzione.

Sasha stava disegnando nella sabbia. «Kayak», disse decisa, e apparve una singola linea, curva verso l'alto, sopra tre linee parallele ondulate. «Uccello del tuono». Con un paio di gesti agili comparve un paio d'ali attaccate a un becco feroce e adunco vicino al kayak. «Uomini». Una serie di ypsilon con le gambe camminavano dal kayak all'uccello del tuono, tre uomini in tutto, mentre altre due figure maschili aspettavano. Con un singolo gesto della mano, tutti i disegni furono racchiusi in un cerchio perfetto, quasi fino alle dita dei piedi delle ragazze. Un altro cerchio fu disegnato dentro al primo, a forse cinque centimetri dall'altro, perfettamente concentrico. C'era grazia e sicurezza in ogni gesto.

Sasha non stava disegnando con il dito, come Kate aveva pensato all'inizio. Si chinò per vedere meglio e si accorse che la mano deforme reggeva un coltello d'avorio intagliato. Sembrava una piccola scimitarra. L'oggetto, reso liscio e splendente da anni di utilizzo, luccicò verso di lei nella luce spenta del pomeriggio. «Oh!», esclamò involontariamente. «Che bello!».

Ci fu un grido unanime soffocato e le ragazze cominciarono a scappare. Anche Sasha sarebbe fuggita, ma la sua gamba cattiva era piegata sotto di lei e rimase ad ansimare nella sabbia. Le era caduto il coltello d'avorio e Kate lo prese.

«No!», gridò Sasha.

«Va tutto bene», le disse in fretta, inginocchiandosi accanto a lei. «Ecco». Le porse il coltello e Sasha glielo strappò dalle mani, stringendoselo al petto. «Va tutto bene», disse di nuovo con voce rassicurante. «Non ti farò del male. Mi chiamo Kate. E tu?».

Gli occhi di Sasha si mossero sotto le palpebre pesanti. Stava piagnucolando un po', ed era seduta per metà nell'acqua, che le stava rapidamente inzuppando i vestiti.

Kate non poteva abbandonarla così. «Avanti», disse, porgendole la mano. «Lascia che ti aiuti ad alzarti».

La ragazza si rannicchiò più lontano, ma Kate, muovendosi lentamente e facendo in modo che lei potesse seguire ogni suo gesto, le mise le mani sotto le ascelle e la sollevò in piedi. Le appoggiò una mano rassicurante sul braccio e sincronizzò i suoi passi con quelli claudicanti di Sasha. Era bagnata fradicia, notò Kate costernata. «Dove abiti?», domandò, modulando la sua voce roca perché suonasse meno minacciosa possibile.

Una vocina accanto a lei la fece trasalire. «Deve andare a casa di Zia. È a circa sei case di distanza. Ti faccio vedere».

Kate si guardò intorno e vide l'interprete, una ragazza minuta e snella con lunghi capelli castani intrecciati e un viso tondo che la guardava seria.

«Ciao», disse. «Io sono Kate».

«Becky», rispose la ragazza. «Non sei anglo».

«No», disse Kate. «O perlomeno non molto». Becky fece un sorriso timido, ma almeno era un sorriso. Incoraggiata, Kate disse: «Mi dispiace avervi spaventate. Stavo passeggiando sulla spiaggia, vi ho sentite e mi sono avvicinata per dare un'occhiata. Cosa stava facendo Sasha con il coltello?»

«Intagliava una storia», disse Becky.

«Intagliare storie? Che significa?».

Becky alzò lo sguardo verso Kate, con stupore evidente. «Non hai mai intagliato storie da piccola?».

Kate scosse la testa. «No. Non ho mai visto una cosa del genere. Ho visto opere d'arte in vendita ad Anchorage, diavolo, ho visto opere d'arte appese nei musei che erano disegnate molto peggio di quello che ho visto disegnare da Sasha sulla spiaggia». Becky la guardava perplessa, così aggiunse. «Ti ho sentito che la chiamavi per nome mentre la osservavo disegnare».

«Ah».

«Ma dimmi di più sulle storie intagliate».

Gli occhi castani di Becky la esaminarono in un modo che la fece sentire come se la stessero sezionando per prepararsi a studiarla sotto un microscopio. «È solo un gioco», disse infine. «Un gioco da ragazze. Ce l'ha insegnato Zia. Dice che gliel'ha insegnato sua madre, e la madre di sua madre lo ha insegnato a lei. Disegniamo nella sabbia, a volte nella neve, e ci raccontiamo storie. Da questa parte».

Becky salì le scale e aprì la porta senza bussare. «Zia! Sasha è caduta e si è bagnata tutta!».

«Ah, questa ragazza!». Una donna minuta con i lineamenti quasi cancellati dalle rughe si precipitò fuori dalla cucina e ronzò intorno a loro come un'ape infuriata. «Sasha», disse, con voce di rimprovero ma piena di affetto, «ragazzina cattiva! Che disastro! E stai tremando! Togliti subito quella roba bagnata! Becky, portala giù in bagno e preparale la vasca. Ci sono asciugamani puliti nell'armadio della biancheria. Su, su!».

Becky si voltò indietro e disse: «Questa è Kate, Zia. Ha aiutato Sasha».

L'ape si voltò verso Kate. «Be', non startene lì, devi essere congelata, vieni in cucina che ti faccio il tè».

«No, veramente...», provò a protestare Kate, mentre veniva trascinata dall'irresistibile anziana donna. Percorsero un corridoio ed entrarono in una grande cucina che occupava metà dei metri quadri della casa, dal pavimento ricoperto con quella che sembrava paglia. Kate rimase lì con i piedi in quella roba fino alle caviglie. «Mi sembri occupata, forse dovrei andare».

«Sciocchezze», disse l'altra donna con decisione, «entra immediatamente e siediti vicino alla stufa. Come hai trovato Sasha?».

Kate ubbidì, docile, e si sedette sulla sedia vicina alla stufa a petrolio. Irradiava un calore che le fece notare quanto freddo avesse. «Non startene seduta lì così, togliti la giacca», disse la donna. «Io sono Olga Shapsnikoff, comunque».

«Kate, Kate Shugak».

Olga si bloccò all'improvviso. «Shugak? Sei per caso parente di Ekaterina Shugak?».

Fu quasi tentata di mentire. «Sì», disse. «Ekaterina Shugak è mia nonna».

«Ma tu guarda». Olga si tenne occupata con il bollitore, e in qualche modo dalla sua schiena si capiva che non ne era tanto entusiasta. Kate la prese in simpatia.

«Sono stata a un incontro presieduto da Ekaterina all'ultimo congresso di Raven», disse Olga. «È decisamente una...», esitò, e guardò Kate. «È decisamente una donna forte».

La parola che sta cercando è "dittatoriale", pensò Kate. O anche dispotica, autoritaria, o semplicemente prepotente. Non disse niente. Ekaterina poteva essere tutte quelle cose in effetti, ma Ekaterina era sua nonna e quella donna era un'estranea. «Dimmi di più sulla pratica di intagliare storie», chiese. «Non ho mai visto un coltello da storie prima d'ora. È un'usanza aleutina?».

Dopo una lunga occhiata pensierosa che diede a Kate la netta impressione di essere testata e – per fortuna – di risultare pulita, Olga sorrise. «È più una tradizione eschimese», replicò, dando le spalle ai fornelli. «Mia madre era di Alakanuk».

Mentre Olga faceva bollire l'acqua e preparava il tè, le ragazze si erano infilate in casa una per volta, sedendosi intorno al grande tavolo da cucina, e si stavano scaldando le mani con le tazze di tè caldo, lanciando in direzione di Kate occhiate timide e furtive. Dopo un po' Sasha entrò con passo pesante, i vestiti puliti e asciutti, la pelle arrossata dal calore del bagno e i capelli bagnati pettinati all'indietro come una foca. Si mise a sedere sul pavimento vicino alle ginocchia di Olga e prese un pugno di paglia.

«Che cos'è questa roba?», domandò Kate indicando il mucchio con la tazza.

«Io e le ragazze stiamo intrecciando ceste». Olga tolse un telo umido dal fondo del tavolo e scoprì una dozzina di ceste iniziate che a una prima occhiata sembravano fatte di stoffa.

«Ah», disse Kate, con tono sorpreso. «Sei un'intrecciatrice di Attu».

«Di Unalaska, ora», disse Olga, accennando un sorriso. Una delle ragazze ridacchiò, ma tacque subito.

Kate toccò uno degli oggetti. Era morbido, soffice al tocco. L'intreccio era finissimo, i nodi minuscoli. Nessuno dei cesti aveva un diametro di più di sette centimetri e mezzo. Avevano tutti lo stesso intreccio complicato, tessuto intorno alla base con un colore d'erba diverso.

«"Cesti d'erba che sono allo stesso tempo forti e bellissimi"», disse piano. Guardò Olga. «Lo scrisse il capitano Cook nel suo diario, quando visitò Unalaska nel 1778».

Becky tirò su col naso, con un'espressione di disprezzo che non si addiceva al suo giovane viso: «I cesti di Unalaska erano molto ruvidi».

«Così ho letto», concordò Kate. «Quelli di Attu erano i migliori, non è vero?».

Questa volta fu Olga a tirare su col naso, ed essendo più vecchia e con più esperienza risultò più convincente di Becky. Era un suono di profondo disprezzo. «Se lo dici tu».

«Non ne so niente in realtà», ammise Kate, «so solo quello che ho letto. E ho visto i cesti nel museo di Anchorage, naturalmente. Quanto vi ci vuole per farne uno?»

«Sei mesi», rispose Olga. «Forse sei anni».

Kate la guardò incredula. «È vero», insisté Olga. «Dipende dalle dimensioni. Per un cesto alto poco più di sei centimetri occorrono circa quaranta ore. Ma quando gli antichi facevano i sudari, potevano volerci anni solo per finirne uno. Ti va di provare?»

«A fare un sudario?»

Olga si mise a ridere. «Cominciamo con un cesto».

Ci fu un tramestio intorno al tavolo, mentre ogni ragazza ritrovava il suo cesto. Mezza dozzina di teste scure si chinarono in avanti, con la stessa identica espressione concentrata sui visetti. Evidentemente era una cosa seria, e Kate ci si mise d'impegno.

«Uno di questi cestini può fruttarne duecentocinquanta», le disse Olga.

«Dollari?»

«Dollari», confermò la donna con uno scintillio negli occhi. Kate guardò i cesti a cui stavano lavorando le ragazze con un rispetto crescente e nuovo. «È così che vi guadagnate un po' di soldi da spendere?». Sei teste annuirono senza alzare lo sguardo, sei paia di dita lavoravano con costanza senza perdere un secondo. Kate si voltò verso Olga e si ritrovò un pugno di erba sotto il naso.

«Spella lo strato esterno, così. Vedi?»

«A-ah», mentì Kate. Aveva la netta sensazione che Olga fosse una che spiegava le cose una volta sola.

«Ci sono i fili interni, qui, e quelli esterni, che chiamiamo secondi. Tienili separati».

I fili d'erba sembravano tutti uguali, ma Kate li divise in quelli che pregò fossero i mucchi corretti. «Okay».

«Dividili così, con l'unghia del pollice».

Dopo quasi un mese in mare su un peschereccio da granchi, i pollici di Kate non erano molto agili e i suoi primi sforzi furono a dir poco goffi.

«Bene», disse Olga. «Questo è il raggio, e questo è l'intreccio. I raggi sono la struttura, e gli intrecci si tessono intorno alla struttura. Okay. Prendi un filo d'erba e torcilo. Guarda, comincio io per te. Ricorda, si lavora sempre dal basso verso l'alto, e in senso orario».

«Chi ti ha insegnato a farli, Zia?»

«Mia nonna, un po'. Il resto l'ho imparato da sola smontando qualche vecchio cesto».

«Non lo fa più nessuno?»

«Siamo rimasti in pochi. Molti dei vecchi cestai rimasti sono morti nell'epidemia di influenza del 1919», disse Olga, «e naturalmente neanche uno di loro aveva mai svelato a nessuno come intrecciava».

«Perché no?»

«Perché ogni tessitore ha i suoi stili, e c'era gelosia tra i villaggi. Ognuno voleva essere il migliore, così tenevano per sé i propri segreti». Olga sospirò piano. «Ora sono tutti morti, e anche l'arte del cestaio è quasi morta».

«Non finché resti in vita tu, Zia», disse Becky, e le ragazze ridacchiarono.

«E dovreste esserne contente», disse loro Olga. «O non sareste in grado di comprarvi quel nuovo disco di Michael Jackson. No», disse Olga a Kate, «prima bagnati le dita. L'erba deve essere umida per poterla lavorare. Non troppa! Bagna solo quella che ti serve adesso. Dovrai mettere via quella che non usi, e potrebbe fare muffa se la riponi umida».

Dopo un'ora di fatica e sudore Kate produsse il suo primo intreccio, un minuscolo cerchio di nodi maldestri, che tuttavia era riconoscibile come l'inizio di un canestro. «Bene», disse Olga. «Ora vai avanti».

La fai facile, tu, pensò Kate. «Hai parecchia erba qui», disse, indicando la pila sul pavimento della cucina. «Sembra abbastanza per intrecciare fino al prossimo Natale».

Olga scosse la testa e formò un cerchio con le braccia, con le punte delle dita che si toccavano appena. «Da questa quantità di erba, si ottengono questi fili da intreccio». Si circondò il polso della mano sinistra con l'indice e il pollice destro.

«E basta?»

«E basta», confermò l'anziana donna. «Per questo è importante scegliere l'erba migliore».

«E dov'è l'erba migliore?»

«Lontano dall'acqua salata. L'erba sulla spiaggia è troppo dura. Si sgretola una volta trattata».

«Quindi la raccogli sulle colline?».

Olga annuì, con il viso chino sul suo cesto, l'espressione concentrata mentre creava un disegno particolarmente elaborato sul bordo. «S'impara a capire dove cresce l'erba buona. Se continui a raccogliere nello stesso posto l'erba migliora».

«Ecco perché torniamo ad Anua tutti gli anni», si intromise Becky.

Kate spezzò un raggio. «Anua?».

La voce doveva aver tradito il suo stupore, perché Becky le lanciò un'occhiata incuriosita. «Certo. È da lì che viene la nostra famiglia».

«Ah». Kate iniziò l'arduo processo di intrecciare un altro raggio nella trama, ripassando a mente una lista di domande da porre. Non poteva permettersi di sembrare un'impicciona o avrebbe perso tutta la confidenza che aveva guadagnato fino a quel momento. Si accorse che l'investigatore che era in lei aveva sopraffatto il membro della tribù, e per un attimo si vergognò di se stessa. Ma erano scomparsi due uomini, probabilmente erano morti, e Harry Gault non le piaceva, quindi disse con disinvoltura: «Ma se siete di Anua come mai vivete a Unalaska?»

«La guerra», disse Becky. «Raccontale la storia, Zietta».

«È stata la guerra», disse Olga. Abbassò la voce fino ad adagiarsi su un tono melodioso, quasi da canto, così fluido e naturale che Kate all'inizio non si accorse che la conversazione stava mutando.

Vennero i soldati giapponesi.

Poi venne l'esercito.

L'esercito spostò tutte le persone dalle isole.

Le misero in villaggi e campi a Cook Inlet e sul golfo di Prince William.

Lì faceva troppo caldo per le persone.

Molte delle persone morirono.

Dopo la guerra, l'esercito ci riportò indietro.

La gente che era rimasta avrebbe voluto essere morta con gli altri.

Non c'erano più case.

Non c'erano più villaggi.
Persino quelli dove i giapponesi non erano passati.
L'esercito disse che le distruggevano perché non potevano lasciare villaggi ai giapponesi.
Non potevamo tornare indietro.
Eravamo troppo pochi.
Non c'era niente per cui tornare.
Così ora viviamo in pochi villaggi invece che in molti.
È tutto.

Nella stanza cadde un silenzio rotto solo dal fruscio della paglia. Kate tenne la testa china sul suo cesto. Quando riuscì a parlare, disse: «Tornate mai ad Anua?»

«Certo», disse Becky, e simultaneamente Olga disse: «No».

Le ragazze spalancarono gli occhi. Olga spiegò con disinvoltura: «Solo per l'erba. A giugno o luglio, quando è pronta per la raccolta. Ma per la maggior parte usiamo erba dei musi gialli, rafia, che compriamo da fuori. Ci vuole troppo tempo per raccogliere e trattare la loglierella». La donna sorrise. «E i turisti non si accorgono della differenza».

Kate sorrise. Prima che potesse risponderle, Sasha disse all'improvviso: «Casa».

La guardarono tutte, seduta sul pavimento, con la gamba malata ripiegata sotto di sé. Aveva ancora il coltello d'avorio, lo stava usando per disegnare sul vecchio pavimento, e l'avorio ingiallito risaltava sul motivo floreale del vetusto linoleum. Aveva gli occhi castani brillanti e svegli, la cosa più vivace nel suo viso spento. «Kayak. Uomini. Uccello del tuono. Uomini. Casa».

«È la stessa storia che stava raccontando sulla spiaggia questa mattina», disse Becky a Olga. «Che cosa significa?».

Olga scosse le spalle e si chinò per prendere il coltello delle storie dalle dita ora molli di Sasha. «Non lo so. Che significato hanno tutte le storie di Sasha?»

«Ma le sue storie hanno sempre un senso, Zietta», protestò Becky. «In qualche modo, ce l'hanno sempre. Devi solo scoprirlo».

«Uccello del tuono», disse Sasha chiaramente. «Uomini. Kayak. Uomini. Casa».

«Vedi? Sa di cosa stiamo parlando».

Olga guardò Becky. «Il coltello delle storie è solo un giocattolo, Becky. Sasha è contenta quando ci gioca. È tutto».

La bocca di Becky si richiuse e si chinò di nuovo sul suo cesto, con una punta di rosso a tingerle le guance.

«Dimmi del coltello delle storie, Zia», suggerì Kate nel silenzio imbarazzato che seguì. «Non ne avevo mai visto uno. È bellissimo».

Olga abbassò lo sguardo sul coltello d'avorio che teneva tra le mani. «Me l'ha dato mia madre. La mia prozia lo fece per mia nonna quando era una bambina. È un giocattolo. Il giocattolo di una bambina. Lo usiamo per disegnare storie nella sabbia e nella neve».

«Da dove viene? La tradizione, dico».

Olga fece spallucce. «Alcuni dicono che si trattasse di un coltello vero. Che gli eschimesi lo usassero per tagliare i blocchi di neve da usare per gli igloo. Quello che so è che questo me l'ha dato mia madre. Mia madre l'ha avuto da sua madre. Altre ragazze ne avevano uno quand'ero piccola. Era una tradizione». Passò a Kate il coltello.

Kate lo accettò con mani riverenti. Il manico era intagliato con le sembianze stilizzate di una lontra marina che nuota sul dorso. Nonostante l'usura causata da come minimo quattro paia di manine sudice, si poteva distinguere ogni singolo baffo sul suo minuscolo muso. L'avorio sembrò farsi più pesante nel suo palmo. Kate si schiarì la voce. «Sono sempre fatti d'avorio?»

«No. Alcuni sono d'osso o di legno».

«È un oggetto bellissimo, Zia», disse Kate, restituendolo. «E di valore. Dovrebbe stare in un museo».

«E un museo lo tirerebbe fuori per giocarci?», domandò Olga, e trattenne una risata. «Il suo spirito morirebbe, chiuso a chiave in un posto dove nessuno lo tocca. Qui le ragazze ci giocano, e lui racconta loro delle storie».

Il che ne faceva più di un semplice giocattolo, pensò Kate. Abbassò lo sguardo all'inizio del suo cesto che si disfaceva in fretta, e disse mestamente: «Non mi pare di cavarmela granché, Zia. È chiaro che sono impreparata sulle mie radici».

«Sciocchezze», disse Olga bruscamente. «Ci vuole pratica, come per qualsiasi cosa. Ti farò portare via un po' d'erba quando te ne andrai, così ci puoi lavorare per conto tuo».

Fantastico, pensò Kate, ma disse umilmente: «Grazie, Zia».

«E ora, chi vuole altro tè? E un po' di *alodiks*?»

«*Alodiks*?», chiese Kate.

La donna la guardò con aria di rimprovero. «Non sai neanche una parola di aleutino?».

Kate scosse la testa.

«Perché tua nonna ha voluto così?», Olga tirò a indovinare astutamente, e scoppiò in una sonora risata di fronte all'espressione di Kate. Lei si sentì sollevata quando la donna si voltò verso la stufa, e ancora più sollevata quando vide che gli *alodiks* non erano altro che pane fritto. Qualche minuto dopo Olga mise un piatto colmo di panini gonfi e dorati in mezzo alla tavola e tutte ne presero uno, compresa Kate.

«Stamattina c'erano le orche assassine nella baia, Zia», disse una delle ragazze mentre masticava un boccone di pane fritto.

«Ahhhh», disse Olga, «Orche nella baia». Il sorriso le svanì dal viso e scosse gravemente la testa.

«Che significa?»

«Orche assassine nella baia?»

«Sì. Sai cosa significa?»

«So solo quello che sanno tutti». Olga lavorò ai suoi successivi punti senza parlare. Le ragazze smisero di ridacchiare e sussurrare, e mentre il silenzio si raccoglieva e cresceva, Kate ebbe la sensazione che si stesse aprendo un sipario.

Quando parlò di nuovo, la voce di Olga si abbassò e divenne una specie di cantilena con una lunga pausa alla fine di ogni frase. Era sottile, ma evidente. Come se stesse battendo su un tamburo alla fine di ogni verso, Becky e le altre ragazze iniziarono ad annuire leggermente al ritmo. Kate si era accorta di una cadenza simile nella storia di Olga sull'esilio degli aleuti e il rimpatrio durante e dopo la seconda guerra mondiale, e ora si mise coscientemente a esaminare le parole della donna cercandone il ritmo. Lo trovò, insieme alle ripetizioni, alle rime interne, alle allitterazioni. Senza muoversi, le ragazze sembrarono raccogliersi in un circolo più stretto, intente, assorbite, quasi ipnotizzate, come seguaci che pendevano dalle labbra della loro sacerdotessa.

Olga intonò:

> Quando le orche assassine si avvicinano alla baia
> di un villaggio
> hanno fame dello spirito di qualcuno.
> Quando arrivano le orche
> alla baia di un villaggio
> qualcuno sta per morire.
> Quando arrivano le orche
> alla baia di un villaggio
> la gente lo sa.
> Quando arrivano le orche
> alla baia di un villaggio

non manca molto.
Forse un mese.
Forse due.
Quando arrivano le orche
nella baia qualcuno muore.
Quando arrivano le orche.
È tutto.

Mentre pronunciava le ultime parole, guardò Kate dritta negli occhi. Tenne lo sguardo per qualche secondo, e poi le ispezionò la cicatrice sul collo. La pelle di Kate iniziò a prudere sotto quello sguardo fisso, ma rimase perfettamente immobile. «È una storia bellissima Zia», disse. «Sei una poetessa».

Olga si mise a ridere, una risata robusta e sonora, e la sacerdotessa scomparve insieme alle sue vestali, sull'onda dell'allegria. «È solo una vecchia leggenda», disse, ricadendo nella prosa. «Sono una buona cristiana, figlia di un missionario. Non ci credo a queste cose».

Kate scoppiò a ridere, e le ragazze si unirono di nuovo.

Mentre si alzava per andarsene, Kate esitò. Non voleva approfittarne, ma era ancora ossessionata dal ricordo di quei graziosi, agili disegni nella sabbia. «A proposito di Sasha».

Olga rimase imperturbabile. «Cosa?»

«È stata visitata da un dottore? Forse si può...».

«Non c'è niente da fare», tagliò corto Olga. «Sua madre beveva troppo».

«Dove abita Sasha?», domandò Kate a Becky una volta uscite. «Con la sua famiglia, i suoi genitori, con chi?». Era determinata a fare qualcosa, qualsiasi cosa, chiunque fosse in grado di disegnare come Sasha non era, non poteva essere completamente senza speranza, a prescindere dalla sindrome alcolica fetale.

Si voltò e vide che Becky la fissava stupita. «Che c'è?».

La ragazza indicò la casa dietro di loro. «Sasha abita lì, Kate. Zia è la mamma di Sasha».

## 6

Lo spazio del porto era così limitato che l'*Avilda* si ritrovò di nuovo terza in una fila di quattro navi. La mattina successiva la marea era stanca, e dalla prima barca ancorata al molo c'era parecchia strada da percorrere. Ci sono cose peggiori nella vita che stare appesi nel buio pesto a una scala da dodici metri, cercando con il piede di far presa sulla ringhiera ghiacciata di una barca sbatacchiata di qua e di là nell'abbraccio entusiasta di frangenti vigorosi. Così su due piedi, a Kate non ne veniva in mente nemmeno una.

Cercò di non ascoltare il rombo del mare, lo schiaffo delle onde sul fondo di cento scafi, il mormorio dei motori al minimo, le grida dei capitani impazienti. Muovendosi con un arto per volta, trovò con cautela il successivo piolo in basso sulla scala e tese un piede sperando che fosse più o meno in direzione di una barca. Un cirripede le scricchiolò sotto il piede, la suola dello stivale scivolò sul piolo, perse l'equilibrio e una mano perse la presa. Cercò furiosamente la scala a tentoni e per miracolo la ritrovò.

Premette con la fronte contro il metallo freddo e i cirripedi ruvidi, con il cuore che le pulsava nelle orecchie, senza fiato. Le onde che scorrevano tra i pali sembravano ridacchiare. Con le labbra strette in un ghigno invisibile, ruotò sul piolo, piegò le gambe, si lasciò andare e saltò alla cieca. Per un attimo fu sospesa a mezz'aria, e poi colpì goffamente il ponte. D'istinto chinò la testa e fece una capriola in avanti. Urtò qualcosa di duro col didietro e smise di rotolare, mentre i piedi cadevano in avanti con un tonfo.

Rimase lì, a riprendere fiato. Sentì un rumore provenire dalla cabina della nave, come se qualcuno stesse per salire sul ponte, e balzò in piedi, dirigendosi verso il parapetto dalla parte opposta. Il resto del tragitto in confronto fu come bere un bicchiere d'acqua; doveva solo scavalcare le ringhiere legate delle due barche con una gamba e poi con l'altra. Sempre presupponendo che le barche fossero delle stesse dimensioni, e non lo erano quasi mai, nel qual caso doveva o arrampicarsi o saltare giù o entrambe le cose. Quando scivolò sul ponte ondeggiante dell'*Avilda*, provò una sensazione di puro trionfo.

Stava preparando la colazione quando Andy riemerse dalla cabina sbadigliando. Sbirciò le uova strapazzate con formaggio, cipolle, peperone verde e pezzetti di tortilla.

«Bell'aspetto. Il profumo ancora meglio».

«Mangi le uova?», disse, spalancando gli occhi. «Le uova vengono dalle galline. Se ci pensi, le uova sono galline, prima di schiudersi. Potresti ritrovarti a masticare l'anima di qualcuno, qui, incasinandogli il *prana* fino all'inferno e ritorno. Forse dovresti ripensarci». Gli fece un sorrisone. «Potrei prepararti una tazza di cereali».

Ignorandola, si versò una tazza di caffè. «Pensavo fosse il turno di Ned in cucina».

«Non è ancora tornato a bordo».

Andy sembrò sorpreso. «Pensavo che saremmo salpati con questa marea».

«Anch'io». Kate aggiunse un pizzico di polvere d'aglio e mescolò un'ultima volta le uova prima di spegnere il fornello e togliere la padella dal fuoco.

«Harry si incazzerà», disse Andy, con tono soddisfatto a quella prospettiva.

«Non è tornato nemmeno lui». I toast saltarono fuori dal tostapane e Kate li imburrò con mano generosa.

Andy si fermò con la tazza di caffè a mezz'aria. «Seth?»

«Nemmeno».

Ci fu un breve silenzio. Nella sua tazza di caffè Andy disse: «Questa barca non è governata un granché, vero Kate?»

«Già».

«Dico sul serio, io me ne vado appena trovo qualcos'altro».

Kate fece spallucce. «Saresti dovuto essere sulla mia ultima barca». E anche l'unica, pensò senza dirlo. «Il capitano aveva un altoparlante montato sulla coperta a prua e lo aveva collegato a un microfono sul ponte di comando per poter parlare all'equipaggio ogni volta che voleva, e voleva tutto il tempo. Bla, bla, bla, da come prendere una boa con il mezzomarinaio a come affettare l'esca, da come riempire il barattolo a come chiudere le porte delle gabbie a come selezionare i granchi. Questo tizio non si tappava mai, ma proprio mai, la bocca». Kate mise le uova sul vassoio con un mestolo e si fermò a ricordare. «Aveva la voce stridula che amplificata era dieci volte peggio. Faceva impazzire tutti».

«E cos'è successo?».

Kate fece di nuovo spallucce. «Un giorno l'altoparlante non funzionò più. Per un po' il capitano non se ne accorse. Alzavamo lo sguardo verso la plancia e lui era lì al timone, che blaterava nel microfono, ma non sentivamo niente. Era come la differenza tra il paradiso e l'inferno. Poi diede un ordine a qualcuno e naturalmente nessuno lo sentì e capì che c'era qualcosa che non andava. Seguì i cavi fino all'altoparlante e vide che qualcuno li aveva tagliati».

Andy sorrise. «Quanto ne sai di elettronica, Kate?».

Kate gli porse un piatto stracolmo. «Stai zitto e mangia la colazione». Si preparò un piatto per sé, rastrellò le uova che restavano sul lato della padella e ci impilò vicino il resto dei toast. Coprì il tutto per tenerlo al caldo e si sedette a mangiare. Anche lei si chiedeva dove fosse finito il resto dell'equipaggio e cosa stesse facendo. Se il suo vecchio amico Harry e i suoi due figli prediletti avessero preso il vizio di sparire, avrebbe dovuto inventare un modo di pedinarli nell'immenso distretto metropolitano di Dutch Harbor senza farsi beccare. La prospettiva non la allettava. Era brava, ma non *così* brava.

Erano alla seconda tazza di caffè quando Harry, Ned e Seth si fecero finalmente vivi. Ned e Seth portavano due valigette, una a testa, di quelle argentate e brillanti che usano i fotografi per trasportare gli obbiettivi.

Kate fissò le valigette. «Avete fatto spese per Natale?»

«Puoi dirlo forte», disse Ned, in modo quasi piacevole, e Kate si chiese se non avesse sentito male.

«Già, *per dare gioia ad ogni cuor*», aggiunse Seth, e scoppiarono tutti e tre a ridere, persino Seth.

Erano di umore splendido per qualcosa, si davano di gomito, si scambiavano occhiate, facevano commenti a mezza voce e ridacchiavano. L'unica cosa peggiore di quella cricca scontrosa, era quella cricca di buon umore. Andy finì il caffè e, rassicurato da un espansivo Harry Gault che l'*Avilda* per il momento sarebbe rimasta dov'era, andò in città, probabilmente a vedere che aria tirava per un nuovo ingaggio. Kate infilò i piatti nella lavastoviglie e uscì sul ponte per avvolgere cime, affettare esche, ed escogitare una buona occasione per localizzare e scoprire cosa c'era nelle valigette argentate portate a bordo quella mattina.

Era ancora sul ponte quando una pompa di sotto si avviò e iniziò a svuotare la sentina nel porto. Dopo un po' la pompa si fermò, ma alla luce del sole la lucentezza oleosa che colava dal loro scafo era facilmente visibile, finché Ned uscì con una bottiglia di detergente e la spruzzò lungo la fiancata. L'olio scomparve. Ned le sorrise. «Liscio come l'olio».

«Mi pareva che non si dovesse svuotare la sentina in porto», disse con voce piatta, tenendo lo sguardo sulla cima che stava riavvolgendo. «Se lo facessimo tutti diventerebbe una fogna».

Ned fece spallucce. «Non è mio il porto».

Se ne andò a poppa, e Kate pensò che forse l'idea di Andy non era tanto sbagliata.

Quando l'*Avilda* tornò alla zona di pesca, Kate fu sorpresa e sollevata nel trovare tutta la loro attrezzatura dove doveva essere. Il pescato era diminuito, ma le file erano intatte, le reti non erano state squarciate e le boe erano intere. Era più di quanto si aspettasse.

Nei due giri precedenti avevano tirato su una media di cento granchi per nassa (o almeno quella era la loro media con le nasse che non erano state precedentemente rapinate). Se il peso medio di un *bairdi* era poco più di un chilo, a un dollaro e mezzo al chilo significava che ogni nassa valeva trecentosettantacinque dollari. La sua parte, l'otto per cento, era stata di trenta dollari a nassa, e ne avevano lavorate un minimo di quaranta al giorno. Kate iniziò a sentirsi truffata ogni volta che una nassa veniva su mezza vuota, e si deprimeva quando la maggior parte del suo contenuto si rivelava essere di scarto.

Evidentemente Harry Gault si sentiva allo stesso modo. Diede ordine di non rimpiazzare le esche e di non calare le nasse una volta issate, ma di riallinearle sul ponte. Naturalmente il comandante di coperta non si prese la briga di dire al resto dell'equipaggio quali erano i piani.

Andy finì di riavvolgere e riporre un mucchio di polipropilene e si avvicinò a Kate: «Che sta succedendo?», domandò a bassa voce.

Kate fece un altro giro di cavo nel telaio dell'ultima nassa e controllò che tenesse. Era ben stretto. Annuì soddisfatta. «Sembra che il capitano si sia finalmente accorto che i granchi ci sono sfuggiti. Vuoi sapere cosa penso? Stiamo andando a cercare».

Andy sembrava confuso. «A cercare?»

«A mettere nasse qua e là. Per trovare dove sono andati a finire i granchi».

Per tutta la settimana non fecero altro che navigare su e giù per l'arcipelago, piazzando qualche nassa, issandola per esaminarne il contenuto, girovagando un po' più a ovest, un po' più a sud per ripetere l'esperimento in acque nuove. Ogni tanto la nebbia si diradava e a prua si profilava un vulcano fumante ricoperto di neve. Con le variabili condizioni atmosferiche che si alternavano nell'arco di ventiquattro ore, era difficile per l'equipaggio anche solo capire in che direzione stavano andando, e naturalmente Harry Gault era loquace e affabile come sempre, ovvero apriva la bocca solo per abbaiare ordini.

Kate era così assorta nel suo ruolo di pescatore che iniziò a preoccuparsi della carenza di granchi nella stiva. Gli assegni dei suoi ultimi due giri erano piegati nella tasca dei jeans, dove costituivano un piacevole peso concreto. I suoi riposi cominciarono a essere disturbati da sogni di un nuovo furgone, di un generatore più grande per la fattoria. Forse persino una parabola satellitare. Le piaceva guardare MTV e VH-1 quando andava alla Roadhouse, tenersi aggiornata con le ultime novità in fatto di musica. Una volta cantava e suonava la chitarra. Ora cantare era fuori discussione, visto che il coltello del pedofilo le aveva quasi fatto fuori le corde vocali, ma amava ancora la musica, e aveva dei gusti quantomeno eclettici. Di recente si era appassionata a K.D. Lang, e si ricordò all'improvviso che sul satellite si prendeva anche la Nashville Network. Infilò la mano in tasca per toccare i due foglietti ripiegati e continuò a sognare.

Si risvegliò dai suoi sogni a occhi aperti e si accorse che si avvicinava l'ora di cena ed era il suo turno in cucina. Si raddrizzò e si stiracchiò. Il golfo grigio-verde si stendeva infinito in ogni direzione, oltre il baglio di babordo un picco innevato con un sottile pennacchio di fumo galleggiava in un anello di nebbia, e Ned stava svuotando una nassa sul ponte.

Stava per buttare a mare il contenuto quando lei lo chiamò: «Aspetta, Ned».

«Ci sono solo scarti», grugnì, quando lei si avvicinò.

Kate controllò il contenuto della nassa. «Abbiamo quattro reali rossi...».

«Fuori stagione».

«...un halibut giovane...».

«Che non arriva a sei chili e otto».

«...e mezza dozzina di Dungeness. E anche grandi», disse Kate ammirata.

«Cosa ci devi fare?», domandò Ned sospettoso.

Kate gli rivolse il più dolce dei sorrisi. «Stasera tocca a me cucinare».

Prese la pentola più grossa che trovò in cucina, la riempì d'acqua e la mise su un fornello a fuoco vivo, e andò di sotto a mettere insieme gli ingredienti per il resto del pasto. Il frigorifero e il freezer industriali erano in una stanzetta posizionata in fondo allo scafo, dietro la stiva e la sala motori. Scese riluttante la scaletta per la cambusa. Odiava la cella frigorifera, piccola e quadrata. La porta era così pesante che aveva sempre paura che le si chiudesse dietro, che la sbarra si infilasse nel suo binario e la intrappolasse, condannandola a un'eternità tra costate di manzo e costolette di maiale. Il solo pensiero bastava a farla rabbrividire, e afferrò una lattina di lardo svignandosela dal freezer, chiudendo la porta con un calcio e sospirando di sollievo. Prese alcuni ingredienti per l'insalata dal frigorifero e la cena era pronta.

Si diede da fare in cucina mentre l'*Avilda* navigava sopravento, e il suo equipaggio quella sera si ritrovò una cena di granchi reali e Dungeness, halibut fritto in pastella di birra, una montagna di purea e, per Andy, un'insalata verde. Ned, Seth e Harry guardarono la tavola e caddero a sedere. Pescando dal mucchio di posate che Kate aveva sistemato al centro, ognuno trovò il paio di pinze che più gli si confaceva e iniziarono a spaccare granchi con entusiasmo. La maionese disegnava baffi, il burro fuso colava sui menti, il succo dei granchi scendeva giù per le braccia e inzuppava i giornali che Kate aveva steso sul pavimento, i gusci vuoti si accumulavano sempre più alti nella pentola vuota che aveva messo in mezzo alla tavola a quello scopo.

Quando ebbero finito, non era rimasta una chela, una zampa, o una spalla di granchio, né un singolo pezzo di halibut. Harry si appoggiò allo schienale ed espresse i suoi sentimenti con un sonoro rutto soddisfatto. Il consenso sembrava unanime. «Cristo, che buono», disse Seth, e persino Ned annuì controvoglia. Sopraffatta da tanta approvazione entusiastica e incondizionata, Kate decise che questa gente poteva piacerle, col tempo. Diciamo dopo cent'anni. Si stiracchiò. «Chi pulisce?».

Tre dita indicarono Andy. Kate sorrise alla sua espressione afflitta. «Io me ne vado a letto. 'Notte 'notte».

«Anch'io», disse Harry, sbadigliando. «Ned, tu fai il primo turno di guardia; Seth, tu il secondo. Svegliatemi se ci sono problemi».

Kate si tuffò in branda e cadde istantaneamente in un sonno profondo e senza sogni.

Un pugno sulla porta la svegliò di colpo. «Che c'è?», gracchiò. Ce ne fu un altro e alzò la voce. «Che c'è, cazzo!».

La voce di Harry si stava già allontanando lungo il corridoio. «Fuori dai letti. Stiamo facendo ghiaccio».

Cercò al buio l'orologio e vide che non era neanche mezzanotte. Le ricadde la testa sul cuscino con un tonfo. «Oh, merda». Un attimo dopo era in piedi e si stava infilando i vestiti. Andy si affacciò con aria stralunata. «Che sta succedendo?»

«Stiamo facendo ghiaccio».

«Che significa?»

«Vai sul ponte e vedrai. E... Andy?». Lo guardò negli occhi. «Mettiti *tutti* i vestiti che hai».

Una raccolta di corpi contundenti li aspettava in corridoio. Kate prese una mazza da baseball e, visto che sembrava indeciso, scelse per Andy uno dei martelli da fabbro più piccoli. «Riesci ad alzarlo? Fammi vedere. Bene. Andiamo».

La seguì, e le proteste gli morirono in gola quando vide quel che li attendeva sul ponte.

Il tempo, prevedibilmente, era peggiorato mentre dormivano. L'*Avilda* procedeva a fatica su e giù per i cavalloni, sbatacchiata da onde alte da tre a sei metri. Niente di strano, ma il freddo era una novità.

La temperatura era crollata con il peggiorare del tempo, e gli spruzzi salati che volavano a colpire il ponte congelavano in una quantità di palline minuscole che saltellavano e scricchiolavano sulle assi, facendo il suono dei Rice Krispies quando ci versi il latte. Gli spruzzi si attaccavano congelati a tutto quel che toccavano, al ponte stesso, alle nasse impilate sul ponte, all'albero, al boma, al sartiame attaccato ad albero e boma, alla struttura superiore della cabina dell'*Avilda*. Ogni centimetro di superficie della nave che si trovasse sopra il livello dell'acqua era incastonato in una placca di ghiaccio. Era già alta diversi centimetri a prua e sull'albero, e si stava facendo più spessa in tutti gli altri punti.

«Gesù Cristo sulle stampelle», disse Andy, e il suo stupore si sentiva anche con il boato della tempesta. Era la prima volta che Kate lo sentiva imprecare. «Sembriamo il cazzo di *Olandese Volante*».

Kate chinò la testa. Forse era solo immaginazione, ma le sembrò di sentire una punta di sforzo nel movimento dello scafo dell'*Avilda*: pareva sballottata nell'onda, ansimante e affaticata. Kate avanzò verso il boma attraversando un ponte ghiacciato e terrificante, puntò i piedi contro il bordo sporgente della botola, sollevò la mazza e la abbatté il più forte possibile. Le scivolarono i piedi e sentì il colpo riecheggiarle su per le braccia. Stringendo i denti, colpì di nuovo. Un grosso pezzo di ghiaccio si spaccò e cadde sul ponte. Sotto lo scafo passò un'onda, il ponte si inclinò e il ghiaccio scivolò fuoribordo. Kate perse di nuovo l'equilibrio e stava per seguirlo. Con la coda dell'occhio vide Andy a bocca aperta, che guardava lei e Ned, il quale stava picchiando a prua con un martello grande il doppio di quello che reggeva lui, e poi Seth, appollaiato precariamente sulla passerella di fronte al ponte di comando, che cercava di ripulire le finestre con una spranga da un metro. «Prendilo a martellate», ruggì Kate, e si torse per dare un altro colpo.

«Il ghiaccio?»

«Sì. Martellaci sopra. Rompilo e buttalo fuoribordo».

«Perché?».

La mazza colpì di nuovo l'albero. «Perché pesa. Perché non abbiamo un cazzo nella stiva. Perché se lasciamo che il ghiaccio si accumuli, ci appesantiremo, e se diventiamo più pesanti la barca ruoterà su se stessa e si capovolgerà, e se ci capovolgiamo finiamo in acqua, e se finiamo in acqua non avremo il tempo di annegare perché ci farà fuori prima l'ipotermia». Perché il mare di Bering sta solo cercando un motivo per dare a Harry Gault quello che si merita. Kate aveva alle spalle quattro anni di università, un anno di formazione post-universitaria nella più sofisticata tecnologia applicata alle forze di polizia, e aveva lavorato ad Anchorage per cinque anni, la cosa più vicina a una città in Alaska. Malgrado tutto, la sua eredità aleuta e generazioni di vita accanto all'oceano le avevano insegnato che il mare si stava ergendo per l'oltraggio della vendetta velenosa, cattiva, sprezzante su Johansen e la *Daisy Mae*. Non lo pensava davvero, si sarebbe messa a ridere se qualcuno gliel'avesse detto, ma ne era convinta a un livello profondo, istintivo, atavico. Agudar, il Maestro cacciatore, aveva convocato il Vento del Nord e richiamato i mari per punirli, per riportare in equilibrio le forze della natura. «Prendilo a martellate, cazzo!», disse a Andy a denti stretti. «Colpisci! Rompilo!».

La sua sfuriata fece uscire Andy dallo stato di trance. Chiuse la bocca, sollevò il martello e avanzò verso il castello di prua. Nel ruggito del vento, Kate sentì un tonfo scricchiolante, una pausa, un altro colpo, un'altra pausa. Qualcuno imprecò. I colpi ripresero e acquistarono una sorta di ritmo, dapprima incerto, un po' irregolare, ma conservarono una perseveranza ostinata. Dopo un po' Kate smise di sentire tutto tranne lo schiaffo dello scafo nel mare, il chiasso e il ticchettio degli spruzzi ghiacciati, e il ruggito del vento tutto intorno.

La mazza da baseball si levava e calava, si levava e calava. Il ghiaccio andava in frantumi e si solidificava di nuovo immediatamente. L'*Avilda* gemeva tra le onde, stridendo fin sotto allo scafo per lo sforzo. Kate gemeva mentre oscillava la mazza, le spalle le scricchiolavano per il peso, per lo sforzo. Questo non era lavoro, non si trattava di alzare qualche dollaro, questa era pura e semplice sopravvivenza. Le si intorpidirono le punte delle dita, poi le mani, i polsi e le braccia intere. Dietro di lei giunse lo schianto del grosso pezzo di ghiaccio che

Seth aveva staccato dalla passerella. Il ghiaccio si staccava dalla prua e cadeva con un tonfo in acqua. Andy lavorava a un lato del parapetto e poi giù dall'altro, mentre dietro di lui si formava e si ispessiva un nuovo strato di ghiaccio. La mazza da baseball batteva con regolarità monotona da un lato all'altro del castello di prua. Il vento faceva vibrare le cime, aghi affilati di spruzzi ghiacciati le si infilavano nella pelle, il ponte era congelato e traditore sotto i suoi piedi.

Kate aveva smesso di preoccuparsi. La mazza si levava e si abbatteva, si levava e si abbatteva. Il ghiaccio iniziò ad acquisire una personalità, a diventare una forza bestiale, malevola, vendicativa, instancabile, folle e omicida. Per quanto la mazza si abbattesse duramente e con costanza, il ghiaccio riappariva inesorabile, inevitabile dietro di lei, avvolgendo l'*Avilda* nel suo gelido abbraccio, stringendo l'equipaggio tra mani di inverno, una seduzione letale che puntava verso la morte.

Il suo peso sempre più greve rallentava i movimenti sia della ciurma che della nave. A ogni sbandata lenta lo strato si faceva più spesso e l'*Avilda* impiegava più tempo per raddrizzarsi. Ogni volta che sollevava le braccia, a Kate sembrava che ci volesse più tempo per abbattere la mazza, più forza necessaria per rompere il ghiaccio. Si sentiva letargica, intorpidita, apatica. Era così stanca. Voleva soltanto trovare un posto dove coricarsi e dormire per sempre. Non importava se il letto era bagnato, asciutto o congelato. Voleva solo chiudere gli occhi.

Si risvegliò di soprassalto uscendo dal suo stupore, e batté gli occhi per liberarsi del ghiaccio che le si era formato sulle ciglia. Pensa, si disse. Devi solo pensare un attimo.

Il motore tossì una volta, esitò per un istante che sembrò infinito, poi riprese a pulsare. Le vibrazioni riecheggiavano dal ponte nei suoi piedi, una cadenza vitale che teneva il conto. Kate si rifiutava di pensare che stesse contando alla rovescia.

Cadenza. Metrica. Accento. Poesia. In un'altra vita leggeva poesia. Che poesia leggeva? Aveva la mente vuota, come il motore che dimenticava come funzionare per un secondo terrificante. Le parole finalmente arrivarono. «*Ghiaccio era qua, ghiaccio era là, il ghiaccio era all'intorno*». Le parole del *Vecchio marinaio* le vennero in mente non richieste, e Kate scosse la testa ostinata. Che altro? «*Tuo padre giace a più di nove metri di profondità. Le sue ossa sono diventate corallo*». No. Decisamente no. «*Giunge il tramonto con la Stella della sera. E io ricevo una chiamata!*».

Fermò la mazza a metà colpo, la appoggiò sul ponte e ci si appoggiò, lasciando ciondolare la testa, ignorando il morso degli spruzzi gelati, le dita ghiacciate dal vento, respirando a lungo, profondamente, con costanza.

Quando la alzò di nuovo, lo fece con la metrica delle ballate. «*Oh, l'Est è Est e l'Ovest è Ovest, e mai i due si incontreranno*». «*In testa un tricorno piumato, merletti fioriti sul mento*». «*Una per terra, e due per mare; e io sarò sulla sponda opposta*». «*Balzai sulla staffa e anche Joris e anche lui, galoppavo, Dirk galoppava, tutti e tre galoppavamo*».

Perché non si era mai accorta che tante ballate parlavano di cavalli? La mazza ora calava con costanza, con il suo ritmo irregolare, battendo con insistenza. Una volta a casa, se mai ci fosse arrivata, avrebbe potuto scrivere lei stessa una ballata: «*Una mazza in mano e ghiaccio ai piedi avrò, e a Dutch Harbor Jack Morgan incontrerò, la testa in poltiglia gli ridurrò, mai soddisfazione più grande avrò*». Si mise a ridere, uno sbuffo involontario di vero divertimento, sorprendendosi e sconvolgendo Andy, che si fermò con il martello per aria per guardarla con occhi increduli. Non era Longfellow. Non era neanche il Dr Seuss.

Ore dopo, giorni dopo, anni dopo, più che udire percepì qualcuno che gridava. Alzò lo sguardo, imbambolata, e vide Andy che si avvicinava. Vide che le appoggiava la mano sulla spalla come se la osservasse da lontano. La scosse forte e lei non lo sentì. «Kate?».

Lei cercò di scrollarsi di dosso la mano. Doveva continuare a battere. Doveva spaccare il ghiaccio. Doveva tenere l'*Avilda* a testa in su. «*Rispondeva al saluto o a qualsiasi alto grido*», mormorò.

Lui la fissò, con il giovane viso rosso e screpolato dal gelo. «Kate! Stai bene?»

«Certo che sì», disse arrogante, scuotendosi di nuovo da sotto la sua mano. «Cosa vuoi?»

«Abbiamo smesso di fare ghiaccio. Adesso ti puoi fermare».

Come uscendo da una trance, Kate si risvegliò accorgendosi che il ponte non si inclinava più sotto i suoi piedi in modo così drastico da farle temere di perdere l'equilibrio e scivolare fuoribordo. Dal motore non arrivava suono, e da ciò formulò con sforzo l'ipotesi che fosse spento. Non c'erano spruzzi sul ponte.

Il vento impetuoso si era ridotto a una brezza che increspava appena la superficie del mare, come se la Culla dei venti stesse dicendo *Chi, io? Farvi del male? Come avete potuto pensare una cosa del genere? Era solo uno scherzetto, ah ah. Ora potete rilassarvi, fare un pisolino. Buonanotte e sogni d'oro.*

Kate non credeva a una sola parola, ma era troppo stanca per esprimere la sua diffidenza. «Dove siamo?»

«Su un'isola», disse Andy, con voce affaticata. «Nella baia di un'isola. Non ho chiesto quale».

«Quando arrivano le orche alla baia di un villaggio qualcuno sta per morire», disse Kate.

«Cosa?». Andy la guardò più da vicino. «Hai una pessima cera, Kate. Vattene a dormire. Questi li metto a posto io». Cercò di prendere la mazza. Lei oppose resistenza per un attimo, poi la lasciò andare così all'improvviso che fece quasi cadere Andy. «Dai», disse, ritrovando l'equilibrio. «Vai a dormire».

La sua mente cercò la risposta corretta da dare. Quando parlò si sentì tutta impastata. «Chi è di guardia?»

«Siamo all'ancora, Kate», disse paziente. «Siamo ancorati nella baia di un'isola».

«La baia di un'isola», ripeté, «ti ho mai raccontato delle orche assassine?»

«Sì, me l'hai raccontato». La fece voltare con fermezza verso la porta delle cabine. «Vai a letto».

Fece una smorfia che voleva essere un sorriso e lui si schermì. «Non è un posto meraviglioso, l'Alaska?».

Sotto coperta incappò in Ned e Seth che scendevano dal ponte, con Harry dietro di loro. Per quanto fosse stanca, l'espressione che avevano la fece soffermare. «Cosa c'è che non va?».

I due si scambiarono un'occhiata. «Anche un'altra nave si è ritrovata nella stessa tempesta».

«Quale?».

Si guardarono di nuovo. «La *Daisy Mae*».

Sentì crescere dentro un terrore malato. «E...?».

Seth scosse la testa, con sguardo torvo. «Sono riusciti a mandare un segnale d'allarme e a comunicare la loro posizione. La Guardia costiera ha risposto, ma quando sono arrivati non c'era più niente».

«Hanno recuperato i corpi?».

Scosse di nuovo la testa. «Allora dobbiamo andarci», disse Kate. «Potrebbero aver avuto il tempo di infilarsi le tute di emergenza. Dobbiamo aiutare a cercarli. Dobbiamo», insisté davanti al suo sguardo incredulo. «Dobbiamo cercarli. Loro ci cercherebbero».

«Ce l'abbiamo fatta a malapena ad arrivare qui», ruggì Harry. «C'è già la Guardia sul posto, e mezza dozzina di altre navi. Se torniamo lì potrebbero aver bisogno di cercare *noi*».

Kate non riuscì a trattenersi. «Hai proprio il vizio di abbandonare i pescatori dispersi in mare».

All'improvviso sotto coperta cadde il silenzio. Harry diventò rosso scuro dal collo in su. La fissò, con le labbra serrate. Lei resse il suo sguardo, sapendo che il suo disprezzo era evidente, che era incapace di dissimularlo. Con la coda dell'occhio notò che alzava un pugno chiuso, e aspettò con curioso distacco di vedere cosa sarebbe successo.

Seth afferrò Harry per il gomito. Grugnendo un'imprecazione Harry cercò di divincolarsi. I due si guardarono e per un attimo, solo per un attimo, Harry rimase immobile. Seth non disse nulla, si limitò a fissarlo. Rompendo l'incantesimo Harry si liberò dalla presa e se ne andò spintonando Seth, lasciando Kate lì da sola, senza una risposta, esausta e con la morte nel cuore.

Si riscosse dalla paralisi abbastanza in fretta da ciondolare giù per il corridoio e aprire la porta della sua cabina. Si strappò di dosso la tenuta da pioggia e si tolse gli stivali con i piedi, ma per qualche ragione non riusciva a sfilarsi la maglia dalla testa. Si guardò le mani. Erano curve come se ancora reggessero la mazza da baseball. Non riusciva a stenderle. Non riusciva nemmeno a sentirle. Erano incapaci di afferrare l'orlo della maglia.

Il fatto che questo non la preoccupasse la diceva lunga sul suo stato mentale. S'infilò le mani sotto le ascelle, si mise a letto vestita, si rannicchiò in posizione fetale e cadde in un sonno intermittente e irrequieto, sognando più e più volte la stessa cosa: nebbia bianca, ghiaccio che si ispessiva, una nave che affondava e l'equipaggio che annegava. L'ultima nave ad affondare fu l'*Avilda*, e l'ultimo volto dell'equipaggio che scompariva nel mare il suo.

Riaprì gli occhi di colpo e fissò il buio. Rimase ferma in ascolto, cercando di capire cosa l'avesse svegliata. Avrebbe scommesso ogni centesimo guadagnato sull'*Avilda* che quella notte niente di meno grave di una catastrofe nucleare avrebbe potuto mettersi tra lei e il mondo dei sogni.

Come accadeva di solito sull'arcipelago, il tempo aveva fatto un voltafaccia e le onde leggere erano appena percettibili. Il vento si era del tutto placato. L'*Avilda* ondeggiava calma all'ancora nella baia dell'isola, come una macchina parcheggiata. Kate aveva appena deciso che doveva averla svegliata il russare di Andy, quando un tonfo riecheggiò a dritta dello scafo, il lato su cui si trovava il suo letto, seguito da uno sciabordio distante, che suonò esattamente come dei remi tuffati in acqua.

Si alzò a fatica, il corpo le doleva fin dentro le ossa. Sgattaiolò nel corridoio, fermandosi quando vide che la porta della cabina di Seth e Ned era accostata. La aprì ancora un po' e sbirciò dentro. I letti erano vuoti. Si arrischiò ad aprire anche la porta del capitano. Non c'era nemmeno lui. Senza scarpe, si diresse in cucina per guardare dalla finestra.

Nella debole luce delle stelle vide il profilo di un'isola. C'era qualcosa di familiare nella sua forma, e la studiò, aggrottando la fronte, prima che un movimento di sotto le facesse abbassare lo sguardo sul livello dell'acqua. Fissò con attenzione, aspettando che la vista si adattasse al buio, e colse di nuovo un movimento.

Erano remi, remi attaccati alla scialuppa dell'*Avilda*, che in quel momento avrebbe dovuto trovarsi riposta a testa in giù sul tetto della cabina di poppa. Ricordando che Abel le aveva insegnato il modo di individuare oggetti indistinti e lontani al buio, spostò lo sguardo di pochissimo sulla destra e registrò chiaramente la lancia. Era diretta verso l'isola, e dentro c'erano tre uomini.

Pensò rapidamente. I gommoni erano esclusi, non sarebbe mai stata in grado di sgonfiarne uno e rimetterlo a posto senza farsi scoprire. Inoltre, con Harry Gault al timone preferiva che entrambi i gommoni restassero dov'erano. Strinse i pugni. Dannazione, *doveva* sapere che cosa stava succedendo su quell'isola, quello che stavano architettando Harry, Ned e Seth.

Udì di nuovo la voce di Jack, così studiatamente disinvolta. «Ci sono le tute di emergenza a bordo dell'*Avilda*, vero?».

Senza fermarsi a pensare, perché se avesse pensato anche solo per cinque secondi non l'avrebbe mai fatto, fece dietro-front e si diresse verso il lato opposto delle cucine, all'armadietto sotto la panca vicina al tavolo. Al buio armeggiò in cerca del gancio. Non osava accendere la luce per paura che si vedesse dalla lancia. Finalmente lo trovò, alzò il coperchio della panca e infilò il braccio in cerca di uno dei pacchi avvolti nella plastica, quello che era già stato aperto.

L'avevano guardata un po' sarcasticamente quando, il primo giorno sulla barca, aveva insistito per provare una delle tute d'emergenza, ma per fortuna l'aveva fatto. Era voluminosa, di materiale sintetico, con un gran numero di cerniere, lacci e anelli da tirare per gonfiare il collare, un'imbracatura, un moschettone per l'elicottero e chissà cos'altro. Non sarebbe mai stata capace di orientarsi al buio se non l'avesse già fatto con la luce. Dovette comunque faticare per infilare bene le dita nei guanti, e pregò che le cerniere e il cappuccio fossero chiusi a dovere.

Aprì la porta della cucina, evitando qualsiasi rumore che potesse propagarsi sull'acqua e raggiungere gli uomini che bestemmiavano cercando di liberare la scialuppa incagliata contro uno scoglio, salì sul parapetto e con grande coraggio si calò da un lato della nave e si tuffò.

Un corpo immerso nell'acqua perde calore ventiquattro volte più in fretta di quanto faccia nell'aria alla stessa temperatura. L'inopportuna memoria di Kate tirò fuori questo curioso fatto nell'attimo esatto in cui le acque gelide del mare di Bering le si chiudevano intorno. Freddo, freddo, era freddissimo. Le mani e i piedi, che già ne avevano passate parecchie quella notte, si intorpidirono all'istante. Imprecando contro Gault, imprecando contro Jack, imprecando contro se stessa, iniziò a nuotare verso la riva, lottando per tenere la testa e la faccia fuori dall'acqua.

L'*Avilda* era ancorata a ottocento metri dalla costa. La marea si era alzata quasi completamente e la distanza sembrava infinita. L'acqua le lambiva il mento. Alternò il nuoto a rana a quello a cagnolino e si concentrò sulla respirazione, mentre tentava di non fare rumore. Urtò con il ginocchio una roccia troppo vicina alla superficie, e per un attimo ebbe il terrore che la tuta d'emergenza si fosse strappata. Davanti a lei sentì uno stralcio di conversazione mormorata, e il graffiare del fondo della lancia tirata sulla spiaggia, lo scricchiolio della sabbia sotto le scarpe. Galvanizzata, si mise a nuotare con più forza.

Con un alluce toccò il fondo, poi con l'altro, si alzò e camminò, accucciandosi nell'acqua il più possibile cercando ancora di fare il minor rumore possibile. Raggiunta la spiaggia, si fermò per riprendere fiato e ascoltare. Il crepitio degli stivali sulla neve ghiacciata le giungeva nitido nell'aria immobile del mattino. Provando a sincronizzare i suoi passi con i loro perché i suoi non si sentissero, si mise a seguirli.

Se solo Jack avesse potuto vederla... Era un po' diverso dal pedinare qualcuno nella grande area metropolitana di Dutch Harbor, o anche nel centro di Anchorage. Gocciolante e intorpidita, sorrise al buio. Aprì la lampo dei guanti e si liberò le mani, avanzando con cautela, risalendo a tastoni la battigia fino al folto dell'erba. I passi degli uomini iniziarono ad allontanarsi, e per paura di perderli accelerò. Qualcosa la fece inciampare e perse l'equilibrio. La pesante tuta le era d'impaccio e cadde. Qualcosa la sostenne per un attimo, poi cedette e si ritrovò a capitombolare al buio. L'atterraggio fu brusco, e rimase distesa, dolorante e scossa, a fissare un buco nel soffitto da cui vedeva scintillare le stelle. Si dimenò un po' per esplorare il terreno. Sotto di lei c'era qualcosa che frusciava. Ispezionando il terreno con le mani, trovò una tela cerata. Rialzò lo sguardo verso la buca e capì perché il profilo dell'isola le era sembrato familiare: «Anua! Siamo sulla dannata Anua!».

In quel momento sentì il rombo di un motore lontano, e per un attimo pensò che i ragazzi l'avessero doppiata, fossero tornati sull'*Avilda* e stessero lasciando l'isola senza di lei. Balzò in piedi, e riconobbe il motore di un aereo. Con gli arti intorpiditi, il corpo ferito, esausta per la lotta contro la tempesta di ghiaccio, dimenticò tutto mentre apriva la porta della *barabara*. Si voltò e si diresse di buon passo verso la pista d'atterraggio; il rumore di due motori in dirittura d'arrivo copriva il tonfo dei piedi nell'erba secca e nella neve. Questa volta non inciampò. Era in un territorio familiare e sapeva dove stava andando.

Si arrampicò sulla piccola altura e si accucciò dietro un cespuglio di erbacce secche. Un Navaho bimotore stava atterrando sulla neve ben pressata della pista. Kate si distese subito sulla pancia e pregò che non l'avessero vista caracollare mentre erano ancora in aria.

Il Navaho sobbalzò due volte prima di frenare vicino alla tanica di benzina. Ne uscirono due uomini. I tre marinai dell'*Avilda* si avvicinarono. Nessuno strinse la mano a nessuno. Kate, maledicendo la mancanza di riparo e l'arancio squillante della sua tuta, si sforzava di sentire qualcosa, qualsiasi cosa.

«Ce l'avete?», le parve di sentir dire da Harry. La risposta fu una bassa risata. Uno degli uomini andò all'aereo e tornò con una valigetta. Una sagoma tarchiata, che Kate identificò con Ned, presentò due valigette, argentate e lucide che brillavano anche nella debole luce dell'aurora. Valigette argentate scintillanti così ben custodite che negli ultimi sette giorni non era mai riuscita a metterci le mani.

Un uomo dalla nave e uno dall'aereo andarono verso la tanica di benzina per collegare il tubo ai serbatoi del Navaho e rifornire il velivolo. Gli altri tre si accucciarono sui talloni, tirarono fuori delle torce e aprirono due delle valigette. Una conteneva qualcosa di bianco, l'altra parecchia roba verde.

«*Sssì*», sibilò Kate. Fu pervasa da un impeto di trionfo selvaggio. «Vi ho in pugno, figli di puttana».

Non si faceva illusioni sul senso dell'onore dei malviventi. Con delle informazioni simili, era solo questione di tempo prima di riuscire a mettere zizzania tra un membro dell'equipaggio e l'altro e sapere finalmente cos'era successo ad Alcala e Brown. «*Sì*», si disse di nuovo, con una soddisfazione fredda e dura come le dita dei suoi piedi in quel momento.

Aveva visto abbastanza, ma esitò. Se solo avesse potuto aspettare finché ci fosse stata abbastanza luce da distinguere i numeri della targa del Navaho… No. Era troppo rischioso. Doveva tornare all'*Avilda* e a bordo prima degli uomini. Le valigie erano già state chiuse. In silenzio, si alzò quel tanto che bastava per camminare accucciata, lateralmente, mani e piedi a terra. Quando fu fuori dalla visuale si alzò e si mise a correre, impresa non da poco in una tuta d'emergenza, al buio, attraverso cespugli d'erba e cumuli improvvisi di neve. Sentì i piedi raggiungere l'acqua, si lanciò in avanti e si mise a nuotare, improvvisamente spaventata al pensiero di farsi beccare. All'inizio non vedeva dove stava andando, poi riuscì a focalizzare lo scafo dell'*Avilda* e realizzò con terrore quanto stesse facendo giorno. Dalla spiaggia avrebbero potuto vederla mentre si arrampicava a bordo. La paura la spronò, e riuscì a mantenere una nuotata stabile, con gli occhi fissi sullo scafo della nave che si avvicinava troppo lentamente, le orecchie tese per sentire il varo della lancia e il tuffo dei remi in acqua.

Colpì una roccia con il ginocchio, probabilmente la stessa dell'andata, pensò, e si mise a nuotare a rana con stile incerto. Se Harry Gault sapeva cavarsela attraverso la serie di scogli assassini che ricordava di aver visto, non doveva essere la prima volta che andava su Anua. Trovò questo pensiero così interessante che perse una bracciata, ingoiò una sorsata d'acqua di mare e iniziò a soffocare. Un violento colpo di tosse le fece ritrarre le ginocchia, un secondo colpo di tosse le fece sbattere la testa sullo scafo, sorprendendola e facendole ingollare un'altra abbondante sorsata di acqua salata che la fece ricominciare a tossire. Con mano goffa cercò un qualche tipo di appiglio nello scafo, e scivolò. Dio, era così stanca.

«Che cazzo succede?». Da lontano la voce era giovane e spaventata, e anche un po' arrabbiata. «Kate? Kate sei tu?».

Andò quasi a fondo per la terza volta. «Andy?». Poi disse secca: «Shhh! Il suono si propaga sull'acqua. Fai il giro, vediamoci dall'altra parte».

«Che?»

«Zitto! L'altro lato della nave. Vieni dall'altra parte della barca».

Le ci volle tutta l'energia che le restava per trascinarsi dall'altra parte dello scafo e chinarsi sotto la catena dell'ancora a prua, e quando riuscì finalmente ad arrivare a destinazione era mezza morta. Su Anua, intanto, il Navaho riavviava i motori e iniziava con fatica a decollare. Spaventata, Kate chiamò: «Andy?»

«Sono qui».

Si fermò a riprendere fiato, il mero tentativo di parlare la sfiancava: «Non riesco a salire, Andy. Mi puoi aiutare? Non accendere le luci!».

Lui sospirò infastidito. «Non ne avevo intenzione. Aspetta un attimo».

«Cosa?», domandò.

Un momento dopo sentì qualcosa sfregare piano. «Ecco, prendi questo».

Era il mezzomarinaio, e con le ultime energie che le rimanevano, Kate lo afferrò con entrambe le mani, realizzando per la prima volta che si era dimenticata di rimettere i guanti prima di rientrare in acqua. L'acqua era filtrata e le aveva bagnato le braccia. Un attimo dopo era collassata sul ponte, senza fiato come un pesce morente. Andy si inginocchiò vicino a lei. «Stai bene? Che cazzo stavi facendo lì fuori?».

Kate cercò di ridere: «Surfavo».

«Surfavi un cazzo!».

«Cielo, Andy», disse debolmente, «mi assomigli ogni giorno di più». Le salì una risatina in gola. Riconobbe i primi segni di isteria, e la represse con decisione.

«Dov'è il capitano? E Ned e Seth?».

Bagnata, fredda, indolenzita, stanca, disse, con inconscia voce di supplica: «Mi puoi portare in cabina?».

Stringendo le labbra in silenzio la alzò in piedi. «No», disse, vedendo che la stava portando verso le cucine, «usiamo la porta della cabina di poppa. Vai prima tu e prendi qualche asciugamano così non sgocciolo dappertutto».

Fece come gli aveva chiesto, aiutandola a sfilarsi la tuta e asciugando il pavimento. Con mani discrete la spogliò completamente, la asciugò per bene e la mise a letto nella sua branda con tre coperte in più sul suo sacco a pelo. Tremava senza controllo. Andy voleva prepararle una bevanda calda, ma non glielo lasciò fare. «Vai a letto. Adesso». Quando lui esitò, disse, con un filo di voce: «Adesso, Andy. Per favore. Non devono sapere che eravamo svegli».

Lui esitò ancora, poi, riluttante, fece come voleva lei. Insieme, al buio, ascoltarono la prua della lancia battere sullo scafo, i remi tirati in barca, il rumore dei passi lungo il ponte, le porte che si aprivano e si chiudevano cigolando.

«Stai dormendo?», sussurrò Andy.

«No», rispose.

«Ti dispiace dirmi cosa cazzo sta succedendo?»

«No», disse. «Non ancora».

Si addormentò sentendo che si rigirava nel letto sopra di lei.

# 7

Levarono l'ancora e ripartirono il mattino seguente, presto. Kate dormì tutta la notte e si svegliò con il mare gonfio, le onde alte, e il rombo dei motori nelle orecchie. Sbadigliò e si stiracchiò. I muscoli le facevano male, ma non quanto aveva temuto. Sentì un rumore attutito e si guardò intorno. Andy era sotto la sua piramide di lenzuola e occupava gran parte del loro poco spazio. Da sotto il mucchio si levò un basso borbottio.

«Ripetimi che cos'è che dovrebbe succedere», chiese lei, con voce stanca. «Ti si dovrebbe rinforzare il pene?»

«Il *prana*. Rinforza il mio *prana*, lo sai benissimo». La testa bionda fece capolino dalle lenzuola. «È ora di svegliarsi».

«Perché? Che ore sono?»

«Mezzogiorno».

«Gesù, non ho sentito la sveglia?». Kate si alzò di scatto gettando via il sacco a pelo.

«Rilassati. Stiamo tornando a Dutch. Il capitano ci sta riportando in porto».

«Che cosa?»

«Stiamo tornando a Dutch», ripeté, guardandola con un'espressione strana.

«Ma la stiva non è piena nemmeno a metà», protestò Kate. «Tanto per cominciare, non abbiamo tirato su neanche una nassa, e quelle che abbiamo sistemato sono sparse a caso per tutto l'arcipelago, in una confusione incredibile. Che facciamo, lasciamo tutto qui?»

«A quanto pare». Andy non sembrava affatto turbato da quella prospettiva, anche se la sua paga sarebbe stata misera quanto quella di lei, al ritorno.

Kate si lasciò ricadere nella cuccetta, ma la sua mente lavorava a tutta velocità, elaborando e distruggendo ipotesi. «Bene, bene, bene. Tu cosa sai?»

«Niente. *Tu* cosa sai?». Vide l'espressione sul volto di lei e disse, con voce ferma: «Dico sul serio, Kate. Cos'era tutta quella faccenda di ieri notte?»

«Zitto!», sibilò lei.

Andy abbassò la voce e chiese: «Dove ci trovavamo? Che cosa ci facevano gli altri a terra? Cosa ci facevi *tu*, a riva? E quell'aereo che ho sentito, che cosa ci faceva lì? Perché ho dovuto trascinarti fuori dall'acqua con una tuta d'emergenza, e perché era così importante che gli altri non ci vedessero? Che cosa sta succedendo, insomma?»

«Cosa ne hai fatto della tuta?»

«L'ho rimessa a posto di nascosto, quando non c'era nessuno in cambusa».

Lei sospirò, sollevata. «Grazie».

«Figurati. Adesso dimmi che succede».

Lo fissò: era seduto davanti a lei, proprio in mezzo alla stanza, avvolto da strati e strati di tessuto bianco come un signorotto mediorientale. Le gambe erano accavallate in una posizione impossibile e il suo volto fresco, aperto, era oscurato da un'espressione testarda.

Andy Pence le piaceva. Era molto attraente, così giovane, così innocente, e nutriva il suo stesso entusiasmo folle e senza limiti per tutto ciò che riguardava l'Alaska. Forse non sarebbe stata così pronta ad ascoltare i racconti e gli insegnamenti di Olga, se prima non fosse stata contagiata dalla passione indiscriminata di Andy verso qualsiasi cosa avesse anche una minima relazione con l'Alaska. Oh, di certo sarebbe andata d'accordo con la vecchia, l'avrebbe ascoltata, forse avrebbero persino intessuto qualche cestino insieme, ma avrebbe fatto tutto con divertita tolleranza, e per uno scopo ben preciso; nello specifico, solo per conquistarsi pian piano la fiducia di Olga. Invece si era lasciata coinvolgere con vera gioia. Per tutta l'infanzia aveva sentito le storie, aveva osservato i lavoratori d'avorio, quelli che costruivano i cesti, quelli che lavoravano gli *oomingmak* e i costruttori di kayak, ma si era sempre rifiutata di assumere un ruolo attivo, soprattutto perché – solo adesso se ne rendeva conto, non senza rimpianto – era sua nonna che la spingeva con forza a farlo.

Scoprire che la compagnia di Andy era un vero piacere, con tutto il suo interesse per la roba New Age e il resto, era stato un vero shock. Non così forte, tuttavia, da creare un'intimità tra loro. Non ancora.

«Andy, ti sono grata per quello che hai fatto ieri notte», disse, guardandolo negli occhi. «Me la sono cavata per un pelo. Non sono sicura che sarei riuscita a risalire a bordo senza il tuo aiuto. Ma non posso dirti che cosa sta succedendo. Tanto per iniziare, non lo so con esattezza neppure io. E poi, meno sai, meglio è per te».

Andy era frustrato, e lei aggiunse: «Quando questa storia sarà finita, ti dirò tutto quello che hai sempre voluto sapere su Harry Gault, Ned Nordhoff e Seth Skinner, ma non hai mai osato chiedere». Gli tese la mano. «Affare fatto?».

Lui esitò. «Lo prometti?»

«Lo prometto».

Le strinse la mano senza entusiasmo. «Ok», mormorò. «Affare fatto».

«Nel frattempo, mi devo fidare di te», gli disse. «Acqua in bocca».

Lui era ferito. «Ma certo!». La guardò, perplesso, con un'aria dubbiosa negli occhi azzurri. «Tu non sei un vero pescatore, giusto?».

Lei sorrise e ammise: «No, e neppure una vera pescatrice».

«Non fa niente», disse lui, come se fosse convinto di doverla consolare, dopo averle strappato quell'atroce confessione. «Adesso sei in mare. Anche se si tratta solo dell'*Avilda*. E sai una cosa, Kate? Sei anche piuttosto brava».

«Be', grazie mille, Andy», rispose lei in tono serio, poi scoppiò a ridere. Andy la fissò con aria offesa.

L'*Avilda* impiegò quattordici ore per tornare a Dutch, e quando attraccò era troppo tardi perché Kate si mettesse a cercare Jack. Si alzò presto, la mattina successiva, e si trovava nella cambusa a preparare la colazione quando sentì dei passi sul molo. La porta si spalancò e lei alzò lo sguardo. Lo riconobbe al volo. Era lo squalo che aveva cercato di rimorchiarla allo Shipwreck bar.

Anche lui si ricordava di lei, era evidente. La squadrò, e un ghigno spiacevole si allargò sul suo volto. Inconsciamente Kate strinse con più forza il coltello con cui stava tagliando in precise fette un po' di salame. «Bene», disse lo squalo, con un'allegria che era allo stesso tempo minacciosa e derisoria. «Ma guarda un po' chi c'è». Fece un passo in avanti, e lei contrasse ogni singolo muscolo del suo corpo.

«Che diavolo vuoi?».

Kate chiuse la bocca e si guardò attorno. Harry Gault era in corridoio, e guardava torvo lo squalo.

«Calmo, Harry», disse lo squalo, con tutti i denti bene in vista, «è solo una visita di piacere, da buon vicino». Chiuse gli occhi. «E la pesca? Come è andata?»

«Ti avevo detto di non venire qui, mai», sibilò Harry.

Lo squalo guardò Kate. «E ne capisco il motivo», disse con voce strascicata. «Se solo lo avessi immaginato, ti avrei costretto a dividere il bottino».

Kate si sforzò di mantenere l'espressione più neutra possibile e si rimise a friggere salsicce e a far saltare i toast. Lo squalo si avvicinò, era così vicino che poteva sentire l'odore del suo dopobarba. Sembrava che se lo fosse versato addosso a secchiate.

Lui annusò l'aria. «Hai un buon odore, dolcezza», disse, a voce bassa, con tono insinuante.

Le sfiorò la base del collo; gli occhi come una fessura. «Vorrei poter dire lo stesso di te», rispose lei.

«Be', è evidente che vi conoscete già», disse Harry con un orribile sarcasmo.

Lo squalo si lasciò sfuggire un sospiro pieno di rimpianto. «Ci siamo conosciuti allo Shipwreck, due settimane fa. Ma poi è scappata via insieme a un altro. Non è vero, piccola?»

«È vero?», chiese Harry, fissando Kate con occhi stretti, indagatori.

«Già», disse lo squalo, con tristezza. «Un tizio bello grasso, camminata lenta, parlata strascicata... ma un vero fulmine quando si tratta di andare dietro a una donna. Ho ragione, tesoro?». Le posò sul fianco una mano pronta a scivolare giù, in basso.

Harry imprecò. «Te l'ho detto, Shugak, ti avevo avvertito. Niente sesso sull'*Avilda*! Tu...».

Kate riuscì a liberare una mano e si voltò. «Innanzitutto», disse con voce zuccherosa allo squalo, «non sono la tua piccola, né la tua dolcezza, né niente del genere. Poi», e guardò Harry Gault dritto negli occhi, «ti ho detto che il tuo equipaggio era al sicuro da ogni seduzione, e ho mantenuto la parola. Ma quello che faccio fuori dalla barca riguarda solo me». Si voltò verso i fornelli, sentiva gli sguardi di entrambi fissi su di lei: uno sospettoso, l'altro lascivo. Decise di escluderli entrambi.

Allo squalo non piaceva essere ignorato, e stava quasi per dirlo ad alta voce, ma Harry borbottò: «Andiamo in plancia».

Lo squalo lo seguì, passando alle spalle di Kate – costringendola a schiacciarsi contro il muro –anche se ci sarebbe stato spazio a sufficienza per fare il giro.

Kate finì di preparare la colazione, riempì due piatti e salì le scale che portavano alla plancia. Sentì delle voci nella sala nautica e trovò la porta chiusa. Bussò con un paio di calci. «Capitano? Ci sei?».

Si sentì uno scatto – un rumore molto, molto simile a quello di una valigetta che si chiude – e poi sussurri. Qualcosa che veniva trascinato. La porta si aprì e Harry la fissò.

«Ti ho portato la colazione». Lei sostenne il suo sguardo sospettoso con l'espressione più innocente che riuscì a produrre, poi fissò lo squalo, l'uomo di cui ancora non sapeva il nome, alle spalle di Harry. Notò un oggetto rettangolare, proprio della misura – sorpresa sorpresa – di una di quelle valigette argentate di metallo, come quelle che i fotografi usano per trasportare il loro equipaggiamento. Sopra c'era una coperta verde militare, gettata in tutta fretta, come per nasconderla all'ultimo momento. Doveva esserci un armadietto nascosto da qualche parte nella sala nautica. «E c'è anche un piatto per il tuo ospite».

Lo squalo fece un ghigno, mettendo in mostra tutti i denti, anche quelli del giudizio. Una donna meno forte probabilmente si sarebbe sentita come Cappuccetto Rosso davanti al lupo, ma Kate non era tipo da lasciarsi intimidire. «Non dirmi che sai anche cucinare? Tesoro, sei la risposta alle preghiere di qualsiasi maschio americano che abbia del sangue caldo nelle vene. Harry, vecchio mio, me la stavi tenendo nascosta, vero?».

Kate posò entrambi i piatti sul tavolo delle cartine sgombro, riuscendo a inciampare sulla coperta e scoprendo un angolo della valigetta. Era d'alluminio, di un argento brillante. Restituì il ghigno allo squalo e arricciò il naso. «Non mi chiamo neanche tesoro», disse, e se ne andò, spavalda, mentre lo squalo faceva un lungo, persistente fischio.

Harry sbatté la porta alle sue spalle e il sorriso sul volto di Kate si spense subito. Dunque le cose stavano così. Era quella la connessione. E Ned e Seth c'erano dentro fino al collo. Non c'era da meravigliarsi che tutti e tre fossero così tranquilli sullo stipendio. Lo stipendio per la pesca, naturalmente. Era pronta a scommettere tutto ciò che aveva che il contante fuori busta che riuscivano a guadagnare fosse più che sufficiente a coprire ogni perdita derivante dai granchi. Ritornò in cambusa e fece colazione. Aveva fretta di raggiungere Jack, ma non si dimenticava mai del suo stomaco.

«Harry è riuscito a passare in mezzo a tutti quegli scogli fuori Anua, al buio: quindi non ha iniziato di certo a farlo ieri».

«Che è successo ad Alcala e Brown?», chiese a bruciapelo Jack.

«Non lo so», rispose Kate, impaziente. «Non ha alcuna importanza, non lo capisci? Possiamo usare questa prova per inchiodarli. Gault e il resto dell'equipaggio sono...».

La interruppe senza neppure chiederle scusa. «Col cavolo che non ha alcuna importanza. Prima cosa, sei stata assunta sull'*Avilda* solo per loro. Le loro famiglie e il consiglio d'amministrazione dell'Alaska Ventures vogliono sapere cos'è successo, per non parlare dei federali e delle compagnie di assicurazione. Se ne fregano se qualcuno spaccia un po' di roba».

«Non è un po' di roba. È *un sacco* di roba!».

«La tua priorità», disse Jack, alzando la voce – del resto, anche Kate stava gridando – «è scoprire le circostanze che hanno portato alla scomparsa di Alcala e Brown, e, se possibile, recuperare i loro corpi».

«I loro corpi sono in una gabbia per granchi in fondo al mare di Bering, probabilmente perché sono capitati in mezzo a questa storia, proprio com'è successo a me. Te lo dico, Jack, questi ragazzi sono in un giro di droga bello grosso. Abbiamo l'opportunità di far saltare la loro rete, di colpirli al cuore. Fatti dare un mandato e perquisisci la barca. Sono quasi sicura di sapere dove tiene la roba, ho visto la valigetta nella sala nautica, e quindi perché...».

La interruppe di nuovo. «"Quasi sicura" non è abbastanza in questo caso, e tu lo sai. Sei solo un cane sciolto, Kate, non hai alcun incarico ufficiale. E poi, sai, come lo so io, che la droga, trenta minuti dopo aver attraccato al porto, non era più sulla nave». La fissò, e nel suo sguardo c'era anche un po' di comprensione. «Scopri cosa è successo ad Alcala e Brown», ripeté, «e tutto si chiarirà».

«Ma credo di averlo già scoperto!».

Jack incrociò le braccia, con fare beffardo. Kate pensò che le sarebbe piaciuto moltissimo togliergli quell'aria sarcastica dal volto con le maniere forti. «Provalo», disse semplicemente.

«Vuoi dire che devo tornare là di nuovo?». Si ricordò che Andy era ancora un membro dell'equipaggio dell'*Avilda*. Con un tuffo al cuore si rese conto che sarebbe tornata a bordo: era inevitabile. E non solo per le ragioni che Jack stava elencando.

«Sì, devi tornare a bordo. Probabilmente hai ragione, forse è stato un regolamento di conti tra malviventi, forse è solo questa la ragione per cui sono scomparsi. Prima o poi qualcuno di loro si lascerà sfuggire qualcosa, e quando succederà, tu sarai là, pronta».

«Per quanto tempo?», chiese Kate, sfinita.

«Per tutto il tempo che ci vorrà». Alzò una mano. «E finché sei a bordo non possono andarsene a Macao».

«A meno che non decidano di spedirmi a salutare Alcala e Brown», ribatté lei.

«Certo», disse lui. «È meglio se fai attenzione, allora».

Cosa diavolo era successo al cane da guardia iperprotettivo di Kate, l'uomo che aveva il testosterone stampato in fronte?

«Nel frattempo posso chiamare rinforzi. Piazzeremo una nostra pedina in ogni singolo bar di questo cesso di posto e cercheremo… come hai detto che si chiama?»

«Io lo chiamo lo squalo». Lo descrisse e aggiunse: «Non conosco il suo nome, Harry non ci ha presentati».

«Splendido. "Lo squalo". Devo dire che questo restringe di molto il campo».

«Lo hai visto», disse lei, sulla difensiva. «Ha cercato di rimorchiarmi allo Shipwreck quando mi hai trovata».

«Quel giorno allo Shipwreck non c'era nessuno che non stesse cercando di rimorchiarti. L'intera marina mercantile russa stava cercando di rimorchiarti. E in ogni modo tu», e le puntò il dito contro, «porta il tuo culo a bordo dell'*Avilda* e tieni d'occhio Gault finché non avremo raccolto abbastanza prove per inchiodarlo. Non voglio che si insospettisca e scompaia nel nulla. Non sarebbe di certo la prima volta».

«Che vuoi dire?»

«Voglio dire… gli altri nomi che hai trovato. Erano solo nomi. Non c'era nessuno dietro». Lui si accorse dell'espressione sul volto di Kate e alzò la mano. «Aspetta, c'è dell'altro. La Southeast First Bank sta cercando Henderson Gantry. A quanto pare c'è un piccolo problema con dei prestiti scaduti, una sciocchezza da mezzo milione di dollari. E le barche che dovrebbero essere sequestrate non si trovano». Per l'ennesima volta la bloccò prima che potesse parlare. «Ma il bello deve ancora arrivare. Ho fatto una lunga chiacchierata con il procuratore distrettuale di San Diego: loro stanno cercando Harley Gruber. A quanto pare il signor Gruber ha suddiviso un bell'appezzamento di terra situato, secondo il catasto, a ovest della città, e ha venduto i lotti a un costruttore dell'Est, per costruire un hotel di lusso».

Kate corrugò la fronte.

«Non ti spremere il cervello», disse secco Jack, «a ovest di San Diego c'è l'oceano Pacifico. Ed è legale. Il compratore, a quanto pare, non ha controllato troppo, si è accontentato delle referenze di Gruber, che naturalmente erano impeccabili, dato che erano contraffatte, e nessuno si è accorto di nulla finché una prima ricognizione non ha scoperto che i muratori che dovevano tirare su l'hotel avrebbero dovuto ricevere in dotazione delle mute da sub».

Kate non riuscì a nascondere un sorriso. «Devo dire che mi piacciono i criminali che hanno stile».

Jack non contraccambiò il sorriso. «Questo criminale potrebbe aver già commesso due omicidi. Per quanto ne sappiamo». Fissò il mucchio di carte che aveva in mano e valutò le possibilità di trovare il fascicolo che cercava prima della fine del secolo. Erano ben poche, quindi buttò i fogli sul tavolo e citò a memoria: «Ho cercato di rintracciare qualcuna di quelle barche. Per adesso, so che si occupavano dei disastri ambientali dovuti alle fuoriuscite di petrolio, ma nulla di più. A parte una a secco in un bacino di carenaggio di Valdez, in riparazione, tutte parevano essersi volatilizzate, scomparse dalla faccia della Terra. Oh, certo, e poi c'è un'altra cosa interessante: dal contratto con il tale che si occupava delle riparazioni risultava che il proprietario era Harold Gunderson».

Fece una pausa. «Ho detto al tizio che poteva anche smettere di lavorare: probabilmente non sarebbe stato pagato e quasi sicuramente c'erano già tredici creditori da soddisfare prima di lui, se avesse voluto fare causa. Ma non sono sicuro che mi abbia creduto». Jack scosse la testa, un po' incredulo e un po' ammirato. «Questo Gault è davvero assurdo. Quando ruba, ruba alla grande. Fino all'ultimo centesimo. E adesso vieni a dirmi che si è messo a spacciare cocaina».

«È avido», puntualizzò Kate. «Ha persino ridotto il compenso a noi dell'equipaggio. Non di molto, un paio di centoni a testa, ma è avido. E gli avidi non si accontentano mai. Quanto frutta la coca al giorno d'oggi? Un centinaio al grammo?»

«Più probabile centoventicinque».

Lei alzò le spalle. «Vedi? Soldi facili, almeno finora. Come potrebbe resistere alla tentazione?»

«Credo che tu abbia ragione». Si interruppe. «Puoi rimanere per un po'?».

Lei scosse la testa. «Non ce ne andremo prima di sei ore, ma non posso rimanere».

«Perché no? Gault ti sta alle calcagna? Se…».

«No, non è quello. Devo vedere una persona».

«A Dutch Harbor? Che succede? I russi sono tornati?»

«Hai detto che abbiamo bisogno di un testimone. Forse ne ho trovato uno».

Camminò a passo spedito per venti minuti, e fu di ritorno alla piccola casa di legno proprio in cima al villaggio di Unalaska. Le luci della cucina erano accese e Kate vide Olga seduta al tavolo, circondata dalla paglia per i cesti. Rimase immobile per un momento, fissando dalla finestra, mentre le dita forti e scure della vecchia intrecciavano un altro filo, con movimenti decisi.

Qualcosa in quella scena le spezzava il cuore. Una donna, sola, vecchia, che praticava un'arte ormai quasi scomparsa del tutto – se non fosse stato per lei non se ne sarebbe più sentito parlare. Era l'ultima della sua gente, eppure c'erano sei ragazze che si guadagnavano qualcosa sfruttando delle abilità antiche come la civiltà stessa. C'era qualcosa per tutti in quel quadro, pensò Kate, sia per il pessimista che per l'ottimista. Un tradizionalista forse avrebbe storto il naso, pensando che l'arte di intrecciare cestini proseguiva solo per poter comprare l'ultimo disco dei Run DMC, ma se non altro andava avanti. Andy avrebbe approvato con entusiasmo.

Colse un movimento con la coda dell'occhio e si voltò a guardare la spiaggia. Sasha era seduta, curva vicino all'acqua, da sola. Dava la schiena a Kate. Kate guardò madre e figlia, e dopo una breve lotta con la sua coscienza andò a sedersi vicino alla figlia. Sasha non disse nulla, e allora fu lei a iniziare: «Ciao, Sasha».

Sasha non sollevò lo sguardo. «Ehi, Kate», disse con la sua voce profonda, lenta.

«Come facevi a sapere che ero io?».

La mano che teneva il coltello non perse neppure uno dei suoi profondi, ampi, aggraziati affondi. «Ho sentito i passi. Riconosco i passi. Riconosco te».

Kate fece un piccolo sorriso. «Hai l'udito di una volpe».

Come per magia una volpe comparve proprio davanti a lei, disegnata sulla spiaggia, con le orecchie dritte e la coda tesa. Sasha alzò gli occhi e sorrise. Era un sorriso rotto, un po' sghembo, ma lo scintillio negli occhi marroni, nascosti dalle palpebre pesanti, era sveglio, pieno d'intelligenza. «Mi muovo come una volpe. Quando voglio».

«Ne sono sicura», disse Kate, e indicò una figura ai margini. «Altri uccelli del tuono?»

«Un uccello del tuono», la corresse Sasha. La volpe e l'uccello del tuono scomparvero, e vennero sostituiti da un altro uccello del tuono più vicino al centro della scena.

«E kayak».

«Un kayak. Grande kayak».

«E ci sono degli uomini sopra», disse Kate, osservando la punta del coltello. «Cinque uomini».

Cinque ypsilon con le gambe comparvero, e furono circondate dall'uccello del tuono e dal kayak, all'interno di due cerchi concentrici. «A casa».

«Casa», ripeté Kate. «Dov'è casa, Sasha? La tua isola è casa? Anua è casa?»

«Casa», disse sicura Sasha, disegnando una serie di cerchi concentrici, il primo subito dentro il secondo, per racchiudere altre figure in due cerchi perfetti. Si interruppe, con i gomiti appoggiati sulle ginocchia. Un raggio di sole per un attimo fendette le nuvole e la nebbia, illuminando la sabbia bagnata e mettendo in risalto le figure. Una barca passò poco lontano e una piccola onda assaporò il gusto dei disegni di Sasha.

Kate allungò la mano, con il palmo rivolto in alto. «Posso provare, per piacere? Non ho mai raccontato una storia».

Sasha esaminò la richiesta con aria pensierosa. Alla fine si convinse che Kate era degna di fiducia, poiché tese entrambe le mani, il coltello in equilibrio tra i due palmi, offerto come un sacrificio rituale. Kate prese l'oggetto, così pesante, con grande cura. «Come devo tenerlo? Come un semplice coltello? Ah, così. Capisco».

«Cancella».

«Cancella?», ripeté Kate. «Ah, capisco. Devo pulire la sabbia, pareggiarla per la mia storia. Ok». Con un ampio colpo del coltello appianò la sabbia e iniziò a disegnare. «Uccello del tuono».

Sasha la guardava, concentrata. «Più lungo».

Kate allungò le ali dell'uccello. Accanto, tratteggiò la rozza sagoma di uno scafo. «Kayak».

Sasha la fulminò con lo sguardo. «Criticare è facile», mormorò Kate, e disegnò le tre linee ondose sotto il simbolo del kayak, a indicare l'oceano. Le figure stilizzate erano più semplici, anche se non erano chiare e piene di vita come quelle di Sasha. «Anche degli uomini sono venuti assieme all'uccello del tuono, Sasha?». Disegnò una figura maschile accanto all'uccello del tuono.

«No». Sasha scosse violentemente la testa. «No no no no». Le strappò di mano il coltello e cancellò la figura maschile.

«Oh», disse Kate, delusa, ma non troppo sorpresa. Aveva solo tirato a indovinare, in fin dei conti.

Sasha stava disegnando sulla sabbia, vicino al tremolante uccello del tuono di Kate. Disegnò una figura maschile. Poi ne tratteggiò una seconda. «Uomini», disse, e la sua voce era quella di un'insegnante non troppo paziente che cerca di trasmettere un'informazione preziosa a una studentessa non proprio sveglia: «Uomini».

«Oh», disse Kate, illuminandosi. «Non un uomo con l'uccello del tuono. Due uomini».

«Uomini», ripeté Sasha, soddisfatta. Le restituì il coltello e rimase in attesa.

«Ok». Kate si chinò, spalla a spalla con Sasha, ed entrambe erano catturate dal racconto che si dipanava sulla sabbia davanti a loro, grazie a quelle sagome stilizzate: «Cinque uomini con il kayak, due uomini con l'uccello del tuono, tutto *a casa*».

S'interruppe. «Poi cos'è successo?». Bilanciò il coltello tra i palmi e lo avvicinò a lei. «Cos'è successo quando l'uccello del tuono e il kayak sono arrivati a casa?».

Lentamente, controvoglia, Sasha prese il coltello e iniziò a disegnare. Era di nuovo la figura maschile, ma era grande il doppio delle altre, e aveva otto braccia e attributi che parevano corna, zanne e persino una coda. «Un mostro?», tirò a indovinare Kate.

Sasha la fissò con aria seria. «Cattivo. Uccide uomini».

«Il mostro ha ucciso gli uomini», disse Kate, e la sua voce era calma anche se il cuore aveva preso a battere più forte. «Tutti quanti? Il mostro ha ucciso tutti gli uomini?».

Il coltello cancellò due figure maschili. «Il cattivo ha ucciso uomini».

«Il mostro ha ucciso due uomini», indovinò Kate. «E gli altri? Sono scappati via?».

Sasha, evidentemente soddisfatta per l'intelligenza sfoggiata dalla sua pupilla, annuì in modo solenne. «Gli altri scappati».

«Sasha», disse Kate, «il mostro ha ucciso gli uomini, o gli uomini si sono uccisi tra loro?»

«Il cattivo uccide uomini», ripeté Sasha. «Gli altri fuggiti via».

Kate si sedette sulle ginocchia e fissò la ragazza con aria pensierosa. «Casa è un'isola, Sasha?», chiese gentilmente. «Anua è casa?»

«Cattivo uccide uomini», disse testarda Sasha. «Gli altri fuggiti via. Questo è tutto».

Kate prese di nuovo il coltello e lo tenne in equilibrio, esitante. Non c'era motivo di continuare a discutere su quel punto. Sasha non era una testimone credibile: se davvero era tornata *a casa* l'anno precedente, di certo non era tornata da sola.

Fece per pulire di nuovo la sabbia. «No», disse Sasha, bloccandole la mano e togliendole il coltello. «L'acqua deve prenderlo».

Kate abbandonò il coltello con una riluttanza che fece fatica ad ammettere a se stessa. L'avorio liscio e lavorato era caldo al tatto, il peso perfettamente bilanciato. Le si adattava così bene nella mano. Olga aveva ragione. Il coltello era un essere vivente, con un suo spirito. Kate si sentiva una privilegiata: le era stato permesso di parlare per suo tramite ed era felice, poiché era stata giudicata e non era stata trovata indegna.

Kate entrò in casa di Olga e percorse tutto il corridoio fino alla cucina.

La vecchia alzò lo sguardo dai vimini intrecciati e sorrise: «Ciao, Kate».

«Ciao, Zia».

Olga le indicò il tavolo. «Sei venuta per un'altra lezione?».

Kate si mise a sedere. «Perché no?»

«Ti ho tenuto il cestino».

Glielo passò e lei lo esaminò. «Sembra che sia stato masticato da un gatto».

«È esattamente come l'hai lasciato tu», disse Olga in tono piatto.

«Ne sono sicura», rispose Kate con un sospiro.

Olga preparò il tè e le servì un piatto pieno di biscotti tondi, bianchi di zucchero. Il tè era forte, caldo e dolce, i biscotti croccanti e speziati al limone. Kate era infreddolita: era rimasta un'ora accucciata alla baia di Iliuliuk, e probabilmente aveva ancora nelle ossa il freddo della nuotata con la tuta. Mangiò e bevve tutto quello che le venne offerto.

Posò la tazza sul tavolo e disse: «Ho visto Sasha sulla spiaggia».

«Ah sì?»

«Sì. Disegnava con il coltello. La storia su un uccello del tuono e il kayak e gli uomini».

Olga fissò il suo cesto: stava realizzando un punto molto difficile, e il suo sguardo era concentrato.

«Questa volta, mi ha parlato di un mostro con otto braccia. Era cattivo, mi ha detto».

«Il *kelet*», disse Olga, annuendo. «Uno spirito malvagio».

«Il *kelet*», disse Kate, assaporando il gusto di quella parola sulla lingua. «Sasha dice che questo *kelet*, questo spirito malvagio, ha ucciso due uomini».

«Due uomini?». Olga mostrò un interesse solo di cortesia. «Questo *kelet* doveva essere davvero molto malvagio. Ma di solito lo sono tutti».

«Capisco». Kate si diede da fare con ordito e trama. L'erba era secca, difficile da lavorare. «Dice che gli altri uomini che sono arrivati insieme all'uccello del tuono e al kayak sono andati via».

«Nella storia del *kelet* di solito i protagonisti riescono a ingannarlo e scappano tutti. Ma di solito sono donne, non uomini».

«Sasha e il coltello questa volta hanno detto che erano uomini», rispose con allegria Kate. Immerse le dita nella ciotola d'acqua e ammorbidì il filo. «L'ultima volta che sono stata qui, non mi hai forse detto che continui a raccogliere nel posto in cui l'erba è migliore?»

«Sì».

Il filo si lasciò intrecciare come se Kate non avesse fatto altro che tessere per tutta la vita. Esaminò la sua opera con soddisfazione. «E prendevi l'erba in quello stesso punto, a marzo?»

«Chi mai andrebbe ad Anua a marzo?», chiese la vecchia, con un'espressione di gentile sorpresa. «Il periodo per scegliere l'erba è giugno o luglio».

«Non lo so», ammise Kate. «Non ci ho pensato».

«Mmm». Olga si alzò e prese il cestino dalle mani di Kate. «Stai migliorando. Dovresti portartelo dietro stavolta. Puoi fare pratica sulla barca. Un altro po' di tè?»

«Perché no? Grazie».

Continuarono a lavorare. Sasha entrò nella stanza e senza dire una parola si sedette vicino a sua madre, scegliendo un cestino lasciato a metà sul tavolo. Aveva una specie di motivo greco tutto intorno alla base. I capelli neri, attentamente acconciati da una mano inesperta ma amorevole, le ricadevano sul volto. La punta della lingua saettava fuori da un angolo della bocca. Era concentrata, assorbita dal lavoro, le sue dita storte erano veloci e abili nell'intrecciare fili come lo erano nel raccontare storie sulla sabbia.

Olga fu la prima a rompere il silenzio. «Hai mai sentito la storia di come fu realizzato il primo cestino?»

«Non credo», rispose Kate, chinandosi sopra il lavoro. «Ma mi piacerebbe».

Olga selezionò un'altra trama, e quando parlò di nuovo la sua voce si era abbassata fino a adagiarsi su quel tono melodioso che Kate aveva trovato così ipnotico le prime volte. Non era difficile capire da chi Sasha avesse ereditato il talento nel raccontare storie. Olga iniziò:

> Il Sole sposò la Donna che teneva le Onde
> La nuova moglie del Sole tagliava il loglio.
> Curava l'erba.
> La divideva con la punta del pollice.
> La divideva in trama e ordito.
> Fece un cesto.
> Lo fece intorno al pollice di suo marito.
> Quando fu finito lo tolse dal pollice.
> Ci soffiò dentro.
> Fece una corda con delle radici.
> Legò la corda al cesto.
> Legò i bambini alla corda.
> Il Sole lasciò cadere il cestino.
> I bambini scivolarono giù nel mondo.
> Il mondo era un'isola.
> Era la nostra isola.
> Fu così che le persone arrivarono a casa.
> Questo è tutto.

Kate era china sul suo cestino. La cima di un mazzetto d'erba le finì nel naso e starnutì violentemente. «Scusa. Allora, qual era l'isola su cui arrivarono gli uomini, Zia?»

«Anua, naturalmente». Olga scoppiò a ridere, una risata piena, gioiosa.

Anche Sasha rise, ma con meno allegria. «Ogni isola, ogni villaggio, ti dirà la stessa cosa. La leggenda può anche essere diversa, ma i vecchi dicono ai bambini che fu nella loro isola che caddero i figli del Sole e della Donna che teneva le Onde. La loro isola è sempre la prima isola, ed è dalla *loro* isola che vennero tutti gli aleuti».

Kate sorrise. «Avevo già sentito questa storia, Zia. Solo che si parlava dei bambini della Figlia delle Acque Calme e di Adugar, la Luna, Spirito Maestro e Custode del Gioco. Secondo mia nonna, la gente cadde giù fino ad Atka».

Olga rise di nuovo, e di nuovo Sasha la seguì. «Visto? Ogni isola cerca di essere la migliore». Alzò il cestino. «Nel tessere. Nel raccontare le storie. In tutto».

Forse persino nei crimini, pensò Kate.

Dopo poco si congedò. Si portò via i pochi nodi che era riuscita a intrecciare fino a formare una piccola base che sembrava mezza mordicchiata, una piccola selezione di trama e ordito. Si portò via anche la certezza che non avrebbe avuto nessun testimone di ciò che era accaduto ad Anua nel marzo precedente.

Adesso aveva ricostruito tutta la storia, o quantomeno tutte le parti importanti. Avrebbe potuto insistere per avere un resoconto più particolareggiato, ma non l'aveva fatto, non lo avrebbe fatto neanche in seguito, e Olga lo sapeva. C'era un legame tra loro, un anello in una catena che risaliva indietro, a migliaia di generazioni prima. A un punto della catena c'era la razza, bianca contro nera. A un altro livello della catena c'era il rispetto innato, istintivo, che ogni aleuta nutre verso i propri predecessori. Gli antenati erano i saggi, gli insegnanti: per molte generazioni erano stati i soli rappresentanti della legge e della storia. Con tutta l'autorità delle sue ottanta primavere, Kate non poteva, semplicemente non poteva interrogarla. Lei era troppo giovane, Olga era troppo vecchia; lei sapeva troppo poco, e Olga troppo.

A un terzo livello della catena – forse il più forte di tutti – condividevano la determinazione, tacita ma fortissima, di fare in modo che Sasha non corresse pericoli. Non doveva essere strappata dalle sue radici, da tutto ciò che le era familiare, da qualche inglese ansioso di portarla davanti a una corte per testimoniare contro persone che non conosceva, accusate di aver ucciso due uomini. Inglesi che sarebbero stati insofferenti e infastiditi dal suo handicap.

No. Lei sarebbe rimasta sulle spiagge che l'avevano vista nascere, a passare il suo coltello sulla sabbia, a raccontare storie a un pubblico rapito e incantato di ragazze di Unalaska, per generazioni e generazioni.

Quel pensiero gratificò Kate, che affrettò il passo sul Ponte verso l'Altra Parte. Sperava che il giovane Andy fosse riuscito a non combinare casini durante la sua assenza. Quel ragazzo aveva bisogno di una balia.

## 8

I piedi di Kate planarono sul pontile con un tonfo soddisfacente. Salire non era stata un'ordalia questa volta, dato che c'era ancora luce e l'*Avilda*, grazie al cielo, era solo la seconda barca nella banchina. Fischiettando, aprì la porta della cambusa. Il fischio le morì sulle labbra.

C'era l'intero equipaggio. Harry Gault, in piedi, con le braccia incrociate, sfoggiava uno sguardo torvo, ma dato che quella era la sua espressione naturale, Kate decise di ignorarlo. Ned pareva pronto a mordere chiunque gli passasse troppo vicino, ma anche quello era più che normale. Seth, come al solito, era tranquillo, persino un po' annoiato. Andy aveva gli occhi spalancati, era teso, e dimostrava tutti i suoi diciannove anni.

C'era anche la Guardia costiera: due agenti, impettiti e seri nelle loro uniformi blu, con le cartelline sottobraccio. Uno era basso e corpulento, con i capelli bianchi, l'altro basso e magrissimo, con capelli castani che uscivano dal berretto in una massa indisciplinata. Anzi, *l'altra* era bassa e magrissima, realizzò Kate. Quando aprì, tutti si voltarono di scatto.

«Ciao», disse sbattendosi la porta alle spalle. «Non fate caso a me, sono solo una marinaia».

Si avvicinò al muro e mise le mani in tasca. Capì subito cosa stava succedendo: era un'ispezione di sicurezza a sorpresa. Le incursioni federali non si verificavano più tanto spesso, ma non erano neanche impossibili, e la prova stava lì, a pochi metri da lei. Le dispiaceva solo che la manutenzione del motore non rientrasse nella sfera di competenza della Guardia costiera. Si rilassò e si preparò a godersi la scena.

«La luce del vostro albero è rotta, gli estintori dovevano essere revisionati sei mesi fa, il trasmettitore EPIRB non subisce una verifica da sei mesi, non vi ricordate nemmeno più l'ultima volta che avete sottoposto l'equipaggio a un test di emergenza, e non riuscite a trovare il diario di bordo per rinfrescarvi la memoria», disse l'agente più anziano. «Una gestione davvero approssimativa, capitano Gault. Le costerà cara».

L'agente magra si guardò intorno, disorientata. «Ma questa è l'*Avilda*, non è vero?».

Harry la ignorò e Ned si limitò ad aggrottare la fronte. Quanto a Andy, sembrava che gli si fossero congelate le corde vocali. Kate aveva la bocca cucita: non avrebbe detto neanche una parola per alleggerire la tensione, per nessun motivo al mondo. «Già», disse Seth, laconico.

«E il proprietario è la Alaska? Di Freetown, Oregon?».

Seth annuì.

L'agente studiò la sua lista. «Non l'avrei mai detto».

«Ok», continuò il primo ufficiale, «vediamo gli strumenti di navigazione».

«C'è una tuta d'emergenza per ogni singolo membro dell'equipaggio a bordo», ringhiò Harry Gault.

«È la procedura standard per ogni barca dell'Alaska Ventures», replicò il secondo agente, e sostenne l'occhiataccia di Harry con un sorriso: era chiaro che sperava che Harry cogliesse quell'implicito insulto. Kate pensò che quella donna le piaceva proprio.

«Perfetto, tiratele fuori allora», disse con impazienza il primo agente. «Forza, le vostre tute, vediamole».

Kate s'immobilizzò all'improvviso. Incrociò lo sguardo di Andy, dall'altra parte della cambusa: gli occhi del ragazzo erano pieni di paura, quelli di lei lanciavano chiari segnali di allarme.

Nessuno si mosse. Ancora una volta, fu Seth a spezzare l'immobilità. Fece un passo in avanti e aprì il ripiano della panca del tavolo della cambusa. Rimase in piedi a fissare in basso per un istante.

«Allora?», disse impaziente il primo ufficiale, «tiratele fuori, fateci dare un'occhiata».

«Ok», disse in tono neutro Seth, «ma una non la potrete esaminare. È già stata usata».

Harry si voltò di scatto. «Cosa?».

Per tutta risposta, Seth allungò una mano e tirò fuori la tuta che Kate aveva testato sul campo due notti prima. Non era precisamente zuppa, ma era stata ripiegata e riposta ancora bagnata. Le pieghe trattenevano ancora un po' d'acqua. Mentre guardavano, una goccia si raccolse in una piega a cadde a terra.

La cambusa precipitò in un profondo silenzio. Lentamente Harry alzò gli occhi, dapprima su Andy, poi – con uno sguardo molto più lungo e attento – su Kate. Incontrò i suoi occhi e inarcò leggermente le sopracciglia. Il silenzio parve allungarsi all'infinito. «Che c'è?», disse lei, ignorando la tuta gocciolante che oscillava in mano a Seth, e fissando invece Harry dritto in faccia, con l'espressione più innocente che riuscisse a simulare. «Qual è il problema?».

Senza badare a loro, l'agente si era già diretta verso la panca. «Una, due, tre e quattro», disse. «E cinque». Alzò lo sguardo e contò le teste. «Uno, due , tre, quattro, cinque. Tutte, eccetto una, ancora custodite nella loro confezione originale, intatta».

L'agente tarchiato si grattò la testa. «Sapete che non possiamo chiedervi di testare le tute. Dannazione, solo da poco siamo stati autorizzati a ordinarvi di tenerle sempre a bordo. Ma», disse, gelando con un'occhiata il capitano, «dovete sapere che è molto, molto più sicuro assicurarsi che l'equipaggio sia ben pronto ad affrontare delle operazioni con le tute di emergenza. Guardate cos'è successo alla *Daisy Mae*. Abbiamo ritrovato una tuta d'emergenza ancora avvolta nella sua confezione. Non era neppure stata aperta. Non era neppure stata provata». Fece un gesto a indicare la tuta bagnata. «Non come questa. Avreste dovuto lasciarla asciugare prima di rimetterla a posto, comunque».

«Immagino di dover confessare», disse all'improvviso Andy. Tutti si voltarono verso di lui, mentre, alle loro spalle, Kate scuoteva la testa violentemente. Andy, ignorandola, disse: «Ero curioso e stamattina l'ho provata. Poi mi sono detto, al diavolo, e mi sono fatto un piccolo tuffo nel porto». Sorrise. «Io vengo da Ventura. Facevo surf ogni giorno. Mi manca l'acqua».

I due agenti si scambiarono uno sguardo impenetrabile. «C'è una bella differenza tra le acque di Ventura e quelle della baia di Iliuliuk», disse seccamente l'agente tarchiato. «Qui è meglio tenersi lontani dall'acqua, finché è possibile». Guardò la sua cartellina, annotando un breve appunto. «In ogni modo, l'obiettivo è mantenere la barca in condizioni decenti, così che nessuno sia costretto a farsi una nuotata». Strappò una copia e la passò a Harry. Per un momento Kate pensò che lui non l'avrebbe presa. Seth annuì, e Harry, riluttante, allungò la mano.

Il foglio gli fu passato senza alcuna esitazione. «I proprietari riceveranno notifica ufficiale in un periodo compreso tra dieci giorni e due settimane. Se fossi in voi, cercherei di porre rimedio alle violazioni prima di ripartire. E se la luce dell'albero è andata, forse sarebbe meglio dare una controllata alle vostre riserve di lampade. Di solito bisogna sostituirle tutte assieme». Si toccò la visiera del cappello. «Arrivederci». Come un agile riflesso, l'agente donna lo seguì. «È stato un piacere», Kate la sentì sussurrare. Dopo un istante se n'erano andati.

Harry fece una lavata di capo a Andy per cinque minuti buoni, usando tutte le offese del vocabolario e anche qualcuna inventata sul momento, e quando esaurì il repertorio, passò la palla a Ned. Quando anche lui ebbe terminato, Andy sembrava, se non proprio distrutto, almeno un bel po' sconvolto. Kate rimase in cambusa insieme a lui. Si rendeva conto che il ragazzo aveva preso sulle spalle tutto il peso della colpa: era arrabbiata, ma anche un po' riconoscente, e soprattutto commossa per il bel gesto. Sperava solo che non si facesse ammazzare.

Tuttavia non ebbe modo di esprimere i suoi sentimenti. Ned fece il primo turno e uscirono dal porto con la marea della sera. Era troppo presto per andare a letto, e Kate pensò che fosse meglio abituarsi subito alla routine notturna in mare. Era nata una piccola discussione su chi doveva usare il videoregistratore, e come. Seth voleva un porno, *Debbie does Dallas*, com'era prevedibile, Andy preferiva *Gandhi* – prevedibile anche quello – e Harry scelse *The Dam Busters*. Kate fu sorpresa dal suo buon gusto. In realtà, era già sorprendente che Harry avesse quel film; poi si rese conto che probabilmente quella era la selezione di film standard sulle imbarcazioni dell'Alaska Ventures. Kate, che nutriva una passione segreta per John Wayne, scelse *Rio Lobo*. «Chi vuole dei popcorn?»

«Io», risposero tutti e tre in coro.

«Burro?»

«In abbondanza!».

Ancora una volta John Wayne salvò un'Unione votata al suicidio, e Andy si alzò per riavvolgere il nastro e far partire *Gandhi*.

«Lo sapevate?», disse Seth.

Kate, felice per i popcorn e per il relax, chiese pigramente: «Cosa?»

«Lo sapevate che l'ultimo colpo sparato durante la guerra civile fu esploso proprio da queste parti?»

«Che?», disse Kate, «vuoi dire nelle Aleutine?»

«Già».

«Impossibile», rispose.

«Ma dai», disse Andy.

«Stronzate», aggiunse Harry.

«Ma è vero. Estate 1865. La nave della Marina confederata *Shenandoah* fece fuori quasi quaranta imbarcazioni dell'Unione dal mare di Bering. Baleniere, battelli mercantili, tutto ciò che batteva la bandiera sbagliata. Il 26 giugno Waddell – il capitano – fece fuori da solo sei baleniere, a St. Lawrence Island. Due giorni dopo ne prese altre undici nello stretto di Bering. Capite, la Confederazione cercava di colpire gli yankee nel portafoglio».

«Aspetta un minuto», disse Kate, da brava fan di John Wayne, «Lee si era arreso in aprile».

«La *Shenandoah* era a migliaia di miglia da casa, in aprile», rispose Seth, «e di sicuro non si potevano permettere un collegamento satellitare. Non lo sapevano. E c'è di più: non li presero mai. Quando una nave inglese li avvertì che la guerra era finita, Waddell si fece tutta la strada fino a Capo Horn e poi dritto in Inghilterra, dove si arrese all'ambasciatore americano».

«Wow!», disse Andy, con gli occhi che gli brillavano. «Quindi l'ultimo colpo della guerra civile è stato sparato poco lontano dalle coste dell'Alaska. È fantastico! Non è fantastico, Kate?».

Ancora poco convinta, Kate ribatté: «Come mai non ne ho mai sentito parlare?»

«Be', non lo so, Kate», disse Seth, con un tono così tranquillo che era impossibile attribuirgli una qualsiasi malizia. «Forse non sai proprio tutto di ogni argomento, in fin dei conti».

«Non ho mai detto di sapere tutto», rispose Kate, ferita, e si ripromise immediatamente di comprare un libro sulla guerra di secessione non appena avesse rimesso piede a terra. Sullo schermo scorrevano i titoli di testa di *Gandhi.* Seth sbadigliò e mormorò qualcosa sul fatto che era stata una lunga giornata. Harry era proprio dietro di lui. Kate, che amava Ben Kingsley quasi quanto John Wayne, e che non aveva né la TV né il videoregistratore nella sua piccola capanna nel bel mezzo di milioni di acri quadrati del Parco federale, e perciò non poteva vedere un film se non quando andava a trovare Bobby, rimase dov'era. Sarebbe rimasta persino per vedere *Debbie does Dallas.*

Quando la porta si chiuse alle spalle di Harry aspettò qualche istante e poi disse, a bassa voce: «Andy? Grazie».

Lui arrossì fin sulla punta dei capelli. Cercando di simulare nonchalance, tirò fuori una vocetta acuta, e arrossì di nuovo. Si schiarì la gola e disse, bruscamente: «Figurati». Prese il telecomando e fece finta di essere molto impegnato con la sintonizzazione. «Mi dirai mai cosa ci facevi su quell'isola? O che cosa ci facevano loro?»

«Prima o poi sì».

«Non adesso?».

Lei scosse la testa. «Andy?».

Lui la fissò e si fece subito serio quando notò la sua espressione. «Questo è il mio ultimo viaggio sull'*Avilda.* E dovrebbe essere anche il tuo ultimo viaggio».

«Non ho ancora trovato un altro impiego, e io…».

«Ti darò una mano a cercarti un altro posto», disse. «Scendiamo dall'*Avilda* con le nostre gambe finché possiamo farlo. Ok?».

Il rossore abbandonò immediatamente il suo volto, lasciando intravedere un pallore mortale sotto l'abbronzatura: «Ok».

Si rimisero a guardare il film. Quando fu finito, Andy si fece sfuggire un lungo sospiro. «Ed ecco un uomo che è sulla strada giusta per raggiungere l'Illuminazione».

Kate non riuscì a reprimere un sorriso: «Lui non ha bisogno di rinforzarsi il *prana*, scommetto».

«No, Kate», disse con serietà Andy, «tutti devono farlo. "Tu, compi l'opera che ti è stata affidata, che davvero l'agire meglio è del non agire". Come Gesù, anche Gandhi predicava l'amore verso il prossimo, e lui ha compiuto così bene l'opera che gli era stata affidata che il suo lascito è stato un'India libera».

«E guarda un po' come sono andate a finire le cose laggiù», rispose Kate. «Pakistan e India si odiano a morte, in Bangladesh si muore di fame, lo Sri Lanka è nel bel mezzo di una guerra civile e ogni due o tre anni i musulmani ammazzano un centinaio di indu, o giù di lì, e viceversa. Un bel lascito, non c'è che dire».

«"Perciò realizza sempre senza attaccamento l'atto che deve esser compiuto"», citò Andy, con la massima solennità, «"perché davvero l'uomo, compiendo l'opera senza attaccamento, attinge alla Suprema Realtà"».

«Esiste qualcosa in cui non credi?», chiese lei, esasperata. «Ci deve pur essere un qualche credo sfigato che non segui. Lo zoroastrismo? Il catarismo? Per caso ti sei lasciato sfuggire un predicatore che ti voleva convertire al rosicrucianesimo?»

«"Colui che è completamente privo di conoscenza, colui che non ha fede, che ha l'animo dubbioso, perisce"». Poi quello sciocchino ebbe anche il fegato di sorriderle.

## 9

Il giorno successivo era bello, come può esserlo un giorno nelle Aleutine. Non pioveva, non nevicava e non grandinava, l'onnipresente banco di nebbia se ne stava basso all'orizzonte, a sud-est, e le nuvole erano abbastanza disperse perché il sole riuscisse a intrufolarsi di tanto in tanto: se non altro, dava l'illusione di regalare un po' di calore e allegria. Un rollio forte e regolare obbligava la chiglia dell'*Avilda* a sollevarsi e ricadere a intervalli regolari sotto i loro piedi, ma non c'erano spruzzate improvvise e, a parte i momenti in cui dovevano bagnarsi le mani per via delle cime, lavoravano all'asciutto. Nessuno riusciva a ricordare l'ultima volta che avevano avuto una fortuna simile. Kate scoprì che in realtà si stava divertendo.

Teneva in mano un contenitore per le esche quando sentì un urlo. Era Andy. Kate tirò fuori la testa e le spalle dal contenitore e si guardò intorno. «Che c'è?».

Gli occhi del ragazzo scintillavano per l'eccitazione. Indicò a babordo: «Guarda! Guarda quante sono!».

Era un branco di orche assassine, che soffiavano e nuotavano, e i loro dorsi scintillavano bianchi e neri, illuminati dal pigro sole.

«Per un attimo ho pensato che fossero squali», disse Andy.

Nella sua voce c'era un timore reverenziale che fece sorridere Kate.

«Perché si chiamano orche assassine?»

«Perché lo sono».

«Cosa, assassine? Pensavo che mangiassero solo krill».

Le mani di Kate si bloccarono mentre posava lo sguardo su di lui. «E tu che ne sai del krill?»

«Ehi, sono andato al college». Stava stringendo nodi con un'abilità che un mese prima non possedeva. Neppure due settimane prima. «Cioè, ci sono andato per un semestre. Ho seguito un corso di biologia marina quando ho saputo che sarei partito per l'Alaska».

«E non hai imparato nulla sulle orche assassine?»

«Be', in realtà ho... lasciato... prima che arrivassimo a parlare delle orche assassine». Le regalò un sorriso accattivante. «Quindi. Che cosa assassinano le orche assassine?»

«Innanzitutto, sono sostanzialmente dei grossi delfini. E mangiano praticamente tutto ciò che riescono a ficcarsi in bocca», replicò Kate, continuando a caricare le esche. Anche la puzza di aringhe morte era più sopportabile quella mattina. «Foche, la maggior parte delle volte, ma in realtà qualsiasi pesce: calamari, pinguini, leoni marini. Persino altre orche». Avvitò il tappo di un contenitore per le esche. «Si hanno anche testimonianze di orche che attaccano barche».

«Wow», sospirò Andy. «Vuoi dire come in *Moby Dick*?». Kate annuì, e lui fissò i dorsi delle orche che scomparivano sott'acqua, le code rivolte in alto che fendevano l'acqua. «Probabilmente adesso stanno cacciando», aggiunse Kate. «Cacciano in branchi».

Il canto di Olga le risuonò nella mente. «Quando le orche assassine arrivano alla baia di un villaggio, qualcuno muore in quella baia». Un brivido di paura le risalì lungo la schiena. Se ne liberò con un'alzata di spalle e disse a Andy: «Ti ho mai raccontato che una volta cantavo i Canti di alto mare?».

Andy non sembrava entusiasta. «No».

«Be', una volta lo facevo». Rimosse vigorosamente un grumo di alici congelate. «C'era una canzone che i balenieri intonavano quando si dirigevano verso Sud».

E per la prima volta dopo due anni alzò la sua voce in un canto. Era stridulo, raschiava le corde vocali e veniva fuori basso e roco, ma in qualche modo sembrava appropriato a quel luogo, a quel giorno, alle orche che giocavano con intenzioni assassine proprio all'imbocco del porto.

> È una dannata vitaccia, piena di fatica e sforzi,
> quella di noi balenieri.
> E ce ne infischiamo, quando la burrasca è finita,
> di quanto abbiano soffiato forte i venti.
> Fece un sorriso a Andy. Aveva proprio l'espressione di
> un uomo perdutamente innamorato.
>
> E adesso ce ne andiamo a casa, su questo gran vecchio mare,
> su una bella barca solida e libera,
> e ce ne infischieremo quando berremo il nostro rum
> con le ragazze di Old Maui.

Passò a Seth un barattolo pieno di esca, in modo che potesse agganciarla alla nassa che doveva essere gettata fuoribordo. Lui la prese, ma non andò immediatamente a sistemarla: rimase fermo per un istante, fissandola. Il sorriso sul volto di Kate si spense. «Che c'è?».

Lui alzò le spalle. «Niente», disse, e ricominciò a darsi da fare con le corde che stava raggomitolando.

Lei fissò la sua schiena, sorpresa. L'espressione che gli aveva letto negli occhi pareva quasi… di rimpianto. Alzò le spalle e tornò al tavolo delle esche per tagliare altre aringhe e riempire altri contenitori.

> Stiamo correndo verso Old Maui, ragazzi miei,
> correndo verso Old Maui,
> adesso stiamo tornando a casa dall'Artico.
> Stiamo correndo verso Old Maui.

Non ricordava l'ultima volta che si era sentita così bene. Il suo ultimo viaggio sull'*Avilda* – perché quello era il suo ultimo viaggio, che

Jack fosse d'accordo o no – sarebbe stato una meraviglia. Avrebbero infiocinato lo squalo a Dutch, lui li avrebbe messi sulle tracce degli uomini nel Navaho, e quando avrebbero finito di cantare, la verità su quello che era accaduto ad Alcala e Brown sarebbe finalmente venuta fuori. Harry Gault non sapeva che c'era un cuculo nel suo nido, Kate non doveva fare altro che aiutarlo a preparare e issare nasse e a fare soldi e contare i nodi fino al ritorno. Sperava che Jack si fosse ricordato di comprarle il biglietto aereo. I voli a nord erano sempre pieni e lei voleva salire sul primo aereo in partenza non appena i suoi piedi avessero toccato terra. Le mancava Mutt, le mancavano la sua capanna, il suo terreno e il Parco, anche se, a dire la verità, non le pesava troppo l'idea di perdersi la prima neve, in fin dei conti.

Quant'è dolce la brezza dagli alberi dell'isola.
Adesso il ghiaccio è lontano, a poppa,
e loro, le vergini nel loro splendore tropicale,
aspettano il nostro ritorno.

Era riuscita a non far insospettire Harry quando l'aveva beccata fuori dalla sua cabina alle due del mattino; non aveva neppure inarcato un sopracciglio, e non aveva fatto nessun commento, in nessun modo. Harry aveva anche ignorato ogni suo riferimento alla scomparsa di due membri dell'equipaggio: probabilmente aveva concluso che Kate aveva sentito quella storia in qualche bar a Dutch. Non aveva colto le allusioni dello squalo a Jack, e Andy, grazie al cielo, l'aveva coperta per la faccenda della tuta bagnata.

Anche adesso i loro grandi occhi neri sono alla ricerca
di una qualche bella giornata.
Le nostre vele rigonfie scappano dalla tempesta.
Stiamo correndo verso Old Maui.

Curvò spalle e testa dentro una gabbia per granchi, posata delicatamente in equilibrio sul dispositivo di sgancio, e cominciò a fissare il contenitore delle esche. Attraverso le maglie metalliche che stavano dentro la struttura di acciaio, vide Ned che alzava la mano destra, come per lanciare un segnale a qualcuno sul ponte. La sua mano sinistra invece si spostò verso la leva di lancio.

Il motore aumentò i giri, l'*Avilda* fece un improvviso scatto verso il porto e la piattaforma del dispositivo di sgancio tremò. La gabbia oscillò, in equilibrio precario, poi precipitò in acqua.

Fu solo quando respirò acqua e buttò fuori bolle d'aria che Kate capì di essere caduta in mare anche lei.

Il suo primo pensiero fu che era ben strano che la sua mente non smettesse mai di pensare, che non si lasciasse prendere dal panico e fosse in grado di esaminare la situazione con tanta freddezza, affrontando un problema alla volta.

Si rese conto che non era più a bordo.

Si rese conto che si trovava dentro una gabbia per granchi.

Si rese conto che non era stato un incidente, e liquidò subito quella consapevolezza: era una cosa che andava affrontata in seguito.

Riservò un ultimo, breve pensiero amaro alla stupida arroganza che la portava a credere di essere sempre al sicuro. No, al sicuro non era l'espressione giusta. Aveva creduto di essere invulnerabile. Anche quello era un problema da affrontare in seguito.

Nel frattempo, lei e la gabbia stavano affondando insieme, giù, giù, sempre più giù, verso le gelide acque verdi del golfo d'Alaska. L'acqua diventava sempre più buia mentre scendevano verso il fondo dell'oceano, novanta metri più sotto.

Kate si accorse che gli assassini non avevano avuto il tempo di chiudere bene la porta prima di lasciar cadere la nassa. Era successo tutto così in fretta che aveva ancora in mano la cinghia per appendere il barattolo. D'istinto la usò per puntellarsi e sferrò un calcio alla porta. Non si mosse neppure di un millimetro. Tirò un altro calcio. La porta rimaneva chiusa: forse scendevano troppo veloci e il peso le impediva di aprirsi, o forse l'acqua assorbiva la potenza dei suoi calci.

La pressione di tutta quella massa liquida che gravava su di lei, sul suo corpo penosamente fragile, stava crescendo nelle sue orecchie.

L'avrebbe uccisa.

Se l'ipotermia non la faceva fuori prima.

Se non annegava ancora prima.

Tirò un altro calcio, e ancora quella maledetta porta non si mosse. All'improvviso fu sopraffatta da una furia che le diede energia, quasi nuova vita, e sferrò un altro calcio, e poi un altro, e un altro. Non sarebbero riusciti a farlo passare per un incidente, Harry Gault, Seth Skinner e Ned Nordhoff non se la sarebbero cavata come se nulla fosse, come se fosse stata una semplice disgrazia. Lei ce l'avrebbe fatta a uscire da quella gabbia, avrebbe lottato con le unghie e con i denti e sarebbe arrivata in superficie, li avrebbe presi tutti e tre e avrebbe gettato *loro* fuoribordo, dentro a una gabbia per granchi, e a quel punto sarebbe rimasta a vedere come se la cavavano.

Diede un altro calcio e il suo piede non colpì nulla. La furia che la accecava si dissolse e notò che la porta si era aperta e che la forza dell'acqua l'aveva spalancata e addossata al retro della gabbia. Senza alcuna esitazione afferrò le grate della porta aperta e, poiché la nassa si era ribaltata e scendeva al contrario, fece un giro su se stessa e uscì dal fondo, arrampicandosi, per così dire, fino ad arrivare all'uscita.

Quando la raggiunse esitò per un millesimo di secondo. Stava scendendo rapidamente verso il fondo dell'oceano: la pressione del suo corpo cresceva alla stessa folle velocità. Le pulsavano le orecchie, piedi e mani diventavano insensibili, e tuttavia la gabbia era l'unico oggetto solido nel suo mondo in quel momento, e le ci volle uno sforzo di volontà per lasciarlo andare e lottare per raggiungere la superficie.

Ce la fece, in un modo o nell'altro, seguendo la lunga scia di bolle che saliva, verso l'alto, sempre più in alto. Avanzava con vigorose bracciate, anche se le braccia parevano di piombo, e batteva con forza le gambe, ormai molli come spaghetti. I polmoni cominciavano a bruciarle per la mancanza di ossigeno. Stava ancora salendo? Aveva perso l'orientamento, non riconosceva più la direzione giusta? Era già annegata e non se n'era resa conto? La tentazione di respirare, di buttare giù boccate d'aria, era così irresistibile che aprì la bocca proprio nel momento in cui vide una sagoma sopra di lei.

Era lo scafo dell'*Avilda*, e con uno scoppio di adrenalina cercò di raggiungerla, con ogni singolo nervo addormentato del suo corpo. Quando si avvicinò, un angolo nascosto della sua mente registrò che sullo scafo crescevano tante alghe da renderlo un perfetto habitat per le lontre. Dovevano aver rallentato l'andatura di crociera di almeno cinque nodi. Ma del resto cosa ci si poteva aspettare da un capitano il cui motto era: *Usalo, gettalo, e comprane uno nuovo*?

Pensare a Harry Gault che sghignazzava per come l'aveva fregata, trionfante per aver messo a posto quello che per lui non doveva essere niente di più che un fastidio temporaneo – solo un sassolino nella scarpa – schiarì di colpo la mente di Kate. Era abbastanza vicina da intravedere la superficie attraverso l'acqua cristallina, adesso riusciva persino a scorgere le nuvole in cielo. Si avvicinò alla nave, nella speranza di catturare l'attenzione di Andy, ma la fiancata continuava ad allontanarsi sotto i suoi occhi. Le bruciavano i polmoni, le orecchie fischiavano, ma raggiunse la superficie, spezzando il freddo abbraccio dell'acqua per respirare un'aria che sembrava ancor più gelida.

Mentre sputava acqua, si pulì gli occhi e alzò lo sguardo.

Giusto in tempo per vedere la poppa dell'*Avilda* che correva contro di lei: l'acqua ribolliva e schiumava sotto la chiglia. L'istinto prese possesso del suo corpo: incamerò fiato e si tuffò proprio sotto la nave, con tutta la velocità che riuscì a chiedere alle sue gambe.

Anche così, l'elica rovente le sfiorò il piede, coperto dallo stivale. Un altro colpo di reni e se la lasciò alle spalle. Per un pelo.

Un fiume di rabbia e stupore si riversò in lei, le percorse tutto il corpo, spazzando via il freddo, i crampi e la mancanza d'aria, anche se più tardi si chiese il motivo di quello stupore. Harry Gault l'aveva vista, aveva capito che era riuscita a tirarsi fuori dalla gabbia e a riaffiorare in superficie: a quel punto aveva manovrato il timone dell'*Avilda* per girare e fare in modo di investirla con l'elica, per finire il lavoro una volta per tutte.

Furiosamente calma, lasciò che l'aria immagazzinata nei polmoni le uscisse dalla bocca, una minuscola bolla alla volta, e per un momento si lasciò andare alla deriva, studiando il movimento dello scafo sopra di lei. Poteva vederlo con una certa chiarezza, e anche l'elica, così come il timone. Rimase in attesa della mossa di Harry. Quando il timone si spostò a dritta lei si spostò a babordo e riemerse in superficie esattamente nell'istante in cui la cabina di poppa le passò accanto. Qualcosa di umido e scivoloso le sfiorò la guancia e con un movimento dettato solo dal riflesso allungò una mano per afferrarlo.

Era la cima delle signore.

La cima delle signore, che Ned gettava fuoribordo quando la pesca era finita ed erano pronti per tornare a casa. Il pensiero che si sentissero sicuri di aver sbrigato la pratica al punto da gettare la corda cancellò la paura che le sue mani potessero essere troppo deboli per reggere la presa. Costrinse le sue dita a stringersi intorno alla corda.

Con la coda dell'occhio ebbe l'impressione di scorgere il lampo di una pinna triangolare, una saetta bianca su uno scintillante dorso nero, e per la prima volta si sentì davvero spaventata. Il terrore fu sufficiente a farle risalire la corda, mettendo una mano avanti all'altra, senza fermarsi, tirandosi fuori dall'acqua, appoggiando i piedi contro lo scafo, scalandolo, sempre aggrappata alla cima delle signore. Afferrò il parapetto con una mano, lasciò la cima e poi si resse con entrambe le mani. Scalciando riuscì ad alzare una gamba e si tirò su, per collassare, alla fine, sul ponte. Restò immobile, zuppa, tremante, in una pozza d'acqua.

L'aria non aveva mai avuto un sapore così meraviglioso, il pontile dell'*Avilda* non le era mai sembrato così sicuro, e lei non si era mai sentita così viva. La vita era bella.

«*Quando arrivano le orche alla baia di un villaggio qualcuno sta per morire*», mormorò, sull'orlo dell'isteria. «Non stavolta, Zia. Non oggi. Non io».

Sì, la vita era bella. E se non voleva perderla, doveva muoversi. Rotolò sul fianco e si colpì le tempie per liberare le orecchie dall'acqua. Delle voci concitate la raggiunsero dal ponte di prua, si piegò sulle ginocchia, con la schiena contro la cabina, e avanzò, passo dopo passo. Nel punto in cui il fianco della cabina cominciava a curvare per unirsi alla parte anteriore, si fermò ad ascoltare.

«Questo è tutto quello che avete intenzione di fare?», sentì Andy protestare, con la sua giovane voce rotta dal dolore. «Dobbiamo cercarla. Dobbiamo almeno provarci!».

«Dimenticatelo, ragazzo», lo gelò un'altra voce. Era Ned. «È finita per lei. Non c'è nessuna boa a cui aggrapparsi. E la gabbia non era assicurata a nulla».

«Seth?»

«Scordatelo, amico». La voce di Seth era roca allo stesso modo, ma se non altro era più dolce. «Sono cose che capitano. Torniamo a terra e basta».

Andy non aggiunse altro. Kate sbirciò dietro l'angolo e lo vide, il volto rigato dalle lacrime. Si chiese come poteva attirarne l'attenzione senza farsi vedere da nessun altro. E anche a quel punto, avrebbe dovuto evitare che lui la facesse scoprire: doveva riuscire a mascherare la gioia di rivederla sana e salva. Se solo Andy non fosse stato così giovane. Se solo ci fosse stato Jack a bordo, al suo posto. Ma se fosse stato a bordo Kate gli avrebbe piantato il rompighiaccio Louisville nel cervello da tempo.

Indietreggiò e lanciò una cauta occhiata all'oblò della cambusa. Era deserta.

Silenziosa, agile, aprì l'oblò e si insinuò dentro. Il calore la colpì come un pugno, facendola vacillare. Riprese l'equilibrio e raggiunse il corridoio. Colse un movimento con la coda dell'occhio e vide Seth che la fissava dalla porta opposta.

«Merda!». Si tuffò nel corridoio, sentì la porta del ponte di prua sbattere violentemente. Passi alle sue spalle. Si mise a correre, superò tutte le porte che portavano alle cabine degli ufficiali e poi fuori, fino alla porta del ponte di poppa. Si lanciò alla ricerca disperata di un qualche strumento di difesa, tra le casse impilate di cibo in scatola, i sacchi di iuta pieni di cipolle e patate, il congelatore industriale e la tanto odiata cella frigorifera. Non c'era nulla di utile, nessun coltello da macellaio, nessun AK-47. Si concesse un attimo per dedicare un pensiero pieno di rimpianto alla mazza da baseball messa vicino ai martelli da fabbro nel castello di prua; poi udì dei passi per le scale. La paura di essere stanata così, inerme, acuì il suo ingegno. Improvvisò.

Lui scese le scale con cautela, un gradino alla volta. Durante l'inseguimento aveva afferrato una grossa chiave inglese e adesso la teneva alzata, pronta a colpire. Se Kate Shugak aveva pensato che Seth Skinner potesse piacergli, adesso di sicuro aveva cambiato idea.

«Kate?», disse a bassa voce. «Vieni fuori. Vieni fuori, sai che non ti puoi nascondere da nessuna parte. Non rendere questa faccenda più difficile di quanto già non sia».

Lei si accucciò dietro una cassa di pesche sciroppate, senza muovere un muscolo.

I passi si fermarono dall'altra parte delle casse che la nascondevano. Il cuore le batteva così forte in petto che temeva quasi che Seth potesse sentirlo. Una goccia d'acqua mista a sudore si raccolse sulla sua fronte e scese giù lungo il naso, per poi spiaccicarsi al suolo: Kate era sicura che il terremoto del 1964 e l'onda anomala successiva avessero fatto meno rumore.

«Kate», disse Seth, in tono duro, e sembrava proprio un padre severo e austero che puniva una bimba recalcitrante, «so che sei nella cella frigorifera, hai lasciato la porta aperta. Vieni fuori, adesso».

A quel punto Kate era così sicura di perdere che per poco non si consegnò. Fu la voce di Seth a bloccarla.

«Sei appena uscita dall'acqua. Di sicuro stai congelando là dentro, letteralmente. Vieni fuori. Il gioco è finito. Ehi, non ho detto a nessuno che sei di nuovo a bordo. Sono da solo, qui. Vieni».

Il cigolio della porta della cella frigorifera fu rumoroso e pieno di gioia alle orecchie di Kate. Irrigidì ogni muscolo del suo corpo tremante. Lo sentì fare un altro passo, e un altro, e con ogni grammo di forza che ancora possedeva si lanciò fuori dal suo nascondiglio, buttandogli le scatole addosso e facendolo cadere dentro la cella frigorifera.

Ci fu un urlo, poi un lampo di luce; aveva afferrato la cordicella attaccata alla lampadina dentro la cella frigorifera nel momento stesso in cui lei l'aveva colpito da dietro e cadendo aveva acceso l'interruttore. Kate non si fermò a ringraziare la sua buona stella: prese a calci le scatole che le intralciavano il cammino, mentre lui cercava di tirarsi su. Gli chiuse la porta in faccia. Il chiavistello scattò, e lei fece scorrere la catenella con un urlo selvaggio. Il tonfo del corpo di Seth contro la porta – un secondo troppo tardi – la fece vibrare contro la sua guancia. Sentì bestemmie e maledizioni e dopo un momento Seth iniziò a picchiare sulla porta con la chiave inglese. Il rumore era attutito dal rombo del motore e dallo spessore della porta, ma lei si appoggiò lo stesso allo stipite, con l'orecchio premuto contro la porta, tremando per il freddo, il sollievo e la gioia, assaporando quei rumori come fossero acqua fresca.

Si rimise in piedi e si voltò verso le scale. Uno era andato. Ne restavano due. Si chiese se Seth le avesse detto la verità. Non lo aveva sentito urlare quando l'aveva avvistata. Se aveva mentito, Andy... non poteva pensare a Andy adesso.

Il corridoio era immobile e silenzioso, e lei iniziò a salire le scale. Il rumore del motore che rimbombava nella stanza non diminuì. Era caldo e buio nella scalinata, e il suo ritmo era ipnotico, un canto fermo e deciso che la spingeva a riposarsi, a mettersi a sedere e rilassarsi, solo per un secondo. Sforzò – invano – la memoria per ricordare cosa volesse dire rilassarsi, e cacciò via la seducente tentazione di fermarsi un attimo e scoprirlo. Stava iniziando a battere i denti ed era riluttante a lasciare la scalinata, così nascosta, per uscire all'aria aperta, gelida.

La sua riluttanza scomparve quando si rese conto che aveva dimenticato il mezzomarinaio vicino a quella porta, e alla scala che portava alla passerella, quella passerella che faceva il giro tutt'intorno al secondo piano della cabina, fino alla plancia di comando. E la plancia era il luogo in cui Harry Gault era in piedi di fronte a una grande ruota di legno con i raggi, intento a condurre la sua barca nel porto: senza dubbio trasudava compiacimento e soddisfazione per quel lavoro così ben fatto.

Stava quasi per salire la scalinata quando un sospiro la fece trasalire. Si girò di scatto, pronta a usare il mezzomarinaio.

Andy era lì, e i suoi occhi blu erano enormi sul volto pallido. «Kate?». Fece un passo in avanti, incerto sulle gambe. «Kate! Sei viva!».

Lasciò la scala e si lanciò a coprirgli la bocca con una mano. «Sta' zitto!».

Lui la ignorò, la avvolse in un abbraccio e la strinse forte, fuori di sé, nascondendo il volto tra i suoi capelli bagnati, mentre ripeteva ancora e ancora: «Grazie a Dio, grazie a Dio, grazie a Dio. Pensavo che fossi morta annegata. Grazie a Dio te la sei cavata! Come hai fatto a tornare a bordo? *Quando* sei tornata? E perché non...».

«Andy», disse lei, scuotendolo. «Sta' zitto, dannazione. Accidenti, sta' *zitto*, ho detto!».

Le sue parole, sussurrate in tono così secco, riuscirono finalmente a sortire l'effetto sperato: Andy fece un passo indietro per osservarla, con espressione confusa.

«Non ha alcuna importanza. Sappi solo che non sono finita in acqua per sbaglio».

Lui la fissò, con le braccia che ricadevano inermi lungo i fianchi.

«Ti dico che è vero, dannazione!», disse bruscamente, e ricominciò a sbattere i denti. «N-Ned ha fatto segno a H-Harry di fare una bordata improvvisa mentre l-lanciava la g-gabbia. Hanno aspettato il momento giusto: quando stavo fissando il contenitore delle esche».

«Perché?», chiese lui, semplicemente.

«Spacciano droga». Lui cambiò espressione. «C-cocaina. La fanno scendere ad Anua e la rivendono a Dutch».

Lui cambiò espressione di nuovo, e adesso sembrava più vecchio, più temprato. «Chi sei tu? Sei della polizia?».

Kate fu sorpresa della sua arguzia, e subito si vergognò della sua sorpresa. Andy non le sarebbe piaciuto così tanto se fosse stato solo uno dei soliti biondi senza sale in zucca. «N-no». Fece un profondo respiro, tremante, cercando di tenere sotto controllo i brividi che le sconquassavano le membra. «N-non ci pensare adesso. Seth è chiuso nella c-cella frigorifera in dispensa».

«Cosa?».

«Ma ci sono ancora Ned e Harry. Non credo che sappiano che sono ancora a bordo. Voglio che ti chiudi a chiave nella cabina ufficiali e resti lì finché non vengo a prenderti».

La fissò. «Chiudermi nella cabina?». Si tirò su e in un solo istante parve acquistare venti centimetri d'altezza e vent'anni d'età. Quando parlò la sua voce era profonda e sicura: «Non andrò nella cabina ufficiali come un ragazzino, Kate. Non sono un ragazzino».

«Abbassa la voce!». Lo aveva addossato contro la paratia di poppa, e si rannicchiarono assieme, comunicando in furiosi bisbigli.

«Voglio darti una mano», disse, con un'espressione testarda.
«Vuoi fare cosa?».
Le scoccò la pallida imitazione di un sorriso. Ma era pur sempre un sorriso. «"Non con il tenersi lontano dall'operare, può l'uomo arrivare a conquistare la libertà dall'agire; e non con la rinuncia al mondo, puramente e semplicemente, può raggiungere la perfezione"», recitò. Poi aggiunse: «Quindi "Fatti avanti, MacDuff"».
Lei imprecò, e poi decise di lasciar perdere. «Harry è in plancia?»
«L'ultima volta che l'ho visto era lì».
«E Ned?»
«Sul ponte».
«Ok. Io porto il mezzomarinaio sulla scala, e vado a prendere Harry. Ce la fai a distrarre Ned abbastanza a lungo? Poi possiamo affrontarlo insieme».
La paura fece un attimo ritorno nei suoi occhi, ma disse deciso: «No problem». Si alzò in piedi.
«Andy!». Lui si bloccò proprio mentre stava voltando l'angolo della cabina e la squadrò, con un'occhiata indagatrice. «Fa' attenzione, per l'amor del cielo. Non fare niente di eroico e non cercare di fare tutto da solo. Questi tipi giocano duro. Hanno già ammazzato due persone. Appena scopriranno che sai tutto, cercheranno di far fuori anche te».
Un sorriso gli illuminò il volto. Era di nuovo un ragazzo orgoglioso e sicuro: «Ti amo, Kate. Anche se sei una miscredente atea». Svoltò l'angolo e scomparve, prima che la mente esausta di Kate potesse formulare una risposta. Un momento dopo sentì di nuovo la sua voce. «Ehi, Ned. C'è qualcosa nel castello di prua che dovresti vedere».
Ned rispose con una specie di latrato. Era di pessimo umore, evidentemente.
«No», disse Andy, decisamente troppo allegro, dato che in teoria doveva essere ancora in lutto per Kate, «è una cosa che dovresti proprio vedere con i tuoi occhi».
«Che lo spettacolo abbia inizio», mormorò Kate. «Muovi il culo, Shugak», come amava dire Ned. Risalì la scala e scivolò sulla passerella. C'era solo un'esile passerella tra lei e la paratia del secondo piano della cabina alla sua destra; per il resto, la visuale era aperta, e Kate non si era mai sentita così esposta e vulnerabile. Ogni volta che l'*Avilda* scricchiolava, ogni volta che il mezzomarinaio batteva contro qualcosa, ogni volta che i suoi abiti bagnati si impigliavano in uno spigolo e lei doveva dare uno strattone per liberarsi, si immobi-

lizzava e restava paralizzata. Dopo, non era facile trovare la forza per proseguire. Le ci volle un secolo per raggiungere la porta di babordo del ponte.

Non si fermò a pensare, a pianificare, o a calcolare le probabilità; ormai le cose erano andate troppo avanti. Con un unico fluido movimento spalancò la porta e, con il mezzomarinaio stretto goffamente con entrambe le mani davanti a lei, saettò dentro.

La plancia era vuota.

E anche la sala nautica.

Si lasciò cadere a terra a corpo morto e imprecò, senza senso, senza speranza. «Dannazione. *Dannazione*!».

Avanzò come un granchio, superò la porta opposta, poi uscì di nuovo fuori sulla passerella; una volta lì si accucciò, si schiacciò contro la paratia e cercò di pensare a cosa accidenti doveva fare.

Sentì un urlo dal ponte e girò la testa di scatto, sforzandosi al massimo per guardare.

La cosa peggiore che potesse succedere. Dalla porta del castello di prua uscì Ned: con una mano teneva Andy, con l'altra una mazza da baseball. Andy perdeva molto sangue dal volto e aveva un braccio piegato dietro la schiena. Una morsa spietata: dall'espressione sofferente dipinta sul suo viso, non era difficile capire che doveva essere una presa molto forte. «Harry! Ho preso il ragazzino! Tu prendi quella troia!».

Un urlo a poppa per tutta risposta, seguito dal rimbombo di passi veloci. Kate lanciò un'ultima occhiata a Andy, ferito e pieno di lividi, e si preparò a far cadere Harry con uno sgambetto non appena le si fosse avvicinato.

Ma poi ci fu un miracolo. Ned, che doveva pensare a tenere fermo Andy e allo stesso tempo a chiamare aiuto, inciampò nella soglia rialzata della stiva e perse l'equilibrio. Fece cadere la mazza, che risuonò sul pavimento del pontile e rotolò fuori portata. Lasciò Andy, che cadde sulle mani e sulle ginocchia, con il sangue che colava a terra. Ned agitò le braccia, cercando disperatamente di non perdere del tutto l'equilibrio. Non funzionò. La botola della stiva – a quanto pareva Ned la stava chiudendo proprio quando Andy gli aveva chiesto di seguirlo nel castello di prua – copriva solo un angolo dell'apertura.

Così cadde nella stiva, di testa, in un tuffo carpiato che gli avrebbe fatto guadagnare un bel dieci in qualsiasi gara olimpica. La stiva era piena solo a metà, ma quella metà era piena di acqua salata e granchi, e scomparve sotto un caotico ammasso di lunghe zampe pelose e chele. La sua testa ricomparve immediatamente: sputò, tossì, agitando freneticamente le braccia alla ricerca di qualcosa, o qualcuno, che non c'era.

«Aiuto! Harry! Aiutami! Harry!».

Kate balzò in piedi. «Andy! Andy! Chiudi il boccaporto. *Chiudi il boccaporto*!».

Andy, ancora piegato su mani e ginocchia, scosse la testa, una, due volte, e proprio quando Kate, ormai disperata, si era convinta che fosse troppo stordito per sentirla o capire cosa gli stava dicendo, lui strisciò in avanti. Appoggiò le mani sulla cappa di boccaporto, un coperchio metallico di sei metri quadri che probabilmente pesava più di lui. Kate lo sentì grugnire per lo sforzo. Era uno spettacolo tremendo, il suo volto era una maschera di fatica, sfigurato dal sangue. Per un terribile secondo, che parve durare un anno, la cappa resistette, e poi l'*Avilda*, come se avesse capito tutto, prese una rapida imbarcata giù per un'onda improvvisa, Newton scatenò la sua forza di gravità e la cappa scivolò in posizione con un rimbombo fortissimo.

Quando l'ultima luce scomparve, la voce di Ned si alzò fino a diventare un urlo, finché l'intero scafo dell'*Avilda* parve vibrare per quel suono. «Harry! Merda cazzo tirami fuori da questa fottuta trappola. Ti ammazzo stronzo figlio di puttana! *Harry, tirami fuori di qui*!».

Andy, inconsapevole, indifferente, si riversò sulla cappa e rimase steso lì. I passi affrettati che si erano sentiti prima erano scomparsi non appena Ned aveva lanciato il suo primo grido d'aiuto, ma il fruscio del cuoio bagnato su un pontile scivoloso mise in allerta Kate. Distolse l'attenzione dal pontile e lanciò un'occhiata timorosa oltre la passerella. Harry era rannicchiato contro il parapetto, con una pistola in mano, e controllava con la massima attenzione l'angolo della cabina. Terrorizzata, Kate afferrò d'istinto il mezzomarinaio con entrambe le mani e lo lanciò, con l'uncino rivolto in avanti, sulla passerella.

Proprio quando avrebbe avuto bisogno di una bella brezza forte per coprire un po' il rumore del sartiame, il vento cessò. Doveva aver fatto troppo casino, perché Gault si girò di scatto e alzò lo sguardo, allo stesso tempo sollevò la pistola. Si sentì un forte *Bang*, uno sparo e il fischio di una pallottola che sibilava e rimbalzava contro il metallo. Poi un'imprecazione orribile di Gault, un altro sparo e un altro, mentre Kate si portava fuori tiro. Pensò a Andy, tutto sorrisi e ideali, tutto energia ed entusiasmo, tutto sangue e silenzio sul ponte anteriore, e si gettò alla cieca in avanti, con il mezzomarinaio in mano. Lo lanciò proprio in mezzo alla pioggia di proiettili.

L'uncino colpì qualcosa e si incastrò. Si sentì un tonfo piatto, pesante, come quando prendi all'amo un halibut, poi una specie di gorgoglio. Con aria tetra, ferocemente determinata, Kate tirò avanti e indietro il mezzomarinaio. Si alzò un orribile suono, un lamento, il rumore di qualcosa di metallico che cadeva. E dopo, silenzio.

Kate fece un lungo sospiro, che la scosse in tutto il corpo, e lanciò un'occhiata oltre l'angolo della passerella.

Il mezzomarinaio aveva preso Harry Gault sotto il mento, e l'uncino gli aveva trapassato la mascella da parte a parte. La fissava, con gli occhi spalancati per la sorpresa. La bocca era aperta, e in mezzo alle labbra dischiuse si vedeva l'uncino sporco di sangue. Aveva trafitto il palato duro.

Kate stava per vomitare. Sentì dei passi alle sue spalle e avvertì un'improvvisa ondata di sollievo. «Andy? Stai bene?».

Si voltò e si ritrovò faccia a faccia con Seth Skinner, i suoi occhi grigi erano calmi, con un'ombra di follia.

Kate aprì e richiuse la bocca. Alla fine disse, con un flebile sussurro: «Ma eri nella cella frigorifera».

La bocca di Seth si distorse in qualcosa che poteva assomigliare a un ghigno. «Infatti c'ero. Harry mi ha fatto uscire». Il ghigno si fece più ampio. «E adesso tocca a te, Katie».

Alzò la chiave inglese sopra la testa. Kate voleva chiudere gli occhi, ma non ci riusciva. Voleva scappare, mettersi a correre, ma non ci riusciva. Tutto quello che poteva fare era restarsene lì, immobile, troppo esausta per darsi alla fuga, troppo intorpidita dalla paura. Non poteva fare altro che restare a guardare Seth Skinner che la uccideva.

E poi Andy Pence sbucò fuori da dietro l'angolo del pontile con una rabbia vendicatrice negli occhi azzurri, un urlo belluino che gli usciva dalla gola e la Louisville Slugger in mano. Abbatté la mazza da baseball sulla nuca di Skinner e gli occhi di Seth si rivoltarono all'indietro. Si piegò in ginocchio, lasciò cadere la chiave inglese e cadde pesantemente a terra, accanto a Kate, che era ancora immobile, inerme.

Quando Kate riprese conoscenza Andy la teneva per le spalle e la scuoteva con forza. «Forza, Kate. Sveglia. Svegliati, dannazione!».

«Andy?», chiese, confusa. Poi si riprese e lo strinse forte. «Andy. Pensavo fossi morto».

Lui le sorrise, ed era uno spettacolo spaventoso, con tutto quel sangue, tutti quei lividi. «Abbiamo pareggiato i conti. Stai bene?»

«Credo di sì», gli disse. Non riusciva a guardare quella cosa buttata così oscenamente sul ponte, con il mezzomarinaio ancora conficcato nel cervello. Spinse via il corpo esanime di Seth. «È morto?»

«Lui?», disse Andy, sprezzante. «Di sicuro no. Gli ho solo dato una bottarella. Andiamo, scendiamo di sotto. Così ti puoi togliere quei vestiti».

Lei lo allontanò. «Pensa al... pensa prima a quella cosa. Per favore», disse, quando capì che Andy era sul punto di mettersi a discutere. «Per favore, Andy». Cercò di offrirgli un timido sorriso. «Lo farei da sola, ma non credo di averne la forza».

Anche se voleva fare il duro, Andy non poté evitare di tremare un po' quando prese una coperta dalla sala nautica e coprì il corpo; Kate rimase seduta, con la schiena contro la paratia della plancia. Il ragazzo scese la scala dalla passerella al ponte e le passò la pistola. Lei la prese, anche se aveva le mani deboli e non sapeva se avrebbe avuto la forza di sparare, se Seth si fosse risvegliato. Andy trovò un tappeto, ci avvolse il corpo di Gault, e lo gettò nel castello di prora. Con la pistola di Gault in una mano e la mazza da baseball nell'altra, e tra i denti il coltello da macellaio più grande che era riuscito a trovare nella cambusa, tirò Ned fuori dalla stiva: era intorpidito e confuso e non oppose resistenza. Seth lanciò un lamento quando Andy lo costrinse a rimettersi in piedi, gli fece scendere le scale e superare la soglia rialzata della cambusa. Ma anche lui si ritrovò dietro la porta serrata del castello di prora, ridotto all'impotenza ben prima di ritrovare le forze sufficienti anche solo per protestare. Andy piazzò una nassa da due metri davanti alla porta per maggior sicurezza, e per essere ancor più sicuro aggiunse un'altra nassa. Settecento chili di garanzia. Era abbastanza.

Kate lo osservò, seduta sulla passerella con la schiena contro la paratia e i piedi oltre il bordo. Andy salì la scala, le prese la mano e la rimise in piedi, poi la issò sulle sue spalle, come un vigile del fuoco. Una volta in stanza, la spogliò e la cullò, sotto le coperte. «Inizio a sentirmi come se fossi tua madre», le disse.

«Ce la fai a riportarci a Dutch?», gli chiese lei, con un tremendo sforzo.

«Nessun problema», rispose, sistemandosi il ciuffo biondo ribelle che gli era finito sugli occhi. «Dopo tutto, la cima delle signore è fuori, e so che la mia ragazza ha continuato a tirarla sin da quando abbiamo lasciato il frangiflutti».

«Hai una ragazza?»

«Certo. È solo che non l'ho ancora trovata».

Quella risposta strappò a Kate un sorriso.

Prima di andarsene tirò fuori il kit di pronto soccorso e ci frugò dentro. Alzò due sottili rocce bianche, piatte e a forma di colonna, più o meno di sette centimetri di lunghezza.

«Cristalli», disse, e poi chiarì, vedendo il suo sguardo confuso, «cristalli tabulari». Le strinse la mano destra intorno a un cristallo, e la sinistra intorno all'altro. «Un cristallo in ogni mano bilancia il flusso di energia e migliora la comunicazione con il tuo essere superiore. Sono utili soprattutto in casi di stress emotivo particolarmente acuto. Ogni kit di primo soccorso dovrebbe comprenderne almeno due. Io li ho scelti, quindi loro conoscono me, ma aiuteranno anche te, perché sei mia amica».

Poi alzò lo sguardo e vide che a Kate si chiudevano gli occhi. Decise di tagliare corto. «Rilassati», le disse, dandole un colpetto sulla spalla. «Dormi. Ti porto a casa».

Forse era solo la stanchezza, forse i cristalli. Kate si addormentò, e l'ultima cosa di cui si rese conto fu il contatto con il quarzo freddo che le riscaldava i palmi delle mani.

# 10

«E quindi ha comprato un mucchio di vecchie barche senza tirar fuori un soldo, solo con una cambiale a scadenza semestrale».

«Che non ha pagato», tirò a indovinare Kate.

«Ci hai preso al primo colpo».

«Quando è successo?».

Il sorriso di Jack si fece più ampio. «Aprile 1989».

«Subito dopo la faccenda del petrolio RPETCO».

«Te l'avevo detto che questa storia ti sarebbe piaciuta».

«Gault era coinvolto nella pulizia dell'acqua, non è vero? Ha firmato con la RPETCO, e le sue barche si occupavano del disastro ambientale».

«Ci hai preso di nuovo». Jack annuì, soddisfatto. «Stiamo facendo due chiacchiere con un tizio della RPETCO: a quanto pare ha guadagnato un po' di soldi extra, quell'estate, per aver messo le barche di Harry in cima alla lista. Poi, quando la RPETCO ha dichiarato che la pulizia era stata portata a termine con successo, Gault non ha pagato gli affitti, né gli ultimi stipendi della ciurma, e se n'è andato lontano. L'ultimo indirizzo conosciuto...».

«Freetown, Oregon», disse Kate.

Jack fece finta di sparare a Kate con una pistola immaginaria, abbassando il pollice e puntandole contro l'indice.

«La città in cui ha sposato la figlia del boss, ed è stato ricompensato con una barca tutta sua. Un bel lavoro, se riesci a beccartelo». Poi ricordò la situazione in cui si trovavano e fece l'espressione più imbarazzata che si possa vedere sul volto di un uomo adulto.

«Scusi, signore».

Nordensen inclinò la testa. «Lasci perdere. È la verità».

Kate pensò al vento gelido, alla schiuma salata, al pontile bagnato che oscillava sotto i suoi piedi, a lei che vomitava l'anima ogni due ore. *Un bel lavoro, se riesci a beccartelo*? Lei non l'avrebbe definito così.

«E...», disse Jack, riprendendosi dall'imbarazzo, «come ti ho insegnato quando lavoravi per me nell'ufficio del procuratore distrettuale, se un tizio ha commesso un reato una volta, è facile che ne abbia commesso uno anche nella sua vita precedente».

«Piantala», disse Kate. Era asciutta, con lo stomaco pieno, e ben riposata per la prima volta da mesi – o almeno così le pareva – e non le importava proprio niente se Harry Gault aveva tradito la moglie, se aveva rubato soldi a sua nonna o se aveva picchiato il cane, tutto lo stesso giorno. Tuttavia, riuscì a mostrare un po' di interesse per far felice Jack e spingerlo a snocciolare il resto della storia. «Dimmi, dimmi».

«C'è un mandato di arresto per un certo Harley Gruber in California. Corrisponde alla descrizione sommaria di Gault».

«Per cosa lo cercano?», volle sapere Andy.

Kate soffocò una risata e Jack fece un ghigno. «Frode e appropriazione indebita. C'entrava un contratto per un terreno a ovest di San Diego».

«Pensavo che a ovest di San Diego ci fosse solo l'oceano», disse Andy, sconcertato.

«Eppure, quando Gruber se n'è andato, non una, non due, ma tre, ripeto, tre mogli si sono fatte avanti per reclamare la proprietà del terreno».

«Senza contare la moglie a Freetown, Oregon. Bambini? Nessuno?»

«Di quale moglie? Questo tizio si è sposato più volte di Mickey Rooney e ha avuto più figli del re di *Anna and the King*».

«Povera donna», disse Kate.

«Povere donne», rispose Jack. «E, questa è la parte migliore, Kate, ti piacerà. Sai cosa stava facendo Gault con una parte dei soldi che guadagnava smerciando coca?»

«No», rispose lei assecondandolo, «che cosa ci faceva, Jack?».

Il sorriso compiaciuto di Jack si allargò al punto che Kate temette che potesse spaccargli il viso a metà. «Ci comprava partite di manzo di Kodiak, che poi spediva con il Navaho per contrabbandarle a bordo di navi giapponesi. Quando tornavano a Yokohama con il loro carico di pesce, in qualche modo un membro della ciurma, suo complice, faceva superare la dogana alla carne e la rivendeva al mercato nero». Il sorriso di Jack si aprì ulteriormente. «Sai quanto viene al chilo il manzo nel centro di Tokyo, di questi tempi?»

«No», rispose debolmente Kate, «quanto?»

«In realtà, non sono riuscito a scoprirlo nemmeno io. Nessuno dei giapponesi con cui ho parlato lo compra a casa, solo al ristorante. Ho parlato con dei tizi della Alaska Pacific University e mi hanno detto che il manzo d'importazione viene comprato e venduto dai fornitori senza che la carne esca mai dal freezer: alla fine riescono a piazzarla a un prezzo dieci volte superiore a quello corrisposto al grossista».

Ci fu un breve, stupefatto silenzio. «Perciò, una bistecca che paghi cinque dollari da queste parti», disse Andy, «ne costa cinquanta a Tokyo?»

«Quando va bene. Sai, ho visto degli equipaggi della Japan Air Line con i carrelli pieni zeppi di manzo da Carr nel Sears Mall di Anchorage. E intendo carrelli pieni, stipati fino all'ultimo centimetro... anche tre o quattro carrelli alla volta. Immagino che il nostro amico Harry facesse bei soldi con quello che tirava su dalla coca».

Kate cercò di elaborare una risposta adeguata. Non ne trovò nessuna: «Te l'ho detto che era avido».

Erano seduti a un tavolo del ristorante di Dutch Harbor: da troppi giorni Andy e Kate non avevano la possibilità di mangiare qualcosa che non si fossero cucinati da soli. Jack era seduto alla destra di Kate, e Andy era proprio di fronte a lei; alla sua sinistra c'era un uomo così alto e in forma che a prima vista non era facile capirne l'età. Aveva anche tanti capelli, di un bianco immacolato, e piccoli occhi blu che scintillavano. Si chiamava Sten Nordensen, ed era a capo del consiglio direttivo della Alaska Ventures, Inc. Si era precipitato lì da Freetown, Oregon, il giorno prima ed era rimasto ad aspettare l'*Avilda* nel porto. Adesso si era discostato leggermente dal tavolo. Quando prese la parola, la sua voce era lenta e in qualche modo formale, con solo un lievissimo accento. «Come potrò mai ringraziarla per tutto quel che ha fatto, signora Shugak?»

«Pagate il mio lavoro da membro dell'equipaggio per il mio ultimo viaggio», replicò prontamente. «E comunque, mi chiamo Kate».

Lui sorrise, un sorriso profondo e bellissimo, e inclinò la testa. «Lo consideri fatto, Kate. Ma credo che possiamo fare di meglio che limitarci a corrisponderle un salario».

«Ok», rispose lei, in tono ragionevole. Con la forchetta indicò Andy. «Allora quando avrete rimesso a posto l'*Avilda*, assumete Andy».

Andy arrossì fino alla punta dei capelli e per un attimo dimostrò nove anni, anziché diciannove.

«Ci ha riportati tutti interi», disse a Nordensen. «Io non ce l'avrei mai fatta».

«Ce l'avresti fatta, se ce ne fosse stato bisogno», mormorò Andy.

«Ci ha riportati a casa», disse Kate, ignorando il commento di Andy e concentrandosi sull'uomo anziano. «Persino un bambino ha più esperienza di lui in fatto di navigazioni e timoni, eppure ci ha riportati indietro per ottocento miglia fino a Dutch, ci ha fatti entrare nel porto e attraccare senza problemi. Io sono stata incosciente per tutto il tempo. Forse non ha esperienza, ma è un lupo di mare, signor Nordensen. Non se lo faccia sfuggire».

Nordensen squadrò Andy con attenzione: «Di sicuro riusciremo a trovare un posto per una persona che ha reso un servizio così fondamentale alla mia compagnia».

Andy arrossì di nuovo. Aprì e chiuse la bocca un paio di volte, e alla fine riuscì a dire: «Grazie, signore». Lo sguardo che scoccò a Kate dall'altra parte del tavolo era di una gratitudine così bruciante che lei si sentì quasi trafitta.

«Ned Nordhoff sta cantando come un canarino», disse Jack, rituffandosi sulla bistecca con immutato entusiasmo. «È un vero peccato che Harry sia morto. Avremmo potuto chiuderlo in cella fino al giorno dell'elezione della prima donna a presidente degli Stati Uniti». Lanciò un'occhiata a Kate, per osservare la sua reazione alla notizia della morte di Gault.

Kate, sorpresa, disse: «Perché Ned parla? Harry è morto. Ned deve solo dire che è stata tutta colpa di Harry e dichiararsi vittima delle circostanze».

«No», ribatté Jack. Il defunto capitano dell'*Avilda* aveva cercato di ammazzarla. Lei si era difesa, proprio come quello strano ragazzetto biondo che pareva essere stato adottato da Kate. Non doveva farsi prendere da nessun rimorso, nessun senso di colpa per l'orribile fine di Harry Gault. La *sua* morte sarebbe stata ancora più orribile, se non si fosse salvata. Le illustrò il suo pensiero con più foga che finezza, e si lasciò sfuggire un sorrisetto che, anche se nessuno lo notò, si incurvava un po' agli angoli della bocca. «Credo proprio che qualcuno gli abbia fatto credere che Seth Skinner aveva già spifferato tutto».

«Ed è vero?».

Jack tagliò un altro pezzo di bistecca con precisione e totale concentrazione. «Ecco, è davvero strano. Non dice una parola. Ha tenuto la bocca chiusa anche quando gli ho detto che Ned stava cantando senza darci neppure il tempo di interromperlo o di fargli una domanda. Seth è muto, non parla neanche con gli avvocati. Se ne sta seduto là e basta».

«Può restarsene seduto e marcire fino alla fine dei tempi», disse cordialmente Kate. «E io spero proprio che succeda».

Andy scosse la testa, come per rimproverarla: «L'Unica Via ci insegna a ricercare il giusto pensiero e la giusta azione in questa vita, per guadagnarci un'esistenza migliore nella prossima. Harry, Ned e Seth pagheranno per i loro cattivi pensieri e per le loro cattive azioni nella prossima vita. È scritto: "Come un individuo getta degli abiti logori per indossarne nuovi, così l'anima incarnata abbandona le dimore corporee rovinate per entrare in altre. L'anima nel corpo di ogni persona è eterna e indistruttibile. Perciò non dovresti piangere per nessuna creatura"».

«E in particolare, non per questa creatura», sussurrò Jack.

«Allora speriamo che tutti loro tornino nel corpo di un granchio», disse Kate, «e che siano costretti a risalire da lì». Sperava proprio che Andy non avesse bruciato le sue chance di essere assunto da Nordensen. Si voltò e disse, in tono vivace: «Ho sentito dire che aspettate una nave da un giorno all'altro, signor Nordensen».

Il vecchio annuì, orgoglioso: «È vero».

«Qual è il nome dell'ultima arrivata?», chiese Kate. «La *Mary Lovell*, non è vero? L'*Avilda*, la *Madame Ching*, l'*Anne Bonney*. E ora, la *Mary Lovell*, nomi bellissimi, tutti. Pensate per caso a una *Grace O'Malley* per il futuro?».

Lui inclinò di nuovo la testa. «È già in progettazione».

Si guardarono negli occhi e Kate, notando lo scintillio in quello sguardo blu, non riuscì a trattenere una risata.

Jack e Andy si scambiarono un'occhiata perplessa. «Cosa c'è di tanto divertente?»

«Glielo dice lei, o glielo dico io?», chiese Kate a Nordensen.

Il vecchio sorrise e scosse la testa.

Kate si voltò verso Jack: «Erano tutte donne pirata».

Jack e Andy erano confusi, e lei disse, ridacchiando: «Avilda, Grace O'Malley, Mary Read, Lady Killigrew, Anne Bonney, Madame Ching e Mary Lovell. Pirati. Tutte quante».

«Stai scherzando». Jack fissò il vecchio, ma Nordensen si limitò a guardarlo con un sorrisino.

«No», disse Kate, pulendosi la bocca e abbandonandosi contro lo schienale. «Sono andata alla libreria della Unalaska School, stamattina, e le ho cercate sull'enciclopedia. Avilda era una vichinga, Grace e Lady Killigrew erano il terrore della Manica, Mary e Anne infestavano i Caraibi insieme a Morgan e Barbanera, e Madame Ching era convinta che il Mar cinese del sud fosse un laghetto di sua personale proprietà. Tutte le barche della Alaska Ventures prendono il nome da una qualche piratessa famosa».

«Anche se alcune non erano proprio delle signore», le ricordò Nordensen.

«Può dirlo forte», disse lei. «Il figlio di Grace O'Malley una volta cadde in mare, e sua madre si arrabbiò a tal punto per la sua goffaggine che gli tagliò le mani con un coltello, quando cercò di risalire a bordo».

Jack tirò indietro la testa e scoppiò a ridere, e dopo un momento di sorpresa, anche Andy si unì a lui.

Quando le risate si spensero Kate disse: «E il nostro nuovo migliore amico, Ned, che cosa dice dello spaccio di droga? Com'è cominciato?»

«Stando a quello che dice, i contatti di Gault fanno arrivare grandi quantità di coca ad Anua sin da quando Gault ha iniziato a lavorare in questi mari. I membri dei suoi equipaggi si recavano a riva per caricarli». Jack lanciò un'occhiata dall'altra parte del tavolo. Fissò Nordensen: «Sono desolato, signore, so che questa è l'ultima cosa che vorrebbe sentirsi dire, ma stando a quanto dice Nordhoff, Alcala e Brown erano coinvolti nella faccenda dello spaccio. Anzi, c'erano dentro fino al collo. Sono diventati sempre più avidi, hanno iniziato a smerciare carichi sempre più grossi, nascondendoli nei pressi della pista di atterraggio. Il loro piano prevedeva di recarsi sul posto con il loro aereo privato, una volta tornati in porto, e caricare tutto. Gault sospettava qualcosa, e li ha seguiti – perdendo il carico, tra l'altro. Fu allora che successe: li beccò e li fece fuori senza perdere tempo».

«Chi è morto nel rifugio?», chiese Kate.

«Nella *barabara*», disse Jack.

«Quello che è».

Jack sorrise. «Alcala. È riuscito a scappare quando Gault e Nordhoff hanno scoperto lui e Brown alla pista di atterraggio».

«Chi lo ha fatto fuori?»

«Skinner».

Kate non era affatto sorpresa. Non sarebbe stato facile dimenticare la voce di Seth che le ordinava di uscire da dietro le scatole, lo sguardo di indifferente pazzia quando le aveva alzato la chiave inglese sopra la testa. «E il bossolo che abbiamo trovato?»

«Veniva da una calibro .38 che Skinner ha buttato in acqua».

«E i corpi?»

«Legati dentro una gabbia per granchi, poi buttati in acqua».

Nordensen prese la parola senza neppure alzare lo sguardo: «Abbiamo qualche elemento per stabilire dove siano finiti?».

Jack scosse la testa: «Temo proprio di no, signore. Può essere successo in qualunque punto tra qui e Anua. Non abbiamo modo di scoprirlo. Senza considerare poi il clima aluetino...».

Nordensen, con gli occhi bassi, disse piano: «Non sarà facile per le loro famiglie. Prima la droga, poi la terribile notizia che non c'è alcuna possibilità di ritrovare i corpi». Alzò lo sguardo, la sua espressione era tetra: «Sì, sarà molto difficile».

Kate ripensò a quei due giovani volti che avevano infestato le sue giornate sull'*Avilda*. Vittime o spacciatori? Stavolta entrambe le cose. Ma se guardava nel suo animo, non riusciva a condannarli troppo severamente. Barca sbagliata, equipaggio sbagliato, momento sbagliato. Il denaro arrivava così in fretta, più denaro di quanto ne avessero mai visto in un giorno, in una settimana, in un mese di lavoro.

Una stagione, e avevano qualcosa come quarantamila testoni, ma non erano soldi facili. Kate ripensò alla notte di ghiaccio, di nuovo, e rabbrividì. No, non erano soldi facili. Se non altro, quando spacciavi eri all'asciutto e al caldo, non saltavi nessun pasto. Al confronto, doveva essergli sembrata una passeggiata.

«Allora», stava dicendo Jack, «Harry si è inventato tutta quella storia – loro che erano andati a riva per prendere acqua e che si erano persi nella tempesta – solo per coprire cosa era successo davvero».

Arrivò il cameriere con il caffè, e aspettarono che riempisse le tazze. «E perché no? C'era forse qualcuno in grado di controbattere? Ned e Seth li aveva in pugno, i tizi dell'aereo erano d'accordo con lui, e solo Dio sa che le Aleutine si sono rubate la loro bella quota di vite umane. Non doveva neppure temere che l'*Avilda* potesse essergli portata via, considerando il suo matrimonio, vantaggioso e conveniente». Jack inclinò la testa: «Di nuovo, le chiedo scusa, signore».

«Perché?», disse Nordensen, e nella sua voce stavolta si sentiva la rassegnazione, «non avrei mai dovuto permettere a mia figlia di sposarlo. Sapevo che non era una cosa buona. Sapevo che *lui* non era un uomo buono». Alzò le spalle. «Ma era rimasta sola, vedova, da così tanto tempo, e poi diceva di amarlo. E io amavo troppo lei per oppormi».

Sul tavolo cadde un profondo silenzio e alla fine Jack, sconvolto, disse piano: «Non mi aveva detto che era sua figlia la donna che aveva sposato, signor Nordensen».

Il vecchio lo fissò con un sorriso fiacco, freddo. «E perché avrei dovuto? Per rendere pubblica la mia stupidità?». Si alzò, e anche Andy e Jack scattarono subito in piedi. Tese la mano a Kate, e le fece un baciamano con tutto lo charme del Vecchio Mondo, sfiorando appena il dorso. «Di nuovo, Kate, le porgo i miei ringraziamenti. Ha mostrato grande spirito di iniziativa, e un grandissimo sprezzo del pericolo: è riuscita a far venir fuori la verità, a consegnare i criminali alla giustizia e ha restituito l'*Avilda* alla nostra flotta. La Alaska Ventures non riuscirà mai a colmare il debito che ha contratto con lei». Sbatté gli occhi. «Ma ci proveremo. Il suo assegno sarà pronto domattina».

Kate, colta di sorpresa, con la bocca piena di patate arrosto, rischiò quasi di strozzarsi e bofonchiò: «Grazie, signore».

Lui le lasciò la mano e disse a Andy: «Resterò tutta la settimana qui a Dutch Harbor, fino a che il mio equipaggio non ci raggiungerà da Freetown. Mi sistemerò nella cabina del capitano. Lei terrà la sua cuccetta, spero. Mi aspetto di vederla a colazione domattina. A quel punto, potremo parlare».

Andy borbottò qualche confuso ringraziamento, e tutti rimasero a guardare quell'uomo alto e slanciato che usciva con eleganza dal ristorante.

Kate abbassò lo sguardo sul piatto, ormai vuoto, e dedicò un sospiro alle belle cose che ci lasciamo alle spalle. Gettò un'occhiata all'orologio sul muro, tirò indietro la sedia e si alzò: «È ora, ragazzi».

La seguirono fuori dal ristorante, fino al camion che Jack aveva requisito da qualche povero diavolo di commerciante che non era riuscito a impedirlo. Guidarono fino a Unalaska e parcheggiarono vicino all'edificio bianco, appollaiato all'orizzonte, con il sottofondo delle onde e le cupole a incoronarlo. La gente si stava radunando davanti alla chiesa: si avvicinarono e si unirono alla folla. Kate vide abitanti del villaggio, pescatori, lavoratori delle fabbriche di conserve, capitani e mozzi, imballatori e appaltatori, spalla a spalla, radunati in piccoli gruppi di fronte alla chiesetta. Giapponesi accanto a coreani, coreani vicino a cinesi, cinesi vicino ad americani, americani vicino ad aleuti. Erano tutti uomini e donne di mare, tutti giunti lì per lo stesso motivo: propiziare un qualche dio – qualsiasi divinità andava bene – capace di garantire una bella pesca e un sicuro ritorno a casa.

C'erano anche i russi, e per Kate non fu una sorpresa: aveva visto l'*Ekaterina* all'ancora quella mattina.

«Kate!». Anatoly si fece largo in mezzo alla folla e la stritolò in un caldo abbraccio. Le schioccò due baci sulle guance e le assestò un bacio meno rumoroso e più lungo sulle labbra. Vicino a loro Jack rimase immobile, irrigidendosi.

Anatoly la lasciò andare e disse, ansioso: «Kate? Tutto bene, sì? Ho sentito voci in Dutch... non bene per te».

«Sto bene, ma, Anatoly... parli benissimo!».

Lui si illuminò e tirò fuori un dizionario decrepito, rilegato in pelle, russo-inglese, con metà delle pagine scollate. Con ogni probabilità era stato stampato la prima volta che i manufatti russi erano sbarcati in Alaska. «Io studio, sì? Parlo bene?».

L'ultima domanda era posta con tanta ansiosa speranza che Kate non ebbe il cuore di deluderlo. «Ma certo che sì. Parli benissimo».

Lui s'illuminò di nuovo e forse l'avrebbe stritolata in un altro asfissiante abbraccio, se Jack non si fosse schiarito la gola in un modo davvero inequivocabile. Con una certa riluttanza, Anatoly la lasciò andare.

Un uomo molto, molto vecchio, che indossava una veste ricamata, comparve sugli scalini della chiesa. Aveva la barba lunga, folte sopracciglia che gettavano una lunga ombra sugli occhi, e una presenza autorevole, piena di dignità, che immediatamente fece cessare i sussurri e i bisbigli della congregazione.

«Non sapevo che così tanti aleuti fossero ortodossi», sussurrò Jack.

«Per loro era l'unica scelta sensata», gli rispose Kate, anche lei sussurrando. «Quando i primi preti sono arrivati in Alaska, gli aleuti che accettavano di essere battezzati nella fede ortodossa venivano esentati dalle tasse per tre anni».

La risata di Jack si tramutò in un colpetto di tosse imbarazzato quando il patriarca iniziò a parlare. Celebrarono la messa lì, all'aperto, in parte perché non c'era abbastanza spazio nella chiesa, ma Kate pensò che la ragione principale fosse che così potevano essere più vicini al mare: Lui non avrebbe potuto sbagliarsi sul motivo per cui venivano chieste le Sue benedizioni.

Il patriarca ortodosso fu molto chiaro. Chiese a Dio di rendere i pescatori saggi e forti. Chiese che le barche fossero solide, pronte per il mare. Chiese che le acque offrissero i propri doni in abbondanza. Ricordò a Lui che la stagione dell'*opilio* e dei granchi reali stava per iniziare, e chiese la Sua benedizione per la pesca. Parlò solo di sfuggita del tempo, come se persino lui pensasse che i poteri di Dio non si spingessero così lontano.

La campana iniziò a suonare. Un rintocco per ogni pescatore morto nel corso della passata stagione. Kate ne contò quarantuno. Quarantuno pescatori persi nella Culla dei venti dopo la benedizione del mare dell'anno precedente. Sarebbero stati solo quaranta senza Harry Gault. Esaminò la sua coscienza, ma non riuscì ad addossarsi nessuna colpa. Harry l'avrebbe uccisa senza esitazione, e avrebbe fatto lo stesso con Andy. Il ricordo di lei, chiusa nella gabbia d'acciaio, della rapida discesa in una tomba gelida, verde, era fin troppo vivido. Decise di liberarsene. Harry era morto e lei era viva. Andy era vivo. Alzò la testa per far entrare l'aria in fondo ai polmoni – era salata, piena di nebbia – e poi la buttò fuori con un respiro lungo e lento, quasi voluttuoso. Jack le strinse la mano e lei sorrise senza guardarlo.

L'ultimo rintocco si perse in lontananza. Rimasero in silenzio. La nebbia si alzò al largo, annullando l'andirivieni delle barche, il rumore degli stabilimenti degli appaltatori nella baia di Iliuliuk e il balbuziente sottofondo dei taxi che facevano la spola. Andy, rapito e riverente per tutta la funzione, si lasciò sfuggire un lungo, profondo respiro. «Hai mai sentito parlare di Deva Loka?», le chiese con una voce bassa, sognante.

Lei scosse la testa.

«È la dea indù della morte. Aspetta in fondo al mare i pescatori che affogano».

Kate lo fissò con aria assente. «Deva Loka», ribadì lui. «Capito? Deva Loka. *Davy Jones's locker*, il fondo del mare».

Il patriarca alzò la mano per fare il segno della croce, "nel nome del padre e del figlio e dello spirito santo". Quando la messa finì Kate sentì che qualcuno le sfiorava delicatamente il braccio e si voltò. Davanti a lei c'era Olga, con un fazzoletto legato intorno alla testa e Sasha al suo fianco. «Ciao, Zia».

«Ciao, Kate», rispose la donna. Si allontanarono dalla folla e rimasero spalla a spalla, a guardare il mare. «Te l'avevo detto, no? Quando arrivano le orche assassine».

«Quando arrivano le orche assassine...», concordò Kate, e lasciò di sasso entrambe quando allungò le mani e strinse la donna in un lungo abbraccio.

Avrebbe abbracciato anche Sasha, ma la ragazza tirò fuori il coltello delle storie e andò alla spiaggia. Si chinò sulla sabbia. Kate la seguì e si inginocchiò al suo fianco. «Un'altra storia, Sasha? Di che si tratta stavolta?».

Sasha disegnò un simbolo e lo toccò delicatamente con la punta del coltello. «Donna», disse con voce ferma, fissando Kate.

«Donna», disse Kate, annuendo.

Sasha disegnò la figura con otto braccia. «Cattivo».

«Mostro», disse Kate, annuendo di nuovo.

«Cattivo», disse con voce decisa Sasha.

Kate si lasciò sfuggire una risatina. «Ok, la storia è tua. Cattivo».

Sasha racchiuse entrambe le figure in due cerchi concentrici. «Casa». Con pochi gesti rapidi e pieni di grazia, così in contrasto con le sue solite movenze, tremanti e goffe, la ragazza tratteggiò un fiume e prima tracciò delle linee che portavano dalla donna al fiume, poi dal cattivo al fiume.

«Il cattivo insegue la donna? La porta al fiume?».

Sasha annuì, senza smettere di disegnare.

Kate fissò le piccole figure che apparivano e scomparivano per poi riaffiorare di nuovo nella sabbia. «Il cattivo caccia la donna. La donna attraversa il fiume. Il cattivo attraversa il fiume, anche lui».

Poi annuì, fiera. Indicò la donna e il fiume, con il cattivo ancora nel fiume.

«La donna guarda il fiume? Guarda il cattivo?». Sasha sembrava infastidita e Kate si vergognava di essere così ottusa.

Sasha tirò indietro la testa e si portò alla bocca le mani chiuse a coppa, mimando l'atto del bere. «*Glu, glu, glu*».

Illuminazione: «Lei beve il fiume».

Sasha scosse la testa. «Non beve il fiume». Sasha fece di nuovo finta di bere e indicò se stessa, mimando la donna. «Oh, fa finta di bere il fiume, come fai finta tu. Ma perché?».

Sasha indicò il fiume. «Dice al cattivo che ha bevuto il fiume e che è stato così che se l'è cavata!».

Un ampio sorriso si aprì sul volto di Sasha, illuminando di intelligenza e ironia i lineamenti pesanti, non cesellati. Indicò il cattivo e fece finta di bere.

«Così il cattivo cerca di bere l'acqua, in modo da poter attraversare».

Con un colpo del coltello Sasha tracciò il segno della morte sotto il cattivo. E sopra, fece il segno dell'uccello del tuono.

«Perciò il cattivo muore perché ha bevuto troppo acqua, e l'uccello del tuono arriva e si porta via il suo corpo per nutrire i suoi bambini».

Sasha disegnò l'uccello che volava fino al suo nido vulcanico, con il cattivo catturato nei suoi artigli, e la donna felice e libera. Pulì la sabbia con un colpo netto, poi si rimise a sedere sui talloni e la guardò, in attesa.

Kate le sorrise: «È una storia bellissima, Sasha. Grazie per avermela raccontata».

Sasha corrugò le sopracciglia. «No no no no».

«Cosa?», chiese Kate. «Qual è il problema? Non ho capito bene?».

Sasha indicò prima la figura poi Kate. «Donna. Tu. Donna. Donna cattivo morto. Tu. Donna. Morto. Cattivo». La sua mano si strinse con forza sulla spalla di Kate. «Tu. Donna. Buona».

Kate non sapeva cosa dire.

Sasha annuì, soddisfatta. Rinfoderò il coltello, si tirò in piedi, e si inoltrò giù per la spiaggia, scomparendo nella nebbia.

«Kate?», la raggiunse la voce di Jack, da qualche parte dietro di lei. «Vieni?».

Aveva le lacrime agli occhi. Socchiuse e riaprì le palpebre per scacciarle via, poi si alzò. «Sì. Vengo».

# Indice

I Superinsuperabili

Federica Bosco, *Cercasi amore disperatamente - S.O.S. amore - 101 modi per riconoscere il tuo principe azzurro*
Massimo Lugli, *Crimini imperfetti. Tutte le indagini di Marco Corvino*
Indigo Bloome, *Incontri proibiti. La trilogia completa*
Lisa Jane Smith, *Il diario del vampiro. 10 romanzi in 1*
Giulio Castelli, *Il romanzo dell'impero romano*
Tiffany Reisz, *Peccato originale. La trilogia*
Simon Scarrow, *L'aquila di Roma*
Stuart MacBride, *Le indagini del sergente McRae*
Sara Shepard, *Giovani carine e bugiarde - 4 romanzi in 1*
David Gibbins, *Le indagini archeologiche del professor Howard*
Federica Bosco, *Il mio angelo segreto Trilogy*
Lisa Jane Smith, *Il diario del vampiro - 6 romanzi in 1*
Jefferson Bass, *Le indagini della Fabbrica dei Corpi*
Harry Sidebottom, *Il guerriero di Roma - 4 romanzi in 1*
Stefano Lanciotti, *Operazione Fenice*

# Stefano Lanciotti

# Operazione Fenice La saga

**Stefano Lanciotti,** classe '67, si è laureato in Ingegneria elettronica e lavora nel campo dell'informatica e della sicurezza. Nel 2012 scopre il self-publishing e diventa uno dei casi editoriali dell'anno, vendendo più di quindicimila copie dei suoi thriller e fantasy. La Newton Compton ha pubblicato *Israel*, primo capitolo delle avventure di Sara Kohn, riunite poi nel volume unico *Operazione Fenice*. Il suo sito è www. stefanolanciotti.it

Volume rilegato di pagine 608. Euro 8,90

Sara Kohn è una ex agente del Mossad. Nell'ultima missione ha perso il compagno, rischiando anche lei di morire, e da allora ha giurato di non impugnare più un'arma. Passa le sue giornate annegando i suoi tormenti nell'alcol, finché un evento non la induce a venir meno al suo giuramento. Robert Lombardi, professore americano in vacanza a Parigi con il figlio Pete, è in pericolo, e c'è poco tempo per salvarlo. Il talento informatico di Pete lo ha portato a ficcare il naso nella fitta rete delle operazioni terroristiche neonaziste. Dopo aver salvato Robert e Pete, sventando il piano denominato *Phönix*, le rimane solo una cosa da fare: trovare e uccidere Klug, l'uomo che, nell'ombra, continua a tramare contro Israele. Eppure, da cacciatrice, Sara si ritrova ben presto preda. Costretta a eseguire gli ordini di Klug, sarà coinvolta nel rapimento di uno scienziato esperto di nanotecnologie. La posta in gioco si chiama *Nemesis*, un'arma batteriologica con effetti devastanti… E quando finalmente anche l'ultima prova è superata, e Sara pare aver trovato la sua stabilità, l'incubo riemerge dal suo passato, travolgendola. Un'ultima avventura la attende, e si cela dietro il nome di *Hydra*.

Newton Compton Editori

Jefferson Bass

# Le indagini della Fabbrica dei Corpi

**Jefferson Bass** è lo pseudonimo utilizzato dal dottor Bill Bass, antropologo forense di fama mondiale e fondatore del Centro di Ricerca Antropologica dell'università del Tennessee (noto come la Fabbrica dei Corpi) e da Jon Jefferson, giornalista, divulgatore scientifico e documentarista. Insieme i due autori hanno pubblicato La vera fabbrica dei corpi, un saggio sul laboratorio creato dal dottor Bass e reso celebre da Patricia Cornwell nel suo romanzo *La fabbrica dei corpi*, e una serie di romanzi con Bill Brockton come protagonista, tra cui *Rigor mortis*, *Anatomia di un delitto* e *Il corpo del reato*. Per saperne di più visitate il sito www.jeffersonbass.com

Volume rilegato di pagine 544. Euro 8,90

Nel DNA c'è scritto il nostro passato, e solo il dottor Bill Brockton può svelarlo. Il dottor Bill Brockton è un noto antropologo forense, direttore della famosa Fabbrica dei Corpi dell'università del Tennessee, il laboratorio dove si studia la decomposizione dei cadaveri. La sua quotidianità è fatta di dissezioni e autopsie. Eppure non c'è mai una vera routine in questo lavoro. Ad esempio quando riesuma un corpo orribilmente profanato e viene contattato dall'FBI, che vorrebbe utilizzare i cadaveri dei suoi esperimenti come esca per smascherare un fiorente mercato nero di resti umani. Oppure quando vengono ritrovate, vicino a una decrepita costruzione che era stata un riformatorio, ossa umane sepolte sotto la lussureggiante vegetazione della Florida, che sembrano appartenere ad alcuni ragazzi reclusi. Quali terribili misteri si nascondono dietro la loro insolita morte? Quale segreto li legava in vita?

Newton Compton Editori